Das Buch

England 1860: Eine rauschende Ballnacht im Herrenhaus »Greenwall Manor«. Bernard Rosier, der älteste Sohn eines Bergwerksbesitzers, feiert seine Verlobung. Hinter dem Vorhang der Galerie beobachtet das sechzehnjährige Küchenmädchen Katie Mulholland das festliche Treiben. Müde von dem anstrengenden Tag, schläft sie ein, und als sie erwacht, steht der betrunkene Bräutigam vor ihr und starrt sie mit gierigem, düsteren Blick an …

Schmach und Elend kommen in der Folgezeit über Katie und ihre Familie; doch schließlich begegnet Katie dem Mann, der ihrem Leben die Liebe gibt, und so gesellen sich Glück und Reichtum an ihre Seite. Doch an ihrem Lebensabend tritt Bernard Rosier abermals in ihr Leben und droht die Zukunft von Katies Nachkommen zu zerstören.

Die Autorin

Catherine Cookson ist eine der am meisten gelesenen Schriftstellerinnen der Welt.

Im Wilhelm Heyne Verlag liegen bereits vor: *Das ertrotzte Glück* (01/9089), *Das Geheimnis von Harrogate* (01/8163), *Das Glück zeigt Risse* (01/9534), *Die Frauen von Bramble House* (01/8892), *Ein neues Leben* (01/8478), *Es ist nie zu spät* (01/9619), *Fast ein Engel* (01/9398), *Herz im Sturm* (01/8363), *Nur eine Frau* (01/8804), *Ein Freund fürs Leben* (01/9879), *Goldener Schatten* (01/9967).

CATHERINE COOKSON

DIE CHRONIK

Roman

Aus dem Englischen
von Erni Friedmann

WILHELM HEYNE VERLAG
MÜNCHEN

HEYNE ALLGEMEINE REIHE
Nr. 01/10031

Titel der Originalausgabe
KATIE MULHOLLAND

Umwelthinweis:
Dieses Buch wurde auf
chlor- und säurefreiem Papier gedruckt.

Wilhelm Heyne Verlag GmbH & Co. KG, München
Printed in Germany 1996
Umschlagillustration: Enno Kleinert, München
Umschlaggestaltung: Atelier Ingrid Schütz, München
Gesamtherstellung: Elsnerdruck, Berlin

ISBN: 3-453-11627-5

KATIE
1860

1

»Ich hasse den Ehestand, Mama.«
»Du weißt nicht, was du redest, Kind.«
»Doch, Mama. Ich will nicht mehr zurück, und ich gehe nicht mehr zurück.«
Agnes Rosier schloß die Augen, so daß sie weder ihr Spiegelbild noch ihre siebzehnjährige, ziemlich häßliche Tochter zu sehen brauchte.
Es war keine drei Monate her, daß sie auf dem gleichen Platz gesessen, sich im Spiegel betrachtet und Gott gedankt hatte. Ehrerbietig, wie es sich für eine eifrige Kirchenbesucherin gehörte. Sie war unendlich dankbar gewesen, daß ihre Tochter versorgt war, obwohl sie doch erwartet hatte, sie werde ihr bis ans Ende ihrer Tage zur Last fallen. Aber der Allmächtige, der ihre Gebete bisher stets erhörte, hatte dafür Sorge getragen, daß Mr. Arnold Noble aus der Nachbarschaft ihnen einen Besuch abgestattet hatte. Mr. Noble war im besten Mannesalter, Witwer und Vater von zwei Kindern. Agnes Rosier stellte sich erst gar nicht die Frage, was diesen vornehmen Mann dazu gebracht haben mochte, von ihrer unscheinbaren Tochter gefesselt zu sein. Sonst hätte sie nämlich Gesicht wie Benehmen von vorneherein ausschließen müssen, denn keines von beiden konnte Anspruch darauf erheben, als charmant bezeichnet zu werden. Sie wußte genau, daß es auch unschöne Frauen gab, deren Gesichtszüge eine gewisse Anziehungskraft besaßen; ihre Tochter gehörte jedenfalls nicht zu ihnen. Wie es dazu gekommen war, überstieg ihr Begriffsvermögen, denn sie selbst war eine ausgesprochen hübsche Frau; Beweis dafür waren ihre beiden

Söhne, besonders der ältere. Theresa geriet dem Vater nach, zumindest was ihr Äußeres anlangte; wem sie innerlich ähnelte, das würde sich mit der Zeit erst herauskristallisieren, soweit sie es bisher noch nicht zur Kenntnis hatte nehmen müssen. Denn wer hätte jemals gehört, daß die Tochter eines Kohlenbergwerksbesitzers einer Versammlung der Chartisten beigewohnt hätte? Daß ein siebzehnjähriges Mädchen ihrem Vater zu widersprechen wagte, war schon unerhört genug, aber daß es dabei noch eine Sache zur Sprache brachte, die ein ausgesprochen wunder Punkt war, das war so ungeheuerlich, daß Agnes Rosier befürchtet hatte, ihr Mann könne jeden Moment zusammenbrechen. Mr. Rosier hatte seine Tochter zwei Wochen lang auf ihr Zimmer verbannt, und Mrs. Rosier hatte seine Wutausbrüche ertragen müssen. Was, so hatte er sie angeschrien, hatte sie da zur Welt gebracht? Ein Ungeheuer? Eine Viper?! – Und dann hatte der Herr ihnen Mr. Noble geschickt, um die geplagten Eltern aus ihrer unmöglichen Lage zu befreien.
Agnes Rosier war bis zu dem Moment, als die Zeremonie vorbei war, das reinste Nervenbündel gewesen, und gleich nachdem das junge Paar sich auf die Hochzeitsreise begeben hatte, hatte sie drei Gläser Champagner geleert, eins nach dem andern – etwas, was sie nie vorher getan hatte. Und nun, da ihre Tochter zum Verlobungsball ihres Ältesten heimgekommen war, wagte sie es, ihr direkt ins Gesicht zu sagen, daß sie nicht die Absicht hätte, zu Mr. Noble zurückzukehren.
Agnes Rosier öffnete die Augen und starrte im Spiegel das Gesicht ihrer Tochter an: die hageren Wangen, die schmalen Lippen, die dünnen Brauen, das schüttere, lichtbraune Haar, das derart straff aus der Stirn gebürstet war, daß es direkt übertrieben wirkte, und die lange, gebogene Nase. Die typische Rosier-Nase, deren sich Agnes stets geschämt hatte. Ihr Mann ertrug dieses Mißgeschick ebenso, wie sein Vater es vor ihm ertragen hatte. Man konnte zwar den Namen Rosenberg in Rosier umwandeln, aber gegen dieses Erbstück war man machtlos.

Das Antlitz ihrer Tochter mißfiel Agnes Rosier. Alles an ihr mißfiel ihr, und die Vorstellung, sie nun wieder pausenlos um sich zu haben, veranlaßte sie, sich jäh umzudrehen und sie zornig anzusehen.
»Jetzt hör mir einmal gut zu, Theresa«, sagte sie streng. »Du bist nun eine verheiratete Frau und hast die dir aufgetragenen Pflichten zu erfüllen. Egal, ob es dir paßt oder ...«
»Ich habe es dir bereits gesagt, Mama«, unterbrach Theresa sie. »Ich gehe nicht zurück.«
Sie sahen einander stumm an. Dann befeuchtete Agnes Rosier ihre Lippen, und sie sagte in gezwungen ruhigem Ton: »Sind es die Kinder?«
»Nein. Ich mag die Kinder.«
»Hält er dich vielleicht besonders ... knapp? Ich dachte, er sei großzügig.«
»Das ist er auch.«
»Was ist es also, was dir an der Ehe nicht gefällt?« fragte die Mutter und schloß rasch die Augen, als sie auf die Antwort wartete, die kurz und bündig erfolgte und sie auffahren ließ, obwohl sie sie im voraus wußte.
»Der Geschlechtsverkehr.«
»Theresa!« Agnes riß nun die Augen weit auf. »Wir haben bereits im Vormonat darüber gesprochen. Ich habe dir meinen Rat gegeben. Ich ... ich sagte dir, daß du Mr. Noble einfach zu Willen sein sollst, nichts tun, nur nachgeben. Ich ... ich habe es dir doch gesagt.« Sie blickte das blasse Gesicht im Spiegel an. »Man gewöhnt sich daran. Denk dabei einfach an ... an etwas anderes.«
»Ich werde mich niemals daran gewöhnen. Ich hasse es, ich ekle mich davor. Ich kann an nichts anderes dabei denken. Ich kann mich nicht damit abfinden.«
»Theresa!« Agnes erhob sich nun. »Hör endlich mit diesem Unsinn auf! Wo willst du denn hingehen, wenn du nicht mehr zu Mr. Noble zurückkehrst?«
»Ich ... ich kann doch wieder zurückkommen, nehme ich an, oder?«
»Nein.«

»Du meinst, du würdest mich nicht mehr aufnehmen, Mama?«
»Es handelt sich nicht um mich, sondern um deinen Vater. Er würde dir unter keiner Bedingung gestatten, Mr. Noble zu verlassen.«
»Und was ist, wenn ich es trotzdem tue? Mir stehen doch hundert Pfund pro Jahr zu, soviel ich weiß.«
»Mach dich nicht lächerlich, Kind. Wie könntest du nach dem Leben, das du gewöhnt bist, mit hundert Pfund pro Jahr auskommen. Außerdem bist du noch nicht volljährig.«
»Du scheinst zu vergessen, Mama, daß ich eine verheiratete Frau bin. Vater kann mir nichts mehr verbieten.«
»Willst du Schande über uns bringen? Was glaubst du, was das für ein Skandal wäre! Und gerade jetzt, zu einem derart kritischen Zeitpunkt ... Theresa, bitte, ich flehe dich an, unternimm nichts vor dieser Hochzeit! Versprich es mir. Wenn irgend etwas Bernards Heirat verhindern würde, wäre es das Ende deines Vaters. Er zählt auf diese Verbindung. Ja, unsere ganze Zukunft hängt von der Verbindung mit den Talfords ab. Ich ... ich habe dir schon vor Wochen gesagt, wie die Dinge finanziell liegen. Dein Vater hat zur Zeit große Sorgen. Darum bitte ich dich noch einmal: Wenn du schon etwas derart Drastisches zu unternehmen gedenkst, dann warte. Warte um meinetwillen.«
Zum erstenmal seit sie das Zimmer betreten hatte, ließ Theresa den Blick von ihrer Mutter abschweifen. Mit gesenkten Lidern sagte sie: »Vor der Verlobungsfeier werde ich nichts unternehmen, Mama. Aber ich kann nicht versprechen, so lange zu warten, bis die beiden verheiratet sind.«
Als Agnes Rosier so auf das gebeugte Haupt ihrer Tochter niedersah, kam ihr ein merkwürdiger Gedanke: Ihre Tochter sah überhaupt nicht wie eine Frau aus. An diesem ihr gegenübersitzenden Geschöpf war absolut nichts Weibliches. Was hatte sie da nur wirklich zur Welt gebracht, wie ihr Mann sie lautstark gefragt hatte ...
»Geh jetzt«, sagte Agnes Rosier. »Und schicke Stockwell

herein. Ich möchte mich fertig ankleiden ... Aber Theresa: Du gehst nicht etwa aus, nicht wahr? Ich meine ... du weißt schon, was ich meine, weder nach Jarrow noch nach Felling, verstanden?«

Auf diese Frage gab Theresa keine Antwort. Sie senkte den Kopf und verließ das Zimmer.

Mit gesenktem Kopf schritt sie den Korridor entlang, der zur Galerie führte. Sie hob ihn erst, als sie beinahe in die Kammerzofe hineingerannt wäre.

Florrie Green kam aus dem Seitengang, der durch eine Tür mit dem Dienertrakt verbunden war. Sie hielt einen Sektkübel in der Hand und rief: »Entschuldigen Sie, Mi ... Madam!« Es lag keinerlei Ehrerbietung in ihrem Gehaben, sondern reine Gewohnheit. Niemand im Haus war Miß Theresa, oder besser gesagt Mrs. Noble, gegenüber ehrerbietig. Es war eben so, wie Mr. Kennard, der Butler, zu sagen pflegte: Sie benahm sich nicht standesgemäß. Mit dem Personal sprach sie, als handle es sich um ihresgleichen, und das gehörte sich nicht.

Theresa eilte die Mitteltreppe hinunter in die Halle und durch die frostige Toreinfahrt in den Sonnenschein hinaus. Sie schlug keinen der schmalen Pfade ein, die in den Ziergarten führten, der voller Klematis und Rosen war und selbst in der frischen Morgenluft schon betäubend duftete. Sie blieb nicht stehen, um sich über einen der auserlesenen Rosenstöcke zu beugen, wie ihre Mutter es genießerisch getan hätte. Theresa hatte für Blumen nichts übrig. Sie liebte den Garten nicht. Ein Gefängnis liebt man nicht, egal, wie schön es äußerlich sein oder wie süß es auch duften mochte.

Dort, wo die Mauer aufhörte, begann das Unterholz. Theresa blickte ein paar Minuten auf die sich ihr bietende Szenerie nieder. Dann setzte sie sich langsam auf die Erde. Von hier aus konnte sie die gesamte Rückseite des Hauses sehen: die Stallungen, die Wirtschaftsgebäude, den Hof und den Personaltrakt, in dem die männliche Dienerschaft untergebracht war. Die Frauen wohnten im Dachgeschoß des Ostflügels. Das Haus war bis auf die Vorderfront, die aus roten Ziegeln bestand, aus Stein. Theresa hatte es immer häßlich gefunden, imposant, aber eben häßlich. Es war nicht so groß wie die meisten Landhäuser, und sie hatte es von dem Augenblick an, wo sie sich ihres Heimes zum erstenmal bewußt wurde, nicht leiden können. Aber jetzt hätte sie am liebsten die Arme ausgebreitet und gerufen: Nimm mich wieder zurück, bitte!

Die Heirat hatte sie als eine Flucht aus der Enge und Heuchelei der Familie betrachtet; als einen Ausweg aus übertriebener Strenge und ewigem Sparenmüssen, nur um all diesen aufs rein Äußerliche gerichteten Aufwand betreiben zu können. In den letzten Wochen hatte sie sich immer wieder gefragt, ob sie imstande sei, die wahren Gefühle ihrer Mutter ihr gegenüber abschätzen, ja überhaupt richtig einschätzen zu können, was sich hinter all den lächelnden Mienen der Gutsfrauen und hinter dem lautstarken Gepolter ihrer Männer abspielte, und ob sie überhaupt jemals auf derlei Gedanken gekommen wäre ohne Ainsley. Höchstwahrscheinlich hätte sie sie mit den Jahren auch allein durchschaut, aber sie bezweifelte, ob sie ohne die Anleitung ihrer Erzieherin so bald und gründlich gelernt hätte, selbständig zu denken.

Sie war fünf Jahre alt gewesen, als Ainsley in ihr Leben trat. Sie konnte sich genau an jenen Tag erinnern, als sie die große hagere Frau zum erstenmal erblickt und bemerkt hatte, wie farblos und unschön Ainsley aussah. Das war noch lange vor dem Zeitpunkt, wo sie einsehen mußte, daß es um sie selbst um kein Jota anders bestellt war. Ainsley war dreißig, als sie nach »Greenwall Manor« kam, und zweiundvierzig, als sie es verließ. Einen Tag nachdem sie Theresa zu der Versammlung nach Newcastle mitgenommen hatte und sie in wilder Hast davonlaufen hatten müssen, als die Kavallerie mitten in die Menge ritt und sie um ein Haar zu Tode getrampelt worden wären. Richter Careless, ein Freund ihres Vaters, hatte sie gesehen.

Ainsley wurde Hals über Kopf entlassen, ohne Zeugnis, ohne Referenzen. Denn wer gab schon einer Erzieherin Empfehlungen mit, die ein unschuldiges Wesen verdarb!

Das hatte jedenfalls Theresas Mutter gesagt. Ihr Vater hatte noch ganz andere Ausdrücke gebraucht, denn diese Frau hatte ihn in aller Augen lächerlich gemacht, als sie seine eigene Tochter dazu überredet hatte, an einer Chartisten-Versammlung teilzunehmen, deren Mitglieder offen gegen die Bergwerksbesitzer meuterten.
Ainsley hatte sich gegen diese Anschuldigungen mit keinem Wort gewehrt. Sie hatte aber gewagt, Theresas Vater die Stirn zu bieten und zu sagen, daß sie stolz darauf sei, wenigstens ein Mitglied dieser bornierten Familie zu selbständigem Denken veranlaßt zu haben und daß er allen Grund hätte, seinerseits stolz darauf zu sein, wenigstens einen intelligenten Menschen unter all diesen Dummköpfen hier vorweisen zu können.
Theresa hatte gelernt, was es hieß, zu sterben, als sie zusehen mußte, wie Ainsley abgeführt wurde. Es war ihr nicht gestattet worden, auch nur ein einziges Wort mit ihr zu wechseln. Man hatte sie in ihr Zimmer eingesperrt, aber sie hatte an die Fensterscheiben gehämmert, und Ainsley hatte sich umgedreht und ihre in Handschellen steckenden Hände hoch erhoben. Diese Geste besagte klar und deutlich: Nur Mut. Bleib stark! – Sie hatte versucht stark zu sein, aber es war schwierig ohne Ainsleys Unterstützung. Sie hatte vorgeschlagen, einen wöchentlichen Kurs in der Stadt abzuhalten, um die Grubenarbeiter im Lesen und Schreiben zu unterrichten. Ihre Mutter hatte beinahe der Schlag getroffen, und als sie sich wieder ein wenig erholt hatte, hatte sie zu ihr gesagt: »Ja, Kind, glaubst du denn, daß ein Grubenarbeiter, der richtig lesen und schreiben kann, noch jemals in den Stollen einfährt? Willst du deinen Vater vernichten? Willst du, daß wir verhungern? Laß deinen Vater nur ja nichts von solchen Plänen hören, sonst trifft ihn noch der Schlag.«
Und dann tauchte Mr. Noble auf.
Theresa fühlte, wie ihr übel wurde. Selbst hier in der freien Natur konnte sie seine Hände über ihren Körper streichen spüren. Ständig wollte er sie angreifen, selbst bei Tisch langten seine Hände nach ihr und berührten sie.

Aber es gab einen Punkt, der sie verwirrte, ja in Erstaunen versetzte: daß sich Mr. Noble offensichtlich etwas aus ihr machte. Vielleicht war das nicht der richtige Ausdruck, aber jedenfalls merkte sie, daß sie anziehend auf ihn wirkte. Vielleicht war es nichts anderes als ihre außergewöhnliche Jugend. Sicherlich nicht ihr Aussehen, ihr Charme oder ihre Konversation, denn sie war gar nicht in der Lage, mit diesem plumpen, fettglänzenden Mann ein Gespräch zu führen, mit einem Mann, dessen Gesicht stets voller Bartstoppel war, auch wenn er sich täglich zweimal rasierte, dessen Unterlippe unangenehm weich und feucht war, der beinahe eine Glatze hatte, und der ohne Korsett mit seinem stark vorgewölbten Leib eher an eine schwangere Frau erinnerte.

Theresa erhob sich wieder und blickte, um die Gedanken von ihrem Mann abzulenken, weit ins Land hinaus. In der Ferne konnte sie Teile der Zeche ihres Vaters erkennen; noch weiter weg, wo das Tal anfing, war eine zweite Zeche. Das war die von Jarrow, die man stillgelegt hatte. An ihr schlängelte sich der silbrigglänzende Don dahin, der in den Tyne eilte, in den munteren, geschäftigen Tyne.

Sie hatte sich keine fünf-, sechsmal an den Ufern des Tynes aufgehalten, aber diese kurzen Ausflüge hatten sie stets mit Aufregung erfüllt. Dort gab es so viel zu sehen, denn was einst ein Grubenarbeiterdörfchen gewesen war, das sich an die Zeche ihres Vaters angeschlossen hatte, war schnell zu einer richtigen Stadt geworden. Fabriken schossen aus dem Boden, Schlote ragten in den Himmel, und dann entstand etwas, was sie immer wieder bedauern ließ, daß sie kein Knabe war: Palmers Schiffswerft. Sie wußte eine ganze Menge über die Familie Palmer, denn ihr Vater redete kaum von etwas anderem. Die beiden Brüder waren der Stachel in seinem Fleisch, und Theresa wußte, daß ihr Vater nicht eher ruhen würde, bis er mit Palmers in Verbindung treten könnte. Er wollte seinen Anteil an dieser sich entwickelnden Industrie haben. Das war der Hauptgrund dafür, daß ihr Bruder Bernard Ann Talford heiratete. Die Talfords waren sehr reich. Sie besaßen ein Haus, das dreimal so groß war wie das ihre. Auch hatte James Talford überall ein Wörtchen mitzureden, vor allem beim Schiffsbau, und außerdem war er ein persönlicher Freund der Palmers. Theresa entnahm aus den jeweiligen Tischgesprächen, vor allem aus den Bemerkungen ihres Bruders Rodger, daß James Talford ihren Vater nicht mochte und sich gegen diese Verbindung heftig gewehrt hatte. Aber – wie Rodger gesagt hatte – er war aus zweierlei Gründen schließlich doch geschlagen worden: Erstens liebte er seine einzige Tochter über alles und hätte es nie übers Herz gebracht, ihrem Glück im Wege zu stehen; und zweitens besaß dieser Freier eine Hartnäckigkeit und Zähigkeit, die unüberbietbar war.

Drei Jahre warb Bernard um Ann, und in dieser Zeit hatte sich sein Charakter offensichtlich gebessert, denn früher einmal wollte das Geraune über seine Streiche nicht verstummen. Und zwar nicht nur im Hinblick auf seine Spielleidenschaft. Aber nun war ihr gut aussehender Bruder angeblich ein nüchterner, standhafter Mann von sechsundzwanzig Jahren geworden, und James Talford, ein strenggläubiges Mitglied der Anglikanischen Kirche, konnte keinerlei Argumente gegen eine Heirat mehr vorbringen.

Am Dienstag sollte der Verlobungsball stattfinden. Und vier Monate darauf, Anfang Oktober, war die Hochzeit angesetzt. Ob sie Mr. Noble noch vier Monate lang würde ertragen können? Theresa schüttelte langsam den Kopf. Nicht, wenn sie sich nachts nicht einsperren konnte. Und das war unmöglich, schon wegen der Dienstboten. Denn wenn das Personal ihres Vaterhauses sie schon nicht ausgesprochen liebte und schätzte, so nahm jenes in ihrem neuen Heim ebensoviel Notiz von ihr, als handle es sich bei ihr um einen der Jagdhunde ihres Mannes. Da konnte sie lange um einen Zimmerschlüssel bitten. Die würden ja doch nur zu ihrem Mann gelaufen kommen, das wußte sie genau.

Aber es stimmte ja gar nicht, daß sämtliche Dienstboten hier sie nicht mochten; es gab zwei, die ihr zugetan waren, eigentlich sogar drei. Da war einmal Mrs. Davis, die Wirt-

schafterin; dann Katie Mulholland, die Küchenmagd; und Tatman, der erste Kutscher. Die mochten sie, und das beruhte auf Gegenseitigkeit. Aber von diesen dreien mochte sie Katie Mulholland am liebsten. Katie war das einzige junge Ding im Haus, das jeder gern ansah. Sie auch. Sie sogar besonders. Es war merkwürdig, welches Vergnügen es ihr immer bereitete, Katie Mulholland bloß anzusehen.
Als ob ihre Gedanken sie herbeigezaubert hätten, sah Theresa nun die unverkennbare Gestalt von Katie Mulholland aus einer Seitentür schwanken. Sie trug in jeder Hand einen Holzeimer, und da die Seitentür zum Dachgeschoß führte, war es bestimmt das Schmutzwasser der Mädchen, das Katie ausleeren mußte. Das gehörte zu ihren vielen Pflichten. Theresa beobachtete, wie die zarte Person den Hof überquerte und auf den Küchengarten zuging. Dann sah sie, wie die Kleine einen Eimer nach dem andern über den Rand der Senkgrube kippte. Theresa schloß die Augen und rümpfte die Nase. »Was für eine schmachvolle Behandlung«, hatte Ainsley immer gesagt, wenn sie auf das arme Ding zu sprechen gekommen waren. Und das entsprach genau Theresas eigenen Empfindungen.
Da hörte sie Hufgetrappel und ließ die Blicke von der kleinen Küchenmagd zur Auffahrt schweifen, wo die Kutsche ihres Vaters auftauchte. Sie wunderte sich, was ihn wohl um diese Tageszeit heimbrachte. Ob es wieder einmal Schwierigkeiten in der Zeche gegeben hatte? Höchstwahrscheinlich. Es gab stets Schwierigkeiten in der Zeche.

2

George Daniel Rosier war ein kleiner Mann, zumindest fünf Zentimeter kleiner als seine Frau. Sein Teint war dunkel, sein Haar grau und dünn, seine an Jetperlen gemahnenden Augen rund und seine Nase groß, knöchern und imposant. Rein körperlich ging so gut wie überhaupt keine Wirkung von ihm aus, aber er verstand es, sich durch seine Launen, sein ständiges Gereiztsein und durch seine

Ausdrucksweise bemerkbar zu machen. Jedermann im Haus fürchtete diese Dinge, ausgenommen vielleicht sein älterer Sohn und ganz gewiß seine einzige Tochter. Er sprang aus der Kutsche und eilte die Stufen hinauf, stieß dabei den Butler zur Seite und schrie: »Holen Sie Mr. Bernard. Und zwar sofort!«
Damit stürmte er in die Halle, auf die Bibliothekstür zu. Während er den Türknauf bereits in der Hand hielt, wandte er sich um und rief Kennard zu: »Wo ist er denn?«
»Ich glaube in seinem Zimmer, Sir.«
»In seinem Zimmer!« Mit geringschätziger Miene stieß er die Tür auf.
Die Bibliothek war ein langgestreckter, hoher Raum, dessen Wände vom Fußboden bis zur Decke volle Bücherborde bildeten. Aber niemals, seit George Rosier nun im Hause wohnte, und das waren gut und gerne dreißig Jahre, hatte er auch nur ein einziges Buch angerührt. Am Ende des Raumes befanden sich vier große Fenster, die auf die Auffahrt hinausgingen, und vor den beiden Mittelfenstern stand ein großer Schreibtisch aus Eichenholz, der über und über mit Akten und Schriftstücken bedeckt war. Rechter Hand war der Kaminplatz, und obwohl es warm draußen war, loderte ein helles Feuer im Kamin.
George Rosier stand einen Augenblick da und starrte ins Feuer. Dann kehrte er ihm den Rücken zu, steckte die Hand unter seine Rockschöße, klappte sie zornig in die Höhe, marschierte auf den Schreibtisch zu und schob die Schriftstücke von der einen auf die andere Seite, bis er fand, wonach er gesucht hatte. Er las den Brief gerade durch, als die Tür aufging und sein Sohn Bernard eintrat.
Bernard Rosier war groß – dreizehn Zentimeter größer als seine stattliche Mutter. Sein Teint war ebenso dunkel wie seine Augen; sowohl sein Gesicht als auch sein Körper waren breit, genau wie bei seiner Mutter. Lippen und Nasenflügel waren jedoch schmal. Alles in allem sah er ausgesprochen gut aus, er war ein Mann von gewissermaßen düsterer Schönheit.
»Wo, zum Teufel, bist du gewesen?«

»Auf meinem Zimmer.« Die Antwort klang kühl und absolut nicht ärgerlich, trotz des angriffslustigen Tonfalls seines Vaters.
»Um diese Zeit? Kein Wunder, daß wir uns in des Teufels Küche befinden.«
»Ich habe gestern bis sieben Uhr abends gearbeitet.«
»Das ist noch lange kein Grund, bis elf im Bett zu liegen.«
»Ich bin nicht im Bett gelegen. Sondern bereits um sieben aufgestanden, um Falstaff auszureiten. Danach habe ich mich tüchtig abreiben lassen.«
»Du und deine Abreibungen. Das ist nicht der richtige Zeitpunkt zum Zureiten und Abreiben. Um elf Uhr vormittags!« Er schnaufte. »Wir müssen handeln. Die Kerle wollen wieder einmal streiken.«
»Das hast du ja gestern bereits gewußt.«
»Steh nicht herum und sieh so verdammt kühl drein. Natürlich habe ich es gestern schon gewußt. Zumindest habe ich es erwartet. Aber ich dachte, ich könnte ihnen einen Knüppel vor die Beine werfen und ihnen schon Gottesfurcht beibringen. Ich habe Brown aufgetragen, das Gerücht in Umlauf zu bringen, daß ein Schiff mit Iren angekommen sei, aber dieser Fogerty und Ramshaw haben wieder damit begonnen, Reden zu schwingen. Wenn wir unsere Termine nicht einhalten können, wird uns Palmer fallenlassen und unsere Kohlen nur dann transportieren, wenn er gerade einmal weniger zu tun hat. Und das ist immer seltener der Fall. Mein Gott, wenn ich nur endlich im Ausschuß säße!«
Er schlug die dicke Faust der Rechten in die linke Handfläche, während sein Sohn ihn einen Moment lang ruhig beobachtete, ehe er sagte: »Du hättest die Aktien damals kaufen sollen, als du Gelegenheit dazu hattest.«
»Komm mir ja nicht damit, ich habe dich gewarnt!« schrie George Rosier, und sein Gesicht lief rot an. »Ich habe dir schon hundertmal gesagt, daß ich vor acht Jahren nicht in der Lage war, auch nur eine einzige Aktie zu kaufen. Ich hatte Mühe genug, den Kopf über Wasser zu halten, und zwar wortwörtlich, mein Lieber, denn überall in der Zeche

gibt's Wasser... Egal« – er wandte sich brüsk um und starrte ins Feuer –, »wer in aller Welt hätte gedacht, daß ein dampfbetriebenes Schiff sich als erfolgreich herausstellen könnte? Es hat immer wieder Versuche gegeben, die kläglich gescheitert sind, die Kosten waren enorm, die ganze Sache schien nicht mehr als ein Experiment zu sein, so hirnverbrannt klang sie.«
Bernard Rosier wischte sich die Schweißperlen von der Oberlippe, als er den Rücken seines Vaters anstarrte. Wer hätte das gedacht... Am liebsten hätte jetzt er gesagt: Komm mir nur ja nicht wieder damit! Es machte ihn ganz krank, seit Jahren mit immer wieder den gleichen Phrasen abgespeist zu werden. Er wußte schon, was er getan hätte, wenn er vor acht Jahren auch nur das geringste zu sagen gehabt hätte: Er hätte sich eben Geld geliehen und Aktien für dieses »Experiment« erstanden. Hunderte, Tausende. Auch wenn sein gesunder Menschenverstand ihm davon abgeraten hätte; seine Spürnase, sein Spielerinstinkt hätten ihm schon den rechten Weg gewiesen!
Kaum war er mit seinen Gedanken an diesem Punkt angelangt, öffnete sich die Tür und sein Bruder Rodger trat ein. Rodger war zwanzig Jahre alt, von mittlerer Größe, hatte hellbraunes Haar und ebensolche Augen, seine Miene war lebhaft, aber stets freundlich. Hätte seine Schwester diese Gesichtszüge mitbekommen, wäre sie hübsch geworden, und hätte er etwas von den ihren abbekommen, dann hätte man ihn sicher als schneidigen, immerhin anziehend aussehenden jungen Mann bezeichnet. »Entschuldigt«, sagte er. »Ich wußte nicht, daß ihr in der Bibliothek seid.«
»Steh nicht herum, komm herein«, sagte sein Vater mit einer schwungvollen Armbewegung und schob Bernard einen Brief über den Schreibtisch zu. »Sieh dir das an, Bernard. Ein Inspektor kommt.«
Bernard Rosier überflog den Brief, gab ihn dann seinem Vater zurück und meinte: »Das haben wir uns doch gewünscht. Davon hängen schließlich die nächsten Aufträge ab, das weißt du genau.«
»Und ob ich das weiß. Aber lieber sperre ich zu, als daß ich

mir kostspielige Verbesserungen aufschwatzen lasse, das garantiere ich dir. Und wenn ich der einzige sein sollte, der da nicht mitmacht.«

»Wäre es auf die Dauer betrachtet nicht leichter«, wandte Rodger ruhig, ja beinahe in schüchternem Ton ein, »wenn ihr zusammenhalten und versuchen würdet, den Schaden, der durch die letzte Überflutung entstanden ist, zu beheben und den Percy-Kanal regulieren zu lassen?«

»Rede keinen solchen verdammten Unsinn, Rodger. Warum sollte ich mit gutem Bargeld herausrücken, selbst wenn ich es hätte, um derartige Dammarbeiten für Kerle machen zu lassen, die niemals auch nur die Nase in unsere Gegend stecken, sondern es sich in London gutgehen lassen? Kümmern denn die sich um ihre Zechen? Nein, ich bin so ziemlich der einzige Narr in dieser Grafschaft, der in diesem Hexenkessel sitzt, bis über die Ohren in Sorgen, Gefahren und Schulden. Und wenn ich ›Gefahren‹ sage, dann weiß ich genau, was ich sage. Dieser Mob besteht aus lauter Verrückten. Der Bischof von Durham wußte schon, was er tat, als er sie ankettete. Nein, wir müssen da schon auf einen anderen Modus kommen. Paß auf«, sagte er, nun an Bernard gewandt. »Du gehst jetzt zu Bunting hinüber und sagst ihm, daß er Ramshaw und Fogerty loswerden muß. Egal, wie er es anstellt, das überlasse ich ihm. Irgend etwas muß er schließlich auch leisten für sein Geld und ...« Er hielt plötzlich inne, preßte die Hand auf den Bauch, beugte sich vor, als hätte er Krämpfe, und ließ seinen Blähungen freien Lauf. »Ich«, sagte er dann, »ich fahre nach Newcastle, um Bullard aufzusuchen. Er muß mir unbedingt etwas dagegen verschreiben, das bringt mich noch um. Also tu gefälligst, was ich dir gesagt habe«, sagte er abschließend zu Bernard, dann drehte er sich unvermittelt um und marschierte zur Tür hinaus.

Die Brüder sahen einander vielsagend an. Dann trat Bernard ans Fenster, wischte sich abermals die Schweißtröpfchen von der Oberlippe und sagte: »Wie würden dir derlei Predigten Tag um Tag gefallen, Rodger?«

»Gar nicht«, sagte der Bruder.

»Du hast eben Glück.«
»Ja, das glaube ich auch. Ich weiß es sogar ganz genau.«
Rodger war eben erst aus Oxford gekommen. Es überraschte ihn immer noch, daß er dort gelandet war. Wenn er, wie er es oft tat, an Vater und Bruder und an ihr Leben dachte, das vor allem daraus bestand, Kapital aus der Zeche zu schlagen, dann fragte er sich, wie es ihm gelungen war, dem zu entfliehen.
Offensichtlich war es die göttliche Vorsehung, daß seine Eltern nirgends anders als im Herrenhaus leben konnten, mit dem Gutsbetrieb und den dreißig Morgen Land sowie den zwanzig Dienstboten, den Pförtner und die Landarbeiter nicht mit eingerechnet. Dennoch wußte er, daß seine Eltern mit dieser Lebensweise keineswegs wirklich zufrieden waren. Für seine Mutter war sie nicht luxuriös genug, und dem Vater verschaffte sie nicht genügend Ansehen.
Sein Vater hatte einst im Dorf die Hütten für die Bergleute errichten lassen, da er aber zugleich einen Kolonialwarenladen betrieb, gelangte der Großteil ihrer Löhne auf diesem Wege wieder in seinen Säckel. Man hätte seinen Vater im Grunde genommen ruhig als den Besitzer des Dorfes bezeichnen können, aber das genügte ihm nicht. Sein Vater wollte Macht, und Bernard wollte Macht. Was die soziale Leiter anlangte, waren sie Streber reinsten Wassers, und in gewisser Hinsicht war das der Grund, daß ihm gestattet worden war, nach Oxford zu gehen. Ein Sohn und Bruder, der studierte, galt in diesem kommerziell denkenden Distrikt als Aktiva. O ja, Rodger wußte, weshalb man ihm erlaubt hatte, nach Oxford zu gehen. Er war kein willensstarker Mensch wie sein Bruder, aber er verfügte über ein klares Urteilsvermögen und wußte, wieviel es geschlagen hatte.
»Ich habe ein neues Jagdpferd«, sagte Bernard plötzlich.
»Was?« Rodger wandte sich um und sah seinen Bruder mit zusammengekniffenen Augen an.
»Ich sagte, ich habe ein neues Jagdpferd, einen Braunen.«
Rodger schüttelte lächelnd den Kopf. Sie hatten kein Geld,

hatten ringsum nichts als Schwierigkeiten, wußten nicht, wie sie dieselben überwinden sollten, aber Bernard mußte ein neues Jagdpferd haben.
»Kommst du mit und siehst ihn dir an?«
Ohne die Antwort erst abzuwarten, durchquerte Bernard die Bibliothek und eilte in die Halle. Rodger folgte ihm. Kaum hatte Bernard, durch eine Seitentür tretend, den Hof erreicht, stieß er mit Katie Mulholland zusammen.
Das Mädchen, das in beiden Händen randvolle Eimer mit Spülwasser trug, fiel der Länge nach hin, und als die schmutzige Brühe hoch aufspritzte, stieß Bernard Verwünschungen und Flüche aus, die damit endeten, daß er schrie: »Verdammte Närrin, kannst du nicht aufpassen, wo du hintrittst?« Er starrte auf seine über und über bespritzten Reithosen und auf die immer noch zu seinen Füßen liegende schmächtige Gestalt nieder, die mit einer Hand den Henkel eines der Kübel umklammerte und die andere fest vor's Gesicht preßte.
Katie Mulholland blieb reglos liegen und wagte nicht, auch nur den Kopf zu heben. Ach, du liebe Güte, wie hätte sie wissen sollen, daß Mr. Bernard zu dieser Tageszeit den Seiteneingang benützen würde? Er war so schnell dahergekommen, daß er sie glatt umgerannt hatte. Ach, aber besser, sie sagte nichts davon, daß er sie umgerannt hatte, sondern lieber, daß sie ausgeglitten sei.
»Komm, steh auf, es ist schon in Ordnung«, sagte da jemand zu ihrem Erstaunen und zog sie hoch. Schüchtern spähte sie in Mr. Rodgers Gesicht. Rodger sah sie nur lächelnd an und meinte, sie von Kopf bis Fuß betrachtend: »Du bist ja schön zugerichtet! Geh dich waschen. Wie heißt du denn?«
»Katie, Sir«, sagte sie und machte einen Knicks.
»Nun, dann rasch zur Pumpe mit dir, Katie, damit du das Zeug wieder los wirst.« Er rümpfte bei dem Geruch die Nase.
»Ja, Sir«, sagte sie schüchtern. »Danke, Sir.« Und dann sah sie den beiden nach, die im Stall verschwanden. Vielleicht ... vielleicht würde sie keine Hiebe bekommen,

wenn sie sich waschen konnte, noch ehe die Köchin sie erblickte. Sie lief quer über den Hof zur Pumpe, schwenkte geschickt die Eimer aus, sammelte die verstreuten Abfälle vom Pflaster auf, lief zum Mauerbogen und tat das Zeug in den Schweinetrog. Dann schob sie die Eimer nach der Reihe unter den Wasserstrahl, füllte sie bis oben hin an und trug sie ins Haus.

Aus den Augenwinkeln beobachtete Katie die Köchin, die am riesigen Herd thronte und offensichtlich nichts von dem Tumult gehört hatte. Zum Glück war sie heute gut aufgelegt. Katie seufzte erleichtert auf, nahm auf dem umgestülpten Holzfaß Platz und fing, wie täglich, mit dem Kartoffelschälen an.

Katie hatte bei den Rosiers zu arbeiten begonnen, als sie elf war. Nun war sie fünfzehn, und ihre Pflichten umfaßten noch immer die schmutzigsten, mühsamsten und allerlangweiligsten Arbeiten, die sich in einem solchen Herrschaftshaus ergaben. Katie machte sich nichts daraus, schließlich, so sagte sie sich, verdiente sie einen Shilling die Woche und war überdies der Liebling von Mrs. Davis, der Wirtschafterin.

Die Stimme der Köchin ließ sie aus ihren Gedanken auffahren. »Bist du damit immer noch nicht fertig?«

»Beinahe, bitte.«

»Und mit den Rüben?«

»Ja, die habe ich schon ausgestochen.«

»Die bringen mich noch um den Verstand, wenn das so weitergeht«, klagte die Köchin, während sie den Fisch mit Mayonnaise garnierte. »Vier Tage noch! Du meine Güte, wenn ich das nur durchstehe!«

Während Katie mit aufmerksamer Miene dem Gejammer der Köchin zuhörte, ließ sie die Blicke über die farbenprächtige Reihe von Schüsseln und Platten gleiten. Es war immerhin möglich, daß ihr die Wirtschafterin etwas von den Resten zusteckte, wenn Mr. Kennard und Miß Stockwell sich erst einmal ihren Teil abgezweigt hatten. Mrs. Davis sorgte immer dafür, daß sie ein bißchen etwas mit heimnehmen konnte. Plötzlich fiel ihr ein, daß am darauf-

folgenden Tag ja Lohnauszahlung war und daß der Sonntagnachmittag diesmal ihr gehörte.
Oh, wie sie sich darauf freute, heimgehen zu können. Sie sehnte sich richtig danach, Mutter und Vater wiederzusehen und Joe und Lizzie. Und ihnen über all die Vorbereitungen für Mr. Bernards Verlobungsball zu berichten; über die Leute, die eingeladen worden waren, über die vielen köstlichen Speisen, die Hühner und Enten und Gänse, die in der Speisekammer hingen, die geschlachteten Schweine, die Schinken in der Räucherkammer, die Gallonen von geschlagener Sahne, die vielen, vielen Eier, die täglich in der Küche abgeliefert wurden, und gar erst der riesige Korb mit Käse, der sogar aus London geschickt worden war. Und dann wollte sie ihnen erzählen, wie sie mit den beiden Eimern mitten im Hof der Länge nach hingefallen war und Mr. Bernards Reithosen über und über bespritzt hatte. Mein Gott, war sie da erschrocken! Aber nun konnte sie bereits wieder darüber lachen, und wenn sie erst daheim war und es ihnen richtig vormachen würde, dann würden sie sich die Seiten halten. Am lautesten von allen lachte immer ihr Großvater, weil er überhaupt keinen Respekt vor den noblen Leuten hatte, in der Beziehung war er fürchterlich.
»Los, los, Katie! Du kannst doch nicht den ganzen Tag auf deinen vier Buchstaben sitzen!«
Katie fuhr auf und sagte zur Köchin: »Ich bin sofort fertig. Nur mehr zwei.«
»Ganz schön lang hast du heute gebraucht. Dabei mußt du noch alle Töpfe und Kessel scheuern. Nimm nur ja gehörig Sand und Salz dazu. Sie müssen nur so funkeln, verstanden?«
Und so ging der Tag dahin. Eine schwere Arbeit folgte der anderen auf dem Fuß, pausenlos, bis um neun Uhr endlich alles getan war und Katie zu Bett gehen durfte.
Im Winter gab man ihnen zwei Kerzen pro Woche, im Sommer nur eine, und obwohl Katie ihre Kerzen niemals ganz aufbrauchte, weil sie, wenn sie in die Dachkammer kam, beinahe schon schlief, bestand keine Möglichkeit,

etwas davon heimzubringen, weil die Ausgabe neuer Kerzen nur erfolgte, wenn man den allerletzten Stumpf vorweisen konnte. Dabei wäre das eine große Hilfe für die zu Hause gewesen, besonders während der langen Winterabende, wo ihr Vater lesen und seinen engsten Freunden die Buchstaben beibringen wollte, wie Mr. Burns, der Prediger, sie einst ihm beigebracht hatte.
Aber das war jetzt auch egal. Es zählte nur eines: daß morgen Zahltag war und sie Sonntag nach Tisch heimgehen konnte. Dieser Gedanke erfüllte sie mit solcher Freude, daß sie trotz aller Müdigkeit am liebsten einen Luftsprung gemacht hätte.

Samstagvormittag saß George Rosier hinter seinem großen Schreibtisch in der Bibliothek und blickte mit mißmutiger Miene auf den Goldmünzen ausspeienden Lederbeutel in seiner Hand nieder. Dieses allmonatliche Ereignis versetzte ihm jedesmal direkt körperliche Schmerzen. Denn seiner Meinung nach war es schon genug, daß er die Grubenarbeiter bezahlen mußte, wenn er auch zugeben mußte, daß einige von ihnen, nur einige, es verdienten. Aber Menschen – vor allem Frauen! – Geld zu geben, die er nicht nur beherbergte, sondern auch verköstigte und kleidete, brachte seine Galle zum Überfließen.
Nachdem er den roten Klingelzug betätigt hatte, öffnete Kennard die Tür und wartete mit ergebener Miene ab, bis sein Herr und Gebieter barsch: »Also los!« sagte. Kennard neigte den Kopf und betrat, gefolgt von Mrs. Davis, Jane Stockwell, Frank Tatman, dem ersten Kutscher, und James Wisden, dem Gärtnermeister, die Bibliothek.
Mary Davis trat gelassen, wie immer, an den Schreibtisch, deutete einen Knicks an und wartete. Sie sah zu, wie ihr Brotgeber eineinhalb Goldsovereigns von dem Stoß auf dem Tisch nahm, einen Florin hinzufügte und sagte: »Ein Pfund, zwölf Shilling.« Sie beobachtete, wie George Rosier das Geld in kleine Häufchen sortierte, einen Blick in seine Liste warf, ihr den ihr zustehenden Betrag zuschob und gleich danach loskläffte: »Fanny Croft, sechzehn Shilling.

Daisy Studd, zwölf Shilling. Florrie Green, vierzehn Shilling. Mary Ann Hopkins, sieben Shilling. Delia Miller, ein Pfund. Dorothy Black, acht Shilling. Kate McManus, vier Shilling. Katie Mulholland, vier Shilling ... So!« Er schob ihr die Namensliste hin. »Sie sollen alle ihr Zeichen druntermachen. Übrigens ...« Er runzelte die Stirn, zeigte mit dem Finger auf den letzten Namen und sagte zu Mrs. Davis: »Die da, diese Mulholland, kann die etwa schreiben?«
»Ja, Sir.«
»Und lesen?«
»Ja, Sir.«
»Wer hat ihr das beigebracht?«
Er sah Mrs. Davis von der Seite an,und sie zögerte einen Moment, ehe sie sagte: »Ihr Vater, glaube ich.«
Er betrachtete sie und dachte dabei: der »Große Mulholland«, der lesen und schreiben kann. Das mußte er sich merken. So pflegten die Unannehmlichkeiten anzufangen.
Die Leute traten der Reihe nach vor, um ihren Lohn in Empfang zu nehmen.
Nachdem sie die Bibliothek verlassen hatten, näherte sich Patrick Kennard dem Schreibtisch,und Rosier schob ihm dabei zwei Goldsovereigns zu. Es gehörte sich so, zumindest Mr. Kennards Meinung nach, daß er seinen Lohn extra erhielt. Die anderen brauchten nicht zu wissen, was er verdiente. Sein Brotgeber sah ihn an, als Kennard sein Kreuz hinmalte,und wunderte sich über diese Ungereimtheit: Der Personalvorstand brachte bloß ein Kreuz zustande, während die letzte Küchenmagd imstande war, Vor- und Zuname zu schreiben.
Kaum war George Rosier wieder allein, betrachtete er den Endbetrag auf seiner Liste. Sechzehn Pfund und acht Shilling hatte er ausgezahlt. Dazu kamen noch Unterkunft, Verpflegung und Bekleidung. Und dabei waren die Landarbeiter oder der Pförtner noch gar nicht mitgerechnet. Dennoch war das im Vergleich zu den übrigen Haushaltsspesen nur eine Kleinigkeit. Wo sollte er das nur alles hernehmen?
Und da drohten diese verdammten Wilden in der Zeche da

drüben noch mit Streik wegen schlechter Behandlung durch die Aufseher, die sie zur Kurzarbeit eingeteilt hatten. Weshalb mußte er bloß solche Unannehmlichkeiten haben? Ein paar Meilen weiter, in der Felling-Zeche, gab es nichts dergleichen. Es stimmte schon, was sein Freund, der Richter, erst kürzlich zu ihm gesagt hatte: Der angestammte Platz für die Raufbolde aus Jarrow und Hebburn war unter der Erde, und dort sollte man sie belassen, weil sie ohnehin größtenteils dem Dreck entstammten. Und bei Gott, er hatte recht!

3

Katie war fertig. Sie hatte ihr sauberes Kleid angezogen, die Brosche angesteckt, die einst ihrer Großmutter gehört hatte, und auf das schöne, kräftige, glänzende Haar den Hut mit den Maßliebchen gedrückt, den ihr Mrs. Davis vergangenes Jahr geschenkt hatte.

Sie glättete den bis auf die Stiefel herabfallenden Rockteil, und dabei blieben ihre Blicke auf ihren Händen haften. Sie waren rot und verschwollen und die Nägel abgebrochen, aber ebenso sauber wie der Fußboden, den sie kurz zuvor mit Sodalauge und Scheuerbürste bearbeitet hatte.

Nachdem Katie die ihr zugewiesene Dachstubenecke genau gemustert hatte, ob auch ja alles tadellos war für den Fall, daß Mrs. David während ihrer Abwesenheit einen Rundgang machen sollte, lief sie den Korridor entlang, bis sie vor dem Zimmer der Wirtschafterin stand. Sie klopfte kurz an die Tür und trat ein.

Mrs. Davis kam Katie ohne Haube immer komisch vor. Sie trug ihr graues Haar straff nach hinten gebürstet, ihr rundes, stets hochrotes Gesicht war übersät mit Falten, aber ihr Körper war schlank und wirkte noch ziemlich jung. Sie zog Katie an sich und sagte: »Siehst du aber wieder nett und sauber aus, mein Kind.« Sie sagte nicht hübsch oder schön, das wäre nicht passend gewesen. Es gab Zeiten, wo es sie schmerzte, dieses liebreizende Ding anzusehen, besonders als Katie noch kaum den Kinderschuhen entwachsen war und zum Umfallen müde ausgesehen hatte. Sie berührte die Brosche an Katies Ausschnitt und sagte: »Das setzt allem die Krone auf, Katie, wirklich, es sieht großartig aus.«

Katie lächelte Mrs. Davis strahlend an.

Mrs. Davis strich Katie über die Wangen. Die Haut war weich wie Seide und hatte die Farbe rosiger Sahne. Aber es waren die Augen, die Katies Gesicht zu dem machten, was es war. Sie waren außergewöhnlich. Niemals hatte sie solche Augen gesehen. Es lag nicht daran, daß sie grün und dicht bewimpert waren. Es war mehr. Sie waren von einer solch unschuldigen Frische, daß einem warm ums Herz wurde. Und dann dies prachtvolle Haar: wie dunkle Kastanien, die an manchen Stellen golden funkelten. Auch ihre Figur fing langsam an, bemerkenswert zu werden. Noch war Katie zu mager, aber ihre Brust hatte sich in den letzten Monaten erst so richtig entwickelt. Mrs. Davis legte behutsam den Zeigefinger darauf und sagte: »Hast du dein Geld auch sicher verwahrt, Katie?«

»Ja, Mrs. Davis«, sagte Katie und nickte eifrig. »Ich habe es in meinem Beutel angenadelt.«

»So ist's recht. Nun, ich habe wieder ein, zwei Sachen für dich.« Sie ging zur Kommode und entnahm einer Lade mehrere kleine, flache Päckchen, und als Katie ihr Kleid und den obersten Unterrock hochhob, stopfte Mrs. Davis eins nach dem anderen in die beiden Seitentaschen, die am zweiten Unterrock aufgenäht waren. »Ein bißchen Tee und Zucker. Dann etwas Speck und Zunge vom gestrigen Abendessen. Mein heutiger Pudding. Und ein paar Stückchen vom Kapaun. So, das ist alles.« Abermals berührte die Wirtschafterin Katies Wange. »Ich lasse deine Mutter schön grüßen und ihr ausrichten, daß du deine Sache in diesem Haus sehr gut machst und ein sehr braves Mädchen bist.«

»Oh . . . oh, danke, Mrs. Davis. Das mache ich. Und vielen Dank für die guten Sachen.« Die letzten Worte flüsterte sie beinahe.

Mrs. Davis nickte ihr freundlich zu, schob sie zur Tür und sagte: »Und um sechs bist du wieder da, nicht wahr?«
»Ja, Mrs. Davis.«
»So ist es recht. Laß dich von niemandem begleiten oder gar im Wagen mitnehmen, sondern geh lieber rechtzeitig von daheim fort.«
»Das tu ich, Mrs. Davis. Danke vielmals und auf Wiedersehen.«
»Leb wohl, mein Kind.«
Es war ein heißer Tag. Die Sonne brannte vom strahlendblauen Himmel, und Katie eilte den holprigen Fahrweg entlang, bis sie richtig in Schweiß geriet. Dann ging sie eine Weile ruhig dahin, nicht ohne hie und da wieder in muntere Sprünge zu verfallen, weil sie sich so glücklich fühlte. Einmal lachte sie sogar laut heraus, schlug sich jedoch gleich mit der Hand auf den Mund und schüttelte über sich selbst den Kopf.
Der Fahrweg verbreiterte sich nun zu einer richtigen Straße, die ziemlich steil hügelaufwärts führte, und als Katie den Gipfel erreicht hatte, blieb sie stehen. An diesem Punkt blieb sie jedesmal stehen, denn von hier aus konnte man meilenweit ins Land sehen. Zu beiden Seiten lag weithingestrecktes Weideland, dann folgte das Moor, und der Fleck da ganz hinten war Jarrow. Dort war der Fluß. Das war aber nur nach den schlanken Silhouetten der Schiffsmaste zu erraten.
Nun lief Katie abermals los, bis die ersten kleinen, getünchten Hütten auftauchten und sie wußte, daß es keine drei Minuten mehr bis nach Hause dauerte.
Catherine Mulholland erwartete ihre Tochter schon in der Tür. Der Versuchung, ihr einfach entgegenzulaufen, widerstand sie.
»Hallo, Mama!«
»Hallo, mein Kind.« Catherine trat ins Haus, dann erst breitete sie die Arme aus, und Katie stürzte sich ungestüm hinein und schlang die Arme um die Taille ihrer Mutter. Nachdem sie eine gute Minute eng umschlungen beisammengestanden waren, hob Katie den Kopf und sah ihre

Mutter an; dann wanderten ihre Blicke ins Hausinnere, wo sie die Umrisse der Männer wahrnehmen und ihre Stimmen hören konnte.
Die Mutter senkte den Kopf und flüsterte Katie zu: »Das sind Mr. Ramshaw und Mr. Fogerty.«
Das Lächeln schwand aus Katies Zügen, und während sie die Augen aufriß, sagte sie nur ein Wort: »Unannehmlichkeiten?« Die Mutter nickte nur. »Haben sie ihre Arbeit verloren?« fragte Katie im Flüsterton.
»Noch nicht, aber ich glaube, es steht kurz bevor. Es kann nicht so weitergehen.« Die Mutter schüttelte langsam den Kopf. Dann sagte sie leise: »Es dauert nicht mehr lange. In wenigen Minuten gehen sie zur Kapelle. Aber komm weiter, sag Papa guten Tag.«
Sie zog ihre Tochter ins Zimmer, wo drei Männer und ein Junge ihr entgegenblickten. Alle lächelten Katie zu. Rodney Mulholland, ein großer Mann von neununddreißig Jahren, mit großen, eingesunkenen Augen, hohlen Wangen und braunem Haar, kam auf sie zu und sagte: »Hallo, meine Kleine.« Er legte die Arme zärtlich um sie, sie sah zu ihm auf und erwiderte: »Hallo, Papa.« Katie wußte, daß sie ihm nachgeriet. Ihr Vater war ein vortrefflicher Mann; streng, aber großartig. Heute sah sein Gesicht müde und alt aus.
»Wie geht's dir, Kind?«
»Gut, Papa.«
»Fein.« Er ließ sie los, und sie sahen sich noch einen Augenblick lang an.
Dann wandte sich Katie ihrem Bruder zu und sagte: »Hallo, Joe.«
Joe war ein Jahr jünger als sie, genauso mager wie sein Vater, nur bedeutend blasser. Auch er sah müde aus. Dann sagte der Vater: »Du kennst doch Mr. Fogerty und Mr. Ramshaw.«
»Ja.« Katie nickte den beiden lächelnd zu.
»Hallo«, sagten sie, und Mr. Fogerty, ein kleiner, breitgebauter Mann, fügte im singenden Tonfall des Iren hinzu: »Du wirst von Mal zu Mal hübscher, Katie, wirklich.«

Katie antwortete nichts darauf, sondern senkte den Kopf und schüttelte ihn nur.
»Da hast du ganz recht, Dennis«, meinte auch Ramshaw und nickte seinem Freund zu.
»Genug davon«, sagte der Vater, und wenn es auch scherzhaft klang, lag doch ein leichter Tadel in seinem Tonfall. »Wir wollen doch nicht, daß sie sich Flausen in den Kopf setzt.« Dann nahm er Katie am Kinn und sagte: »Wir brauchen nicht länger als eine halbe Stunde. Dann möchte ich dich lesen hören.« In seinem Blick lag liebevolle Bewunderung.
»Ja, Papa, gerne.«
»Also dann machen wir, daß wir fortkommen.« Rodney Mulholland nickte seinen Kameraden zu, und sie verabschiedeten sich und verließen das Haus.
Kaum hatte sich die Tür hinter ihnen geschlossen, sagte Katie: »Ich habe wieder Verschiedenes zum Essen mitgebracht, Mama.«
»Wirklich, Kind?« Catherine stand vor dem Tisch und sah ihre Tochter an, die dem Bruder den Rücken zuwandte, Rock und Unterrock hochhob und die kleinen Päckchen aus dem Versteck hervorräumte. »Es sind beinahe zwei Unzen Tee, Mama.«
»Oh!« Catherine nahm die Päckchen an sich und starrte auf sie nieder, als würden sie reines Gold enthalten.
»Und da drinnen ist Zucker; hier Speck; da ein bißchen was vom Huhn. Und denk dir nur, Mrs. Davis hat ihre Pudding-Portion für mich gespart: Ich glaube, sie hat dabei an Joe und Lizzie gedacht.« Sie drehte sich um, lächelte Joe herzlich zu und fragte dann: »Wo sind denn Lizzie und Opa? Hat er sie hinausgetragen?«
»Nein«, sagte die Mutter und schüttelte den Kopf. »Lizzie ist in ihrem Zimmer, und Opa ist hinter den Lerchen ...« Sie neigte den Kopf und biß sich auf die Unterlippe, dann meinte sie: »Tut mir leid, Kind, ich hätte es dir nicht sagen sollen. Aber weißt du, er braucht eine Beschäftigung, da kommt er sich ein bißchen unabhängiger vor. Außerdem hilft es mir auch ein bißchen beim Speisezettel. Aber wie

gesagt, es tut mir leid.« Sie legte Katie die Hand auf die Schulter und drückte sie verständnisvoll. Sie wußte, daß ihre Tochter den Großvater vergötterte, aber niemals verstehen oder sich daran gewöhnen konnte, daß er ein Vogelfänger war. Katie hatte auch nie einen gegessen, nicht einmal einen Sperling. Einmal, als ihr Bauch vor lauter Leere ganz aufgebläht gewesen war, hatte sie es versucht, aber es war ihr nur todübel geworden, und die Mutter hatte sie niemals mehr dazu gezwungen. »Er wird bald da sein«, sagte die Mutter nun. »Er wollte hier sein, wenn du kommst. Vielleicht ist er zu weit gegangen. Sein Beinstumpf macht ihm in letzter Zeit ziemlich zu schaffen.«
Katie drehte sich zu ihrem Bruder herum und fragte behutsam: »Und was ist mit dir, Joe? Dir geht's wohl nicht gut, hm?«
Joe, der vor dem offenen Feuer saß, schüttelte den Kopf, dann lächelte er Katie an und sagte: »Es ist nichts, Katie, ich bin nur müde. Ich arbeite jetzt bei Boldon, weißt du.«
»Da mußt du ja den langen Weg zu Fuß gehen?« meinte Katie und machte ein langes Gesicht.
»Mhm.« Er nickte. »Der Hinweg ist nicht so schlimm. Aber der Rückweg. Da ist man ehrlich müde.«
»Wirst du den Winter über dort bleiben?«
»Ich weiß es nicht. Man muß dort hingehen, wohin sie einen schicken, das steht im Vertrag.«
Dieses Wort schien Catherine Mulhollands Händen beim Päckchenaufschnüren Einhalt zu gebieten. Vertrag, Vertrag! Dieses tödliche kleine Stück Papier, auf das Mann wie Sohn ihren Namen setzen mußten, ehe sie überhaupt Arbeit erhielten, ehe sie etwas zu beißen hatten. Ihr armer Junge war bereits mit zehn unten im Schacht gewesen. Es hatte ihr Alpträume verursacht, wenn sie sich vorstellte, wie der schmächtige Kleine da unten im Dunkeln saß, zehn Stunden lang, pausenlos. Manchmal waren es sogar zwölf Stunden gewesen, ja auch länger. Und das für zwölf Shilling für zwei Wochen.
Joe war der einzige von fünf Söhnen, den sie großgezogen hatte. Die andern waren gestorben. Mit jedem Verlust

schien ihr das Herz zu brechen, aber nun war sie froh, daß sie nicht mehr am Leben, sondern im Himmel waren. Dort hatten sie es bestimmt warm und waren glücklich. Sie hatte insgesamt acht Kinder geboren, aber nur drei davon hatte sie großgebracht, und sie wünschte inbrünstig, es wäre ihr nur bei zweien gelungen. Aber nein, nein, so etwas durfte man nicht einmal denken. Es war Gottes Wille, daß sie Lizzie behalten hatte.
»Mama«, sagte da Katie. »Meinst du, ich sollte mit Mrs. Davis sprechen, ob sie nicht beim Gärtnermeister ein gutes Wort für Joe einlegen könnte? Er braucht einen zweiten Gärtnerburschen, ich habe gehört, wie er es zur Köchin gesagt hat.«
Noch ehe Catherine antworten konnte, sagte Joe schon: »Nein, ich mag da nicht hingehen, ein für allemal. Nicht einmal für zehn Shilling pro Woche. Also fang erst gar nicht damit an. Nächstes Jahr werde ich acht Shilling bekommen und in ein paar Jahren werde ich dasselbe verdienen wie Papa. Ich habe nicht die Absicht, die drei Jahre, die ich bisher gearbeitet habe, in den Wind zu schlagen und jetzt als Gärtnerbursche mit drei Shilling anzufangen. Außerdem verstehe ich nichts von Gartenarbeit, und sie interessiert mich auch nicht.« Als Katie den Kopf senkte, sagte er rasch: »Aber auf alle Fälle danke, Katie.« Bruder und Schwester sahen einander an und lächelten. Sie waren einander stets nahegestanden, hatten niemals Streit miteinander gehabt, nicht einmal als sie noch klein waren. Aber in dieser Familie gab es überhaupt niemals Streit. Sie lachten miteinander, und sie weinten miteinander. Aber sie stritten nie.
»Kann ich Lizzie jetzt hereinbringen, Mama?«
»Tjaja, natürlich.« Catherine nickte, und Katie lief über den Steinfußboden der Küche und betrat den angrenzenden Raum.
Auf dem Strohsack unter einem winzigen Fenster saß eine Frau . . . oder ein Mädchen. Es hing ganz davon ab, wie man es betrachtete. Lizzie Mulholland war achtzehn Jahre alt, von mittlerer Größe und unförmig. Egal, wie wenig sie

auch essen mochte, sie nahm ständig zu. Außerhalb des Hauses wurde sie »die kleine Idiotin« genannt, aber für die Familie war sie nur ein bißchen wirr im Kopf. Vor allem für Katie war sie wie ein flügellahmes Vögelchen, das Liebe und Zärtlichkeit in ihr erweckte.

Lizzie konnte stundenlang dasitzen, ohne sich auch nur zu regen, und wenn man sie nicht regelmäßig auf die Toilette brachte, verrichtete sie ihr Geschäft eben dort, wo sie gerade saß. Sie drückte sich so aus, wie sich ein zweijähriges Kind auszudrücken pflegt, und als sie jetzt ihre Schwester erblickte, verzog sich ihre stumpfe Miene zu einem formlosen Lächeln, und sie murmelte: »Katie ...« Katie ging auf sie zu, blieb vor ihr stehen und sagte: »Hallo, Lizzie.« Und schon schmiegte sich Lizzie an sie. Das war eine Zärtlichkeit, die sie ausschließlich Katie erwies; weder den Eltern, noch dem Großvater, noch dem Bruder.

In dem Moment, da Lizzie sich an Katies Brust lehnte, fiel Katie ein, was sie da verborgen hatte; sie drehte den Kopf zur Tür und rief aufgeregt hinaus: »Mama! Mama! Wo hab' ich nur meine Gedanken. Weißt du, was ich vergessen habe? Meinen Lohn. Hält man so was für möglich! Das ist alles, woran ich die letzten Tage gedacht habe –, daß ich meinen Lohn bekomme, ich konnte gar nicht rasch genug heimkommen. Aber seit ich hier bin, hab' ich keine Sekunde mehr daran gedacht. Wie findest du das?«

Sie eilte auf Catherine zu und drückte ihr den Kalikobeutel in die Hand. Catherine schüttete die vier Shilling auf den Tisch, sah Katie an, breitete schnell die Arme aus und zog ihre Tochter an sich. Aber ebenso schnell schob sie sie wieder von sich und sagte sogleich: »Du mußt jeden Monat einen Shilling für dich behalten.«

»Einen Shilling, Mama! Nein, nein, ich brauch' keinen Shilling!« rief Katie laut und schüttelte heftig den Kopf. »Drei Pence genügen vollauf. Mrs. Davis hat bereits eine halbe Krone für mich gespart, ich brauche keinen Shilling.« Damit lief sie durch die hintere Tür in den Hof, wusch sich die Hände unter dem Ausgußrohr und spähte, nachdem sie sich abgetrocknet hatte, über die Hofmauer zu Betty Monkton hinüber, die in der Haustür stand. Betty rief ihr zu: »Oh, hallo, Katie!«, und Katie rief: »Hallo, Betty!«, ehe sie wieder ins Haus trat.

Früher einmal hatte sie mit Betty gespielt, aber das kam ihr ewig lang vor, seit sie im Herrenhaus und Betty in der Seilfabrik arbeitete. Bettys Vater trank, und Bettys Mutter war als leichtsinnige Person verschrien. Außerdem gingen sie niemals zur Kirche. Katie wußte, daß es falsch war, auf die Monktons herabzusehen, aber sie konnte nichts dagegen tun. Es lag eben daran, daß ihre Familie aus respektablen Menschen bestand, zu denen man aufsah, trotz Lizzie, die nicht richtig im Kopf war. Das rief in ihr das Gefühl wach, anders als die Nachbarn zu sein. Vor allem weil sie doch einen Posten bei so feinen Leuten hatte.

Kaum hatte sie sich niedergesetzt, als sie das Holzbein ihres Großvaters klappern hörte. Schon tauchten die Krükken im Hof auf, und Katie sprang auf und lief hinaus, wo der alte Mann eben einen kleinen Sack unter der Bank versteckte.

»Ach, da bist du ja, mein Goldkind!« rief er und schloß seine Enkelin zärtlich in die Arme.

Dann hielt er sie auf Armesbreite von sich ab und sagte: »Laß dich mal ansehen. Tss, bist du aber wieder gewachsen. Jedesmal, wenn du heimkommst, sieht man's mehr. Aber Fett hast du noch immer keins angesetzt. Für das, was man angeblich so an guten Sachen in dich hineinstopft, bist du herzlich dünn.«

»Ach, Opa«, sagte Katie, die diese Neckereien kannte und liebte. »Wie geht's dir?«

»Gut, gut. Hab' mich noch nie besser gefühlt. Komm, setzen wir uns. Laß hören, was es Neues gibt.« Er nahm die Krücken und humpelte geschickt über die Türschwelle, während seine Tochter schon den bequemsten Stuhl für ihn zurechtschob.

Katie sah von einem zum andern, dann fragte sie mit einem Blick auf ihren Bruder: »Soll ich denn nicht auf Papa warten?«

Ehe Catherine noch antworten konnte, warf William Finley schon ein: »Ich würde in der nächsten Stunde nicht mit ihm rechnen. Die Burschen kommen alle in die Kapelle, einige sogar von der drüberen Seite des Hügels. Höchstwahrscheinlich haben sie eine ganze Menge zu besprechen, ehe die Sonntagsschule anfängt.«

Catherine senkte die Augen. Sie hätte gewünscht, daß man nicht ausgerechnet die Kapelle für diese Zwecke verwendet hätte. Wenn man sie aber draußen miteinander reden sah, vor allem mit Mr. Ramshaw und Mr. Fogerty, würde gleich jedermann argwöhnen, daß es Schwierigkeiten gäbe. Ach ja, sie wollte jetzt gar nicht daran denken. Katie war ja da, ihre reizende, kleine, muntere Tochter, die so wunderbar zu erzählen verstand.

»Nun«, fing Katie prompt an und ließ die sanften Blicke von einem zum andern gleiten. »Ihr macht euch keinen Begriff, wie das ganze Haus zur Zeit auf dem Kopf steht. Buchstäblich. Wir haben es von oben bis unten blankgeputzt und funkelnagelneue Atlasvorhänge im Salon, im Speisezimmer und an den Galeriefenstern aufgemacht.«

»Welche Farbe?« fragte Catherine und beugte sich neugierig vor.

»Blau. Also richtiger gesagt: Pfauenblau, weißt du. Es leuchtet direkt. Und sie sind dick und gefüttert. Und alle Teppiche wurden geputzt. Und die Halle vom Fußboden bis zur Decke gereinigt. Und am Freitag haben sie sämtliche Möbel aus der Halle ins Freie geschoben, damit zum Tanzen Platz ist und für die Musikkapelle.« Katie nickte nun Joe zu, dessen mageres Gesicht helles Interesse bekundete und der sogleich zurücknickte. »Ach, ihr solltet mal das feine Essen sehen. All die Gänge! Und was bereits alles in der Speisekammer steht. Morgen fängt Mrs. Davis erst mit den Kuchen an und mit dem Kleingebäck, da ist sie unschlagbar. Ihre Baisers – also die zergehen einem direkt auf der Zunge –, die sind ganz wunderbar. Und dann arrangiert sie auch den ganzen Blumenschmuck. Sie hat eine ausgesprochene Begabung dafür, wißt ihr.«

»Hast du schon einmal gesehen, wie drinnen gedeckt wird?« fragte der Großvater.

»Also einen Blick hab' ich schon riskiert. Einmal.« Danach gab sie eine ausführliche Beschreibung der Köchin und ihrer kulinarischen Schöpfungen, wobei sie ihre weniger schönen Eigenschaften und ewigen Nörgeleien ausließ. Dann sprach sie in glühenden Worten von ihrer Herrin, deren Balltoilette sie beschrieb: grüner, schwerer Taft, der nur so rauschte und sozusagen von allein »stand«. Und von den Rosen- und Blattmustern der Stickereien darauf. Schließlich kam sie auf Miß Theresa zu sprechen und beschrieb ihre unauffällige Ankunft, ja daß kein Mensch gewußt hätte, daß sie wieder daheim sei, wenn Mr. Kennard es nicht beiläufig erwähnt hätte. Sie schilderte ihre einfache Kleidung, die noch anspruchsloser war als vor ihrer Heirat. Und dann wandte sich Katie an die Mutter und meinte: »Sie sieht gar nicht wie eine glückliche, junge Frau aus, Mama. Sondern direkt traurig. Ich meine, wie sie den Kopf hängen läßt und dann ihr Gang. Vor ihrer Heirat, als Miß Ainsley noch da war, hab' ich sie herumlaufen und lachen sehen, aber jetzt macht sie direkt einen einsamen Eindruck, weißt du. Ich mag Miß Theresa gern.«
»Das weiß ich, Katie«, sagte Catherine, die sich absolut nicht darüber wunderte, daß ein siebzehnjähriges Mädchen traurig dreinsah, das mit einem Mann verheiratet war, der gut und gern ihr Großvater hätte sein können. Und dann schilderte Katie in ihrer anschaulichen Art die Geschichte, die ihr im Hof passiert war. Sie machte sich über sich selbst lustig dabei, und als sie geendet hatte, lachten alle lauthals durcheinander, selbst Lizzie tat mit, wenngleich sie keine Ahnung hatte, worum es ging.
Nun fragte Joe: »Und seine Beinkleider waren angespritzt?«
»Das kannst du dir doch denken. Bis oben hinauf!«
»Hat's was gegeben?« fragte Joe.
»Nein. Zum Glück hat es niemand gesehen. Außer Mr. Rodger, der mitgegangen war. Der hat mich aufgehoben und mir so freundlich zugeredet, daß ich meinen Ohren nicht getraut habe. Er ist genauso nett wie Miß Theresa. Und hat nur gelacht. Also ich weiß nicht, was geschehen

wäre, wenn er nicht dabeigewesen wäre. Mr. Bernard hätte in seiner Wut sicherlich das ganze Haus zusammengetrommelt, und dann wäre die Köchin herbeigestürzt, und dann ... ach, du meine Güte. Die hätten mich glatt aufgespießt, wie ich sie kenne, wahrhaftig!« Abermals lachten alle.
Und so ging es fort, bis Rodney Mulholland zurückkam. Dann wurde die Stimmung ernster.
Er setzte sich neben seine Tochter, wie er es an jedem ihrer freien Sonntagnachmittage tat, und hörte ihr aufmerksam zu, wie sie aus der Bibel vorlas. Opa Finley rückte näher ans Feuer, obwohl es warm draußen war, Lizzie starrte ihre Schwester mit großen Augen an, und Joe, der sich auf das Bett seiner Eltern gesetzt hatte, war zur Seite gesunken und eingeschlafen. Sein Vater weckte ihn nicht und rügte ihn nicht, sondern hob langsam und behutsam die mageren Beine des Kleinen aufs Bett und deckte den erschöpften Knaben mit einer Flickendecke zu.
Katie konnte nur langsam und holprig lesen, besonders wenn es sich um lange Worte handelte, aber der Vater verbesserte sie geduldig und ließ sie das, was schwierig war, wiederholen.
Katie verstand kein Wort von dem, was sie da las. Aber es war hübsch zu lesen.

Katie war zum Gehen bereit. Nach mehrfachen Protesten hatte sie endlich doch zugelassen, daß ihr die Mutter sechs Pennies in den Beutel steckte, aber sie hatte sich standhaft geweigert, einen ganzen Shilling zu nehmen, obwohl sie damit der Erfüllung ihres Herzenswunsches nähergekommen wäre. Ach ja, den Spitzenkragen und die weißen Zwirnhandschuhe, die ihr der Hausierer das letztemal gezeigt hatte, die hätte sie schon gerne gehabt.
Die Verabschiedung erfolgte immer in der gleichen Reihenfolge: Erst küßte sie Lizzie auf die Wange und stand einen Moment still, während ihre Schwester den Kopf an sie lehnte, dann tätschelte sie ihr das Gesicht und sagte: »Sei schön brav, Lizzie. In zwei Wochen sehen wir uns wieder.«

Und Lizzie starrte sie an, und ihre Augenfarbe veränderte sich ein bißchen, womit angedeutet wurde, daß sich in den durcheinandergeratenen Gehirnwindungen so etwas wie Verständnis regte, daß ihr ein Verlust bevorstand.
Danach wandte Katie sich Joe zu, streckte die Hand aus und berührte seine Schulter. Worauf er dasselbe tat. »Versuch ein bißchen mehr schlafen zu können«, sagte sie.
»Tja«, seufzte er. »Ta-ta, Katie.«
»Ta-ta, Joe«, sagte sie. Dann schlang sie die Arme um den Hals ihres Vaters und küßte ihn auf beide Wangen, und er hielt sie einen Moment lang fest an sich gepreßt. Schließlich war die Mutter an der Reihe. Die begleitete sie immer bis an die Haustür. Dort drückte auch sie Katie fest an sich, dann ließ sie die Finger sanft über das Gesicht ihrer Tochter gleiten, rückte ihr den Hut zurecht und sagte: »Sei schön brav, Kind, und stell mir nur ja Mrs. Davis zufrieden.«
»Das werd' ich, Mama. Du kannst dich drauf verlassen. Ta-ta.«
»Ta-ta«, sagten sie alle, außer Großvater, denn der begleitete sie stets eine Meile weit.
Nachdem sie einander nachgewinkt hatten, bis sie sich aus den Augen verloren, schritten die beiden munter auf den Hügel zu. Für William Finley war das die Krönung des Besuches seiner Enkelin, wenn sie Seite an Seite übers Moor gingen.
William war kein gottesfürchtiger Mann, wie sein Schwiegersohn es war. Er machte sich nichts aus der Kirche. Aber es verging kein Tag, an dem er Gott nicht für diese seine Enkelin gedankt hätte.
Sein Bein hatte er beim Einsturz der Hebburn-Zeche eingebüßt. Einunddreißig Mann waren damals draufgegangen. Seit damals litt er an Alpträumen, in denen er zwischen zerrissenen Leibern zu ersticken vermeinte ... Aber tagsüber beschäftigte er sich in Gedanken immer mit diesem Kind, diesem springlebendigen, redseligen, fröhlichen, reizenden Kind seiner einzigen Tochter.
Als sie sich der höchsten Stelle des Hügels näherten, wo

Katie sich von ihrem Großvater zu trennen pflegte, schnaubte der alte Mann bereits ein bißchen, und sie sagte zu ihm: »Du solltest nicht so weit mitkommen, Opa.«
»Dann verschaff mir ein Augenpaar, mit dem ich durch den Hügel hindurchsehen kann, und sofort laß ich's bleiben.«
»Aber Opa, heut' ist doch keiner von den dunklen Wintertagen, also brauchst du dich nicht zu ängstigen.« Im Winter lief sie nämlich mit wahren Hasensprüngen ins Herrenhaus zurück.
Auf der höchsten Stelle des Hügels setzten sich die beiden, wie immer, einen Augenblick ins Gras. Katie öffnete ihr Mieder, holte den Beutel hervor, nahm drei Pennies heraus und drückte sie dem alten Mann in die Hand, worauf er, wie stets, sagte: »Nein, nein, Kind, ich nehm's nicht, ich nehm's einfach nicht.«
»Mach schon, Opa«, drängte sie. »Kauf dir ein bißchen Tabak dafür.«
»Nein, nein, Kind«, wehrte er ab. »Einen Monat lang für drei Pennies zu arbeiten, du meine Güte!«
»Tu ich ja nicht«, kam es entrüstet zurück. »Ich kriege vier Shilling.«
»Tja«, sagte er mit düsterer Miene. »Vier Shilling, und die gehen glatt für meinen Lebensunterhalt drauf.«
Sie riß beleidigt die Augen auf, schluckte und sagte dann laut: »Sei kein Kindskopf, Opa. Wie kommst du nur auf so was? Ich würde Mutter immer meinen Lohn geben, das weißt du doch.«
»Tjaja, anzunehmen«, sagte er. »Aber ich nehm's trotzdem nicht.«
»Wenn du's nicht nimmst, werf ich sie glatt weg«, sagte Katie und warf die Münzen tatsächlich zu Boden. »Wenn du sie jetzt nicht sofort aufklaubst, bleiben sie liegen, bis sie Wurzeln schlagen.« Sie lächelte ihn liebevoll an, und er warf ihr unter den buschigen Brauen einen ebenso liebevollen Blick zu.
Im selben Moment bemerkten sie, daß jemand näherkam. Sie drehten sich gleichzeitig um und sahen einen Mann

hügelaufwärts stapfen. William sagte leise: »Es ist Bunting.«
Katie blickte nur vor sich hin, dann meinte sie: »Ich werd' jetzt gehen, Opa.«
»Bleib sitzen, bis er vorbei ist. Laß ihm einen gewissen Vorsprung.«
Mark Bunting, der Aufseher, kontrollierte die Kohlenmengen, die die Bergleute gehauen hatten. Es lag in seiner Hand, den Lohn eines Mannes bis auf die Hälfte zu kürzen, wenn der siebenhundert Pfund schwere Förderkorb ein Manko von zwei, drei Pfund aufwies.
Mark Bunting war ein Mann mittlerer Größe, ziemlich beleibt, hatte dunkle, buschige Augenbrauen über eingesunkenen Augen, ein Gesicht wie ein Vollmond und schmale Lippen. Wie die meisten Aufseher war er ein einsamer Mensch, der zwischen Männern arbeitete, die ihn haßten, und der vom Besitzer der Zeche abhing, der ihn verachtete. Bunting wohnte eine halbe Meile außerhalb des Dorfes, nicht in einer dieser übelriechenden Hütten mit zwei Räumen, sondern in einem anständigen, soliden Haus mit je zwei Zimmern zu ebener Erde und im ersten Stockwerk. Das hatten ihm die Rosiers zur Verfügung gestellt. Er besaß einen Garten und einen Hund, der an der Kette lag und alles bewachte. Mark Bunting hatte diesen Schutz nötig, vor allem als Warnung, wenn irgendwelche Besucher sich näherten. Die Narbe, die seine linke Gesichtshälfte bedeckte, war Zeugnis dafür, daß er nicht immer auf der Hut gewesen war. Für einen Aufseher war es absolut nichts Ungewöhnliches, mit eingeschlagenem Schädel im Straßengraben aufgelesen zu werden.
»Schöner Tag heute«, sagte er und blieb ungefähr einen Meter vor dem Platz stehen, auf dem William saß.
Es dauerte ein paar Sekunden, ehe der alte Mann, ohne aufzusehen, erwiderte: »Es geht.«
Katie, die hinter ihrem Großvater hervorlugte, betrachtete den Mann neugierig, von dem sie so viel gehört, den sie aber noch nie gesehen hatte. Sie sah, daß er gut gekleidet war, ganz anders als die Männer im Dorf. Er trug eine Kra-

watte und eine modische Weste. Irgendwie erinnerte er sie an Mr. Rosier und dessen Söhne, nur nicht was seine Stimme betraf, denn die klang rauh. Während sie den Mann ansah und so etwas wie ein unerklärliches Mitleid für ihn empfand, kam sie sich wie eine Verräterin vor. Denn bedeutete es etwa keinen Treuebruch den eigenen Leuten gegenüber, wenn man mit einem Aufseher Mitleid empfand?
Bunting heftete seinen Blick auf sie, aber William machte eine unvermittelte, heftige Kopfbewegung und starrte den Aufseher derart an, daß dieser sich umwandte und weiterging.
William machte den Mund erst auf, als Bunting außer Hörweite war, und dann sagte er leise zu Katie: »Bleib. Du willst dem da doch nicht über den Weg laufen, oder?«
Nein, das wollte Katie nicht. Die Art, wie Bunting sie angesehen hatte, hatte sie ein bißchen erschreckt. Vielleicht flößte er den Arbeitern auf dieselbe Weise Angst ein, indem er sie bloß ansah. Denn er war wohl gedrungen, aber keineswegs groß oder gar imposant.
Schweigend sahen sie der Gestalt nach, und als sie endlich ihren Blicken entschwunden war, richtete sich William mit Hilfe seiner Krücken auf und sagte zu Katie: »So, jetzt geh schön, Kind.«
»Ja, Opa.« Katie putzte sich den Rock ab, küßte den Großvater herzlich, indem sie einen Arm um seinen Hals schlang und ihm mit der andern Hand die drei Pennies in die Rocktasche stopfte, und ehe er noch Einspruch erheben konnte, lief sie bereits den Abhang hinunter. Unten drehte sie sich um und rief: »Ta-ta, Opa.« Und er rief zurück: »Ta-ta, mein Kind.«
Sie drehte sich noch mehrmals um und winkte ihm. Und dann kam die Biegung, und sie konnte ihn nicht mehr sehen.
Es war ein wunderbarer Tag gewesen, ein großartiger Tag. Sie war so glücklich, daß sie am liebsten laut gesungen hätte. Übermütig drehte sie sich um die eigene Achse und machte ein paar Tanzschritte, daß eine Staubwolke auf-

wirbelte, während sich der Rockteil ihres Kleides wie ein Ballon aufblähte. Dann lief sie lachend weiter. Sie war albern, natürlich, verdreht und albern, aber glücklich. Dienstag war der Ball, und die Aufregung, die mit diesem großartigen Ereignis verbunden war, erfüllte sie ganz und gar. Vielleicht würde sie den Tänzern ein bißchen zusehen können? Oh, was würde sie an ihrem nächsten freien Sonntagnachmittag alles daheim zu erzählen haben!
Abermals lief sie los. Doch plötzlich hielt sie inne, und ihre Schritte wurden zögernder, während sie auf die sich ihr nähernde Gestalt starrte. Selbst auf die weite Entfernung hin wußte sie genau, daß es der Aufseher war, der offensichtlich von seinem Spaziergang zurückkehrte. Als die Entfernung zwischen ihnen geringer wurde, fing sie an allen Gliedern zu zittern an.
Mark Bunting blieb vor ihr stehen.
»Wohin gehst du denn?«
»Ins ... ins Herrenhaus.«
»Zu den Rosiers?«
Sie nickte.
»Was machst du dort?«
»Ich bin Küchenmagd.«
Er sah sie unentwegt an, während er sich insgeheim darüber wunderte, weshalb er angehalten hatte. Er mochte Frauen nicht. Zu seinem Glück bedeuteten sie für ihn keine Notwendigkeit. »Wie heißt du?«
»Katie ... Katie Mulholland.«
»Ach, die Tochter des ›Großen Mulholland‹. War das vorhin dein Großvater?«
»Ja.«
Er wandte keinen Blick von ihr, und als er merkte, daß sie sich vor ihm fürchtete, empfand er eine Art Vergnügen und verlängerte das Gespräch.
»Was zahlen sie dir dort?«
»Einen Shilling die Woche.«
»Phhh!« machte er geringschätzig, es klang wie ein Lachen, war jedoch keines. »Hast du jeden Sonntag frei?«
»Nein«, sagte Katie und trat von einem Fuß auf den an-

dern. »Jeden zweiten.« Dann fügte sie rasch hinzu: »Es ist höchste Zeit für mich. Sonst komme ich zu spät.« Sie machte einen Schritt zurück.
Ihre Angst amüsierte ihn. Plötzlich stieg der Wunsch in ihm hoch, auf sie loszuspringen und ihr den Rock herunterzureißen. Der Gedanke, daß sie dann im Unterkleid dastehen würde, belustigte ihn noch mehr. Als sie sich umdrehte, fiel ihm ein, daß sie ihn nicht mit ›Sir‹ angesprochen hatte. Ein Mädchen ihres Standes hätte das tun müssen. Er war schließlich kein Dorfbewohner. Es ärgerte ihn, daß nicht einmal ihre Angst sie dazu veranlaßt hatte, ›Sir‹ zu sagen. Er sah ihr eine volle Minute nach, ehe er sich wieder auf den Weg machte.
Als Katie den Fahrweg verlassen und das Pförtnertor durchschritten hatte, hielt sie endlich im Laufen inne, preßte die Hände an die Brust und schnappte nach Luft. Du meine Güte, hatte der ihr einen Schrecken eingejagt; wie er sie nur angesehen hatte ... Und doch konnte sie merkwürdigerweise nichts anderes als Mitleid für ihn empfinden. Aber es würde besser sein, wenn sie weder ihrem Vater noch ihrem Großvater davon etwas eingestand.
Als sie keuchend die Anhöhe erreichte, von wo man den schönsten Blick ins Land hatte, sah sie Miß Theresa mit einem Buch in der Hand dasitzen; sie las jedoch nicht darin.
Katie machte einen Knicks und wollte schon vorbeistürmen, als Miß Theresa sagte: »Bist du daheim gewesen, Katie?«
»Ja, Miß ... Miß Theresa.« Irgendwie wollte ihr das »Madam« nicht über die Lippen.
»Wie geht es deinen Leuten?«
»Ach, gut, Miß Theresa.«
»Hast du einen schönen Tag verlebt?«
»O ja!« sagte sie mit leuchtenden Augen und lachte übers ganze Gesicht. »Es war wunderbar.«
»Komm, setz dich doch und erzähl mir darüber.« Sie deutete aufs Gras, als wollte sie ihr Platz machen.
Aber Katie blickte nur mit offenem Mund auf sie hinunter

und sagte: »Wie bitte, Miß?«, als hätte sie sie nicht verstanden. Sie hatte sie natürlich sehr gut verstanden. Miß Theresa war schon merkwürdig. Man brauchte sich nur vorzustellen, was die da drinnen sagen würden, wenn sie sie neben ihr sitzen sähen. Es war schon so, wie die andern sagten, sie benahm sich nicht so, wie eine Lady sich zu benehmen hatte. Aber das konnte Katie nicht daran hindern, Miß Theresa von sämtlichen Hausbewohnern noch am liebsten zu mögen.

»Danke, Miß Theresa, aber ... es ist höchste Zeit für mich, Mrs. Davis wird schon auf mich warten.«

»Ja, natürlich«, sagte Theresa und sah zu ihr auf. »Es freut mich jedenfalls, daß du einen netten Tag verbracht hast, Katie«, sagte sie.

»Danke, Miß Theresa.«

Katie wandte sich um und ging nun langsamer weiter. Sie hätte gewünscht, Miß Theresas Aufforderung nachkommen zu können, sie hatte so einsam geklungen. Aber du lieber Gott, Miß Theresa konnte doch gar nicht einsam sein. Sie war daheim, in diesem wunderschönen Haus mit dem prachtvollen Garten, außerdem besaß sie nun selbst ein schönes Haus – ein bedeutend schöneres sogar als dies hier, sagten alle.

Merkwürdig, dachte Katie, als sie sich dem Hof näherte, jetzt bin ich innerhalb von einer knappen halben Stunde gleich zwei Menschen begegnet, die auf mich den Eindruck gemacht haben, einsam zu sein. Wahrscheinlich waren sie es gar nicht, und ich habe mir das alles nur eingebildet. Ich bin schon ein bißchen verrückt!

Theresa saß währenddessen mit weitausgestreckten Beinen im Gras, die Hände lagen schlaff in ihrem Schoß, und sie dachte an Katie. Katie wäre sicherlich verblüfft gewesen, wenn sie nur die leiseste Ahnung davon gehabt hätte, wie oft Miß Theresa, seit sie wieder heimgekommen war, an sie gedacht hatte. Von Anfang an war Theresa von dem Gesicht des jungen Mädchens fasziniert gewesen. Sie brachte dieses Gefühl mit ihrem Schönheitssinn in Zusammenhang, an schönen Dingen hatte sie sich nie satt

sehen können. Einmal hatte sie mit Miß Ainsley über Geld gesprochen, und ihre Erzieherin hatte gesagt: »Nimm nur einmal so ein einfaches Ding wie Katie Mulholland. Gewähre ihr eine ordentliche Erziehung, zieh sie gut an was glaubst du, was dann das Resultat wäre? Eine bildschöne junge Person, die von London bis Rom Aufsehen erregen würde. Was aber wird tatsächlich mit ihr geschehen? Sie wird einen Grubenarbeiter heiraten, zwei, drei Kinder haben, noch ehe sie zwanzig sein wird, und wenn sie erst einmal dreißig ist, wird sie absolut keine Ähnlichkeit mehr mit der heutigen, reizenden Mulholland haben. Wogegen sie, wenn sie über die nötigen Mittel verfügen würde, sich den richtigen Hintergrund verschaffen und ihre Schönheit hegen und pflegen könnte, mit dreißig gerade in der Blüte ihrer Jahre wäre. Verachte also ja niemals das Geld, Theresa«, hatte Miß Ainsley geschlossen.
Oh, wenn sie nur zu Ainsley hätte fahren können. Aber die war jetzt in London und brachte zwei jungen Damen der dortigen Gesellschaft das nötige Wissen bei.
Was sollte sie nur am kommenden Dienstag tun? Ihrem Mann schriftlich mitteilen, daß sie nicht mehr zurückkäme, oder die Bitte ihrer Mutter erfüllen und sich mit ihrem Los bis nach der Hochzeit abfinden? Sie schloß die Augen und sah lebhaft vor sich, womit sie sich da abzufinden hätte, und sie erkannte, daß sie, solange sie lebte, niemals mehr auf diese Weise mit einem Mann würde zusammensein können. Sie drehte sich langsam um, legte sich ins Gras und verbarg ihr Gesicht in der Beuge ihres Arms.

4

Der Ball war in vollem Gang. Sämtliche Gäste waren eingetroffen, hatten ausführlich gespeist, und nun tanzten bereits die meisten von ihnen, und das Haus war von Musik und Gelächter erfüllt.
Das Personal begann aufzuatmen, einige wagten es sogar, sich zu entspannen. Die Köchin gehörte natürlich dazu.

Sie saß vor dem offenen Feuer und stärkte sich mit einer Tasse Tee mit einem tüchtigen Schuß Wacholderschnaps. Die Beine schmerzten sie irrsinnig.
Auch Katie war zum Umfallen müde, sämtliche Glieder taten ihr weh, besonders die Arme. Seit halb sechs war sie auf den Beinen, und nun wünschte sie sich nichts weiter, als den Kopf auf den Tisch sinken zu lassen und zu schlafen. Sie sagte zu Dotty: »Ich glaub', ich wasch' mir das Gesicht unter der Pumpe kalt ab, damit ich wieder zu mir komme.«
»Vorher kümmere dich aber gefälligst um die Heizung«, sagte die Köchin.
»Ja, sofort«, sagte Katie. Und sie tat es auch.
Draußen dämmerte es bereits stark, und es war sehr warm. Aber kühler als in der Küche. Katie holte tief Luft, ehe sie zur Pumpe ging.
Während sie das Gesicht fest unter den Wasserstrahl hielt, achtete sie sorgfältig darauf, weder Häubchen noch Kleid naß zu machen ... So, nun fühlte sie sich besser. Sie sah zum Himmel empor. Bald würde er kohlrabenschwarz sein, und dann würde das hellerleuchtete Haus doppelt hübsch aussehen.
Als Katie wieder in die Küche kam, stand Florrie Green, das erste Stubenmädchen, vor der Köchin und erregte mit ihrem Bericht offensichtlich derartiges Interesse, daß sie sogar zum Sitzen aufgefordert wurde.
»Wie ist denn diese Miß Ann angezogen?« fragte die Köchin soeben.
»Nicht schlecht.« Florrie strich sich ihren Schürzenlatz zurecht. »Ganz in Rosa. Das paßt gut zu ihrem Teint. Sie ist ganz hübsch, gehört aber zu der Sorte, die rasch verblüht. Wissen Sie, wer am besten aussieht? Ihr Vater. Groß, schlank, schlohweißes Haar, also von dem geht direkt etwas aus, Sie wissen schon, was ich meine, nicht wahr?«
Die Köchin wiegte langsam den Kopf, womit sie ihre Kenntnisse über menschliche Werte zum Ausdruck brachte.

»Etwas dämpft allerdings die Festesfreude«, fuhr das Stubenmädchen fort und schlug der Köchin leicht auf die Hand. »Das ist Miß Theresa, wissen Sie. Sie sieht aus wie die Katze, wenn's donnert. Sie war ja nie ein besonders erfreulicher Anblick, aber das Gesicht, das sie heute macht – du lieber Gott! Ich habe sie eben mit Mr. Rodger tanzen sehen; ich glaube ja nicht, daß ein anderer sie überhaupt aufgefordert hätte. Und das Kleid, das sie anhat . . . also ich sage Ihnen, das würde ich nicht einmal mit meinem ältesten Sonntagskleid tauschen.«

»Nein!«

»Wirklich und wahrhaftig. Dabei ist es doch nicht so, daß sie sich keines kaufen könnte, wo der alte Kerl so verrückt nach ihr ist, nicht? Und da geht sie mit einer Miene durchs Haus, daß einem glatt die Milch sauer wird. Aber Geschmack ist eben nicht käuflich, das sag ich mir siebenmal die Woche – nein, nein, Geschmack läßt sich nicht kaufen.«

»Da haben Sie wohl recht, Florrie.«

Damit war in dieser Sache das letzte Wort gesprochen, und Florrie eilte wieder hinaus. Die Köchin setzte sich behaglich zurecht, warf den beiden am Küchentisch sitzenden jungen Mädchen einen durchbohrenden Blick zu und schrie: »Sitzt da nicht herum, als wärt ihr bereits mit allem fertig. Du, Dotty, kannst mit dem Geschirrspülen beginnen, und du, Katie, fängst mit den Fußböden an.«

Katie starrte die Köchin aus todmüden Augen an. Irgendwie hatte sie gehofft, daß das Putzen heute einmal ausfallen würde, da jedermann wußte, daß all die Menschen bis in die frühen Morgenstunden ein- und ausgehen würden. Offensichtlich waren ihr diese Gedanken vom Gesicht abzulesen, denn die Köchin schrie nun mit noch kräftigerer Stimme: »Und sieh mich nicht so an, wenn du nicht willst, daß ich dir die Ohren lang ziehe!«

Katie schlich sich eilends an der Köchin vorbei, holte den Eimer und hatte gerade damit angefangen, um den Herd herum aufzuwaschen, als Mrs. Davis in die Küche kam. Als sie sah, daß die Köchin mit aufgestützten Beinen dasaß, sagte sie sogleich: »Ist schon gut, ruhen Sie sich nur eine Minute aus, wenn es geht. Ich wollte Ihnen bloß sagen, wie gut es allen geschmeckt hat. Ich habe eine Unmenge lobender Bemerkungen gehört.«

Daraufhin neigte die Köchin den Kopf und lächelte Mrs. Davis kurz zu, dann sagte sie: »Nun, ich habe wie immer mein Bestes getan.«

»Oh, das weiß ich, Delia.« Nun warf Mrs. Davis einen Blick in die Herdecke, wo Katie auf dem Boden kniete und sagte, ohne erst lange nachzudenken: »Oh, das ist heute die reinste Zeitverschwendung, Katie, bei dem Hin- und Hergetrampel. Außerdem«, sagte sie nun wieder an die Köchin gewandt, »werden Sie Katie gleich zum Säubern der Schüsseln und Platten brauchen, die zurückkommen. Mr. Kennard und ich kümmern uns um Porzellan und Silber, aber das übrige kann hier abgespült werden.«

Köchin und Wirtschafterin sahen sich einen Moment fest in die Augen. Dann drehte sich Mrs. Davis langsam um und verließ die Küche, und die Köchin brummte: »Das glaub' ich, daß die sich ums Porzellan und Silber kümmern.« Darüber bestand nicht der geringste Zweifel. Da war nämlich das meiste zu holen. Sie warf Katie einen Blick zu, ohne jedoch ihren Auftrag zu widerrufen. Wenn Schüsseln und Platten gewaschen werden mußten, dann eben nachdem Katie mit dem Boden fertig war.

Es war zwei Uhr. Noch immer war die Kapelle bis in die Küche zu hören. Die Köchin hielt ihre Kerze in einer Hand, während sie sich mit der anderen auf den Tisch stützte, so müde war sie. »Seid ihr beiden fertig?« sagte sie über die Schulter, und Dotty antwortete sofort: »Ja, natürlich.« Auch sie hatte ihren Kerzenhalter bereits in der Hand.

»Katie?«

Katie nickte, entzündete ihre Kerze an der glühenden Asche im Kamin, dann folgte sie Dotty, die hinter der Köchin dreinging. In feierlichem Zug gingen sie den Gang entlang zur Hintertreppe.

Kaum hatten sie den Treppenabsatz erreicht, teilte sich der grüne Samtvorhang zur Galerie, und Mrs. Davis tauchte auf. Laut schwoll die Tanzmusik auf, bis sie den schweren Vorhang wieder hinter sich geschlossen hatte, dann flüsterte sie den dreien zu: »Oh, ich wollte gerade zu euch kommen ... Möchtet ihr nicht einen Blick in den Tanzsaal werfen?«

Das war der Augenblick, auf den Katie sehnsüchtig gewartet hatte, aber der lange Arbeitstag und die nicht enden wollende Nacht hatten all ihre Neugier erschöpft. Alles, wonach sie sich sehnte, war die Dachkammer und ihr Bett. Sie bezweifelte, daß sie noch imstande sein würde, die Kleider abzustreifen. Sie war erleichtert, als sie die Köchin sagen hörte: »Danke vielmals, Mrs. Davis, aber ich bin einfach erledigt. Alles, was ich mir jetzt wünsche, ist mein Bett.«

Katie wollte schon weitergehen, als Mrs. Davis sagte: »Aber ihr beiden möchtet doch, nicht wahr?«

Dotty Black starrte Mrs. Davis mit offenem Mund an. Sie wußte, an wen sie sich zu halten hatte.

Als die Wirtschafterin das bemerkte, wandte sie sich an Katie und sagte: »Nun, und du, Katie? Du würdest doch bestimmt gerne einen Blick riskieren, hm?«

Katie spähte in dem düsteren Licht zu ihrer Wohltäterin hinüber. Sie hatte stets den Wunsch, sie zufriedenzustellen, das hatte sie ihrer Mutter ja auch versprochen, und sie erkannte nun, daß sie sie nicht zufriedengestellt hätte, wenn sie diese Aufforderung nicht angenommen hätte.

»Danke, Mrs Davis«, sagte sie also, »das würde ich gern tun.«

»Das wußte ich doch!« sagte Mrs. Davis in triumphierendem Ton, dem leicht zu entnehmen war, daß sie schon einige Gläschen getrunken hatte. Sie ergriff Katies Hand und sagte: »Blas die Kerze aus, Kindchen.«

Während die andern beiden weitergingen, führte Mrs. Davis Katie durch den schmalen Korridor, der einen kleinen Ausblick auf die Galerie freigab. Dort blieb sie stehen und flüsterte ihr zu: »Hier wollen wir warten, bis sie wieder zu tanzen beginnen.«

Katie stand da und blinzelte ins Licht des Kronleuchters

und all der vielen Lampen. Nach der Dunkelheit der Küche und des Seitentrakts war sie nun wie geblendet. Tief sog sie den Duft des nächtlichen Blumengartens ein, der durch die offenstehenden, riesigen Fenster drang.
»Sie haben gerade wieder angefangen. Komm her!« Mrs. Davis winkte Katie näher heran.
Die Aufregung weckte Katies Lebensgeister. Leichtfüßig eilte sie über den dicken Teppichboden durch den an den Schlafzimmern vorbeiführenden Gang, immer dicht an der Wand, um ja kein Aufsehen zu erregen, bis zur Balustrade, von wo sie, neben Mrs. Davis stehend, ein Viertel der Tanzfläche überblicken konnte. Drei Schritte vor, drei Schritte zurück machten sie da unten, dann verneigten sich die Herren, und die Damen machten einen Knicks.
»Sind sie nicht reizend, Katie?« flüsterte ihr Mrs. Davis zu.
»O ja!« wisperte Katie begeistert. Oh, wenn nur ihre Eltern das mit ansehen hätten können!
Sie hatte keine Ahnung, wie lange sie so dagestanden und verzückt hinuntergestarrt hatte, aber als Mrs. Davis sie am Arm zupfte, fuhr sie erschrocken in die Höhe, vor allem, als sie sie sagen hörte: »Da kommt jemand.«
Und schon fühlte sie sich von Mrs. Davis am Kragen gepackt und hinter die langen Vorhänge der Galeriefenster geschoben.
»Setz dich aufs Fensterbrett«, zischte Mrs. Davis, und gehorsam schwang sich Katie auf das breite, gepolsterte Fensterbrett, kniete sich nieder und wartete.
Nach all dem Licht da draußen kam es ihr hier im Versteck recht dunkel vor; als Katie aber, ohne den Kopf zu bewegen, zum Fenster hinausspähte, merkte sie, daß der Mond hinter einer Wolkenbank hell aufgestiegen war. Mrs. Davis stand vor dem zugezogenen Vorhang und sprach mit Mr. Rodger. »Oh, da sind Sie ja, Mrs. Davis«, hörte Katie ihn sagen. »Ich habe schon nach Ihnen Ausschau gehalten. Es ist wegen Miß Theresa. Ihr ist nicht gut. Sie muß etwas gegessen haben, was sie nicht vertragen hat. Vielleicht können Sie einen Moment nach ihr sehen.«
Mrs. Davis' Stimme war nicht mehr deutlich zu verneh-

men, also hatten sich beide vom Vorhang entfernt. Danach ertönte abermals Musik, weich und gedämpft.
Katie wartete eine Weile, dann hockte sie sich auf die Fersen, ganz vorsichtig, um ja nicht die Vorhänge zu berühren. Sie wünschte, Mrs. Davis würde sich beeilen und sie bald holen kommen. Die Müdigkeit überwältigte sie abermals; es war anstrengend, so dazuhocken, doch fürchtete Katie sich davor, ihre Stellung zu ändern, weil sie sonst vielleicht den Vorhang bewegt hätte. Sie wußte genau, daß sie in ihrem Aufzug absolut nicht in diesen Teil des Hauses paßte, Kleid und Schürze waren schmutzig, das Häubchen zerknittert – nein, das wäre besonders an diesem Abend hier nicht der richtige Anblick für die feinen Herrschaften gewesen.
Sie verharrte reglos, als sie die Stimme ihres Brotgebers hörte. Er konnte kaum mehr als einen halben Meter vom Vorhang entfernt sein, und Katie war, als würde er ihr direkt in die Ohren schreien. Er sprach lebhaft und lachte sogar. Dann erklangen andere Stimmen, Damenstimmen und Kleidergeraschel, offensichtlich promenierten die Ballgäste hier vorbei. Nach einiger Zeit – Katie schien es eine Ewigkeit zu sein! – konnte sie ihre verkrampfte Stellung nicht mehr aufrechthalten, langsam ließ sie sich zur Seite sinken, legte schließlich den Kopf auf die verschränkten Arme und wagte nicht, sich zu regen.
Endlich setzte die Musik wieder ein, es wurde ruhiger auf dem Korridor, das Stimmengewirr erklang gedämpfter, und auch der Walzer, den die da unten aufspielten, wurde immer leiser und leiser ... Und dann war Katie eingeschlafen.
Ungefähr zehn Minuten später leerte sich die Galerie, und Mrs. Davis warf einen flüchtigen Blick hinter den Vorhang, konnte aber Katie nicht mehr entdecken. Erleichtert atmete sie auf. Katie war ein aufgewecktes Ding; sicher hatte sie die Gelegenheit beim Schopf gepackt und sich davongemacht, als es stiller geworden war.
Eine halbe Stunde darauf ging der Ball zu Ende, die Gäste holten sich ihre Mäntel, und die Halle war von Lebewohl-

rufen und Glückwünschen für das junge Paar erfüllt. Dankes- und Lobesworte wurden an die Gastgeber gerichtet, die dieses großartige Fest bereitet hatten. Unter den letzten Gästen waren die Talfords.
Agnes Rosier umarmte Mrs. Talford, als wären sie seit langem eng befreundet, dann beugte sie sich über ihre zukünftige Schwiegertochter, hauchte einen Kuß auf die Wange des errötenden Mädchens und schob sie mit anmutiger Gebärde ihrem Sohn Bernard zu, der seine zukünftige Frau an den Wagen brachte.
Erst nachdem die Kutsche um die Ecke gebogen war, betrat Bernard wieder das Haus, durchquerte die Halle und ging auf seine mit Rodger beisammenstehenden Eltern zu. Gemeinsam betraten sie den kleinen Salon, und Agnes ergriff als erste das Wort. »Nun«, sagte sie und blickte Bernard erwartungsvoll an. »Was hast du für einen Eindruck?«
»Oh, es ist alles ausgezeichnet verlaufen«, sagte er mit einer ungeduldigen Kopfbewegung.
»Glaubst du, daß sie beeindruckt waren?«
»Wer kann das wissen? Er ist ja verschlossen wie eine Auster.«
»Da hast du wohl recht«, sagte George Rosier und blickte in das beinahe völlig heruntergebrannte Feuer. »Bei Menschen seiner Art weiß man nie Bescheid, aber ich glaube doch, daß er einen guten Eindruck mitgenommen hat. Nichts war zu prunkhaft oder zu prahlerisch, alles war genauso, wie es sein sollte. Findest du nicht?« Mit einer heftigen Kopfbewegung wandte er sich an seinen jüngeren Sohn.
Rodger öffnete den zweiten Perlmutterknopf seiner Weste und erwiderte: »Meiner Meinung nach ist alles glänzend verlaufen, und das Essen war einfach fabelhaft.« Nie hätte er gewagt, seine wahre Meinung zum besten zu geben, nämlich: wenn *dieser* Abend nicht übertrieben protzig gewesen war ...
»Gut, gut«, sagte George Rosier befriedigt, und Agnes meinte: »Ich darf nicht vergessen, Mrs. Davis aufzutragen,

der Köchin zu gratulieren ... Ach ja!« seufzte sie dann müde. »Im Augenblick bleibt wirklich nichts mehr zu tun übrig, also möchte ich mich jetzt zurückziehen, wenn ihr entschuldigt.«

Ihr Mann machte hierauf keinerlei Bemerkung, er warf ihr nicht einmal einen Blick zu, aber die Söhne küßten sie der Reihe nach auf die Wange, und dann öffnete ihr Rodger die Tür. Im selben Moment drehte sich George Rosier vom Kamin um und fragte: »Was war eigentlich mit Theresa los? Wohin ist sie denn auf einmal verschwunden? Ich habe sie den halben Abend nicht zu sehen bekommen.«

Agnes sagte über die Schulter: »Ich weiß nicht, was mit ihr los ist ...« Ihr Tonfall deutete an, daß sie auch keinen gesteigerten Wert darauf legte, es zu erfahren.

»Ihr war nicht gut, deshalb ist sie auf ihr Zimmer gegangen«, sagte Rodger rasch. »Sie muß etwas gegessen haben, was sie nicht vertragen hat. Wahrscheinlich war's der Hummer. Der bekommt ihr nie.«

Agnes sah Rodger einen Moment an, sagte aber kein Wort, sondern betrat den Korridor. Rodger sah ihr nach, wie sie die Halle durchquerte und auf die Treppe zuging, wobei ihr Abendkleid sich wie ein Pfauenschwanz spreizte.

»Nun, ich verschwinde jetzt auch«, sagte er. »Gute Nacht, Vater. Gute Nacht, Bernard.« Die beiden andern nickten, und Rodger folgte seiner Mutter.

Vater und Sohn schwiegen eine Weile, bis Bernard sich mit gespreizten Fingern durch den Backenbart strich und sagte: »Er war leutseliger, als ich erwartet hätte.«

»Damit magst du recht haben. Auch ich fand ihn überraschend freundlich. Trotzdem kann ich dir nur raten: Sei auf der Hut. Und wohlgemerkt« – George Rosier drehte sich nun vollends herum und sagte mit drohend geschwungenem Zeigefinger und düsterer Miene –: »Ich würde mich jetzt an deiner Stelle zurückhalten. Du verstehst mich schon.«

Bernard Rosier fuhr auf, doch dann überlegte er es sich und schwieg. Natürlich verstand er die Anspielung seines Vaters und ärgerte sich darüber.

»Gott, bin ich müde«, sagte der Vater. »Kommst du auch?«
»In ein paar Minuten.«
George Rosier wandte sich um und verließ den Salon.
Bernard wollte schon nach dem Glockenstrang greifen, überlegte es sich dann aber, weil er sich sagte, daß um diese Zeit sicher niemand mehr in der Küche sein würde. Also stand er auf, riß die Tür auf und rief mit gedämpfter Stimme nach Kennard.
Der Butler ließ die beiden andern Diener stehen, trat näher und sagte: »Ja, Sir?«
»Bring mir eine Flasche Kognak.«
»Sehr wohl, Sir.«
Nach wenigen Minuten kehrte Kennard zurück, schob neben Bernards Stuhl ein kleines Abstelltischchen und stellte das Tablett mit Glas und Flasche darauf.
»Öffne sie«, sagte Bernard, und nachdem der Butler dies getan hatte, fügte er hinzu: »Du brauchst nicht auf mich zu warten, vielleicht bleibe ich noch etwas auf. Ich werde die Lampe dann schon auslöschen.«
»Danke, Sir.« Aufrecht wie immer schritt Kennard zur Tür, ohne sich anmerken zu lassen, wie müde er war.
Bernard schenkte sich tüchtig ein, legte die Beine auf den damastüberzogenen Hocker und lehnte sich mit dem Glas in der Hand zurück. Er schwenkte das Glas ein-, zweimal, ehe er es an die Lippen führte; dann blickte er auf die glühenden Holzscheite im Kamin und ließ die Gedanken in die Zukunft schweifen.
Sie würde Wachs in seinen Händen sein und ihm sicherlich dazu verhelfen, die Billigung ihres Vaters zu finden, er bezweifelte keinen Augenblick, daß er zumindest das erreichen würde. Doch war er sich auch bewußt, daß er vorsichtig würde sein müssen. Immer auf der Hut. Er wußte natürlich nicht, wie sie sich hinter den Vorhängen des Himmelbettes anstellen würde, aber viel Unterhaltung erwartete er sich auf diesem Gebiet keineswegs. Dazu war sie viel zu fügsam. Er war sich jetzt schon klar darüber, daß ihre Bewunderung ihn im Handumdrehen krank machen würde, eigentlich war es bereits soweit. Aber der Preis für

das, was sie ihm einbrachte, bestand nun einmal darin, ihr zu beweisen, daß seine Inbrunst aufrichtig war. Er machte sich da nichts vor: Es würde ihm bestimmt schwerfallen, diese Haltung aufrechtzuerhalten.

Er bevorzugte zwei Arten von Frauen: einmal die einfallsreiche, kapriziöse, leidenschaftliche Geliebte, zum andern die kluge, intelligente Frau, die es brillant verstand, mit geistigen Waffen den Kampf mit ihm aufzunehmen. Seine zukünftige Frau gehörte zu keiner dieser Kategorien. Seine Gedanken schweiften nun zu einer Dame der ersten Kategorie ab, die mehr als verlockend war und ihn ganz und gar zu fesseln verstand. Ruhelos rückte er auf seinem Platz hin und her. Über einen Monat hatte er sie nicht mehr besucht. Aber bei Gott, er würde es nachholen, und zwar innerhalb der nächsten zwölf Stunden, komme, was da wolle.

Abermals schenkte er sich ein. Er fragte sich, wie alt sein zukünftiger Schwiegervater wohl sein mochte. Bedeutend älter als die Schwiegermama, das stand fest. Er hatte spät geheiratet. Ungefähr siebzig mußte er schon sein. Er hoffte, daß sich sein Ableben nicht allzulang hinausschieben möge. Der Hauptanteil des Vermögens würde natürlich seiner Frau zufallen. Aber das schadete nichts. Sie war bloß die ältere Ausgabe ihrer Tochter. Es würde ihm Spaß bereiten, sie beide fest in der Hand zu haben. Denn daß er auch auf sie wirkte, hatte er bereits erkannt. Er hatte schon immer auf reife Frauen gewirkt.

Als die Uhr fünf schlug, leerte er sein fünftes Glas Kognak, erhob sich etwas schwerfällig, holte den Leuchter vom Kaminsims, entzündete die Wachskerze an den letzten Funken der verglühenden Asche, blies die Lampe aus und verließ den Salon.

Er schwankte nicht, nur einmal, als seine nur noch in Strümpfen steckenden Füße auf dem spiegelglatten Parkett ausglitten. Er mußte über sich selbst lachen und hielt sich sofort an der Balustrade fest. Langsam stieg er die Treppe nach oben und wollte schon die Galerie überqueren, als ihn der Anblick eines aus dem Fenstervorhang her-

vorlugenden Beines innehalten ließ. Nun folgte das zweite Bein, beide steckten in weißen Wollstrümpfen. Dann teilte sich der Vorhang und ein blasses Gesicht spähte hervor. Es dauerte nur eine Sekunde. Und schon waren Gesicht und Beine blitzartig verschwunden.
Langsam näherte sich Bernard dem Vorhang; ebenso langsam schob er den Vorhang auseinander, hob den Leuchter hoch und blickte auf die zusammengekauerte Gestalt und in das erschrockene Gesicht eines blutjungen Mädchens nieder. Die Knöpfe ihres Kleides standen offen und zeigten das obere Ende ihres Kattunhemdes, das sich heftig über dem von Angstschweiß bedeckten Oberkörper des Mädchens bewegte.
Als er auf die kleine, reglose Gestalt niederblickte, drang ihr Körpergeruch ihm in die Nase; er war weder unangenehm noch angenehm, sondern eben unverkennbar weiblich. Darauf war er immer schon scharf gewesen. Dieser Geruch hatte ihm oft einen Streich gespielt. Er streckte die Hand aus, legte sie auf ihre Schulter, zog sie hoch, und als die Kleine bebend aufstand und ihn beim Licht der Kerze aus weit aufgerissenen Augen anstarrte, ging dieses Beben auf seinen Leib über.
Er sah sie ohne Unterlaß an, drehte sie um und drängte sie die Galerie entlang zu dem Gang, der zu den Schlafzimmern führte.
Als Katie bemerkte, daß er sie keineswegs zum Personaltrakt abschieben wollte, erstarrte sie. Sofort wurde der Druck auf ihrer Schulter heftiger, und sie wurde mehr vorwärtsgestoßen als -geschoben. Im nächsten Moment stand sie in einem großen Schlafzimmer. Noch immer hatte sie nicht die mindeste Kraft, sich zur Wehr zu setzen. Sie war nicht nur ganz verschlafen, sondern auch wie gelähmt vor Angst. Die Muskeln ihres Körpers waren steif wie ein Brett, sie hatte keine Macht über sie. Selbst als sie aus den Augenwinkeln verfolgte, wie Mr. Bernard den Leuchter auf das Tischchen neben dem Himmelbett stellte, war ihr, als würden ihr die Augen im Kopf festsitzen, sie konnte sie nur mit höchster Anstrengung bewegen.

Dann schwoll die Furcht so sehr in ihr an, daß sich ihre Muskeln in Bewegung setzen wollten, sie öffnete den Mund, um loszuschreien, aber schon hatte sich Bernards Hand fest darauf gepreßt. Mit der andern Hand hob er sie hoch und schwang sie mitten auf das breite Federbett.
Er preßte ihr Kopf und Schultern tief in die Kissen, aber ihre Glieder kämpften wild dagegen an, bis er sich mit dem ganzen Gewicht seines kräftigen Körpers auf sie fallen ließ und die Hölle sich zu öffnen schien, um sie zu verschlingen. Ihr war, als würde sie in zwei Teile gerissen, als müsse sie mit aller Macht losschreien – aber sie brachte keinen einzigen Laut hervor. Dann wußte sie einige Sekunden lang nichts, überhaupt nichts. Sie empfand weder Schmerz noch Angst noch Entsetzen. Aber dieser Zustand war nur allzubald vorbei. Und dann brach aus jeder Pore ihres Körpers Schweiß in Strömen aus und überschwemmte sie ebenso, wie Ströme von Tränen ihr Gesicht überschwemmten, in wahren Sturzbächen. Die sie fast erdrükkende Last rollte beiseite, und Katie lag beinahe leblos und lautlos weinend auf dem flaumigweichen Bett.
Nach einiger Zeit wurde sie abermals berührt, jedoch versetzte ihr diese Hand nun einen derart heftigen Stoß, daß sie an die Bettkante flog. Aber noch ehe sie zu Boden fiel, hatte er sie hochgerissen, weil ihm plötzlich einfiel, daß sie am Ende jetzt noch losheulen und Rodger wecken könnte. Bernard richtete sich auf und sah mit Ekel auf die gespreizten, halbnackten Glieder. Dann wanderten seine Blicke zu der Hand, die sich krampfhaft am Bettzeug anklammerte; sie war rot und schmutzig, die Nägel waren abgebrochen und schwarz gerändert. Er erhob sich, packte sie an den Schultern, blickte ihr starr in das tränennasse, entsetzte Gesicht und hob drohend den Zeigefinger hoch. Er hatte sie ohne die leiseste Zärtlichkeitsbezeigung genommen, ohne sich der Mühe zu unterziehen, ihre Glieder zu liebkosen, wie er es bei der schäbigsten Dirne zu tun pflegte. Er hatte weniger Gefühl angewandt als ein Hund bei seiner Hündin, und von Anfang bis Ende hatte er sich nicht dazu herabgelassen, auch nur ein einziges Mal den

Mund zu öffnen. Aber sein drohender Zeigefinger sprach Bände, und Katie verstand diese Sprache.
Eilig drängte er sie zur Tür, hob, ehe er sie öffnete, nochmals warnend den Finger, warf einen Blick in den Korridor und stieß sie dann hinaus.
Katie war kaum imstande, die Füße zu heben. Mühsam, die Hand fest auf den Mund gepreßt, stolperte sie über den dicken Teppich zur Galerie.
Als Bernard sie aus seinem Schlafzimmer gestoßen hatte, hatte Katie tief den Kopf gesenkt, und dabei hatte sie's auch belassen; das Entsetzen machte sie einfach blind, und selbst wenn sie aufgeschaut hätte, würde sie nicht bemerkt haben, daß jemand in der Nähe der Treppe stand.
Theresa war abermals übel geworden, weshalb sie ins Badezimmer gegangen war, um sich ihre Arznei zu holen. Als sie mit dem Fläschchen in der Hand auf den Korridor trat, hörte sie, wie eine Tür aufgestoßen wurde. Dann sah sie, wie jemand vorsichtig den Kopf herausstreckte – es war Bernard. Verblüfft und starr vor Staunen beobachtete sie, wie gleich darauf Katie Mulholland mit gekrümmtem Leib, die Hand offensichtlich in größter Verzweiflung auf den Mund gepreßt, davonstolperte.
Ihr Bruder hatte sie nur deshalb nicht bemerkt, weil Theresa hinter der Büste ihres Großvaters stand, wo es dunkel war. Auch hatte sie sich von dem Moment an, wo die Tür aufgerissen wurde, nicht mehr gerührt. Nun aber war sie nicht mehr zu halten. Eine Welle eiskalter Wut, gegen die weder Vernunftgründe noch jener Anstand etwas vermochten, der zwischen Bruder und Schwester erforderlich war, riß sie einfach mit sich fort.
Schon war sie an Bernards Tür und riß sie, ohne anzuklopfen, weit auf. Dabei ertappte sie ihn in einer äußerst beschämenden Situation, nämlich wie er sich eben die Hosen zuknöpfte.
»Was, zum Teufel, ist . . .«, rief er, wobei er sich umdrehte, ohne sich darum zu kümmern, daß er so gut wie nackt dastand. Dann hüllte er sich in seinen Schlafrock, eilte mit langen Schritten auf Theresa zu, die mit dem Rücken zur

Tür stand, und zischte: »Was fällt dir ein, einfach so hereinzuschneien?!«
»Du Teufel!«
»Was ist denn los? Wovon redest du nur?«
»Du weißt genau, wovon ich rede!« Sie schob ihr Gesicht so nahe an das seine heran, daß ihre Nasen einander beinahe berührten. »Dieses Kind – diese Katie Mulholland, aus der soll wohl eine zweite Maggie Pratt werden, wie? Die hinausgeflogen und im Armenhaus gelandet ist, während die Schuld an der Geschichte einfach jemand anderm in die Schuhe geschoben wurde.«
»Halt den Mund!« Er starrte sie ebenso wütend an, wie sie ihn. »Kümmere dich gefälligst um deine eigenen Angelegenheiten.«
»Worauf du dich verlasssen kannst. Weil ich Katie Mulholland nämlich zu meiner eigenen Angelegenheit machen werde, falls ihr etwas zustoßen sollte. Ich warne dich!«
Er packte sie bei den Schultern und grub seine Nägel tief in ihr Fleisch. Aber sie knurrte ihn wie ein tollwütiger Hand an: »Laß mich sofort los, sonst . . .!«
»Du wirst dich da nicht einmengen, hörst du! Versprich es mir, Du mußt es mir versprechen!« Sein Atem strich über ihr Gesicht.
Mit einer heftigen Bewegung stieß sie ihn beiseite, legte die Hand auf den Türknauf und sagte leise: »Gar nichts verspreche ich dir. Und denk daran, daß dieses Kind Eltern und eine Menge Verwandte hat, die steht nicht so allein da wie Maggie Pratt.«
Wieder streckte er die Hand aus und wollte sie packen, aber sie sagte rasch: »Wenn du mich noch einmal anrührst, ruf' ich das ganze Haus zusammen. Noch eines: Ich fahre morgen zwar nach Hause. Aber ich komme wieder.« Damit verließ sie das Zimmer, immer noch am ganzen Leib vor Zorn bebend.
In ihrem Zimmer setzte sie sich auf die Bettkante, legte die Füße auf einen Schemel und wiegte sich hin und her, hin und her. Dieses arme, arme Kind. Sie sah jedoch in diesem

Augenblick nicht Katie Mulholland in den Händen ihres Bruders vor sich, sondern sich selbst in der Hochzeitsnacht.
Dann sah sie wieder Katie in ihrer äußersten Niedergeschlagenheit, genauso wie Maggie Pratt vor drei Jahren gewesen war. Maggie war sechzehn Jahre alt, als sie aus dem Waisenhaus als Stubenmädchen zu ihnen gekommen war. Ein dralles, hübsches Ding. Es dauerte nicht lang, so war sie schwanger. Sie hatte Bernard als Kindesvater angegeben, aber der hatte wutschnaubend alles abgeleugnet, und da hatte man Maggie hinausgeworfen. Da sie keinen Menschen hatte, niemanden kannte, kein Zeugnis bekam, endete sie im Armenhaus, und dort war sie noch immer und würde so lange dort bleiben, bis ihr Kind in dem Alter war, wo es arbeiten und sich seinen Lebensunterhalt selbst verdienen konnte.
Und dasselbe sollte mit Katie Mulholland geschehen, diesem bildschönen Mädchen ... diesem halben Kind? Wie alt konnte sie denn sein: Vierzehn, höchstens fünfzehn. Wie hatte es nur dazu kommen können? Wo hatte Mrs. Davis denn ihre Augen gehabt? Gehörte es denn nicht zu ihren Pflichten, streng darauf zu achten, daß die Mädchen auf ihrem Zimmer waren, ehe sie sich selbst zurückzog? Und ob das dazu gehörte! Ihre Mutter hatte das seit der Geschichte mit Maggie Pratt mehr als einmal nachdrücklich hervorgehoben. Aber was nützte das jetzt alles? Es war nun einmal geschehen, und erst die Zeit würde sie lehren, ob und welche Konsequenzen die Sache haben würde.

Auch Katie, die auf ihrem Bett saß, dachte an Mrs. Davis. Sie war noch nicht zu Bett gegangen, noch hatte sie ihre Kleidungsstücke ausgezogen. Eine unbeschreibliche, nie gekannte Angst erfüllte sie. Bisher hatte sie sich höchstens mal im Dunkeln gefürchtet oder daß die Köchin auf sie losgehen könnte. Aber diese Angst war ihr fremd und machte sie ganz krank: Mit einem Mal fürchtete sie sich vor ihrem Körper. Sie hätte gewünscht, aus ihm herausschlüpfen, ihn ablegen zu können, aber ein unbestimmtes

Gefühl sagte ihr, daß dies hier nie mehr ihr Körper sein würde. Am liebsten wäre sie mitten in der Nacht heimgelaufen und hätte sich in die Arme ihrer Mutter geworfen und ihr alles, alles erzählt. Aber sie durfte es ihr nicht erzählen, sonst hätte es auch der Vater erfahren, und das mußte um jeden Preis verhindert werden. Ihr Vater war ein ruhiger, beherrschter, ausgeglichener Mensch. Ausgenommen zu gewissen Zeiten, wenn ihn die Wut packte und er losbrüllte und nicht mehr wußte, was er tat. Zweimal hatte sie ihn so erlebt ... Wenn sie es also der Mutter und die wieder dem Vater sagen würde, dann würde er etwas anstellen, das sie alle um Obdach und Brot bringen könnte, und das durfte nicht geschehen. Aber sie mußte es jemandem sagen, irgend jemandem mußte sie es sagen! Mrs. Davis? Ja, sie wollte es Mrs. Davis sagen. Denn wenn er sie noch ein einziges Mal anrühren sollte, würde sie losschreien, schon bei seinem bloßen Anblick.
Sie zitterte am ganzen Körper, und die Tränen liefen ihr über die Wangen, als sie sich zu jenem Treppenabsatz tastete, dem Mrs. Davis' Zimmer gegenüberlag. Schon hatte sie die Hand gehoben, um anzuklopfen, als sie Stimmen hinter der Tür hörte. Obwohl die Männerstimme sehr leise war, erkannte Katie sie. Dann regte sich etwas hinter der Tür. Sofort huschte Katie in den dunklen Gang zurück und drückte sich reglos gegen die Mauer. Die Tür ging auf, und sie sah den Mann im Unterhemd dastehen und sich die Hosen zuknöpfen. Dann schlüpfte er in seinen Rock und entschwand ihren Blicken.
Vielerlei Gefühle stürzten auf Katie ein: Scham, Schmerz und Überraschung. Mit offenem Mund überlegte sie: Mrs. Davis, diese Frau, die ihre Mutter als geborene Dame bezeichnet hatte und die zumindest so gut und nobel war wie die Herrin des Hauses, hatte was mit Mr. Kennard. Jetzt wurde es ihr auf einmal klar, aus welchem Grund die Köchin in ihrer Gegenwart glatt sitzen blieb und gar nicht ehrerbietig mit ihr redete; weshalb Mr. Kennard so selten in die Küche kam und, wenn er es tat, nie mit der Köchin sprach.

Es war also unmöglich, es Mrs. Davis zu sagen. Sie konnte es keinem Menschen sagen. Aber zu einem war sie fest entschlossen: loszuschreien, wenn Mr. Bernard ihr noch einmal nahekam, um sich zu schlagen, zu kämpfen, wenn es sein mußte. Das nächstemal würde er sie nicht mehr überrumpeln können; nun wußte sie, was er von ihr wollte. Und sie würde es nie, nie mehr zulassen! Sie hörte auf zu weinen, zog sich aus und putzte sich leise, aber energisch die Nase. Am besten, sie ging sich jetzt waschen. Nicht zur Pumpe, dazu war es noch zu früh, es hätte sie jemand sehen können. Nein, in den Heizraum. Da konnte sie die Tür absperren und sich waschen. Von oben bis unten. Mit heißem Wasser. Alles abwaschen und abschrubben, bis sie dieses gräßliche Gefühl los wurde.

5

»Was ist denn los, Kind?«
»Nichts, Mama.«
»Aber, Katie, du warst schon die letzten Sonntage so ...«
Catherine schob Katie ins Schlafzimmer, und dort setzten sie sich aufs Bett und sahen einander an. »Du bist schrecklich blaß und siehst richtig abgehärmt aus.«
»Das ist die Erkältung, Mama. Ich kann sie diesmal einfach nicht loswerden.«
»Aber das ist schon Wochen her, Kind. Seit dem Ball. Ist ... ist die andere Sache in Ordnung?«
»Nein, meine Tage hatte ich noch nicht, Mama.« Sie sagte nicht, daß sie sie schon seit zwei Monaten nicht mehr gehabt hatte.
»Also das ist es! Nichts macht einen bleicher als das. Und bei dir war's ja nie regelmäßig. Oh, mach dir deshalb keine Sorgen. Ich hab's auch schon getan. Aber daran habe ich nicht gedacht«, sagte die Mutter. »Uns ist schon dein munteres Geplauder abgegangen. Wir alle leben nur für diesen Sonntagnachmittag, wenn du heimkommst und so richtig loslegst. Aber paß nur auf, wenn die Geschichte

einsetzt, dann wirst du wieder ganz die alte sein. Weißt du, ich vergesse immer, daß du ja schon erwachsen bist. Du bist kein Kind mehr, obwohl du erst sechzehn bist. Ich kann es gar nicht glauben. Mir kommt es immer so vor, als wäre es erst gestern gewesen, da ich dich auf meinen Knien gewiegt habe.«

Am liebsten wäre es Katie gewesen, sie würde es wieder tun. Sie mußte fest gegen die Tränen ankämpfen, die in ihr hochsteigen wollten, und gegen den brennenden Wunsch, der Mutter zu berichten, wie übel ihr ständig war und welche Angst sie vor der Zukunft hatte. Sie stand auf und sagte: »Es ist Zeit, Mama. Besser, ich mach mich auf den Weg.«

»Ja, Kind«, sagte Catherine und folgte Katie in die Küche. »Bald wird es bei euch die große Hochzeit geben, und du hast uns noch gar nichts davon erzählt.«

»Ich hatte so viel zu tun, Mama. Und die Köchin hält mich ständig auf Trab . . .«

Sie schlüpfte in den Mantel, setzte den Strohhut auf und band sich die Schleife unterm Kinn fest, denn es war naßkalt und windig draußen. Dann wartete sie, bis der Vater den Mantel angezogen und sich das Halstuch geknotet hatte. Als er fertig war, trat sie ans Feuer, wo der Großvater mit gelbem, spitzem Gesicht saß; Wangen und Mund waren eingefallen. Er legte die Arme um sie und sagte: »Es tut mir so leid, Kindchen. Es ist das erstemal, daß ich dich nicht begleiten kann.«

Tränen standen in seinen Augen, und sie küßte sein Stoppelkinn. Dann tätschelte sie ihm die Hand und flüsterte ihm gedrückt zu: »Sieh zu, daß es dir das nächstemal besser geht, Opa, hörst du?«

Dann küßte sie Lizzie, die wie immer ihren Kopf an sie lehnte. Aber Katie sagte nicht, wie sie es sonst getan hatte: Sei ein braves Mädchen. Dann wandte sie sich an Joe, und sie berührten sich wie immer an der Schulter, nur daß er sie nicht sofort losließ, sondern murmelte: »Gib auf deine Erkältung acht, Katie.«

»Tjaja, Joe, mach ich.«

Als Catherine sich an der Tür zu der Tochter niederbeugte, mußte sie denken: Sie sieht genauso aus wie Jimmy, bevor ihn das Fieber erledigte. All die andern Kinder waren am Fieber gestorben. Sie preßte Katie fest an sich. Dann sagte sie zu ihr: »Wenn du dich schlecht fühlst, Katie, dann geh schön zu Mrs. Davis und sag es ihr. Versprichst du mir das?«

Katie sah die Mutter nicht an, als sie erwiderte: »Ja, Mama.«

Rodney legte seiner Frau die Hand auf die Schulter und sagte: »Bleib im Haus, sonst wirst du noch durch und durch naß.«

Kaum hatten Katie und der Vater die Straße betreten, waren ihre Stiefel auch schon bis zum Rand mit Schlamm bedeckt. Mit gesenkten Köpfen eilten sie durch den strömenden Regen, und als noch dazu ein kräftiger Wind ihnen zu schaffen machte, legte Rodney den Arm um Katies Schulter und fragte: »Alles in Ordnung, Kind?« Katie nickte nur. Schweigend erreichten sie den höchsten Punkt des Hügels, wo Katie, wie es ihr schien, vor einer Ewigkeit mit dem Großvater im strahlendsten Sonnenschein gesessen und ein leichtes Herz gehabt hatte. Seither hatte an ihren freien Sonntagen nie mehr die Sonne geschienen.

Nun blinzelten sie durch den grauen Regenvorhang ins Land hinaus, und dann beugte sich Rodney mit triefnassem Gesicht zu Katie nieder und sagte: »Was ist los, mein Kind? Ich spüre doch, daß dir irgend etwas Kummer macht.«

Sie zwang sich, dem Vater fest in die Augen zu sehen. Sie liebte ihn von Herzen, dennoch fürchtete sie sich vor ihm. »Ich bin nur müde, Papa«, sagte sie deshalb bloß.

Er faßte sie am Kinn und meinte: »Wenn es dir zuviel wird, dann gib die Stelle ruhig auf. Du wärst woanders vielleicht besser dran. In Jarrow gibt es jetzt eine Menge günstiger Gelegenheiten, weißt du? Die bauen jetzt eine Fabrik nach der andern; dort gibt es bestimmt Arbeit für dich. Geh dort weg, Kind.«

»Ich will mir's überlegen, Papa.«

»Ich werde Mutter darauf vorbereiten, dann wird sie nicht so enttäuscht sein. Sie hält große Stücke auf Mrs. Davis.«

»Ich weiß, Papa. Danke jedenfalls.«

»Und jetzt ab mit dir.«

»Geh heim, Papa, warte nicht.«

»Bloß ein kleines bißchen.«

»Nein, bitte, tu's nicht. Du wirst ja ganz naß. Man kann sowieso nicht weit sehen. Also geh nur, Papa.«

»Bis du unten angelangt bist – abgemacht?«

Sie drehte sich um und eilte davon.

Als sie wußte, daß ihr Vater sie nicht mehr sehen konnte, verlangsamte sich ihr Schritt. Der Mantel war bereits triefnaß, und sie spürte, wie ihr das Wasser durch das Kleid über den Rücken hinunterlief. Aber es machte ihr nichts aus. Nichts hätte ihr etwas ausgemacht, wenn das Zeug nur genützt hätte. Sie hatte so viel Sennesblättertee getrunken, daß sie sich bereits völlig ausgehöhlt fühlte, aber geholfen hatte es nichts. Was sollte sie nur tun? Lieber Gott, was sollte sie bloß tun? Dotty hatte bereits bemerkt, daß ihr morgens stets übel war. Es konnte nicht mehr lange dauern, dann würde sie es Mrs. Davis sagen, und dann mußte es ihre Mutter erfahren. Dabei fürchtete sich Katie nicht so sehr vor Mrs. Davis oder der Mutter, sondern einzig und allein davor, daß ihr Vater Wind von der Sache bekommen könnte. Sie wußte genau, was er dann tun würde. Ins Herrenhaus gehen und *ihn* grün und blau prügeln. Und dann würde man den Vater ins Zuchthaus stecken. Was sollten Mutter, Großvater und Lizzie dann anfangen? Man würde ihnen ihre Hütte wegnehmen, und keiner würde wagen, sie bei sich aufzunehmen. Sie hatte oft genug zugesehen, wie man Menschen wegen bedeutend geringfügigerer Dinge als jenen, die ihr Vater Mr. Bernard antun würde, ins Moor gejagt hatte. Sie konnte den Gedanken daran, was ihr Vater aufführen könnte, nicht ertragen. Und alles ihretwegen. Eher würde sie sterben.

Noch ehe sie aufgesehen hatte, war plötzlich die dunkle Gestalt vor ihr aufgetaucht. Es war Mr. Bunting. Seit jenem sonnigen Sonntag damals war sie ihm an jedem ihrer

freien Sonntagnachmittage begegnet. Sie fürchtete sich nicht mehr vor ihm. Außer vor einer einzigen Sache fürchtete sie sich vor gar nichts mehr.
Mark Bunting hatte seinen Hund mit. Es war ein großer Hund, eine Kreuzung zwischen einem Windhund und einem Neufundländer. Er strich um ihre Beine und schnüffelte an ihrem Rock. Das hatte er die beiden Male davor auch schon getan. Bunting ließ seinen Blick über ihr Gesicht gleiten, grüßte nicht, blieb stehen und sagte: »Er mag dich. Das passiert bei ihm nicht häufig.« Dann blickte er sie fest an und meinte: »Fehlt dir was? Du siehst gar nicht gut aus.«
»Ich habe eine Erkältung.«
»Noch immer? Die hattest du ja bereits letztesmal.«
Er brachte so was wie ein kurzes Lachen zustande, und Katie sagte: »So was ist anhänglich.«
Seine Blicke tasteten ihre Figur ab, aber der Mantel verhüllte sie größtenteils. Einer Sache war er sicher: Sie war nicht mehr dasselbe Mädchen, dem er vor Wochen begegnet war. Das Strahlende war aus ihrem Gesicht verschwunden. Er war auf merkwürdige Weise an ihr interessiert. Offensichtlich war er nicht der einzige, der für die Mulhollands Interesse hegte. Er fragte sich noch immer, weshalb der junge Rosier ihn in sein Büro hatte rufen lassen, um ihn wegen des »Großen Mulholland« auszufragen. Es hatte ganz so geklungen, als hätte er gerne etwas Abträgliches über ihn gehört, als wollte er ihn loswerden. Doch hatte Rosier erst von ihm erfahren, daß Mulholland mit Fogerty und Ramshaw dick befreundet war, also konnte es sich nicht darum handeln. Weshalb er einen so ausgezeichneten Arbeiter an die Luft setzen wollte, war ihm unverständlich. Er brachte doppelt so viele Kohlen herauf wie die andern.
Bunting sagte nun: »Ist die Arbeit im Haus schwer?«
»O ja.«
»Magst du sie noch immer?«
Sie sagte zögernd: »Ja ...« Dann fügte sie rasch hinzu: »Ich muß gehen. Ich bin ganz durchnäßt.«

Ebensowenig wie er sie vorhin begrüßt hatte, verabschiedete er sich nun von ihr, er sah sie nur merkwürdig lächelnd an, wandte sich langsam um, blieb einen Moment stehen, blickte ihr nach und schlug mit seinem Stock auf den nächstbesten Brombeerbusch los, ehe er weiterging . . .

Als Katie die Küche betrat, saß die Köchin da und trank ihren Tee. Sie wandte den Kopf um, sah Katie ziemlich lange an und meinte dann in keineswegs unfreundlichem Ton: »Ich würde das Zeug an deiner Stelle sofort ausziehen. Du mußt ja zum Auswinden naß sein.«

»Ja, das bin ich tatsächlich.«

»Häng es in den Heizraum.«

Katie ging in den vor Wärme dampfenden Heizraum, nahm den tropfnassen Strohhut ab und schlüpfte aus dem Mantel. Als sie wieder in die Küche kam, sagte die Köchin immer noch in freundlichem Ton: »Du solltest dir rasch dein anderes Kleid anziehen. Aber erst trink mal eine Tasse Tee.«

»Danke«, sagte Katie und schenkte sich ein.

»Setz dich doch«, sagte die Köchin. Die ungewohnte Freundlichkeit der sonst so kurz angebundenen Frau und der dampfend heiße Tee brachten Katie ganz aus der Fassung, plötzlich konnte sie die Tränen nicht mehr zurückhalten, und schon tropften sie ihr unablässig bis aufs Kinn. Die Köchin drehte sich nun ganz herum und sagte: »Was ist denn los?«

»Ich fühl' mich nicht besonders«, brachte Katie mühsam hervor.

Es dauerte eine geschlagene Minute, bis die Köchin ihr zunickte und meinte: »Das kann man ja auch wohl kaum erwarten, oder?«

Rein automatisch schob Katie die Tasse zurück und heftete den Blick auf die Köchin. Sie wußte es. Sie wußte es! Sie sprang auf, lief hinaus, die Treppe nach oben, in ihr Zimmer, und dort warf sie sich auf ihr Bett und weinte hemmungslos.

Eine Viertelstunde später kam Dotty herein, schüttelte sie

an der Schulter und sagte: »Komm, die wollen mit dir reden.«
Katie wandte sich um, sah Dotty an und wußte im selben Moment, daß sie Bescheid wußte. Sie hatte es offensichtlich längst gewußt.
Kein Muskel regte sich in Katies Gesicht, als sie wie ein hypnotisiertes Kaninchen in das Gesicht der Küchenmagd starrte, bis Dotty sagte: »War es Billy? Der hat mich oft genug geknufft. Immer wieder hat er's versucht. Eines Abends hat er mich dann erwischt, aber ich habe ihn glatt in den Kehrichthaufen geworfen. Du hättest ihn fluchen hören sollen.«
Katie sprang auf, riß das trockene Kleid vom Haken und war bereits beim Zuknöpfen, als Dotty ruhig weitersprach. »Nun, wenn du's nicht sagen willst, so sagst du's eben nicht. Einer von den Jungs muß es ja sein. Die werden was zu hören bekommen, wenn Mr. Kennard die Sache in die Hand nimmt ... Besser, du kommst jetzt mit. Mrs. Davis ist nicht gerade in ausgezeichneter Stimmung.«
Und dann stand Katie gute zehn Minuten vor Mrs. Davis, und die redete auf sie ein, ruhig, wenn auch irgendwie förmlich. Dann schien sie die Geduld zu verlieren und rief eindringlich: »Katie! Du mußt mir antworten. Ich frage dich nochmals, ist dir jeden Morgen übel?«
Katie holte tief, tief Atem. Ihr Widerstand war dahin. Sie mußte etwas sagen, zumindest einen Teil davon. Also sagte sie: »Ja, Mrs. Davis.«
Mrs. Davis schloß die Augen, senkte einen Moment lang den Kopf, wischte sich den Mund mit einem winzigen Taschentuch ab, dann sah sie Katie abermals an und sagte: »Wie lange ist es her, seit die Geschichte ausgeblieben ist?«
»Drei Monate, beinahe drei, Mrs. Davis.«
»Bekommst du ein Kind, Katie?«
Es dauerte eine ganze Weile, ehe Katie imstande war, diese Frage zu beantworten, und auch dann konnte sie bloß nicken.
»Ach, Katie, Katie!« Es lag große Verzweiflung in der

Stimme der Wirtschafterin. »Wie konntest du es nur dazu kommen lassen, ausgerechnet du! Dir habe ich mehr vertraut als allen andern zusammengenommen. Hörst du, Katie? Mehr als allen andern. Wer war es, Katie?«

Eine volle Minute war verstrichen, bis Mrs. Davis abermals fragte: »Komm, Katie, sag, wer es war. Du weißt doch, daß du es mir letzten Endes ja doch sagen mußt, also sag es lieber gleich, denn ich finde es heraus, so oder so. War es Billy?«

»Nein, nein!« sagte Katie betont heftig. Billy, der Gärtnerbursche, der immer grinste und sabberte! Mit dem würde sie nicht einmal reden, geschweige denn zulassen, daß er sie berührte.

Mrs. Davis starrte das junge, magere, bemitleidenswerte Ding an. Guter Gott, wie hatte es nur dazu kommen können! Wer? Wer um alles in der Welt? Sie fühlte sich für dieses Kind verantwortlich, schließlich hatte sie ihr diese Stelle verschafft. Sie durchforschte ihr Gedächtnis, bis sie Katie an dem Tag nach dem Ball vor sich sah. Da war sie nicht mehr dieselbe gewesen. Das Gesicht war rot und verschwollen gewesen, und die Köchin hatte ihr berichtet, daß sie sich zweimal hatte übergeben müssen. Zweifellos hatte sie zu viel in sich hineingestopft.

Vage erinnerte sie sich daran, daß sie Katie damals mit in die Galerie genommen, sie hinter dem Vorhang versteckt und später dann nachgesehen hatte, ob sie noch dort sei. Sie fragte sich nun, ob sie in ihrem benebelten Zustand am Ende hinter dem falschen Vorhang nachgesehen hatte? Jedenfalls hatte es in jener Nacht nur drei männliche Bediente gegeben: Frank Tapman, dessen beide Töchter in Katies Alter waren, kam überhaupt nicht in Frage. Ebensowenig John Swan, dieser gottesfürchtige, brave Mann. Blieb nur noch Patrick über. Alles in ihr sträubte sich gegen die Vorstellung, daß Kennard sich an einem halben Kind vergehen würde. Nein, sie kannte ihn schließlich. Wer besser als sie ...? Dann mußte es also jemand aus dem Haus gewesen sein? ... O nein, nein! Daran durfte sie gar nicht denken. Obwohl es schließlich bereits einmal passiert war, nicht wahr? Gut, aber diesmal hatte es sich um den Verlobungsball gehandelt. Sie mochte Mr. Bernard nicht besonders, aber das war kein Grund anzunehmen, daß er sich, kaum außer Sichtweite seiner jungen Braut, so weit vergessen könnte. Und Mr. Rodger? Nein, nie im Leben. Mr. Rodger war wirklich ein Gentleman, daran gab es nichts zu zweifeln. Dann blieb nur mehr der gnädige Herr übrig. Unmöglich. So grob er sich auch auszudrücken pflegte und so lautstark er daherpoltern konnte, so war er doch ein Mann von Ehre ... Blieb Billy Denison. Falls es keiner von den Gästen gewesen war ... Deshalb hatte Katie so heftig reagiert, als sie es ihr auf den Kopf hin zugesagt hatte.

»Ich werde Billy holen, und dann werden wir ja sehen, Katie.«

»O nein, Mrs. Davis«, sagte Katie und ergriff in ihrer Aufregung deren Arm. »Er war es nicht, er war es doch nicht. Ich würde ... ich meine, ich würde mich von ihm nicht einmal anfassen lassen, ich mag Billy nicht, er ist so schmutzig.« Sie bleckte richtiggehend die Zähne vor Abscheu, und trotz aller Vernunftgründe mußte sich Mrs. Davis sagen: Wer der Mann auch gewesen sein mochte, Billy Denison war es jedenfalls nicht.

Mrs. Davis senkte den Kopf. Sie war traurig, gekränkt und ängstlich. Sie würde es der Gnädigen sagen müssen. »Ich muß die gnädige Frau verständigen, Katie.«

»O nein, bitte nicht, Mrs. Davis!« Katie sah sie flehend an. »Ich kann doch auch so gehen. Keiner braucht etwas davon zu erfahren. Ich gehe einfach so.«

Aber Mrs. Davis wußte es besser. Es blieb nichts anderes übrig, die Gnädige mußte verständigt werden. Und das Resultat stand jetzt schon fest: Man würde Katie fortschikken.

Genauso geschah es. Zwei Tage später verließ Katie das Haus mit einem Bündel, in dem sich all ihre Habseligkeiten befanden. Es war um nichts größer als jenes, mit dem sie fünf Jahre zuvor das Haus betreten hatte. Aber sie ging

nicht allein nach Hause. Mrs. Davis nahm sie im Wagen mit.
Sie kamen um halb drei an, und als Mrs. Davis eine Stunde später das Haus verließ, mußte sie sich allein die Tür aufmachen, denn Catherine war so niedergeschmettert, daß sie keiner Bewegung fähig war.
Catherine saß da und blickte Katie an, die vor dem Feuer hockte, zusammengekrümmt und totenblaß. Und neben ihr saß William und hatte den Arm um ihre Schulter gelegt. Auch er war wie gelähmt gewesen, aber nun durchbrach ein Gefühl blanker Wut seine Erstarrung. Er gab Katie frei, aber nicht, ohne ihr vorher beruhigend die Wange zu tätscheln. Dann zog er sich an seiner Krücke hoch und stapfte durch das Zimmer, bis er an der Tür angelangt war. Erst jetzt erhob sich Catherine und sagte: »Papa, nicht. Geh nicht aus. Dazu bist du nicht gut genug beisammen. Bleib hier – bitte.« Aber William achtete nicht auf sie, sondern schlug die Tür hinter sich zu.
Und nun ging Catherine auf Katie zu, setzte sich auf den Stuhl des Großvaters, drehte ihre Tochter zu sich herum und blickte ihr – immer wieder hilflos den Kopf schüttelnd – ins schmerzverzerrte Gesicht, das so elend aussah, daß sie es nicht zustandebrachte, auch nur einen rauhen Ton anzuschlagen, als sie sie fragte: »Aber weshalb, Kind?« Nicht: Wer war es?, sondern nur: »Weshalb?«
Katie, die ihre Mutter zum erstenmal voll anblickte, murmelte: »Ich bin's ja nicht gewesen, Mama ...«
»Nicht du? Was meinst du damit?«
»Ich ... ich wollte es nicht ... ich meine, ich hätte es niemals getan. Er ...« Sie ließ den Kopf sinken und konnte nicht weiter, aber Catherine vollendete den Satz an ihrer Stelle: »Er hat dich gezwungen?«
Darauf nickte Katie nur.
Und nun fragte Catherine doch: »Wer, Kind?«
Aber Katie schwieg, soviel sie auch auf sie einreden mochte. Sie konnte ihre Tochter nicht dazu bringen, zu sagen, wer es getan hatte.
Um halb sieben kam Rodney heim. Mit William, der den

ganzen weiten Weg zur Zeche gemacht hatte, nur um den Schock etwas zu lindern. Aber nach Rodneys Miene zu schließen, war ihm das nicht gelungen.
Er trat durch die Hintertür ein, wie er es immer tat, wenn er aus der Grube kam. Im Innern der Hütte blieb er stehen und sah seine Tochter an.
Katie saß am anderen Ende des Tisches, ohne etwas zu essen. Sie saß einfach da und wußte sofort, daß sie sich nicht mehr den Kopf darüber zu zerbrechen brauchte, wie die Mutter es dem Vater beibringen würde. Denn sie sah auf den ersten Blick, daß er es bereits wußte.
Den ganzen Heimweg über hatte er es nicht glauben wollen, es einfach nicht für möglich gehalten. Am liebsten hätte er auf William losgeschlagen, als ihm der die Geschichte über sein heißgeliebtes Kind erzählte, von dem er immer gedacht hatte, daß er es gar nicht verdiene, weil es so gut und schön war. Es verging kein Sonntag, an dem er nicht in der Kapelle niedergekniet und Gott gedankt hätte für Katies liebevollen Charakter, ihre Schönheit und ihre ansteckende Lebensfreude. Und nun war so etwas über sie gekommen. Er starrte sie an, bis sie den Kopf auf die Brust sinken ließ, sagte aber kein Wort. Seine Gefühle ließen sich in Worten nicht ausdrücken. Langsam ging er aufs Schlafzimmer zu, und William bedeutete Catherine, ihm dorthinein zu folgen.
Catherine nahm den Topf vom Feuer, stellte ihn an den Herdrand, wischte sich die Hände an der groben Schürze ab, ging gleichfalls ins Schlafzimmer und schloß hinter sich die Tür. Da standen sie und sahen einander an, bis er endlich sagte: »Wer?«
»Ich weiß es nicht.«
»Hast du sie gefragt?«
Catherine nickte mehrmals. »Bis zum Überdruß. Den ganzen Nachmittag habe ich ihr zugesetzt. Sie wollte es auch Mrs. Davis nicht sagen. Die hat sie heimgebracht.«
»Das war's also, was in den letzten Wochen nicht gestimmt hat mit ihr.« Abermals sah er seine Frau an. »Hat sie keinerlei Erwähnung gemacht?«

»Nein, nein!« sagte Catherine verzweifelt und lauter als vorher. »Wie hätte ich es denn vor dir geheimhalten können?«
Er wandte ihr den Rücken zu und fragte halblaut: »Warum werde ich derart heimgesucht! Vier Kinder sind uns genommen worden, Lizzie ist schwachsinnig, und nun auch das noch. Eine Schande vor Gottes Angesicht!«
»Rodney!« Catherine ging auf ihren Mann zu, legte ihm sanft die Hand auf die Schulter und blickte zu seinem starren, rußgeschwärzten Antlitz auf. »Sie muß gegen ihren Willen genommen worden sein. Mrs Davis hat das auch angedeutet. Sie erzählte mir, daß sie von dem Tag nach dem Ball an wie verwandelt war und daß man ihr ansehen konnte, wie sie sich abgehärmt hat.«
»Hat Mrs. Davis denn nicht die geringste Ahnung, wer es gewesen sein könnte?«
»Sie meinte, daß nur der Gärtnerbursche dafür in Frage käme, dieser Billy Denison. Aber als sie Katie darauf angesprochen habe, da hätte sie es nur mit aller Entschiedenheit in Abrede gestellt. Und das hat sie auch mir gegenüber getan.«
Da drehte sich Rodney um und ging wieder in die Küche, wo er vor Katie stehen blieb, sie fest ansah und sie anherrschte: »Wirst du mir jetzt auf der Stelle seinen Namen sagen oder muß ich ihn erst aus dir herausprügeln?«
Mit weitaufgerissenen, tränenlosen Augen blickte sie zu ihm auf. Wenn sie ihrem Vater sagte, daß Mr. Bernard es gewesen sei, würde er ohne ein weiteres Wort zur Tür hinausstürmen und versuchen, ins Herrenhaus einzudringen. Aber sie würden ihn gar nicht einlassen. Dann würde er, wie sie ihn kannte, Mr. Bernard eben auflauern und ihn zusammenschlagen, und er würde ins Zuchthaus kommen. Wenn sie nur schweigen und alles bei dem würde belassen können, wie es nun einmal war ... Aber das konnte sie nur so lange, als sie nicht Billy Denison dafür verantwortlich machten. Obwohl sie Billy ganz und gar nicht leiden konnte, wollte sie doch nicht, daß er ihretwegen ins Unglück gestürzt werde. Die würden ihn sicherlich auch wegschik-

ken, nur mit dem Unterschied, daß er wieder ins Waisenhaus zurück müßte.
»Also gut, wenn du es so haben willst«, sagte Rodney auf Katies Schweigen in drohendem Ton. Dann zog er sich die Unterwäsche aus, wusch sich im Zuber, den Catherine wie immer für ihn auf dem Herd bereitgestellt hatte, zog sich sein einziges Paar anständiger Hosen und seinen einzigen ordentlichen Rock an, und dann ging er, trotz zwölfstündiger Schicht, ohne einen Bissen gegessen oder auch nur ein Wort mehr gesagt zu haben, aus dem Haus.
Er hatte den Hügel noch nicht erreicht, als Katie jene Lüge einfiel, die ihr bei ihrem flinken Verstand schon längst hätte einfallen müssen, wenn der Kummer sie nicht halb wahnsinnig gemacht hätte. Sie sprang von ihrem Sitz hoch und war bei der Tür draußen, noch ehe Catherine oder William etwas dagegen einwenden konnten. Sie lief, so schnell sie konnte, übers Moorland, bis sie auf der Straße droben Rodney erblickte, und dann rief sie keuchend vor Atemnot: »Papa! Papa! Warte, Papa.«
Rodney wandte sich um und blieb stehen, bis sie schwankend und nach Atem ringend vor ihm stand. Da streckte er die Hand aus und hielt sie fest.
Immer noch nach Luft schnappend, stammelte sie: »Geh nicht, Papa, geh nicht. Ich will es dir sagen. Weil . . . weil es keinen Sinn hätte, hinzugehen.« Sie senkte den Kopf und fuhr, da er schweigend abwartete, dann dort: »Es geschah in der Ballnacht. Es war dunkel und schon spät, und ich . . . ich war todmüde. Da bin ich in den Hof gegangen, um ein bißchen frische Luft zu schnappen, damit ich nicht ganz und gar einschlafe. Es war mild und schön, und ich bin die Mauer entlanggegangen, wo die . . . die Rosenbüsche stehen . . .«
Die Lüge wollte ihr nicht recht über die Lippen, aber der Vater kam ihr zu Hilfe und sagte: »Und weiter . . .?«
»Nun, dann hat mich plötzlich jemand gepackt und mir die Hand auf den Mund gepreßt . . .« Das stimmte wenigstens! »Und – ich konnte gar nichts dagegen tun. Er . . . er war viel stärker als ich, und da ist . . . ist es passiert.«

Nach einer kleinen Pause sagte er: »Und du hast nichts gesehen? Wenigstens sein Gesicht?«
»Nein, Papa, bestimmt nicht.«
Er blickte auf ihr gesenktes Haupt nieder und erinnerte sich daran, daß der Mond damals geschienen hatte, Catherine hatte es ihm noch gesagt und gemeint, wie schön es die Ballgäste da haben würden, weil man den Garten würde einbeziehen können. »Der Mond hat doch geschienen«, sagte er deshalb. »Erinnerst du dich nicht mehr daran, Katie?«
Sie machte eine ruckartige Kopfbewegung, sah ihn unter halbgeschlossenen Lidern an und sagte dann: »Es war aber dunkel, Papa, ich meine dort . . . dort im Gebüsch, wo der mich hingezogen hat.«
»Sag mir eines, und zwar aufrichtig: War es jemand von der Dienerschaft?«
»Nein, nein, Papa.« Das konnte sie wahrheitsgemäß bestätigen. Ihr fiel sofort ein, daß ihr Vater genau wußte, daß sie den Unterschied zwischen der Bekleidung eines Bediensteten und der eines feinen Herrn erkannt hätte, und wenn schon nicht dies, dann hätte sie diesen Unterschied allein am Duft von Seife und Toilettenwasser und Pomade bemerkt.
Rodney blickte zum dunkelblauen Nachthimmel auf und überlegte: Es mußte Hunderte von Gästen gegeben haben; die Hälfte davon waren sicherlich Männer gewesen. Wenn er jetzt ins Herrenhaus gelaufen kam und sagen würde: »Meine Tochter ist von einem Ihrer Gäste vergewaltigt worden«, dann würden sie dort nur lachen und ihm zur Antwort geben: »Dann sieh dich nur gut in den drei umliegenden Grafschaften um, wer alles es im Gebüsch mit Mädchen getrieben hat, die in einer solchen Nacht nichts draußen im Garten zu suchen hatten. Weshalb ist sie denn aus dem Haus gegangen, wenn sie keine Unannehmlichkeiten haben wollte?«
Die Hoffnungslosigkeit seiner Lage brachte seinen Zorn zum Erliegen, und Erbarmen mit Katie bemächtigte sich statt dessen seiner. Als er die Arme ausstreckte und seine

Tochter an sich zog, brach der Damm, den Furcht und Schrecken in ihr aufgerichtet hatten, urplötzlich zusammen, und in der immer rascher zunehmenden Dunkelheit des Moorlandes erreichte ihr Weinen derartige Ausmaße, daß Rodney sie aufhob und ins Heidekraut trug, wo er sich neben sie setzte und die Arme fest um sie schlang und sie sanft hin- und herwiegte, wie er es getan hatte, als sie noch ein Kind gewesen war.

6

George Rosier richtete sich kerzengerade auf, als seine Kutsche in die Auffahrt einbog. Er zog seine seidene Weste zurecht, klopfte sich auf den Bauch und lächelte vor sich hin. Das war heute ein besonders guter Tag gewesen. Er hatte ein erlesenes Diner mit James Talford hinter sich, aber was noch bedeutend wichtiger war, an diesem Essen hatte Mr. Charles Palmer teilgenommen, und das war wohl Grund genug, gehobener Stimmung zu sein ...

Kennard wartete bereits an der Haustür und sagte, nachdem er sich bedeutungsvoll geräuspert hatte: »Die Familie befindet sich in der Bibliothek, Sir.«

George Rosier warf seinem Butler einen fragenden Blick zu. Zwischen ihm und diesem Mann, der ihn seit zwanzig Jahren betreute, gab es kaum Geheimnisse, und so wußte Rosier sofort, daß hinter dieser alltäglich klingenden Bemerkung eine besondere Bedeutung steckte.

»Mrs. Noble ist heute früh angekommen, Sir.« Kennard beging nicht den Fehler, die Tochter seines Herrn weiterhin Miß Theresa zu nennen.

»Ja, und?« sagte George Rosier und zog überrascht die Brauen in die Höhe. Theresa war nicht vor der kommenden Woche fällig. Sollte sie sich abermals Flausen in den Kopf gesetzt haben, Mr. Noble zu verlassen und wieder heimzukommen, dann würde er ihr dieselben schon austreiben.

»Auch Mr. Bernard befindet sich in der Bibliothek, Sir. Die

Herrschaften haben sich bereits vor längerer Zeit dort eingeschlossen.« Kennards Stimme sank zu einem diskreten Flüstern ab, als er hinzufügte: »Ich wollte nach dem Feuer sehen, als ich bemerkte, daß die Tür abgeschlossen war, Sir.«

George Rosier verzog das Gesicht, kniff die Augen zusammen, starrte Kennard einen Moment an, dann wandte er sich brüsk um und marschierte auf die Bibliothek zu. Theresas Flausen mußten ein überdimensionales Format angenommen haben. Offensichtlich versuchten Agnes und Bernard, sich ihnen gewachsen zu zeigen.

Ungeduldig drehte er an dem Türknauf, und als die Tür nicht aufging, sagte er laut: »Was ist hier los?«

Im nächsten Moment wurde die Tür geöffnet, und Agnes stand ihm gegenüber. Ihr Gesicht wirkte unter Rouge und Puder wie schmutziger Teig. Er blickte über ihre Schulter Sohn und Tochter an, dann stürmte er auf die übliche Art ins Zimmer.

Bernard stand mit dem Rücken zum Mittelfenster da, während Theresa vor dem Kamin saß. Rosier bemerkte sofort, daß das Gesicht seines Sohnes hochrot war. Von allen dreien wirkte seine Tochter noch am gefaßtesten.

»Was ist los?« sagte er und eilte mit großen Schritten in die Mitte der Bibliothek, während er seine Blicke von einem zum andern schweifen ließ. Als er keine Antwort erhielt, brüllte er: »Was los ist, habe ich gefragt! Sind wir schon so weit, daß mir in meinem eigenen Haus die Tür vor der Nase zugesperrt wird?!«

»George«, sagte Agnes Rosier, indem sie langsam auf ihren Mann zuging, mit merkwürdig ruhiger Stimme. »Setz dich, George.«

»Was zum Teufel soll das? Ich habe nicht die mindeste Absicht, mich zu setzen. Also heraus damit. Was gibt es? Ihr benehmt euch wahrhaftig wie Schmierenkomödianten.«

Seine an derlei Redensarten längst gewöhnte Frau schloß die Augen, ehe sie sagte: »Theresa ist fest dazu entschlossen, Unannehmlichkeiten zu machen.«

»Unannehmlichkeiten? In welcher Hinsicht?«

Er warf seiner Tochter einen fragenden Blick zu, und Theresa stand auf und sagte, indem sie Bernard fest ansah: »Das fragst du besser ihn, Papa.«
Nun drehte sich George um und fragte seinen Sohn: »Nun?«
Worauf Bernard vom Fenster wegtrat und mit einer Art Verneigung zu seiner Schwester hin zwischen den Zähnen hervorknurrte: »Sie ist verrückt. Man müßte sie einsperren und für geisteskrank erklären.«
»Ich bezweifle keinen Augenblick, daß du das am liebsten tun würdest. Du würdest alles tun, um mir den Mund zu stopfen, nicht wahr? Aber das wird dir nicht gelingen, mein Lieber«, sagte Theresa, wandte sich danach zu ihrem Vater um und fuhr fort: »Bist du darüber informiert, daß man die Mulhollands unter dem Vorwand hinausgejagt hat, daß er ein Aufwiegler ist?«
»Was um alles in der Welt hat das mit dir zu tun, Mädchen!« Rosier ergriff den nächsten Stuhl und hielt sich an dessen Lehne fest, während er zu seiner Tochter hinüberspähte.
»Hast du den Auftrag erteilt, sie hinauswerfen zu lassen, ja oder nein, Papa?«
Langsam richtete Rosier sich auf und blickte seinen Sohn scharf an. Nein, er hatte keinen solchen Auftrag erteilt. Er hatte nicht die leiseste Ahnung, worum es hier ging, aber er würde es verdammt schnell herausfinden. Indem er seine Aufmerksamkeit wieder Theresa zuwandte, sagte er: »Nein, hab' ich nicht. Aber was haben die Mulhollands mit dir zu tun?«
»Nichts, Papa, außer daß Katie Mulholland deine Küchenmagd war und vergangene Woche fristlos entlassen wurde, weil sie ein Kind bekommt. Sie hat bisher noch nicht gesagt, wer der Kindesvater ist, weil sie sich offensichtlich genau vor dem gefürchtet hat, was nun eingetreten ist: Nämlich daß man ihren Vater entlassen und die Familie ins Moor gejagt hat.«
George Rosier war, als würde eine eisige Hand nach seinem Herzen greifen. Er wollte eigentlich seinen Sohn an-

sehen, konnte den Blick jedoch nicht von seiner Tochter lösen und sagte grimmig: »Weiter.«
Mit leiser, kalt klingender, dünner Stimme fuhr Theresa fort: »In der Ballnacht, in der er die Verlobung mit Ann Talford gefeiert hat, hat er Katie Mulholland auf sein Zimmer geschleppt ... Ich kam zufällig um vier Uhr morgens aus dem Badezimmer, aus dem ich mir meine Arznei geholt hatte, weil mir übel war, als ich sah, wie er dieses Kind auf den Gang hinausstieß. Sie war völlig verzweifelt und in Tränen aufgelöst, so daß sie wie blind an mir vorbeigestolpert ist. Ich bin daraufhin sofort zu Bernard gegangen und habe ihm gesagt, daß er – sollte diesem jungen Ding etwas zustoßen – diesmal nicht so glatt davonkommen würde, wie es bei Maggie Pratt der Fall war.«
Nun hob George Rosier den Kopf und sah seinen Sohn an. Und Bernard, der vor Wut am ganzen Körper bebte, schrie: »Ich habe dir ja gesagt, daß sie verrückt ist. Sie hat einfach den Verstand verloren!«
Ehe ihr Vater noch etwas darauf antworten konnte, warf Theresa schon ein: »Das wirst du, wie ich dir bereits gesagt habe, beweisen müssen. Ich bin nur neugierig, was die Talfords über meinen Geisteszustand sagen werden, wenn ich ihnen diese hübsche Geschichte unterbreite ...«
»Was sagst du da??« George Rosier war mit einem Satz bei ihr, und abermals schrie er: »Was wagst du da zu sagen?«
Hierauf folgte eisiges Schweigen.
Früher einmal wäre Theresa allein durch dieses Angebrülltwerden schon völlig eingeschüchtert gewesen, aber nun übten weder die Stimme noch das wütende Gehabe ihres Vaters auch nur die geringste Wirkung mehr auf sie aus. Es war so, wie ihr Vater bereits bemerkt hatte: Sie hatte sich geändert.
Sie war kaum achtzehn vorbei und dennoch reifer als die meisten Frauen, die viermal so alt waren wie sie. Sie wußte nun, daß sie Männer nie mögen würde – vielleicht mit einer einzigen Ausnahme, nämlich ihren Bruder Rodger. Die Erkenntnis, daß sie die Gesellschaft von Frauen bevorzugte und daß deren Gestalten und Gesichter ihr ausge-

sprochenes Vergnügen bereiteten, erschreckte sie nicht. Sie hatte erkannt, weshalb sie sich von Katie Mulholland stets angezogen gefühlt und sie vom Hügel hinterm Haus immer beobachtet hatte.
Sie sagte deutlich und in aufreizend ruhigem Ton: »Falls für Katie Mulholland nicht eine Form der Entschädigung gefunden wird, und zwar eine wirkliche Entschädigung, habe ich vor, die Talfords von dieser Geschichte in Kenntnis zu setzen.«
»Du bist ja gemeingefährlich, du Ungeheuer, du!« Als George Rosier die Hand gegen seine Tochter erhob, warf sich Agnes dazwischen und schrie: »George! George!« Und nun entlud sich Rosiers Groll auf seine Frau, und er rief aus: »Glaubst du vielleicht, ich lasse mich durch meine eigene Tochter unmöglich machen, nur weil sie einen Trauring am Finger trägt? Weißt du denn nicht, was das für Folgen haben könnte?«
»Das weiß ich nur zu genau, George«, sagte Agnes mit zitternder Stimme und fügte leise hinzu: »Wenn du nicht willst, daß das ganze Haus etwas davon erfährt, würde ich an deiner Stelle leiser sprechen. Das wird dich auch weniger ermüden. Dabei bist du ja erst jetzt dazugestoßen, während wir drei uns bereits seit Stunden herumschlagen.« Sie warf einen Blick auf Bernard und sagte mit einem tiefen Seufzer: »Wir konnten sie nicht zur Vernunft bringen, George.«
»So, konntet ihr nicht!« Rosier starrte seine Tochter an. »Ich werde dich schon zur Vernunft bringen, meine Liebe, und wenn ich zur Peitsche greifen müßte. Jetzt geh gefälligst auf dein Zimmer, und ich werde dafür sorgen, daß du dort bleibst, bis dein Mann dich abholen kommt. Und auch dafür, daß dies blitzartig geschieht, werde ich sorgen, darauf kannst du dich verlassen!«
Theresa erhob sich mit hochrotem Gesicht, aber ihre Stimme klang kühl wie immer, als sie antwortete: »Ich fürchte mich nicht vor deinen Drohungen, Papa. Wenn du die Angelegenheit realistisch betrachten würdest, würdest du einsehen, daß es keine Lösung bedeutet, mich einzu-

sperren, selbst wenn du dazu imstande wärst. Ich könnte den Talfords jederzeit schreiben, was ich ihnen zu schreiben habe. Und sollte es mir bis zur Hochzeit nicht gelingen, ihnen einen Brief zukommen zu lassen, dann garantiert nach der Hochzeit.« Sie blickte nun ihren Bruder an, und der Haß, der zwischen den Geschwistern aufloderte, schien die Wände der Bibliothek zum Vibrieren zu bringen. Dann wandte Theresa sich wieder ihrem Vater zu und sagte: »Der Schaden ist nun einmal angerichtet, aber ich werde nicht eher rasten, als bis du wirklich und wahrhaftig dafür gesorgt hast, daß Katie Mulholland nicht für den Rest ihres Lebens unter der Handlungsweise deines Sohnes zu leiden hat. Ich verspreche dir den Mund zu halten, wenn du dich bereit erklärst, eine Summe von tausend Pfund für sie auszusetzen und dafür zu sorgen, daß ihr Kind eine anständige Erziehung erhält.«
George Rosier starrte die junge Frau, die ihm da gegenüberstand, an, als ob sie tatsächlich den Verstand verloren hätte. Eine volle Minute lang herrschte völliges Schweigen. Wahrhaftig, sie wirkte nicht die Spur von weiblich, weder was die Figur noch was ihre zu allem entschlossene Miene anlangte. Sie wirkte vielmehr wie ein energischer, charakterfester junger Mann, und als wäre sie tatsächlich einer, packte er sie heftig bei den Schultern und zerrte sie zur Tür. Dort jedoch geboten ihm Agnes' Hände Einhalt, und mit belegter Stimme flüsterte sie ihm zu: »Sei vernünftig. Du willst doch nicht, daß die andern es erfahren, nicht einmal Kennard! Das wäre ein verhängnisvoller Fehler. Geh mit ihr nach oben, sperr sie, von mir aus, ein, aber mißhandle sie nicht. Die glauben hier sonst alle nur, daß du's tust, weil sie Mr. Noble verlassen will.«
Agnes sprach so, als wäre Theresa gar nicht mehr anwesend, oder bestenfalls, als wäre sie jemand, auf den es nicht ankäme. Aber es *kam* auf sie an, und niemand wußte das besser als sie.
Widerstrebend ließ Rosier seine Tochter los. In seinem Bauch polterte und rumpelte es, als wäre ein Blasebalg in Tätigkeit. Er machte ein paar heftige Atemzüge. Dann öff-

nete er die Tür, ließ Theresa vorbeigehen und folgte ihr schließlich nach oben.
Agnes atmete auf, als ihr Mann das Zimmer verlassen hatte. Sie richtete ihre Blicke auf Bernard, der wie erstarrt vor dem Feuer stand und den Kaminsims umklammerte.
Und dann murmelte sie: »Bernard! Bernard! Du mußt den Verstand verloren haben.«
»Ich bitte dich, Mutter, halt den Mund! Was verstehst du schon davon? Ich werde mir noch genug von ihm anhören müssen, und ich werde auch mit ihm fertig, aber nur wenn du dich nicht einmengst.«
Die übertrieben herausgeputzte Gestalt seiner Mutter machte eine gravitätische Wendung wie ein Schiff auf hoher See, und sichtlich beleidigt verließ sie das Zimmer. Kaum hatte sich die Tür hinter ihr geschlossen, bearbeitete Bernard mit beiden Fäusten den Kaminsims, was er immer noch tat, als sein Vater zur Tür hereinkam.
George Rosier fragte seinen Sohn nicht erst lange: Stimmt es, ist es wahr?, sondern ging auf ihn zu, umklammerte seinen Arm, drehte Bernard zu sich herum, um ihm direkt in die Augen blicken zu können und knurrte: »Weißt du, was du bist? Wahnsinnig. Nicht mehr und nicht weniger. Hast du es denn nicht abwarten können, bis du wieder in die Stadt kommst, um dir Erleichterung zu verschaffen? Ausgerechnet über das Personal mußt du dich hermachen? Du scheinst eine besondere Vorliebe für Küchentrampel zu haben, was?« Sein Griff wurde fester, er schüttelte den Arm seines Sohnes heftig und fuhr fort: »Diesmal sitzen wir gehörig in der Patsche, das kann ich dir sagen, du verdammter Narr! Du weißt genau, daß die Zeche unter den gegenwärtigen Umständen nicht einmal mehr die Spesen hereinbringt. Und da machst du nicht nur immer und immer wieder Spielschulden, sondern kommst mir auch noch mit deinen Weibergeschichten in die Quere. Denk doch um Himmels willen endlich einmal ein bißchen nach! Wenn wir erst einmal damit anfangen, irgendeinen Wisch zu unterschreiben, daß wir in welcher Weise auch immer für diesen Balg sorgen wollen, dann können wir

gleich hingehen und den Talfords die ganze Geschichte auf die Nase binden. Mir ist übrigens noch etwas eingefallen.« Er stieß mit dem Zeigefinger gegen Bernards Brust. »Ich bin fest davon überzeugt, daß Mulholland nicht die leiseste Ahnung hat, wer sich da mit seiner Tochter eingelassen hat. In dem Punkt hat die Verrückte da oben« – er deutete zur Decke – »schon recht. Das Mädchen hat den Mund gehalten, damit der Vater nur ja nicht seine Stelle verliert. Dennoch würde ich an deiner Stelle auf der Hut sein. Ich kenne Mulholland, seit er ein Knabe war. Das war immer ein stilles Wasser, und das sind die Allergefährlichsten. Wenn die einmal aufgerührt werden, dann ... Übrigens«, er kniff die Augen zusammen, »wer hat ihm denn den Laufpaß gegeben?«

»Ich«, sagte Bernard kurz. »Er hat die Leute aufgewiegelt und steckt immerfort mit Ramshaw und derlei Gesindel beisammen.«

»Findest du nicht, daß du da ziemlich eigenmächtig gehandelt hast, wie? Er wird seit Jahren mit Ramshaw und dessen Anhang gesehen, und doch hast du ihn bisher weder vom Arbeitsplatz noch aus seiner Hütte gejagt ... Das hast du doch nur getan, weil du dachtest, er könnte dir mit seiner ganzen Familie auf den Pelz rücken, oder?«

Bernard sagte kein Wort, sondern knirschte nur hörbar mit den Zähnen.

Ganz plötzlich ließ George Rosier sich in einen tiefen Lederfauteuil sinken, stützte den Kopf in die Hand und starrte ins Feuer. Nach einiger Zeit sagte er in gemäßigterem Ton: »Nun, was gedenkst du zu unternehmen?«

Bernard Rosier trat ans Fenster, blickte eine Weile in die Dunkelheit hinaus, kehrte zum Kamin zurück und fragte ohne lange Einleitung: »Kann ich hundert Pfund haben?«

»Was willst du denn damit anfangen?«

»Ich will ... Das sage ich dir, wenn ich die Sache zustandegebracht habe. Kann ich hundert haben? Zumindest fünfzig gleich und fünfzig weitere dann jederzeit greifbar.«

»Ich hoffe, du weißt wenigstens diesmal, was du damit anzufangen hast.«

»Genau sogar, Papa.«
»Wer soll in die Geschichte verwickelt werden?«
»Ich sag' es dir später. Ich werde nicht allzu lange brauchen. Wenn es klappt, was ich vorhabe, dann sind wir alle Unannehmlichkeiten mit einem Schlag los ...« Er warf den Kopf in den Nacken und blickte einen Moment zur Decke.
George Rosier erhob sich, näherte sich der Holzverkleidung neben dem Kamin, drückte auf einen gut verborgenen Knopf, wonach eine in die Holzverkleidung eingelassene Vertiefung sichtbar wurde, öffnete die dort untergebrachte Schatulle, entnahm ihr einen Lederbeutel, leerte dessen Inhalt auf den Tisch, zählte fünfzig Sovereigns ab und schob sie zur Seite.
Nachdem Bernard das Geld an sich genommen hatte, durchquerte er die Bibliothek, die er ohne ein weiteres Wort verlassen hätte, wenn sein Vater ihn nicht daran gehindert hätte, indem er in eindringlichem Ton zu ihm sagte: »Was du auch vorhaben magst, es muß absolut narrensicher sein. Deine, ja unser aller Zukunft hängt schließlich davon ab.«
Worauf Bernard bitter erwiderte: »Glaubst du wirklich, daß du mich daran erst zu erinnern brauchst?«
Darauf ging er in die Vorhalle, nahm Hut, Mantel und Spazierstock und verließ das Haus. Er rief weder nach dem Kutscher noch ließ er sich sein Pferd satteln, sondern machte sich zu Fuß auf den Weg. Übers Moor zu Buntings Haus, das nur eine halbe Meile von der Zeche entfernt lag. Je unauffälliger sein Besuch ausfiel, um so besser.

Noch am gleichen Abend betrat Agnes Rosier das Zimmer ihrer Tochter, um ihr mitzuteilen, daß Mr. Bunting, der Aufseher, Katie Mulholland zur Frau nehmen werde und daß das Mädchen von Glück sagen konnte, einen gut verdienenden Mann mit einem stattlichen Haus und Garten obendrein zu bekommen.
Die Tatsache, daß Bunting sich mit Bernards Plan einverstanden erklärt hatte, ließ Agnes Rosier den Fall als abge-

schlossen betrachten. Ein schwangeres Mädchen, das nur die Wahl zwischen Arbeitshaus und Moor hatte, konnte keine Überlegungen anstellen.

7

Mark Bunting machte sich auf den Weg ins Moor. Er hätte das Dorf vermeiden können, es machte ihm aber nichts aus. Er trug Kniehosen und Gamaschen, einen feinen, dunkelgrünen Tuchmantel, hatte sich ein weißes Seidentuch um den Hals geschlungen, nach dem Spazierstock aus Weißdorn gegriffen und seinen Zylinder aufgesetzt.
Obwohl nicht er es gewesen war, der Mulholland davongejagt hatte, wußte er genau, daß man ihm die Schuld in die Schuhe schob, aber das machte ihm nicht die geringsten Sorgen. Er war es seit langem gewohnt, den Prügelknaben für alle Unannehmlichkeiten abgeben zu müssen, und wußte, daß das jedesmal mit Mehreinnahmen verbunden war.
Kaum hatte er die Straße verlassen, erblickte er schon die hüttenartigen Gebilde draußen im Moor. Als er näherkam, sah er, daß es sich um wandähnliche Gebilde aus Tischen, Kommoden und Stühlen handelte, die mit Stoffen verhängt waren. Neben dieser Notunterkunft brannte ein offenes Feuer, auf dem eine Frau irgend etwas zu kochen schien. Ein Berg von Pfannen und Töpfen lag auf dem Boden. Mulholland machte gerade Kleinholz, und um ihn drängten sich noch einige Gestalten eng zusammen.
Als Mulholland Schritte hörte, fuhr er auf, und Bunting blieb stehen. Er wußte, daß es ein Gebot der Klugheit war, zwischen Leuten, die vertrieben worden waren, und seinesgleichen eine gewisse Distanz zu halten. Mulholland stand schweigend vor ihm, und Bunting fing sofort zu sprechen an und sagte in versöhnlichem Ton: »Nicht ich bin es gewesen, der dies getan hat, Mulholland. Ich möchte, daß Sie das von vornherein wissen.«
»Was wünschen Sie?« sagte Mulholland nur.

»Ich möchte mit Ihnen reden.«

Es lag Rodney auf der Zunge, zu sagen: »Verschwinden Sie!«, aber Catherine legte sich sofort ins Mittel. Sie sagte nichts als seinen Namen, aber in einem derart flehenden Ton, daß er schwieg. Er entfernte sich einige Schritte von ihrem Unterschlupf, und Bunting folgte ihm. Als Rodney stehenblieb, trat Bunting einen Schritt näher, doch hielt er immer noch Abstand. Abermals sagte er: »Sie dürfen mir die Sache wirklich nicht ankreiden, ich hatte nichts damit zu tun. Und selbst wenn ich Sie zufälligerweise irgendwie in der Hand gehabt hätte, so hätte ich es doch unter diesen Umständen sicher nicht ausgenützt.«

»Was meinen Sie damit?« Rodneys Stimme klang wie das drohende Knurren eines Hundes.

»Nun«, meinte Bunting, legte den Kopf schief und blickte zu Boden, »ich meine den Zustand Ihrer Tochter. Nicht zu sprechen von den anderen Schwierigkeiten in Ihrer Familie.«

Rodney zwang sich dazu, den Mund zu halten. Er preßte die Zähne zusammen und wartete ab. Er konnte sich nicht vorstellen, daß die Handlungsweise dieses Mannes ein anderes Motiv haben sollte als den Wunsch, sich an ihrem Elend zu weiden, und deshalb war er, als Bunting seinen Antrag vorbrachte, derart verblüfft, daß er keines Wortes mächtig war.

»Ich möchte Sie fragen, ob Sie damit einverstanden wären, daß ich Ihre Tochter zur Frau nehme, Mulholland.«

Rodney stand wie versteinert da. Und dann wurden all seine Bedenken und Einwände von einem einzigen Gedanken beherrscht: Der war es. Er ist es gewesen. William hatte ihnen erzählt, wie Katie und er ihm Sonntag für Sonntag begegnet waren, kaum daß sie sich auf den Heimweg gemacht hatte. Er hätte sich sehr gut während der Ballnacht dort droben herumschleichen und die feinen Leute beobachten können. Rodney heulte mit einemmal auf: »Sie! Sie waren es!«

Und er wäre in der nächsten Sekunde über Bunting hergefallen, wenn nicht nur Catherines, sondern nun auch Ka-

ties Stimme ihn davon abgehalten hätten. Katie schrie noch lauter als ihre Mutter: »Nicht, Papa, nicht. Er war es nicht. Er war es nicht. Ich kann es beschwören.«
Das brachte Rodney wieder zur Vernunft.
Bunting senkte den bereits hocherhobenen Spazierstock wieder und dachte bitter: Also bitte. Es war genauso, wie er immer zu sagen pflegte: Sie gingen auf seinesgleichen einfach los, egal ob man schuldig war oder nicht. In beleidigtem Ton sagte er: »Ich bin Ihrer Tochter nie nahegetreten, Mulholland. Gelegentlich sind wir einander an Sonntagnachmittagen begegnet, aber das war auch schon alles. Ich habe diesen Heiratsantrag auf völlig redliche Weise gestellt. Ich brauche eine Frau im Haus; meine Mutter ist seit Jahren tot. Ich biete ihr ein Heim, und genau das braucht sie, wie selbst Sie zugeben werden müssen, zur Zeit am nötigsten. Überdies kann ich Ihnen versprechen, daß Sie in der Zeche wieder eingestellt werden.«
Alle standen eine Weile schweigend da, bis Rodney schließlich zwischen zusammengepreßten Lippen hervorstieß: »Danke ... Mister Bunting« – er betonte das Wort »Mister« mit Nachdruck – »aber ich kann schon selbst für meine Tochter sorgen.«
Statt jeder Antwort ließ Bunting die Blicke über die armselige Notunterkunft schweifen. Dann sagte er: »Ich überlasse es Ihnen, sich die Sache gründlich zu überlegen. Morgen abend werde ich wiederkommen.«
Als er sich schon umwenden wollte, erwiderte Rodney: »Ich würde mir an Ihrer Stelle die Mühe sparen. Die Antwort wird die gleiche sein.«
Bunting sagte kein Wort und machte sich auf den Heimweg.
Catherine sah ihm nach. Wäre es irgendein anderer gewesen als er, dann wäre sie vor ihm auf die Knie gesunken, aber nicht vor Bunting. Sie schob Katie in die provisorische Unterkunft, dann ging sie zu ihrem Mann, blickte zu ihm auf und flüsterte ihm mit von tiefem Bedauern erfüllter Stimme zu: »Wenn es doch nur ein anderer gewesen wäre.«

Mit gesenktem Kopf wiederholte er in seinem Herzen die Worte: Wenn es nur ein anderer gewesen wäre ... Seine Tochter brauchte eine Unterkunft, und sein Schwiegervater brauchte eine, denn der alte Mann war in einer sehr schlimmen Verfassung. Wäre es nicht seinetwegen gewesen, hätte Rodney vorgeschlagen, in eine andere Stadt zu übersiedeln. Auf der Landstraße konnte es auch nicht schlimmer sein als hier draußen auf dem windgepeitschten Moor, noch dazu bei schlechtem Wetter. Aber er wollte William nun einmal nicht ins Armenhaus stecken. Der alte Mann hatte einen solchen Abscheu davor, im Armenhaus zu sterben.

Unter gesenkten Lidern warf er einen Blick auf Catherines zusammengepreßte, zitternde Hände, nahm sie in die seinen, um sie zu beruhigen, und sagte: »Es besteht immer noch die Möglichkeit, daß ich bei Palmer unterkomme. Ich werde morgen hingehen. Sie stellen Leute ein, habe ich gehört.« Er fügte nicht hinzu, daß es für einen Mann, der auf der schwarzen Liste stand, so gut wie unmöglich war, einen Job zu bekommen. Das wußte sie ohnehin. Statt dessen meinte er: »Es geht dort zu wie in einem Bienenstock, du würdest es nicht für möglich halten. Sie haben Hochöfen, Walzwerke, Riesenwerkstätten und Maschinenhallen, es ist nicht wiederzuerkennen. Du wirst schon sehen, in einer der vielen Abteilungen werde ich schon unterkommen.«

»Aber werden wir dort denn eine Wohnmöglichkeit finden? Du hast vorige Woche gesagt, daß in manchen Räumen zwölf Menschen schlafen müssen. Und eine Arbeit ohne Unterkunft anzunehmen, hat keinen Sinn.«

Er schloß die Augen, senkte den Kopf und sagte etwas hilflos: »Eins nach dem andern, Catherine, eins nach dem andern. Laß mich erst einmal anfangen.«

Voller Verzweiflung, zitternd vor Kälte, lag Katie eng zusammengerollt zwischen ihrer Mutter und Lizzie. Die ganze Nacht war sie schon so dagelegen und hatte den Atemzügen der anderen gelauscht; dem harten Husten ih-

res Großvaters und dem Stöhnen ihres Vaters. Sie wußte genau, ob sie wach waren oder schliefen. Nur Lizzie träumte sorglos dahin. Selbst Joe, der normalerweise im Stehen schlafen konnte, verriet ihr durch zeitweiliges Räuspern, daß er noch wach war. Jetzt, da er endlich die Möglichkeit gehabt hätte, sich auszuschlafen – er war vor drei Tagen entlassen worden –, nützte es ihm nichts.
Lange bevor der Tag anbrach, hörte Katie, wie ihr Vater aufstand. Dann erhob sich die Mutter neben ihr. Der Tag hatte begonnen, ein endloser Tag müßigen Dasitzens oder Herumliegens. Keiner von ihnen sprach mehr viel.
Am späten Nachmittag zog Katie plötzlich ihren Mantel an und sagte zu Catherine: »Ich geh' auf einen Sprung zu Betty hinüber.«
Catherine blickte in das blasse, abgehärmte Gesicht ihrer Tochter und wußte genau, weshalb sie zu den Monktons ging: Sie wollte nicht hier sein, wenn Bunting abends wiederkam . . .
Aber Bunting kam nicht. Weder an diesem noch am nächsten noch an einem der folgenden Abende, und Katie sagte abermals, daß sie Betty besuchen wolle.
Es war der achte Tag nach Buntings Besuch, und die Verzweiflung hatte offensichtlich den Höhepunkt erreicht, ausgenommen, was Lizzie anlangte. Rodney erhob sich knapp nach vier, um sich auf den Weg nach Jarrow zu machen und unter den ersten zu stehen, wenn Palmer die Tore der Werft öffnete. Vielleicht fiel doch einmal einer der Arbeiter aus, und er konnte einspringen.
Als es auf den Vormittag zuging und Wind und Regen um die Wette um ihre Notunterkunft tobten, zog Katie das Kleid, in dem sie geschlafen hatte, aus und ihr sogenanntes »Gutes« an. Dann wusch sie sich Gesicht und Hände im eisigen Fluß, schlüpfte in den Mantel und setzte sich den Strohhut aufs Haar.
William, der sie beobachtet hatte, fragte mit schwacher Stimme: »Wohin gehst du, Kind? Hast du vielleicht von einem Job gehört?«
Sie kniete nieder und suchte in ihrem Bündel nach dem

Taschentuch, das Mrs. Davis ihr zum sechzehnten Geburtstag geschenkt hatte, der nur einige Tage vor jenem schrecklichen Tag gewesen war, als sie nach Hause geschickt wurde. Immer noch auf den Knien drehte sie sich zu ihm herum, beugte sich über ihn, küßte ihn zärtlich auf die eingesunkenen Wangen und sagte: »Ja, Opa, es ist wegen einer Arbeit.«
Catherine, die gerade damit fertig war, Lizzie sauberzumachen, stand auf und ging Katie ins Freie nach. Und dort fragte auch sie: »Wohin gehst du, Kind?« Und fügte wie ihr Vater hinzu: »Handelt es sich etwa um Arbeit?«
»So kann man es auch nennen, Mama.« Katies Lippen zitterten, als sie Catherines Hand ergriff, ihr flehend ins Gesicht sah und murmelte: »Reg dich, bitte nicht auf, Mama, ich ... ich werde Mr. Bunting heiraten.«
Catherine mußte zweimal heftig schlucken, ehe sie aufweinte: »Nein, Kind, nein! Dein Vater würde außer sich darüber sein. Tu's nicht!«
»Ich habe es versprochen, es ist schon alles abgemacht. Gestern abend und an dem Abend damals, als er herkommen wollte ... Damals habe ich es ihm gesagt.«
»Aber ... aber das ist doch erst eine Woche her, Kind.«
»Ich weiß – aber so etwas kann man mit Hilfe einer Sondergenehmigung sehr schnell erledigen, wenn es darauf ankommt ... Er hat gesagt, ich soll es nur ihm überlassen und ... er hat versprochen, daß ihr morgen wieder ein Dach über dem Kopf haben werdet.«
»Ach, Kind ...«, sagte Catherine verzweifelt und konnte den Blick nicht von Katie wenden.
»Ich muß es tun, Mama. Sonst ... sonst stirbt Opa, wenn er noch länger hier draußen bleibt. Und ihr alle werdet krank. Und dann das Baby ...«
»Aber der Vater, Kind.«
Katie ließ den Kopf hängen und sagte leise: »Meinetwegen ist er entlassen und davongejagt worden. Ihr alle. Sie haben es nur getan, weil ...«
Sie hielt inne, biß sich auf die Lippen, und Catherine sagte rasch: »Nein, Kind, nein. Es hat nichts mit dir zu tun; es

war wegen der Versammlungen und weil er immer mit Fred Ramshaw und Mr. Fogerty beisammensteckt, die alle Leute aufwiegeln, zumindest Fogerty tut es.«

»O nein, Mama. Deshalb war es nicht. Es war schon meinetwegen.«

Catherine stand da und sah ihre Tochter hilflos an. Dann flüsterte sie, rasch die Hand zum Mund führend: »Die im Haus drüben, der gnädige Herr und sie alle – wissen sie, wer es war?«

Katie senkte den Kopf, und Catherine rief aus: »Du lieber Gott! Und du selbst, weißt du, wer es war?«

Katie reckte das Kinn angriffslustig in die Höhe und wisperte: »Ja, Mama, ja – Mr. Bernard. Aber sag es um Himmels willen nicht Vater. Der würde sonst wer weiß was anstellen. Du hast ja gesehen, wie er auf Mr. Bunting losgefahren ist. Er ... er würde ihn glatt umbringen.«

»Ach ja«, sagte Catherine niedergeschlagen, denn sie wußte, daß ihre Tochter die Wahrheit sprach. Ihr gottesfürchtiger, braver Mann, der keiner Fliege was zuleide tun konnte, war sehr wohl imstande, den Menschen, der seiner Tochter das angetan hatte, umzubringen. Aber Katie brauchte sich nicht zu fürchten. Von ihr würde er kein Wort erfahren.

»Du siehst also, Mama«, sagte Katie und bemühte sich, tapfer zu bleiben, »dadurch, daß ich das tue, werdet ihr alle wieder hier rauskommen, und Vater wird wieder eingestellt werden. Das hat mir Bunting versprochen.«

»O Katie, o Kind!«

»Leb wohl, Mama. Sag Papa, daß er nicht hinkommen soll. Laß es nicht zu, Mama, halt ihn auf alle Fälle zurück, hörst du? Was man versprochen hat, muß man auch halten, und ich hab's nun einmal versprochen. Und ... und sag ihm, daß ich mein Kind auf anständige Weise bekommen und großziehen will – sag ihm das!«

Damit ließ Katie die Hand ihrer Mutter los, aber Catherine ergriff sie wieder und sagte: »Aber das Dorf, Kind. Keiner wird mehr mit dir sprechen, das weißt du doch.«

Da reckte Katie die gebeugten Schultern hoch, richtete

sich auf und sah ohne mit der Wimper zu zucken geradeaus. Und es war nicht mehr ihre kleine Katie, das Kind, sondern eine um vieles ältere Frau, die sagte: »Es kommt mir jetzt nicht darauf an, was die andern sagen oder ob sie mit mir sprechen oder nicht. Alles, worauf es ankommt, ist jetzt, daß ihr wieder hier rauskommt. Leb wohl, Mama.« Sie beugte sich rasch vor, drückte Catherine einen Kuß auf die Wange, machte sich hastig frei und lief davon, wobei sie sich die Hand fest vor den Mund preßte, um ja nicht aufzustöhnen.

In größter Erregung wartete Catherine Rodneys Rückkehr ab. Aber es war bereits halb sieben, und die Dämmerung hüllte das Land fest ein, als sie die verschwommenen Umrisse seiner hageren Gestalt übers Moor auf sich zueilen sah. Als er näher kam, merkte Catherine, daß sein Gesicht zwar abgekämpft und schmutzig, seine Miene jedoch strahlend war. Er legte ihr die Hand auf die Schulter und sagte: »Ich habe Arbeit, Liebling.. Den ganzen Tag habe ich nach einer Unterkunft Ausschau gehalten, und ich hab' auch so etwas Ähnliches gefunden. Es ist nicht das, was ich mir freiwillig aussuchen würde, aber einem geschenkten Gaul sieht man nicht auf's Maul. Und es ist ja nur vorübergehend. Wir werden bald etwas Besseres finden.« Er war so aufgeregt, daß er am liebsten alles auf einmal herausgesprudelt hätte und gar nicht bemerkte, wie mitleidig und traurig seine Frau ihn ansah. Im Gegenteil. Er rief nun auch William begeistert zu: »Ich bin aufgenommen. Im Walzwerk, William!« Aber William gab ihm keine Antwort, auch Joe tauchte nicht freudestrahlend auf, wie er es erwartet hatte, und als er merkte, daß auch Catherine kein Wort hervorbrachte, stockte er und sagte dann langsam: »Was ist los? Etwas ist geschehen, sonst wärt ihr doch nicht . . .« Dann blickte er sich ungestüm um und rief aus: »Katie!«
»Sie ist fort, Rod.«
»Fort? Wohin ist sie gegangen? Was meinst du damit, Catherine?«

Sie ergriff seinen Arm und sagte leise: »Was sie getan hat, hat sie für uns getan, denk daran, hörst du? Daß sie's nur für uns getan hat.«
Er riß sich los und schrie: »Was hat sie getan? Wo ist sie?«
Catherine heftete den Blick fest auf ihren Mann und sagte: »Sie hat heute mittag Bunting geheiratet.«
Sie hatte sich vor seiner Reaktion gefürchtet. Den ganzen Tag lang hatte sie sich für diesen Augenblick gestählt und sich ausgemalt, wie sie sich an ihn klammern würde, um ihn davon abzuhalten, zu Bunting zu eilen, wie sie auf ihn einreden würde, um ihn zur Vernunft zu bringen. Aber auf das, was nun geschah, war sie nicht gefaßt gewesen. Es war, als würde ihr Mann vor ihren Augen zusammenschrumpfen, sie sah, wie er zusammensackte, wie er sich von ihr abwandte, das Gesicht mit beiden Händen bedeckte, genau, wie ihr Vater es getan hatte, als er diese Neuigkeit erfuhr. Er benahm sich wie ein Mann, dem man die Seele aus dem Leib gepeitscht hatte. Er hatte Arbeit, eine Unterkunft für sie alle, aber das Licht war aus seinem Leben verschwunden.

8

Wenn Katie sich damit hätte trösten können, daß ihr Jawort ihre Familie mit Arbeit, Unterkunft und Brot versorgen würde, dann hätte sie das Gefühl gehabt, daß sie dieses schwere Los nicht umsonst auf sich genommen hatte. Aber nach ihrer so erstaunlich verlaufenen Hochzeitsnacht, in der der Mann, der nun ihr Gatte war, sie nicht einmal berührt hatte, stand plötzlich Joe an der Haustür, sah sie an, als wäre sie eine völlig Fremde, und sagte ihr, daß sie alle nach Jarrow übersiedeln würden, weil der Vater dort Arbeit und Unterkunft gefunden hätte. In der Hütte Nr. 3 in »The Row«, einer Seitengasse der Walter Street. Vater hatte bereits in der Schiffswerft von Palmer begonnen.
Angesichts dieser Neuigkeit stieg in Katie der kindliche

Wunsch auf, Joe an der Hand zu nehmen, ihrem neuen Heim zu entfliehen und mit nach Jarrow zu gehen. Nur die Überzeugung, daß Bunting, ihr Mann, ihr folgen und sie zurückholen würde, hielt sie davon ab.

Sie bat Joe nicht, einzutreten, denn in diesem Punkt hatte sie von ihrem Mann bereits strikte Anweisungen erhalten: Keine Besucher. Bunting war den größten Teil des vorhergehenden Abends vor dem prasselnden Feuer gesessen und hatte ihr Verhaltensmaßnahmen erteilt. Er würde nicht dulden, daß ihre Leute hierherkamen oder daß sie ihre Familie besuchen ging. Andere Besucher waren kaum zu erwarten. Die Lebensmittel und Haushaltsdinge würde er nach wie vor selbst einkaufen und ihr täglich zuteilen. Wenn das Essen ordentlich zubereitet war, dann hatte nichts übriggelassen zu werden, verstanden? Als sie daraufhin nur schwach genickt hatte, hatte er nach seinem Spazierstock gegriffen und ihr die Spitze nicht gerade sanft in den Leib gestoßen, wobei er sagte: »Du hast doch einen Mund zum Reden.«

Später war sie dann zitternd mit ihm nach oben gegangen, wo er eine Tür aufgestoßen, mit dem Daumen hineingezeigt und gesagt hatte: »Du bleibst hier drinnen, bis ich dich brauche.«

Beim Licht eines Talgkerzenstumpfes erblickte sie einen winzigen Raum, der ein einzelnes Bett und eine Kommode enthielt. Ihre Erleichterung darüber, allein zu sein, war so groß, daß ihr Frösteln sich verstärkte, bis ihr ganzer Körper wie von einem Schüttelfrost ergriffen war.

So ging es drei Wochen lang. Frühmorgens stand sie auf, machte Feuer, erhitzte in einem großen Topf das Wasser für seine Morgentoilette und bereitete das Frühstück zu, das aus Haferbrei und vor Fett triefenden Kartoffelpuffern zu bestehen hatte. Nachdem er das Haus verlassen hatte, fing sie mit dem Aufräumen, Waschen und Putzen an. Unter anderen Umständen hätte sie diese Pflichten von Herzen gerne erfüllt, denn ihrer Meinung nach war dies ein sehr hübsches Haus.

Als sie zum erstenmal das Wohnzimmer sah, stellte sie

sich ein gemütlich prasselndes Kaminfeuer vor und Mutter und Vater auf den behaglichen Lehnstühlen, Opa auf der Couch, Joe, Lizzie und sich selbst aber auf der dicken Matte vor dem Kamin.
Am Ende der ersten Woche war die Sehnsucht nach ihrer Familie derart heftig geworden, daß Katie sogar so weit ging, den Mantel anzuziehen und an die Haustür zu treten. Aber dort blieb sie stehen. Bunting war am Vortag zeitig heimgekommen, so gegen fünf. Und nun war es beinahe zwei Uhr. Wenn sie jetzt ging, würde sie kaum vor fünf zurück sein können. Hätte sie genau gewußt, wo diese Walter Street lag, dann hätte sie vielleicht eine Chance gehabt, es zu schaffen. Aber so überlegte sie es sich wieder und machte sich mit einem tiefen Seufzer über den Flickkorb her.
An diesem Tag machte sie nähere Bekanntschaft mit Roy. Der Hund hatte von allem Anfang an Interesse für sie bekundet; niemals hatte er sie angeknurrt, wenn sie ihm sein Futter nach unten brachte. Bunting hatte ihr nicht gesagt, wie sie sich diesbezüglich verhalten sollte, also lief sie einfach in den Garten, machte ihn von der Kette los und brachte ihn ins Haus. Erst benahm sich der Hund wie verrückt, beschnüffelte alles, lief durch sämtliche Räume und legte eine derartige Begeisterung an den Tag, daß Katie sicherlich gelacht hätte, wenn sie dazu imstande gewesen wäre. Nach einiger Zeit, nachdem er seine Neugier gestillt hatte, machte er vor ihrem Stuhl Aufstellung, legte seine Vorderpfote auf ihr Knie und sah sie liebevoll an. Da schlang sie die Arme um ihn und weinte bitterlich.

Dann kam ein Tag, wo Bunting hastig sein Mittagessen hinunterschlang und bereits um halb eins aus dem Haus ging, statt wie gewöhnlich erst um halb zwei. Das Verlangen, ihre Leute wiederzusehen, war in den letzten Tagen beinahe unerträglich gewesen, und so schlüpfte Katie rasch in den Mantel, band sich den Strohhut fest ums Kinn, sperrte die Haustür ab, legte den Schlüssel unter den Fußabstreifer, tätschelte den Hund, indem sie ihm gut zuredete, brav zu sein, und dann eilte sie mit Riesenschritten die dreieinhalb Meilen nach Jarrow.

Als sie in der turbulenten Stadt angelangt war, fragte Katie eine nett aussehende Frau nach der Walter Street. Und nachdem sie ihr den Weg dahin gesagt hatte, macht Katie sie bald ausfindig. Auch die Hüttenreihe dahinter. Sie war entsetzt über den Schmutz und Gestank.

Kaum hatte sie an die Tür von Nr. 3 geklopft, öffnete ihr die Mutter. Sie sahen einander einen Moment an, dann lagen sie sich in den Armen, und Catherine rief: »O meine Kleine, o Kind!« Und Katie sagte mit gebrochener Stimme: »O Mama, Mama!« Dann schob Catherine ihre Tochter auf Armeslänge von sich, betrachtete sie eingehend und rief in den düsteren Raum hinter ihr: »Papa, denk dir! Sie ist da.«

Katie trat hinter Catherine ein. Im trüben Licht des kärglichen Raumes sah sie ihren Großvater auf dem Strohsack vor dem Feuer liegen, eilte zu ihm hin, schloß ihn fest in die Arme und küßte ihn viele Male, wobei ihre Tränen seine hageren Wangen netzten. Er sagte kein einziges Wort.

Als er sich schließlich wieder zurücklegte, sah Katie ihn an, und das Herz wurde ihr schwer. Sein Gesundheitszustand war um nichts besser geworden, es hatte ihm nichts genützt, eine Unterkunft zu bekommen. Er sah schlecht aus, erbarmungswürdig schlecht. Sie berührte sanft seine Wange und sagte: »Ach, Opa«, und er sagte noch immer kein Wort, sondern hielt nur ihre Hand fest.

Nun kam aus eigenem Antrieb Lizzie aus der anderen Ecke auf sie zu und sagte leise ihren Namen. Da erhob sich Katie, legte die Arme um die Schwester, und Lizzie lehnte den Kopf in altgewohnter Weise an ihre Brust und ließ ihn dort ruhen.

Nach einer Weile zog Catherine Lizzie sanft aus Katies Armen, führte sie zu einem Stuhl und sagte: »So, so.« Sie war gerührt und leicht verblüfft, daß auch Lizzie offensichtlich Katies Abwesenheit empfunden hatte.

Dann trat Catherine zum Herd und sagte: »Ich ... ich

mach dir Tee«, dann drehte sie sich wieder um, sah Katie abermals an und fügte hinzu: »Leg doch ab, Kleines, setz dich.«
»Ich ... ich kann nicht lange bleiben, Mama. Vielleicht eine halbe Stunde oder so. Um fünf muß ich wieder zurück sein.«
»Oh!« Catherine wandte sich wieder dem Herd zu.
Dann machte William zum erstenmal den Mund auf und sagte: »Wie geht's dir, Kind?«
»Gut, Opa.«
Und dann fragte er sie geradeheraus: »Und wie behandelt er dich?«
Sie zögerte, ehe sie antwortete. Wie behandelte er sie wirklich? Genauso, wie er seinen Hund behandelte: Er erteilte ihr Befehle und erwartete, daß sie sie ohne zu fragen ausführte ... Nur daß er niemals dasaß und seinen Hund anstarrte, wie er dasaß und sie anstarrte, stundenlang, bis sie meinte losschreien zu müssen. Einmal war sie einfach aufgestanden und hatte gesagt, sie gehe zu Bett. Da hatte er ihr befohlen, sich wieder niederzusetzen. Sie sorgte von da ab stets dafür, daß sie abends irgendeine Betätigung für ihre Hände hatte, damit sie ihn nicht auch ansehen müsse, wie er sie ansah. Berührt hatte er sie jedoch nie. Sie schlief noch immer allein in ihrem Stübchen und verstand es nicht. Obwohl der Gedanke, daß er von seinem Recht Gebrauch machen könnte, sie richtiggehend lähmte, verstand sie nicht, weshalb er es bisher noch nicht getan hatte.
Catherine fragte nun: »Ist das Haus behaglich?«
»O ja, Mama.« Es lag direkt so etwas wie Begeisterung in ihrem Tonfall. »Es ist ein hübsches Haus und warm und ...« Sie wünschte, sie hätte das nicht gesagt, denn hier war es alles andere als warm; man fror bis auf die Knochen. Sie ließ ihre Blicke durch den Raum schweifen. Es war entsetzlich. An den Wänden lief das Wasser herab; der Ziegelboden triefte vor Nässe. Es war dunkel und feucht und gräßlich.
Als könnte Catherine ihre Gedanken lesen, sagte sie: »Es

ist unmöglich, hier ein Haus zu bekommen. Das hier ist schlimm genug, aber wir sind wenigstens unter uns. Du solltest die weiter oben sehen; da sind sie zusammengepfercht wie in einem Hühnerstall. Und die Betten werden niemals gelüftet. Denn wenn der eine aufsteht, legt sich der andere hin. Es ist schrecklich. Männer und Frauen in demselben Raum. Tag- und Nachtschicht, alles durcheinander. Und dann die Müllgrube, das muß man gesehen haben, um es glauben zu können. Der Gestank wirft einen um. Also denk nicht, daß das hier arg ist, Kind, es ist noch gar nichts gegen die anderen. Und dabei verlangen sie drei Shilling für den Raum – sie können jeden Preis verlangen. Wir hatten Glück, daß wir den hier bekamen. Ein gewisser Mr. Hetherington hat ihn für uns aufgetrieben, das ist der, der Vater eingestellt hat. Er hat noch Opa Mulholland gekannt. Es war wirklich ein Segen, daß Vater ausgerechnet auf ihn gestoßen ist. Er kennt ihn und weiß genau, daß er niemals ein Unruhestifter gewesen ist.«
Katie beobachtete ihre Mutter, wie sie in dem dunklen, übelriechenden Raum hin und her eilte und meist zu sich selbst sprach.
Sie bekam eine Tasse Tee, wollte aber nichts essen, und dann war es Zeit zu gehen, und dabei hatte sie das Gefühl, eben erst gekommen zu sein. Sie küßte Opa, drückte Lizzie fest an sich, und als sie an der Tür war, erwähnte sie zum erstenmal Joe.
»Wo ist denn Joe, Mama?«
»Oh«, sagte Catherine mit einem schwachen Lächeln. »Hab' ich es dir nicht erzählt? Er hat Arbeit gefunden. In der Werkshalle. So, wie er es beschreibt, ist es dort wunderbar. Er ist ganz aus dem Häuschen darüber, daß er bei Tageslicht arbeiten kann. Er will nie mehr unter Tage gehen, nie mehr. Du siehst also, Kind«, sagte sie und breitete die Arme aus, »bei uns ist soweit alles in Ordnung, wenn wir nur hier herauskämen.«
»Kommst du wieder, Kind?« fragte sie dann noch zögernd, und Katie schüttelte den Kopf. Dann schlang sie die Arme um ihre Mutter, und sie küßten einander lange.

Bis Katie endlich jene Frage stellte, die ihr am meisten auf dem Herzen lag: »Wie geht's Papa?«
»Nicht schlecht, Kind. Er war natürlich ganz außer sich. Aber jetzt ist er drüber weg. Eines weiß ich: Er verschmachtet danach, dich wiederzusehen. Du . . . du könntest nicht vielleicht einmal abends kommen?«
Katie senkte abermals die Lider und sagte: »Nein, Mama. Abends kann ich nicht kommen.«
»Vater würde dich sicher ein großes Stück heimbegleiten.«
»Es geht nicht, Mama.«
»Gut, Kind.« Catherine tätschelte Katies Wange, küßte sie nochmals und sah ihr dann nach, als sie die vom Schlamm glatte Böschung hinaufging. Als Katie sich am Ende der Straße umdrehte, winkte sie ihr nach.
Es war noch nicht einmal vier, aber die Dämmerung sank mit überraschender Schnelligkeit herab, und der Rauch der riesigen Fabrikschlote verdunkelte beinahe den Himmel. Die Hauptstraße war voller Menschen, so daß Katie nicht so zügig vorankam, wie sie es erhofft hatte. Was mußte da erst los sein, wenn sich die Fabriktore öffneten! Als Katie die Stadt hinter sich gelassen hatte und aufs offene Land hinauskam, das sich meilenweit zu ihren Füßen erstreckte und wo sich der Fluß hindurchschlängelte, holte sie tief Luft. Sie sagte sich, daß sie sterben würde, wenn sie in Jarrow in diesem Schuppen leben müßte; sie brauchte frische Landluft.
Dieser Gedanke veranlaßte sie jedoch, sofort stehenzubleiben. O nein. Wenn man ihr die Wahl lassen würde, dann wäre sie noch in derselben Minute in den teuflisch stinkenden, nassen Raum zurückgekehrt!
Es war dunkel, als sie endlich das Haus erreichte. Den größten Teil des Weges war sie gerannt. Aber als sie unter den Fußabstreifer griff, erstarrte sie: Der Schlüssel lag nicht mehr da! Sie sah sich wild um. Wäre er daheimgewesen, dann würde doch sicherlich die Kerze brennen! Langsam drückte sie die Türklinke nieder und betrat den Vorraum. Die Wohnzimmertür stand offen, und Katie sah

Bunting sogleich im Schein des Kaminfeuers auf der Holzbank sitzen, als wäre er eben erst aus der Zeche heimgekehrt. Der Blick, mit dem er ihr entgegensah, ließ ihren Körper erstarren. Langsam zog sie den Mantel aus, legte den Hut ab, ging an ihm vorbei zur Spülküche und holte den Holzbottich herein, in dem er Abend für Abend badete. Als sie ihn niederstellte, fuhr er sie an: »Du hast es also doch getan!«
Sie wandte sich um und spähte zu der dunklen Gestalt hinüber. Dann schluckte sie zweimal, ehe sie zu sagen wagte: »Ich mußte einmal hingehen. Es sind schließlich meine Leute.«
»Was du nicht sagst!« Er stand auf und kam auf sie zu. »Nun will ich Ihnen einmal etwas sagen, Mrs. Bunting«, sagte er in drohendem Ton, wobei er diesen Namen in die Länge zog. »Sie sind jetzt eine verheiratete Frau und damit basta!« Er streckte die Hand aus und stieß sie so heftig vor die Brust, daß sie taumelte. »Du glaubst wohl, weil er jetzt Arbeit hat, kannst du anmaßend werden, was? Dann laß dir gefälligst gesagt sein, daß Mr. Rosiers Arm bedeutend weiter reicht, als du glaubst, und daß er mit Palmer liiert ist. Ein Wort von mir, und dein Vater liegt in der Gosse. Vergiß das nicht, wenn dir wieder einmal nach einem kleinen Spaziergang zumute sein sollte ... Los jetzt. Ich warte auf das heiße Wasser. Ich warte bereits eine halbe Stunde darauf.«
Während sie hin und her eilte, um den Bottich erst mit kaltem, dann mit heißem Wasser zu füllen, zog er sich aus. Nachdem er im Bottich so Platz genommen hatte, daß Kinn und Knie sich auf gleicher Höhe befanden und das Wasser kaum seine Schenkel bedeckte, eilte sie herbei, beugte sich über ihn, holte den Waschlappen aus dem Wasser heraus und wusch ihm, ohne ihn dabei anzusehen, den Rücken. Danach holte sie abermals heißes Wasser aus dem Topf und füllte den Zuber damit und mit dem Regenwasser aus dem Hof bis zum Rand voll, dann stellte sie sich, ihn hochhebend, wieder hinter Bunting und wartete. Und Mark Bunting ließ sie warten.

Nach jedem Bad wechselte er seine Kleider, und Katie trug sie samt seiner Unterwäsche in den Hof und schlug sie kräftig gegen die Mauer, um so wenigstens den ärgsten Kohlenstaub aus ihnen herauszubekommen. Als sie wieder in die Küche kam, war er beinahe fertig angezogen und fuhr sie abermals an: »Damit hättest du bis nachher warten können, oder? Und wo bleibt das Essen?«
Sie protestierte nun nicht mehr, sondern eilte geschäftig hin und her und deckte den Tisch. Es gab kaltes Fleisch, das vom Mittagessen übriggeblieben war. Ihr gab er nur ein winziges Stück davon, drei dünne Schnitten Brot, ein bißchen Bratenfett und eine Tasse Tee. Er tat keinen Zucker in ihre Tasse, während er sich seinen Tee ordentlich süßte.
Nachdem die Mahlzeit beendet war und sie das Geschirr gespült hatte, setzte sie sich an den Kamin und begann zu nähen. Sie säumte den durchgescheuerten Hosenrand seines Arbeitsanzugs frisch ein, ohne dabei viel zu sehen, weil er nur eine einzige Kerze angezündet hatte, und wenn sie näher gerückt wäre, wäre das gleichbedeutend damit gewesen, auch ihm näher zu kommen.
Mark Bunting zündete sich nun seine Holzpfeife an – er rauchte keine Tonpfeife, wie es die gewöhnlichen Leute taten –, legte die Beine auf einen Hocker und beobachtete seine Frau.
Wäre Bunting ein anderer Mensch gewesen als der, der er nun einmal war, so hätte ein derartiger Abend so etwas wie ein Glücksgefühl in ihm entfachen können, selbst unter den Umständen, unter denen er Katie geheiratet hatte. Sie hätte die kleinste ihr erwiesene Freundlichkeit von seiner Seite gerne und tausendfach zurückgezahlt.
Aber Mark Bunting war schon immer ein Sonderling gewesen. Vielleicht kam das daher, daß sein Beruf ihn zum Außenseiter gestempelt hatte, daß er schon immer abseits von den andern gelebt hatte und daß er wußte, daß diese anderen ihn verachteten und verspotteten. Deshalb verschaffte ihm im Grunde genommen nur eines Vergnügen: andere zu quälen.
Heftig an seiner Pfeife ziehend sah er Katie eingehend an:

ihr schimmerndes Haar, von dem eine Strähne über ihr blasses Gesicht hing; ihre großen Augen, die ihm ihre sämtlichen Gefühle verrieten; die deutlich sichtbare Schwellung ihres Leibes ... Und er hätte gerne gewußt, wie er dran war. Er wußte nichts, außer daß Rosier seiner Meinung nach mit ihr noch nicht fertig war; er hatte sich sehr ungenau ausgedrückt an jenem Abend, als er zu ihm gekommen war, um ihn zu fragen, ob er sich hundert Pfund dazuverdienen möchte. Als er darauf lachend erwidert hatte: »Zeigen Sie mir den Mann, Sir, der das nicht möchte«, bekam er zur Antwort: »Wenn Sie die kleine Mulholland heiraten, bekommen Sie fünfzig Pfund, und wenn die ganze Sache vorbei ist – sie bekommt nämlich ein Kind – gibt es abermals fünfzig Pfund.« Bunting hatte daraufhin in das hübsche, verlebte Gesicht jenes Mannes gestarrt, den er in der Zeche schon immer am meisten gehaßt hatte, und sich diesen Vorschlag überlegt. Dabei beschäftigte ihn weniger die Vorstellung, die kleine Mulholland heiraten zu müssen, als die Aussicht darauf, daß sich hieraus über Jahre hinweg eine sichere Einnahmequelle ergeben könnte. Und obwohl er im Grunde genommen sehr rasch dazu entschlossen war, das Angebot anzunehmen, tat er natürlich keineswegs interessiert, sondern sagte nur langsam: »Also gut, Sir – abgemacht.« Rosier hatte hierauf gesagt: »Gehen Sie zu Reverend Pinkerton und beantragen Sie eine Sondergenehmigung. Erklären Sie ihm die ganze Situation, natürlich ohne meinen Namen zu nennen. Stellen Sie es nur dringend dar. Für die Kosten komme ich dann schon auf.«

Das war alles gewesen. Möglich, daß Rosier nach der Geburt des Kindes, vor allem, wenn es ein Junge war, für seine Erziehung sorgen würde. Was ihn selbst anlangte: Wenn einer Frauen mochte, dann war die kleine Mulholland auf alle Fälle eine, die man ohne Schwierigkeiten gern haben konnte. Aber darauf ließ er sich vorerst gar nicht ein. Rosier war seiner Meinung nach eben, wie gesagt, noch nicht fertig mit ihr. Bunting hatte ihn nach seiner Heirat mit der Talford-Tochter erst ein einziges Mal zu Gesicht bekommen, und da hatte Rosier glatt durch ihn hindurchgesehen. Das gehörte nun mal zu diesem abgekarteten Spiel. Es machte ihm nichts aus, schlecht behandelt zu werden, solange er anständig dafür bezahlt wurde.

Als er Katie so anstarrte, fragte sich Bunting, wieso er keinerlei Wunsch hegte, mit ihr ins Bett zu gehen. Sie war seine Frau, also hätte er es glatt tun können. Rosier konnte überhaupt nichts dagegen tun. Oft hatte er gedacht, daß er sich anders fühlen würde, wenn erst einmal eine Frau im Haus war. Aber das stimmte nicht. Der Gedanke, mit ihr zu schlafen, erregte ihn überhaupt nicht. Aber es gab andere Möglichkeiten, sich Befriedigung zu verschaffen, nur mußte er sich in diesem Punkt so lange zurückhalten, bis das Kind da war und Rosier klare Stellung bezog. Es wäre verfehlt, diesbezüglich voreilig zu handeln, das hätte nicht nur die erträumte Einnahmequelle zunichte gemacht, sondern damit hätte er am Ende gar seinen Posten und die Dienstwohnung aufs Spiel gesetzt. Und wenn er auf etwas stolz war, dann war es dieses saubere, geräumige, hübsche Haus und der eigene Garten. Nein, nein, er konnte warten. Er war ein geduldiger Mann.

Ganz plötzlich fragte er: »Hast du dich schon nach einer Hebamme umgesehen?«

Mit groß aufgerissenen Augen sagte sie: »Nein.«

»Dann wird's aber langsam Zeit. Sie sind überbeschäftigt. Nie gibt's so viele Babies wie im Frühling. Mrs. Morgan ist doch eine, soviel ich weiß, nicht wahr?«

Katie senkte den Kopf und sagte: »Sie würde nicht hierherkommen.«

Er setzte sich energisch in seinem Stuhl zurecht. »Wer sagt das? Hast du sie schon gefragt?«

»Nein ... aber niemand aus der Stadt will hierherkommen, du weißt es doch.« Sie fühlte, wie so etwas wie Kraft in sie einströmte, da sie es gewagt hatte, ihm das glatt ins Gesicht zu sagen. Und auch er schien etwas davon bemerkt zu haben, denn er stand auf, trat hinter sie und bohrte ihr seinen Zeigefinger zwischen die schmalen Schultern, als er sagte: »Du gehst morgen zu ihr und fragst sie. Sie wird kommen. Wenn sie nur ein bißchen Verstand hat, dann kommt sie.«

Abermals zwang sie sich, auszusprechen, was sie dachte, obwohl sein bohrender Finger ihr weh tat. Sie sagte, wenn auch nur leise: »Meine Mutter wäre mir lieber.«

Beinahe wäre sie vom Stuhl gefallen, so heftig war der Schlag, den er ihr daraufhin versetzte. »Deine Mutter kommt mir nicht ins Haus, verstanden?! Niemand von diesem Gesindel, hast du gehört?«

Mit zitternden Fingern riß sie den Faden ab, faltete die Hose zusammen und legte sie zu seinen anderen Kleidungsstücken vor den Kamin, damit sie warm waren, wenn er sie anzog. Dann deckte sie noch rasch den Tisch fürs Frühstück, das machte sie jeden Abend, und dann sagte sie zwischen Küche und Spülküche stehend: »Ich gehe zu Bett. Ich bin müde.«

»Das könnte dir so passen. Kommt gar nicht in Frage! Wenn du ermüdende Spaziergänge unternimmst, ist das deine Sache. Setz dich gefälligst wieder hin.« Er deutete auf ihren Stuhl. »Du gehst, wenn ich es so haben will. Nicht früher.«

Also blieb sie beinahe bis zehn Uhr sitzen, und nur der Gedanke daran, daß er am Ende noch eine frische Kerze würde anzünden müssen, veranlaßte ihn, endlich nach oben zu gehen. Sie folgte ihm, wobei sie dachte: Heute abend wird er mich in sein Zimmer stoßen. Aber er tat es nicht.

9

Katies Baby erblickte an einem Donnerstagmorgen im April das Licht der Welt. In den ersten Minuten des neuen Tages. Es war ein Mädchen.

Katie lag atemlos und erschöpft in den Kissen nach fünfzehnstündigen Mühen und Qualen, während Mrs. Morgan sie säuberte und für das Kind sorgte. Danach sank die Hebamme auf dem Stuhl neben Katies Bett in einen leichten Schlummer, bis die Sonne aufging.

Als sie durchs Fenster in die Stube schien, sah Katie, wie die Hebamme sich den Schal um den Kopf schlang, während sie auf Mutter und Kind niederblickte. »Du kannst stolz auf deine Kleine sein«, sagte sie. »Sie ist eine richtige Schönheit. Wie wirst du sie denn nennen?«
»Sarah«, sagte Katie.
Als Mrs. Morgan die Haustür zuschlagen hörte, trat sie ans Fenster und sagte: »Er ist fort.« Sie wandte sich zu Katie um, legte den Kopf schräg und fragte: »Warum, um Gottes willen, hast du ausgerechnet den geheiratet?«
Mit riesigen Augen sagte Katie ruhig: »Wegen meiner Familie, Mrs. Morgan. Ich konnte es nicht ertragen, sie da draußen im Moor zu wissen. Sie wären einfach erfroren. Und er versprach, daß mein Vater gleich wieder eingestellt und eine Hütte bekommen werde.«
»Und dann ist dein Papa nach Jarrow gegangen und hat dort etwas gefunden. Also war alles umsonst, du Ärmste. Und das Kind da ... ist es seines?«
»O nein, Mrs. Morgan, nein.«
»Nun, dann mußt du jedenfalls Gott für alles hier danken.«
»Mrs. Morgan ...« Katie richtete sich mühsam auf. »Könnten ... könnten Sie meiner Mutter bitte sagen, daß das Kind da ist und daß sie nicht vor Dienstag kommen soll. Das ist der beste Tag. Sie wohnen im 3. Haus in ›The Row‹ ...«
»Oh, ich weiß, wo sie wohnt. Ich werde Micky gleich zu ihr schicken, wenn ich heimkomme ... Aber meinst du nicht, daß es besser wäre, sie käme gleich hierher, wie es sich gehört?«
»Nein, Mrs. Morgan. Ich habe ihn gefragt und gebeten, aber es hat keinen Sinn. Am Ende verliert mein Vater auch noch seine Stelle.«
»Ach, zum Teufel mit ihm! Bei Palmer hat der gar nichts zu vermelden, laß dir das gesagt sein! Hat er denn behauptet, daß dein Vater hinausgeworfen würde, wenn deine Mutter herkäme?«
Katie schloß die Augen. Dann sagte sie: »Genau das.«

»Dieser gemeine Kerl! Eines Tages wird es ihm einer heimzahlen, ich hoffe nur, daß das bald der Fall sein wird. Und du wirst nicht die einzige sein, die dann aufatmen wird, Kind. Aber genug davon: Zerbrich dir jetzt nicht den Kopf darüber.« Sie tätschelte sie freundlich. »Ich komme bald wieder nachsehen. Im Moment seid ihr beiden in Ordnung.«

»Danke, Mrs. Morgan, danke.« Sie streckte die Hand nach der dicken, rauhen Hand der alten Frau aus, hielt aber die Tränen so lange zurück, bis Mrs. Morgan nach unten gegangen war. Dann liefen sie ihr jedoch so schnell übers Gesicht, daß sie auch die Wangen des Kindes netzten, als wären es Tautropfen.

Das Kind war beinahe einen Monat alt, als Mark Bunting Gelegenheit hatte, ein vertrauliches Wort mit dessen Vater zu wechseln.

Bernard Rosier ließ sich nun nicht mehr so oft in der Zeche blicken; erstens, weil er nun in Newcastle wohnte, in einem prächtigen Haus, das sein Schwiegervater ihnen als Hochzeitsgeschenk hatte bauen lassen; und zweitens, weil sich sein Gesichtskreis jetzt insofern vergrößert hatte, als er auch mit Palmers Schiffswerft zu tun hatte und alles an sich riß, was er nur konnte.

An diesem Morgen sah Bunting Rosier ins Büro gehen, wo er offensichtlich nach dem Vizedirektor Ausschau hielt. Da Bunting wußte, daß dieser gerade unter Tage war, ergriff er die günstige Gelegenheit beim Schopf.

Bernard Rosier wandte sich bei Buntings Eintritt um und starrte ihn an. Dann sagte er kurz angebunden, nachdem Bunting die Kappe abgenommen, jedoch keinerlei Anstalten gemacht hatte, zu reden: »Ja?«

Bunting befeuchtete sich die schmalen Lippen, ließ die Hände ruhig auf dem Kappenrand ruhen und sagte mit gedämpfter Stimme: »Ich hab' mir gedacht, Sir, daß es Sie vielleicht interessieren wird, daß das Kind vor zirka vier Wochen zur Welt gekommen ist. Es ist ein Mädchen. Ich dachte, daß Sie es vielleicht gern wissen würden.«

Als Bunting sah, wie Rosier rot anlief, erkannte er sofort, daß er sich auf der falschen Spur befand. Er zuckte jedoch nicht mit der Wimper, als Rosier auf ihn zukam und dicht vor ihm stehenblieb. »Jetzt hören Sie mir einmal gut zu, Mann«, zischte er ihm zwischen den Zähnen zu. »Sie wurden für das, was Sie getan haben, bezahlt, und zwar gut bezahlt. Und damit hat sich's, was mich anlangt. Wenn Sie glauben, daß Sie mich deshalb schröpfen können, dann wird es gut sein, wenn Sie sich das so schnell wie möglich aus dem Kopf schlagen. Merken Sie sich, Sie haben bekommen, was Ihnen zusteht. Und nun können Sie meinetwegen herumerzählen, was Sie wollen. Wer würde Ihnen schon glauben? Und selbst wenn man es täte, so ist es jetzt nicht mehr von Bedeutung.« Er hielt einige Sekunden lang inne, ehe er fortfuhr: »Falls Sie vorhaben, Ihre Stelle zu wechseln, brauchen Sie diese Geschichte nur noch ein einziges Mal zur Sprache zu bringen. Haben Sie verstanden?« Er sah dem Aufseher fest in die Augen, nahm seinen Hut vom Tisch und verließ das Büro.

Bunting war von eiskalter Wut erfüllt, als er nach Arbeitsschluß heimeilte. Er würde für den Rest seines Lebens diese beiden ernähren und bekleiden müssen. Zumindest sie. Diese Vorstellung trieb ihm den Schweiß aus den Poren. Er bedachte nicht eine Minute lang, daß Katie für ihn wusch und kochte und saubermachte; das hatte er jahrelang selbst getan, ohne es als Mühe zu empfinden.

Man hatte ihn also für dumm verkauft! All die Monate über hatte er sich im Zaum gehalten, weil er keine Ahnung gehabt hatte, wie es mit Rosier weitergehen würde. Aber nun wußte er es genau und brauchte sich keinerlei Rücksicht mehr aufzuerlegen. Bei Gott, das brauchte er tatsächlich nicht!

Er trat beinahe die Haustür ein, so wütend war er, und Katie, die am Herd stand, wandte sich erschrocken um. Einen Moment stand er da und starrte erst sie und dann das Kind an, das in seinem Körbchen unter dem offenstehenden Fenster lag. Das verschaffte ihm einen willkommenen Anlaß, loszubrüllen: »Schließ sofort das verdammte Fenster! Wozu soll es gut sein, einzuheizen, wenn man dann die ganze schöne Hitze wieder zum Fenster hinausläßt, du Närrin!«

Er hatte bisher noch nie vor ihr geflucht. Jetzt aber ergoß sich eine ganze Flut obszöner Beschimpfungen über Katie. Erst war sie ganz niedergeschmettert darüber; aber als er auch während der Mahlzeit und selbst danach ohne innezuhalten weiterschalt, sagte sie sich, daß etwas geschehen sein mußte. Etwas, was den wahren Mark Bunting zum Vorschein brachte. Denn der unangenehme, harte, gefühllose Mann, mit dem sie seit der Hochzeit gelebt hatte, war im Vergleich zu diesem teuflischen Individuum ein ausgesprochen netter Mensch.

Sie erwiderte keines seiner gemeinen Worte, die er ihr an den Kopf warf, auch nur mit einem einzigen Ton. Noch wehrte sie sich dagegen, daß er grob mit ihr umging. Aber als er den Fuß ausstreckte, um dem Korb, in dem das Kind lag, einen Tritt zu versetzen, reagierte sie mit einem derartigen Aufschrei, daß sie selbst erschrak: »Wage das ja nicht!« rief sie gellend.

Er drehte sich um und starrte sie an. Dann flog ein böses Lächeln über sein Gesicht, als er sagte: »Es freut mich, daß du endlich so etwas wie Temperament zeigst. Es wird mir nur noch mehr Vergnügen bereiten, es dir aus dem Leib zu prügeln.«

Ohne darauf zu warten, daß er ihr erlaubte, schlafen zu gehen, hob sie den Korb mit dem Kind hoch und trug ihn nach oben. Kaum hatte sie ihre Kleider abgelegt und ihr grobes Kattunnachthemd übergezogen, wurde die Tür aufgestoßen.

»Komm!« sagte er nur.

»W-a-s . . .«, stotterte sie hervor.

»Du hast gehört, was ich gesagt habe. Komm.«

Als sie sich nicht rührte, packte er sie, so daß sie sich an die Wand duckte. Dann schlich sie, den Blick fest auf ihn geheftet, hinter ihm her. Wie in Trance betrat sie sein Schlafzimmer.

Nachdem Bunting die Tür hinter sich zugeschlagen hatte, ging er auf sie zu, riß ihr das Nachthemd von oben bis unten entzwei und sagte: »Das brauchst du jetzt nicht mehr.« Das war nur der Beginn davon, wie Mark Bunting ihr von nun an den Herrn zeigte.

Es war vierzehn Nächte danach. Katie dachte nur in Form von »Nächten« daran, denn als solche hatte sie sie zusammengezählt. Jeden Abend fragte sie sich wie eine Gefangene, die auf dem Weg zur Folterbank war, ob sie ertragen würde können, was ihr bevorstand. Wenn nur ihre Mutter gekommen wäre. Seit zwei Wochen hatte sie dies nicht mehr getan. Vorher war sie jede Woche gekommen. Dann kam ein wunderschöner Juniabend.
Bunting kam mit zusammengekniffenen Augenbrauen und Lippen heim, genauso wie in den vergangenen zwei Wochen. Dann folgte die übliche Prozedur. Er riß sich die Kleider vom Leib, stieg ins Bad, wusch sich die Vorderseite und ließ sich von ihr den Rücken waschen.
Dann kam der Moment, wo sie ihn abzubrausen hatte. Er hatte ihr bereits eine Menge Gemeinheiten zugerufen, ohne daß sie aufbegehrt hätte, aber als nun ihr Kind hungrig und heftig zu schreien begann, wandte Katie sich mit dem Zuber heißen Wassers um. Bunting fluchte lauthals und nahm den Schöpfer schmutzstarrenden Wassers auf, offensichtlich in der Absicht, es über das auf Armeslänge von ihm entfernt liegende Kind zu gießen. Und genauso wie sie vor kurzem mit einem Aufschrei verhindert hatte, daß er dem Korb mit dem Kindchen einen Fußtritt versetzte, schrie sie nun gleichfalls auf: »Nicht! Mach das ja nicht!« Und ohne auch nur eine Sekunde lang zu überlegen, leerte sie den Zuber mit dem kochendheißen Wasser über ihn aus.
Seine Schmerzensschreie erfüllten das Haus bis unters Dach. Sie wurde gegen die Holzbank geschleudert, die ihren Fall milderte, und kauerte nun zitternd in der Ecke, völlig erstarrt über das, was sie unabsichtlich getan hatte. Sie sah zu, wie er wie ein heulender Derwisch lostanzte,

ununterbrochen schreiend, bis aus dem Schreien ein lautes Stöhnen wurde, während sich seine Hände wie die eines Blinden über Hals und Schulter tasteten. Nach einiger Zeit war nur mehr heiseres Gestöhne zu hören. Dann drehte er sich zu ihr herum und starrte sie an; sein Gesicht sah unmenschlich aus, wie das eines steinernen Wasserspeiers. Die Stille der nächsten Minuten wurde abermals durch seine lauthals hervorgestoßenen Flüche unterbrochen. Katie hockte noch immer zusammengekauert auf der Holzbank, und der Atem stockte ihr, als sie sah, wie er in seinen Kleidungsstücken nach seinem Hosenriemen suchte. Noch ehe das mit einer harten Schnalle versehene Ende des Riemens sie traf, schrie sie gellend auf, und sie schrie immer weiter, während er sie gnadenlos durch die Küche jagte. Ihr eigenes, warmes, klebriges Blut rann ihr zwischen den Fingern durch, die sie in den weit offenstehenden Mund bohrte. Als sie spürte, wie er ihr die Rückseite ihres Kleides zerriß, klammerte sie sich an die Holzbank und schleifte sie mit sich, als er sie mit aller Gewalt hervorzog. Dann verprügelte er sie abermals. Aber nun schrie sie nicht mehr so laut. Und als es an die Haustür hämmerte, hatte sie beinahe ganz zu schreien aufgehört. Ehe ihr die Sinne schwanden, war ihr, als sähe sie Joe und als höre sie ihn ihren Namen rufen.

Als sie langsam wieder zu sich kam, erblickte sie tatsächlich Joes Gesicht über sich; es war tränenüberströmt, und ihr Bruder stöhnte so sehr, als wäre er und nicht sie beinahe totgeschlagen worden. Sie versuchte, zu sprechen, merkte aber, daß es nicht ging. Ihr Körper war vor Schmerzen wie in tausend Stücke gerissen. Aber dann fiel ihr ihr Kind ein, und sie stieß Joe beiseite und blickte wie irr zum Korb hinüber. Als sie mühsam dorthin deutete, flüsterte Joe: »Es ist schon in Ordnung. Es ist ihr nichts geschehen.« Dann half er ihr, sich an der umgestürzten Holzbank aufzustützen. Und da saß sie nun mit glasigen Augen, und ihr Atem kam nur stoßweise und mühsam.

Langsam setzte ihr Denkvermögen wieder ein, und sie murmelte schwach: »Wo . . . wo ist er?«

Joe deutete nach oben und flüsterte: »Sein Rücken ist völlig verbrüht. Er sagt, du hättest es getan.«
»Joe ...«
»Ja, Katie.«
»Gib ... gib mir meinen Mantel. Er hängt an der Tür ... in der Spülküche.« Sie hob die zitternde, blutrote Hand und deutete hinüber.
Als Joe mit ihrem Mantel zurückkam, hatte sie sich auf Hände und Knie aufgestützt und zog sich so hoch. Die Kleider hingen ihr in bluttriefenden Fetzen herab, und als Katie aufrecht stand, verschwamm ihr alles vor den Augen, und sie mußte sich an Joe anklammern, um überhaupt stehenbleiben zu können. Als sie wieder klar sah, flüsterte sie ihm in dringlichem Ton zu: »Kannst ... kannst du sie tragen?«
Er nickte. Rasch nahm er mit dem einen Arm das Kind auf, während er den andern um Katies Taille legte. So führte er sie zur offenstehenden Tür hinaus.
Als sie vorwärtsstolperten, hörten sie keinerlei Geräusch und keine Stimme hinter sich. Aber als sie sich der Stadt näherten, konnte Katie nicht mehr weiter und fiel hin. Und nur Joes Worte: »Komm, Katie, versuch es nur noch ein ganz kleines Stück; sonst holt er uns am Ende noch ein!« brachten sie wieder auf die Beine.
Es war Jimmie Morgan, der Mann ihrer Hebamme, der ihnen als erster begegnete. Er sagte leise: »Ja, Kind, was ist denn mit dir passiert?« Er erwartete jedoch keine Antwort. Er brauchte ja nur ihr blutverklebtes Gesicht und Haar, den entblößten, striemenübersäten Nacken, die klaffende Wunde an der Schulter, aus der noch immer Blut sickerte, anzusehen. Außerdem waren auch ihre durch den offenstehenden Mantel sichtbaren Kleiderfetzen blutdurchtränkt.
»Komm«, sagte Jimmie Morgan da, »meine Frau wird dich gleich behandeln«, und mit Joes Hilfe trug er sie bis zu seinem Haus ...
Jimmy Morgan war es auch, der nach Jarrow ging und Rodney mitbrachte. Catherine konnte den im Sterben liegen-

den Vater nicht allein lassen, und außerdem mußte auch jemand nach Lizzie sehen: Williams Herzenswunsch, Katie noch ein einziges Mal zu sehen, war der Anlaß dafür gewesen, daß Joe in Buntings Haus gekommen war.
Es war knapp nach neun, als Rodney den Raum betrat, in dem man Katie untergebracht hatte. Als sie im Licht der Talgkerze die große, überschlanke Gestalt ihres Vaters erblickte, hätte sie am liebsten die Arme ausgebreitet, aber sie konnte weder Arme noch Beine bewegen. Rodney kniete neben dem Bett nieder, berührte sanft die Wange seiner Tochter und sagte mitleidsvoll: »Kind ...« Und sie wimmerte: »O Papa.« Er stellte ihr keinerlei Fragen, sondern starrte sie nur an. Es war beinahe acht Monate her, seit er sie zum letztenmal gesehen hatte, und sie hatte sich beinahe bis zur völligen Unkenntlichkeit verwandelt. Ihre Augen hatten immer noch dieselbe Form und dieselbe Farbe, aber es waren nicht mehr die Augen seiner Katie. Ihr Mund war noch genauso geformt wie früher, aber der Mund, den er nun erblickte, war ergreifend und zitterte heftig, und die einst runden Wagen waren nun hohl.
Mrs. Morgans Stimme drang wie von ferne an sein Ohr, als sie sagte: »Ich habe mein möglichstes getan, aber sie müßte zu einem Arzt.«
»Tja«, sagte er, stand auf, den Blick immer noch auf den zerschundenen Rücken seiner Tochter geheftet, und fügte hinzu: »Ich bring sie schon zu einem. Bald.« Dann wandte er sich heftig um und verließ den Raum. Dies machte Katie wieder lebendig, und trotz der quälenden Schmerzen zwang sie sich, die Arme nach ihm auszustrecken und zu rufen: »Papa! Papa, geh nicht. Bring mich heim, Papa ... Papa!«
Durch die offenstehende Tür hörte sie Mr. Morgan sagen: »Ich werde mitgehen.« Und ihr Vater erwiderte: »Nein, nein, das erledige ich schon selbst, danke Jimmie. Das erledige ich schon selber.« Diese letzten Worte schienen Katie wie schwere Gewichte aufs Bett zurückzudrücken. Mrs. Morgan schob ihr das feuchte Haar aus der Stirn und sagte beruhigend: »Ist schon gut, Kind, quäl dich nicht so.

Es muß erledigt werden. Er wäre nicht dein Vater, wenn er so etwas durchgehen ließe. Und wenn er es nicht täte, dann würde sich ein anderer finden, denn es gibt eine Menge anderer, die es gern tun würden. Hier ist alles im Aufruhr. Sie warten seit langem auf so etwas.«
Obwohl es Katie unmöglich war, einen klaren Gedanken zu fassen, hatte sie doch ein dumpfes Gefühl, daß alles umsonst gewesen war, was sie in den vergangenen Monaten getan hatte, um den Augenblick zu vermeiden, da ihr Vater und Bunting aneinandergeraten würden. Es wäre, hatte sie den Eindruck, nicht halb so schlimm gewesen, wenn ihr Vater an den andern geraten wäre, denn der war bei weitem nicht so verhaßt, wie Bunting es war.

Etwa eine Stunde darauf kam Rodney zurück. Katie hörte seine Stimme aus dem Nebenraum, zog sich mühsam hoch, stützte sich auf den Ellbogen und wartete darauf, daß die Tür aufgehe. Als er eintrat, suchten ihre Blicke rasch nach Spuren für das, was er getan hatte, aber seine Kleidung sah ordentlich aus. Erst als ihr Blick auf seine Hände fiel und sie die zerschundenen, gebrochenen Fingergelenke sah, aus denen das Blut herabfloß, wimmerte sie auf: »O Papa! Papa!«
»Ist schon gut«, sagte er, ohne sie zu berühren, kauerte sich neben dem Bett nieder und wiederholte: »Ist schon gut, Katie, alles ist in Ordnung. Mach dir keine Sorgen mehr. Du kommst jetzt mit heim.«
Mr. Morgan sagte von der Tür her: »Wir bereiten eine richtige Bahre für sie vor, und die Jungs werden uns helfen.«
Rodney nickte Morgan zu, dann sah er wieder Katie an und sagte: »Sorg dich nicht mehr, Katie. Dorthin wirst du nie mehr zurückkehren, keine Angst.«
Eine halbe Stunde darauf hoben sie Katie auf die mit Tragriemen versehene Zeltplane und trugen sie nach Jarrow. Unterwegs machten sie bei einem Arzt halt, denn Ärzte machten keine Nachtvisiten bei Leuten, die in »The Row« wohnten. Und nachdem der Mann sie behandelt hatte, trugen sie Katie heim.

Ungefähr um fünf Uhr am darauffolgenden Tag kam die Polizei. Catherine öffnete ihnen die Haustür, und angesichts der uniformierten Männer blieb ihr beinahe das Herz stehen. »Ist Ihr Mann daheim?« fragten sie sie.
»Nein, er ist auf der Arbeit«, sagte sie.
Das wußte die Polizei ohnehin, aber sie hatten nicht die Absicht, Rodney inmitten des aufgebrachten Haufens von Kollegen zu verhaften. Sie wollten keine Schwierigkeiten, jedenfalls nicht von der Art, die die Arbeiter der Schiffswerft in Jarrow zu machen imstande waren; sie hatten die Nase voll, was Streiks anlangte. »Wir werden auf ihn warten«, sagte der eine, dann traten alle beide ein.
Katie lag auf dem Strohsack vor dem Feuer. Sie drückte die Hände gegen die Brust und starrte die Männer mit weit offenstehendem Mund an. Catherine fragte mit zitternder Stimme: »Was wollen Sie von ihm?«
Nach einer längeren Pause sagte der eine der beiden Männer: »Er wird des Mordes am Aufseher der Rosier-Zeche beschuldigt, einem Mann namens Bunting. Der wurde heute früh mit zerschmettertem Schädel im Rinnsal aufgelesen. Er war außerdem über und über mit Brandwunden bedeckt. Ein feiner Anblick!« sagte er verdrossen.
»Was!« rief Catherine und schlug sich mit der Hand auf den Mund. »Mein ... mein Mann hat das nie im Leben getan! Er hat ihm eins versetzt, das ja; zusammengeschlagen, weil ... sehen Sie selbst!« Sie streckte den Arm aus und wies auf Katie. »Wenn Sie gesehen hätten, wie er sie zugerichtet hat – Katie ist Buntings Frau –, jeder Vater hätte das getan. Aber ihn umbringen? Nein! Niemals!«
»Nun, er wird genügend Möglichkeiten haben, zu beweisen, daß er es nicht getan hat. Jedenfalls ist der Mann jetzt tot.«
»Aber wer sagt, daß mein Mann der Täter war? Es gibt andere, die ihn loswerden wollten. Mein Mann würde niemals irgendeine Waffe benützen. Seine eigenen Hände, ja, das schon, aber sonst nichts. Bunting wohnt ja nicht weit von der Stadt; jeder von denen könnte es gewesen sein.«
»Aber wie die Dinge liegen, deutet nun mal alles auf Ihren

Mann hin, Missis. Wissen Sie, der Arzt, der gestern abend Ihre Tochter verbunden hat, hat natürlich ihren Namen notiert, und da er zufällig auch der Arzt der Zeche ist und so weiter, war es nicht schwer für ihn, sich die Sache zusammenzureimen, als er heute früh den Leichnam sah.«
Bei diesen Worten stöhnte Katie auf und verlor das Bewußtsein, und sie kam erst wieder zu sich, als sie die Stimme ihres Vaters hörte, der lauthals schrie: »Ich habe den Mann nicht umgebracht! Ich wollte es, ja, aber ich hab's nicht getan. Sehen Sie sich nur meine Finger an: Mit diesen beiden Händen habe ich auf ihn losgeschlagen, aber doch mit keinem Schürhaken. Als ich ihn ausließ, starrte er mich fest an. Er war am Leben. Und zwar war er bedeutend lebendiger, als meine arme Tochter hier. Ich sage euch: Ich habe ihn nicht umgebracht.«
Und dann nahmen sie ihn in ihre Mitte und führten ihn ab. Und Catherine stieß einen fürchterlichen Schrei aus, warf sich zu Boden und trommelte mit beiden Fäusten wie verrückt auf die rohen Ziegel.

10

Es war eine Woche später, als Rodney im Gefängnis von Durham seinen Prozeß erwartete. Bunting war beerdigt worden. Ein Beamter aus der Zeche war gekommen und hatte Katie gefragt, ob sie irgendwelche Wünsche bezüglich des Begräbnisses hätte, und als sie nur den Kopf abwandte, hatte er sich entschuldigt und gesagt, daß man ihn geschickt hätte und daß dies eine reine Formsache wäre. Dann war ein zweiter Mann gekommen und hatte sie gefragt, ob sie über Geldmittel verfüge, um die Kosten des Begräbnisses zu bezahlen. Da war sie wie wild auf ihn losgefahren und hatte geschrien: »Nein, nein! Wo sollte ich denn Geld hernehmen?« Er hatte geantwortet, daß jedermann bekannt sei, daß ihr Mann nicht ohne Ersparnisse dagestanden hätte, daß er immer ein sparsamer Mensch gewesen sei. Ob sie nicht wisse, wo er sein Geld aufbewahrt hatte? Abermals verneinte sie. »Sie könnten in Schwierigkeiten geraten, wenn Sie es uns vorenthalten«, sagte der Mann von der Zeche. »Denn wenn Sie auch seine Witwe sind, bezweifle ich, daß Sie unter den gegebenen Umständen Anspruch auf seinen Besitz haben.«

Nach diesem Besuch geschah es, daß Katie anfing, praktisch zu denken. Wie sie sich sagte, mußte etwas geschehen, und zwar bald, denn ihre Mutter war über das Unheil, das über sie alle hereingebrochen war, so kopflos geworden, daß sie nicht mehr in der Lage schien, einen klaren Gedanken zu fassen, von der übrigen Familie ganz zu schweigen.

Joe verdiente sechs Shilling die Woche. Aber das reichte bloß für Miete und Heizung. Für das Leben blieb nichts zurück. Sie selbst war noch nicht in der Lage, sich um Arbeit umzusehen, und selbst wenn dies bereits der Fall gewesen wäre, so war ihre Mutter im Augenblick doch völlig unfähig, den immer noch langsam dahinsiechenden Großvater, Lizzie und ihr Kindchen zu pflegen.

Dazu kam noch, daß ihr Herz von unsäglicher Pein erfüllt war im Hinblick auf das, was ihrem Vater zugestoßen war. Wozu sich überdies noch quälende Gewissensbisse hinzugesellten. Denn verdankte er seine entsetzliche Lage nicht ihr allein? Hätte sie Bunting nicht geheiratet, dann wäre er jetzt nicht im Gefängnis. Das Kind war nicht ihre Schuld, das wußte sie. Sie sah zu ihm hin, wie es auf der Wolldecke lag. Nie hätte sie gedacht, daß sie für dies Kind das empfinden würde, was sie nun empfand. Während sie schwanger gewesen war, hatte sie es die ganze Zeit über gehaßt, aber nun schwoll ihr das Herz an, sooft sie es betrachtete.

Aber Sarah wimmerte jetzt; sie war hungrig, weil Katie hungrig war. Sie hatte nicht genug Milch für sie. Es gab nichts mehr zu essen im Haus, und Joe würde um sechs heimkommen und mußte etwas essen. Wenn er zur Arbeit ging, mußte er auch essen. Und dann war da noch ihr Großvater. Während sie ihn mit dem Waschlappen abwusch und saubermachte und seine dankbaren Blicke auf sich ruhen spürte, weil er nicht mehr sprechen konnte, dachte Katie, daß es bald ein zweites Begräbnis geben werde, aber es würde das eines Armenhäuslers sein. Der arme Opa; immer hatte er das Armenhaus gefürchtet. Aber er würde nichts davon wissen, sondern tot sein, noch ehe sie ihn dahin bringen würden.

Als sie mit der Waschschüssel zum Ausguß ging, mußte Katie wieder an die Frage des Mannes denken, ob sie keine Geldmittel hätte, um für das Begräbnis aufzukommen ... Und im selben Augenblick – sie hätte selbst nicht sagen können, wieso und warum! – durchzuckten sie blitzartig zwei Worte: Einhundert Pfund, als hätte ihr jemand dieselben zugeflüstert. Einhundert Pfund. Einhundert Pfund, das ging ihr immer wieder durch den Kopf, als hörte sie Bunting diese zwei Worte aussprechen. Sehr vage erinnerte sie sich daran, ihn dies einmal sagen gehört zu haben. Hundert Pfund, so klang es weiter in ihrem Innern. Und dann sagte die Stimme: Für dich. Einhundert Pfund für dich ...

Als sie hungrig mit weit aufgerissenen Augen dalag, begann sie darüber nachzudenken, was der Mann gesagt hatte: Jedermann wisse, daß Bunting Geld gespart hätte. Alle in der Zeche sprachen davon, daß Bunting nur deshalb etwas zusammengespart hatte, weil er sie betrogen hatte, auch Mrs. Morgan hatte ihr gesagt, daß er irgendwo Geld versteckt haben mußte. Falls dies stimmte, hatte er es jedenfalls gut versteckt, denn sie, die doch jeden Zoll des Hauses saubergemacht hatte, war nie auf etwas gestoßen, was nur im entferntesten einem Versteck geglichen hätte. Aber wenn er Geld gehabt hatte, dann mußte er es irgendwo verborgen haben.

Als sie am nächsten Morgen über die Leiter zum Dachraum kletterte, wo Joes Bett stand, dämmerte es ihr plötzlich.

Jeden Samstagnachmittag hatte Bunting sie zwei Meilen weit zum Bauernhof der Batleys geschickt, ein halbes Dutzend Eier und etwas Gemüse zu holen. Weshalb hatte er dies getan, wenn nicht aus dem einzigen Grund, Zeit dafür zu gewinnen, sein Geld zu verstecken? Und welch besseren Platz hätte er sich dafür aussuchen können als den Dachraum? Sie hatte nie gedacht, dort hinaufzugehen, weil sich die Einstiegluke acht Fuß über dem Treppengeländer befand ...

Der nächste Tag war ein Sonntag, und frühmorgens sagte Katie zu Joe: »Ich gehe ungefähr eine Stunde aus. Kümmerst du dich inzwischen, bitte, um die andern?«

»Wohin gehst du?« flüsterte Joe.

Und sie gab ebenso leise zurück: »Ins Haus, um ein paar von meinen Sachen zu holen.«

»Du wirst nicht hineinkönnen. Es wird abgesperrt sein.«

»Es gibt eine Möglichkeit. Ich weiß, wie man das Fenster zur Spülküche öffnet.«

»Wenn man dich aber dabei erwischt, sitzt du in der Klemme.«

»Ich wüßte nicht, weshalb. Meine Sachen sind nun einmal dort, also hole ich sie mir.«

Als sie gerade das Haus verlassen wollte, kam er bis zur Eingangstür mit und sagte leise: »Willst du dich bei der Gelegenheit nicht gleich ein bißchen umsehen, ob sonst was zu holen ist? Du weißt schon, was ich meine.«

Sie nickte ihm zu. Sie hatten einander – wie immer – verstanden. Er meinte: »Aber du bist noch nicht wohl genug für den weiten Weg; du solltest dich auf ein solches Experiment lieber nicht einlassen.«

Worauf sie nur zur Antwort gab: »Die frische Luft wird mir guttun.«

Der Morgen war freundlich und mild, aber Katie wurde trotzdem nicht leichter ums Herz.

Als sie sich dem Haus näherte, legte sich ein Gefühl der Furcht wie mit Eisenklammern um ihr Herz, der Furcht, es zu betreten, der Furcht, daß er immer noch hier sein könnte. Es hatte keinen Zweck, daß sie sich sagte, er sei ja tot und begraben.

Katie setzte sich hinter dem Haus auf die Steinmauer, die zum Glück niedrig war, schwang die Beine hinüber und betrat so den Garten. Natürlich lag der Schlüssel nicht mehr unter der Fußmatte wie früher. Aber das mit dem

Spülküchenfenster funktionierte, das bekam sie mit Hilfe des mitgebrachten Taschenmessers auf. Mühsam zwang sie sich durch das schmale Fenster durch und landete auf dem Fußboden. Es kostete sie große Willensanstrengung, die Küchentür zu öffnen, und nachdem sie es getan hatte, bedeckte sie die Augen mit der Hand: Der Raum war ihr nicht mehr vertraut. Die Holzbank war an die Wand geschoben worden, davor lagen drei zerbrochene Stühle. Als sie auf diese Verwüstung sah, wimmerte sie: »O Papa! Papa!« Langsam durchquerte sie die Küche, um zur Treppe zu gelangen, an deren Fuß sie abermals stehenblieb: Sie konnte nicht nach oben gehen, sie konnte es einfach nicht. Der Schweiß lief ihr übers Gesicht, und sie blickte sich ängstlich um. Sie konnte seine Gegenwart direkt spüren. Er war immer noch hier. Nur der Gedanke an »The Row« und die hungrigen Mägen ihrer Familie trieb sie vorwärts. Der Dachraum, den sie mit Hilfe einer Leiter erklettert hatte, wurde nur durch ein winziges Fenster erhellt, da es jedoch schmutzig war, drang nur wenig Licht durch.
Sie betrachtete den Bretterboden eingehend und sah in alle Ecken, aber außer einem Weidenkorb und einer Holztruhe befand sich nichts in dem düsteren Raum.
Sie nahm den ziemlich fest sitzenden Deckel des Korbes ab und sah, daß er Kleidungsstücke enthielt, Frauenkleider, wahrscheinlich die seiner Mutter. Sie waren durcheinandergewühlt, als hätte sie bereits jemand durchsucht. Sie zwang sich, ein Stück nach dem anderen hervorzuziehen. Sie rochen modrig und schmutzig – und Geld lag keines dazwischen. In der langen Holztruhe befanden sich eine Flinte und zwei Schachteln Schrotkörner, aber gleichfalls kein Geld.
Wo? Wo? Wenn er es im Haus versteckt hatte, dann mußte es hier oben sein! Sie tastete das durchgehende Kaminstück genau ab, aber kein einziger Ziegel saß locker. Blieb also nur noch der Fußboden. Katie kniete sich hin und probierte jedes einzelne Brett aus. Aber keines war locker, sie waren allesamt mit Nägeln festgemacht. Erschöpft nahm sie auf der Holztruhe Platz; sie hatte überall nachgesehen,

jeden Winkel durchsucht, es blieb nichts mehr zu tun übrig. Wenn Geld im Haus versteckt war, dann würde es da versteckt bleiben, bis es eines Tages niedergerissen und es jemand finden würde, der es nicht so bitter nötig hatte wie sie heute.

Müde erhob sie sich, als ihr Blick auf den Boden fiel und sie plötzlich wieder dieses merkwürdige Gefühl überkam, wie unlängst. Wie in Hypnose packte sie die schwere Holztruhe an den beiden Griffen und schob sie beiseite. Sie kam niemals darauf, was sie dazu veranlaßt hatte, die Truhe beiseite zu schieben, vielleicht war es ein Schutzengel, der ihr dies als eine Art Wiedergutmachung für alles, was sie durchgemacht hatte, eingegeben hatte ...

Denn nun entdeckte sie die kleine Spalte, die jeder übersehen hätte, der nicht direkt Ausschau danach gehalten hätte. Sie preßte die Fingernägel hinein, hob das lockere Brett auf, und darunter lagen vier Beutel und ein kleines, schwarzes, in Leder gebundenes Buch.

Automatisch öffnete sie die Schnur eines der Beutel und starrte auf blanke Goldmünzen nieder – lauter Sovereigns. Alle vier Beutel waren bis oben damit voll. Dann öffnete sie das kleine, schwarze Buch, aber das Licht war zu schwach, als daß sie die ausnehmend kleine Schrift hätte lesen können.

Katie stand auf und schlug die Hände vors Gesicht. All das Geld, all das Gold! Ein Gefühl der Panik beschlich sie. Was war, wenn jemand kam? Es hätte nichts genützt, wenn sie behauptet hätte, nur ihre eigenen Sachen holen zu wollen. Hier oben? Im Dachraum?? Blitzartig riß sie einen Beutel nach dem andern an sich, stopfte wegen des Gleichgewichts sowohl in die linke als auch in die rechte Unterrocktasche zwei davon, auch das kleine Buch tat sie dazu, dann legte sie das Brett wieder an seinen Platz, schob die Truhe darüber und kletterte zurück. Fünf Minuten später ging sie verstohlen nach unten.

Und dann lief sie, als ob der Teufel hinter ihr hergewesen wäre, durch den Hintereingang aus dem Haus. Es war nicht mehr Zeit genug, die schwierige Kletterei durch das schmale Spülküchenfenster zu bewerkstelligen. Sie eilte durch den Garten, erklomm die Mauer und stolperte in rasender Hast davon. Erst als sie das Haus ein gutes Stück hinter sich gelassen hatte, verlangsamte sie ihren Schritt. Gerade zum richtigen Zeitpunkt, denn im selben Augenblick sah sie drei Mädchen lachend und tollend auf sich zukommen. Eines trat auf sie zu und fragte Katie: »Kommt man hier zu dem Haus, wo der Mord geschehen ist?«

Einen Moment stockte Katie der Atem, dann aber sagte sie so ruhig wie möglich: »Ja, es sind noch ungefähr fünf Minuten bis dorthin. Das ist der direkte Weg.« Sie deutete hinter sich. Die drei jungen Dinger bedankten sich und liefen kichernd weiter. Als sie bereits ein ziemliches Stück gegangen waren, dachte Katie im Weiterlaufen: Der Hund wird auf sie losgehen ... Roy. Sofort blieb sie stehen. Sie hatte überhaupt nicht mehr an Roy gedacht. Armer Roy. Eines stand fest: Er war nicht mehr da. Sonst hätte er die ganze Gegend zusammengebellt. Jemand mußte ihn mitgenommen haben. In welcher Verfassung mußte sie all die Tage über gewesen sein, daß sie an das arme Tier überhaupt nicht gedacht hatte ...

Als Katie die Haustür daheim aufstieß und den schwach beleuchteten Raum betrat, war sie nahe am Zusammenbrechen.

Catherine saß am Tisch, aber es gab keinerlei Anzeichen dafür, daß sie etwas zum Essen vorbereitet hatte. Lizzie hockte auf dem Strohsack, und Joe versuchte, das schreiende Baby dadurch zum Schweigen zu bringen, daß er es geduldig hin und her trug.

Alle sahen Katie an. Dann zeigte Catherine zum erstenmal seit Tagen Interesse an dem, was um sie vorging. Sie stand auf und fragte matt: »Wo warst du, Kind? Weshalb hast du uns allein gelassen?«

Katie antwortete nicht, sondern nahm Joe das Baby ab, setzte sich und entblößte die Brust. Dann holte sie ein paarmal tief Atem, sah Joe an, dessen Blicke erwartungsvoll auf ihr ruhten, und sagte leise: »Schieb den Riegel vor, Joe. Und zieh die Vorhänge zu.«

Sie schob ihren schadhaften Stuhl näher an den Tisch heran, und während sie mit einem Arm das Kind hielt, langte sie in den Unterrock, holte die vier Beutel hervor und legte sie mit dem kleinen, schwarzen Buch auf den Tisch. Dann sagte sie zu Joe: »Mach sie auf.«
Joe leerte den Inhalt eines der Beutel auf den Tisch aus, und dann stand er da und starrte mit offenem Mund auf die Sovereigns nieder. Und Catherine tat dasselbe. Dann sah sie ihre Tochter erschrocken an und flüsterte: »Um Gottes willen, Kind, was hast du jetzt wieder getan?«
Diese Worte schnitten Katie ins Herz, weil sie ihr verrieten, daß die Mutter sie im tiefsten Innern für alles, was geschehen war, verantwortlich machte. Sie schluckte, dann sagte sie: »Er hatte im Dachraum Geld versteckt. Ich bin hingegangen und habe es mir genommen.«
»Das hättest du nicht tun sollen, Kind. Es ist teuflisches, böses Geld, jeder einzelne Groschen davon.«
»Aber Mama, hör doch«, sagte jetzt Joe und zog Catherine heftig am Arm. »Wir brauchen es, und Katie hat ein Anrecht darauf! Wer denn, wenn nicht sie, die so viel mitgemacht hat! Sei jetzt nur nicht albern, Mama.«
»Egal, wie du es auch betrachtest, es ist böses Geld.«
»Es wird Papa helfen, Mama.« Katie sah zu Catherine auf. »Damit könnten wir uns einen Verteidiger leisten, genau wie es die andern Bergleute machen.«
»Eben, eben!« rief Joe aufgeregt. »Das stimmt, Katie!« Er stützte sich mit beiden Händen auf den Tisch auf und beugte sich zu ihr. »Die Bergleute haben einen Anwalt, oder wie das heißt. Wieviel ist es denn?«
»Ich weiß es nicht«, sagte Katie. »Zähl es einmal.«
Sofort machte sich Joe daran, und als er damit fertig war, sah er seine Schwester an und sagte in ehrfürchtigem Tonfall: »Zweihundertsiebenundvierzig Pfund ...« Dann starrte er die Mutter an und fügte hinzu: »Wir brauchen nie mehr Hunger zu leiden, Mama.«
»Halt den Mund!« sagte Catherine barsch. »Kannst du immer nur an deinen Magen denken?«
Joe senkte schuldbewußt den Kopf, und Catherine wandte

sich nun an Katie. »Wo willst du es denn hingeben? Wenn du erst damit anfängst, etwas davon auszugeben, merken es die Leute, und dann bist du erledigt.«
»Das habe ich mir auch schon überlegt«, sagte Katie nun. »Ich werde mir das Geld ans Hemd annähen.«
»Ans Hemd? Und immerzu mit dir herumtragen?« sagte Catherine ungläubig. »Denk doch nur, was das wiegt, Kind!«
»Wenn es sich verteilt, geht es schon. Ich werde mir für jede einzelne Münze ein kleines Täschchen nähen und sie nur herausnehmen, wenn ich sie wirklich brauche.«
»Nun ja . . .« Ihre Mutter nickte, und Katies Stimmung wurde sofort besser, als sie sah, daß ihre Mutter aus ihrem tranceartigen Zustand zu erwachen schien.
Den ganzen Nachmittag saßen sie dicht beisammen: Joe schnitt aus alten Kattunstreifen kleine Quadrate zu, und Katie und Catherine nähten sie an drei Seiten auf Katies Unterhemd fest, gaben in jedes dieser Säckchen eine Münze hinein und hefteten die Säckchen zur Sicherheit noch mit ein paar Stichen fest.
Als sie bei den letzten zwanzig Sovereigns angelangt waren, sagte Joe: »Wäre es nicht besser, etwas von dem Geld für den Anwalt draußen zu lassen, Katie – sagen wir zehn Pfund oder so was? Die kosten nämlich eine Menge.«
Noch ehe sie antworten konnte, sagte Catherine: »Und woher willst du das Geld haben – Goldsovereigns noch dazu?«
Diese Frage brachte Katie in Verlegenheit. Also sagte sie nach einer Weile: »Ich . . . ich könnte sagen, daß ich sie von Freunden habe.«
»Kind, Leute wie wir haben keine Freunde, die mit Goldsovereigns um sich werfen können.«
»Nun«, sagte Katie, ungeduldig den Kopf schüttelnd, »mir wird schon etwas einfallen, Mama, wenn es soweit ist.«
»Was machen wir mit den Beuteln und dem Buch hier?« fragte Joe.
»Verbrenne alles«, erwiderte Katie. »Nein, Moment . . . Das Buch, das möchte ich doch sehen.«

Sie schlug es auf, trat ans Fenster, zog den Vorhang einen Spalt zurück und blickte auf die Zahlenreihe nieder, mit der das erste Blatt bedeckt war. Als sie die Seiten umwandte, sah sie, daß die Zahlenreihen einander mit den Jahren in immer knapperen Abständen folgten, meist waren es zwei in einem Monat. Schließlich erregte eine Eintragung aus dem vergangenen Jahr ihre Aufmerksamkeit. Sie stammte nämlich von jenem Tag, an dem sie zu ihm gegangen und ihm gesagt hatte, daß sie seine Frau werden wolle. Die Eintragung belief sich auf fünfzig Pfund, und daneben standen zwei Buchstaben: B. R. Die nächste Eintragung lautete abermals auf fünfzig Pfund und war am Tag ihrer Hochzeit vorgenommen worden. Abermals standen die Buchstaben B. R. dahinter.

»Hundert Pfund für dich ...« B. R. Er mußte ihm dafür, daß er sie heiratete, hundert Pfund gegeben haben. Sie hob den Kopf und sah ihre Mutter an und dann Joe. Am liebsten hätte sie die beiden gefragt: Aber warum? Warum? Da sie den Mund bis dahin gehalten hatte, konnte er doch erraten haben, daß sie ihn überhaupt halten würde. Weshalb hatte er Mark Bunting also hundert Pfund bezahlt?

»Was ist denn?« fragte Catherine.

»Nichts«, sagte Katie, ging zum Feuer, schob das kleine Buch in die noch schwach glühende Asche, wartete, bis es Feuer fing, und dann nahm sie Joe die Beutel aus der Hand und warf sie gleichfalls hinein.

Am Tag darauf erfuhr Katie, weshalb Bernard Rosier Bunting dafür bezahlt hatte, sie zu heiraten. Gleichzeitig war es ihr nun möglich, einen Sovereign auszugeben, wenn sie mochte, und diese beiden Dinge hingen mit einem Besuch zusammen.

Es war Miß Theresa, die – von einer Horde Kinder umgeben – plötzlich vor ihrer Haustür stand. Als Katie den Lärm draußen hörte, machte sie auf, und ein kleines Mädchen sagte zu ihr: »Sie hat nach Ihnen gefragt, Missis.«

»Darf ich eintreten, Katie?« fragte Theresa.

Katie wandte den Kopf und blickte sich in dem gräßlichen

Raum um. Sie schämte sich und hätte am liebsten gesagt: »Nein, Miß Theresa«, aber es blieb ihr nichts anderes übrig, als die Tür weiter aufzumachen und der großen, jungen, schlicht gekleideten Frau zu gestatten, einzutreten. Dann schloß sie die Tür und schob den Riegel vor für den Fall, daß die neugierigen Gassenkinder versuchen würden, sie wieder aufzureißen.
»Mutter«, sagte Katie. »Das ist Miß Theresa, die Tochter meiner ehemaligen Herrschaft.«
Catherine erhob sich langsam und neigte bloß ihr Haupt, ohne einen Knicks zu machen. Sie schuldete der Familie, die solche Schande über ihr Kind gebracht hatte, nichts außer Haß. Und man hatte ihr beigebracht, daß man nicht hassen dürfe.
Theresa zwang sich dazu, sich nicht umzusehen, die schockierenden Verhältnisse zu ignorieren, in denen diese Familie leben mußte. Aber sie brachte es nicht fertig, ihre Nase vor dem fürchterlichen Geruch zu verschließen. Sie ging auf Catherine zu, sah ihr gerade in die Augen und sagte leise: »Ich bedaure zutiefst, Mrs. Mulholland, was Ihnen zugestoßen ist. Wenn es irgendwie möglich ist, möchte ich Ihnen gerne helfen, falls Sie meine Hilfe annehmen wollen.«
»Ich würde jedwede Hilfe annehmen, Madam«, sagte Catherine ruhig. Danach senkte sich ein peinigendes Schweigen über den Raum, bis ein Geräusch, das aus einer der dunklen Ecken drang, Theresa aufschrecken ließ. In dem düsteren Licht erblickte sie eine ungemein dicke, aufgeschwemmt wirkende Frauensperson.
»Das ist . . . das ist Lizzie«, sagte Katie leise und in quasi entschuldigendem Ton. »Sie . . . ist nicht ganz richtig im Kopf.«
Mitleid und Kummer lagen in Theresas Blick, als sie Katie ansah.
»Wollen Sie nicht Platz nehmen?« sagte Katie nun und schob Theresa einen Stuhl zurecht, worauf sich diese dankend setzte. Aber schon schreckte sie abermals auf, diesmal wegen eines anderen Geräuschs, das hinter einem

Vorhang hervordrang, und als Catherine aufstand und wortlos dahinter verschwand, erklärte Katie: »Das ist mein Großvater . . . Er hatte einen Schlaganfall.«

»Ach, Katie«, sagte Theresa und schlang ratlos die Hände ineinander. »Ich merke schon, daß dies alles im Grunde genommen nur meinetwegen über dich hereingebrochen ist. Glaube mir, ich habe Todesqualen ausgestanden, als ich von den Geschehnissen hörte, weil ich glaube, daß . . . daß ich daran schuld bin. Nicht was das Kind anlangt. »Sie deutete auf den Korb hin, in dem Katies Kindchen lag. »Damit hat alles angefangen, aber wenn ich mich nur nicht eingemengt und alles dir überlassen hätte, dann hätten dir deine Eltern schon irgendwie weitergeholfen und du würdest dich heute nicht in derartigen Schwierigkeiten befinden. Ich habe wirklich getan, was ich für das Beste hielt, glaub mir, Katie, bitte!«

Katie blickte in das magere, bekümmerte, blasse Gesicht ihr gegenüber und sagte: »Ich verstehe nicht recht, wovon Sie reden, Miß Theresa. Wie können denn Sie etwas mit alledem zu tun haben?«

»Ach, du wirst mich hassen, wenn ich es dir erzähle, Katie. Weißt du, ich habe Bernard dazu gezwungen. Ich habe ihm und meinen Eltern damals gesagt, daß ich, falls man dich nicht entschädigen würde, alles seiner Braut stecken würde. Deshalb hat er sich die Sache mit Bunting ausgedacht und ihn dazu veranlaßt, dich zu heiraten . . . Verstehst du?«

Allerdings. Katie war zwar verblüfft, aber sie verstand. Wenn auch nur zum Teil; allerdings verstand sie nicht, wieso Miß Theresa wußte, daß es Mr. Bernard gewesen war. Und das sagte sie ihr auch.

»Wie haben Sie es denn herausbekommen, Miß Theresa . . .?« fragte sie sie mit einer Kopfbewegung zu dem Korb mit dem Kind hin. Sie wollte den Namen Bernard Rosier nicht einmal mehr aussprechen.

»Ich . . . ich habe in jener Ballnacht mit eigenen Augen gesehen, wie er dich aus seinem Schlafzimmer hinausgestoßen hat und wie verzweifelt du gewesen bist.«

»Oh!« sagte Katie nur und senkte den Kopf.
Miß Theresa fuhr fort: »Natürlich machte ich mir große Sorgen um dich.«
»Danke, Miß Theresa.«
Abermals war der Raum von verlegenem Schweigen erfüllt. Und von diesem undurchdringlichen Gestank, so daß Theresa nicht anders konnte, als ihr Spitzentüchlein vor die Nase zu pressen. Schließlich sagte sie leise: »Ich bin jetzt beinahe in derselben Lage, in der du dich befindest, Katie. Das heißt, ich bin arm.«
»Was meinen Sie damit, Miß Theresa?« sagte Katie mit teilnahmsvoller, wenn auch verständnisloser Miene.
»Nun, ich habe meinen Mann verlassen, Katie. Du weißt, daß ich ihn niemals hätte heiraten sollen. Das haben meine Eltern arrangiert. Ich ... ich habe ein Kind erwartet, aber – ich habe es verloren.«
»Oh, Miß Theresa, das tut mir aufrichtig leid!«
»Du brauchst mich deshalb nicht zu bemitleiden, Katie. Ich wollte das Kind nicht. In Wirklichkeit habe ich in der Beziehung Glück gehabt, das sehe ich jetzt ein. Ich verfüge über ein bescheidenes Vermögen, das sich mit den Jahren etwas vergrößert hat. Es hat ausgereicht, daß ich mir in Shields ein kleines Haus kaufen konnte. Und Miß Ainsley wird zum Jahresende zu mir kommen und mir nicht nur Gesellschaft leisten, sondern wir wollen auch miteinander eine kleine Schule aufmachen.«
Miß Theresa eine Schulmamsell! Aufgewachsen in einem richtigen Herrenhaus mit allem, was sie sich nur wünschte – und nun schien sie sogar Geschmack daran zu finden, Schulmamsell zu werden. Das Leben war schon merkwürdig, wirklich.
Theresa beugte sich nun zu Katie hinüber und sagte, die Hände um die Knie geschlungen: »Ich möchte gerne wissen, ob du, wenn all deine Schwierigkeiten hier vorbei sind, zu uns kommen möchtest? Du ... du könntest dein Kind natürlich mitnehmen.« Gerne hätte sie hinzugefügt: Nicht als Dienstbote. Und am liebsten hätte sie zu ihr gesagt: Ich will dir alles beibringen, was ich weiß. Es ist noch

immer nicht zu spät, aus dir nicht nur eine schöne, sondern auch eine gebildete Frau zu machen.
»Oh, danke, Miß Theresa, aber ... aber ich weiß noch gar nicht, wie es weitergehen wird. Auch muß ich abwarten, bis sich meine Mutter erholt. Zur Zeit kann sie die Arbeit hier nicht allein bewältigen. Und dann ist da doch noch Lizzie ... Aber es ist jedenfalls sehr freundlich von Ihnen, Miß Theresa, wirklich. Ich werde es mir durch den Kopf gehen lassen. Es hängt alles davon ab, was aus meinem Vater wird. Übrigens, Miß Theresa: Wissen Sie vielleicht jemanden, der seine Verteidigung übernehmen würde? Ich ... ich habe ein bißchen Geld, ich könnte ihn bezahlen.«
Theresa kannte eine Menge Anwälte. Sie dachte einen Moment nach, dann sagte sie: »In Shields ist eine Kanzlei, die mein Vater oft erwähnt hat: Chapel und Hewitt. Dort könntest du es versuchen. Das ist in der King Street, soviel ich weiß.«
»Danke, Miß Theresa, ich will sofort hinfahren.« Da sie jedoch nicht unhöflich erscheinen wollte, fügte sie hinzu: »Ich meine natürlich später.«
»Ich habe einen Wagen bestellt, der mich hier abholen soll. Möchtest du vielleicht mitkommen? Dann könnte ich dich vor der Kanzlei absetzen.«
»Oh, danke, Miß Theresa! Würden Sie noch so lange warten, bis ich mich umgezogen habe?«
»Aber selbstverständlich, Katie.«
Als sie sich nebenan umzog, flüsterte sie ihrer Mutter zu: »Das ist *die* Lösung, Mama. Wenn die mich in ihrem Wagen vorfahren sehen, dann werden sie glauben, daß sie mir das Geld gegeben hat.«
Catherine nickte. »Ja, ja, fahr nur, Kind.«
»Du paßt doch auf die Kleine auf, nicht, Mama?« meinte Katie besorgt.
»Ja, mach dir keine Sorgen. Nur ... ich gehe nicht mehr nach nebenan. Sag ihr, was du willst. Ich will sie nicht sehen.«
»Ist schon gut, Mama.« Katie strich ihrer Mutter übers

Haar, dann neigte sie sich über William, tätschelte ihm die Wange und sagte: »Alles wird noch gut, Opa. Miß Theresa ist zu mir gekommen und wird uns helfen. Ich fahre jetzt mit ihr zu einem Anwalt, der Vater verteidigen soll. Alles wird gut, Opa, gräm dich nicht.« Und Katie glaubte, was sie sagte; seit sie das Geld gefunden hatte, hatte sie auch die Hoffnung wiedergefunden.

11

Sie saßen im Gerichtssaal wie Besucher aus einer andern Welt. Catherine in der Mitte, Katie linkerhand und Joe rechterhand. Ängstlich hielten sie einander an den Händen.

Rodney saß zwischen zwei Polizisten. Er war grau und hager und sah unheimlich aus. Seine Augen waren tief eingesunken, und Katie war, als hätte sie ihn zwanzig Jahre lang nicht mehr gesehen, so verändert war er. Aber er hielt sich kerzengerade.

Katie hatte die blindwütige »Gerechtigkeit« des Prozesses sofort erkannt, obwohl der Verteidiger sein Äußerstes getan hatte, sicher vor allem deshalb, weil er annahm, daß sie unter dem Schutz von Miß Theresa stehe. Miß Theresa war eine Rosier, und der Name sagte alles. Sie hatte es von der ersten Unterredung an durchblicken lassen, daß Miß Theresa sie empfohlen, ja sogar bis vor die Kanzlei gebracht hatte. Sie wußte, daß diese Empfehlung sich im Honorar auswirken würde, weil er annehmen mußte, daß Miß Theresa es begleichen werde. Aber das machte nichts. Es kam jetzt nur darauf an, daß der Mann da droben den Richter von der Unschuld ihres Vaters überzeugte. Und das hatte er versucht, o ja, er hatte es versucht. Aber es hatte den alten Mann da droben nicht berührt.

Mr. Justice Dowry, der Richter, war müde; außerdem plagte ihn die Gicht, und er war hungrig. Er brachte nicht die nötige Geduld für diesen Fall auf, und die Art, wie der Anwalt diesen Mann verteidigte, reizte ihn.

»Wie Sie gehört haben«, sagte er schließlich und nickte den Geschworenen langsam dreimal zu, »machte der Verstorbene der Tochter des Angeklagten einen Heiratsantrag. Obwohl sie ein Kind erwartete, das nicht seines war. Lassen Sie sich diesen Punkt ins Gedächtnis zurückrufen, meine Herren! Die Tochter des Angeklagten brachte das Kind, dessen Vater nicht der Verstorbene war, zur Welt. Dennoch hat dieser Mann sie geheiratet und ihr ein Heim gegeben.

An dem Abend, an dem sich jene Geschehnisse ereignet haben, über die Sie zu befinden haben werden, kam der Verstorbene von der Arbeit heim. Zweifellos todmüde. Er nahm sein Bad. Was darauf folgte, wurde uns ja geschildert: Er spritzte dem Kind ein bißchen Wasser ins Körbchen, wahrscheinlich im Spiel. Seine Frau hielt dies für einen Akt der Bosheit und vergalt ihm denselben mit etwas noch bedeutend Boshafterem. Ihren eigenen Worten zufolge, goß sie das heiße Wasser über ihn aus. Wie aus den Befunden des Arztes zu entnehmen ist, war das Wasser nicht bloß heiß, sondern muß siedend heiß gewesen sein. Was geschieht, wenn ein Mensch verbrüht wird? Er wird vor Schmerzen beinahe wahnsinnig. Ist es da nicht verständlich, daß er den ersten Gegenstand, der ihm unter die Hände kommt, packt und die Person, die ihm diese Verbrühungen beigebracht hat, richtiggehend damit bearbeitet?

Es ist im Moment völlig belanglos, darüber nachzudenken, daß der Verstorbene, wenn er im Vollbesitz seiner fünf Sinne gewesen wäre, wohl kaum derart auf seine Frau losgedroschen hätte. Wir diskutieren hier nicht darüber, ob und wie sie geschlagen wurde oder nicht. Ich hege keinen Zweifel, daß der Verstorbene seine Tat außerordentlich bedauert hätte, wenn er dazu noch Gelegenheit gehabt hätte. Aber die wurde ihm nicht gegeben. Was folgte, haben Sie bereits gehört. Die Frau des Verstorbenen rannte zu ihrem Vater. Als der sah, in welcher Verfassung seine Tochter war, raste er vor Zorn. Er eilte in das Haus des Verstorbenen und schlug auf ihn ein. Bis er auf dem Fußboden lag – *lebend*, sagte er. Den Rest kennen Sie, meine Herren Geschworenen. Der Verstorbene wurde in unmittelbarer Nähe des Hauses im Rinnstein aufgefunden. Sein Kopf war zerschmettert, und neben ihm lag ein Schürhaken. Denken Sie daran, daß bei der Hausdurchsuchung durch die Polizei beim Kamin keinerlei Schürhaken gefunden werden konnte. Folglich müssen wir annehmen, daß der Mann mit seinem eigenen Schürhaken erschlagen wurde. Das ist, kurz gesagt, der Fall, meine Herren. Es liegt nun an Ihnen, sich ein Urteil darüber zu bilden.«

Unter den Geschworenen befanden sich die Direktoren von drei Zechen; fünf Stunden lang zogen sie sich zur Beratung zurück. Als sie wiederkamen, sprach der Wortführer das »Schuldig« aus. Rodney ließ den Kopf tief auf die Brust sinken. Catherine warf einen einzigen Blick auf ihn und brach zusammen. Joe schlang den Arm um sie und rief: »Mama! Mama!« Aber Katie sah nur ihren Vater an. Ihr Vater mußte sterben ... *er mußte sterben*, und alles ihretwegen. »Das könnt ihr nicht, das könnt ihr nicht!« schrie sie immer und immer wieder, und an den Richter gewandt, rief sie dann: »Er ist ein guter Mensch, das kann ich beschwören! Das können Sie nicht! Er war es nicht, er hat es nicht getan! Es ist Sünde, was Sie tun. Oh, tun Sie es nicht, tun Sie es nicht!«

Ehe Mr. Justice Dowry das Urteil aussprechen konnte, mußte die Familie des Mannes gewaltsam aus dem Gerichtssaal entfernt werden.

12

Es war ein schöner, milder Augusttag, als der Wagen in das kleine Städtchen Hilton – zwischen Bishop Auckland und Barnard Castle – kam. Es war ein vierrädriger, flacher Wagen, der von einem alten, zottigen Pferd gezogen wurde. Vier Stangen hielten die Zeltplane des Wagens aufrecht. Der Wagen fuhr durch das Städtchen durch und blieb außerhalb stehen. Es war nicht immer klug, allzunahe an den Häusern stehenzubleiben.

Sie hatten drei Wochen gebraucht, um von Jarrow hierherzukommen. Und Joe war bereits jetzt ruhelos und fragte sich, wann Katie endlich haltmachen würde.
Während sie auf dem freien Feld Feuer machten, flüsterte er Katie zu: »Wann bleiben wir endlich wo, Katie? Wir entfernen uns immer mehr von den großen Städten. In dieser Gegend werde ich niemals Arbeit finden, das ist ja unzivilisierter als alles, wo wir bisher durchgekommen sind.«
»Es besteht keine Eile, was deine Arbeit anlangt, das weißt du doch«, sagte Katie ebenso leise. Dann beugte sie sich näher zu ihm und meinte: »Hast du die Steinhütte gesehen, ungefähr eine Meile vom Städtchen entfernt?«
»Gleich neben dem Hufschmied? Allerdings. Aber sie war ziemlich verfallen.«
»Hauptsache, sie steht leer, dann könnten wir sie schon reparieren. Möglicherweise überläßt man sie uns billig. Ich habe mir gedacht, daß ich zu Fuß zurückgehen und mich mal umsehen werde.«
Joe verzog das Gesicht und meinte: »Möchtest du denn in dieser Wildnis hier leben?«
»O ja! Du etwa nicht? Das ist doch etwas ganz anderes als das schmutzige, stinkende Jarrow!«
»Dort entstehen aber jetzt ganz neue Viertel. Mit hübschen Häusern. Da hätten wir uns ein besseres ...«
»Sei nicht kindisch«, sagte Katie barsch. »Was meinst du, was passiert wäre, wenn wir uns ein neues Haus gemietet hätten, wo wir doch angeblich kein Geld haben! Hast du vergessen, wie der Verwalter aus der Zeche nochmals zu uns gekommen ist und gefragt hat, wie ich jetzt dastünde, und abermals gemeint hat, es müsse irgendwo Geld aufbewahrt sein? Er hat gesagt, daß sie das Haus durchsucht hätten; das weißt du doch.«
»Tjaja, ich weiß, es tut mir leid. Aber ... aber gern würde ich nicht hierbleiben, Katie.«
»Wir werden dort bleiben, wo wir bleiben können, Joe. Mama braucht ihren Frieden. Dort, wo wir herkommen, wird sie ihn niemals finden.« Katie erhob sich und ging auf ihre Mutter, die das Kind auf dem Schoß hatte, zu.

»Komm, Mama, steh ein bißchen auf, du mußt dir die Beine vertreten nach der langen Fahrt.«
Gehorsam übergab Catherine Katie das Kind, und genauso gehorsam kletterte sie auf die Wiese hinunter und fing an, langsam auf und ab zu gehen.
Katie sagte mit dem Kind auf dem Arm zu Lizzie: »Komm jetzt, Lizzie, bald bekommst du was zu trinken.«
Joe spannte das Pferd aus und band es mit einer langen Leine fest, so daß es grasen konnte. Nicht weil es weggelaufen wäre, dazu war es zu alt und zu müde. Auch war es mit seinen neuen Besitzern zufrieden.
Katie saß im Gras und stillte das Kind, wobei sie mit der freien Hand von Zeit zu Zeit Holz ins Feuer warf. Während sie darauf wartete, daß das Teewasser kochte, sah sie sich immer wieder nach der Mutter um.
Sie hatte gedacht, daß Catherine, wenn sie erst einmal Jarrow und diese fürchterliche Hafenecke hinter sich hätten, ihr Gleichgewicht wiederfinden würde, aber bisher gab es keinerlei Anzeichen dafür. Denn noch Tage nachdem man ihren Vater gehenkt hatte, streifte ihre Mutter ohne Mantel und Kopfbedeckung ziellos durch Jarrow. Tag für Tag kehrte sie wieder an jenen Platz zurück, an dem sie als junges Mädchen mitangesehen hatte, wie einer aufgehängt worden war. Es war, als könne sie Rodney, der kein Grab hatte, vom schwarzen Pfosten herabbaumeln sehen.
Alles Leben schien aus Catherine gewichen zu sein. Sie war zu einem völlig willenlosen Wesen geworden, das nur noch einen Wunsch hatte – zu sterben. Aber selbst der konnte nicht stark genug sein, sonst hätte sie ihrem Leben ein Ende gesetzt.
Deshalb hatte sich Katie die Sache mit dem Wagen ausgedacht, um sie alle von dort wegzubringen. Aber es gab mehr als einen Grund, weshalb sie wünschte, Jarrow zu verlassen. Da war Miß Theresa. Miß Theresa wollte ihr helfen, aber irgendwie wollte Katie diese Hilfe nicht. Sie wollte von seiten der Rosiers keinerlei Hilfe, von keinem von ihnen, denn sie hatten sie dorthin gebracht, wo sie alle heute waren, selbst ihr Vater. Außerdem machte sie The-

resas Gehabe verlegen, weil sie sie behandelte, als wäre sie ihresgleichen. Also hatte sie in Gateshead den Wagen und das Pferd gekauft, und eines Morgens um vier hatte sie ihn mit dem gesamten Hausrat beladen, alle draufgesetzt und war mit ihnen losgezogen ...

Am nächsten Tag nahm Katie ihr Kind auf den Arm und ging – nachdem sie Joe leise einige Anweisungen erteilt hatte – ins Städtchen zurück, wo sie nachfragte, wem die Steinhütte mit dem zerbrochenen Dach da draußen gehöre.

»Oh«, sagte eine kleine, dicke Frau, die gerade ihre Hühner fütterte, »die gehört den beiden Chapmans. Ist seit Jahren nicht mehr bewohnt und verfällt immer mehr.« Katie fragte, wo sie die Chapmans finden könne, und die nette Frau erklärte es ihr: »Es sind sehr nette Damen, alle beide«, sagte sie. »Sie haben ebenso wie ihre Eltern und ihre Großeltern eine Menge für das Städtchen getan.«

Katie bedankte sich für die Auskunft, drückte ihr Kind fest an sich und machte sich auf den Weg.

Das weinumrankte, langgestreckte, niedere Haus sah so freundlich aus, daß sein Anblick Katie ein Lächeln entlockte, mehr ein innerliches freilich, äußerlich war ihr nichts anzusehen. Denn ihr Gesicht, das sich früher so gerne zu einem strahlenden Lachen verzogen hatte, wirkte nun wie Alabaster, und wenn sie schlief, sah es wie gemeißelt aus. Als sie sich dem Haus näherte, trat aus dem offenen Tor eine große Dame mittleren Alters mit einem Gartenkorb über dem Arm. Sie blieb einen Moment stehen und blickte über die Terrasse hinweg auf Katie und das Kind, dann rief sie ihr freundlich zu: »Suchen Sie Alice?«

»Nein, Madam; ich suche ... ich suche Miß Chapman.«

»Oh.« Die Dame kam näher. »Ich bin Miß Chapman.«

Katie machte einen Knicks. »Guten Morgen, Madam.«

»Guten Morgen.«

»Ich bin gekommen, weil ich fragen möchte, ob Sie mir die Hütte überlassen würden?«

»Aber da wohnt unser Pförtner und ...«

»Ich meine die außerhalb.«

»Oh, die! Aber die ist nicht bewohnbar, das Dach ist vermodert, seit Jahren hat dort kein Mensch mehr gewohnt.«
»Ich wäre Ihnen sehr verbunden, Madam, wenn Sie sie uns vermieten würden.«
»Sind Sie mit Ihrem Mann da?«
Katie senkte einen Moment die Lider, dann sagte sie: »Nein, Madam, er ist ... er ist tot. Ich habe meine Familie mit. Meine Mutter, die krank ist, und meine Schwester und meinen Bruder.«
»Wie sind Sie nur da hinausgekommen?«
»Wir haben einen Wagen, Madam. Wir kommen aus Jarrow.«
Ann Chapman starrte das magere, junge Ding mit dem wunderschönen, traurigen Gesicht und den ungewöhnlichen Augen an. Dann sagte sie: »Ich glaube nicht, daß Sie dort wohnen könnten. Man müßte zu viel reparieren.«
»Das könnten wir, Madam. Mein Bruder ist sehr geschickt und versteht sich auf jede Holzarbeit. Er kann Stühle machen und alles.«
Während Miß Chapman noch dastand und überlegte, kam um die Hausecke eine zweite Dame, die nicht so groß, aber jünger und hübscher war. Miß Chapman wandte sich an sie und sagte: »Rose, diese junge Frau, die Witwe ist, möchte, daß wir ihr und ihrer Familie Putmans Häuschen vermieten. Aber ich habe ihr bereits gesagt, daß es unbewohnbar ist. Sie glaubt jedoch, daß sie die Reparaturen selbst vornehmen könnten.«
Miß Rose Chapman kam näher, stellte sich neben ihre Schwester, sah Katie einen Moment lang an, dann das Baby in ihren Armen, sagte jedoch kein Wort. Und so fuhr Miß Ann fort: »Sie kommen von der Küste, von Jarrow. Mit dem Wagen. Es ist eine lange Reise mit dem Wagen, findest du nicht, Rose?«
»Ja, ja«, sagte Rose leise und etwas teilnahmslos, während ihre Blicke immer wieder zu dem Kind zurückschweiften.
»Wie alt ist Ihr Baby?«
»Etwas über fünf Monate, Madam.«
»Darf ich es mir ansehen?«

»Ja, natürlich, Madam.« Katie zog den Schal vom Kopf ihres Kindes und zeigte den beiden Frauen das schlafende Gesichtchen.
Miß Rose kam zwei Schritte näher und starrte eine volle Minute lang auf das Kind nieder, ohne etwas zu sagen; dann blickte sie über die Schulter ihre Schwester an und sagte: »Es ist ein wunderschönes Kind, nicht wahr, Ann?«
»Ja, ja, Rose; ein sehr hübsches Kind. Und so gepflegt.« Miß Ann nickte Katie freundlich zu. »Wirklich, blitzsauber.«
»Danke, Madam.«
»Wie heißt es?« fragte Miß Rose etwas steif.
»Sarah, Madam.«
Da wandte Miß Rose Katie den Rücken zu und sagte, ihre Schwester ansehend, mit ruhiger Stimme: »Ich glaube, daß sie imstande sein werden, das Häuschen wieder herzurichten, Ann. Vielleicht könnte Worsley ihnen ein bißchen zur Hand gehen.«
Miß Ann sah Miß Rose fest an, dann neigte sie den Kopf, lächelte und meinte: »Ja, meine Liebe, das ließe sich bestimmt arrangieren.«
Katie schloß die Augen, schluckte und sagte, von tiefer Dankbarkeit erfüllt: »Danke, Madam. Danke von Herzen. Und wir können die Miete natürlich bezahlen. Sie brauchen deswegen keine Angst zu haben.«
»Oh, die Miete.« Miß Ann hob den Kopf. »Bei dem gegenwärtigen Zustand können wir Ihnen nicht viel Miete anrechnen ... Sie sagten, daß Sie einen Bruder haben. Wie alt ist er?«
»Er ist gerade fünfzehn, Madam.«
»Nun, vielleicht könnten wir uns auf diese Weise einigen. Er könnte ja eventuell unserem Gärtner Worsley helfen, der sozusagen unser Mädchen für alles ist. Wir hatten einen Jungen aus dem Dorf, aber er ist vor kurzem in die Stadt gegangen. Die Stadt zieht ja heutzutage alle jungen Leute an. Ja, ich glaube, das ließe sich schon irgendwie machen.«
Katie knickste vor den beiden Damen und wandte sich

zum Gehen, zögerte jedoch und fragte: »Wird der Schlüssel dort sein, Madam?«
»Oh, der Schlüssel.« Miß Ann lachte hell auf. »Ich fürchte, es gibt keinen Schlüssel, Sie werden es offen finden. Der Kutscher meines Cousins hat dort gewohnt, aber mein Verwandter ist jetzt viel im Ausland, da braucht er nicht mehr so viel Personal. Ich glaube, es befinden sich auch noch einige Möbel in dem Häuschen. Ich bin seit Jahren nicht mehr drinnen gewesen.«
»Danke, Madam. Danke vielmals.« Abermals knickste Katie, und dann eilte sie mit einem leichteren Herzen dahin, als sie es seit langem verspürt hatte. Sie würden ein Haus, Joe würde Arbeit haben. Vielleicht konnten sie ein paar Hühner halten und einen Garten haben, und wenn es ihrer Mutter besser ging, was in dieser friedlichen Umgebung sicher bald der Fall sein würde, dann würde sie sich um Lizzie und das Kind kümmern können, und Katie würde sicherlich in einem der netten Häuser Arbeit finden.
Der schwarze Vorhang, der sich wie ein Leichentuch über ihr Dasein gesenkt hatte, hob sich ein wenig. Sie stellte sich vor, daß ihrer aller Leben langsam ruhig und friedlich werden könnte. Nicht daß die Trauer gänzlich von ihnen weichen würde, dazu würde ein ganzes Leben nicht ausreichen, aber nach und nach würden sie all das, was sie durchgemacht hatten, nicht mehr derart heftig empfinden, wie sie es jetzt taten.
Schon allein die Luft war hier heraußen der reinste Balsam, und die beiden Damen waren wie Engel. Katie blickte auf ihr Kind nieder und flüsterte ihm zu: »Ja, Sarah, es sind wirklich und wahrhaftig Engel.«

Als aus Tagen Wochen und aus Wochen Monate wurden, war Katie von einem Gefühl der Sicherheit durchdrungen. Ihre Wangen hatten wieder etwas Farbe bekommen, und erst vor kurzem hatte sie zweimal über das am Fußboden dahinkrabbelnde Kind gelacht.
Das Häuschen war für sie eine tägliche Quelle des Wun-

ders. Sie konnte gar nicht verstehen, wie man derart schöne Möbel dem Vermodern hatte preisgeben können. Joe hatte sorgfältig das Dach ausgebessert, und gemeinsam hatten sie das Häuschen innen und außen frisch gestrichen, die Möbel gründlich gereinigt und fein säuberlich mit Wachs poliert. Es war ein Heim. Ein Heim, wie Katie es sich nie erträumt hatte.
Aber als die Zeit verstrich, verschloß sie sich immer mehr vor der Erkenntnis, daß von den drei denkfähigen Menschen ihrer Familie sie die einzige war, die die neue Umgebung zu befriedigen schien. Tagsüber ging Joe ins Landhaus zu den Damen, verrichtete Gelegenheitsarbeiten und half dem Gärtner, wofür er drei Shilling die Woche, freie Miete und täglich frisches Gemüse bekam. Aber wenn er so dasaß und kein Wort sagte, schien er düster vor sich hinzubrüten.
Dann war da die Mutter. Catherine half gelegentlich bei der Hausarbeit, aber größtenteils saß sie da und starrte vor sich hin, als blicke sie direkt in die Vergangenheit zurück. Sie sprach keine fünf Worte pro Tag. Katie sagte sich, daß sie ja besser beisammen sei, seit sie sich auf dem Land niedergelassen hatten, aber sie wünschte, sie würde mehr sprechen, sich mehr bewegen, dann hätte sie vielleicht doch die Möglichkeit gehabt, außer Haus arbeiten gehen zu können. Miß Ann würde sie bestimmt in einige der schönen, großen Häuser, die man bequem zu Fuß erreichen konnte, empfehlen, das wußte sie. Ihr Unterhemd war bedeutend leichter als damals, da sie die Sovereigns eingenäht hatte; es waren ihr etwas über hundert Pfund geblieben. Die Anwaltsrechnung hatte fünfundsiebzig Guineas ausgemacht, und dann hatte sie das Begräbnis des Großvaters bezahlen müssen. Sie hatte dafür gesorgt, daß er anständig begraben wurde. Danach hatte sie Pferd und Wagen gekauft. Bei ihrer jetzigen Lebensweise würde das Geld knapp drei Jahre ausreichen, aber was dann? Was, wenn sich der Zustand ihrer Mutter nicht mehr besserte? Es würde Jahre dauern, bis sie das Kind sich selbst überlassen konnte ... Dazu kam noch Lizzie.

Aber schließlich, sagte sie sich, waren drei Jahre eine lange Zeit, und bevor die um waren, würde sich schon irgend etwas Schönes, Angenehmes ereignen. Hier konnten sich nur gute Dinge ereignen, kam ihr vor; wahrscheinlich wegen Miß Ann und Miß Rose; Katie hielt die beiden noch immer für Engel, vor allem Miß Rose. Es ging kaum ein Tag dahin, an dem Miß Rose nicht bei ihnen vorbeikam, und wenn schon nicht bei ihnen, so doch bei ihrem Kind. Sie hatte eine große Zuneigung zu Sarah gefaßt und Sarah zu ihr. Das Kind gluckste vor Glück, wenn Miß Rose es in die Arme nahm. Katie hatte erst vor kurzem zu Miß Rose gesagt: »Sie hat sie direkt ins Herz geschlossen, Madam.« Und Miß Rose hatte sie angesehen und halb scheu, halb traurig gelächelt, wie sie es immer zu tun pflegte, als sie fragte: »Meinen Sie wirklich?« Und Katie hatte geantwortet: »Aber ganz bestimmt, Madam.«
Katie wollte immer besonders nett zu Miß Rose sein, weil diese genau wie sie schon viel Kummer gehabt hatte, nur eine andere Art von Kummer. Sie hatte ihre Geschichte von Ann erfahren. Miß Roses Verlobter war im Krimkrieg gefallen. Früher war sie ein so fröhliches Ding gewesen, aber es war, als hätte man ihr Herz mit Mr. Francis, dem Verlobten, begraben, und nun würde auch sie vermutlich als alte Jungfer sterben, genau wie ihre Schwester. Nur daß Ann nie verlobt gewesen war, und was man nie gehabt hat, das vermißt man bekanntlich auch nicht. Aber bei Miß Rose war es etwas anderes.
An Sarahs erstem Geburtstag brachten Miß Rose und Miß Ann einen großen Korb voller Babykleider und eine längliche Schachtel, in der sich eine wunderschöne Puppe befand. Es waren ihre eigenen Babykleider, die sie fein säuberlich in der Dachstube aufbewahrt hatten, und nun fragten sie Katie, ob sie imstande sei, sie für Sarah zu ändern. Die Tränen traten Katie über die Herzlichkeit und Hilfsbereitschaft der beiden Damen in die Augen.
Es *gab* gute Menschen auf der Welt. Auch schlechte, o ja; aber doch bedeutend mehr gute. Sie sah Miß Rose an, die Sarah umarmte, und Sarah, die die Puppe an sich drückte,

und sie schickte ein Dankgebet zum Himmel, daß Gott sie zu den Damen Chapman geschickt hatte.
Das war am frühen Morgen gewesen. Als Joe um sechs heimkam, trank er seinen Tee, aß ein paar Bissen, schob dann aber seinen Teller zurück, stand auf, trat an die Tür und winkte Katie nach draußen. Der Abend war mild, die Luft erfüllt vom Duft von Goldlack und Flieder, die Vögel sangen und Joe sagte: »Katie, ich will wieder in die Stadt zurück.«
Sie sah auf ihren Bruder nieder – denn Joe war nicht mehr viel gewachsen –, in sein mageres Gesicht, seine freundlichen Augen und schüttelte den Kopf, ehe sie sagte: »O nein, Joe!«
»Ich halte es hier einfach nicht aus, Katie; es geht mir auf die Nerven. Ich war heute sogar grob zu Mr. Worsley.«
Abermals sagte sie: »O nein, Joe . . .« Aber nun hatte sie die Hände vors Gesicht geschlagen.
Joe senkte den Kopf. »Ich kann nichts dafür, Katie. Ich muß immer an Jarrow und die Schiffswerft denken. Dort war ich glücklich. Ins Bergwerk würde ich nie mehr zurückgehen, aber ich bin sicher, einen Arbeitsplatz wie den in der Werft finden zu können. Diese paar Wochen in der Werkshalle waren die glücklichsten in meinem Leben . . . Hör zu, Katie, ich werde allein zurückgehen und eine Unterkunft für uns alle suchen. Ich werde zu Mr. Hetherington gehen. Er wird schon ein Quartier für uns finden, das weiß ich. Es hat ihm leid getan, als ich wegging; er hat mir gesagt, nicht jeder hätte eine solche Arbeitsauffassung wie ich. Die andern arbeiten nur, weil sie eben arbeiten müssen. Wenn es möglich ist, wird er mich bestimmt wieder einstellen.« Er sah nun zu Katie auf und fügte hinzu: »Es ist ja nicht so, daß du nichts zu leben hast, da würde ich sicher nicht gehen; aber ich ersticke hier.« Er wies mit dem Arm auf das freie Land und all das Grün ringsum. »All das macht mich verrückt, es ist so still.«
»Ach Joe.« Katie biß sich fest auf die Lippen, konnte aber ihren Tränen nicht Einhalt gebieten. »Ich dachte, hier könnten wir bleiben. Es wird nicht mehr dasselbe sein,

wenn du fortgehst. Mutter . . . nun, du weißt ja, wie sie beisammen ist, kaum daß sie hie und da ein Wort spricht. Und ich selbst habe keine Menschenseele, mit der ich reden könnte, außer wenn mal die beiden Damen vorbeikommen. Ach Joe, es wird gräßlich ohne dich sein. Und ich werde keine Arbeit annehmen können wegen Lizzie und dem Kind.«

»Es tut mir leid, Katie.« Er ergriff ihre Hand. »Ich will dich ja nicht verlassen, wirklich, aber hier verlier' ich glatt den Verstand, das schwör' ich dir.«

Als die beiden hinter sich eine Bewegung hörten, wandten sie sich um und sahen Catherine in der Haustür stehen. Sie blickte Joe direkt in die Augen und sagte zu ihm: »Hast du gesagt, daß du zurückgehen willst, Joe?«

Er machte eine winzige Kopfbewegung. »Tja, Mama.«

»Dann komme ich mit dir. Das hier ist nichts für mich.«

»Mama, das kannst du doch nicht! Wohin sollen wir denn zurück? In ›The Row‹ vielleicht??« Katies Stimme klang barsch. Sie hatte sich abgemüht, für alle den Haushalt geführt, inmitten von Ruhe und Frieden dies hübsche Häuschen gemietet; sie hatten anständig zu essen, schliefen gut und wenn sie frühmorgens erwachten, dann taten sie es in herrlich frischer Luft und nicht wie früher in diesem mörderischen Gestank. Und dennoch wollten Mutter und Joe fort von hier. Zurück. Plötzlich brachte sie kein Wort des Protestes mehr über die Lippen, sondern stürzte mit gesenktem Kopf an der Mutter vorbei in ihr kleines Zimmer, und dort warf sie sich aufs Bett und weinte.

Die beiden Damen schienen richtiggehend verzweifelt darüber zu sein, daß Katie abreisen wollte, wenn ihnen diese auch erklärte, daß nicht sie es sei, die fort wolle, sondern ihre Mutter und ihr Bruder. Also mußte sie mit ihnen gehen. Während sie es ihnen mitteilte, merkte Katie, wie alle Farbe aus Miß Roses Gesicht gewichen war. Dann sah sie, wie Miß Ann auf ihre Schwester zuging, den Arm um sie legte und sagte: »Reg dich nicht auf, Rose. Wir werden schon irgendeine Lösung finden.«

Das war am Vortag gewesen. Und nun saßen die beiden Schwestern in dem kleinen Häuschen Katie gegenüber und machten ihr ein Angebot, das sie völlig überrumpelte und aus der Fassung brachte.
Sie wollten Sarah adoptieren.
Katie starrte die beiden einen Moment lang sprachlos an. Dann bückte sie sich instinktiv über die Wiege, holte die Kleine heraus, als wolle sie sie vor einem Angriff beschützen, drückte sie an sich und sagte, indem sie heftig den Kopf schüttelte: »Nein, nein! O nein. Das könnte ich nie im Leben. Ich danke Ihnen vielmals, aber meine Antwort lautet *nein.*«
Miß Ann redete nun mit äußerst sanfter Stimme auf Katie ein: »Wissen Sie denn schon, wo Sie die Kleine hinbringen werden, Katie?«
»Nein, aber ich werde schon etwas finden; wenn nicht in Jarrow, dann in Shields. Da gibt es eine Menge netter Häuser.«
»Ich kann mir schon denken, welcher Schock es für Sie gewesen sein muß, aber ich glaube, wenn Sie es sich in Ruhe überlegen, werden Sie anders darüber denken. Sehen Sie, wir können Sarah eine Menge Vorteile bieten. Sie würde gut erzogen werden, es würde ihr an nichts fehlen, und außerdem würde sie wirklich und wahrhaftig geliebt werden. Es ist ja nicht so, als würden Sie sie jemandem überlassen, der sich nichts aus ihr macht. Miß Rose liebt das Kind von Herzen, wie Sie gesehen haben, Katie, und Sie selbst haben mehr als einmal gesagt, wie das Kind an ihr hängt. Wir . . . wir werden jetzt gehen und Ihnen Zeit lassen, es sich zu überlegen – und bitte, bitte, überlegen Sie es sich sorgfältig, Katie.«
Damit wandten sich die beiden Damen zur Tür. Aber Miß Rose kehrte nochmals um, berührte sanft Katies Arm und sagte leise und eindringlich zu ihr: »Ich weiß, was ich von Ihnen verlange, aber ich . . . ich liebe sie so. Ich habe . . . ich habe viele Babies gesehen, aber keines hat mich jemals so angesprochen. Und ich verspreche Ihnen, daß ich alles, alles tun werde, damit es ihr wirklich gutgeht.«

Katie sagte kein Wort mehr. Es war ihr, als hätte ein tödlicher Schauer von ihrem Herz Besitz ergriffen, und nachdem sich die Haustür hinter den Besucherinnen geschlossen hatte und Katie von Joe zur Mutter blickte, wurde ihr immer kälter. Es dauerte lange, bis endlich einer das Wort ergriff, und das war Joe, der sagte: »Du mußt dir überlegen, was für *sie* am besten ist, Katie. Eine solche Chance bekommst du nie wieder. Und ... und wenn wir wieder in die Stadt zurückkehren und du arbeiten gehen willst, dann wirst du sie ohnehin in Pflege geben müssen ...« Er brach ab und warf seiner Mutter einen Blick zu. Auch Katie sah ihre Mutter an. Sie wußte, was geschehen würde, wenn sie erst wieder in Jarrow waren. Abermals würde sie tagtäglich zum Hafen laufen. Dann würde sich jemand um Lizzie kümmern müssen. Und um das Kind. Sie würde auf diese Weise keine Möglichkeit haben, außer Haus irgendeine Arbeit anzunehmen, und wenn ihr Geld aus dem Unterhemd erst einmal aufgebraucht war, würden sie alle miteinander von Joe abhängen. Sie wußte, daß es Joe gegenüber nicht fair war, aber sie konnte nicht auf ihr Kind verzichten, sie konnte es einfach nicht. Hätte man sie während ihrer Schwangerschaft gefragt, ob sie es weggeben wolle, dann hätte sie ohne zu zögern ja gesagt, aber nicht jetzt ... »Sie wird gut erzogen werden, und es wird ihr an nichts fehlen, und außerdem würde sie wirklich und wahrhaftig geliebt werden.« Das hatte Miß Rose vorhin gesagt. Nun, mehr Liebe, als sie ihrem Kind geben konnte, würde ihm kein Mensch auf der Welt geben können. Aber sie hatte nicht die geringste Hoffnung, für gute Erziehung und Schulbildung sorgen zu können, und konnte keineswegs versprechen, daß es niemals Hunger und Kälte würde leiden müssen. Alles, was sie ihm versprechen konnte, war, daß es im Rauch und Schmutz von Jarrow oder Shields aufwachsen würde.

Joe sagte nun sehr ruhig: »Vielleicht heiratest du eines Tages wieder, Katie, und bekommst ein zweites, ein drittes Kind. Während Miß Rose diese Chance nicht mehr hat. Sie muß gut über dreißig sein.«

Zum erstenmal in ihrem Leben ging Katie auf ihren Bruder los und fuhr ihn an: »Halt den Mund! Halt doch den Mund! Was verstehst denn du davon. Außerdem werde ich nie mehr heiraten.« Mit diesen Worten ließ sie Joe, der nun den Kopf gesenkt hielt, und ihre Mutter, die sie unentwegt anstarrte, stehen und eilte in ihr Zimmer, wo sie sich auf die Bettkante setzte, ihr Kind fest an sich drückte und hin und her wiegte. Dann hielt sie jäh inne und blickte verzweifelt in Sarahs lachende Augen, die den ihren so ähnelten.

Sie konnte sie nicht hergeben, sie konnte es nicht. Abermals wiegte sie das Kind, als die Tür aufging und Catherine eintrat.

Katie sah ihre Mutter an und bemerkte, daß der übliche verwirrte Ausdruck fast völlig aus ihrem Gesicht gewichen war. »Es ist das Beste, was du tun kannst, Kind«, sagte Catherine. »Welche Möglichkeiten hat sie schon da drinnen? Denk daran, daß die meisten Kinder keine fünf Jahre alt werden. Sie bekommen das Fieber, Keuchhusten, Typhus oder Diphtherie, das überstehen nur die wenigsten. Ich weiß das besser als so manch andere. Kinder haben in der Stadt keine Chancen. Aber bei denen hier« – sie machte eine kleine Kopfbewegung –, »da hätte sie jede nur denkbare Chance. Sie würde all das bekommen, was ich immer geträumt habe, dir geben zu können.«

»Hättest du mich hergegeben, Mama?« sagte Katie mit von Bitterkeit erfüllter Stimme.

Catherine sah einen Augenblick zu Boden, ehe sie erwiderte: »Ja, ich hätte es getan. Es wäre mir nicht leichtgefallen, aber ich hätte es getan. Wenn man mir für dich eine derartige Chance geboten hätte, hätte ich's getan.«

Obwohl es aufrichtig klang, konnte Katie den Worten ihrer Mutter keinen Glauben schenken. Dennoch erkannte sie im selben Moment, daß die Entscheidung bereits gefallen war: Sarah gehörte ihr nicht mehr.

Plötzlich fing sie an zu weinen, laut und unbeherrscht, wie sie noch nie zuvor geweint hatte, nicht einmal als sie ihren Vater aufgehängt hatten.

In dieser Minute erkannte sie, daß ihre Mutter das Kind nie gemocht hatte. Sie hatte es niemals berührt, wenn es nicht unbedingt nötig gewesen war. Es war für sie ein Kind der Sünde, einer unbeabsichtigten Sünde, aber nichtsdestoweniger ein Kind der Sünde.

Die Sache war abgemacht. Sie hatte Sarah verloren.

ANDREE
1865

1

An einem Januarmorgen des Jahres 1865 ging Joe, nachdem er leise die Tür des Hauses Nr. 14 in der Crane Street hinter sich zugemacht hatte, die Temple Town von South Shields hinauf. Die Luft war schneidend kalt, und die Dunkelheit schien sich mit der Schärfe eines Messers in seinen Leib zu bohren. Er konnte die klirrende Kälte direkt auf seiner Haut spüren, als trüge er nicht über wollenem Unterzeug, Hose und Jacke ohnehin noch zwei Mäntel. Seine Füße waren im Nu steifgefroren, als hätte er Sandalen an und nicht grobgenagelte, dicke Stiefel. Aber die Vorstellung, daß er, noch ehe eine Stunde um war, heftig schwitzen würde, tröstete ihn.

Joe war mit seinen neunzehn Jahren bereits ein richtiger Mann, zwar nicht einmal mittelgroß, aber breit gebaut, und seine Stimme hatte einen angenehmen, tiefen Klang. Wenn es irgendwie möglich war, mied er die Kaiecke. Sie erinnerte ihn allzusehr an seine Mutter und an jene Zeit, da er ihr ständig hierher nachgehen und sie heimholen hatte müssen. Bereits in der ersten Woche, in der sie wieder in Jarrow waren, hatte sie damit angefangen, zur Kaiecke zu laufen und vor dem Galgen stehenzubleiben. Katie war zu zermürbt, um ständig hinter ihr drein zu sein, und so hatte es zu seinen Pflichten gehört, gleich nach der Arbeit zur Kaiecke zu laufen, wo er seine Mutter fast immer und bei jedem Wetter vorfand, wie sie einfach dastand und vor sich hinstarrte.

An einem besonders kalten Tag hatte sie sich dann eine Lungenentzündung geholt, die sie in knapp zwei Wochen dahinraffte. Manchmal quälte Joe in bezug auf seine Mut-

ter, an der er sehr gehangen hatte, eine Art Schuldgefühl, aber er konnte nicht anders als sich eingestehen, daß das Leben ohne sie bedeutend leichter war. Nun war nur noch Lizzie ein richtiges Problem, aber Katie kümmerte sich um sie. Auch in diesem Punkt hatte Joe manchmal Gewissensbisse, wenn er sich sagen mußte, wie lange Lizzie aller Wahrscheinlichkeit nach wohl noch am Leben bleiben werde. Sie war derart aufgeschwollen, daß sie kaum noch gehen konnte, und hatte damit begonnen, jederzeit laut loszuweinen. Er beneidete Katie wahrhaftig nicht darum, den ganzen Tag lang bei ihr ausharren zu müssen.
Joe und seine Arbeitskollegen nahmen einige Meter vor den Toren zur Werft in der dichtgedrängten Menge Aufstellung. Sie stampften mit den Beinen und hauchten sich immer wieder in die Hände, denn die zehn Minuten bis zu dem Zeitpunkt, da die Tore geöffnet wurden, schienen länger zu sein als der weite Weg zur Arbeit.
Joe arbeitete nun bereits drei Jahre unter Mr. Hetherington in der Werkshalle, und er wußte, daß er Glück gehabt hatte: ein besserer Vorarbeiter war einfach nirgends zu finden.
Auch erfüllte es Joe mit Stolz, daß Mr. Hetherington ihn richtiggehend schätzte und bereits mehrmals zu sich nach Hause eingeladen hatte. Erst am Vortag hatte er ihm anläßlich eines Sonntagsausflugs mit Frau und Tochter einen Besuch abgestattet.
Joe betrat nun die Werkshalle, die einem Außenseiter wie ein riesiger Platz vorkommen mußte, auf dem soeben erst ein Erdbeben stattgefunden hatte. Er war übersät mit Rohren, Walzen, Kränen, Balken, es war ein einziges Durcheinander. Joe ging an seinen Platz, zog den Überrock aus und stopfte Schal und Handschuhe in die Tasche. Sofort wurde er mit einem herzlichen »Hallo« begrüßt.
»Oh, guten Morgen, Mr. Hetherington«, sagte Joe mit einem freundlichen Grinsen, als er dem frühzeitig gealterten Mann gegenüberstand.
»Eine beißende Kälte heute, was?«
»Kann man wohl sagen, Mr. Hetherington.«

»Nun, dann hinein ins volle Menschenleben. Mit Plappern allein wird uns auch nicht warm werden.«
»Sehr richtig, Mr. Hetherington«, sagte Joe und griff nach seinem Hammer.
Mr. Hetherington kam jedoch einen Schritt näher und sagte in vertraulichem Ton zu ihm: »In der Essenspause möchte ich gerne ein Wort mit dir reden, mein Junge.«
Joe kniff die Augen zusammen und fragte etwas ängstlich: »Habe ich irgendwas falsch gemacht?«
»O nein, nein, mein Lieber.« Mr. Hetherington legte ihm die Hand auf die Schulter. »Ich möchte privat mit dir reden, rein privat.«
»Ach so, Mr. Hetherington, natürlich, gerne.«
Von da ab bis um acht Uhr, als die erste Pause eingelegt wurde, damit die Männer etwas trinken und ein paar Bissen essen konnten, dachte Joe unentwegt darüber nach, um welche Privatangelegenheit es sich denn handeln könne.
Als er mit dem Becher Tee in der einen und einem belegten Brot in der anderen Hand dasaß, kam Mr. Hetherington zu ihm, nahm neben ihm Platz, sah ihm fest in die Augen und sagte: »Ich will nicht erst lange wie die Katze um den heißen Brei herumgehen, mein Junge. Weißt du, es ist so. Nachdem wir gestern bei euch zu Besuch waren, haben meine Frau und ich uns über euch unterhalten. Eigentlich hat sie überhaupt nicht mehr aufgehört, darüber zu reden. Es handelt sich um deine Schwester.«
»Um Katie?«
»Gewissermaßen auch; aber eigentlich geht es um die andere und die näheren Umstände. Hast du je daran gedacht, sie aus dem Haus zu geben, Joe?«
Joe blickte auf seinen Teebecher nieder, überlegte einen Augenblick und sagte dann: »Ich habe sehr, sehr viel darüber nachgedacht, Mr. Hetherington. Aber . . . aber Katie will es nicht. Wissen Sie, sie hat es meiner Mutter versprochen. Die hat sich in ihrer letzten Stunde schrecklich wegen Lizzie aufgeregt und Katie dieses Versprechen abgenommen . . .«

»Aha«, sagte Mr. Hetherington verständnisvoll. »Diese Versprechungen am Totenbett machen mich ganz krank. Sie binden manchen Menschen auf Lebenszeit die Hände ... Paß einmal auf, Junge. Deine Schwester Katie treibt wahrhaftigen Gottes Schindluder mit ihrem Leben.«
»Das weiß ich, Mr. Hetherington.« Joe hielt den Kopf gesenkt. »Ich habe ihr mehr als einmal zugeredet, glauben Sie mir. Aber sie will einfach nichts davon hören.«
»Wie lange pflegt sie sie denn schon?«
»Oh, seit meine Mutter im vergangenen Jahr gestorben ist. Aber vorher auch schon. Wissen Sie, Katie hätte bereits dreimal eine Stelle haben können, in Westhoe – aber dann fing meine Mutter an umherzuwandern, und Lizzie weinte immerzu, und da fing die Frau, die unter uns wohnt, an sich zu beklagen. Die übrigen sind in dem Punkt dort zum Glück sehr anständig und sagen nie etwas. Deshalb sind uns ja die Hände so gebunden. Wenn Lizzie nicht wäre, hätten wir längst etwas in einem besseren Viertel auftreiben können, aber dort stoßen sich die Nachbarn eben an so etwas, wogegen die jetzigen Verständnis dafür haben.«
»Wie viele Familien leben denn in eurem Haus?«
»Drei außer uns.«
»Trink deinen Tee aus, Joe, es wird langsam Zeit«. Mr. Hetherington sah zu, wie Joe den Becher leerte, dann sagte er: »Es ist euch beiden gegenüber nicht fair. Nehmen wir einmal an, du willst eines Tages heiraten. Was wird dann aus den beiden?«
»Ach, Mr. Hetherington«, sagte Joe lächelnd. »Bis dahin wird noch eine Menge Zeit verstreichen; ich werde jedenfalls immer für sie sorgen.«
»Weißt du«, sagte Mr. Hetherington, »ich will mich gewiß nicht als Ekel aufspielen und so. Aber allein der gesunde Menschenverstand muß dir doch sagen, daß kein Mädchen, das seine fünf Sinne beisammen hat, dich nehmen wird, solange du die beiden unterstützen mußt.«
»Sollte ich mich einmal entscheiden müssen, dann weiß ich jetzt schon, wie diese Entscheidung ausfallen würde.«
»Nun, es wird alles von dir abhängen, mein Junge. Ich hof-

fe, du nimmst es mir nicht übel, daß ich mich da eingemischt habe. Aber meine Frau hat, wie gesagt, immerzu davon geredet ... Übrigens: Hat Katie denn nicht so was wie einen Verehrer?«
»Nein«, sagte Joe und schüttelte den Kopf. »Aus dieser Umgebung würde sie keinesfalls einen wollen, das sind doch nur Matrosen und Fremde und so.«
»Aber doch nicht alle; es gibt ein paar sehr anständige Fischersfamilien in eurer Gegend mit ausgesprochen braven Jungen. Und ich kann mir nicht vorstellen, daß die die Augen vor einem Mädchen verschließen, das wie deine Schwester aussieht.«
»Das tun sie auch nicht. Sie gehen ihr oft genug nach ...« Joe blickte krampfhaft auf seine Stiefel. »Sie macht sich nichts aus Männern, egal, wie sie auch sein mögen. Sie hat während ihrer Ehe genug davon abbekommen, ich hab's Ihnen ja erzählt.«
»Tjaja, Junge, das kann ich verstehen. Aber die Natur geht ihre eigenen Wege. Seither sind mehrere Jahre verstrichen, und es ist nicht normal, daß eine junge Frau wie sie ganz allein dasteht und keine Freunde hat.«
»Ganz allein ist sie ja nicht, Mr. Hetherington. Miß Theresa, die Tochter ihrer früheren Herrschaft, kommt ziemlich oft vorbei. Sie besitzt in Westhoe eine kleine Privatschule und borgt Katie Bücher; Katie ist eine begeisterte Leserin.«
»Das mag schon sein. Lesen ist bestimmt eine großartige Sache, wenn man's kann. Aber das kann sie schließlich nicht bis an ihr Lebensende zufriedenstellen.«
Sie schwiegen einige Zeit, bis Joe versuchte, ein anderes Thema zur Sprache zu bringen: »Was denken Sie über die letzte Versammlung, Mr. Hetherington?«
»Was ich darüber denke?« Mr. Hetherington biß von seinem belegten Brot ab. »Ich glaube, die Sache spitzt sich zu, Junge.«
»Glauben Sie, daß es zum Streik kommen wird?«
»Meiner Meinung nach stehen wir knapp davor, dabei will ihn keiner. Denk nur einmal, was sie mit den Metallarbei-

tern gemacht haben. Die haben sie glatt um zehn Prozent gekürzt, und alle haben es hingenommen wie die Schafe. Das heißt, alle bis auf die aus North Staffordshire. Die geben nicht nach, da stellen sie lieber die Arbeit ein.«
»Glauben Sie, daß unsere Metallarbeiter sie unterstützen und mitmachen werden, Mr. Hetherington?«
»Nein, mein Junge, das glaube ich nicht. Es gibt viel zuviele Gewerkschaften, zu viele Gewerkschaftsvorstände und Bosse und Vizedirektoren und weiß der Teufel was noch. Jeder arbeitet nur für sich allein oder bestenfalls für seine kleine Schar, statt daß sie sich alle zusammenschließen würden. Schließlich sind wir doch alle miteinander Stahlarbeiter. Aber Gott weiß, daß wir keinen Streik wollen. Ich habe schon mehr als genug davon mitgemacht zu meiner Zeit.« »Damit erhob sich Mr. Hetherington und sagte: »Also los, Junge. Jetzt wollen wir mal in die Hände spucken.«
Und Joe spuckte den ganzen Tag lang in die Hände, bis um halb sechs endlich die Sirene aufheulte.

2

Es war März, und der Streik hatte begonnen. Die Stahlherren waren fest entschlossen, das Gewerkschaftswesen zu brechen, und so wurden am 11. März 1865 siebzigtausend Arbeiter im ganzen Land ausgesperrt.
Während der ersten Streikwoche waren die Dinge für Katie und Joe noch normal verlaufen. Katie hatte Joes letzten Lohn zum Wirtschaften und streckte ihn bis in die Mitte der zweiten Woche, zumindest was die Lebensmittel betraf. Aber die Miete war noch nicht bezahlt.
Nun saß sie hinter dem kleinen Refektoriumstisch, der einst das Häuschen da draußen auf dem Lande geschmückt hatte, und blickte Joe an. Dann trommelte sie auf die polierte Holzplatte, sah darauf nieder und sagte: »Es bleibt nichts anderes übrig, Joe, ich muß ihn ausgeben.«
Der Wind hatte eingesetzt, und höchstwahrscheinlich

würde es bald zu regnen anfangen. Joe war froh, noch trokken heimgekommen zu sein. Man verspürte immer mehr Hunger, wenn man durchnäßt war. Eben war er mit der Mahlzeit, die Katie für ihn zubereitet hatte, fertig geworden; es hatte ihm gut geschmeckt, denn Katie war eine ausgezeichnete Köchin; aber es war nicht genug gewesen. Nun war bei ihnen tatsächlich Matthäi am letzten, und eben hatte sie gesagt, daß sie ihren letzten Sovereign angreifen müsse. Sie hatte schon manch harte Zeit erlebt, aber den Sovereign hatten sie nie angerührt; sie hatten immer gemeint, solange sie den aufsparen würden, wäre schon alles in Ordnung.

Joe sagte nun: »Wahrscheinlich wird der Streik nächste Woche zu Ende sein, dann können wir's wieder zusammensparen.«

»Und was ist, wenn das nicht der Fall ist, Joe?«

»So darf man nicht denken.«

»Hör mal, ich könnte als Bedienung arbeiten, wenn du einmal daheimbleiben und nach ihr sehen würdest.«

Joe sprang auf. »Ach, Katie, fangen wir nicht wieder damit an«, sagte er. »Ich kann es nicht, Kind, das hab' ich dir bereits gesagt. Ich würde verrückt werden, wenn ich hier den lieben langen Tag eingesperrt sein müßte. Ich weiß gar nicht, wie du das aushältst, wirklich. Weißt du, daß Mr. Hetherington erst vor kurzem gesagt hat, am Tag nachdem sie uns den Besuch abgestattet haben, du weißt schon ... Nun ja, er hat auch gemeint, wir sollten sie außer Haus geben.«

Katie stützte sich mit den Ellbogen auf die Tischplatte, bevor sie müde sagte: »Sie kommt nicht ins Armenhaus, Joe.«

Er trat einen Schritt auf sie zu. »Sie wird es gar nicht begreifen, glaub mir; sie weiß nicht, wo sie sich befindet.«

Katie sagte leise, aber bestimmt: »Mach es dir ein für allemal klar, Joe, daß sie es sehr wohl weiß. Sie ist nicht bloß ein Puddingklumpen. Sie sieht vielleicht so aus und führt sich möglicherweise auch so auf, aber sie ist es nicht. Ich weiß es aus der Art, wie sie dreinsieht, wenn ich in ihre

Nähe komme, daß sie es nicht ist. Wenn man sie eine Weile alleingelassen hat und dann zurückkommt, dann ändert sich ihre Miene, das kann ich beschwören.«
»Das bildest du dir doch nur ein.«
»O nein, tue ich nicht.« Sie hatte beinahe aufgeschrien, schlug sich aber sogleich mit der Hand auf den Mund, ehe sie mit gesenktem Kopf schloß: »Ich gebe sie nicht weg, Joe.«
»Aber wie soll das enden?« begehrte Joe auf. »Vielleicht mußt du dein ganzes Leben für sie aufopfern. Das kann doch nicht einfach so weitergehen. Es ist nicht fair.«
»Nein, nein, das weiß ich; es ist dir gegenüber nicht fair.« Sie sahen einander an, und er sagte schnell: »Ich habe nicht von mir gesprochen. Ich muß ja nicht den ganzen Tag bei ihr sein.«
»Dann zerbrich dir meinetwegen nicht den Kopf, Joe, ich bin schon in Ordnung. Solange du in Ordnung bist, bin ich es auch.« Es entstand eine winzige Pause, und dann lächelte sie ihn an. Es ist wie eine Kopie ihres Lächelns aus früheren Tagen, als sie noch ein junges Mädchen war, dachte er. Mr. Hetherington hat recht: Sie ist wirklich ein hübsches Ding ... eigentlich eine schöne Frau.
»Wo bist du denn heute gewesen? Hat sich irgend etwas machen lassen?« sagte sie nun, als wolle sie das Thema wechseln.
»Nein, nicht die Spur. Du würdest es nicht glauben«, sagte Joe und trat ans Feuer, »aber die behandeln einen wie einen tollwütigen Hund. Ich meine, hier in den Docks ...« Er ging zum Fenster und fuhr fort: »Charlie Roche hat davon gesprochen, nach Seaham Harbour zu gehen. Er hat dort einen Vetter, der einen Zimmermannsladen hat; die ganze Familie macht mit. Sie machen Stühle und so. Er meint, die könnten immer jemanden brauchen und würden höchstwahrscheinlich ein Auge zudrücken, wenn es bloß für kurze Zeit wäre. Er möchte, daß ich mitkomme. Er will den weiten Weg nicht allein machen, sagt er, da braucht man Gesellschaft. Eins steht seiner Meinung nach fest: Daß wir mit soviel Lebensmitteln heimkämen, wie wir

nur tragen können. Sie haben Schweine und Hühner, die Speisekammer ist jedenfalls stets voll.« Er lächelte Katie an. »Mir läuft das Wasser im Mund zusammen, wenn ich nur dran denke.«
»Wie lange würdest du brauchen?« fragte sie.
»Nun ja, wenn wir tüchtig marschieren, muß man einen Tag hin und einen zurück rechnen, dann kommen noch ein paar Tage Arbeit dazu, da bekämen wir auch ein paar Shilling zusammen. Genug, um die Miete für eine Woche zu bezahlen, denk' ich. Und die Lebensmittel würden uns auch ein bißchen weiterhelfen, meinst du nicht?«
»Doch«, sagte sie und nickte eifrig.
»Würdest du dich fürchten, allein hier zu bleiben?«
Katie schloß die Augen und lächelte spöttisch. »Sei nicht albern«, meinte sie.
»Findest du, daß ich mitmachen sollte?«
»Ja, natürlich. Vielleicht kommt dir unterwegs etwas unter...« Und insgeheim dachte sie: Und es bringt dich auf einige Zeit fort von hier, fort von Lizzie.
Sie hatte Joes Abneigung, was Lizzie anlangte, nie ganz verstanden. Sie selbst brauchte das unglückliche Wesen nur anzublicken, schon wurde ihr Herz vor Mitleid erfüllt. Dennoch gab es Tage, wo sie gewünscht hätte, daß sie tot wäre. Doch war es ihr nicht ernst damit, denn wenn Lizzie einmal nicht mehr da war, würde es niemanden geben, den sie bemuttern konnte. Lizzie hatte die Stelle ihres eigenen Kindchens angenommen, um das sie noch immer Nacht für Nacht weinte.
Sie sagte nun zu Joe: »Geh zu deinem Freund und sag ihm, daß du mitkommst. Noch etwas...« Sie ging zum Kaminsims, nahm die letzte von Mark Buntings Münzen aus einer kleinen Schachtel, reichte sie Joe und sagte: »Laß ihn wechseln und nimm dir fünf Shilling mit.«
»Nein, nein, so etwas mach ich nicht«, sagte er und schob ihre Hand beiseite.
»Also hör einmal«, sagte sie nun wieder in barschem Ton. »Du machst dich nicht auf eine solche Wanderschaft ohne einen Groschen Geld im Sack. Man kann nie wissen, was

passiert, Vielleicht gibt es dort gar nichts für euch zu tun, und ihr müßt gleich wieder umkehren. Und du wirst etwas zu essen brauchen. Du kannst es ja zurückbringen, wenn du's nicht brauchen solltest, nicht?«
»Also schön«, sagte er und nickte unwillig, als würde sie ihn zwingen, etwas Unanständiges zu tun. »Du kannst sicher sein, daß du das Geld zurückbekommst. Ich hab' ja nicht vor, einen Ausflug zu machen.«
Sie sagte lächelnd: »Mach ruhig einen Ausflug daraus, das läuft auf dasselbe hinaus. Und zerbrich dir unsertwegen nicht den Kopf. Hier wird alles wie am Schnürchen laufen. Dafür sorg ich schon.«
Also machte sich Joe auf den Weg zu seinem Kameraden. Katie ging inzwischen ins Schlafzimmer, wo Lizzie aufrecht in ihrem niedrigen Bett saß. Sie schob das Bettzeug beiseite, nahm Lizzie bei den Händen und zog sie hoch. Katie war jetzt einen Meter fünfundsechzig groß und hatte eine hübsche, zierliche Figur, nicht so breite Hüften, wie die meisten Frauen aus dem Volk. Im Vergleich mit Lizzies Ausmaßen wirkte Katie wie ein schmächtiges Schulmädchen, denn die Drüsenkrankheit hatte Lizzie in eine richtige Kugel verwandelt. Katie führte die schwerfällig watschelnde Gestalt in die Küche, setzte sie mit dem Rücken zur Wand auf die Ofenbank – ein einzelner Stuhl wäre nicht breit genug für sie gewesen –, tätschelte ihr die dikken Wangen und sagte: »Alles in Ordnung?« Und Lizzie sah sie an und verkrümmte das Gesicht zu einem Lächeln. Katie hielt Lizzie stets im Bett, wenn Joe da war, aber nun schätzte sie, daß er eine gute Stunde ausbleiben würde, wenn er mit Charlie Roche ihre bevorstehende Reise besprechen wollte. Und da sie fühlte, daß das einzige Vergnügen für ihre Schwester darin bestand, bei ihr zu sein, brachte sie Lizzie, wann immer es möglich war, in die Küche.
Sie trat nun an die Kommode heran und ließ ihre Blicke über die Bücher gleiten, die obenauf lagen. Sie hatte sie allesamt viele Male gelesen, ausgenommen »Die Steine von Venedig«, die hatte sie erst einmal gelesen. Maler und Ge-

bäude interessierten sie nicht allzu sehr. Aber Miß Theresa hatte ja schließlich gesagt, daß man solch ein Buch immer wieder lesen müsse, bevor man es richtig verstehen könne.
Sie griff nach einem anderen Buch. Es war »Jahrmarkt der Eitelkeit«. Sie mochte Thackerays Bücher, die hatten wenigstens einen richtigen roten Faden.
Sie zog sich einen Stuhl ans Feuer und begann zu lesen. Aber bald ließ sie das Buch, wie sie es in letzter Zeit immer getan hatte, wieder sinken und blickte sich um, als erwarte sie etwas Neues, Überraschendes in ihrem freiwillig gewählten »Gefängnis« zu sehen. Sie wußte, daß sie sich glücklich preisen konnte, eine anständig eingerichtete Wohnung zu haben. »Sie« – sie dachte immer in dieser Form an die beiden Chapmans – hatten darauf bestanden, daß sie die Möbel, die in dem Häuschen gestanden hatten, mitnahm, als sie abreiste. »Sie« hatten ihr auch etwas dafür zahlen wollen, daß sie ihre Unterschrift auf die Adoptionsurkunde gesetzt hatte. Katie wußte, daß »Sie« verblüfft gewesen waren, daß sie sich geweigert hatte, Geld anzunehmen. Aber daß sie die Möbel angenommen hatte, darüber war sie jetzt froh. Derlei hätte sie hier niemals kaufen können, selbst wenn sie das nötige Geld dazu gehabt hätte. Es waren wirkliche Meisterstücke der Handwerkskunst, und Katie polierte sie täglich frisch auf. Miß Theresa hatte diesbezüglich bereits mehrmals anerkennende Bemerkungen gemacht.
Miß Theresa ... Katies Blicke schweiften zu den blauen Samtvorhängen, die das Fenster einrahmten. Miß Theresa war wirklich freundlich. Immer brachte sie ihr eine Kleinigkeit mit, aber es wäre ihr lieber gewesen, wenn sie es nicht tun würde; das wünschte sich Katie immer mehr. Sie konnte eben nicht vergessen, daß Theresa eine Rosier war, wenn sie ihr auch ganz offen gesagt hatte, daß sie ihren Bruder hasse. Aber da war noch etwas anderes; ihre ganze Art ging ihr gegen den Strich. Sie hätte nicht sagen können, weshalb, außer daß sie Miß Theresa für herrschsüchtig hielt. Immerzu sagte sie ihr, was und wie sie etwas tun

oder lassen sollte. Gleichzeitig tat sie jedoch so, als bestände kein Unterschied zwischen ihnen. Das war irgendwie sonderbar, ja beunruhigend.

Joe verließ am nächsten Morgen gegen acht das Haus, nachdem er Katie etwas schuldbewußt auf die Wange geküßt hatte; denn er freute sich auf diese Abwechslung, als handle es sich tatsächlich um eine Reise, eine Vergnügungsreise sozusagen.
Als seine genagelten Stiefel durch das Treppenhaus hallten, blieb Katie einen Moment in der Küche stehen und sah sich um. Joe würde ihr fehlen. Aber es half nichts; wenn sie rechtzeitig auf den Markt kommen wollte, mußte sie sich auf die Socken machen.
Nachdem sie ordentlich aufgeräumt hatte, zog sie sich zum Ausgehen an. Sie nahm die grobe Schürze ab, zog den Rock, den sie daheim zum Arbeiten trug, aus und einen grauen Sergerock an. Er war von guter Qualität und reichte bis zum Boden. Der gut dazu passende dreiviertellange Mantel stammte von Miß Theresa; er war reichlich mit Borten besetzt und pflaumenblau, was Katies Teint besonders gut zur Geltung brachte. Das Häubchen hatte ihr ihre letzte Dienstherrin geschenkt. Natürlich war es bereits aus der Mode, aber die Pelzverbrämung stand ihr gut. Als Katie fertig angezogen war, nahm sie ihren Bastkorb aus dem Schrank und die Geldbörse aus der obersten Kommodenschublade. Nachdem sie einen Blick in die Börse geworfen hatte, entschloß sie sich, nichts von dem Geld im Haus zu lassen. Man konnte nie wissen. In dieser Gegend wurde sehr viel eingebrochen. Meggie Proctor, die unter ihr wohnte, hatte ihr erst vergangene Woche erzählt, daß es drei Türen weiter einen Einbruch gegeben hatte; die Leute waren einfach übers Dach geklettert und durchs Bodenfester ins Hausinnere gedrungen.
Sie ging zu Lizzie, die aufrecht in ihrem Bett saß, hockte sich nieder und sagte langsam: »Ich gehe auf den Markt einkaufen, Lizzie. Wirst du schön brav sein?«
Lizzie streckte ihr die Hand entgegen und stieß ein merk-

würdiges Geräusch aus, das nur Katie als »Ja« auszulegen verstand.
Obwohl es kaum mehr nötig war, band sie Lizzie doch jedesmal ans Bett fest, bloß für den Fall, daß sich der alte Wandertrieb wieder in ihrer armen Schwester regen könnte. Wenn sie nämlich erst einmal bis zum Treppengeländer kam, dann hätte sie hinunterstürzen können.
Als Katie das zweite Stockwerk erreicht hatte, sah sie, wie die beiden Wohnungsinhaberinnen Miß Proctor und Mrs. Wilson sich miteinander unterhielten. Einen Mr. Wilson hatte Katie noch nie zu sehen bekommen. Beide Frauen waren Anfang dreißig, schmuddelig und nur höchst selten richtig frisiert, aber warmherzig und stets freundlich zu Katie. »Gehen Sie einkaufen?« fragte Meggie Proctor.
»Ja, Miß Proctor. Ich gehe auf den Markt.«
»Ach, Kind, sagen Sie doch nicht immer Miß Proctor zu mir«, meinte Meggie lachend. »Sie sind die einzige, die das tut. Da fühl' ich mich ganz komisch.«
Auch Jinny Wilson lachte und sagte: »Mein Gott, sie ist eben anständig erzogen und weiß, was sich gehört. Das kommt davon, wenn man einmal bei feinen Leuten im Dienst war. Meine Mutter war genauso.«
»Sieht sie nicht großartig aus? Eine Wucht, was?« Meggie trat einen Schritt zurück und betrachtete Katie eingehend. »Ich wollte, ich könnte es mir leisten, in einer solchen Aufmachung einkaufen zu gehen. Sie haben wirklich Glück, eine Dame wie Mrs. Noble zur Freundin zu haben.«
»Das stimmt«, sagte Katie und zwängte sich an den beiden Frauen vorbei. In einem solchen Haus konnte man nichts verborgen halten. Jeder wußte alles über jeden. Zum Beispiel wußten hier alle, daß sie mit einem Aufseher verheiratet gewesen war und daß ihr Vater ihn umgebracht hatte und dafür aufgehängt worden war; ebenso, daß ihre Mutter darüber den Verstand verloren hatte und ihre Schwester geistesschwach war.
Dieses Wissen und Katies stets reservierte Art machten es wohl, daß sie irgendwie zur Einzelgängerin abgestempelt wurde. Dazu kam noch ihr Aussehen: Immer war sie

adrett gekleidet und hübsch frisiert. Und dann diese großen, dunklen, traurig blickenden Augen. Meggie hatte einmal zu ihr gesagt: »Wenn ich solche Augen hätte, würde ich garantiert nicht traurig dreinsehen, sondern es mir gutgehen lassen.«

Der Markt wurde von der Säulenhalle des Rathauses beherrscht und war bis auf die grasbewachsenen Stellen ein großer, freistehender Platz.

Katie wußte genau, was sie kaufen wollte. Um sich das viele Tragen möglichst abzukürzen, besorgte sie die leichtesten Sachen stets zuerst. Der Tee war von der billigsten Sorte, und die zwei Unzen kosteten nur Sixpence, aber der Budenbesitzer pries ihn mit einer derartigen Lautstärke an, daß man hätte meinen können, es handle sich um eine extrafeine Qualität. Katie öffnete ihre Börse, gab dem Mann einen Shilling und verstaute das Päckchen im Einkaufskorb, nachdem sie das Wechselgeld in die Börse und diese in den Korb getan hatte. Danach ging sie zum Fleischstand, besah sich das Angebot eingehend, wonach ihre Blicke auf Resten hängenblieben, von denen sie ein Pfund verlangte.

»Das Ganze kostet dreieinhalb Penny, Kind«, sagte der Mann.

»Gut«, sagte Katie und nickte. Dann griff sie nach der Börse. Aber sie fand sie nicht. Sie wühlte den ganzen Korb durch und stieß einen derart gellenden Schrei aus, daß der Budenbesitzer erschreckt zusammenfuhr und die Umstehenden sie mit offenen Mündern anstarrten.

»Meine Börse! Meine Börse! Sie ist weg. O mein Gott, sie ist weg!« rief Katie und sah sich wild um. »Da war alles drinnen, was ich besitze, alles.«

»Sie hätten sie in der Hand behalten sollen«, sagte der Budenbesitzer. »Wie kann man eine Börse nur so einfach im Korb liegen lassen.«

»Es ist alles, was ich habe«, wiederholte Katie fassungslos, und ihre großen Augen wurden immer größer, während ihre Stimme immer leiser wurde.

Einer der Umstehenden sagte: »Wieviel war denn drin, Kind?«
»Fünfzehn Shilling. Nein, vierzehneinhalb. Ich habe eben erst Tee gekauft.«
Sie hob das kleine Päckchen hoch.
»Sehen wir einmal nach, ob Sie's wo fallen lassen haben. Gehen wir einfach zum Teestand zurück«, sagte jemand.
Als wäre sie betrunken, ging Katie, begleitet von einem Mann und zwei Frauen, gehorsam zum Teestand zurück, und auf dem Weg ließ sie nichts außer acht, was nur im entferntesten an eine Geldbörse hätte erinnern können. Aber ihre schwarze Börse war nirgends mehr zu sehen. Als sie wieder beim Fleischstand angelangt war, warf Katie nur einen sehnsüchtigen Blick auf die bereits eingepackten Reste. Dann sah sie den Mann hilflos an. Er sagte: »Sie hätten sich die Mühe sparen können, so was passiert hier jeden Tag. Solche Kerle gehören deportiert, mit dem Einsperren allein ist nichts getan, sag ich immer. Da!«
Er schob ihr das Paket hin, und sie nahm es und murmelte: »Danke – vielen Dank.«
Die Umstehenden kümmerten sich wieder um ihre Geschäfte. Für sie war der Vorfall erledigt.
Katie ging wie in Trance weiter. Sie hätte den Rat eines der Umstehenden befolgen und zur Polizei gehen können; drüben beim Rathaus stand sogar ein Ordnungshüter. Aber sie fürchtete sich vor Polizisten, sie bedeuteten ja doch nur Unannehmlichkeiten.
Langsam ging sie nach Hause.
Meggie öffnete ihre Wohnungstür, als Katie vorbeikam, und sagte: »Ich habe Ihre Leintücher hereingeholt, Katie; es hat zu nieseln angefangen.« Dann sah sie ihr ins Gesicht und meinte: »Ist Ihnen nicht gut?«
Katie schüttelte den Kopf. »Man hat mir auf dem Markt meine Börse gestohlen.«
»Allmächtiger! War viel drin?«
»Alles, was ich hatte, und die Miete.«
»Um Gottes willen! Diese Kerle sollte man umbringen. Warum gehen sie nicht nach Westhoe hinüber? Was er-

warten sie sich schon in dieser Gegend! Es ist genau wie gestern abend. Einer von meinen ...« Sie blinzelte, ehe sie fortfuhr: »... ein Freund von mir wurde in der Nähe vom ›Anker‹ ausgeraubt, sie haben ihn richtiggehend ausgezogen und ihm jeden einzelnen Penny geklaut. Und dann haben sie ihn auch noch zusammengeschlagen. Oh, wenn ich so einen Kerl nur zwischen die Finger bekäme, dann ... Ach, tut mir leid, Kind, das hilft Ihnen jetzt auch nicht weiter. Sie sitzen wohl ganz auf dem trockenen?«

Katie senkte langsam den Kopf, dann sagte sie: »Ich werde mich um Arbeit umsehen müssen. Sie werden es mir nicht übelnehmen, wenn sie ein bißchen weint und schreit?«

Sie deutete mit einer Kopfbewegung nach oben, und Meggie sagte: »Ich bestimmt nicht. Meinetwegen kann sie ruhig das ganze Haus zusammenschreien. Und bei Jinny ist es ganz daselbe. Aber Ma Robson da droben wird sich garantiert den Mund zerreißen. Aber keine Sorge, Kind.« Sie versetzte Katie einen freundschaftlichen Stoß. »Wenn sie ihn zu weit aufreißt, bring ich sie in Ihrem Namen schon zum Schweigen.« Katie sagte nichts mehr, sondern ging blind vor Tränen nach oben.

Lizzie sah ihr erwartungsvoll entgegen, als sie die Tür öffnete, aber diesmal nahm Katie keine Notiz von ihr. Sie ließ den Bastkorb auf den Fußboden fallen, nahm ihr Häubchen ab, setzte sich an den Küchentisch, ließ den Kopf auf die Arme sinken und weinte still vor sich hin.

Drei Tage danach war Katie am Ende ihrer Kraft und befand sich in einem panikartigen Zustand. Meggie Proctor und Jinny Wilson hatten ihr eine halbe Krone für die Miete geliehen, und Meggie hatte ihr am Vortag sogar nochmals einen Shilling in die Hand gedrückt, für den sie Mehl, Backpulver und einen Kübel Kohle erstanden hatte, um Brot zu backen. Aber nun war das Feuer erloschen und das letzte Stückchen Brot verzehrt, von Lizzie natürlich; denn Lizzies Appetit war sagenhaft, und wenn sie hungrig war, weinte und schrie sie drauflos. Jetzt auch. Alles, was sie selbst in den letzten drei Tagen gegessen hatte, waren ein paar Speckreste, ein Stück Brot und dünner Tee. Katie sah

Lizzie an, über deren aufgedunsene Wangen dicke Tränen liefen. Joe hatte recht. Sie hätte sie der Pflege des Armenhauses überlassen sollen. Dort hätte sie zumindest zu essen und warm gehabt. Aber wenn sie jetzt hingehen und um Aufnahme bitten würde, würden sie kommen und ihr die Möbel wegnehmen, und dann würden sie nie mehr ein Heim haben, weder Joe noch sie beide.
Wenn nur Joe zurückkäme! Aber das war nicht sehr wahrscheinlich. Heute war erst der vierte Tag, und mit einer Woche würde sie schon rechnen müssen. Wenn nur Mrs. Robson sich Lizzies wegen nicht beklagt und gedroht hätte, die Polizei zu holen, dann hätte sie Arbeit annehmen können. Lizzie hätte sich einfach damit abfinden müssen, untertags alleingelassen zu werden; es gab weitaus schlimmere Dinge, von denen sie keine Ahnung hatte. Katie fragte sich, ob Lizzie von dem, was jetzt um sie vorging, überhaupt eine Ahnung hatte, ausgenommen, daß sie hungrig war. Joe hatte höchstwahrscheinlich mit allem, was er gesagt hatte, recht.
Sie hätte heute Arbeit bekommen können, aber nicht stundenweise. Zwei Stellen waren in Auskochereien frei, wo sie von sechs Uhr früh bis sechs Uhr abends zu tun gehabt, sechs Shilling die Woche und das Essen erhalten hätte. Beides gute Posten – wenn sie sie nur hätte annehmen können! Aber sie hatte viel zuviel Angst davor, heimzukommen und feststellen zu müssen, daß Mrs. Robson ihre Drohung wahrgemacht und die Polizei geholt haben würde. Die hätte sich mit dem Hausbesitzer ins Einvernehmen gesetzt, und schon wären sie und Lizzie auf der Straße gesessen, inklusive all ihrer Möbel. Sie hatte schon so viele Menschen hilflos inmitten ihrer Möbel auf der Straße sitzen sehen, daß die bloße Vorstellung ihr blankes Entsetzen einjagte.
Es klopfte, und als Katie öffnete, stand Meggie Proctor vor ihr. Sie war zum Ausgehen gekleidet und sah ganz anders aus als am Morgen. Sie trug einen hautengen Rock, eine glänzende Bluse und einen aus einem blauen Wollschal geschlungenen Turban und sagte: »Ich weiß nicht, ob es Ihre

Kragenweite ist, Katie, aber im ›Anker‹ brauchen sie eine Aushilfe. Ich habe gerade mit einem . . . einem Freund von mir gesprochen, und der hat mir erzählt, daß eine Getränkekellnerin ausgefallen sei, weil sie momentan das Fieber bekommen hat. Und nun braucht Jimmy Wild dringend Ersatz. Sie sollen abends hinüberkommen, da gibt es die meiste Arbeit. Das heißt natürlich . . . wenn Sie wollen.«
»Darauf kommt es jetzt nicht an, Meggie«, sagte Katie mit einem Seufzer. »Ich würde alles annehmen, denn ich bin mit meiner Weisheit am Ende.«
»Ich wollte, ich könnte Ihnen wirklich unter die Arme greifen, Kind.«
»Sie haben getan, was Sie nur können, und ich bin Ihnen sehr, sehr dankbar. Ohne Sie und Mrs. Wilson hätte ich wirklich nicht gewußt, was ich anfangen soll.«
Nun sah Meggie Katie fest ins Gesicht und sagte dann leise: »Es überrascht mich ehrlich, daß Sie keinen Freund haben.«
»Einen Freund?« sagte Katie und kniff die Augen zusammen.
»Genau das!« Meggie stieß ihr den Zeigefinger an die Brust. »Bei Ihrem Aussehen müßte das doch wie geschmiert gehen. Kind, wenn ich Ihr Gesicht hätte, hätte ich bestimmt niemals einen leeren Magen.«
Katie war, als müßte ihr im nächsten Moment übel werden, aber sie tat nicht beleidigt, sondern sagte einfach: »Das könnte ich nicht, Meggie.«
»Nun, das müssen Sie selbst am besten wissen, meine Liebe. Aber Hunger ist eine harte Nuß. Na, egal, gehen Sie jetzt erst mal zum ›Anker‹; der Wirt greift garantiert zu, wenn er Sie sieht, das verdoppelt nur seinen Umsatz. Ich muß jetzt gehen. Ta-ta.«
»Ta-ta, Meggie. Und danke.«
Katie lehnte sich mit dem Rücken an die geschlossene Tür. Der ›Anker‹ war bloß einige Straßen entfernt und ein berüchtigtes Lokal. Seine Haupteinnahmequelle hatte ihm längst die Bezeichnung »Hurenmarkt« eingetragen. Wenn nur Joe hier wäre! Aber er war nun einmal nicht hier,

und es gab nichts mehr zu essen im Haus und nichts zu heizen, und sie besaß nur mehr eine halbe Kerze.
Katie bürstete sich das Haar aus der Stirn, zog rasch ihre Ausgehsachen an, band Lizzie am Bett fest und verließ das Haus.
Sie haßte es, nach Einbruch der Dunkelheit auf der Straße zu sein. Wenn die Hauptstraßen auch durch Gaslaternen erleuchtet waren, gab es genügend dunkle Gassen und Ekken, in denen sich weiß Gott was abspielte.
Lange noch bevor sie beim »Anker« angelangt war, drang bereits das Gezeter und Geschrei an Katies Ohr. Schließlich blieb sie vor der Doppeltür stehen, holte tief Atem, stieß sie dann auf und trat ein. Schon hinderte sie eine gröhlende Menschenmenge – hauptsächlich Matrosen – am Weitergehen. Sie sah neugierige Blicke, sabbernde Münder, Arme, die sich nach ihr ausstreckten ... Da drehte sich Katie blitzartig um und verließ das Lokal. Sie eilte hinter das Haus, wo sie keuchend stehenblieb. Sie konnte dort nicht hineingehen. Sie konnte es nicht ... Aber vielleicht konnte sie in der Küche oder hinter dem Schanktisch irgendeine Arbeit verrichten, sie konnte ja fragen; sie mußte einfach fragen.
Sie tastete sich an der Mauer entlang weiter und suchte den Seiteneingang. Lärm und Männerlachen drangen an ihr Ohr, es mußte aus dem Extrazimmer oder der Bar kommen. Sie wollte gerade darauf zugehen, als plötzlich eine Tür aufging und eine riesige Gestalt in den Hof trat. Im nächsten Moment wurde sie gepackt, herumgewirbelt und blickte in dem Licht, das aus dem Saal drang, in ein bärtiges Gesicht. Die Blicke, die sie streiften, glichen denen der Männer vorhin. Sie sah, wie sich die blutroten Lippen ihres Gegenübers teilten, und hörte eine tiefe Stimme, an deren Tonfall sie sofort den Ausländer erkannte. »Aaaahhh!«
Katie stammelte: »Ich möchte bitte ... bitte den Wirt sprechen. Ich will mich nach der Stellung erkundigen ... bitte.« Sie versuchte, sich von dem Mann loszureißen, aber er packte nur noch fester zu, beugte sich zu ihr hinun-

ter und sagte nun in korrektem Englisch: »Eine Stellung suchst du? Mein Kind, ich kann dir sogar zu einer piekfeinen Stellung verhelfen, tja wohl.« Er warf den Kopf in den Nacken und lachte dröhnend.
»Lassen Sie mich los, Sie – lassen Sie mich gehen.«
Er starrte ihr ins Gesicht und sagte: »Hör auf zu zittern. Fürchtest du dich denn? Weshalb kommst du dann daher, wenn du dich fürchtest?«
»Bitte, ich möchte . . . gehen. Ich möchte heim.«
»Du möchtest heim?« Abermals lachte er schallend über sie. »Gut, mein Kind, dann gehen wir eben heim. Tjaja, wird mir ein Vergnügen sein, mit dir heimzugehen.«
»Nein, nein!«
»Doch, doch.«
Im selben Augenblick wurde die Tür aufgerissen, und noch ein Mann tauchte im Hof auf. Auch er war ein Seemann und sagte etwas fremdländisch Klingendes zu dem Bärtigen. Dann drängte sie der Hüne zur Hauptstraße und sagte: »Welche Richtung?« Er hatte den Arm um sie gelegt und zwang sie, weiterzugehen. Aber als sie in den hellen Lichtkegel des Pastetengeschäftes gerieten, blieb er stehen, sah sie abermals an und sagte: »Weshalb zitterst du so? Wie kann man denn zum ›Anker‹ gehen, wenn man ein solcher Angsthase ist?«
»Ich . . . ich wollte mich dort nach Arbeit umsehen. Es hat geheißen, sie suchen jemanden für die Schänke.«
Abermals warf er den Kopf in den Nacken und lachte lauthals. Aber die Vorbeigehenden nahmen keine Notiz davon. Ein betrunkener Schwede und eine Frauensperson waren hier nichts Außergewöhnliches. »Du und ein Schankmädchen im ›Anker‹, das ist gut, das ist wirklich zum Totlachen!« Er nahm ihr Gesicht in beide Hände und kniff sie in die Wange. »Die würden dich doch bei lebendigem Leib da drinnen auffressen! Willst du etwa bei lebendigem Leib aufgefressen werden? Nein, bestimmt nicht«, beantwortete er sich seine Frage selbst. »Gibt es denn keine andere Beschäftigung für dich?«
»Meine . . . meine Schwester ist krank«, stammelte Katie.

»Ich muß mich um sie kümmern; untertags kann ich nicht fort.«
»Kann sich denn niemand anderer um sie kümmern, deine Eltern?«
Sie schüttelte den Kopf.
»Bist du verheiratet?«
Abermals schüttelte sie den Kopf.
»Lebt ihr ganz allein?«
»Mit . . . mit meinem Bruder.«
»Warum arbeitet denn da dein Bruder nicht für euch?«
»Weil sie streiken. Er ist auswärts, um Arbeit zu finden . . .«
Kaum waren ihr die Worte entschlüpft, wußte sie auch schon, daß sie einen Fehler gemacht hatte, den er ohne zu zögern ausnützte. Kopfnickend sagte er: »So, so, er ist also auswärts. Nun, dann gehen wir schön zu dir, hm?«
»Nein!« sagte sie mit barscher Stimme. »Ich hab's Ihnen schon einmal gesagt: Nein.«
Er schien ihren Einwand überhaupt nicht zu beachten, sondern fuhr fort: »Wozu brauchst du so dringend Geld, daß du in den ›Anker‹ gehen willst?«
Als sie nichts darauf antwortete, betrachtete er sie genauer und sagte dann in überraschtem Ton: »Du bist einfach . . . hungrig, wie?«
Sie schloß einen Moment lang die Augen, sprach aber kein Wort; und als sie die Augen wieder öffnete, fiel ihr Blick auf seine Uniform, und sie stellte fest, daß sie es mit einem Kapitän zu tun hatte. Das war die Erklärung für seine Ausdrucksweise. Denn wenn er auch wie ein Fremder sprach, so drückte er sich doch wie ein gebildeter Mensch aus.
»Mein Gott, es stimmt also: Du bist hungrig. Komm, komm.« Er nahm sie an der Hand, als ob sie ein Kind wäre, und zog sie mit in den Pastetenladen, und dort rief er mit donnernder Stimme, daß die wackligen Wände der Bude beinahe eingestürzt wären: »Pasteten, ein halbes Dutzend, und zwar heiß! Nein, sagen wir lieber gleich ein Dutzend; ein halbes kann ich selbst auf einen Sitz verdrücken. Und Erbsen und zwei Flaschen Bier.«

»Haben Sie keine Schüssel?« fragte der Mann.
»Was für eine Schüssel?«
»Nun, Sir, Erbsen kann man nicht gut im Papier heimtragen.«
»Ach so. Dann nehm ich das da drüben dazu.«
»Das kostet Sie vier Pence, Sir.«
»In Ordnung. Und füllen Sie's randvoll.«
Der Mann packte die heißen Fleischpasteten gut ein, ebenso einen großen Becher Erbsen, und schob dem Kapitän das Paket hin, der es sofort Katie gab.
Als sie es an die Brust drückte, spürte sie die Wärme durchs Papier durch und empfand einen solchen Heißhunger, daß sie am liebsten auf der Stelle eine Pastete herausgenommen und in den Mund gestopft hätte. Gleichzeitig hätte sie die Beine in die Hand nehmen wollen, um davonzulaufen. Während er zahlte, überlegte sie rasch, ob sie nicht einfach abhauen sollte. Mit den Pasteten.
Schon wollte sie diesen Wunsch in die Tat umsetzen, als sich der bärtige Hüne umdrehte und den Kopf über sie schüttelte, als wollte er ein Kind tadeln, das etwas im Schilde führt. Er blickte sie vielsagend an, hob den Zeigefinger und sagte: »A-a!« Dann nahm er das Wechselgeld entgegen und schob es, ohne es anzusehen, in die Tasche. Hierauf griff er nach den Bierflaschen, kam auf Katie zu, blickte einen Moment auf ihre Hände nieder und sagte dann mit rauher Stimme: »Jetzt gehen wir heim, gut?«
Wieder legte er den Arm um sie, und so gingen sie miteinander durch die schwach erleuchteten Straßen, bis sie schließlich anhielt und mit flehender Stimme sagte: »Bitte, kommen Sie nicht weiter mit.«
»Du willst nicht, daß ich mit dir nach Hause gehe?«
»Nein.«
»Du lügst. Du willst schon, daß ich mitkomme.«
»Nein, nein, wenn ich es Ihnen doch sage«, zischte sie ihm zu. »Ich möchte, daß Sie mich in Ruhe lassen, verstehen Sie nicht? Lassen Sie mich einfach gehen. Sie können Ihre Pasteten wieder haben . . . da.« Sie stieß ihm das Paket entgegen.

Doch er ignorierte dies und sagte: »Ich glaube dir nicht. Aber ich sag dir was. Da unten am Schleusentor stehen immer Polizisten. Schrei los, wenn's dir ernst ist, die kommen sofort und sperren mich ein. Los.«
Sie sagte lahm: »Wir . . . wir könnten ja im Spazierengehen essen« und deutete auf das Pastetenpaket.
»Ich hab gar keine Lust zum Spazierengehen, ich möchte mit dir mitkommen. Ich möchte wissen, wo du wohnst. Außerdem wäre es sehr unbequem, im Gehen zu essen.«
Er lachte nun leiser. »Komm«, sagte er. »Ist das hier schon deine Straße?«
Als sie nichts darauf erwiderte, ergriff er abermals ihren Arm, und sie ging mit gesenktem Kopf weiter wie jemand, der abgeführt wird.
Ehe sie die Haustür öffnete, blieb sie stehen und wollte schon zu ihm sagen: »Seien Sie leise, bitte«, aber sie hatte das Gefühl, daß er dann erst recht das ganze Haus zusammenrufen würde mit seinem Gepolter.
Kaum hatten sie den Flur betreten, drang schon Lizzies Wehklagen an ihr Ohr, und Katie eilte mit Riesenschritten nach oben. Er stolperte hinter ihr drein. Oben flüsterte sie ihm zu: »Bleiben Sie stehen, ich muß erst den Schlüssel suchen.«
Und er flüsterte ebenfalls: »Was bedeutet dieses Geräusch?«
Sie antwortete nicht, sondern sperrte die Wohnungstür auf, und im selben Moment fiel ihr ein, daß das die zweite Chance war: Sie hätte ihm einfach die Tür vor der Nase zuschlagen können . . . Ja, und dann würde er losbrüllen, das war ihm ohne weiteres zuzutrauen!
Sie tappte sich zum Küchentisch vor, legte das Pastetenpaket darauf, ging vorsichtig zum Kaminsims und tastete nach der Kerze. Aber da das Feuer längst aus war, konnte sie sie nicht entzünden, also ging sie wieder ans Treppengeländer und sagte leise zu ihm: »Ich habe nichts zum Anzünden.«
Wortlos reichte er ihr eine Zündholzschachtel, sie nahm ein Streichholz heraus und streifte es auf der rauhen Un-

terseite des Leuchters an. Als die Kerze brannte, winkte sie ihm, und beide betraten die Wohnung.
Er stand etwas ratlos da und sagte, als das Weinen kein Ende nehmen wollte: »Ist deine Schwester noch ein Baby?«
»Nein«, sagte Katie kurz. Und dann fügte sie hinzu: »Setzen Sie sich. Ich muß rasch nach ihr sehen.«
»Tu das nur. Es ist ja noch nicht spät.« Er drehte sich um und betrachtete den Raum, soweit das bei Kerzenlicht möglich war.
»Ich muß aber die Kerze mitnehmen«, sagte sie und ging auf die Schlafzimmertür zu.
»Ist das die einzige Kerze, die du hast?«
»Ja.«
»Dann geh nur.«
Sie kehrte noch einmal um, deutete auf das Pastetenpaket und sagte: »Ich ... ich werde ihr eine geben.« Sie öffnete das Paket, nahm ein Stück heraus und ging ins Schlafzimmer.
»Ist schon gut, Lizzie«, sagte sie. »Wein nicht mehr. Sieh nur, was ich dir gebracht habe, eine gute, gute Pastete.«
Lizzies Miene verwandelte sich sogleich in ein Lächeln; sie öffnete den Mund und biß gierig zu, und schon war die Pastete verschwunden. Dann sah sie Katie mit einem Blick an, der deutlich besagte: Mehr!
»Später, Lizzie. Du bekommst später noch eine.«
Als sich Katie wieder aufrichtete, sah sie, daß die Tür offenstand. Sie wandte sich um und erblickte den Hünen, wie er dastand und sie beide ansah. Am liebsten hätte sie sich vor Lizzie gestellt, um sie vor seinen Blicken zu schützen, aber dazu war es zu spät. Lizzie sah ihn gar nicht oder nahm jedenfalls keine Notiz von ihm. Katie richtete ihr die Kissen zurecht, schob die Flickendecke über ihren dick aufgewölbten Bauch und sagte: »Sei jetzt schön brav, ich komm gleich wieder.« Dann verließ sie mit ihrem Besucher das Schlafzimmer.
»Ist sie mongoloid?« fragte er.
»Was?«

»Ob sie eine Mongoloide ist.«
Katie wußte nicht, was er damit meinte, und sagte nur: »Sie ist schon so zur Welt gekommen und war immer wie ein kleines Kind.«
»Und du pflegst sie?« fragte er und sah plötzlich sehr ernst drein. »Seit wann?«
»Seit meine Mutter tot ist. Und auch schon vorher. Die letzten paar Jahre eben.« Sie warf einen verstohlenen Blick auf die Pasteten, und als er dies merkte, sagte er sofort wieder munter: »Nun, dann laß uns mal essen.«
Sie brachte Teller und Besteck und wollte gerade anfangen zu essen, als er sagte: »Brot fehlt. Ich habe gern ein Stück Brot zur Pastete.«
Da sie mit vollem Mund nicht sprechen konnte, mußte sie erst dreimal schlucken, ehe sie herausbrachte: »Es gibt kein Brot.« Ihr Tonfall war trotzig und ihre Miene bitter, als sie ihn im Kerzenlicht anstarrte und hinzufügte: »Ich wäre niemals zum ›Anker‹ gegangen, um dort zu arbeiten, wenn . . . wenn noch Brot übrig gewesen wäre.«
Er legte die Gabel nieder, lehnte sich zurück und betrachtete sein Gegenüber genau. In keinem Hafen der Welt hatte er ein solches Gesicht zu sehen bekommen, und dabei konnte er es nicht einmal deutlich wahrnehmen, denn die Beleuchtung war äußerst spärlich. Ihre Augen waren die größten, merkwürdigsten und fesselndsten, die er je gesehen hatte. Er war hier auf etwas gestoßen, was er überhaupt nicht verstand. Weshalb hatte ein solches Wesen denn keinen Mann? Worauf waren diese eisigen Typen in diesem sonderbaren Land denn aus, deren Gesichter so steinern aussahen und die anscheinend keine Ahnung hatten, was es hieß, zu lachen! Er mochte die Engländer nicht. Er hatte sie nie gemocht. Aber diese Frau, – das war etwas anderes. Dieses Gesicht eines . . . eines Engels? Nein, nein. Was war das nur für ein Gesicht? Fremdartig, ungewöhnlich und wunderschön. Aber das wichtigste war wohl, daß es ein gutes Gesicht war, ja, ein gutes, einsames, verlorenes Gesicht. Wie war es möglich, daß es ihr keinen Mann eingebracht hatte? Es widersprach allen Regeln des

gesunden Menschenverstandes, daß eine Frau, die so aussah, allein sein sollte. Langsam beugte er sich vor, stützte die Ellbogen auf den Tisch und fragte ruhig: »Hast du einen Mann? Aber lüg mich jetzt nicht an. Hast du einen?«
Sie hob den Blick vom Tellerrand und sagte mit einer Ruhe, die ihn verwirrte: »Ich hab' keinen, noch wünsch' ich mir einen.«
»So«, sagte er gutmütig spottend.
»Nein«, erwiderte sie barsch.
Ohne seine Stellung zu ändern, sagte er: »Das ist aber schade, daß du so empfindest. Ein wahrer Jammer ist das, weil ... ich nämlich eine Überraschung für dich habe. Du *hast* einen.« Er deutete mit dem Daumen auf sich. »Ich bin dein Mann.«
Sie hatte eben einen Löffel voll Erbsen in den Mund geschoben, als er dies sagte, und die gerieten ihr in die falsche Kehle, und sie bekam einen regelrechten Hustenanfall. Sie sprang auf, preßte die Hände gegen die Brust und rang nach Luft, wobei sie ihm den Rücken zuwandte. Als sie hörte, wie er den Stuhl zurückschob, wandte sie sich rasch um, wobei sie immer noch hustete, und im nächsten Moment spürte sie, wie er sie an sich preßte. Dann schob er sie genügend weit von sich, um ihr in die Augen sehen zu können, und sie sah seinen vollen roten Mund und den hellen Bart ganz nahe, als sie ihn sagen hörte: »Ich bin dein Mann ... ja?«
Sie zitterte am ganzen Körper. Mehr als in jenem Moment, wo er zum erstenmal ihren Arm gepackt hatte. Schweiß strömte ihr aus sämtlichen Poren, jedoch nicht vor Angst, jedenfalls nicht jener Angst, die ihr Bernard Rosier oder gar Mark Bunting eingejagt hatte. Die Angst, von der sie nun erfüllt war, betraf den Umstand, daß sie sich überhaupt nicht vor ihm fürchtete.
Als er sie küßte, schien ihr ganzes Gesicht in einem Gewirr von Haaren zu versinken. Der Kuß schien ewig zu dauern, und abermals stieg Furcht in ihr hoch, weil sie nicht den geringsten Wunsch verspürte, Widerstand zu leisten. Als sein Gesicht sich von dem ihren entfernte, sah

er sich blitzartig in dem Raum um, und seine Blicke blieben auf dem aufgeschlagenen Bett in der Küchenecke haften. Indem er immer noch die Arme um sie geschlungen hatte, schob er sie sanft darauf zu. Als sie sich dem Bett näherten, erstarrte ihr Körper. Er spürte es sofort. Er hob sie wie ein Kind hoch, und im nächsten Moment lagen sie eng umschlungen nebeneinander. Sie zitterte heftiger als zuvor, und so blieb er einen Moment reglos neben ihr liegen, bis er ihr zuflüsterte: »Zittere nicht; ich werde dir nicht weh tun.«
Und er tat ihr nicht weh.

Katie lachte. Sie lachte tatsächlich. Sie konnte sich gar nicht mehr daran erinnern, wann sie zum letztenmal gelacht hatte. Als Kind war sie von Lebensfreude erfüllt gewesen und konnte über alles und jedes loslachen, aber sie dachte, daß das eben zur Kindheit gehöre. Alle Kinder lachten leicht und schäumten über vor Leben, bis ihnen das Schicksal zuzusetzen begann. Aber nun, als sie mit Armen voller Lebensmittelpakete neben dem Riesen ausschritt, der sich einen Sack Kohlen aufgeladen hatte, den er mit einer seiner großen Pranken stützte, während er in der anderen ein großes Bündel Kerzen trug – nun lachte sie.
Es war noch keine Stunde her, daß sie müde und glücklich in einen unwirklich schönen Traum versinken hatte wollen und er energisch gesagt hatte: »Nichts da. Ich brauch was zu essen.« Bestürzt hatte sie wiederholt: »Was zu essen?« Und dann hatte er sie bei den Schultern gepackt, fest geschüttelt, gelacht und ausgerufen: »Wach auf, wach auf, mein kleiner Wunschtraum. Jawohl, was zu essen. Und Kohlen. Ich werde dir innerlich und äußerlich schon fest einheizen.« Und er hatte ihr Gesicht zwischen seine Hände genommen und es von oben bis unten abgeküßt. Danach hatte sie ihm erklärt, daß es für Einkäufe viel zu spät sei. Jedenfalls, was Kohlen anlangte. Andere Läden hatten zum Teil bis zehn Uhr offen, manche auch noch länger, aber nicht die Kohlenhandlung.
So etwas konnte diesen Hünen jedoch nicht abschrecken.

Er hatte so lange beim Kohlenhändler angeklopft, bis er ihm den Sack mit Kohlen angefüllt hatte. Und jetzt lief sie, bis obenhin bepackt, neben ihm her, aufgeregt wie ein kleines Kind. Was war nur über sie gekommen? Einen Moment lang dachte sie an Joe, aber dann ließ sie diesen Gedanken wieder fallen. Heute abend würde er auf keinen Fall zurückkommen. Etwas war mit ihr geschehen, etwas ganz Merkwürdiges, Wunderbares, und daran wollte sie sich festklammern. Natürlich würde sie Joe gegenübertreten und es ihm sagen müssen, aber dazu war morgen immer noch Zeit ...

Ein lustiges Feuer prasselte im Kamin, der Schrank war voller guter Sachen, sie hatte die beste Mahlzeit zu sich genommen, die sie seit langer, langer Zeit verdrückt hatte: Ein dickes Steak, ein riesiges Stück Blutwurst, zwei hartgekochte Eier, einen halben Laib knuspriges Brot mit reichlich Butter drauf ... ach, es war herrlich gewesen. Und nun saßen sie auf ihrem Bett, das er fürsorglich vors Feuer geschoben hatte, und tranken siedend heißen Tee mit Whisky. Lizzie war mit vollem Bauch selig eingeschlafen; es war behaglich warm, und Katie fühlte sich so gut und beruhigt, wie sie sich noch nie in ihrem Leben gefühlt hatte.

Sie saß, von seinem Arm gestützt, eng an ihn gepreßt da, und jedesmal, wenn sie ihn anblickte, merkte sie, daß sein Blick bereits auf ihr ruhte. Sie hatte seine Augen so gern. Sie konnte sie jetzt klar und deutlich im Licht der sechs Kerzen sehen, die er alle auf einmal angezündet hatte. Sie wollte ihn davon abhalten, mehr als zwei auf einmal anzuzünden, aber dann ließ sie es bleiben. Dies war eine Nacht, die völlig aus der Reihe tanzte, eine wunderliche, seltsame, unwirkliche Nacht, wie sie sie nie mehr erleben würde. Sie wußte, daß sie tat, was alle schlechten Frauen taten, und daß ihre Eltern und ihr Opa sich im Grab umdrehen würden, wenn sie dies wüßten, aber sie hatte kein Gefühl von Sünde. Denn Gott und Sünde und Kirchenbesuche waren an jenem Tag ein für allemal begraben worden, als man ihrem Vater den Strick um den Hals gelegt hatte.

Sie fragte nun leise, während ihr Kopf an seiner Schulter ruhte: »Wie heißt denn dein Schiff?«
»›Orn‹, das heißt in deiner Sprache ›Adler‹.«
»Ist es ein großes Schiff?«
»So, so, jedenfalls groß genug, um Baumstämme und dergleichen zu transportieren.«
»Lauft ihr diesen Hafen oft an?«
Ein vergnügtes Lachen durchzitterte seinen Leib und sprang sogleich auf sie über, als er den Kopf senkte, um ihr ins Gesicht blicken zu können, und sagte: »Möchtest du, daß wir ihn oft anlaufen?«
»Du bist gut«, sagte sie und versuchte, sich von ihm frei zu machen, was er zu verhindern wußte. »Ich wollte damit doch nur sa –«
»Schon gut, schon gut. Ich weiß genau, was du damit sagen oder nicht sagen wolltest.« Er kicherte in sich hinein, dann drückte er sie abermals fest an sich und sagte: »Jedes Jahr sind wir von April bis Oktober am Tyne. Einige von unseren Leuten kommen mit dem letzten Schiff herüber und überwintern hier. Die haben entlang der ganzen Küste zu tun.« Er lachte, als handle es sich um einen Scherz. Dann strich er sich mit der Hand durch den Bart und fragte: »Wie alt bist du?«
»Beinahe einundzwanzig«, sagte sie leise. Dann sah sie zu ihm auf und sagte: »Und du? Wie alt bist du?«
»Ach . . .!« Er schloß die Augen und schüttelte sein riesiges Haupt. »Zu alt. Auf alle Fälle zu alt.«
»Dreißig?« fragte sie, wohl wissend, daß das ein Kompliment war.
»Hach!« Er warf den Kopf in den Nacken. »Findest du etwa, daß ich wie dreißig aussehe? Das ist wirklich gut, sehr gut.«
Nach einer kleinen Pause legte er den Finger unter ihr Kinn, blickte ihr in die Augen und sagte: »Ich bin siebenunddreißig Jahre alt. Aber heute abend bin ich höchstens siebenundzwanzig. Nein, dreiundzwanzig. Und das Leben fängt gerade erst an.« Abermals schwiegen sie, bis er schließlich sagte: »Jetzt sind wir drei Stunden beisammen,

nein, dreieinhalb sogar, und ich weiß noch immer nicht, wie du heißt.«

»Katie Mulholland.« Sie nannte sich in Gedanken niemals »Katie Bunting«.

»Kaa-tee Mulholland . . . Das klingt gut, wirklich. Kaa-tee Mulholland . . .«

»Und du?«

»Andree Fraenkel.«

»Ann-dre. Ist dasselbe wie Andrew auf englisch.« Sie lachte und sagte: »Ich werde dich Andy nennen.«

»Andy!« Er legte den Kopf schief. »Genau, wie mei . . .« Er brach ab, schwenkte sie herum, so daß sie mit dem Rücken auf seiner Brust lag, dann sagte er: »Andy ist in Ordnung.« Danach schwieg er einige Zeit, während er die Arme fest um sie geschlungen hielt und sein bärtiges Kinn auf ihrem Scheitel ruhte.

In dieses sonderbare Schweigen drängten sich Katies Tagträume, während sie wie verzückt ins Feuer starrte, Vorstellungen und Gedanken an den kommenden Tag, an dem Meggie Proctor, Jinny Wilson oder Mrs. Robson ihren Besucher bestimmt fortgehen sehen würden. Aber vielleicht mußte er schon sehr früh aufbrechen, um rechtzeitig auf sein Schiff zu kommen. Vage Sorgen stiegen langsam in ihr hoch. »Wann mußt du wieder fahren?« fragte sie.

Auch er schien von weither zurückzukommen, als er sagte: »Oh, nicht vor drei Tagen ungefähr. Es sind einige Reparaturen nötig, und dann muß das Schiff von Grund auf gesäubert werden. Drei ganze Tage, Kaa-tee.«

Es blieb ihr gar keine Zeit dazu, sich Sorgen darüber zu machen, daß er sich drei Tage lang bei ihr aufhalten würde, denn seine Hände waren bereits emsig damit beschäftigt, ihr das Miederleibchen aufzuknöpfen, und sie leistete keinen Widerstand.

Als er eben ihre Brust entblößt hatte, blieb sein Blick auf den blutroten, ausgezackten Schwielen hängen, die ihren warmen, blassen Körper bedeckten. Er sah Katie fragend an, aber sie sagte nichts. Sanft tasteten seine Finger die Narben ab, bis sie an ihrer Schulter gelandet waren. Nun zog er sich im Schein der Kerze hoch, und sie spürte, wie er ihren Rock aufhakte. Mit einer raschen, ruckartigen Bewegung zog er ihn ihr samt dem Unterrock über den Kopf. Danach herrschte abermals Schweigen.

Langsam drehte sie sich nun zu ihm herum und sah, wie sein roter Mund offenstand und seine Zunge von einer Seite zur anderen schwenkte, ehe er leise fragte: »Wer hat das getan?«

»Oh ...« Sie senkte den Kopf und schüttelte ihn langsam, ehe sie sagte: »Das ist eine lange Geschichte.«

»Wer hat das getan?« Seine Stimme klang nun lauter, mit der Hand packte er sie unterm Kinn.

»Mein ... mein Mann.«

»Dein Mann?«

Sie machte eine einzige Kopfbewegung, dann sagte sie: »Mein Vater hat ihn dafür beinahe umgebracht ... Nein, nein, er hat es nicht getan; er hat ihn zusammengeschlagen, aber man hat ihn später tot aufgefunden, und dann haben sie meinen Vater aufgehängt.«

Er starrte Katie mit weitaufgerissenen Augen und offenem Mund an. Ein Wortschwall in einer fremd klingenden Sprache ergoß sich über sie, bis er in ihrer Muttersprache schloß: »Allmächtiger Gott, bist du geschunden worden ...«

Indem er sie langsam wieder umdrehte, besah er sich nun eingehend das Geflecht roter Linien und Furchen, das ihren Rücken bedeckte. Als er ihr Gesicht zu sich herumbog, sagte er einfach: »Erzähl es mir. Von Anfang an. Erzähl mir alles.« Dann deckte er sie liebevoll zu und drückte sie abermals an sich.

Und so fing Katie in den Armen dieses fremden Mannes zu reden an, eines Mannes, von dessen Existenz sie vor wenigen Stunden noch nichts gewußt hatte, der ihr jedoch das Gefühl verlieh, ihn besser zu kennen, als sie je zuvor einen Menschen gekannt hatte, ihre Eltern, Geschwister und ihren Großvater miteingeschlossen. Und während sie redete, war ihr, als spule sich die Zeit im Rückwärtsgang ab bis zu jener Ballnacht.

Sie erzählte ihm alles, von Anfang an; von dem Tag an, wo sie als Küchenmädchen bei den Rosiers begonnen hatte, bis zu dem Tag, an dem sie ihren Vater aufgehängt hatten. Und sie schloß damit, wie sie die beiden Damen kennengelernt und ihnen ihr Kind überlassen hatte. Das einzige, was sie ihm nicht sagte, war der Name des Mannes, von dem sie das Kind empfangen hatte.
Als Andree Fraenkel ihr so zuhörte, erkannte er, daß er an einem Wendepunkt seines Lebens angelangt war. Er hatte ihre Anziehungskraft von dem Moment an gespürt, wo er sie am Arm gepackt und ihr zum erstenmal ins Gesicht gesehen hatte. Aber im Verlauf ihrer Erzählung wurde es ihm klar, daß er da mit einer Frau zusammengetroffen war, wie er sie sich oft erträumt hatte, als er noch ein Junge war. Er war ihr auf Gedeih und Verderb ausgeliefert, mit allen Vor- und Nachteilen, und diese Nachteile waren nicht als leicht abzutun; denn wenn er sie an sich binden und sie beschützen wollte, dann würde das höchstwahrscheinlich bedeuten, daß er sich von Heim, Familie und Vaterland würde trennen müssen und daß es mit seiner Karriere, soweit es sich um große Schiffe handelte, ein für allemal vorbei war.

3

Zweieinhalb Tage lang schwebte Katie zwischen überschäumender Lebensfreude, die ihr den Himmel auf Erden versprach, und banger Furcht, die ihr auf höllische Art die Zähne zu blecken schien, dann nämlich, wenn ihr Joes Rückkehr in den Sinn kam. Drei Nächte lang war der Kapitän bei ihr geblieben und den größten Teil zweier Tage, wo er sie nur dann verlassen hatte, wenn er sich um sein Schiff kümmern mußte. Aber an diesem Abend stachen sie in See, und er mußte vor elf an Bord sein. Katie betete innerlich, daß er fort sein würde, ehe Joe zurückkam.

Es sollte jedoch so sein, daß die beiden einander begegne-

ten; aber ehe er Joe kennenlernte, machte er Theresas Bekanntschaft.
Er saß gerade im Lehnsessel, hatte die in hellroten, weichen Lederpantoffeln steckenden Füße auf den Hocker gestützt, die Hände im Nacken verschränkt und verfolgte Katie, die sich in der Küche zu schaffen machte, mit seinen Blicken.
»Kaa-tee.«
»Ja, Andy?«
»Bist du glücklich?«
Statt jeder Antwort stellte sie sich neben ihn, sah auf ihn nieder, berührte ihn ebensowenig wie er sie, meinte jedoch: »Wenn nicht, macht es auch nichts aus, denn in diesem Zustand möchte ich bis an mein Lebensende bleiben.«
»Es sind keine drei Tage, bist du dir darüber klar, keine drei Tage, seit wir uns kennengelernt haben.«
»Nun, ich hab's dir schon gesagt. Ich glaube, ich wußte es in den allerersten Minuten. Deshalb konnte ich ja auch nicht aufhören zu zittern.«
Da sprang er wie eine gut geölte Feder auf, schlang die Arme um sie und drückte sie fest, fest an sich. Dann fragte er, während er sie ansah: »Was wirst du die ganze Zeit über mit dir anfangen?«
»Oh, das Übliche. Die Wohnung in Ordnung halten, kochen, einkaufen und mich um Joe und Lizzie kümmern. Aber es wird nicht mehr dasselbe sein ...« Sie lächelte weich. »Nichts in meinem Leben wird jemals wieder so sein, wie es war.«
»Es wird zwei volle Wochen dauern, bis ich wieder zurückkomme.« Er sagte nicht: Du wirst in der Zwischenzeit doch keinen andern haben? – Er wollte sie nicht verletzen. Schließlich hatte er sich ja mit keiner Hafendirne eingelassen.
»Ich werde da sein«, sagte sie leise. »Ich werde immer da sein und warten ... Wann mußt du denn fort? Von hier, meine ich.«
»Ich sollte so gegen fünf an Bord sein und dafür sorgen, daß

alles in Ordnung ist. Aber wenn ich später vielleicht nochmals auf einen Sprung an Land gehen kann, dann komme ich zurück.«

Ihre Lippen waren fest vereinigt, als auf der Holztreppe Schritte zu vernehmen waren, und Katie, die sich aus seinen Armen losmachte, drehte sich um und starrte zur Tür. Als es klopfte, atmete sie erleichtert auf. Nachdem sie ihm einen Blick zugeworfen hatte, ging sie zur Tür und öffnete sie einen Spalt breit. Und da stand Miß Theresa davor.

»Guten Tag, Katie.«

»Oh, guten Tag, Miß Theresa.«

Als sie nicht beiseite trat, um sie, wie immer, einzulassen, sah Theresa Katie einen Moment schweigend an, dann sagte sie: »Ich habe dir wieder ein paar Bücher gebracht ... und das hier.« Sie hielt Katie ein Paket hin, und im selben Moment blickte sie ihr über die Schulter und sah den großen, bärtigen Mann, der mit dem Rücken zum Kamin dastand. Mit leicht geöffnetem Mund starrte Theresa Katie an. Dann betrat sie, nachdem Katie mit erhobenem Haupt, aber gesenktem Blick beiseitegetreten war, langsam den Raum und blieb in der Nähe des Tisches stehen.

»Das ... das ist ein Freund von mir, Miß Theresa, Captain Fraenkel.« Dann sah sie Andree an und sagte leise: »Das ist Mrs. Noble.«

Andree machte eine leichte Verneigung. Es war eine reine Höflichkeitsgeste, und Theresa nahm sie als solche entgegen – sie erkannte darin die Handlungsweise eines Gentleman. Nachdem sie einen Moment in seine großen, strahlendblauen Augen geblickt hatte, sah sie schnell beiseite, aber es war ihr dennoch nicht entgangen, daß er in Hemd und Hosen dastand und seine Füße in Pantoffeln steckten. Diese schreckliche Wahrheit raubte ihr die Sprache.

Mit zitternden Fingern ließ Theresa die Bücher auf den Tisch fallen, dann das Paket, und schließlich drehte sie dem Mann langsam den Rücken zu und sah Katie mit groß aufgerissenen Augen anklagend an. Zwischen dünn zusammengepreßten Lippen preßte sie hervor: »Ich möchte gerne allein mit dir sprechen, Katie.« Damit verließ sie die

Küche, und Katie ging ihr, nachdem sie Andree einen hilflosen Blick zugeworfen hatte, bis ans Treppengeländer nach, vor dem Theresa Aufstellung genommen hatte.
»Katie – was ... was hast du getan!« sagte Theresa mit wutverzerrtem Gesicht.
»Er ist mein Freund, Miß Theresa«, sagte Katie und reckte angriffslustig das Kinn.
»Freund? Seit wann! Antworte mir.«
Katie kniff die Augen zusammen, dann hob sie den Kopf, als wolle sie Theresa ganz genau in Augenschein nehmen und sagte mit beinahe ruhiger Stimme, die eine gewisse Würde ausstrahlte: »Ich bin eine Frau, Miß Theresa. Ich bin kein Kind mehr; und ich bin mein eigener Herr; ich kann tun, was ich will.«
»Und mit wem du willst, nehme ich an.«
Katie verzog das Gesicht, als sie ihr Gegenüber betrachtete.
»Und Joe«, sagte Theresa. »Was sagt denn er dazu?«
»Es ist nicht Joes, sondern einzig und allein meine Angelegenheit, Miß Theresa. Ich möchte nicht undankbar erscheinen. Ich weiß, Sie waren immer sehr freundlich zu mir. Aber ... aber was ich aus meinem Leben mache ist, wie gesagt, meine Sache.« Dann beugte sie sich vor und senkte die Stimme. »Und ich bin glücklich. Glücklicher als ich es je im Leben gewesen bin. Er ist ein guter Mensch.«
»Schick ihn fort, Katie. Geh auf der Stelle hinein und schick ihn fort«, sagte Miß Theresa ganz aufgebracht. »Bitte, bitte! Ich kann die Vorstellung, daß du mit ihm beisammen bist, nicht ertragen. Ich bin ... ich war immer freundlich zu dir, immer hilfsbereit, das hast du selbst mehr als einmal gesagt. Tu's also mir zuliebe. Geh und schick ihn weg ... Jetzt gleich.«
Katie trat einen Schritt zurück. Das merkwürdige Gefühl, das sie in Theresas Nähe immer schon beschlichen hatte, verstärkte sich jetzt in ihr, und so sagte sie: »Nein, das werde ich nicht tun. Jetzt nicht und niemals. Und obwohl ich Ihnen für alle Freundlichkeit danke, die Sie mir bisher

erwiesen haben, wäre ich ... wäre ich Ihnen verbunden, wenn Sie mich jetzt in Frieden ließen.«

Zur größten Verblüffung sah Katie nun, wie Miß Theresas Gesicht sich urplötzlich schmerzlich verzerrte und Tränen aus ihren Augen flossen. Im nächsten Moment rannte sie die Treppe hinunter. Langsam öffnete Katie die Wohnungstür und sah sich direkt Andree gegenüber. Sie blickte ihn an, er nickte ihr beruhigend zu und sagte nur: »Komm, komm. Ich hab' dir damit nur einen Dienst erwiesen. Die bist du los.«

»Aber sie war immer gut zu mir.«

»Gut? Hach! Unnatürlich veranlagte Weiber sind immer gut zu Frauen, die ihnen gefallen.«

»Unnatürlich veranlagte ...?«

»Klar. Die ist doch keine richtige Frau, Kind. Unter der Oberfläche ist sie ein Mann, weiter nichts. Das habe ich erkannt, noch ehe sie dich angesehen hat. Ich habe eine Cousine, die genauso ist. Das ist eine Tücke der Natur.«

»Miß Theresa ...? Nein!« Katie schauderte.

Er legte ihre beiden Hände auf seine Brust und sagte: »Nicht daß ich es ihr übelnehme, daß sie dich liebt. Jeder muß dich liebhaben, und es wird mir bis ans Lebensende rätselhaft bleiben, daß ich dich allein angetroffen habe.«

»Ach, Andy.« Sie neigte ihr Gesicht und rieb ihre Wange an seinem Bart, und er herzte und küßte sie und sprach lebhaft in seiner Muttersprache auf sie ein, aber als er sie aufs Bett ziehen wollte, protestierte sie sanft, indem sie sagte: »Nein, nein, Joe könnte heimkommen. Es ist immerhin möglich.«

»Glaubst du, daß er heute kommt?«

»Ich weiß es nicht. Vielleicht.«

»Ich hoffe es. Ich möchte ihn gerne kennenlernen.«

Sie schloß die Augen und betete insgeheim: Da sei Gott vor!

Sie saßen beim Essen, als Joe auftauchte. Andree lachte gerade laut über etwas, was Katie gesagt hatte. In den letzten Tagen schien sie ihr altes Talent zum Geschichtenerzählen wiedergefunden zu haben. Deshalb hörte sie die

Schritte erst, als sie vor der Tür haltmachten. Da ging aber auch schon die Tür auf, und sie blickte in Joes blasses Gesicht.
Er stand im Türrahmen und umklammerte mit der einen Hand einen kleinen Leinwandsack, der ihm über die Schulter hing. Er war schmutzig und sah müde aus, und seine Miene drückte unschuldige Verwirrung aus.
Katie schob ihren Stuhl, der direkt neben dem Andrees stand, etwas beiseite und erhob sich. Auch Andree stand auf und blickte den kleinen, schmächtigen, jungen Kerl in der Tür an, während er darauf wartete, daß er ein Wort sage.
Und Joe sagte schließlich auch etwas. Er warf den Sack in die Küchenecke, ging auf die beiden zu und musterte den Fremden von oben bis unten. Und genau wie Theresa fielen ihm vor allem die roten Pantoffeln auf. Die waren genau wie die ganze Aufmachung des Mannes so eindeutig, daß er einfach herausplatzte: »Was, zum Teufel, treiben Sie hier?«
Katie schob sich rasch zwischen die beiden Männer und sagte zu Joe: »Ich kann es dir erklären, Joe, natürlich kann ich dir alles erklären. Also paß auf. Das hier ist Captain Fraenkel . . .«
»Was tut er hier?« sagte Joe, der stocksteif dastand, die Hände zu Fäusten ballte und über Katies Kopf hinweg den großen, bärtigen Mann anstarrte.
»Ich bin ein Freund Ihrer Schwester und freue mich, Sie kennenzulernen«, sagte Andree.
»Freund? Zur Hölle mit solch einem Freund. Machen Sie, daß Sie verschwinden. Meine Schwester braucht keinen dreckigen Schweden. Die hat unter den Engländern genug Auswahl und hat es nicht nötig, sich mit jemandem von der Marine einzulassen.«
»Joe, hör mir bitte zu.« Katie ergriff seinen Arm, aber Joe entzog ihn ihr wieder. Sie fuhr jedoch fort: »Du irrst dich, Joe. Hör zu. Andy ist Kapitän. Kapitän eines großen Schiffes.«
»Mir doch egal. Und wenn er der Kapitän der ›Queen Mary‹

wäre, er ist Ausländer, ein verdammter Ausländer, sonst hätte er dich nie herumgekriegt.«
»Aber Joe, das hat er ja nicht getan. So war es doch gar nicht. Sieh mal, ich habe meine Börse verloren und ... und er hat mir geholfen.«
Joe ließ den Blick von Katie auf die roten Pantoffel und dann langsam zum Bett gleiten, unter dem Andrees Stiefel standen, dann zum Stuhl, über dem sein Rock hing, und da belferte er los: »Hinaus mit Ihnen, hören Sie? Hinaus und zwar plötzlich!«
»Und was ist, wenn ich nicht gehe?« sagte Andree seelenruhig.
»Dann werd' ich Ihnen Beine machen, verdammt noch mal, wie groß Sie auch immer sein mögen.« Damit sprang Joe hurtig zum Kamin, ergriff den Schürhaken und wollte schon auf Andree losgehen, als Katie sich aufschreiend dazwischenwarf und Andrees Arm blitzartig Joes Handgelenk packte, so daß er die Waffe loslassen mußte, ob er wollte oder nicht. Dann schleuderte der Riese den kleinen Kerl beiseite; er ging auf das Bett zu, setzte sich nieder, zog seine Stiefel an, stand wieder auf, schlüpfte in seinen Rock und holte sich schließlich die Kappe aus dem Schrank.
Nachdem er dies getan hatte, kam er langsam auf Katie zu, die mit gesenktem Kopf dastand, und sagte grimmig: »Ich komme nochmals, bevor ich in See steche. Sprich mit ihm. Erklär ihm, wie die Dinge liegen ... Ich komme zurück.«
Er legte den Zeigefinger behutsam unter ihr Kinn, und sie sahen einander tief in die Augen.
Dann drehte er sich um und ging zur Tür, aber noch ehe er sie erreicht hatte, schrie Joe ihm nach: »Das hier ist meine Wohnung. Ich bezahle die Miete, und wenn Sie sich hier noch einmal blicken lassen, schicke ich Ihnen die Polizei auf den Hals, verstanden?«
»Det er det samme for meg«, sagte Andree. »Tun Sie das nur. Ich komme jedenfalls zurück.«
Kaum hatte sich die Tür hinter ihm geschlossen, packte Joe die roten Pantoffeln und schleuderte sie dagegen. Dann starrte er mit geballten Fäusten und zusammengebissenen

Zähnen seine Schwester an, und sie sah ihn an, traurig, mitleidig, bis er sie plötzlich am Kleid packte.
Da änderte sich ihr ganzes Verhalten. Mit einer raschen Bewegung stieß sie ihn von sich und rief: »Fang ja nicht damit an, Joe! Du hast es nicht mit einem Kind zu tun, vergiß das nicht. Mich wird keiner mehr schlagen, bei Gott nicht!«
Er sah sie nur an. Dann sagte er voller Bitterkeit: »Nein, du bist kein Kind, das habe ich in diesen wenigen Minuten klar erkannt. Jetzt habe ich es mit einer Hure zu tun.«
»Joe, das bin ich nicht, ich bin keine!« protestierte sie heftig.
»Er hat hier geschlafen, oder? Leugne es nicht. Hat er?«
»Ja, das hat er.« Sie richtete sich auf. »Und er wird wieder da schlafen.«
»Das wird er nicht, das schwör' ich dir, nicht, solange ich die Miete bezahle. Jetzt hör mir einmal gut zu ...« Er kam mit steif ausgestrecktem Zeigefinger auf sie zu. »Du hast die Wahl, Katie: Entweder ich oder er. Ich will mit Hurerei nichts zu tun haben, jetzt weißt du es. Entweder du gibst ihm auf der Stelle den Laufpaß, oder unsere Wege trennen sich.«
»Joe, hör doch, so hör doch«, sagte sie in flehendem Ton. »Ich will dir sagen, wie es geschah; hör mir bloß zu, ja? Ich bin auf den Markt gegangen und habe meine Börse verloren ...«
Joe lachte spöttisch auf. »Du und die Börse verlieren. Du hast auf zweihundertsiebenundvierzig Pfund aufpassen können – und jetzt willst du auf einmal deine Börse verloren haben?!«
»Ja, ja, ich hab' sie verloren! Du kannst Meggie Proctor und Jinny Wilson unten fragen. Die haben mir das Geld für die Miete geliehen. Ich wußte nicht mehr, was ich tun sollte. Man hat mir gesagt, daß sie im ›Anker‹ jemanden suchen, da bin ich abends hingegangen, und dort hab' ich ihn kennengelernt.«
»Im ›Anker‹?« Er warf den Kopf in den Nacken und lachte abermals höhnisch auf. »Da hast du dir den richtigen Platz

zum Anfangen ausgesucht, wie? Willst du mir etwa einreden, du weißt nicht, was im ›Anker‹ gespielt wird? Nicht umsonst heißt er schließlich der Hurenmarkt. Willst du behaupten, daß du das nicht gewußt hast?«
»Ich hab' nur gewußt, daß ich Hunger hatte«, sagte sie bitter. »Und Lizzie hat die ganze Zeit geschrien, weil sie hungrig war. Ich hatte nichts mehr zu heizen und nur noch eine halbe Kerze. Und drei Tage nichts mehr zu mir genommen als ein Stückchen Brot und eine Tasse Tee.«
»Du hättest zu Miß Theresa gehen können.«
»Ich bin aber nicht zu Miß Theresa gegangen«, sagte sie nun mit barscher Stimme. »Und ich würde auch gar nicht zu ihr gehen. Und froh bin ich, daß ich's nicht getan habe.«
Er starrte sie lange Zeit schweigend an, und dann sagte er – und seine Stimme schien ruhiger, aber die Worte, die er sagte, hatten für Katie einen schrecklichen Klang –: »Du bist schlecht, Katie. Von Grund auf schlecht. Erst war die Sache mit dem Kind, dann bist du von ganz allein zu Bunting gerannt. Kein Mensch hat dich darum gebeten. Und nur weil du zu ihm gegangen bist, hat man Vater aufgehängt, und Mutter hat den Verstand verloren. Und jetzt bist du auf die Straße gegangen. Du bist schlecht ... durch und durch schlecht.«
Das wiederholte er mehrmals, als ob ihm erst jetzt ein Licht aufgegangen wäre. Und Katie schrie immerzu: »Joe, sag das nicht, sag so was nicht! Ich bin's nicht, ich bin nicht schlecht. Was mir vor Jahren passiert ist, dafür konnte ich doch nichts.«
Abermals sahen sie einander schweigend an. Und dann ging er auf ihre letzte Bemerkung ein, indem er sagte: »Vielleicht konntest du nichts dafür, nicht für alles, was dir passiert ist. Aber an *dem* hier bist nur du schuld. Und deshalb muß ich dich auf die Probe stellen. Schick ihn fort, und ich werde dir glauben.«
Abermals senkte sich Schweigen über den Raum, und dann vertiefte Katie die Kluft zwischen sich und ihrem Bruder endgültig, als sie sagte: »Nein, Joe, ich werde ihn

niemals aus meinem Leben verbannen. Er wird darin verweilen, so lange er will.«
»Dann ist die Sache erledigt. Tjaja, damit ist alles gesagt. Jetzt wissen wir wenigstens, woran wir sind ... Und was ist mit ihr?« Er deutete mit einer Kopfbewegung zum Schlafzimmer. »Glaubst du etwa, daß er sich um sie kümmern wird?«
»Das werde ich schon tun.«
»Und das wirst du auch müssen, so wahr ich da stehe. Du wirst verdammt hart arbeiten müssen, um euch beide durchzubringen, aber schon verdammt!« Und dann ergoß sich eine Flut von Schimpfworten über Katie.
Katie hatte Joe noch nie so reden hören.
Da er krampfhaft alles aufgriff, was als Stein des Anstoßes nur zu verwenden war, sagte er dann: »Das hier sind meine Möbel.«
»Deine Möbel?« Katie schüttelte den Kopf und erwiderte rasch: »O nein, Joe, die gehören dir nicht. Miß Chapman hat sie mir für mein Kind geschenkt. Sie hätte mir die Sterne vom Himmel geholt, aber du wirst dich wohl noch daran erinnern können, daß ich nichts anderes als die paar Möbel nehmen wollte, weil ich wußte, wie dringend wir jedes einzelne Stück brauchen würden ... Nein, Joe, die Möbel gehören dir auf gar keinen Fall, also versuch nur ja nicht, sie mir wegzunehmen, ich warne dich. Sie sind alles, was ich besitze.«
Er trat einen Schritt zurück, während es heftig in seinem Gesicht arbeitete, dann griff er nach der Türklinke und sagte: »Du glaubst jetzt, daß du deine Wahl bereits getroffen hast, aber ich will dich noch eine Nacht darüber schlafen lassen. Morgen komme ich wieder, um zu sehen, ob du zur Vernunft gekommen bist.«
Als die Tür ins Schloß gefallen war, stand Katie reglos da und blickte ihm mit schmerzendem Herzen nach; dann ließ sie sich auf einen Stuhl sinken, barg das Gesicht in den Händen und weinte: »Ach Joe! Joe.« Immer wieder rief sie: »Joe ... Joe.« Was würde sie jetzt mit ihren Tagen anfangen, wenn sie nicht mehr für ihn zu sorgen haben würde?

Nun hatte sie für niemanden mehr zu sorgen und mit niemandem mehr zu sprechen außer mit Lizzie. Ausgenommen, wenn Andy da war . . . O Andy, Andy.
Sie wiegte sich hin und her und fragte sich, was nur über sie gekommen war, daß sie es nach nur drei Tagen mit diesem Mann zustande brachte, Joe um sein Heim zu bringen. Sie konnte nichts dagegen tun, sie war machtlos! Auch wollte sie es gar nicht. Wenn sie tatsächlich zwischen Joe und Andy wählen mußte, dann brauchte sie gar nicht erst lange zu überlegen: Andys Verlust wäre ihr unerträglich gewesen. Alles, was sie bis dahin mitgemacht hatte, würde im Vergleich damit nichts sein. Sie würde alles aufgeben, alles opfern, um diesen fremden Mann zu halten.

Bis in die Dämmerung hinein hatte sie gewartet, und nun war die Dunkelheit vollends hereingebrochen, und er war nicht gekommen. Das machte sie ganz krank.
An dem ersten Tag, an dem Andy das Haus verlassen hatte, war sie in den Hof hinuntergegangen, um das Spülwasser auszugießen. Da hatten Meggie und Jinny bereits auf sie gewartet. »Bravo!« hatte Jinny Wilson zu ihr gesagt. »Das war ein guter Anfang, Kind. Bleiben Sie dabei. Dann brauchen Sie sich nie mehr Geld auszuleihen.« Katie hätte gerne etwas zu ihrer Rechtfertigung vorgebracht. Aber was hätte sie sagen sollen?
Als sie endlich seinen energischen, raschen Schritt auf der Treppe hörte, ging sie zur Tür, lehnte sich eine Sekunde, schwach vor Erleichterung, daran an, und dann lag sie in seinen Armen, worauf er sie in die Wohnung zurückgeleitete. Dort klammerte sie sich an ihn, und er preßte sie fest an sich und sagte schließlich: »Er ist also gegangen?«
Sie rieb nur stumm ihre Wange an der seinen, und er meinte: »Es tut mir leid . . . Wäre er geblieben, wenn du ihm versprochen hättest, daß . . .?«
Abermals machte sie nur eine schwache Kopfbewegung, da hob er ihr Kinn hoch und sagte feierlich: »Du hast keinen Fehler begangen, Kaa-tee. Ich werde immer für dich einstehen, genau wie ich es dir versprochen habe. Du

weißt es ja, aber laß es dir noch einmal gesagt sein: Du hast keinen Fehler begangen . . . Und jetzt«, sagte er, tief Atem holend, »bleiben uns bloß noch fünf Minuten. Ich wäre früher gekommen, wenn mich die Hafenbehörde nicht aufgehalten hätte. Also muß ich es kurz machen. Wir segeln heute nach Stavanger, dort löschen wir unsere Kohle, und falls wieder eine Ladung für uns bereitliegt, dürften wir in knappen drei Wochen wieder zurück sein. Wenn ich aber nach Bergen muß, dann kann es auch eine Woche länger dauern; es hängt alles vom Wetter und von der Fracht ab. In der Zwischenzeit brauchst du etwas zum Leben. Hier sind fünf Pfund. Sollte ich aus irgendeinem Grund länger als einen Monat aufgehalten werden, dann schicke ich dir Geld, keine Angst, das tu' ich ganz bestimmt.« Er drückte ihr die Sovereigns in die Hand.

Bis zu diesem Augenblick hatte sie sich nicht als schlechtes Frauenzimmer gefühlt, denn alles, was sie von ihm angenommen hatte, waren Lebensmittel, Kohlen und Kerzen gewesen. Nun aber, da er ihr gewissermaßen ihren Preis zahlte, war es so, wie Meggie Proctor gesagt hatte: Sie waren allesamt Fischmarkthuren oder Hafenpuppen. Nein, nein, sie war keine, sie war es nicht. Sie stürzte sich in seine Arme und weinte so sehr, daß sie am ganzen Leib zitterte. Liebevoll und hastig sprach er in seiner Muttersprache auf sie ein, schließlich suchte sein Mund den ihren, und er küßte sie leidenschaftlich, was sie ebenso ungestüm erwiderte. Dann schob er sie von sich und sah sie an. Seine strahlendblauen Augen schienen ihr Gesicht Zug um Zug abzutasten, ehe seine Blicke auf ihrem Haar haften blieben. Dann strich er sanft darüber, nahm eine Strähne in seine Hand, legte sie zu einer Schleife zusammen und schnitt ein kleines Stück davon ab. Dann rollte er es sich um den Finger und schob es schließlich in seine obere Rocktasche. Danach nahm er ihr Gesicht in seine beiden Hände und murmelte heiser: »Du weißt, daß ich zurückkomme, Kaa-tee. Du weißt es.« Damit berührte er abermals ihre Lippen, diesmal jedoch sanft, und sagte: »Komm nicht mit. Bleib schön hier.«

Katie rührte sich einige Zeit nicht von der Stelle. Erst Lizzies Wimmern ließ sie wieder aus ihrer Erstarrung erwachen. Als sie aufs Schlafzimmer zuging, blieb ihr Blick auf dem kleinen Sack haften, den Joe mitgebracht hatte. Langsam hob sie ihn auf und leerte seinen Inhalt rein mechanisch auf den Küchentisch: Es war eine Handvoll geräucherten Specks und ein Kranz Blutwurst.
Sonderbar waren die Dinge, die sich ereignet hatten. Ihr Küchenschrank war angefüllt mit Lebensmitteln. Und hier war eine Handvoll Speck und ein Kranz Blutwurst. Hätte Joe diese Dinge drei Tage früher gebracht, dann hätte sie Andy niemals kennengelernt ... Eine Handvoll Speck und ein Kranz Blutwurst.

Am darauffolgenden Tag ging Joe mittags um zwölf die Treppe hinunter und trat auf die Straße. Er war leichenblaß und zitterte. Er hatte Katies Antwort soeben erhalten. Während er die Straße, die nach East Jarrow führte, entlangging, sagte er sich immer wieder, daß es nicht möglich sei. Er konnte es nicht glauben. Er war gekränkt, bis ins Herz getroffen, vor allem aber fühlte er sich beschmutzt. Er murmelte vor sich hin: »Sie ist gemein, schmutzig und verdorben, jawohl, das ist sie, das ist sie.«
Die Stadt lag wie ausgestorben da, als würde jedermann einen Leichenzug erwarten.
Joe zerbrach sich jedoch nicht eine Minute den Kopf über den Streik. Jetzt brauchte er ja für niemanden zu sorgen als für sich selbst. Er fühlte sich verlassen. abgeschüttelt wie ein Köter, beiseite gestoßen. Tja, das war es, was Katie getan hatte: Sie hatte ihn einfach beiseite gestoßen. Und er hatte jahrelang gearbeitet, um den Haushalt halbwegs aufrecht erhalten zu können, ihr jeden einzelnen Penny gegeben, kein Mensch hätte mehr tun können. Und nur weil sie hungrig gewesen war, war sie hingegangen und hatte so etwas getan. Was ihn daran am meisten erschütterte war, daß sie noch stolz darauf zu sein schien, ja daß sie sich geradezu damit brüstete, daß sie diesen Mann niemals aufgeben werde. Sie sah offensichtlich überhaupt nicht ein,

daß sie sich damit nur selbst zum Narren machte. Diese Kerle warteten es gar nicht erst ab, aufgegeben zu werden, die gingen einfach auf und davon und kehrten nie wieder. Nun, seinetwegen konnte sie ruhig gekrochen kommen, wenn ihr eines Tages die Augen aufgingen. Dann würde er ihr schon die richtige Antwort geben, o ja, das würde er!
Joe befand sich nun in einem sauberen Außenbezirk, der im Vergleich mit dem Stadtteil, in dem er bisher gewohnt hatte, direkt vornehm aussah. Nachdem er die Gartentür eines Reihenhauses geöffnet und einen schmalen Hof durchquert hatte, klopfte er an die Küchentür.
Mrs. Hetherington öffnete ihm und sagte munter: »Da sind Sie ja, Joe. Sie sind also wieder zurückgekommen.«
»Ja, Mrs. Hetherington.«
»Kommen Sie herein, kommen Sie nur herein, Junge.«
Joe betrat die Küche, wo Mr. Hetherington gerade damit beschäftigt war, seine Stiefel mit Eisenplättchen zu versehen.
»Hallo, mein Junge«, sagte Mr. Hetherington. »Wie war es? Hast du alles wieder in Ordnung gebracht?«
Joe stand da und rieb sich heftig mit der Hand über den Mund. Dann blickte er von der untersetzten, kleinen Frau zu dem großen, mageren Mann, senkte den Kopf und sagte: »Es hat nicht ganz gestimmt, daß wir uns bloß gestritten haben, Mr. Hetherington. Es ist schlimmer. Ich kann nicht mehr zurückgehen, weil meine Schwester damit begonnen hat, auf die Straße zu gehen.«

4

Einen Monat später, beinahe auf den Tag genau, kehrte Andree an den Tyne zurück.
In der ersten Woche völliger Einsamkeit hatte Katie fast immerzu geweint. Es kam sogar der Zeitpunkt, wo sie um ein Haar Joe aufgesucht hätte; sie wußte, daß sie ihn bei den Hetheringtons finden würde. Sie hatte keine Minute vorgehabt, ihn zum Zurückkommen zu veranlassen, sie

hätte ihn nur gerne gebeten, sie doch hie und da zu besuchen, sich nicht völlig von ihr abzukapseln. Aber wenn sie sich an Joes Miene erinnerte, ehe sie auseinandergegangen waren, wußte sie, daß es zwecklos war. Denn Joe war in diesem Punkt ganz der Vater; auch wenn er selbst nicht zur Kirche ging, hatte er streng moralische Ansichten.
In der zweiten Woche hatte sie sich angewöhnt, alles mit Lizzie zu besprechen, und es war ihr, als verstünde sie sie auch. Aber dann hatte sie es wieder bleiben lassen; es führte doch zu nichts . . .
Dreimal mußte sie von neuem Feuer machen, bevor Andree, dessen Schiff bereits eingelaufen war, endlich die Treppe heraufgestürmt kam, und als es soweit war, blieb Katie wie angewurzelt stehen und war nicht fähig, die Tür zu öffnen.
Er klopfte aber gar nicht erst an, sondern drückte einfach die Klinke nieder, und da stand er. In der einen Hand trug er einen mächtigen Jutesack, den er erst einmal auf den Boden stellte, die andere hielt er ihr entgegen, genauso wie Katie ihn in ihren Träumen vor sich gesehen hatte. Er funkelte sie mit seinen strahlendblauen Augen an, als er näher und immer näher kam, und Katie regte sich nicht und brachte kein einziges Wort heraus, sondern lag stumm in seinen Armen.
Nicht nur ihr Mund, ihr ganzer Körper versank in dem seinen, und als der erste Moment schwindelerregender, schmerzlich-heftiger Ekstase vorbei war, schob er sie von sich und flüsterte: »O Kaa-tee, Kaa-tee.« Dann schüttelte er wie ungläubig den Kopf und meinte: »Ich habe es also nicht nur geträumt. Aber meine Erinnerungen waren nicht lebhaft genug. Du bist in Wirklichkeit viel, viel schöner.«
Abermals fiel sie ihm um den Hals und weinte glücklich. »Andy, o Andy. Mein Gott, wie du mir gefehlt hast, oh, wie du mir gefehlt hast. Jeden einzelnen Tag hab ich mich um dich gesorgt und geängstigt . . .«
Es war eine Stunde darauf, nachdem sie sich geliebt und miteinander gesprochen und sich abermals geliebt hatten, da standen sie aufgelöst, aber immer noch nicht imstande,

voneinander zu lassen, dicht nebeneinander vor dem Tisch, und Andree machte seinen großen Sack auf.
In ihrem Leben hatte Katie noch nie so viele schöne Dinge auf einmal beisammen gesehen, zumindest waren es Dinge, die in ihren Augen eben schön waren. Das allerschönste war bestimmt ein Riesenglas Erdbeermarmelade. Lebensmittel gehörten nun einmal für Katie zu den schönsten Dingen. Andy leerte alles auf den Tisch aus: einen ganzen Schinken, eine gepökelte Zunge, eine Schachtel Ingwer, eine Schachtel voller nie gesehener, fremdartig aussehender Süßigkeiten. Dann zwei Rollen Stoff, eine davon war ein schöner, grüner Kammgarn, die andere blaßsilberne Seide. Vorsichtig tastete Katie mit ihrer rauhgewaschenen Hand über die zarte Seide. Sie blickte zu Andy auf und flüsterte: »Ist das aber schön. Andy. Wunderschön, das ist ja reine Seide.«
»Das will ich meinen. Für Nachthemden und Unterhemden.«
Sie sperrte Mund und Augen auf, ehe sie sagte: »Das soll ich für Wäsche benützen?«
»Selbstverständlich.«
»Dazu ist es doch viel zu gut.«
»Zu gut – für dich?« Er zog sie an sich. »Gesponnenes Gold wäre nicht einmal gut genug für dich.«
»Ach, Andy . . .«
Zwei Stunden später saßen sie vor dem Feuer auf dem Bett und Katie fragte: »Wie lange bleibst du diesmal?«
»Zwei Tage, vielleicht auch drei.«
»O nein! Nur zwei Tage? O Andy!«
Sie senkte den Kopf auf seine Schulter, und er fragte: »Bist du sehr einsam, nur mit . . .?«
Er deutete zum Schlafzimmer, und sie sagte: »Ich bin immer einsam, wenn du nicht hier bist.«
»Weißt du, ich habe einen Plan.« Er schob ihr Kinn in die Höhe, wie er es so gern tat, und sagte: »Ich denke daran, meine Gesellschaft zu verlassen. Bei Palmer in Jarrow brauche ich nur die Hälfte der Zeit. Sie beziehen jetzt Gold und Erz aus Spanien. Es ist eine lange Reise bis

dahin, aber mit ihren Dampfschiffen geht es doppelt so schnell. Ich habe mit einem Freund darüber gesprochen, der den Besitzer, diesen Mr. Palmer, kennt. Er wird ein gutes Wort für mich einlegen bei ihm.«
»O Andy.« Sie lächelte ihn sanft an. »Das würde bedeuten, daß du für immer hier vor Anker gehst und nicht jedesmal nach Schweden zurück müßtest!«
Er zog mit dem Finger liebevoll jeden ihrer Züge nach, bevor er leise sagte: »Es gibt etwas, was ich dir sagen muß, aber es hat Zeit.« Dann fügte er rasch hinzu. »Schau nicht so besorgt drein, Kaa-tee. Dazu besteht nicht der geringste Anlaß. Ich möchte dir einfach etwas über mein Heim erzählen. Es ist nicht in Schweden, sondern in Norwegen. Obgleich ich gebürtiger Schwede bin, habe ich immer in Norwegen gelebt.«
»Sag es mir jetzt, bitte, Andy. Sag es mir am besten gleich.« Ihre Bitte klang dringend und eine Spur angsterfüllt, als sie seine Hände an ihre Brust drückte.
Während der Wochen der Trennung hatte sie über sein Heim und seine Bindungen nachgedacht. Sicher hatte er Eltern, vielleicht sogar eine Frau und Kinder? Nein, nein! Er durfte einfach nicht Frau und Kinder haben. Schwestern und Brüder, Vater und Mutter, aber nicht Frau und Kinder.
»Sag es mir, Andy«, verlangte sie abermals.
Andree schwieg so lange, daß Katie zögernd die Hand ausstreckte, leise seine Schulter berührte und schließlich sagte: »Es macht ja nichts.«
»Doch, es macht etwas.« Er drehte sich wieder zu ihr herum. »Es macht etwas, Kaa-tee, und ich glaube, daß jetzt der richtige Zeitpunkt gekommen ist, um es dir zu sagen. Aber ich will es auf meine eigene Art und Weise tun, das wird mir die Sache erleichtern.« Er tätschelte sanft ihre Wangen, dann sagte er: »Gib mir, bitte, einmal meinen Rock her.« Sie reichte ihn ihm.
Andree begann seine Innentasche zu leeren. Aus einer nahm er eine umfangreiche Brieftasche, aus der zweiten eine schöne Ledermappe und aus der dritten ein kleines, mit einem Metallschloß versehenes Buch. Dann nahm er

den Schlüssel aus der Tasche, sperrte das Buch auf, deutete mit dem Finger darauf und sagte: »Das ist ein Tagebuch, weißt du, in so etwas schreibt man ganz persönliche Dinge hinein.«

»Ja, das weiß ich.«

Er lächelte und kniff sie zärtlich in die Wange, während er sagte: »Natürlich, ich habe ganz vergessen, daß du ja lesen und schreiben kannst.«

Sie machte eine abwehrende Kopfbewegung und lächelte ihn auf ihre sanfte Art an. Sie bemerkte, daß er etwas gespreizt sprach; das tat er immer, wenn er außer sich oder bewegt war. Damals mit Joe hatte er genauso gesprochen, wie er es jetzt tat. Die Vorstellung, daß das, was er ihr zu sagen hatte, ihn bewegte, verstärkte nur ihre Befürchtungen, und das Lächeln verschwand aus ihren Zügen.

»Sieh dir das erst einmal an.« Er deutete auf eine kleine Landkarte, die in das Buch eingeklebt war. »Siehst du? Der Druck ist schwach, aber man sieht es doch, diesen winzigen Punkt hier, das heißt Karlstad. Dort bin ich zur Welt gekommen. Mein Vater war Norweger, meine Mutter Schwedin. Der Vater meines Vaters war Engländer und ging als junger Mann nach Norwegen, wo er für immer geblieben ist, und ich war von meinem siebenten Lebensjahr an bei ihm. Deshalb spreche ich so gut englisch. Weißt du, wir sind eine große Familie, elf Geschwister, also konnten es sich meine Eltern leisten, daß zwei davon, mein Bruder Jon und ich, bei den Großeltern aufwuchsen. Das Leben mit ihnen war wunderbar, wirklich. Als ich vierzehn war, ging ich zur See. In einer Frühlingsnacht segelte ich bei Mondschein und vollem Wind in den Segeln von Bergen los. Das war meine erste ›Ehe‹: In jener Nacht bin ich auf Lebzeiten mit dem Meer eins geworden.«

Erste Ehe . . . Es fröstelte Katie, und nicht einmal Andrees Händedruck konnte sie erwärmen.

»Sieben Jahre später war ich auf demselben Schiff Steuermann, und es kam der Tag, als wir nach Bergen zurückkehrten und die ganze Stadt am Kai versammelt war, denn wir waren zwei Jahre ohne Unterbrechung fortgewesen. In

jener Nacht veranstaltete man für uns einen Ball im Radhus – bei euch heißt das Rathaus, nicht wahr? Und dort lernte ich eine junge Dame kennen. Ich hatte monatelang keine Frau mehr zu Gesicht bekommen, und besagte junge Dame hatte eine schöne, feine Haut und hübsches Haar, und es schien ihr großen Spaß zu machen, mit mir zu tanzen. Da wußte ich noch nicht, wer sie war. Für mich war sie einfach ein junges, hübsches Mädchen. Nächsten Tag kam ich dann drauf, als mein Bruder Jon mich damit aufzog, daß ich auf dem Ball offensichtlich der Auserwählte von Miß Peterson gewesen sei.
Meine Großeltern konnten sich vor ›Oohs‹ und ›Aahs‹ gar nicht fassen, denn Papa Peterson war ein einflußreicher Mann, dem beinahe die ganze Stadt gehörte, wie man so sagt. Nun, dachte ich mir, damit war die Sache wohl erledigt. Unter diesen Umständen würde ich von Miß Peterson sicher nichts mehr hören. Aber nein, ich wurde sogar in ihr Elternhaus eingeladen und . . . nun«, er zuckte die Achseln –, »ich war jung, fühlte mich ungemein geschmeichelt und war, jaja, ich war verliebt. Verliebt! Mit dem Verliebtsein ist das so eine Sache. Verliebtsein heißt nicht lieben, es ist bloß so eine Art Verrücktheit. Meine Jugend, die beiden langen Jahre auf dem Meer draußen, das Geschmeicheltsein, daß mich eine so feine, junge Dame derart beachtete, und nicht zuletzt der urmännliche Trieb, der mir ganz schön zusetzte – all das brachte mich schneller in die Kirche und zum Jasagen, als ich mir vorgenommen hatte.«
Er schob nun sein Gesicht noch näher an das ihre heran, zog mit dem Finger sanft ihre Augenbrauen nach und sagte leise: »Sieh nicht so drein, Kaa-tee. Es gibt nichts, worüber du dich zu kränken brauchst. Ich hab' es dir doch gleich gesagt – nichts.
Innerhalb von wenigen Monaten war ich Kapitän und hatte mein eigenes Schiff. Ach, Kaa-tee, es war eine feine Sache, mit der Tochter eines einflußreichen Mannes verheiratet zu sein.« Er nickte ihr langsam zu. »Als mein erstes Kind zur Welt kam, war ich auf dem Meer; es war ein

Mädchen, und ich bekam es erst zu sehen, als es sieben Monate alt war. Fünf Wochen konnte ich daheimbleiben, das genügte natürlich nicht, daß die Kleine mich kennenlernte. Sie weinte, wenn ich sie hochhob . . . ja, sie schrie sogar. Für sie war ich nur ein Riese mit einem mächtigen Bart, weiter nichts. Als mein zweites Kind geboren wurde, war ich abermals auf dem Meer draußen. Ich sah die Kleine zum erstenmal, als sie einen Monat alt war. Und meine Erstgeborene schrie noch immer, wenn ich sie hochhob. Als ich vier Jahre verheiratet war, bekam ich ein größeres Schiff – oh, das war erst ein schönes Schiff! Mein Schwiegervater hatte in der Branche schon was mitzureden, du verstehst. Ich machte meine erste Reise mit diesem Prachtschiff und blieb zwei Jahre draußen. Als ich wiederkehrte, hatte ich einen sechzehn Monate alten Sohn, und meine Älteste schrie noch immer bei meinem Anblick.« Er lächelte nun breit. »Ich glaube, das war der Grund – daß mein eigenes Kind mich nicht kannte –, daß ich den Wunsch äußerte, eine andere Route einzuschlagen, die nach England und zurück, damit ich öfter daheim sein und meine Kinder kennenlernen konnte. Sonderbarerweise stieß mein Wunsch auf ziemlich heftigen Widerspruch, und zwar vor allem von seiten meiner Frau. Sie schien offensichtlich mit unserer Lage völlig zufrieden zu sein. Sie . . . sie lebte für die Kinder, die sie verwöhnte, für ihr Haus, das ihr Vater gekauft hatte . . .« Abermals zuckte er die Achseln. »Ein Kapitän verdient nicht schlecht, aber keinesfalls genug, um für ein Haus mit zehn Zimmern und eine große, verwöhnte Familie aufkommen zu können. Und doch: So groß dieses Haus auch war, es war kein Platz darin für einen riesigen, ungeschickten Seemann, der mit groben Stiefeln über das noble Parkett polterte. Also ging ich abermals auf See. Aber diesmal kehrte ich zwei Tage vor der Geburt meines vierten Kindes heim. Es war wieder ein Mädchen. Als ich sie in den Armen hielt und an mich drückte, sagte ich – was eine Art Erdbeben im Familienkreis auslöste! –, daß ich nun von den großen Fahrten genug hätte. Ich wollte mich auf eine

Route festlegen, die mich nicht mehr so weit und auf so lange von daheim entfernte. Zumindest dieses letzte Kind wollte ich gleich vom ersten Tag an gründlich kennenlernen.
Nach einem langen Kampf bekam ich dann auch mein Schiff, aber bei einer Gesellschaft, bei der mein Schwiegervater nichts dreinzureden hatte. Mit solchen Kleinigkeiten gab er sich gar nicht erst ab. Sein gesellschaftliches Ansehen ging ihm über alles. Von da an war ich beinahe immer ein halbes Jahr daheim, wenn das Meer bei uns zugefroren war. Nicht daß ich da nicht gearbeitet hätte. Oh, ich habe gearbeitet; es gab eine Menge zu tun. Aber sehr bald wünschte ich mir, nicht so viel daheim sein zu müssen, denn meine erst dreißigjährige Frau beschloß, keine Kinder mehr zu bekommen und auch sonst . . . Sie schob eine Unpäßlichkeit nach der andern vor, bis es so schlimm wurde, daß ihre Mutter zu uns übersiedeln mußte, um sie pflegen zu können. Auf die Dauer war das natürlich nicht möglich, und so beschlossen die beiden, daß meine Frau wieder in ihrem Elternhaus wohnen solle, und natürlich gingen die Kinder und das Personal mit.« Er machte eine hilflose Bewegung. »Oh, ich wurde dort stets willkommen geheißen. Sie haben mir sogar zwei Räume für mich ganz allein eingerichtet, zu denen es einen Extraeingang gibt, damit meine großen Stiefel nicht den schönen Mosaikboden in der Halle beschmutzen, der täglich frisch aufpoliert wird. Ich unterhalte mich dann mit meinen Kindern, die mir gegenüber überaus höflich sind, sogar meine Älteste, die nun beinahe sechzehn ist und mich für einen ungeheuer komischen Menschen hält, weil ich der einzige bin, der es versteht, sie zum Lachen zu bringen. Sieh her, da ist ein Bild von ihr.« Er öffnete die Ledermappe und nahm einige Bilder daraus hervor. »Da ist sie.«
Katie blickte auf das zarte Aquarell eines jungen Mädchens nieder und stellte zu ihrem Erstaunen fest, daß dieser Anblick sie überhaupt nicht schmerzte. Wenn sie etwas schmerzte, ja bekümmerte, dann handelte es sich um ihn. Sie hatte stets ein untrügliches Gefühl dafür gehabt,

ob ein Mensch einsam war oder nicht. Man brauchte ja nur daran zu denken, was sie für Miß Theresa empfunden hatte, ja selbst für Mark Bunting. Aber bei Andy hatte sie dieses Gefühl bisher nicht gehabt. Und nun mußte sie erkennen, daß die Einsamkeit in seinem Leben einen ganz, ganz großen Platz einnahm und bitter an ihm nagte. Sie sah sich die Bilder der Kinder der Reihe nach an, am längsten das des Jungen; dann hob sie den Blick und meinte: »Er sieht aus wie du.«
»Ja, das tut er. Ich hab' ihn auch nach mir genannt: Nils.«
Sie sah ihn verdutzt an. »Nils? Ich dachte, dein Name sei Andree.«
Er lachte: »Andree Fraenkel ist mein Familienname, und ich wurde immer beim ersten angesprochen: Andree. Also laß es dabei. Ich mag Nils ohnehin nicht.«
Sie schüttelte lächelnd den Kopf. »Das ist komisch. Das ist genauso, als würde man hier jemanden nur Smith oder Brown oder von mir aus Mulholland nennen.«
»Mulholland«, sagte er und strich sich träumerisch den Bart. »Das ist etwas anderes, das ist ein wunderschöner Name.« Dann reichte er ihr noch ein Bild und sagte: »Das hier sind meine Großeltern.«
»Oh, die sehen aber nett aus.«
»Sie sind auch nett, prachtvolle, gute Menschen, wirklich.«
Er hatte ihr kein Bild von seiner Frau gezeigt, und sie hatte auch nach keinem gefragt, aber nachdem er die übrigen Bilder wieder in der Mappe verstaut hatte, blickte er ins Feuer und sagte schließlich: »Nun, Kaa-tee, was denkst du jetzt von mir? Ich habe eine Frau und vier Kinder in Norwegen, und ich liebe dich, ja, ich kann ohne dich nicht leben. Was denkst du jetzt von mir?«
Sie überlegte keinen Augenblick, sondern breitete die Arme aus, zog ihn fest an sich und sagte: »Genau dasselbe, was ich vorher gedacht habe: Daß ich dich liebe und nicht mehr ohne dich leben kann. Vielleicht liebe ich dich jetzt sogar noch mehr. Es ist merkwürdig, aber« – sie wiegte sich in seinen Armen – »ich habe geglaubt, daß ich eifer-

süchtig sein würde, wenn du mir erzählst, was du mir erzählen wolltest, daß ich ganz und gar von Eifersucht verzehrt sein würde, aber ich bin es nicht. Sonderbar, nicht? Ich bin es nicht.«
»O Kaa-tee, Kaa-tee.« Er küßte sie liebevoll immer und immer wieder. Dann drehte er sich um, nahm seine Brieftasche hervor und sagte: »Diese Sache muß jetzt ein für allemal erledigt werden. Ich habe Tage und Tage darüber nachgedacht. Ich bin jetzt für dich verantwortlich, um so mehr, als dein Bruder dich meinetwegen verlassen hat. Mein Lohn auf dem kleinen Kübel, auf dem ich jetzt bin, ist nicht so groß wie auf den großen Schiffen von früher. Er beträgt vierzehn Pfund im Monat. Aber ich mache das mit ganz schönen Nebeneinnahmen wett.« Er lächelte ihr schlau zu.« Es spielt aber keine Rolle, was und wieviel ich einnehme, weil meine Frau ohnehin nichts von mir erwartet. Es erleichtert ihr offensichtlich das Gewissen, kein Geld mehr von mir anzunehmen, seit sie wieder ins Elternhaus zurückgekehrt ist. Also laß ich es dabei. Deshalb werde ich von nun an folgendes tun: Ich werde meinen halben Sold auf dich überschreiben lassen.«
»Nein, nein, Andy, o nein.«
»Doch, Kaa-tee, doch.«
»Aber du bist gar nicht in der Lage, irgend etwas auf mich überschreiben zu lassen, wo ich doch nicht deine . . .«
»Diese Dinge lassen sich arrangieren. Noch bevor ich wieder in See steche, werde ich dafür sorgen.«
Sie sah ihn fassungslos an. Es war, als hätte er sie auf magische Art für den Rest ihres Lebens in Sicherheit gebracht. Das beklemmende Gefühl der Not, das sie bisher nie verlassen hatte, schwand mit einem Mal dahin. Sein halber Sold! Regelmäßige Einkünfte, mit denen man rechnen konnte. Oh, sie verdiente ihn nicht, wirklich! Sie fiel ihm um den Hals, und Wange an Wange blieben sie dicht nebeneinander sitzen und starrten ins Feuer.
Plötzlich fragte sie ihn, ohne eine Erklärung dafür zu haben: »Ist das Haus, das du in Norwegen hast, ein schönes Haus?«

Es dauerte ziemlich lange, bis er antwortete: »Ja, ja, es ist ein schönes Haus, Kaa-tee.«
Und diese Antwort machte sie traurig.

5

Die sechs Monate, die folgten, waren eine Zeit der Erfüllung und vielleicht die glücklichsten in Katies Leben. Abgesehen von dem Schuldgefühl im Hinblick auf Joe und der Panik, von der sie jedesmal ergriffen wurde, wenn Andrees Schiff überfällig war, fühlte sich Katie ruhig, sicher und glücklich. Ihre Brust nahm an Umfang zu, die Hüften verloren ihre Flachheit, und ihr Geist öffnete sich Erkenntnissen wie nie zuvor, nicht einmal als sie noch die Bücher gelesen, die ihr Theresa gebracht hatte. Mit ihm machte sie lange Spaziergänge, Einkaufsbummel, kleine Spritzfahrten und Ausflüge, und es kam ihr überhaupt nicht merkwürdig vor, daß es im Grunde genommen ein Fremder war, der ihr Newcastle zeigte.
Andrees Leben war nun eng mit dem Tyne verbunden, denn mit Winterbeginn hatte er seine norwegische Schifffahrtsgesellschaft verlassen und sich bei einer anderen Firma – nicht bei Palmer, die hatten zur Zeit nichts frei – anheuern lassen. Diese Gesellschaft unterhielt auf ihren Linien nach Harwich und London Segelschiffe, was Andree natürlich sehr von Wind und Wetter abhängig machte.
Oh, er war wunderbar, einfach wunderbar. Der Gedanke an seine Güte trieb Katie Tränen in die Augen, besonders wenn sie bedachte, wie liebevoll er mit Lizzie umging. Nicht einmal ihre Eltern hatten sie so behandelt. Er hatte darauf bestanden, daß jemand nach ihr sehe, wenn sie beide ausgingen. Er sagte, die Vorstellung, daß sie angebunden im Bett sitzen müsse, gefiele ihm absolut nicht. Er verstände schon, daß das früher notwendig gewesen sei, aber nun sollte man es nur noch für ganz kurze Zeit machen. Und so bat er Meggie Proctor, heraufzukommen und

auf Lizzie zu achten, und natürlich hatte er sich dabei alles andere als kleinlich erwiesen. Einmal hatten sie die geplante Ausfahrt allerdings sein lassen müssen, als Meggie zu betrunken gewesen war, um auch nur die Treppe hochzuklettern.

Dieser glückliche Abschnitt ihres Lebens und einer Harmonie, die Katie nie vorher gekannt hatte, endete an jenem Abend, an dem Meggie Proctor Besucher hatte.

Meggie hatte sich angewöhnt, urplötzlich im obersten Stockwerk aufzutauchen, wann immer sie Hunger hatte oder knapp an Kleingeld war, was regelmäßig der Fall war, wenn nur wenige Schiffe im Hafen lagen, zumindest solche mit weißer Besatzung, denn Meggie würde, wie sie sagte, niemals einen Araber oder Neger im Umkreis von einer Meile um sich dulden.

Anfangs hatte Katie diese Überfälle übelgenommen, aus naheliegenden Gründen, aber man konnte einem Menschen wie Meggie nicht lange etwas übelnehmen, und nun war sie ihr von Zeit zu Zeit sogar willkommen, denn Meggie bedeutete doch so ein bißchen was wie Gesellschaft und verstand es, sie zum Lachen zu bringen. Auch benahm sie sich für ihre Verhältnisse insofern taktvoll, als sie nie ins oberste Stockwerk kam, wenn der Kapitän daheim war.

Andrees regelmäßige Besuche hatten Katie eine Art Sonderstellung verschafft, sowohl innerhalb des Hauses als auch in der Crane Street, denn alle sagten: Das sei eine feste Sache, der kommt regelmäßig zu ihr und unterstützt sie ordentlich, nicht wie andere, die sich nie mehr blicken lassen und einen höchstens mit einem dicken Bauch zurücklassen, ganz abgesehen vom Kummer.

Katie genoß es, daß alle höflich zu ihr waren, mit ihr sprachen, sie freundlich grüßten und offensichtlich nicht im entferntesten die Absicht hatten, ihre Nachttöpfe über sie zu ergießen, wie sie es bei Meggie Proctor und Jinny Wilson schon mehrmals getan hatten.

An jenem Abend saß sie da und nähte und hatte sich den Luxus geleistet, zwei Kerzen anzuzünden, weil sie sich die Augen nicht mehr so überanstrengen wollte wie früher.

Sie hatte einen kleinen Laden entdeckt, wo man kaum getragene Kleider feiner Damen kaufen konnte, sich am Vortag etwas Hübsches ausgesucht und war nun dabei, die nötigen Änderungen vorzunehmen.
Einen Moment hielt sie im Nähen inne, legte die in Mokassins steckenden Füße auf den Hocker, verschränkte die Arme hinterm Kopf und blickte auf die reizende Uhr, die ihr Andree erst unlängst mitgebracht hatte. Es war wunderbar, eine Uhr im Haus zu haben und nicht bloß auf die Sonne oder das Ein-Uhr-Läuten des Schotterwerks in North Shield angewiesen zu sein, wenn man wissen wollte, wie spät es war. Sie fragte sich, wo Andree wohl sein mochte und ob er Harwich bereits angelaufen habe. Wenn das Wetter es gut meinte, konnte er es in vier Tagen schaffen, das würde bedeuten, daß er zum Wochenende da und über Weihnachten daheim sein würde. Die ersten gemeinsamen Weihnachtsfeiertage! Sie zerbrach sich nicht den Kopf darüber, ob er es bedauern könnte, das Fest zum erstenmal nicht mit seiner Familie zu verbringen; sie wußte, mit wem er sie am liebsten verbringen wollte – in dieser Beziehung hegte sie nicht die geringsten Zweifel.
Sie legte das umgeänderte Kleid fein säuberlich zusammen, stellte den Kessel auf das Feuer, das bereits herabgebrannt war, und beschloß, nicht nochmals nachzulegen, sondern zu Bett zu gehen. Wozu sollte sie aufbleiben und Kohle oder am Ende gar Lebensmittel verschwenden? Obwohl sie den Schrank gerne voll davon hatte, ging sie möglichst sparsam mit dem Haushaltsgeld um, außer wenn Andree daheim war. So konnte sie allwöchentlich ein paar Shilling von dem ihr zugeteilten Pfund beiseite legen.
Sie brachte Lizzie etwas warmen Haferschleim und richtete ihr das Bett. Sie hatte in letzter Zeit bemerkt, daß sich die körperliche Verfassung der Schwester veränderte, was sie vor ein Rätsel stellte; sie aß gar nicht viel, dennoch nahm ihr Körper in erschreckendem Maß an Umfang zu. Katie hatte sich schon gefragt, ob sie einen Arzt kommen lassen sollte. Aber was würde der schon tun können, außer ihr eine Arznei verschreiben? Sie beschloß, die Sache bis

zu Andrees Heimkehr zu verschieben. Er wußte stets, wie man die Dinge richtig anpackt...

Ungefähr eine halbe Stunde später, als sie bereits im Bett lag und nahe daran war, einzuschlafen, drang von der Treppe her gedämpftes Lachen an ihr Ohr. Dann ließen Schritte sie auffahren, und als sie Meggies Stimme erkannte, dachte Katie: Nach dem Lärm zu schließen muß die heute wieder mal ganz schön geladen haben. Hoffentlich kommt sie nicht herauf. Aber es dauerte keine Minute, als ihr klar wurde, daß Meggie ihr einen Besuch abzustatten gedachte. Denn sie klopfte an die Tür und rief leise: »Katie, Katie. Mach doch mal auf, komm. Ich möcht' ein Wort mit dir reden.«

Es war nicht das erstemal, daß Meggie in dieser Verfassung bei Katie auftauchte, und erfahrungsgemäß war es ganz zwecklos, ihr zu sagen, sie solle wieder gehen. Katie rieb sich den Schlaf aus den Augen, stand auf, tappte sich zum Küchentisch hinaus, zündete die Kerze an der verglimmenden Asche im Kamin an, steckte sie auf den Leuchter und ging damit zur Tür.

Kaum hatte sie den Riegel zurückgeschoben, als die Tür derartig heftig aufgestoßen wurde, daß Katie beinahe umgeworfen wurde. Und schon stolperte Meggie in die Küche, und Katie sah auf den ersten Blick, daß sie stockbetrunken war. In diesem Zustand konnte sie manchmal sehr eklig sein, also sagte Katie nur ruhig: »Ach, Meggie, was soll denn...«

Ehe sie noch zu Ende gesprochen hatte, schwenkte Meggie schon heftig den Arm nach hinten und schrie: »Kommt nur, kommt nur alle rein!« Dann wandte sie sich an Katie und sagte: »Ich hab' meine Freunde mitgebracht. Du bist nicht die einzige, die Freunde mit Geld hat, Katie Mulholland, da bist du gar nicht die einzige. Kommt doch! Kommt nur rein!« Sie winkte den beiden, nur undeutlich wahrnehmbaren Gestalten am Treppengeländer zu, und einer trat auch sogleich in den Lichtschein von Katies Kerze. Daß es ein Städter war, sah sie sofort an seiner Aufmachung; auch daß es ein Mann von Stand war, in mittleren

Jahren, mit einem ziemlich roten Gesicht und einem kleinen Kinnbart.

Als die Blicke des Mannes über sie glitten, wie sie so im Nachthemd dastand, griff Katie eilends nach ihrem Rock, der mit den übrigen Kleidungsstücken über einem Stuhl hing, hielt ihn sich so gut es ging mit der einen Hand vor, während sie mit der andern den Leuchter hochhielt und schrie: »Hinaus! Hinaus, sage ich!«

»Also hör mal, Katie, so kannst du dich wirklich nicht aufspielen; du bist auch nicht besser als wir, also sitz gefälligst nicht auf dem hohen Roß, ja? Kommt nur rein.«

Abermals winkte sie den beiden Männern, und nun betrat auch der zweite Katies Wohnung. Als er näher kam, fiel das Kerzenlicht voll auf sein Gesicht.

Als Katie diesen Mann zum letztenmal gesehen hatte, war es auch bei Kerzenschein gewesen. In den fünf Jahren, die seither verflossen waren, hatte sich Bernard Rosier verändert; er war dicker geworden, sein Gesicht verlebter und röter – aber ein Irrtum war ausgeschlossen. Als sie einander wiedererkannten, spürte Katie, wie ihr das Blut in den Adern stockte. Einen Moment lang hatte sie das Gefühl, ohnmächtig zu werden; aber schon in der nächsten Minute stieg eine Woge des Zorns in ihr hoch, und sie hörte sich schreien: »Sie!! Hinaus mit Ihnen! Hinaus aus meiner Wohnung, aber auf der Stelle!«

Er hatte die Augen zusammengekniffen und grinste höhnisch. Kein Laut drang aus seinem spöttisch verzogenen Mund, während seine Blicke sie abzutasten schienen. Nun geriet Katie in Wut. Eine einzige Sekunde hielt sie den Leuchter noch hoch, dann sauste er durch die Luft, wobei die Kerze – einen Flammenbogen bildend – herausfiel; aber noch ehe sie den Boden erreichte, sah Katie, daß sie ihr Ziel nicht verfehlt hatte. Ein Wutschrei erfüllte den Raum, in das sich beinahe gleichzeitig Meggies Gekreische mengte.

Als ein Zündholz aufflammte, sah Katie Bernard Rosier im Türrahmen lehnen. Sein Gesicht war mit Blut bedeckt, das ihm aus einer klaffenden Wunde dicht über dem Auge quoll. Verschwommen hörte Katie nun die Stimme Mrs.

Robsons von der Treppe, und gleich darauf stand die Frau mit hocherhobenem Leuchter in der Tür, an der sich die drei Besucher nun zusammendrängten.

Katie tappte wie blind nach einem Stuhl und setzte sich. Mit einer Hand hielt sie sich immer noch den Rock über die Brust. Ihre Wut war verschwunden und hatte der Angst Platz gemacht. Es war die Angst, die sie seinerzeit nachts in seinem Schlafzimmer ergriffen hatte. Damals hatte er nicht den Mund aufgemacht, und heute hatte er nicht den Mund aufgemacht; sein Schweigen hatte damals wie heute eine deutlichere Sprache gesprochen, als Worte es vermocht hätten. Als sie an den Ausdruck in seinen Augen dachte, als der andere Mann ihn schließlich am Arm gepackt und aus der Wohnung gezerrt hatte, fing Katie ebenso zu wimmern an, wie Lizzie es zu tun pflegte. Immer und immer wieder klagte sie: »O Andy, Andy.« Sie rief seinen Namen laut und lauter, als könne sein Name allein all das Böse von ihr abwehren, das nun nur zu bald über sie kommen würde.

Erst drei Stunden später wagte sie es, zu Bett zu gehen; immer wieder sagte sie sich, daß sie ja kein Kind mehr sei, sondern eine einundzwanzigjährige Frau. Und daß sie Andree hinter sich hatte. Aber es nützte nichts. Das Böse, mit dem Rosier den Raum, das Haus, die ganze Gegend erfüllt zu haben schien, raubte ihr den Atem ...

Am darauffolgenden Tag veranlaßte jedes kleinste Geräusch auf der Treppe sie, zitternd innezuhalten. Sie stand lange vor den übrigen Hausbewohnern auf, um das Spülwasser auszuleeren und sich mit frischem Wasser zu versorgen, nur um Meggie nicht begegnen zu müssen.

Der Tag verstrich, ohne daß jemand an ihre Tür geklopft hätte, und als Katie es schließlich wagte, zu Bett zu gehen, war ihr wichtigster Gedanke, daß, was immer er auch unternehmen sollte, er ihr keinesfalls die Polizei auf den Hals schicken würde. Aber das verminderte ihre Furcht keineswegs, im Gegenteil, die Ungewißheit machte sie nur noch unerträglicher.

Als sie am Nachmittag einkaufen gehen mußte, schlich

sie sich, ohne darüber nachzudenken, an den übrigen Wohnungen vorbei nach unten, rannte beinahe zum Markt und wieder zurück, so daß sie atemlos und mit Seitenstechen vor ihrer Tür anlangte. Nachdem sie sie aufgesperrt hatte, blickte sie sich beinahe erstaunt in ihrer Wohnung um, gewissermaßen überrascht darüber, noch alles unversehrt vorzufinden. Hastig stellte sie den Einkaufskorb auf den Küchentisch und eilte zu Lizzie hinein, die friedlich im Bett saß und mit der Puppe spielte, die Andree ihr mitgebracht hatte. Aufatmend lehnte Katie sich an den Türpfosten an.
In der Küche setzte sie sich erst einmal hin, noch ehe sie ihre Einkäufe ausgepackt hatte, aber plötzlich sprang sie auf und eilte an die Tür: Sie hatte sie nicht verriegelt! Rasch und mit zitternden Händen holte sie es nach, ehe sie wieder an den Tisch zurückkehrte, um mit dem Auspakken der Einkäufe zu beginnen.

6

Am Heiligen Abend war Andy bis um fünf Uhr nicht gekommen, also würde er auch nicht kommen, weil Ebbe war.
Alle Freude war aus Katie gewichen, und nichts konnte ihre Furcht bannen. Sie hatte vor dem Feuer gesessen, bis es herabgebrannt war, und machte sich gerade daran, zu Bett zu gehen, als sie seinen raschen, schweren Schritt auf der Treppe hörte. Sie schlug die Hände vors Gesicht, stand wie festgewurzelt da und starrte auf die Tür. Und als die Klinke niedergedrückt wurde und sie sein dröhnendes »Kaa-tee, hallo, Kaa-tee« hörte, stolperte sie auf die Tür zu, schob den Riegel zurück, sank ihm in die Arme und brach in Tränen aus.
»Kaa-tee, o meine Kaa-tee, was ist denn? Wart, wart nur einen Moment.« Er schob sie von sich, verließ den Raum, holte einen mächtigen Sack und zwei dicke Ballen vom Gang herein, drückte sie sanft in die Küche und schloß ha-

stig die Tür. Dann schloß er sie fest, fest in die Arme und sagte: »Aber Kaa-tee, was ist denn nur? Sag mir doch, was los ist!«
Sie versuchte zu sprechen, wurde aber so sehr vom Weinen geschüttelt, daß sie kein Wort herausbrachte. Er stand ganz bestürzt vor ihr und sah sich ratlos um, als müsse er hier irgendwo eine Antwort für ihre Verzweiflung finden. Dann blieben seine Augen an der Schlafzimmertür haften, er meinte schon, den Grund ihres Kummers entdeckt zu haben, drückte sie fest an sich und sagte: »Ist es – Lizzie? – Lizzie?« Als sie nur stumm den Kopf schüttelte, sah er sich nochmals um, schob sie schließlich von sich und verlangte in strengem Ton zu wissen: »Also was ist es, was ist geschehen, Kaa-tee? Hat es da unten vielleicht Ärger gegeben?« Er deutete mit dem Daumen nach unten.
Wieder schüttelte sie nur den Kopf.
»Was denn? Komm, du mußt es mir sagen. Dein Bruder?«
»Nein, nein!« stieß sie hervor. »Es ... es tut mir so leid, Andy. Es ... es war so.« Sie ergriff seine Hand und zog ihn zum Lehnstuhl hin, der vor dem Kamin stand. Nachdem er sich niedergesetzt und sie auf den Schoß genommen hatte, legte sie die Arme um ihn, und eng an seine Brust geschmiegt erzählte sie ihm alles, was sich ereignet hatte. Als sie damit zu Ende war und er kein Wort sagte, hob sie das Gesicht und sah ihn an. Aber er starrte nur ins Feuer. Es dauerte eine Weile, bis er sagte: »Der Name dieses Mannes. Du hast mir alles gesagt außer seinem Namen.«
»Das kann ich nicht, Andy, nein, nein, ich kann es nicht. Ich bin ... ich fürchte mich. Dann würde es bestimmt gleich wieder Schwierigkeiten geben – ich habe es doch bereits erlebt, das weißt du, Andy.«
»Aber siehst du denn nicht, Kaa-tee«, sagte er und packte sie an den Schultern, »daß du immerzu Schwierigkeiten hast, daß du gar nicht aus ihnen herauskommst? Laß mich ihnen ein Ende bereiten. Sag mir, wer es ist.«
»Nein, Andy.« Sie machte sich von ihm los und stand auf. »Das werde ich nie tun. Niemals.«
Er saß auf der Kante des Stuhls und reckte den Bart an-

griffslustig in die Höhe. »Ich kann es herausbekommen; es gibt genug Möglichkeiten. Ich gehe einfach zu dem Haus, wo alles angefangen hat, und frag mich von dort aus durch.«

»Das wird dir nichts nützen. Bitte, bitte, Andy, tu es nicht! Laß es ruhen. Ich habe es dir nur deshalb gesagt, weil du es einfach wissen mußt für den Fall, daß er mir am Ende die Polizei auf den Hals schickt.«

»Allmächtiger!« Er sprang auf. »Ich kann unmöglich mit der Vorstellung wegfahren, daß du allein hier zurückbleibst und dich mit solchen Gedanken abquälst, das ist ja fürchterlich!«

Sie lächelte: »Ach, Andy, kaum bist du da, sprichst du schon wieder vom Fortgehen. Es tut mir leid, es tut mir so leid.« Abermals legte sie die Arme um seinen Hals. »Ich hätte es für mich behalten sollen. Komm, jetzt zählt nichts, nichts außer dir.« Nun strahlte sie auf einmal übers ganze Gesicht. »Wie lange hast du frei?«

Ein paar Sekunden antwortete er nicht, sondern sah sie bloß an. Dann sagte er: »Drei, vier Tage, vielleicht auch mehr, weil während der Feiertage sicher nicht gelöscht wird.«

»Oh, wie schön! Dann laß uns diese Geschichte vergessen. Laß uns einfach alles, alles andere vergessen.«

»Ja, laß es uns vergessen, Kaa-tee!« Er küßte sie leidenschaftlich. Und dann rief er plötzlich aus: »Sieh erst einmal, was ich dir mitgebracht habe!«

Und schon begann er, ein Paket aufzumachen, während er sagte: »Rate mal!«

Sie stand dicht neben ihm, sah ihm beim Auspacken zu und schüttelte nur den Kopf. »Ich weiß es nicht. Keine Ahnung.«

»Warte, warte nur.« Rasch schob er das Packpapier beiseite und stellte die Petroleumlampe auf den Tisch. Glücklich beobachtete er, wie ein Leuchten über ihr tränennasses Gesicht huschte.

»Oh, Andy, die ist ja wunder-wunderschön.« Sanft berührte sie den blaßrosa schimmernden Glaskörper der

großen Lampe, den schlanken blauen Hals, das hübsch geformte Fußgestell aus Porzellan.
»Oh, danke, Liebling, danke, danke.«
Sie umarmte ihn abermals, und als er wieder Tränen in ihren Augen aufblinken sah, rief er rasch: »Ohne Petroleum nützt sie natürlich nichts, und es ist nur ganz wenig drinnen. Komm, wir wollen einkaufen gehen, ja? Aber zuerst kommt noch mein Sack dran.«
Er hob seinen Seesack auf die vor dem Kamin liegende Matte, zog ein Geschenk nach dem anderen daraus hervor und überreichte es ihr: Kaffee, Butter, Tee. Er hielt ein Teepäckchen hoch und sagte: »So etwas hast du noch nie getrunken. Chinesischer . . . a-a-ah!« Er schnalzte mit der Zunge, und beide lachten, als er schloß: »Beinahe so gut wie Gin. Und Mokka . . . das ist Kaffee, weißt du? Das ist erst was Gutes, besonders frühmorgens, wenn man einen Brummschädel hat.« Wiederum lachten sie. Dann reichte er ihr einen ganzen Schinken hinüber, drei Schachteln voller auserlesener Süßigkeiten, und schließlich drückte er ihr einen Ballen Seide in die Hand und sagte: »Für Pluderhosen für meine Haremsdame!«
»Ach, Andy, Andy!« Sie lag neben ihm auf den Knien und wußte nicht, sollte sie weinen oder lachen, also drückte sie all die Herrlichkeiten an sich und wiederholte nur immer wieder seinen Namen.
Schließlich steckte er die Hand in die Innentasche seines Rocks und entnahm ihr ein kleines, schwarzes Etui. Als er es ihr gab, sagte er: »Und das ist das Weihnachtsgeschenk für meine Kaa-tee.«
Sie öffnete das Etui: Da lag auf einem roten Samtkissen eine feinziselierte, goldene Kette, an der ein herzförmiges Medaillon hing. Sie sah ihn mit verschleierten Augen an, ohne ein Wort hervorzubringen. Dann machte sie das Medaillon auf und fand eine Miniatur von ihm darin – das Bild war derart sprechend, als würde er sie direkt ansehen. Die Rückseite des Medaillons war noch leer, und er sagte: »Da kommt ein Bild von dir hin. Ich habe vor, dich porträtieren zu lassen.«

Da sank ihr Körper beinahe neben dem seinen in sich zusammen, und abermals weinte sie hemmungslos, und diesmal hatte es den Anschein, als würde sie nie mehr aufhören.

Andree segelte am Tag vor Silvester mit der Morgenflut aufs Meer hinaus. Es war bitterkalt, der Wind blies unfreundlich, und nachdem Katie nach Lizzie gesehen hatte, war sie am Flußufer entlanggelaufen und hatte sein Schiff erblickt, wie der Schlepper es auf die offene See hinausbrachte.

Vergangenen Samstag hatte sie in der ›*Shields Gazette*‹ eine Anzeige gesehen, in der ein Apotheker eine Kur gegen Wassersucht angepriesen hatte. Denn das war es, was Lizzie Andrees Meinung nach hatte: sie war vor lauter Wasser ganz aufgequollen.

Der Apotheker in der King Street verlangte nur neun Pence für die Medizin und sagte ihr, daß es bis zu drei Monate dauern könne, bis an der Patientin eine merkliche Veränderung festzustellen sein würde.

Auf dem Rückweg rannte sie in zwei Kinder hinein, einen ungefähr sechs Jahre alten Jungen und ein etwa vierjähriges Mädchen. Die Kinder hatten keine Mäntel an und hielten einander an den Händen. Das Mädchen trug einen schmutzigen Sergerock und war, ebenso wie der Bruder, barfüßig.

»Warte«, sagte Katie zu dem Jungen, als die beiden eben an ihr vorbeigehen wollten, öffnete ihre Börse und nahm einen Shilling heraus. »Habt ihr eine Mutter?« fragte sie die Kinder.

»O ja, Madam«, sagte der Junge.

»Und hat euer Vater Arbeit?«

»Tja, Madam – er ist bei der Marine.«

»Und habt ihr Brüder und Schwestern?«

»Nein, Madam. Wir waren zehn, aber außer uns ist nur Jimmy übriggeblieben, und der wurde vergangene Woche begraben.«

Sie beugte sich zu ihm hinunter und sagte in eindringli-

chem Ton: »Ich wohne in der Crane Street Nummer 14. Weißt du, wo das ist?«
»Tja, Madam. Auf der anderen Seite des Flusses.«
»Schön, wenn ihr Samstagvormittag zu mir kommt, werde ich dafür sorgen, daß immer etwas für euch bereitliegt.«
Er blickte auf den Shilling in seiner Hand, dann sah er ihr ins Gesicht und sagte ernst: »Tja, Madam, wir werden kommen, das machen wir.«
»Bring den Shilling jetzt deiner Mutter.«
»Tja, Madam. Danke, Madam.«
Katie nickte den beiden Kindern zu und ging weiter.
Daheim zog sie die Ausgehsachen aus, sah im Schlafzimmer nach, ob bei Lizzie alles in Ordnung war, schürte das Feuer im Kamin und nahm dann auf einem Stuhl davor Platz. Da saß sie lange und blickte in die Flammen und wünschte Andree in Gedanken, daß er gut um die Sandbänke herumkäme. Dann wanderten ihre Gedanken zu den beiden Kindern, und plötzlich zu Sarah. Es war seit langer Zeit das erstemal, daß sie an ihr Kind denken wollte. Sarah mußte jetzt fünf sein. Ob sie hübsch war? O ja, sicher war sie das. Bestimmt konnte sie schon eine Menge sprechen, und zwar auf andere Weise, wie sie selbst es tat – so wie Miß Ann und Miß Rose sprachen oder wie Miß Theresa. Im Laufe der Jahre hatte sich tief in ihrem Innern ein Gefühl der Bitterkeit festgesetzt, was ihre Mutter und Joe betraf, weil sie sie dazu überredet hatten, sich von ihrem Kind zu trennen; vor allem ihrer Mutter nahm sie es übel. Seit Andree in ihr Leben getreten war, war dieses Gefühl schwächer geworden. Sie würde immer bedauern, auf ihr Kind verzichtet zu haben, dennoch war sie in gewisser Weise froh darüber, ihrem Kind bessere Lebenschancen gegeben zu haben. Eine innere Stimme raunte ihr zu: Ich würde sie gern sehen. Nur einen Augenblick. Sie sprechen hören ... Katie sprang auf. Nein, nein! Das durfte nie geschehen. Wenn sie sie auch nur ein einziges Mal sehen würde, würde sie niemals mehr Frieden finden.
Sie mußte einfach ein zweites Kind bekommen! Sie war erstaunt darüber, daß ihr das nicht schon früher eingefal-

len war. Ein Kind von Andy hätte sie mit Begeisterung gehabt ... Oh, und wie schön wäre es, nicht mehr allein zu sein, wenn er nicht da war. Nicht nur ein Kind wollte sie von ihm haben; zwei, drei – so viele wie möglich. Von dem, was von Andy stammte, konnte sie nie zu viel haben. Sie dachte nicht eine Minute daran, daß sie ja keine Ansprüche an ihn hatte; so lange er am Leben war, würde er für sie und alles, was ihr gehörte, sorgen, dessen war sie ganz sicher.

Am Silvestermorgen schneite es heftig, so daß aus der düsteren Aussicht, die Katie von ihrem Fenster aus hatte, geradezu ein hübsches Bild wurde.

Ringsum traf alles Vorbereitungen für den Abend, das Haus war den ganzen Tag von Lärm und Geschäftigkeit erfüllt.

Als es langsam Abend wurde, hatte Katie kaum Zeit, über ihre Einsamkeit nachzudenken, weil Lizzie wieder einmal ihre Zustände hatte und fast pausenlos wimmerte; es gelang ihr nicht, sie zu beruhigen. Verzweifelt legte sie den Arm um Lizzie, wiegte sie hin und her und sagte: »Sei schön brav, Lizzie, sei schön still, so, so.« Aber Lizzie beachtete sie gar nicht, sondern fuhr fort, diese unheimlichen, durchdringenden, tierähnlichen Laute auszustoßen. Es war gegen halb sieben, als das eintrat, wovor sich Katie schon so lange gefürchtet hatte. Es klopfte an ihre Tür. Katie blieb unvermittelt stehen, wo sie war, dann überwand sie sich und ging aufmachen. Kaum hatte sie es getan, fuhr sie sich mit der Hand an die Gurgel, denn die beiden jungen Frauen, denen sie gegenüberstand, hatte sie noch nie im Leben gesehen. Sie konnte sie im Licht der Petroleumlampe deutlich wahrnehmen, auch die Männer, die hinter ihnen standen. Einen Moment lang herrschte Schweigen; gleich darauf war jedoch ihre Küche von einem derartigen Hallo erfüllt, daß Katie meinte, den Verstand verloren zu haben, denn dies hatte nichts mit einem Silvesterbesuch zu tun. Außerdem waren es völlig fremde Menschen. Die beiden Mädchen stießen sie beiseite, drangen in ihre Wohnung ein, schrien und lachten durcheinander, und die Männer jagten hinterdrein. Es war der reinste Höllenspuk, so daß Katie fassungslos dastand, sich die Ohren zuhielt und schließlich versuchte, sie allesamt zu überschreien. Im selben Augenblick erklangen auf der Treppe hastige, harte Schritte, und schon tauchten zwei Polizisten in der Tür auf. Katie betrachtete sie als Befreier aus dieser Klemme und rief ihnen zu: »Schafft sie auf der Stelle hinaus!« Und die beiden Polizisten schafften sie hinaus; einer ging mit ihnen zum Treppengeländer und blieb dort abwartend mit ihnen stehen, während der zweite in die Küche zurückkehrte und zu Katie sagte: »Hol deinen Mantel, los.«

»Was?« fragte sie ganz entgeistert und schluckte heftig. Sie starrte ihn eine Minute lang an, dann schlug sie sich mit der Hand auf den Mund und sagte so ruhig wie möglich: »Ich muß nicht mitgehen, ich habe nichts getan. Die sind einfach bei mir eingedrun . . .«

»Komm schon«, sagte er. »Ich weiß alles.«

Als er die Hand nach ihr ausstreckte, sprang sie zurück und schrie zornig: »Was meinen Sie damit? Was heißt, Sie wissen alles? Was wissen Sie? Ich habe diese Leute nie zuvor gesehen.«

Er kam langsam auf sie zu und sagte: »Jetzt paß mal auf, Herzchen. Ich hab' nicht die geringste Lust, handgreiflich zu werden, aber wenn es sich als nötig herausstellen sollte, dann werde ich es tun. Das liegt ganz bei dir: Entweder holst du jetzt deinen Mantel, oder du kommst mit, so wie du bist.«

Katie faßte sich an den Kopf und sagte in flehendem Ton: »Aber Sie können das nicht tun, ich habe nichts getan.« Dann deutete sie zum Schlafzimmer: »Hören Sie. Da drinnen liegt meine Schwester. Sie ist krank, schwer krank, ich kann sie nicht allein lassen.«

»Wir werden uns schon um sie kümmern. Los jetzt.«

»Nein!« rief sie. »Nein!« Aber selbst während sie ihnen dieses Nein trotzig entgegenschrie, war sie von Furcht überwältigt.

Er nahm ihren Mantel vom Haken und kam auf sie zu. Katie schlug wie verrückt auf ihn los, bis er ihr den Arm umbog und sie sich vor Schmerz zusammenkrümmte. Da schob er sie zur Tür hinaus und stieß sie die Treppe hinunter, und vage nahm Katie wahr, daß sämtliche Türen geschlossen waren.

Als sie auf der Straße waren, hörte sie zu schreien auf, als sie jedoch an einem Laternenpfahl vorbeikam, klammerte sie sich daran fest und rief den drei Männern, die im Lichtkegel beisammenstanden, laut zu: »Ich habe nichts getan! Ich habe nichts getan! Helft mir! Helft mir! Ich sage euch, ich habe nichts getan!« Im selben Moment wurde ihr beinahe der Arm ausgerenkt, und nun schrie sie abermals auf, diesmal aber vor Schmerz. In Chapter Row auf der Polizei angelangt, stieß man Katie in einen Raum, in dem bereits die beiden jungen Dinger saßen. Von den Männern war nichts zu sehen.

Kaum hatte der Polizist Katie losgelassen, stolperte sie auf die beiden Mädchen zu und flehte sie an: »Sagt denen da doch, daß ich nichts getan habe, daß ich euch gar nicht kenne, bitte, ja?!«

Das ältere der beiden Mädchen, dessen Gesicht spitz und dessen blondes Haar ungepflegt war, blickte sie kalt an und antwortete: »Halt doch das Maul.«

Katie richtete sich langsam auf und starrte in die kalten, zusammengekniffenen Augen. Dann drehte sie sich wieder zu den beiden Polizisten um und hörte, wie einer von ihnen sagte: »Wir haben einen Tip bekommen. Kuppelei. So wird die Anklage auch lauten: auf Kuppelei. Die Burschen ließen wir laufen, aber die Mädchen werden aussagen müssen.«

Der Polizeibeamte, der hinter dem Schreibtisch saß, legte den Kopf schräg, sah Katie von oben bis unten an, neigte sich vor und flüsterte dem Polizisten etwas zu. Der schüttelte den Kopf und meinte: »Nein, nein, es stimmt schon. Wir beobachten sie bereits längere Zeit. Die läßt ja nicht einmal Kinder ungeschoren. Damit fängt es an, wissen Sie.« Er blickte Katie an und nickte: »Immer das alte Spiel.

Hab' sie heute früh dabei beobachtet. Da hat sie einem Jungen einen Shilling in die Hand gedrückt und auf ihn eingeredet. Wir haben ihn gleich danach ausgefragt. Er hat uns erzählt, daß sie ihm aufgetragen hat, jeden Samstag zu ihr zu kommen. Und daß sie genau wissen wollte, wie viele sie daheim wären. Es ist immer dasselbe.«
Der Mann hinter dem Schreibtisch ließ keinen Blick von Katie, während der Polizist Bericht erstattete. Nachdem er alles in ein Buch eingeschrieben hatte, sagte er: »Wir sind bis oben voll. Für drei ist auf keinen Fall mehr Platz hier.«
»Gegen die andern beiden liegt ja in Wirklichkeit gar nichts vor«, sagte der Polizist rasch. »Sie haben gesagt, die da hätte sie auf einen Happen eingeladen, und auf einmal sei sie dann mit den beiden Burschen herausgerückt.«
»Hast du ihre Namen und Anschriften?«
»Tjaja«, sagte der Polizist. »Alles notiert.«
»Dann laß sie laufen. Wenn wir sie brauchen, werden wir sie eben holen.« Damit nickte er den beiden vor dem Pult stehenden Mädchen zu und sagte: »Seht zu, daß ihr heimkommt, und laßt euch das eine Lehre sein.«
Sie nickten eifrig, drehten sich auf dem Absatz um und gingen zur Tür hinaus, ohne sich nach Katie auch nur einmal umzudrehen.
»Bitte, bitte!« sagte Katie, die nun gleichfalls vor das Pult trat und sich zu dem Beamten niederbeugte. »Es ist alles nur ein Irrtum, ich versichere es Ihnen. Ich habe nichts getan. Es ist . . . es ist einfach eine verabredete Sache, wirklich. Hören Sie mich doch an.«
»Seien Sie lieber vorsichtig mit dem, was Sie sagen!« riet ihr der Mann hinterm Schreibtisch und klopfte sich auf die Brust. »Verabredete Sache, wie denn, was denn? Weshalb sollte sich jemand einer solchen Mühe unterziehen? Sie sind auf frischer Tat ertappt worden, also haben Sie sich damit abzufinden.«
»Ich sage Ihnen doch, daß . . .« Katie erstarb plötzlich die Stimme, sie sah sich wild um und murmelte: »Ich brauche Beistand.«
»Haben Sie Verwandte in der Gegend?«

»Nur einen Bruder in Jarrow.«
»Wie heißt er?«
»Joseph Mulholland.«
»Adresse?«
Sie senkte den Kopf, schüttelte ihn langsam und sagte: »Ich weiß es nicht genau. Er wohnt bei einer Familie Hetherington, irgendwo in der Nähe der Ormonde Street. Mayhew Street, glaube ich ... Könnten Sie ihn wohl ausfindig machen?«
»Wir werden ihn von der Sache in Kenntnis setzen.« Er blickte die beiden Polizisten an und sagte: »Führt sie gleich hinüber.«
Sie nahmen Katie in die Mitte, verließen mit ihr die Polizei, schoben sie durch die dichtbevölkerte Straße zum Marktplatz, den sie am Morgen überquert hatte, als sie in die Apotheke gegangen war, und brachten sie ins Zeughaus, in dem es vier dunkle, feuchte Zellen gab. In eine davon sperrten sie sie ein. Katie fing zu schreien an. Sie schrie eine volle Stunde lang, bis eine Wärterin kam und ihr fest über den Mund schlug. Da wurde sie still.

7

Am 3. Januar des Jahres 1866 nahm der Richter um zehn Uhr morgens seinen Platz ein und informierte sich mit einem flüchtigen Blick in die Akten, daß sich der erste Fall, den er zu behandeln hatte, um eine gewisse Mrs. Bunting drehte, die allgemein als Katie Mulholland bekannt war. Ihr Vergehen lautete auf »Kuppelei mit jungen Frauenspersonen zu unschicklichen Zwecken«. Er bedeutete dem Saaldiener durch eine Kopfbewegung, Katie Mulholland vorführen zu lassen.
Als Katie vor dem Richter stand, warf dieser nochmals einen Blick in die Akten, als wolle er sich vergewissern, tatsächlich die Angeklagte vor sich zu haben. Das Gesicht der Angeklagten war schön, düster und von Furcht erfüllt. Ihre Kleidung war, obwohl sie verknittert war, nicht von

jener Art, die man mit dem Gewerbe der Kuppelei in Verbindung zu bringen pflegte ... Wieder warf er einen Blick auf das Schriftstück vor ihm ... Kuppelei ... Dann sah er Katie lange und fest an, ehe er sagte: »Catherine Bunting, Sie werden beschuldigt, zwei junge Mädchen in Ihr Haus gelockt zu haben, um dieselben in gewinnsüchtiger Absicht zu verkuppeln. Bekennen Sie sich schuldig oder nicht schuldig?«
»Nicht schuldig.«
»Lauter!«
»Nicht schuldig.«
Während die Verhandlung ihren Verlauf nahm, lehnte sich der Richter zurück und starrte die Gefangene an. Einer der Polizisten berichtete, wie er das Haus Nr. 14 in der Crane Street eine Zeitlang beobachtet und festgestellt habe, daß es von Seeleuten aufgesucht werde.
Auf Befragung gab die Gefangene zu, gelegentlich von einem schwedischen Kapitän besucht zu werden. Als sie gefragt wurde, wie oft, konnte sie keine definitive Antwort geben. Dann kamen die beiden Hauptzeuginnen an die Reihe. Der Richter erkannte auf den ersten Blick, daß es sich um ausgesprochen liederliche, gewöhnliche Typen handelte, die wohl kaum erst lange zu einem schmachvollen Leben der Sünde überredet werden mußten. Das eine Mädchen gab an, seit dem achten Lebensjahr in der Pfeifenfabrik zu arbeiten, das andere, in der Fischfabrik angestellt zu sein, und zwar seit dem siebenten Lebensjahr. Beide gaben an, sich ihren Lebensunterhalt auf ehrliche Art zu verdienen und nicht darauf angewiesen zu sein, auf den Strich zu gehen, wobei sie sich bei Erwähnung dieses Wortes zierten, als hätten sie es bisher noch nie in den Mund genommen. Beide schworen, noch nie im Leben Männer angesprochen zu haben. Eines der Mädchen sagte aus, sie würde oft die St.-Hilda-Kirche aufsuchen und sei grundanständig. Dann erklärte sie, sie sei an dem bewußten Tag auf dem Markt von der Angeklagten angesprochen und zu einer kleinen Silvesterfeier eingeladen worden. Kaum habe sie mit ihrer Freundin den Fuß in die Wohnung

der Angeklagten gesetzt, habe Katie zwei Männer aus dem Schlafzimmer geholt, die sich prompt auf sie beide gestürzt hätten. Als das andere Mädchen den Versuch machte, zu beschreiben, was diese Männer alles von ihnen verlangt hätten, brachte der Richter sie dadurch zum Schweigen, daß er sagte, dem Gericht sei vollkommen klar, worauf es diese Männer abgesehen gehabt hätten.

Dann stand die Angeklagte abermals vor ihm und versuchte ihm mit einem hysterisch klingenden Wortschwall zu erklären, daß alles, was vorgebracht worden war, Lügen gewesen seien und daß es sich um eine abgekartete Sache handle. Der Richter, der die Aussagen der beiden jungen Dinger von Haus aus mit Vorsicht aufgenommen hatte, mußte sich aber schließlich an die Berichte der beiden Polizisten sowie an den Umstand halten, daß die Angeklagte selbst zugegeben hatte, fremde Seeleute in ihrer Wohnung empfangen zu haben; obzwar sie nur einen Besucher zugab.

Als die Angeklagte endlich schwieg und ihn auf höchst beunruhigende Weise anstarrte, beugte er sich zu dem Gerichtsschreiber hinunter und fragte ihn über den Richtertisch hinweg, ob sie irgendwelche Verwandte habe. Als er zur Antwort bekam, ja, einen Bruder, er sei auch befragt worden, hätte jedoch die Aussage verweigert, nickte der Richter. Kein Mann von Ehre würde es auf sich nehmen, einer Schwester, die einen solchen Weg eingeschlagen hatte, in aller Öffentlichkeit beizustehen.

Das bemerkenswerte an dieser Gerichtsverhandlung war, daß das Urteil, wenn es sich um den letzten Fall des Tages gehandelt haben würde, auf mindestens zwölf Monate gelautet hätte. So aber kam Katie verhältnismäßig gut weg. Das Urteil des Richters lautete: Drei Monate. Wonach er hinzufügte, er hoffe, daß dieser Gefängnisaufenthalt die Angeklagte zu der Einsicht bringen werde, daß sie die falsche Bahn eingeschlagen habe.

Beinahe zwei Wochen später stürmte Andree die Treppe hinauf und wollte schon die Klinke niederdrücken, als er

merkte, daß die Tür versperrt war. Sofort schrie er: »Mach auf, Kaa-tee. Mach auf, ich bin's!«
Als sich hierauf nichts rührte, hämmerte er mit beiden Fäusten auf die Tür los.
»Kaa-tee! Kaa-tee!« Als er ratlos nach unten blickte, sah er Mrs. Robson am Treppengeländer stehen. Sie warf den Kopf in den Nacken und rief: »Es hat keinen Sinn, die Tür einzutreten. Sie ist nicht mehr da.« Andree stellte seinen Seesack ab, ging langsam nach unten und sagte dann: »Was haben Sie da gesagt?«
Mrs. Robson war eine magere, kleine Person mit verschlossenem Gesicht. Ihre Stimme klang kühl, fest, aber nicht unfreundlich, als sie erwiderte. »Sie ist nicht mehr hier, das habe ich gesagt. Sie haben sie weggebracht.«
Nun stand Andree ihr gegenüber, sein bärtiges Gesicht streifte beinahe das ihre – dabei mochte sie bärtige Männer überhaupt nicht. »Hören Sie . . .«, sagte sie deshalb und blickte sich rasch um. »Kommen Sie doch eine Minute zu mir herein.«
Er folgte ihr in ihre Wohnung, und das erste, worauf sein Blick fiel, war die Petroleumlampe, die er Katie zu Weihnachten geschenkt hatte und die hier auf der Anrichte stand. Er drehte sich unvermittelt um und schnauzte sie an: »Wie kommt die hierher?«
»Nun«, sagte sie und zog die Brauen in die Höhe, »wenn ich sie nicht genommen hätte, hätten die andern sie geschnappt. Ich habe, soviel ich nur konnte, zu mir heruntergebracht, weil ich wußte, Sie kommen wieder. Ich wollte mir nichts aneignen, ich brauch' das Zeug nicht. Sie können alles auf der Stelle wiederhaben. Ich hoffe nur, daß es Ihnen gelingt, alles so rasch zurückzubekommen, was da im Haus verschwunden ist. Die da unten haben sich richtiggehend darum geprügelt.«
»Hören Sie«, unterbrach er sie ungeduldig. »Jetzt sagen Sie mir vor allem einmal, wo Kaa-tee ist!«
»Im Gefängnis. Für drei Monate.«
Sie sah ihm zu, wie er seine Kappe abnahm, sich das Haar aus der Stirn strich und nach Luft schnappte. »Es hat ge-

heißen«, fuhr sie fort, »daß sie da oben so eine Art Absteige eingerichtet hat.«
»Eine Absteige?« Sein Gesicht verzerrte sich, seine klaren, strahlendblauen Augen verschwanden beinahe unter seinen zusammengekniffenen Lidern.
»Tja, das hat es geheißen. Sie wurden nicht namentlich genannt, sie sagten bloß, daß sie fremde Seeleute bei sich empfange.«
»Soll das . . . soll das heißen«, preßte er mühsam hervor, »daß – daß man sie *meinetwegen* eingesperrt hat??«
»Nun, nein, nicht gerade das, ich meine, nicht nur Ihretwegen«, sagte Mrs. Robson.
Sie kreuzte die Arme über der Brust und wollte schon fortfahren, als er sie abermals unterbrach: »Was soll das heißen, nicht nur meinetwegen? Wollen Sie damit etwa andeuten, daß Kaa-tee . . .?«
»Regen Sie sich jetzt bloß nicht auf. Ich sage gar nichts. Ich sage nur, was die bei Gericht gesagt haben. Aber wenn Sie meine Meinung über die ganze Sache hören wollen, bitte!«
»Ihre Meinung?« sagte er fassungslos. Seine Kaa-tee! Sie hatten seine Kaa-tee eingesperrt, weil sie glaubten, sie hätte eine Absteige da droben, sie empfange fremde Männer . . . Dabei war dieser fremde Mann *er*! Allmächtiger, *seine* Kaa-tee, von der eine solche Reinheit, eine solche Unbedingtheit, ein solches Strahlen ausging, wie er es noch bei keiner Frau erlebt hatte, ausgerechnet sie . . .
Dann hörte er die Frau sagen: »Jetzt lassen Sie mich gefälligst los und verlieren Sie nicht den Kopf, das nützt ihr nämlich gar nichts.«
Er ließ Mrs. Robson los, trat einen Schritt zurück und sagte: »Entschuldigen Sie. Das war ein solcher Schock für mich, daß . . .« Und dann fragte er: »Und Lizzie? Was ist mit Lizzie?«
»Die haben sie ins Armenhaus gebracht. Und wenn Sie mich fragen, ist das der beste Platz für sie. So, und jetzt setzen Sie sich.« Sie deutete auf den nächsten Stuhl, und er nahm ihr gegenüber am Tisch Platz. Sie sagte hinter vorgehaltener Hand zu ihm: »Wenn Sie wissen wollen, was

ich davon halte, so sage ich Ihnen glatt, daß das Ganze ein abgekartetes Spiel ist.«

»Ein abgekar-te-tes Spiel ...?« wiederholte er verständnislos und wartete eifrig darauf, daß sie fortfahre.

»Wissen Sie, es war so«, sagte sie. »An jenem Abend hatte ich etwas auf der Treppe gehört. Seit Meggie ihre Freunde einmal mit nach oben geschleppt hat, habe ich immer die Ohren gespitzt; auch weil ich die Kerle endlich mal erwischen wollte, die alle Leute herausklopfen und dann schreiend abziehen. Ich hab's ja bereits mehrmals gemeldet, aber glauben Sie, die Polizei kümmert sich um so was, die ...«

Andree winkte ungeduldig ab, und sie meinte: »Tjaja, ich komm' schon darauf zu sprechen, nur Geduld. Also wie gesagt, ich bin hinter meiner Wohnungstür gestanden und hab' ein bißchen aufgepaßt, weil ich auf der Treppe so ein Geschleiche gehört habe. Und da standen ein paar und fingen an, undeutlich miteinander zu quatschen, leise, wissen Sie. Ich hab' das Ohr ans Schlüsselloch gelegt, aber ich konnte nicht verstehen, was sie sagten, ausgenommen eins, und das hab' ich zweimal gehört. Jemand sagte: ›Er gibt uns fünf Minuten.‹ Das hab' ich gehört. Zweimal, wie gesagt. Ich konnte mir aber keinen Reim darauf machen – erst viel später ist mir ein Licht aufgegangen. Dann hörte ich die Leute die Treppe hinaufgehen und anklopfen und Katie aus dem Schlafzimmer herauskommen, weil die Kleine den ganzen Abend lang gejammert und gewimmert hat, schrecklich war das. Wenn nicht Silvester gewesen wäre und ich gewußt hätte, daß sie ohnehin ganz trübsinnig da oben hockt, wär' ich bestimmt hinaufgegangen und hätte ihr die Hölle heiß gemacht. Aber so hab' ich's sein lassen. Also, das hab' ich gehört, wie sie aufgemacht und was gefragt hat, und dann war auf einmal der Teufel los. Ich sag Ihnen, man hätte glatt meinen können, jemand sei umgebracht worden. Ich wollte schon die Tür aufmachen, da hab' ich noch jemanden nach oben gehen hören. Da wußte ich noch nicht, daß es Polypen waren. Und dann hörte ich Katie schreien – du meine Güte, hat die ge-

schrien! Dagegen war Lizzie noch gar nichts. Sie brüllte wie am Spieß. Und dann sind alle heruntergekommen, und sie hat die ganze Zeit über geschrien . . .«
Er gebot ihr mit einer Handbewegung Einhalt, schluckte und fragte schließlich: »Kannten Sie die Leute, die nach oben gegangen sind, diese . . . diese Männer?«
»Nein, ich hab' sie nicht gesehen, auch vor Gericht nicht; nur die beiden Mädchen haben ausgesagt, und ich schwör Ihnen einen heiligen Eid, die beiden waren keinen Pfifferling wert.«
»Wissen Sie, wie sie heißen?«
»Nein. Ich hab' nur aufgeschnappt, daß sie hier herum unter den Vornamen Sue und Bridget bekannt sind. Aber ich kann Ihnen genau sagen, wer darüber Bescheid weiß. Der Wirt vom ›Anker‹. Oder ich müßte mich schon sehr täuschen . . . Passen Sie auf«, sagte sie, »ich mach' Ihnen jetzt erst einmal eine Tasse Tee, hm? Wasser habe ich eben aufgesetzt.«
»Danke.« Er erhob sich langsam. »Danke, nein.« Dann blickte er sich um und sah Katies Schrank, ihr Porzellan und ihre Bücher. »Die andern Sachen sind bei denen unten?« fragte er mit der entsprechenden Gebärde.
»Tjaja, das haben sich die beiden untereinander aufgeteilt. Hat nicht viel Zweck, es ihnen wieder wegzunehmen, nicht? Sie können's ohnehin nicht mehr nach oben bringen.«
Er drehte sich um, sah sie groß an und erwiderte in drohendem Ton: »Alles kommt wieder genau dorthin, wohin es gehört, Mrs. Robson. Wenn nicht, werden mir die beiden dafür geradestehen müssen. Und wenn auch nur ein einziger Löffel fehlt, werde ich von ihnen Ersatz verlangen, darauf können Sie sich verlassen.« Dann wechselte er den Tonfall und sagte: »Aber Ihnen danke ich jedenfalls – ich danke Ihnen für alles, was Sie getan haben. Und ich sage Ihnen etwas: Ich werde Kaa-tee rascher aus dem Gefängnis herausholen, als Sie bis drei zählen können.« Damit wandte er sich um, verließ Mrs. Robsons Wohnung, ging nach oben und holte sich seinen Seesack wieder. Als er an

den Wohnungstüren der beiden Frauen im ersten Stockwerk vorbeikam, klopfte er bei jeder fest an und schrie: »Ich hole mir Kaa-tees Sachen, habt ihr gehört? Ich komme wieder!« Er wartete einen Moment ab, als sich jedoch nichts rührte, schulterte er den Sack und ging zurück auf sein Schiff.

Aber Andree mußte die Erfahrung machen, daß er Katie keineswegs rascher aus dem Gefängnis herauszuholen imstande war, als bis Mrs. Robson bis drei zählen konnte. Zwei Tage erkundigte er sich überall nach ihr. Er fing bei der Polizei an, merkte aber sofort, daß er eher mit dem Kopf durch die Wand hätte rennen können als gegen die Voreingenommenheit, die ihm da entgegenschlug, etwas ausrichten. Er war ein Fremder; die Frau, nach der er Erkundigungen anstellte, war nicht seine Frau, bloß eine Frau, die deshalb im Gefängnis gelandet war, weil sie angeblich Kuppelei betrieben hatte. Am Abend des zweiten Tages kehrte er zu Jimmy Wild in den »Anker« zurück. Als die Bar geschlossen wurde, setzte er sich ins Hinterzimmer und trank seinen heißen Rum. Es gab wenig, was Shields und seine Bewohner anlangte und was Jimmy Wild nicht gewußt hätte. Er war sogar über die Bewohner von Westhoe und Harton im Bilde. Er hatte mehr als einmal gesehen, wie Männer vor oder in seinem Lokal zusammengeschlagen, ausgeraubt, ja umgebracht worden waren, wie Frauen auf Kundenfang ausgingen, feilschten, stritten und einander in die Haare gerieten. Er kannte praktisch jedermann vom Sehen oder zumindest vom Hörensagen. Aber über Katie Mulholland hatte er noch nie etwas gehört.
»Eins ist sicher, Captain«, sagte der Wirt. »Sie gehört nicht zu meiner Kundschaft. Wenn das nämlich der Fall gewesen wäre, dann hätte sie auch hier angefangen, das wissen Sie ja selbst: Hier fangen sie alle an, mein Lokal ist der Startplatz, ob's dann nach oben oder nach unten geht. Aber Ihre Kleine ... die hab' ich, wie gesagt, weder zu sehen bekommen noch hab ich jemals was über sie gehört. Das heißt bis zu der Verhandlung ... Oder, um ehrlich zu sein,

schon ein bißchen davor, und zwar durch Meggie Proctor, die diese zwei Stutzer von hier mitgenommen hat. Am Tag darauf habe ich dann von dem ganzen Spektakel gehört, das war das erstemal, daß mir der Name Katie Mulholland unterkam. Sie soll dem einen eins übergezogen haben mit einer Flasche oder mit einem Kerzenleuchter oder so in der Art.«

Andree reckte neugierig den Hals, umklammerte sein Glas und sagte: »Diese beiden Männer – um die geht es mir ja. Kannten Sie sie?«

»Nein, Captain, das ist es ja. Einen davon habe ich zweimal vorher mit Meggie Proctor beisammensitzen sehen, den andern hab' ich bis zu dem fraglichen Abend überhaupt noch nie zu Gesicht bekommen und auch da nur ganz kurz. Er kam herein und holte sie ab.«

»Beschreiben Sie mir doch diese Männer«, bat Andree.

»Das ist gar nicht so einfach bei dem Wirbel, der hier ständig herrscht, und dem Mief und den Rauchschwaden und der schlechten Beleuchtung ... Aber eines weiß ich mit Sicherheit: Daß es Leute von Stand waren und daß es sich ganz gewiß um eine abgekartete Sache gehandelt hat. Von Anfang bis Ende, das sagen hier alle. Die Polypen müssen bestochen worden sein, und da die ihre guten Posten mit achtzehn Shilling die Woche nicht so ohne weiteres aufs Spiel setzen, muß es sich schon um einen anständigen Betrag gehandelt haben. Wenn Sie mich fragen: Hinter der Geschichte steckt ein einflußreicher Mann, das ist die allgemeine Ansicht. Und er stammt bestimmt aus der nächsten Umgebung ...«

Es war gegen zwei, als Andree auf sein Schiff zurückkehrte, aber nicht um zu schlafen. Da er am nächsten Morgen mit der Flut um halb elf losfahren sollte, mußte er noch rasch etwas unternehmen; jemanden ausfindig machen, der für ihn weitere Nachforschungen betrieb; jemanden, der vor Leuten von Stand keine Angst hatte. Einen Ermittlungsbeamten oder Anwalt oder ... Anwalt, natürlich, das war's! Und zwar den, zu dem Katie gegangen war. Er kannte die Kanzlei in der King Street, sie hatte sie ihm

einmal gezeigt, als sie ihm die Sache mit ihrem Vater erzählt hatte.
Nachdem er sich dazu entschlossen hatte, drehte er die Lampe groß auf und schrieb seiner Kaa-tee einen Brief. »O meine Kaa-tee, liebste Kaa-tee«, begann er. Und dann fuhr er damit fort, ihr von seiner Liebe und Treue und seinem Vertrauen zu ihr zu berichten und von seiner Entschlossenheit, alles daran zu setzen, ihren Namen wieder reinzuwaschen und sie so bald wie möglich aus dem Gefängnis herauszuholen. Er adressierte den Brief an die Königliche Strafanstalt von Durham.
Es war acht, als er sein Schiff abermals verließ, um den Brief aufzugeben. Dann ging er nochmals in die Crane Street zu Mrs. Robson, die ihm nach mehrmaligem Klopfen mit schlaftrunkenen Augen öffnete. »Ich hatte bisher kein Glück«, sagte er ohne Einleitung zu ihr. »Und da ich heute wieder lossegeln muß, möchte ich Sie bitten, Kaatee zu besuchen.« Als er sah, daß sie zögerte, fügte er rasch hinzu: »Ich verlange es natürlich nicht umsonst. Da ist ein halber Sovereign, Sie bekommen einen, sooft Sie sie besuchen. Nun?«
»Gut, gut, ich werde hingehen«, sagte sie. »Und ich tue es nicht allein des Geldes wegen, wohlgemerkt.«
»Danke. Ich habe ihr heute geschrieben. Aber sagen Sie ihr außerdem, daß ich alles tun werde, um die Sache klarzustellen. Das werden Sie doch tun, nicht wahr?«
»Gut, ich mache es. Aber viel Zweck hat es meiner Meinung nach nicht, Hoffnungen in ihr zu erwecken.«
Abermals legte er ihr einen Sovereign in die Hand und sagte: »Der eine gehört für die Fahrtspesen und für Sie, und für den zweiten sollen Sie ihr etwas zu essen bringen.«
»Tjaja, das tu ich. Denn was die da drinnen kriegen, ist herzlich wenig. Was ist denn jetzt mit der Wohnung?«
»Alles erledigt. Ich habe die Miete für vier Wochen im voraus bezahlt. Da ist der Schlüssel.« Er übergab ihn ihr. »Sagen Sie denen da unten, wenn ich nicht alles haargenau so vorfinde, wie es war, wenn ich wiederkomme, dann wird es was setzen, verstanden?«

»Verstanden«, sagte sie.
»Also, ich muß jetzt gehen.« Er hielt einen Moment inne. »Danke für Ihre Hilfsbereitschaft, Mrs. Robson, es soll Ihr Schaden nicht sein.«
Sie nickte ihm nur zu, ohne ihm Lebewohl zu sagen. Er ging nach unten und schlug einmal kurz mit der Faust an Meggie Proctors Tür – bloß so als Warnung. Dann marschierte er auf die Straße.
Als er die King Street und die Kanzlei von Chapel und Hewitt erreicht hatte, war es fünf nach neun. Nachdem er an die Kanzleitür angeklopft hatte und zum Eintreten aufgefordert worden war, sah er sich einem großen, mageren Mann mittleren Alters gegenüber, der auf einem hohen Stuhl vor einem Pult saß und Eintragungen in ein großes Buch machte. Der Mann kletterte von seinem Stuhl herunter, kam auf ihn zu und sagte: »Was kann ich für Sie tun, Sir?«
»Sind Sie Mr. Chapel oder Mr. Hewitt?« fragte Andree.
Der Mann lächelte schwach und sagte: »Weder noch, Sir. Mr. Chapel ist längst verstorben. Ich bin Mr. Hewitts Sekretär.«
»Ist er da?«
»Ja, Sir. Wollen Sie ihn sprechen?«
»Jawohl, das will ich.«
»Wollen Sie, bitte, Platz nehmen Sir. Ich muß erst nachsehen, ob er Zeit für Sie hat.«
Andree winkte ab, ihm war nicht nach Niedersetzen zumute. Es dauerte auch gar nicht lange, bis der große Hagere ihm die Tür ins Allerheiligste aufhielt und sagte: »Mr. Hewitt läßt Sie bitten, einzutreten, Sir.«
Arnold Hewitt verstand es ausgezeichnet, die Menschen auf den ersten Blick richtig einzuschätzen, das war eine wichtige Voraussetzung für seinen Beruf. Noch ehe der große Mann mit dem blonden, dichten Bart den Mund geöffnet hatte, war er sich darüber im klaren, daß er es mit einem Schweden oder Norweger zu tun hatte. Und er erkannte sogleich, daß dieser Klient, falls es einer werden würde, ein Mann von raschen Entschlüssen war, der be-

stimmt nichts von langen Reden hielt und aller Voraussicht nach jeden Dienst angemessen bezahlen würde. Beinahe im selben Augenblick bestätigte Andree diese Mutmaßungen, indem er sagte: »Ich habe keine Zeit zu verschwenden; ich segle in etwas mehr als einer Stunde nach Norwegen und möchte, daß Sie etwas für mich erledigen.«

»Gern, wenn es in meinen Kräften steht, Sir. Nehmen Sie bitte Platz und sagen Sie mir, worum es sich handelt.«

Abermals ging Andree auf das Angebot, Platz zu nehmen, nicht ein, sondern begann: »Es ist so . . .« Und dann erzählte er kurz und bündig Katies Geschichte, soweit er sie kannte. Er fing damit an, wie Meggie Proctor die beiden Männer nach oben gebracht hatte. Und während der Anwalt den größten Teil seiner Aufmerksamkeit seinem Klienten und dessen Erzählung zuwandte, beschäftigte sich in seinem Innern etwas mit der Tatsache, daß da schon ein sehr merkwürdiger Zufall mit im Spiel sein mußte. Denn er war an dem Tag, an dem Katie Mulhollands Fall zur Verhandlung stand, im Gerichtssaal gewesen und konnte sich noch lebhaft daran erinnern, daß er nicht nur das Gefühl gehabt hatte, daß diese Frau unschuldig, sondern daß das Ganze eine abgekartete Sache sei . . . Und der Mann, der nun vor ihm stand, war jener Seemann, der während der Verhandlung erwähnt worden war. Und noch etwas war schon mehr als sonderbar an der ganzen Geschichte: Nämlich daß er dieser Frau nicht zum erstenmal begegnet war. Sie hatte bereits vor fünf, sechs Jahren ein nicht gerade kleines Honorar für die Verteidigung ihres Vaters bei ihm erstattet, dabei war der Ausgang des Falls von vornherein »entschieden« gewesen, weil die Jury sich nur aus ausgesuchten Leuten aus dem Bergwerk zusammengesetzt hatte. Sie hatten Mulholland einfach dazu benützt, den »Aufwieglern« rundum ein für allemal den Mund zu stopfen. Gleichzeitig erinnerte sich der Anwalt daran, daß eine Rosier ihre Gönnerin war; die Rosier-Tochter hatte seinerzeit Katie Mulholland zu ihm gebracht, deshalb hatte er den Fall angenommen. Und nun hatte diese Frau abermals einen Gönner: Diesmal war es ein stämmiger, schwedischer Kapitän. Das war schon hochinteressant.

Natürlich wollte er den Fall übernehmen und alles tun, was in seiner Macht stand. Laut sagte er nun: »Überlassen Sie die Sache nur mir, Captain Fraenkel. Ich werde alle nötigen Nachforschungen anstellen; Sie müssen jedoch einsehen, daß ich Ihnen keine Versprechungen machen kann. Katie Mulholland wurde zu drei Monaten Gefängnis verurteilt, und Richter mögen es nun einmal nicht, eventuell begangene Fehler eingestehen zu müssen, Sie verstehen?«

»Aber Sie werden etwas unternehmen, nicht wahr? Herausbekommen, aus welchem Grund diese Geschichte eingefädelt wurde; vor allem herausbekommen, wer der Mann war, den Meggie Proctor an jenem Abend mitgebracht hat. Jagen Sie ihr ruhig Angst ein, tun Sie alles, daß meine ... Miß Mulholland freikommt. Und soviel weiß ich bereits jetzt: Sie wird nicht frei sein, ehe ich den Namen dieses Mannes kenne. Das ist bereits das zweitemal, daß er ihr Böses zugefügt hat, und es ist noch schlimmer als das erstemal ...«

»Moment, Moment, Sir!« Der Anwalt hob die Hand. »Wollen Sie damit etwa sagen, daß sie gewußt hat, wer der Mann war, den die Proctor ihr in die Wohnung gebracht hat? Daß sie ihn bereits vorher gesehen hat?«

»Allerdings.«

»Und sie hat Ihnen seinen Namen nie genannt?«

»Nein. Würde ich Sie sonst danach fragen?«

»Aber es ist doch höchst merkwürdig, daß sie Ihnen ausgerechnet seinen Namen nicht sagt, wo sie Ihnen doch sonst alles gesagt hat, allem Anschein nach.«

»Das finde ich absolut nicht merkwürdig. Sie fürchtet sich einfach davor, daß ich ihm etwas antun könnte. Dieser Mann hat ihr ein Kind gemacht, als sie selbst noch beinahe ein Kind war. Soviel ich mitbekommen habe, war er der Grund, daß sie diesen Bunting geheiratet hat, der von ihrem Vater umgebracht wurde, weil er Katie so entsetzlich zugerichtet hatte.«

»Ja, ja, darüber weiß ich Bescheid, Captain.«
Andree drückte das Kinn gegen die Brust, dann beugte er sich über den Schreibtisch und sagte leise, aber eindringlich: »Sir, Sie haben sie gesehen. Also werden Sie wissen, daß sie der Kuppelei bestimmt nicht fähig ist. Sie ist eine anständige, grundgütige, wunderbare Frau, die sehr, sehr viel mitgemacht hat. Das hier geht einfach über ihre Kräfte, und ich fürchte mich davor, was es aus ihr machen wird. Sie sehen nun wohl ein, wie wichtig es ist, daß Sie rasch handeln.«
»Ich will alles tun, was ich kann, Captain. Verlassen Sie sich darauf. Wie lange werden Sie vermutlich unterwegs sein?«
»Zehn, vierzehn Tage. Allerhöchstens.«
»Ich werde wahrscheinlich Neuigkeiten für Sie parat haben, wenn Sie wiederkommen.«
Andree schnappte nach Luft und wiederholte: »Wahrscheinlich? Bestimmt, hören Sie!«
»Selbstverständlich, Sir. Ich kann Ihnen nur immer wieder versichern, daß ich mein Äußerstes tun werde.« Er streckte Andree die Hand entgegen, die dieser ergriff. Dann begleitete Mr. Hewitt Andree an die Tür.

8

Es war Mitte März, als Andree im Hafen des Tyne landete, und kaum hatten sie angelegt, sprang er auch schon an Land und eilte in die King Street.
Mr. Hewitt erwartete ihn bereits. Man hatte ihn verständigt, daß das Schiff Captain Fraenkels eingelaufen war, und er sah der abermaligen Begegnung mit dem blonden Riesen nicht mit ungetrübter Freude entgegen, weil er sich vorstellen konnte, wie dessen strahlendblaue Augen sich in das reinste Eismeer verwandeln würden, wenn er ihm sagen mußte, wie gering die Fortschritte waren, die er in seinem Fall gemacht hatte.
Er stand auf, schüttelte dem Kapitän zur Begrüßung die

Hand und wurde sofort mit dem selben Wort konfrontiert, das er selbst ohne jegliche Einleitung bei jeder Verhandlung zuallererst aussprach, nämlich: »Nun?« Hierauf zuckte der Anwalt leicht die Achseln, breitete die Arme aus und sagte rasch: »Es tut mir leid, Captain, es tut mir aufrichtig leid, nicht nur Ihret-, sondern auch meinetwegen. Weil ich es hasse, wenn meine Pläne vereitelt werden. Aber ich muß leider zugeben, daß ich auf eine einzige Mauer des Schweigens gestoßen bin. Ich habe nichts in Erfahrung bringen können. Nun, ich will nicht direkt sagen, nichts, aber die Informationen, die ich zusammenbekommen habe, führen uns wieder nur in eine Sackgasse.«

»Also, was haben Sie erfahren?« sagte Andree, und sein Ton hatte eine gewisse Schärfe.

»Daß einer der Männer, die Miß Mulholland an jenem Abend aufgesucht haben, nicht aus der Stadt stammte. Er verließ sie zu Pferd.«

»Haben Sie herausbekommen, wo er sein Pferd einstellte?«

»Ja, aber mehr auch nicht, außer vielleicht ... daß er von Adel war. Man legt uns überall Steine in den Weg, wohin wir uns auch wenden. Sie verstehen?«

»Vollständig«, sagte Andree grimmig. »Und was ist mit den beiden Frauenzimmern? Haben Sie es ermöglicht, daß ich sie sprechen kann?«

Mr. Hewitt senkte den Kopf. »Bedaure, Captain, man wollte keinerlei Konzessionen machen, da ...« Mr. Hewitt besah sich prüfend seine Fingernägel, dann trommelte er mit den Fingerspitzen auf den Schreibtisch, ehe er fortfuhr: »Wenn Sie irgendein Anrecht auf Miß Mulholland hätten, legaler Art, meine ich – das wäre etwas anderes, aber so ...«

»Konnten Sie in Erfahrung bringen, ob ihr Bruder sie wenigstens besucht hat?«

»Die diesbezüglichen Ermittlungen haben bedauerlicherweise ergeben, daß er es nicht getan hat.«

»Allmächtiger!« Andree stützte die Ellbogen auf den Schreibtisch und ließ den Kopf in die Hand sinken.

»Leider habe ich noch eine kurze Nachricht, die ihren Kummer vergrößern wird. Ihre Schwester ist gestorben.«
Andreas fuhr hoch: »Lizzie? Tot?«
»Tut mir leid, Captain. Ungefähr vor einer Woche.«
»Sie ist also bereits begraben?«
»Ja.«
»Wo?«
Nun wandte Mr. Hewitt den Blick ab und besah sich abermals seine Hände, ehe er sagte: »Im Armengrab. Ich hatte keinerlei Anweisungen!«
Andree ließ den Kopf wiederum in die Hand sinken und sagte: »Nein, natürlich nicht, Sie hatten keinerlei Anweisungen.« Unvermittelt stand er auf und sagte: »Ich komme nochmals vorbei, bevor ich abreise. Guten Tag.«
»Guten Tag, Captain.«
Andree machte sich auf den Weg in die Crane Street und klopfte, nachdem er die Treppe nach oben geeilt war, sogleich an Mrs. Robsons Tür. Auch sie schien ihn bereits erwartet zu haben, denn sie öffnete ihm sofort.
»Sie sind es«, sagte sie. »Also, es geht ihr gut. Ich habe sie besucht. Aber sie redet nicht viel; sie ist unheimlich ruhig.«
»Wie sieht sie aus?«
Mrs. Robson blickte zu Boden, dann faltete sie die Arme über dem Bauch und wiegte sich langsam hin und her, ehe sie sagte: »Nun ja, was kann man schon von so einem Aufenthaltsort erwarten? Sie sieht nicht direkt robust aus. Abgehärmt und kränklich. Sie muß viel abgenommen haben, man sieht nichts als Augen. Die waren immer schon sehr groß, aber nun wirken sie in dem dünnen Gesichtchen wie Teetassen.«
Es dauerte einige Zeit, bevor er sagte: »Haben Sie ihr etwas zu essen gebracht?«
»Ja, aber ich durfte es ihr nicht selbst geben, sondern mußte das Paket der Wärterin einhändigen. Mir kam es wie die reinste Verschwendung vor, denn ich glaube kaum, daß sie auch nur die Wursthaut davon zu sehen kriegt.«
»Hat sie meine Briefe bekommen? Haben Sie sie gefragt?«

»Hab' ich, natürlich! Aber wissen Sie, sie redet ja nichts. Sie starrt nur immerzu vor sich hin. Ganz komisch. Sie hat nicht mal genickt. Erst dachte ich, sie hätte mich vielleicht nicht gehört, also hab' ich nochmals gefragt. Durch das Drahtnetz hört man aber recht gut. Doch sie hat nur so vor sich hingestarrt. Nun, sie hat's ja jetzt bald überstanden, es sind ja nur mehr ein paar Wochen. Manchmal lassen sie einen auch ein paar Tage früher heraus, bei guter Führung und so. Das hab' ich jedenfalls gehört.«
»Dann muß ich Sie bitten, noch einmal hinzugehen«, sagte Andree und drückte ihr Geld in die Hand.
Sie nahm es und meinte: »Tja, natürlich geh' ich nochmal hin, aber ich werde froh sein, wenn es damit vorbei ist. Es ist kein Vergnügen, dorthin zu gehen, wissen Sie. Es macht einen ganz krank.«
Er wandte sich unvermittelt um und ging nach oben.
Die Küche wirkte düster und roch feucht. Die Möbel waren wieder zurückgebracht, jedoch nicht an ihren Platz, sondern kunterbunt durcheinander aufgestellt worden. Er öffnete die Schlafzimmertür, sah die leere Bettstatt und sagte leise: »Arme Lizzie ... Aber so ist es besser, bedeutend besser.« Er rümpfte leicht die Nase, ehe er die Tür zumachte, denn Lizzies Körpergeruch durchdrang immer noch den Raum.
Als er wieder in der Küche war, blieb er stehen und blickte sich um. Da Lizzie nicht mehr am Leben war, mußte Katie ja nicht mehr in diesem Haus, ja in dieser Gegend bleiben. Aber irgendeinen vertrauten Ort, an den sie zurückkehren konnte, mußte sie einfach haben. Ob das hier der richtige war? Oder ob es besser war, gleich einen dicken Strich unter alles zu setzen? Aber da mußten erst verschiedene Anordnungen getroffen werden, er würde sie fragen müssen, wo sie leben wollte ... Jedenfalls würde er hier alles frisch tapezieren und streichen und blitzblank saubermachen lassen vor ihrer Rückkehr. Damit konnte er Hewitt betrauen, der würde schon die nötigen Leute auftreiben.
Er setzte sich auf einen mitten in der Küche stehenden Stuhl und sagte laut: »Kaa-tee! O Kaa-tee!« Und dabei zer-

knüllte er die Zeitung, die in der Tür gesteckt hatte und die er immer noch in der Hand hielt. Wie würde sich dieses furchtbare Erlebnis auf sie auswirken? Er machte sich in bezug auf Strafanstalten keinerlei Illusionen und tröstete sich nicht mit der Vorstellung, daß Frauen unter der Haft weniger litten als Männer, wie es immer hieß. Frauen, die sich dazu hergaben, weibliche Gefangene zu bewachen, bildeten meistens den Abschaum der Menschheit, benahmen sich häufig ärger als ihre Vorgesetzten und konnten gerade beim Anblick von Schönheit und Gepflegtheit unglaublich gehässig sein; wenn sie gar erst merkten, daß da Schulbildung, gutes Benehmen, ja bloßes Anderssein dahintersteckte, mußte der Haß dieser rohen Weiber Spuren hinterlassen, anders war es gar nicht möglich. Ob seine Kaa-tee jemals wieder lachen würde ...?
Automatisch hatte Andree beim Nachdenken die Zeitung überflogen. Plötzlich war er bei den Anzeigen gelandet, und als sein Blick müde darüber hinwanderte, erregte der Name »Crane Street« seine Aufmerksamkeit. Er las da: »Die Häuser Nummer 12, 13 und 14 in der Crane Street werden hiermit zum Kauf angeboten. Es handelt sich um dreistöckige, gutbürgerliche, günstig gelegene (Dock-Nähe!) Wohnlichkeiten, über die Ihnen die Gebäudevermittlung Tollet, Fowler Street, jederzeit Auskunft erteilt.«
Dreimal las Andree diese Anzeige, ehe er sich im Raum umblickte.
Er erhob sich, behielt die Anzeige aber immer noch im Auge. Sein Schwiegervater war in seiner Heimat dadurch zu Macht und Ansehen gekommen, daß er Hausbesitzer wurde. Er hatte mit einem Haus ganz klein angefangen. Ehe man nicht in irgendeiner Form über Macht verfügte, war man ein Niemand, auf dem jeder herumtrampeln konnte. Und zu Macht konnte man nur gelangen, wenn man über die nötigen Mittel verfügte. Er zum Beispiel hatte in gewisser Weise Macht über sein Schiff, über seine Leute, aber diese Macht war ihm nur dadurch eingeräumt worden, daß sein Schwiegervater das nötige Kleingeld für ihn flüssig gemacht hatte. Er besaß nicht genügend eigenes

Geld, um Katie besonders viel Macht und Sicherheit und damit Befreiung von der Bosheit Unbekannter zu schenken. Würde sie einer vermögenden Familie entstammen, dann wäre ihr das nicht passiert, was ihr zugestoßen war. Katie fehlte Sicherheit, weil ihr Macht fehlte; ihr fehlte Macht, weil ihr Geld fehlte. Würde er genügend Geld auftreiben können, um einer Frau wie Katie mit der Zeit zu Macht und Ansehen zu verhelfen? Wenn sie aus dem Gefängnis herauskam, würde sie Schutz noch mehr brauchen als Liebe. Sie würde etwas Handgreifliches brauchen, was ihr blieb, auch wenn er nicht da war.

Er zerknüllte die Zeitung. Wenn sein Schwiegervater mit einem Haus begonnen hatte, warum nicht auch Katie? Warum eigentlich nicht? *Warum nicht?!* ... Das wenigstens konnte er für sie tun.

Fünfzehn Minuten später stand er im Büro des Gebäudevermittlers.

Oh, hieß es, es seien überaus angenehme Baulichkeiten, diese Nummern 12, 13 und 14 in der Crane Street, aber sie würden nur gemeinsam verkauft, nicht einzeln.

»Wieviel?« fragte Andree.

Nun, es seien, wie gesagt, sehr vorteilhafte Objekte und noch dazu zu einem äußerst günstigen Preis zu haben. Dreihundertfünfzig Pfund. Dabei sei der Mietertrag wöchentlich dreiundfünfzig Shilling.

»Sie hören von mir«, sagte Andree nur.

Auf dem Weg in die King Street rechnete er seine Ersparnisse zusammen. Er besaß keine dreihundertfünfzig Pfund. Alles, was er an Barmitteln sein eigen nannte, waren ungefähr zweihundert Pfund. Aber er verfügte über einen guten Namen.

Mr. Hewitt war überrascht, den Kapitän so bald wiederzusehen, und als er erfuhr, was er zu tun beabsichtigte, riet er ihm zur Vorsicht. »Hausbesitz ist zur Zeit nicht die beste Anlage, Captain«, sagte er.

»Bieten Sie ihnen dreihundert an«, sagte Andree.

»Was!«

»Ich sagte, bieten Sie ihnen dreihundert an.«

»Aber Tollet ist ein zäher Bursche, Sir.«
»Ich auch, Mr. Hewitt. Ich bin über diese Branche gut informiert. Zufällig bin ich mit dem bekannten Petersen aus Bergen verwandt, der hat genauso angefangen, und heute gehört ihm die ganze Stadt. Bieten Sie ihnen also dreihundert und sagen Sie ihnen, daß ich noch zwischen diesem und einem anderen Ankauf schwanke. Suchen Sie heraus, wo es leerstehende Häuser gibt und erwähnen Sie sie im Gespräch. Ich komme am Nachmittag wieder und möchte, daß die Sache unter Dach und Fach ist, ehe ich übermorgen losfahre.«
»Ach, Captain Fraenkel ...«
»Was heißt ›Ach, Captain Fraenkel‹. Ich möchte, daß Sie wenigstens diese Sache für mich in Angriff nehmen. Tun Sie, was ich Ihnen sage, Mr. Hewitt. Guten Tag.«

Zwei Tage darauf unterschrieb Andree, ungefähr drei Stunden bevor er in See stach, eine provisorische Abmachung über den Kauf der Häuser Nr. 12, 13 und 14 in der Crane Street zum Preis von dreihundertfünfzehn Pfund, und der Name, mit dem er das Dokument unterzeichnete, nachdem er eine Anzahlung von fünfunddreißig Guineas geleistet hatte, lautete Mrs. Catherine Bunting, recte Katie Mulholland. Die Unterschrift wurde auf sein ausdrückliches Verlangen hin in dieser Form geleistet. Auch erhielt Mr. Hewitt genaue Anordnungen darüber, was mit der Abmachung und deren Kopie am ersten Mittwoch im April zu geschehen hatte. Das war der Tag, an dem Mrs. Bunting frei sein würde.

9

An dem Morgen, an dem Katie entlassen wurde, schien zwar die Sonne, doch es war bitterkalt. Nur hie und da glitt eine Schneeflocke zur Erde.
Die stämmig gebaute Wärterin mit dem Riesenbusen warf Katie einen von Abscheu erfüllten Blick zu, als ließe sie sie

nur ungern ziehen, was tatsächlich der Fall war. Seit langer Zeit hatte sie keine so gute Gelegenheit mehr gehabt, ihre sadistischen Neigungen abzureagieren. Doch was immer sie ihr auch angetan hatte, nichts hatte diese starrköpfige Person dazu veranlassen können, sich etwas einzubrokken, was ihre Strafzeit verlängert hätte.
Die meisten der Weiber lachten, als Katie durch den Saal zum Ausgang geführt wurde. Aber nicht alle. Es gab welche, die sie mitleidig ansahen, manch eine sogar voller Bewunderung. Denn sie wußten nur zu gut, daß keine von ihnen ausgehalten hätte, was Katie ausgehalten hatte, ohne zumindest den Versuch zu machen, die Wärterin umzubringen.
»Besorg es deinem Schweden nur ja recht gut in meinem Namen«, schrie die ihr nach einer Flut von Obszönitäten zu, während sie Katie durch den Gang ins Schreibbüro drängte, wo ihr eine Beamtin mit steinerner Miene ein Buch hinschob. Nachdem Katie ihre Unterschrift geleistet hatte – was die Frau offensichtlich als persönliche Beleidigung auffaßte, weil es üblich war, daß Häftlinge nur mit drei Kreuzen unterzeichneten –, deutete man ihr mit einer Handbewegung an, wegzutreten.
In dem Moment, da Katie vor dem großen, hölzernen Tor stand und zusah, wie die Peinigerin ihres Körpers und ihrer Seele den Schlüssel ins Schlüsselloch steckte, war Katie, als würden die Beine unter ihr nachgeben und als würde sie nie im Leben die Kraft aufbringen, das Tor zu durchschreiten, auf die Straße und damit wieder ins Leben zu treten. Aber dann wurde das Tor so rasch hinter ihr zugeschlagen, daß es beinahe ihre Schuhe berührte. Und dann stand Katie auf dem holprigen Pflaster der Stone Street und blinzelte in das helle Tageslicht, das so anders war wie das Licht da drinnen. Sie war wie geblendet, atmete die frische Luft in tiefen, tiefen Zügen ein, schien aber nicht imstande zu sein, einen Fuß vor den andern zu setzen. Die Straße war ziemlich leer, bis auf die beiden Kutschen auf der gegenüberliegenden Seite; sie standen in einiger Entfernung voneinander, und Katie nahm die Gestalt eines Mannes

wahr, der die weiter entfernte Kutsche verließ. Dann sah sie, wie aus der näher befindlichen Kutsche eine Frau ausstieg und auf sie zugelaufen kam.
Der Anblick Miß Theresas machte Katie wieder lebendig. Rasch wandte sie sich um und ging in der entgegengesetzten Richtung davon.
»Katie, Katie! Warte, bitte!« Schon hatte Theresa sie am Arm gepackt und zum Stehenbleiben gezwungen.
»O Katie!« In diesen beiden Worten lag die Verdammnis aller Sünden, und Katie antwortete hierauf mit einer völlig fremden Stimme, die der ihren überhaupt nicht mehr zu gleichen schien: »Lassen Sie mich in Ruhe.«
»Das kann ich nicht, das bring' ich nicht fertig. Komm mit mir. Ich habe dir ein Zimmer eingerichtet. Miß Ainsley wird dich willkommen heißen. Du mußt einfach aus all dieser Verderbtheit ausbrechen; sieh doch nur, wohin du damit gekommen bist.«
»Wollen Sie mich gefälligst in Ruhe lassen oder nicht!« sagte Katie langsam und ruhig, jedoch mit dieser unwirklich fremden, rauhen Stimme.
»Nein, nein, das werde ich nicht tun. Ich lasse dich nicht zu diesem Mann zurückkehren. Er war der Grund für deine . . .«
»Seien Sie still!« Ihre Stimme klang völlig verwandelt. Noch immer rauh, aber kräftig, hart und abweisend. »Wagen Sie es ja nicht, ein Wort gegen ihn zu sagen, ich warne Sie. Er ist das einzige Gute, das mir im Leben begegnet ist. Hören Sie?«
»Sag das nicht, Katie, sag doch so was nicht. Ich kann es einfach nicht ertragen. Der Gedanke, daß du zu diesem gräßlichen . . .«
»Wenn Sie jetzt nicht auf der Stelle den Mund halten, Miß Theresa, könnte ich leicht etwas sagen, was mir später leid tun würde.«
»Ich werde nicht den Mund halten, Katie. Ich werde nicht eher ruhen, als bis du dieses Leben aufgegeben hast. Sieh doch nur, wohin es dich geführt hat! Nicht einmal einen anständigen Mantel hast du am Leib. Denk doch nur, wo

du enden wirst: in verrufenen Häusern, bei Matrosen aus aller Herren Länder!«

Katie starrte in das dünne, blasse Gesicht ihres Gegenübers, sie richtete sich mit sichtlicher Anstrengung kerzengerade auf und sagte leise und bitter: »Das verrufenste Haus und der ungehobelste Matrose, den Sie in dem gottverlassensten Hafen der Welt auflesen können, wären mir bei weitem lieber als Ihr Bruder, Miß Theresa.«

Theresa starrte Katie nun gleichfalls an. »Was sagst du da, Katie – mein Bruder? Meinst du Bernard?«

»Ich meine Bernard, Miß Theresa.«

»Du glaubst doch nicht, daß Bernard etwas mit ...?« Theresa hob den Blick zu der hohen Gefängnismauer empor. Dann sah sie Katie an, schüttelte heftig den Kopf und sagte: »Nein, nein, Katie. Da irrst du dich.«

»Ihr Bruder hat mich da hineingebracht, Miß Theresa.«

»Das kann ich nicht glauben, das will ich nicht glauben. Weshalb hätte er das tun sollen?«

Katie schloß die Augen, dann sagte sie: »Weil ich ihm mit einem Kerzenleuchter beinahe den Schädel eingeschlagen habe. Ich bin ... ich bin keine Prostituierte, Miß Theresa. Ich war es nie und werde es nie sein. Ich lebe mit einem Mann, weil ich ihn liebe. Mit einem einzigen Mann, einem Seemann, einem Kapitän, einem guten, braven, anständigen Menschen. Aber Ihr Bruder hat sich mit einem Freund mit Hilfe einer Prostituierten Zugang zu meiner Wohnung erzwungen und war nicht zum Gehen zu bewegen, sondern wollte wieder über mich herfallen, wie er es schon einmal getan hat. Ich habe ihm angesehen, daß dasselbe passiert wäre, was damals passiert ist, und ich habe mir geschworen, daß es nie mehr dazu kommen wird. Da bin ich mit dem Kerzenleuchter auf ihn losgegangen. Von jenem Abend an habe ich bis zum Jahresende in ständiger Furcht davor gelebt, was er mir antun werde. Und wie Sie zugeben müssen, ist ihm auch etwas dazu eingefallen.«

»Das ist unmöglich, das kann nicht sein, Katie. Vor Gericht haben die beiden Mädchen doch ausgesagt, erinnere dich nur, daß ...«

»Sie sagten, was man ihnen zu sagen aufgetragen hat. Ich habe die beiden nie zuvor gesehen, weder sie noch ihre beiden Begleiter. Aber im Gerichtssaal habe ich einen davon entdeckt, es war der Aufseher Crabtree aus der Zeche ... Oh, Ihr Bruder hat an alles gedacht. Er hat sogar die da drinnen bezahlt«, sie deutete mit einer Kopfbewegung zum Gefängnis hinüber. »Es sind Briefe für mich gekommen, ich habe sie nicht erhalten. Man hat mir Lebensmittel geschickt, man hat sie mir vorenthalten. Wenn das Fegefeuer auch nur die leiseste Ähnlichkeit mit dem Leben hinter diesen Mauern haben sollte, dann werde ich alles daran setzen, niemals dorthin zu gelangen.«
»O Katie, Katie, was sagst du da um Gottes willen!« Theresa hatte die Hände vors Gesicht geschlagen.
»Ich sage nichts als die Wahrheit. Sie könnten jetzt fragen, warum ich dies alles nicht vor Gericht gesagt habe, da ich doch alles ganz genau wußte. Ich will es Ihnen sagen, ohne daß Sie mir diese Frage zu stellen brauchen. Weil ich ... weil ich verhindern wollte, daß noch ein Mord geschieht. Wenn mein Freund den Namen desjenigen wüßte, der mir das hier angetan hat, würde er ihn in Stücke reißen.« Katie holte tief Atem, ehe sie fortfuhr: »In Stücke reißen, umbringen, Miß Theresa! Noch bevor dies geschehen ist, flehte er mich an, ihm den Namen des Mannes zu sagen, der mir so entsetzlich mitgespielt hat. Aber ich wollte es um keinen Preis tun. Jetzt aber, Miß Theresa, warne ich Sie: Noch eine einzige Begebenheit wie diese hier, und ich lasse den Dingen ihren rechtmäßigen Lauf, sagen Sie das Ihrem Bruder. Dann aber wird es zu keiner Gerichtsverhandlung mehr kommen, bei der es weder für Gott noch für Menschen auch nur die geringste Spur von Gerechtigkeit gibt. Sagen Sie ihm das.«
»Warte, Katie, warte!« Als Katie sich abwenden wollte, packte Theresa sie am Arm. Da stand auf einmal ein Mann an Katies Seite, als sei er aus dem Erdboden gewachsen. Theresa fuhr ihn hochmütig an: »Was wollen Sie?«
»Mit Mrs. Bunting sprechen, Madam.«
»Verschwinden Sie.«

»Tut mir leid, Madam. Ich bin in geschäftlichem Auftrag hier. Ich bin der Sekretär von Mr. Hewitt aus der Kanzlei Chapel und Hewitt. Würden Sie, bitte, diesen Brief lesen, Madam?« Damit reichte er Katie mit einer leichten Verbeugung den Brief.
Katie starrte den Brief und den Mann, dann wiederum den Brief an. Sie kannte die Schrift. Es war Andys Handschrift. Sie riß langsam das Kuvert auf und las: »Meine geliebte Kaa-tee, die Wohnung und das Haus stehen für Dich bereit, dafür habe ich gesorgt. Geh vor allem einmal mit Mr. Kenny zu Mr. Hewitt, der Dir alles erklären wird. Mein Herz ist so voll, daß ich nicht die richtigen Worte finde, aber wenn wir uns wiedersehen, werde ich Dir alles sagen. Du bist mein Leben, Kaa-tee, jetzt mehr als je zuvor. Du mußt wissen, daß ich nur für Dich auf der Welt bin. Fasse Mut, Liebste! Dein Andree.«
Ihre rotverschwollenen Hände zitterten so sehr, daß sie nicht imstande war, den Brief wieder zusammenzufalten oder gar ins Kuvert zu stecken. Sie blickte den großen, schlanken Mann mit dem freundlichen Gesicht nur an und sagte: »Ich bin bereit. Gehen wir.«
»Katie, ich flehe dich an!«
Katie blickte Theresa fest in das verzweifelte Gesicht und sagte ruhig: »Vergessen Sie nicht, Ihrem Bruder meine Nachricht auszurichten, Miß Theresa. Leben Sie wohl.«
Dann überquerte sie an der Seite des Mannes die Straße und ging mit ihm auf die weiter entfernt stehende Kutsche zu. Nachdem er ihr hineingeholfen hatte, sagte Mr. Kenny etwas zum Fahrer, dann nahm er Katie gegenüber Platz, und sie fuhren in Richtung Shields los. Während der ganzen Fahrt versuchte Mr. Kenny mit aller Macht, nicht ständig in das schöne, traurige Gesicht seines Gegenübers zu starren; sein ganzes Inneres befand sich in hellster Aufregung. Rosier war also der Mann, den sie so lange schon ausfindig zu machen gesucht hatten! Mr. Bernard Rosier – so so ... Er wußte eine Menge über Bernard Rosier. Er erinnerte sich noch gut daran, welch ein Roué Rosier als Jüngling gewesen, daß er aber mit den Jahren offensicht-

lich ruhiger geworden war, vor allem knapp vor und einige Zeit nach seiner Eheschließung. Als sein Vater gestorben war, kamen jedoch wieder Gerüchte in Umlauf, daß sein ungezügeltes Wesen abermals zum Vorschein gekommen sei. Er besaß Rennpferde, war ein Spieler und lief, nach allem, was er eben gehört hatte, den Dirnen nach, wie es viele Männer seines Standes taten. Nur mit dem Unterschied, daß er unbesonnener war als die meisten. Und rachsüchtiger. O ja, auf besonders grausame Art sogar.
Mr. Kenny hätte sich gewünscht, daß dieser Bernard Rosier bekäme, was er verdiente, wenn er sich die Geschichte der ihm gegenübersitzenden leidgeprüften jungen Frau vor Augen hielt. Gleichzeitig wußte er jedoch, daß das nie der Fall sein würde, zumindest nicht auf legale Art, dazu waren die Rosiers in der Gegend viel zu einflußreich. Er wußte, daß Mr. Hewitt dies sofort heftig bekräftigen und sich nie dazu hergeben würde, in das Wespennest eines solchen Herrschaftshauses zu stechen. Aber es war schade, mehr als schade.
Mr. Kenny war ein sehr zurückhaltender Mann, der es verstand, Geheimnisse für sich zu behalten – eine notwendige Eigenschaft für den Sekretär einer Anwaltskanzlei! –, aber er war auch ein Mensch, der es gut verstand, mit den Klienten umzugehen. Es gehörte zu seinen Pflichten, dafür zu sorgen, daß sie sich entspannten und ungezwungen gaben. Aber diesmal fiel es ihm schwer, ein Gespräch mit der Frau, die ihm gegenübersaß, zu führen. Er spürte, daß die kaum noch überstandenen, bitteren Erfahrungen und Erlebnisse es ihr unmöglich machten, auf ein seichtes Geplauder einzugehen. Folglich mußte das, was er ihr zu sagen hatte, einen Sinn haben. Also begann er: »Captain Fraenkel hat gewünscht, daß wir Ihre Wohnung renovieren ließen. Mr. Hewitt überließ diese Angelegenheit mir. Ich habe die Anregungen des Captains so genau wie möglich befolgt und hoffe, daß das Ergebnis Ihnen gefallen wird, Madam.«
Katie machte zweimal eine leichte Kopfbewegung, ehe sie leise sagte: »Ich bin überzeugt davon.« Am liebsten hätte

sie ihre Worte mit einem »Hach« geschlossen, denn der Übergang von dem, was sie hinter sich hatte, zu dieser Fahrt mit dem überaus höflichen Mann, der so einnehmende Manieren hatte, war allzu unwirklich. Das, was sie hinter sich hatte, war wirklich, das hier jedoch absolut nicht. Aber schließlich hatte Andy ihn ihr geschickt.
Andy ... Sie versuchte, sich sein Gesicht ins Gedächtnis zu rufen, aber es war nur ein blasser, verschwommener, behaarter Fleck, weiter nichts. So war es ihr in letzter Zeit immer gegangen. Wenn sie nachts mit aller Macht versucht hatte, sein Bild heraufzubeschwören, war das Ergebnis nur Verwirrung gewesen. Aber Andy *war* wirklich. Wirklich und gut, der einzige Mensch in ihrem Leben, dem sie trauen konnte. Sie hatte vor, ihn darum zu bitten, sie von hier fortzubringen, so weit wie nur irgend möglich. Denn es gab nichts mehr, was sie hier zurückgehalten hätte, außer bitteren Erinnerungen. Wenn sie ihn darum bitten würde, dann würde er es sicher tun ...
In der Kanzlei kam Mr. Hewitt ihr sofort entgegen, nahm sie an der Hand und fragte seinen Sekretär, ob es möglich sei, Mrs. Bunting eine Tasse Tee zuzubereiten. Und Mr. Kenny erwiderte: »Selbstverständlich, Sir, selbstverständlich.«
Eine halbe Stunde später wurde Katie abermals in Begleitung von Mr. Kenny und wieder per Kutsche in die Crane Street Nr. 14 gebracht. Die Straße war verhältnismäßig leer, als sie vorfuhren, und Mrs. Robsons Tür blieb verschlossen. Aber an Mrs. Robsons Tür war noch nie jemand vorbeigegangen, ohne daß sie ganz genau Bescheid darüber gewußt hätte. Mit Mr. Kenny im Schlepptau ging Katie nach oben. Mr. Kenny übergab ihr mit einer leichten Verbeugung den Schlüssel, sie sperrte die Tür auf und betrat ihre Wohnung. Langsam nahm sie alles in Augenschein, und auch Mr. Kenny tat dies, er war sehr stolz auf sein Werk.
»Gefällt es Ihnen, Mrs. Bunting?«
»O ja, es ist reizend, wirklich. Danke.« Katie ließ den Blick von der frischgetünchten Decke über die rosenübersäte

Tapete zu den auf Hochglanz polierten Möbeln gleiten. Schließlich blieb er auf dem hell auflodernden Feuer im Kamin haften.
Ihre Augen waren feucht, als sie sich umdrehte und zu Mr. Kenny sagte: »Sie haben an alles gedacht – das war sehr freundlich von Ihnen.«
»O ich bitte Sie, Madam. Es war mir ein Vergnügen.« Er stand mit ineinander verschlungenen Händen vor ihr und nickte eifrig. »Ich hoffe, daß ich Ihnen auch weiterhin von Nutzen sein kann. Wenn Sie irgend etwas wünschen sollten, brauchen Sie es uns nur wissen zu lassen. Sie haben ja gehört, daß Mr. Hewitt das ausdrücklich betont hat.«
»Ja, ja, er war überaus freundlich zu mir. Ich ... ich kann das alles noch gar nicht richtig fassen.«
»Das ist verständlich, Madam. Aber spätestens, wenn der Captain zurückkommt, was schätzungsweise in vier Tagen der Fall sein dürfte, werden Sie sich an Ihre neue Lage gewöhnen.«
»Ja«, sagte sie, und zum erstenmal tauchte auf ihrem blassen Gesicht so etwas wie ein Lächeln auf.
Mr. Kenny deutete auf den Schrank und sagte: »Der Captain hat mir eine Liste jener Lebensmittel gegeben, die Sie seiner Meinung nach benötigen würden. Ich hoffe, daß es für den Moment ausreicht.«
»Bestimmt. Ich danke Ihnen.«
Dann schwiegen sie beide, bis Kenny schließlich sagte: »Ich muß mich jetzt verabschieden, Madam, aber vergessen Sie nicht: Wir sind stets gerne zu Ihren Diensten.«
»Danke, Mr. Kenny.«
Sie reichte ihm die Hand, und er ergriff sie. Dann ging er mit sichtlichem Widerstreben.
Katie setzte sich auf den nächstbesten Stuhl. Sie mußte erst einmal Atem holen, bevor sie imstande war, ins Schlafzimmer zu gehen. Ihr Blick fiel auf das längliche Kuvert, das sie immer noch in der Hand hielt, und sie murmelte: »Andy, o Andy!« Was er für sie getan hatte, hätte sie von Rechts wegen mit tiefem Dank erfüllen müssen. Aber seit Wochen war ihr vordringlichster Gedanke gewesen,

Andy zu bitten, sie und Lizzie von hier wegzubringen, von diesem schrecklichen Ort, dem Tyne, der Straße, dem Haus, dieser Gegend, die ihre Mutter geliebt hatte und die Joe immer noch liebte; jener Gegend, in der sie sie wegen ihrer Liebe verdammt hatten. Und nun hatte Andy sie unbeabsichtigterweise auf einen weiteren, unabsehbaren Zeitabschnitt hierher verbannt, indem er ihr ausgerechnet hier drei Häuser gekauft hatte. Sie konnte es einfach nicht begreifen, noch nicht; es war zu viel. Sie – eine Hausbesitzerin ...

Etwas in ihr hatte sich immer gegen die Furcht gesträubt, sie hatte es gehaßt, sich ständig zu ängstigen, war aber nie stark genug gewesen, dies fertigzubringen. Aber nun hatte man ihr eine Waffe in die Hand gedrückt. Sie hob das Kuvert hoch und fuhr mit dem Zeigefinger darüber, indem sie abermals sagte: »Andy, o Andy!« Und schon schien ihr etwas die Brust sprengen zu wollen, und sie wußte, was das zu bedeuten hatte; es bedeutete, daß all die ungeweinten Tränen von Wochen und Monaten, die sie mit aller Kraft zurückgedrängt hatte, hervorbrechen wollten. Aber es durfte noch nicht geschehen; es gab etwas, was sie vorher tun mußte. Bevor sie auch nur einen einzigen Bissen zu sich nahm, wollte sie sauber sein. Rein! Sie wollte erst nach unten gehen und sich viele Kübel Wasser heraufholen und warm machen und sich waschen. Sie hatte es ebenso nötig, sich wieder sauber zu fühlen, wie sie es an jenem Morgen nach dem Ball nötig gehabt hatte.

Sie stand auf dem Treppenabsatz und zögerte, an all den Türen vorbeizugehen, sich den neugierigen Blicken und Fragen auszusetzen. Aber kam es denn darauf noch an? Nein! Nicht mehr. Es war freundlich von Mrs. Robson gewesen, sie besucht zu haben, und sie wollte sich auch bei ihr dafür bedanken. Aber sie vermutete, daß Andy ihr bereits auf materielle Art seinen Dank abgestattet hatte. Sie war ziemlich sicher, daß Mrs. Robson den weiten Weg nach Durham niemals gemacht hätte, ohne dafür bezahlt zu werden. Aber dennoch wollte sie sich später bei ihr bedanken.

Katie ging dreimal hinunter und hinauf mit ihren Eimern, aber die Türen blieben verschlossen. Später, nachdem sie sich von Kopf bis Fuß gewaschen hatte, auch das Haar, begann sie sich darüber zu wundern, daß Mrs. Robson, die sie unter sich hantieren hörte, nicht herausgekommen war, um ein Wort mit ihr zu wechseln. Sie wunderte sich jedoch bloß darüber, es machte ihr nichts aus, denn der Dammbruch ihrer Gefühle hatte eingesetzt.

Es dauerte einige Tage, ehe Katie erfuhr, weshalb Mrs. Robson sie nicht besucht hatte. Man besucht den Hausbesitzer nicht. Die Mieter der Häuser Nr. 12, 13 und 14 in der Crane Street hatten neue Zinsbücher bekommen, und man hatte ihnen gesagt, daß die neue Hauseigentümerin nun Mrs. Bunting sei. Das war eine Sensation in der ganzen Straße gewesen.

Katie Mulholland war also Hausbesitzerin, sie war eine von *denen* geworden. Sie hatte den Sprung von der Zuchthäuslerin, die manch einer bemitleidet, viele verachtet, verspottet, ja gemieden hatte, über den riesigen Abgrund hinweg getan: auf die andere Seite, wo die feinen Leute, der Adel, die Hausbesitzer eben daheim waren. Sie murrten. Hausbesitzer hatten kein Recht, mit ihren Parteien in ein und demselben Haus zu wohnen. Aber arme Leute konnten nicht viel dagegen tun, nicht wahr? Gegen *die* war nun einmal nichts auszurichten.

Und so entstanden »Katie Mulhollands Häuser«, und Katie kam zu Macht und Ansehen.

THERESA
1880

1

Joe hörte den »Wecker« genau, der am Ende der langen Straße begonnen hatte, an die Haustüren zu pochen. Die Kälte hatte ihn schon vor einiger Zeit wachgerüttelt. Er machte sich sanft von seiner Frau los, um sie nicht im Schlaf zu stören, schlüpfte rasch aus dem Bett, zog Socken und Hosen an, und dann tappte er vorsichtig aus dem Zimmer, den langen, schmalen Gang entlang zur Küche, wo er die Lampe anzündete, Feuer machte und das Teewasser aufsetzte.

Der Tisch war bereits abends für das Frühstück vorbereitet worden. Er goß sich den siedendheißen Tee in seinen Becher, tat weder Milch noch Zucker hinein und trank im Stehen schluckweise. Bloß zum Abendbrot gab es Zucker in den Tee, und da auch nur entweder für ihn oder für sie, nie für beide. Nun schenkte er den zweiten Becher voll, trug ihn seiner Frau ins Schlafzimmer, rüttelte sie sanft an der Schulter und sagte: »Komm, Mary, trink einen Schluck.«

»O-o-h!« Sie drehte sich herum, richtete sich dann etwas auf, zog die Bettdecke bis unters Kinn und sagte: »Es ist noch kälter geworden.«

»Tjaja, das Wasser im Hof ist gefroren.«

»Möchtest du mal zu den Kindern hineingehen und nachsehen, ob sie ordentlich zugedeckt sind?«

»Ja, mach ich.«

Im Finstern tappte er sich zu dem Bett hin, in dem seine Töchter Lucy und Bridget eng aneinandergeschmiegt lagen. Behutsam stopfte er die halb heruntergeglittene Decke fest. Dann trat er leise an das Bett seines Sohnes,

und als seine Hand die kokonartig eingepackte Gestalt berührte, mußte er lächeln. Genauso hatte auch er als Junge immer geschlafen.
Kaum hatte er die Küche wieder erreicht, veranlaßte ihn das grelle Sirenengeheul, das regelmäßig um halb sechs ertönte, eilends in den Mantel zu schlüpfen. Er ging abermals ins Schlafzimmer, beugte sich über Mary, berührte ihre Schulter und sagte: »Ich geh' jetzt, Kind.« Darauf antwortete sie: »Tjaja, gut.« Nachdem er ihr nochmals einen liebevollen Klaps verabreicht hatte, verließ er das Haus und gesellte sich zu der Reihe dunkler Gestalten, die alle auf dem Weg zur Werft waren.
Wie er es immer in aller Frühe zu tun pflegte, überlegte er dabei, daß es eine Menge gab, wofür er dankbar sein konnte: Er hatte eine brave Frau, drei reizende Kinder und einen sicheren Posten. Für gewöhnlich schob er den Gedanken an Katie und die Schande, die sie über die Familie gebracht hatte, beiseite; er hatte sie seit dem Tag, an dem sie sich wegen dieses Schweden gegen ihn entschieden hatte, nie mehr gesehen, noch wünschte er, sie jemals wieder zu sehen. Für Jarrow mochte sie ruhig die menschenfreundliche Mrs. Fraenkel spielen, die Volksküchen eingerichtet hatte und den armen Kindern zu Weihnachten Stiefel schenkte; für ihn blieb sie nach wie vor seine Schwester Katie, die Schande über die Familie gebracht hatte.
Mit grimmig zusammengepreßten Lippen betrat er die Werkshalle und dabei blieb es den ganzen Tag über. Sein Mund wurde sogar noch schmäler, als so gegen vier ein großer, junger, dunkelhaariger Mann neben ihm auftauchte, dessen Gesicht und Hände überraschend sauber aussahen. Als er sich zu ihm hinunterbeugte, um ihm etwas zuzuschreien, tat Joe, als könne er bei dem Getöse nichts verstehen.
Als Joe nach Arbeitsschluß die Werkshalle mit seinem Schwiegervater verließ, erblickte er den jungen Mann im Hof wieder. Sie sahen ihm nach, wie er in seinem feinen, schwarzen Tuchmantel mit fliegenden Rockschößen über die Straße eilte, und als er im schwachen Geflacker der

Gaslampen verschwand, kicherte John Hetherington. »Zweimal darfst du raten, was ihm derartige Flügel verleiht. Aber er ist ein netter, junger Bursche, einer von den besten. Die Palmers brauchen sich keine Sorgen um die Zukunft zu machen, wenn Jungs wie der da einmal oben sitzen.«

»Es könnte eine Menge Sorgen mit ihm geben, wenn er auch nur im geringsten seinem Vater nachgerät.«

Die Worte waren Joe entschlüpft, noch ehe er es sich überlegt hatte, und Hetherington sagte mit einer ruckartigen Kopfbewegung: »Ach, Joe, sei doch nicht so unfair. Ich kenne die Menschen, das kannst du mir glauben. Aber ich habe noch nie einen höflicheren jungen Mann kennengelernt als unseren Mr. Daniel. Es ist mir immer merkwürdig vorgekommen, Joe, daß du nie ein gutes Wort für ihn übrig hast, wenn er in der Halle auftaucht. Sieh mal, er hätte sich das Leben ja einfach machen und nach Oxford gehen können. Aber nein, er will alles, was mit dem Schiffsbau zusammenhängt, von Grund auf lernen, also arbeitet er sich durch sämtliche Abteilungen durch. Das ist ein schwieriger, aber sicherlich der richtige Weg. Höchstwahrscheinlich wird er eines Tages eine Werkshalle leiten, dann wird er wenigstens genau wissen, was er zu tun hat. Und weißt du, was ich erst unlängst gehört habe? Daß er während seiner Anlernzeit nur zwei Pfund die Woche bekommt. Zwei Pfund, wohlgemerkt!«

»Er wird zweifellos später dafür gebührend entschädigt werden.«

»Sprich nicht so, Joe. Was hast du nur gegen den Jungen, hm? Sag mir, was du gegen ihn hast.«

»Nichts, gar nichts.«

»Er ist einfach ein netter, junger Kerl, weiter nichts. Was kann er denn dafür, daß er unter einer seidenen Bettdecke zur Welt gekommen ist? Hast du nicht gesehen, wie er vorhin wie ein Verrückter zur Bushaltestelle gelaufen ist? Soll ich dir sagen, warum? Weil er rechtzeitig zum Abendessen, zu dem er eingeladen ist, da sein will, um eine kleine Schönheit zu treffen, in die er verliebt ist.«

Joe richtete nun seinen Blick voll auf seinen Schwiegervater und sagte mit etwas verkrampftem Lächeln. »Du bist mir schon ein Komiker, John, weißt du.«
»Aber wieso? Nur weil ich mich für ihn interessiere? Ich freue mich, wenn die Menschen glücklich sind. Der junge Rosier hat sich in ein hübsches Mädchen verschaut, das bei den Charltons wohnt, und das freut mich für ihn.«
»Wieso weißt du das alles?«
»Ach, Betty hat es zum Wochenende erzählt. Hat Lucy euch denn nichts über die Begleitung der jungen Dame erzählt?«
»Nein, und ich habe sie auch nicht danach gefragt.«
Joe war Johns Nichte Betty zu Dank verpflichtet, weil sie seine dreizehnjährige Tochter Lucy bei den Charltons untergebracht hatte. Er war froh, daß seine Tochter unter Bettys Obhut arbeitete, denn Betty war mit ihren vierzig Jahren eine erfahrene, gesetzte, vernünftige Person. Nur in einem Punkt hatte er ihr von allem Anfang an widersprochen: Lucy sollte niemals außer Haus schlafen. So weit der Weg auch sein mochte – keine seiner Töchter sollte jemals außer Haus schlafen. Er hatte einst eine Schwester gehabt, die außer Haus geschlafen hatte ... Und da fragte John ihn, was er gegen Rosier hatte! Aber schließlich war er in die näheren Details dieser Geschichte ja auch nicht eingeweiht.
John sagte nun beinahe verträumt: »Ich habe gehört, daß die junge Dame ein ausnehmend reizendes Ding sein soll.«
»Vielleicht laden Sie dich zur Hochzeit ein, John, was?«
Darüber mußten sie nun beide lachen. Und dann meinte Joe: »Kommst du auf einen Sprung hinein?«
»Nein, nein, was glaubst du denn! Meine Frau reißt mir glatt den Kopf ab, wenn ich sie mit dem Essen warten lasse. Eine solche Frage brauchst du mir gar nicht erst zu stellen, Junge.«
»Also dann gute Nacht und bis morgen.«
»Gute Nacht, mein Lieber. Tjaja, bis morgen dann.«
Als sie nach dem Abendessen um den Kamin herumsaßen und in Lucys munterem Geplauder eine kleine Pause ein-

getreten war, blickte Mary von ihrer Näharbeit auf, ohne die sie sich niemals niedersetzte und fragte ihren Sohn: »Was war denn heute bei dir los? Irgendwas Aufregendes passiert, Tommy?«
Und Tommy, der seine in Socken steckenden Füße auf den Hocker gelegt hatte und in der wohligen Wärme behaglich seine Zehen bewegte, nickte und sagte: »O ja, Mama. Eine Frau ist gestorben.«
»Gestorben?« sagte nun Joe und blickte auf seinen Sohn nieder. »Wie denn?«
»Ich weiß es nicht genau. Es soll ihr plötzlich schlecht geworden sein und dann haben sie sie hinausgetragen und nach ihrem Mann geschickt.«
»War sie alt?« fragte Mary ruhig.
»O ja«, sagte er und nickte ernsthaft. »Beinahe so alt wie du.«
Da warf Joe den Kopf in den Nacken und lachte hellauf. Dann streckte er die Hand nach seiner Frau aus und sagte: »Siehst du, da hast du's Mary.«
Sie versuchte, nicht zu lachen, als sie ihren Sohn ansah und meinte: »Findest du mich denn schon so alt?«
Tommy grinste und sagte: »Nun, du weißt schon, was ich meine, Ma. Sie war eben nicht mehr jung.«
»Mach es nur nicht noch schlimmer, Junge.« Joe versetzte seinem Sohn einen sanften Nasenstüber. »Also was die Frau anlangt: Ist sie denn auf der Stelle gestorben?«
»Tja, so hat's wenigstens geheißen. Sie sagten, es wäre das Blei; sie hat in der Färberei gearbeitet. Eine von den anderen Frauen meinte, daß es ihr schon ziemlich lange schlecht gegangen sei. Sie hätte immer Blut gespuckt und sich ständig schwach gefühlt.«
Ein paar Minuten darauf verließ Mary in aller Ruhe die Kaminrunde und Joe folgte ihr kurz darauf. Er fand sie im Schlafzimmer, wo sie kein Licht gemacht, sondern sich nur ans Fenster gestellt hatte, so daß im Schein der Straßenlaterne von der gegenüberliegenden Seite bloß ihre Umrisse zu sehen waren. »Was ist denn?« fragte er ruhig. Als er neben ihr stand, drehte sie sich um und sagte:

»Nimm ihn von dort fort, Joe; in seiner Abteilung ist es beinahe so arg wie in der Färberei. Er wird's auf der Brust kriegen und es nie mehr loswerden. Kannst du ihn nicht in der Werft unterbringen?«

»Nicht für drei Tage pro Woche. Außerdem ist es da vorläufig noch zu schwer für ihn. Aber ich werde sehen, was ich tun kann, wenn er mit der Schule fertig ist. Sorg dich nicht. Komm, es ist eisig hier drinnen; du wirst dir den Tod holen.«

Er legte den Arm um ihre Schulter und sie lehnte sich einen Moment an ihn an und flüsterte: »Ich habe Angst. Ich habe immer Angst, daß er irgendwas erwischt.«

»Wir sind alle in Gottes Hand.«

»Tjaja, das sag' ich mir ununterbrochen, aber es hilft nicht allzuviel.«

»Aber, aber, Mary!«

Sie verließen gemeinsam das Schlafzimmer, aber noch ehe sie die Wohnküche betraten, nahm er den Arm von ihrer Schulter. Und da hörten sie Lucy schon in hingerissenem Ton sagen: »Oh, sie ist ganz reizend, wirklich. Und wunder-wunderschön. Und ihre beiden Tanten sind ganz vernarrt in sie, die sind auch richtig nett, ehrlich. Wenn ich auch Miß Rose lieber mag als Miß Ann.«

»Wie heißt sie denn? Ich meine das Mädchen, in das sich Mr. Rosier verliebt hat.«

»Sarah.«

Joe blieb wie angewurzelt an der Tür stehen. Seine Blicke waren auf seine Tochter geheftet. Es dröhnte in seinem Kopf, als wäre dort eben etwas explodiert, und blitzartig fühlte er sich in jenen Garten zurückversetzt, in dem ständig zwei feine Damen auf- und abspazierten. Und wenn sie mit ihm sprachen, ging es immer nur um eins: um das reizende Baby seiner Schwester.

»Was ist los?« fragte Mary, die sich wieder niedergesetzt hatte und sah ihren Mann an, der immer wieder den Kopf schüttelte und murmelte: »Nichts, gar nichts.«

Dann kam er näher und nahm seinen angestammten Platz am Kamin wieder ein. Er sah Lucy an und sagte: »Du hast

uns bisher noch gar nichts über die Gäste deiner Herrschaft erzählt. Wie, sagtest du, daß sie sich nennen?«
»Miß Rose und Miß Anne und Miß Sarah.«
»Sind diese Miß Rose und diese Miß Anne ungefähr so alt wie Mutter?« Er zwang sich zu einem Lächeln und sie lachten nun alle.
Dann sagte Lucy: »Oh, Dad, die sind älter, bedeutend älter als Mama, sie sind wirklich alt. Aber du solltest nur sehen, wie sie sich aufführen, einfach großartig. Miß Ann ist noch unglaublich flink und hält sich kerzengerade, aber Miß Rose hat damit schon etwas mehr Mühe, sie ist eben die Zartere.«
»Und sie sind mit ihrer Nichte da, sagst du?«
»Tja, mit Miß Sarah, wie ich Bridget eben erzählt habe.«
»Und ist die auch so alt wie die beiden andern?«
»Ach, Dad, was denkst denn du! Nein, die ist blutjung und ganz bezaubernd. Sie hat große, man kann schon sagen, riesengroße Augen, die größten, die ich je gesehen habe. Wie Teetassen.«
Joe schob ein Stück Kohle unter den Rost und schloß die Augen. Du lieber Gott, nein, nein – es konnte nicht sein! Das konnte nicht geschehen. Er richtete sich auf und sagte schließlich: »Wie ist denn ihr Familienname?«
»Chapman, Chapman, Dad.«
Joe mußte erst kräftig schlucken, ehe er imstande war, weiter zu fragen: »Weshalb sind sie denn hier? Haben sie vielleicht die Absicht, eine Verlobungsfeier zu arrangieren?«
»O nein, Dad!« Lucy lachte über soviel Unwissenheit. »Die würden eine Verlobungsparty doch nie im Leben bei den Charltons geben, sondern in ihrem eigenen Haus.«
»Wo wohnen sie denn?« fragte Joe nun.
»In Dorset, hab' ich gehört. Dort hat Mr. Rosier Miß Sarah kennengelernt. Tante Betty meint, daß es ein Wunder war, daß man Miß Sarah erlaubt hat, allein hierherzukommen, denn die beiden Tanten kommen sonst überall mit. Natürlich, mit den Charltons sind sie seit Jahren gut befreundet, das ist etwas anderes . . . Tante Betty hat mir erzählt, daß

Mr. Rosier in der Werft fest mitarbeitet und ungeheuer nett ist, gar keine Spur von hochmütig, wie die Rosiers früher einmal gewesen sein sollen, als sie noch das Bergwerk hatten. Aber der alte Herr, ich meine sein Vater, soll es schrecklich getrieben haben und trinken und so. Der junge Mr. Rosier ist dagegen in Ordnung und ...«
Joe holte tief Luft, stand unvermittelt auf und verließ den Raum, wobei Marys Blicke ihm folgten.
Lucy warf ihrer Mutter rasch einen Blick zu und hielt in ihrem Geplapper inne, bis Mary aufstand und ruhig sagte: »Erzähl weiter, erzähl nur weiter, es ist schon in Ordnung.« Dann verließ auch sie die kleine Runde.
Nachdem sie das Schlafzimmer betreten hatte, fragte sie: »Was ist denn?«
Es dauerte eine gute Minute, bis Joe antwortete: »Die Familie, von der sie erzählt hat, diese beiden Damen Chapman, erinnerst du dich nicht?«
»Woran?«
»Nun, vor Jahren hab' ich dir doch erzählt, wie Katie ihr Kind von zwei Damen adoptieren ließ. Sie hießen Chapman. Ann und Rose Chapman. Und Katies Tochter wurde auf den Namen Sarah getauft.«
»Also, ist das nicht komisch!«
»Komisch? Daran ist absolut nichts komisch, meine Liebe«, sagte Joe mit rauher Stimme. »Wenn das geschieht, dann ist es eine Sünde vor Gott, und darum darf es nicht geschehen.«
»Aber, Joe, wovon ... wovon sprichst du denn?«
»Denk doch nur mal nach, Mary. Ich hab' dir von Katie erzählt und davon, wer der Vater ihres Kindes ist, oder? Der alte Rosier. Meine Mutter hat es mir gesagt. Und ich habe es dir erzählt.«
Es entstand ein Schweigen zwischen den beiden Menschen, während sie sich im düsteren Zimmer anstarrten; dann stieß Mary einen unterdrückten Schrei aus und rief: »O nein, nein, Joe! Dann sind die beiden ja praktisch Bruder und Schwester!«
Als er sich von ihr abwandte und ans Fenster trat, sagte sie

leise zu ihm: »Du wirst etwas unternehmen müssen. Entweder mußt du zu Mr. Rosier gehen oder – oder zu Katie.«
Rasch drehte er sich wieder um und murmelte mit belegter Stimme: »Ich gehe nicht zu Katie. Weder zu ihr noch zu ihm.«
»Aber was willst du denn machen, Joe? Man kann den Dingen nicht einfach ihren Lauf lassen, das weißt du so gut wie ich. Es ist eine Sünde vor Gott und wider die Natur. Was wirst du tun?«
Joe wußte nicht, was er tun würde. Aber ganz bestimmt würde er weder mit dem jungen Rosier noch mit Katie sprechen. Er wollte Katie nie mehr sehen, solange er lebte ...

2

In den vierzehn Jahren, die verstrichen waren, seit Katie Eigentümerin der Häuser Nr. 12, 13 und 14 in der Crane Street geworden war, hatte sich sowohl in ihrem Leben als auch in der Stadt vieles geändert.
1880 hatte Katie Mulholland, die unter dem Namen Mrs. Fraenkel bekannt war, sechs sogenannte Villen gekauft und erst vor kurzem einen bedeutend größeren Besitz erstanden, wo sie ihren Wohnsitz aufzuschlagen gedachte. Nicht daß Mrs. Fraenkel beabsichtigte, so aufzutreten, als gehöre sie zur absoluten Oberschicht. Sie hatte sich die vergangenen acht Jahre hindurch in Ogle Terrace, einem der hübschesten Villenviertel von South Shields, sehr glücklich gefühlt.
Ihr Einzug in dieses Nobelviertel hatte genügend Aufsehen erregt. Man wußte, daß sie durch An- und Verkauf von mehr oder weniger verfallenen Mietshäusern am Fluß, die als »Katie Mulhollands Häuser« bekannt waren, zu Geld gekommen war. Diese Tätigkeit paßte nicht recht in den Rahmen von Ogle Terrace. Nicht einmal der Umstand, daß eine Rosier bei ihr wohnte, brachte Katie Anerkennung ein; niemand aus der nächsten Umgebung stattete

ihr einen Besuch ab, noch sprachen die Nachbarn mit ihr, wenn sie ihr in den Straßen des Villenviertels begegneten, ob sie nun allein oder am Arm dieses ausländisch aussehenden Mannes unterwegs war. Es gab allerdings regelmäßige Besucher in ihrem Haus, die in der Stadt sehr wohl ein gewisses Ansehen genossen. Einer davon war Mr. Hewitt, der Anwalt. Natürlich konnten seine Besuche rein geschäftlicher Art sein, denn kein Mensch hatte jemals seine Frau vorfahren sehen. Dann war da Mr. Kenny, der Sekretär des Anwalts; der kam regelmäßig. Schließlich tauchte zwei-, dreimal wöchentlich Dr. Leonard auf, um Miß Rosier seine Visite abzustatten. Aber es war schon merkwürdig, daß sämtliche Besucher männlichen Geschlechts waren. Die einzige Frau, die man ständig ein und aus gehen sah, war Betty Monkton, die Wirtschafterin; hie und da auch Mrs. Bucks, die Zugehfrau. Und mit großen Abständen natürlich Miß Rosier; aber sie machte nur kurze Ausfahrten und wurde höchst selten außerhalb des Hauses gesehen.
Das war auch so eine mysteriöse Angelegenheit: Weshalb lebte Miß Rosier, die Tochter Daniel Rosiers, der einst die Beula-Zeche besessen hatte, bei einer Frau wie Katie Mulholland, die früher einmal eine Kupplerin gewesen sein sollte? Natürlich wußte jedermann, daß Miß Rosier, die nicht als Mrs. Noble angesprochen zu werden wünschte, etwas merkwürdig war. Hatte sie nicht ihren Mann verlassen? Aber das war dennoch kein Grund, sie nicht mehr als Lady zu betrachten. Diese Situation ging über das Begriffsvermögen der Bewohner des Villenviertels hinaus …
Manchmal dachte Katie, daß es sogar über ihr eigenes Begriffsvermögen hinausgehe, wie es dazu gekommen war, daß sie mit Miß Theresa lebte – oder richtiger: wie es dazu gekommen war, daß Miß Theresa nun bei ihr lebte. Aber es war alles ganz allmählich gegangen, ganz anders als es bei Betty Monkton begonnen hatte. Da hatte sich alles innerhalb einer einzigen Stunde abgespielt, und sie hatte es völlig aus eigenem Antrieb getan, ohne daß Andree es ihr eingegeben hätte.

An einem frostigen, unfreundlichen Tag war Katie vor Mr. Hewitts Kanzlei in eine Kutsche gestiegen, als sie merkte, daß eine Frau sie mit offenem Mund anstarrte; irgendwie war ihr das Gesicht bekannt vorgekommen, bis ihr die schockartige Erkenntnis kam, daß dieses ärmlich gekleidete, halb verhungert aussehende Geschöpf am Straßenrand Betty Monkton war, ihre einstige Spielgefährtin ... Sie lächelte Betty zu, und Betty lächelte zurück und sagte in einem fürchterlichen Dialekt: »Tja, Katie, du bist es! Also so was! Ich hätt' dich nie im Leben erkannt.«

Katie brachte es nicht zuwege, einfach loszufahren, das wäre ihr im Hinblick auf Betty wie ein Schlag ins Gesicht vorgekommen. Aber sie wollte heimkommen und die Kutsche nicht fortschicken, was gleichbedeutend damit gewesen wäre, sich dann hinterm Marktplatz eine suchen zu müssen. Und der Anblick der Marktplatzes verursachte ihr auch heute noch, obwohl dies alles nun vierzehn Jahre zurücklag, Magenkrämpfe. Also sagte sie: »Freut mich, dich zu sehen, Betty. Weißt du was? Komm doch auf einen Sprung zu mir und trink eine Tasse Tee mit mir.«

Es dauerte einige Sekunden, bis Betty begriffen hatte, daß sie tatsächlich eingeladen war. Während der Fahrt war sie sehr schweigsam. Erst nachdem eine kräftige Mahlzeit sie etwas aufgewärmt hatte, erfuhr Katie etwas über ihre schlimme Lage. Ihre Mutter war gestorben und ihr Vater hatte eine andere Frau geheiratet, die Betty nicht im Haus haben wollte. Es waren Jahre des Herumzigeunerns gefolgt, die nur von Gelegenheitsarbeit und Krankheit unterbrochen gewesen waren.

Katie wohnte zu dieser Zeit noch nicht in Ogle Terrace, aber ihr Haus befand sich immerhin in einem angesehenen Stadtviertel. Es war ein sechs Zimmer umfassendes Reihenhaus mit einer geräumigen Mansarde, und Betty Monkton schien es der reinste Palast zu sein. Als sie aufstand, um sich zu verabschieden, sagte Katie zu ihr: »Ich suche jemanden für die Hausarbeit, Betty. Jemanden, auf den ich mich verlassen kann. Ich gehe nämlich ziemlich viel aus, weil ich ... Häuser kaufe.«

»Tjaja, ich habe davon gehört, Katie.«
Betty hielt die Augen gesenkt, während sie dies sagte, und Katie fügte rasch, aber ruhig hinzu: »Ich weiß nicht, was du gehört hast, Betty, aber das ist alles, was ich tue: Ich kaufe Häuser und vermiete sie und lebe hier mit Captain Fraenkel.«
»Nur mit dem einen, Katie?« fragte Betty zögernd.
»Nur mit dem einen, Betty. Es hat immer nur ihn gegeben und es wird immer nur ihn geben. Wenn du die Stelle haben willst, dann hast du sie hiermit.«
»Ach Gott, Katie. Du meine Güte, danke. Danke. Du wirst es nicht bereuen. Ich verspreche dir, daß ich mir die Finger für dich blutig arbeiten werde, wenn ich nur ein anständiges Dach über dem Kopf habe.«
Und Betty hielt Wort. Katie wollte bald versuchen, Betty die Arbeit zu erleichtern. Aber Betty hatte nur den einen Wunsch, ihr ihre Dankbarkeit dadurch zu beweisen, daß sie sie und den Captain unermüdlich und in der aufmerksamsten Weise umsorgte ...
Erst nachdem Katie in Ogle Terrace eingezogen war, kam es dazu, daß Theresa ihr Leben mit ihr teilte, aber sie war schon einige Zeit davor in ihrem Gesichtskreis aufgetaucht.
Eines Tages, als Betty bereits ein gutes Jahr in Katies Diensten stand, läutete es an der Haustür. Katie und Andree saßen gerade beim Kaffee, als Betty eintrat und meldete: »Unten steht eine Dame, die sie sprechen möchte, Madam. Sie sagt, ihr Name sei Ainsley.«
Ainsley – Miß Ainsley. Eine Name aus der Vergangenheit. Das Lächeln war aus Katies Gesicht verschwunden. Sie beugte sich zu Andree und flüsterte ihm zu: »Ich kannte nur eine Miß Ainsley, das war die Gesellschafterin von Miß Theresa, weißt du.«
»Oh!« sagte Andree nur, zog die buschigen Brauen hoch, wandte sich dann an Betty und sagte: »Führen Sie die Dame doch herein, Betty.«
Und Miß Ainsley trat ein. Sie war eine Frau um die Sechzig, hätte aber ebensogut achtzig sein können. Katie hätte

Miß Ainsley nach dem, wie sie sie in Erinnerung hatte, nicht wiedererkannt, und auch Miß Ainsley hätte die elegante Dame niemals mit dem zarten, jungen, lebhaften Ding in Zusammenhang gebracht, das als Katie Mulholland durch ihre Erinnerungen geisterte. Die Frau, der sie nun gegenüberstand, war immer noch schön, aber ihre Augen sprühten und lachten nicht mehr, wie sie es einst getan hatten. Es lag ständig etwas wie Trauer in ihrem Blick; ihr Benehmen war ruhig, gelassen, ja beinahe damenhaft. Nur ihre Stimme wies auf ihre Herkunft hin.

Nachdem Miß Ainsley sich gesetzt und sowohl Kaffee als auch ein Glas Wein mit Entschiedenheit abgelehnt hatte, erklärte sie den Zweck ihres Besuches. Ob Mrs. . . .? Sie zögerte bei dem Namen, bis Andree rasch sagte: »Fraenkel. Mrs. Fraenkel.«

Sie fuhr fort: Ob also Mrs. Fraenkel vielleicht so gut sein und Theresa besuchen würde, die seit vielen Monaten ernstlich krank sei und nach allem, was der Arzt sagte, nicht mehr lange zu leben hätte? Theresa hatte den Wunsch, sie noch einmal zu sehen, mehrmals ausgesprochen.

Katie sah Andree an, dann Miß Ainsley und mußte sich eingestehen, daß sie nicht den leisesten Wunsch hegte, Miß Theresa einen Besuch abzustatten, nicht einmal wenn sie im Sterben läge. Sie wünschte überhaupt nicht, mit einem oder einer Rosier Kontakt aufzunehmen, weil sie nicht wollte, daß der alte Alptraum Bernard Rosier jemals wieder zum Leben erweckt werde. Und mit ihm all die entsetzlichen Erinnerungen an Bunting und ihren Vater. Nein, es tat ihr leid, aber sie wollte Miß Theresa nicht wiedersehen.

In dem Augenblick, da sie dies aussprechen wollte, fragte Andree: »Was ist denn los mit Miß Theresa?«

Und Miß Ainsley erwiderte: »Sie leidet unter Asthma und hat ein sehr schwaches Herz. Im Vorjahr kam eine schwere Lungenentzündung dazu. Die Schule und alle damit in Zusammenhang stehenden Pflichten waren ihr einfach zuviel.«

»Haben Sie die Schule immer noch?« fragte Andree.
»Nein, nicht mehr«, antwortete Miß Ainsley. »Ich ... ich bin vor einigen Jahren sehr unglücklich gestürzt, und dann, als Miß Theresa krank wurde, wurde alles sehr schwierig.«
Andree hatte ihr teilnahmsvoll zugenickt, dann Katie einen Blick zugeworfen, ohne ihr jedoch auch nur mit einem einzigen Wort zu Hilfe zu kommen, so daß Katie nichts anderes übrigblieb, als leise und an Andree gewandt zu sagen: »Ich werde hingehen, wenn du mitkommst.«
»Natürlich komme ich mit.« Andree wandte sich an Miß Ainsley und sagte: »Das geht doch in Ordnung oder?«
Miß Ainsley schluckte heftig, ehe sie erwiderte: »Natürlich, Sir.«
Und so nahm Katie am nächsten Tag mit Andree eine Kutsche und fuhr, einen Obstkorb am Arm, nach Westoe. Es war das äußerste Ende dieses Stadtteils, und Katie war über die Trostlosigkeit und Dürftigkeit dort wie über das verwahrloste Haus entsetzt.
Nachdem Katie einen flüchtigen Blick auf die abgezehrte, bleiche, durch Kissen gestützte Gestalt geworfen hatte, wich ihre Verlegenheit blitzartig. Sie vergaß sogar für einen Augenblick, daß diese Frau eine Rosier war. Indem sie langsam auf das Krankenbett zuging, sagte sie – und es klang genauso, als hätte die alte Katie Mulholland gesprochen –: »Hallo, Miß Theresa! Was machen denn Sie für Sachen? Es tut mir so leid, daß Sie krank sind.«
»Hallo, Katie«, sagte die nach Luft ringende Patientin mühsam. »Es ist ... es ist sehr lieb von dir, daß ... daß du gekommen bist.«
»Setzen Sie sich doch, bitte, Mrs. Fraenkel«, sagte Miß Ainsley und schob ihr einen Stuhl zurecht. Katie nahm Platz, und einen Augenblick lang fehlten ihr die Worte.
Auch Theresa wartete ein bißchen, ehe sie sagte: »Du siehst wunderbar aus, Katie.«
»Danke, Miß Theresa.«
Abermals folgte beredtes Schweigen, bis Theresa leise fragte: »Bist du glücklich, Katie?«

»Ja, sehr glücklich, Miß Theresa.«
Katie heftete den Blick dabei fest auf Theresa, und die nickte langsam zweimal, ehe sie sagte: »Ja, das sehe ich. Ainsley hat mir gesagt« – sie holte wieder dreimal kurz Atem –, »daß du immer noch mit .... mit deinem Freund lebst.«
»Sie meinen Captain Fraenkel, Miß Theresa?«
»Ja, Katie. Captain Fraenkel ... Er hat Ainsley gefallen. Sie sagte, daß sie ihn ... ausnehmend charmant fand.«
Es lag Dankbarkeit in Katies Blick und ein sanftes Lächeln um ihren Mund, als sie abermals sagte: »Danke, Miß Theresa.«
»Ich bin aufrichtig froh, daß du glücklich bist, Katie ... Glaubst du mir das?«
Katie blickte Theresa unverwandt an, als sie sagte: »O ja, das tue ich.«
Theresa zupfte an ihrem Spitzentaschentuch, das sie in der Hand hielt, und sagte: »Ainsley hat mir berichtet, daß du ein wunderschönes Haus hast, Katie.«
»Es ist behaglich, Miß Theresa.«
»Außerdem habe ich gehört, daß dein Geschäft blüht und gedeiht.«
»Das kann man wohl behaupten, Miß Theresa.«
Nun preßte Theresa den Kopf fest in die Kissen, blickte zur Decke und sagte schließlich mit einer Mischung von Nachdenklichkeit und Wehmut: »Das Leben ist ... sehr sonderbar, Katie. Weißt du, ich erinnere mich, als wäre es gestern gewesen, wie wir über dich gesprochen haben, Ainsley und ich. Und wie sie gesagt hat, daß es gut so kommen könnte, wenn ...«
»Sie haben über mich gesprochen?« sagte Katie überrascht, denn selbst in ihrer derzeitigen Lebenslage konnte sie es sich nicht vorstellen, daß sich die Tochter ihrer einstigen Herrschaft mit ihrer Erzieherin ausgerechnet über die Küchenmagd unterhalten haben sollte.
»Ja, wir saßen auf dem Hügel hinterm Haus, weißt du, und unterhielten uns über verschiedene Lebensumstände und Chancen, und da sagte Ainsley etwas in der Art, daß du,

wenn du zu deiner Schönheit auch noch die nötigen Mittel hättest, die Welt erobern könntest. Und genauso ist es auch gekommen, nicht wahr? Trotz all der schrecklichen Dinge, die dir zugestoßen sind, eroberst du die Welt . . .«
»Ach, Miß Theresa! Wenn das nicht an den Haaren herbeigezogen ist! Übrigens, wenn Sie nichts dagegen haben, würde ich lieber nicht über die Vergangenheit sprechen. Es ist . . . es ist besser, wir lassen sie ruhen.«
»Gut, ich werde es bestimmt nicht tun, wenn du es so haben willst, Katie.«
Als Theresa wieder nach Luft zu ringen begann, sagte Katie sanft: »Das Sprechen hat Sie erschöpft, Miß Theresa. Das tut mir leid.«
»O nein, nein. Es ist nur . . . nur meine Brust. Dir braucht nichts leid zu tun Katie, du könntest nie jemanden betrüben, ich weiß, daß du niemals absichtlich . . .« Sie brach erschöpft ab. Dann sagte sie: »Deshalb habe ich Ainsley gebeten, dich aufzusuchen. Ich hatte das Gefühl, dich einfach . . . einfach noch einmal sehen zu müssen. Das nimmst du mir doch nicht übel, nicht wahr?«
»Nein, Miß Theresa, überhaupt nicht.« Katie spürte einen harten, festen Klumpen in der Kehle und bemühte sich, ihn nicht hochsteigen zu lassen. Folglich stand sie auf und sagte: »Ich werde jetzt lieber gehen, Miß Theresa. Ich darf Sie nicht zu sehr ermüden, sonst geht Miß Ainsley noch auf mich los! Aber . . . aber ich komme Sie wieder besuchen, wenn Sie wollen.«
Und hierauf sagte Theresa einfach: »Ja, bitte, Katie.«
So hatte es begonnen. Keiner hätte erwartet, am allerwenigsten Miß Theresa, daß sie mehr als höchstens ein paar Wochen zu leben haben würde. Und während dieser Wochen wurde Katie zur regelmäßigen Besucherin. Manchmal begleitete Andree sie, manchmal kam sie allein, aber niemals mit leeren Händen. Stets brachte sie einen Korb voller Leckerbissen mit, meist Dinge, die sie selbst liebevoll zubereitet hatte.
Entweder war es das gute Essen, oder in Theresa erwachten einfach die alten Lebensgeister wieder – jedenfalls starb sie

nicht, sondern wurde mit der Zeit wieder etwas kräftiger, und als Katie nach einigen Monaten wieder einmal zu Besuch kam, empfing Theresa sie unten im Wohnzimmer. An diesem Tag begegnete sie dem Captain zum zweitenmal. Sie starrten einander sekundenlang an, ehe er mit einer Verbeugung einfach sagte: »Madam . . .« Sie erwiderte seinen Gruß mit einem Senken ihres Kinns und sagte: «Oh, Captain . . . Captain Fraenkel.«

Wonach sie einander die Hand schüttelten. Und die menschliche Natur ist derart merkwürdig und widerspruchsvoll, daß diese beiden Menschen, deren Zuneigung ein und derselben Person galt, enge Freunde wurden und aufrichtige Hochachtung füreinander empfanden, bis einer von ihnen das Zeitliche segnete.

Aber es kamen Wochen, in denen Theresa ihr Zimmer nicht verlassen konnte. Und dann fand man eines Tages Miß Ainsley tot in ihrem Bett auf. Ein Polizist informierte Katie davon, und sie fuhr sofort hin und fand Theresa zutiefst geschockt, mühsam nach Atem ringend und völlig ratlos vor. Was blieb ihr also übrig? Hätte sie sie sich allein überlassen sollen und können?

Als Katie Theresa in ihr Haus aufnahm, hatte sie nicht im geringsten die Absicht, daraus einen Dauerzustand zu machen. Das sagte sie Andree auch, als er drei Tage danach auf Urlaub kam. Und er stimmte völlig mit ihr überein: Natürlich könne es sich nur um eine vorübergehende Lösung handeln.

Theresas Anwesenheit in ihrem Haus übte eine widersprüchliche Wirkung auf Katie aus, wenn Andree daheim war. Natürlich umsorgte sie sie gern, aber war es nicht lächerlich, daß sie nicht mehr so hell auflachte, sich nicht mehr so unbekümmert zu benehmen wagte, seit sie wußte, daß Theresa sie da droben hören konnte?

Auf Andree hatte Theresas Anwesenheit keineswegs diese Wirkung. Er kam einfach in ihr Zimmer geschneit, neckte sie, lachte mit ihr und unterhielt sich auch gerne ernsthaft mit ihr, und zwar auf ganz andere Weise als mit Katie.

Eines Abends sagte Andree zu Katie: »Weißt du, mir war

seit Jahren nicht so leicht ums Herz, seit ich weiß, daß immer jemand bei dir ist.«
»Aber«, protestierte sie, »Betty ist doch bei mir!«
Und darauf sagte er: »Betty ist eine brave Frau, aber eben ein ungebildetes Geschöpf. Von der wirst du nie etwas lernen.«
Und dann gestand er ihr ein, daß er sich schon die ganze Zeit über mit einer Idee herumschlage, wie man Theresa das Gefühl geben könne, gebraucht zu werden, so daß sie sich ihnen gegenüber nicht allzusehr zu Dank verpflichtet fühlen müsse, und wie er gleichzeitig mit ihrer Hilfe einen langgehegten Wunsch in die Tat umsetzen könne: nämlich Katie zu einer wirklich guten Allgemeinbildung zu verhelfen. Er hatte vor, Theresa zu bitten, sie zu unterrichten.
Was sollte sie denn seiner Meinung nach lernen, fragte Katie. Sie konnte schreiben und lesen, ausgezeichnet rechnen, herrlich kochen – wie er selbst oft behauptet hatte! –, das Haus in Schwung halten, für den Garten sorgen und nähen.
Während sie dies alles aufzählte, wurde sie immer wieder von seinen liebevollen Küssen unterbrochen. Danach aber versuchte er ihr zu erklären, was sie von Theresa lernen könne: alles, was Theresa wußte. Und das war eine ganze Menge. Theresa war seiner Meinung nach eine höchst intelligente und gebildete Frau. Er schloß: »Es würde mir Freude machen, zu wissen, daß du etwas gelernt hast, Kaa-tee.«
Und so wurde aus Theresa eine ständige Mitbewohnerin, und Katie kam auf diese Weise zu regelmäßigen Unterrichtsstunden.
Nicht ein einziges Mal erwähnte Andree seinen ersten Eindruck von Theresa. Niemals sagte er: ›Innerlich ist sie schließlich ein Mann.‹ Er wußte, daß sie Katie liebte, aber sie wußte, daß Katie ihm allein gehörte. Er akzeptierte Theresas Liebe zu Katie nun als Kompliment, was seinen eigenen Geschmack betraf . . .
Diese Vereinbarung stillte auch bei Katie ein Bedürfnis.

All die Jahre über hatte es kein Anzeichen dafür gegeben, daß sie noch ein zweites Kind bekommen würde. Und so bildete Theresa, die ihre Fürsorge und Pflege so dringend brauchte, sehr bald einen Ersatz für Lizzie, für Sarah und all die Kinder, die sie so gern gehabt hätte, jedoch nicht bekommen konnte.

Seit der Stunde, in der Joe sie vor vierzehn Jahren verlassen hatte, hatte sie ihn nie mehr zu Gesicht bekommen, und oft war Katie von einem schmerzlichen Sehnen erfüllt, ihn wiederzusehen. Denn Joe war ihr einziger Blutsverwandter, mit dem sie noch Verbindung hätte aufnehmen können – er war ihre Familie, alles, was ihr in dieser Beziehung geblieben war. Sie dachte in diesem Zusammenhang nicht an ihre Tochter. Sie versuchte, nie mehr an sie zu denken. Sie vermißte Andree noch ebensosehr wie früher, wenn er auf See war. Er war es, der ihr alles gegeben hatte, was sie im Leben besaß. Sie wußte nicht genau, wie ihr Bankkonto aussah – es schwankte. Sie wußte nur soviel, daß in den vergangenen vierzehn Jahren siebzig Häuser durch ihre Hand gegangen waren. Manche davon hatte sie innerhalb kurzer Zeit gekauft und wieder verkauft – stets mit Gewinn natürlich; andere brachten ihr regelmäßige Mieten ein.

Sie war nun als wohlhabende Frau ringsum bekannt und wußte, daß sie sich dank Theresa beinahe in jeder Gesellschaft richtig zu benehmen verstand. Aber all dies waren Äußerlichkeiten; Katie wußte genau, daß sie ganz dicht unter der Oberfläche noch immer das Produkt ihrer früheren Umwelt war. Sie war immer noch das halbe Kind, das das Schmutzwasser aus den Dienstbotenzimmern in hölzernen Eimern die Treppe hinunter und dann über den Hof schleppte, um es dort auszuleeren; sie war immer noch das Mädchen, das unter den Händen Bernard Rosiers und Mark Buntings gelitten hatte; sie war immer noch die junge Frau, die im Gefängnis gesessen hatte. Und sie wußte genau, daß sie, selbst wenn sie hundert Jahre alt würde, innerlich immer das sein und bleiben würde, was diese Jahre damals aus ihr gemacht hatten. Der Rest war Fassade. Eine anziehende Fassade, die Andree Vergnügen bereitete und sie wie eine dünne Trennwand vor der Macht und Willkür der Menschen schützte.

An diesem Nachmittag war sie im Pfarrsaal in Jarrow gewesen, wo sie alljährlich kurz vor Weihnachten Geld, Kleider und Stiefel an arme, barfüßige Kinder verteilte. Dieser Anlaß stimmte Katie immer traurig und ließ ein Gefühl ungewöhnlicher Einsamkeit in ihr entstehen.

Deshalb bereitete es ihr besondere Freude, als sie an ihrer Türschwelle direkt in Andrees ausgebreitete Arme lief. Sie schlang ungestüm die Arme um seinen Hals und rief: »Oh, wie wunderbar, daß du da bist! Wann bist du denn gekommen? Ich habe dich nicht vor morgen erwartet. Sonst wäre ich längst zurück . . .«

Er schnitt ihr das Wort mit einem liebevollen Kuß ab, legte den Arm um sie und sagte leise: »Komm herein, ich habe Besuch.«

»Besuch?« Sie sah ihn fragend an, und er nickte nur, als er sie über den Flur zum Frühstückszimmer zog. Kaum waren sie eingetreten, schloß er die Tür, nahm ihr den Hut ab und sagte: »Zieh dir rasch den Mantel aus.«

»Aber warum? Wer ist es denn?«

»Mein . . . mein Bruder.«

»Dein Bruder?«

»Mhm.«

»Aber wieso denn auf einmal? Ich habe . . .«

»Ich erzähle es dir später. Jetzt möchte ich nur, daß du ihn kennenlernst.«

»Hat er hier bereits auf dich gewartet, als du ankamst?«

»Er hat mich im Garten abgepaßt. Auch er ist Kapitän . . . So, laß dich ansehen.« Er hielt sie auf Armeslänge von sich ab und sagte, nachdem er sie von Kopf bis Fuß prüfend angesehen hatte: »Jaja, er wird es sicher einsehen. Er wird es verstehen.«

»Oh, Andy, laß mich erst hinaufgehen und mich zurechtmachen.«

»Zurechtmachen!« Er winkte heftig ab. »Du bist bildschön – weshalb willst du dich zurechtmachen?« Er beugte sich über sie und berührte sanft ihre Lippen mit den seinen.

»Andy, ich bin . . . irgendwie verlegen.« Sie hielt ihn am Rockärmel fest. »Ich . . . ich fürchte mich.«

»Fürchten? Unsinn! *Er* wird verlegen sein, du wirst schon sehen. Er ist ein richtiger Junggeselle und Seebär. Komm jetzt.«

Der Mann, der bei Katies Eintritt aufstand, ähnelte Andree in keiner Hinsicht, ausgenommen, was die Größe betraf. Er war jedoch schlank, und sein hellbraunes Haar war mit Andrees Blondschopf überhaupt nicht zu vergleichen. Sein Gesicht war rund und bis auf einen kleinen Kinnbart ausrasiert. Er hatte tiefliegende Augen, eine große Nase und volle Lippen. Obwohl seine Miene ernst, ja sogar ein bißchen streng und düster war, machte er auf Katie den Eindruck eines gutherzigen Mannes.

»Das ist Kaa-tee, Jon.« Andree führte Katie an der Hand, dann sagte er: »Das ist mein Bruder, Kaa-tee.«

Sie schüttelten einander die Hand, und der Mann sagte: »Freut mich, Ihre Bekanntschaft zu machen, Madam.« Seine Stimme klang rauh, und sein Englisch war anders als das, das Andree sprach. Er sah Katie an, ohne mit der Wimper zu zucken. Seine Blicke schienen sich direkt in sie hineinzubohren und ihr eine Frage zu stellen.

»Guten Tag«, sagte Katie, und dann standen sie alle drei einen Moment verlegen herum, bis Andree mit seiner dröhnenden Stimme rief: »Das muß auf alle Fälle begossen werden. Kommt, Betty wartet bereits mit dem Essen auf uns.«

»Wirklich?« fragte Katie, drehte sich um, lächelte Andree zu und war froh, daß er das Schweigen gebrochen hatte. »Oh, das ist gut . . . Bist du schon bei Theresa oben gewesen?«

»Natürlich. Ich habe sogar Jon mit hinaufgenommen. Sie gefällt ihm.«

Katie lächelte und sah Andree an. Er schien über irgend etwas aufgeregt zu sein. Er benahm sich immer so, wenn er aufgeregt oder beunruhigt war. Das war so seine Art.

Es überraschte sie, als Jon beinahe sofort nach Beendigung der Mahlzeit sagte, daß er gehen müsse, und nicht minder erstaunt war sie, als Andree keine Anstalten machte, ihn zum Bleiben zu bewegen.
Als sie sich von Jon verabschiedete, bedankte er sich höflich für die erwiesene Gastfreundschaft, und Katie sagte: »Werden Sie uns wieder einmal besuchen?«
Nach sekundenlangem Zögern und einem raschen Blickwechsel mit Andree erwiderte er: »Gerne, wenn ich diesen Hafen anlaufe. Dann komme ich.« Und dabei lächelte er sie an. Es war das erste Mal, daß er sie anlächelte, und sie gab sein Lächeln sogleich zurück. Dann ging Andree mit ihm zur Haustür, und die beiden unterhielten sich in ihrer Muttersprache. Da kehrte Katie ins Wohnzimmer zurück. Ein paar Minuten später trat Andree ein, aber nun lag nicht die Spur eines Lächelns auf seinem Gesicht. Er ging direkt auf Katie zu, legte den Arm um sie, zog sie fest an sich, ohne sie jedoch zu küssen, nahm sie an der Hand und ging mit ihr auf die vor dem offenen Kamin stehende Couch zu. Nachdem er sich gesetzt und sie neben sich gezogen hatte, ohne ein Wort zu sagen, fragte Katie beunruhigt: »Was ist denn los, Andy?«
Er wandte langsam den Kopf zur Seite und sagte: »Kaa-tee, du brauchst dir keine Sorgen zu machen. Es besteht kein Anlaß dazu. Aber ich muß morgen heimfahren.«
Heimfahren ... Vierzehn Jahre lang war sie sein »Daheim« gewesen, nicht dieser Hafen oder dieses Haus oder das andere Haus, in dem sie früher gewohnt hatten, nein, *sie* war sein Zuhause gewesen, sein Vaterland. Das hatte er jedenfalls immer gesagt. Sie machte eine schwache Handbewegung, öffnete die Lippen, brachte jedoch kein Wort hervor.
»Meine ... meine Frau ist krank, ernstlich krank. Sie verlangt danach, mich zu sehen, und hat Jon gebeten, herzukommen und mir zu sagen, daß ich zurückkommen soll. Bloß weil sie mich sehen möchte ... Nicht! Sieh nicht so drein, Kaa-tee; es hat nichts zu bedeuten. Ich würde nie mehr ein gemeinsames Leben mit ihr führen, das weißt du

doch. Oder muß ich dir das wirklich erst sagen? Nein, nein – das ist nicht nötig, nach all den Jahren. Du weißt doch nur zu gut, daß es für mich nur dich auf der Welt gibt. Aber . . . aber sie ist nun mal krank, liegt angeblich im Sterben und wünscht mich zu sehen. Aus welchem Grund, nach all den Jahren, das weiß ich nicht. Aber die Menschen sind nun mal komisch, das sag ich doch immer. Jon sagt, daß er tatsächlich glaube, daß sie im Sterben liege, aber Kristin hat schon oft gemeint, daß es mit ihr soweit sei; wenn sie jedoch wirklich krank ist und ich nicht hinfahre und sie stirbt, dann . . . also gut, meinetwegen bin auch ich komisch in solchen Dingen – kurz und gut, es würde mein Gewissen auf immer belasten. Aber, Kaa-tee, deshalb besteht für dich nicht der geringste Anlaß, dir Sorgen zu machen. Weil ich ganz bestimmt zurückkomme. Was wäre ich ohne dich, hm? Wie könnte ich ohne dich leben? Das weißt du, komm, komm.« Er tätschelte ihr zärtlich die Wange. »Sag etwas. Du weißt, daß das, was ich dir gesagt habe, stimmt. Wir können ohne einander nicht existieren, also weshalb sorgst du dich, Kaa-tee?« Das letzte hatte er ganz leise gesagt.

»Ach, Andy, ich . . . ich habe Angst. Einfach Angst. Ich kann nichts dafür, daß ich Angst habe.«

»Aber warum? Warum??«

Er zog sie in seine Arme, drückte sie fest an sich, und sie sagte an seinem Hals: »Du wirst nie einsehen, was du für mich bedeutest . . . Das kannst du gar nicht verstehen . . .«

Er stieß sie beinahe heftig von sich. »Ich kann das nicht verstehen? Sprich nicht, als wärst du eine von den dummen Frauen. Du bist nicht dumm, also sprich nicht so. Ich verstehe dich sehr gut. Und ich verstehe auch meine eigenen Gefühle.« Er deutete mit dem Daumen auf seine Brust. »Weshalb mach' ich wohl keine großen Fahrten mehr, obwohl ich das Meer so liebe, das weite, offene Meer? Warum fahr' ich immer nur auf diesem schmutzigen Fluß hin und her? Ich und dich nicht verstehen! Ach, Kaa-tee.«

»Es tut mir leid, Andy.« Sie schüttelte langsam den Kopf.

»Aber ich kann wirklich nichts dafür. Ich habe Angst. Du bist alles, was ich auf der Welt habe, alles, was ich mir wünsche. Ich fürchte mich eben davor, dich zu verlieren.« Sie sagte es einfach und ruhig, und als seine Hand über ihr Haar strich und er ihr in die Augen blickte, flüsterte sie:
»Wie kommst du denn hin?«
»Mit Jons Schiff.«
»Und was ist mit deinem?«
»Das werde ich morgen früh besprechen. Ich habe Palmer noch nie um einen Gefallen gebeten, seit ich dort angefangen habe, und innerhalb von dreizehn Jahren keine einzige Fahrt ausgelassen. Sie werden in der Zwischenzeit eben jemanden andern einstellen; wenn nicht ...« Er zuckte die Achseln. »Es gibt noch andere Gesellschaften. Aber ich mach' mir da keine übertriebenen Sorgen, sie werden mir meine Bitte schon nicht abschlagen. Auf alle Fälle, ob nun mit oder ohne ihr Einverständnis, fahre ich morgen nach Norwegen, Kaa-tee.«
»Und du weißt natürlich nicht, wann du wiederkommst?«
»So bald wie möglich ... so bald wie möglich. Wenn ich erst mal sehe, wie die Dinge tatsächlich stehen, und ich nicht sofort zurückfahren kann, dann schicke ich dir mit dem ersten Schiff, das herüberfährt, einen Brief.«
Sie sah ihn an, aber wie durch einen Schleier. Sie drückte die Augen fest zu, aber dennoch strömten Tränen über ihr Gesicht, das sie fest an das seine drückte, weil sie sich völlig verlassen vorkam.
Er fuhr also zu seiner Familie. Natürlich kannte sie ihn, wußte, daß das, was er gesagt hatte, stimmte: daß er ohne sie nicht existieren konnte ... Aber würde er dasselbe empfinden, wenn er mit den Seinen wiedervereint war? Sie sah ihn vor sich, umringt von vier hübschen, lieben, reizenden Kindern. Im Moment hatte sie völlig vergessen, daß sie inzwischen ja erwachsen sein mußten. Sie wußte nur, daß sie sich davor fürchtete, daß er mit seinen Kindern zusammenkam. Mit seiner Frau. Sie konnte dieses bedrückende Gefühl nicht einfach abstreifen. Am liebsten hätte sie ausgerufen: Geh nicht! Verlaß mich nicht. Ich

kann es nicht ertragen!‹ Aber sie tat es nicht, denn sie wußte, daß er seine Entscheidung bereits getroffen hatte, und wenn das der Fall war, dann handelte er auch danach. Hatte er sich etwa nicht dafür entschieden, mit ihr zu leben?

3

Theresa saß vor dem Kamin und blickte zum Fenster hinaus. Es schneite seit zwei Tagen pausenlos, und die ganze Welt war weiß. Theresas Hände ruhten auf einem aufgeschlagenen Buch, das in ihrem Schoß lag, und sie fragte sich, ob Katie wohl ausgegangen sei. Es war bereits zwanzig nach zehn, und wenn sie mit ihr las, kam sie fast immer gegen zehn Uhr herauf.
Katie machte sich, soweit sie bemerkt hatte, große Sorgen wegen Andree, und sie hatte auch allen Grund dazu, denn alles konnte passieren, wenn er erst Frau und Kinder wiedersah. Vielleicht kam er nie mehr zurück ... Wünschte sie, daß das passiere? O nein, nein, niemals! Oft hatte sie gewünscht – lange ehe sie ihn wirklich kennengelernt hatte –, daß er tot sein möge. Aber das Leben spielt einem schon auf merkwürdige Weise mit. Nie hätte sie gedacht, daß sie überhaupt einen Mann würde leiden können. Und schon gar nicht, daß sie ausgerechnet Katies Mann mögen würde. Aber in der Tiefe ihres Wesens erkannte sie plötzlich, wenn sie jemals einen Mann hätte lieben können, wäre es ein Mann wie Andree Fraenkel gewesen.
Schritte erklangen auf der Treppe. Aber es war nur Betty, die mit dem Kohlenkübel ins Zimmer kam. Und es herrschte ein solch ungezwungener Ton in Katies Haus, daß Betty ohne weiteres zuerst das Wort ergriff, ehe man zu ihr sprach. »Du meine Güte, Miß, bald werden wir die Haustür nicht mehr aufkriegen«, sagte sie. »Mr. Kenny hat gesagt, daß es rings um den Markt völlig verweht ist und das Schneekehren überhaupt nichts nützt.«
»Mr. Kenny ist hier, Betty?«

»Tja, Miß.« Betty warf drei große Schaufeln Kohle ins Feuer. »Er ist mit . . . mit ihr im Büro.«
»Für gewöhnlich kommt er doch Samstagvormittag«, sagte Theresa, und es klang, als spräche sie mit sich selbst. Aber Betty antwortete in vertraulichem Ton: »Er ist wegen des neuen Hauses da, wegen des Umzugs, meine ich. Wird das nicht großartig sein, in Westoe zu wohnen? O Gott, was reiß ich schon wieder meinen Mund so weit auf, ich hätte doch nichts davon sagen sollen! Sie wollte Sie doch damit überraschen und wird mich in Stücke reißen, wenn sie's erfährt. Verraten Sie mich nicht, Miß Theresa, ja?«
Theresa lächelte Betty wie eine Verschwörerin an und sagte: »Schön, Betty, abgemacht.«
Ungefähr eine halbe Stunde später ging Katie nach oben. Theresa sah gleich, wie blaß und müde sie wirkte, als hätte sie nicht viel geschlafen. Katie nahm vor dem Kamin Platz, bearbeitete das Feuer mit dem Schürhaken und sagte dann: »Es tut mir leid, daß ich nicht früher kommen konnte. Mr. Kenny war da.«
»Freitag?« sagte Theresa. »Das ist doch sonst nicht sein Tag.«
»Nein. Aber er war wegen des Hauses da.« Nun wandte sie sich zu Theresa herum und sagte: »Ich weiß nicht, was ich machen soll. Das habe ich ihm gesagt. Und daß ich es eine Weile aufschieben möchte . . . Ich – ich habe ihm natürlich nicht gesagt, weshalb.«
»Natürlich«, sagte Theresa. Dann fügte sie hinzu: »Es wird schon alles in Ordnung gehen, Katie; zu Weihnachten ist er bestimmt wieder da.«
»Das sind aber noch drei Wochen!«
»Nun, dann wird er noch vorher da sein, du wirst schon sehen.«
Katie lächelte schwach, streckte impulsiv die Hand aus und tätschelte Theresas Hand. Aber Theresa ergriff sie nicht, wie sie es gern getan hätte, sie sagte bloß: »Lesen wir etwas, das heißt, falls du nicht ausfahren willst.«
»Nein, nein, nicht vor dem Mittagessen«, erwiderte Katie.

»Gut. Ich dachte, wir könnten heute mit dem dritten Band von Lord Chesterfields Briefen anfangen; da gibt es zwar weniger französische Vokabeln zu übersetzen, aber . . .«

»Das ist doch etwas, wofür man dankbar sein muß.«

»Ach, Katie.« Theresa lächelte nachsichtig. »Du weißt doch, daß dir diese Briefe sehr genützt haben.« Sie reichte Katie das bereits aufgeschlagene Buch, Katie blickte eine Weile hinein, holte tief Atem und begann vorzulesen. Danach seufzte sie, sah Theresa an und sagte: »Soll ich es auf französisch versuchen oder lieber abschreiben?«

»Französisch natürlich.«

»Sieht aber gar nicht leicht aus, so viele schwere Worte . . .«

»Fang nur an«, sagte Theresa ganz im Ton einer Lehrerin und machte eine abwehrende Handbewegung.

Und so begann Katie gottergeben mit der französischen Fassung. Als sie zögerte, sagte Theresa: »Weiter, weiter, das ist ausgezeichnet. Dein Französisch ist beinahe ebensogut wie meines.«

»Ach, Unsinn.« Katie schüttelte den Kopf. Dann legte sie die Hand aufs Buch und sagte in bittendem Ton: »Lassen wir es doch für heute. Es ist eine solche Anstrengung, sich zu konzentrieren. Ich . . . ich möchte lieber mit Ihnen sprechen, Theresa.«

»Also gut.« Theresa streckte die Hand nach dem Buch aus. »Sprich dich nur aus, meine Liebe.«

Katie wandte sich von Theresa ab und blickte ins Feuer. Sie fühlte sich müde, erschöpft und hatte nur den einen Wunsch, ihre Ängste loszuwerden.

»Ich habe eine so schreckliche Vorahnung, daß ich ihn nie mehr wiedersehen werde, Theresa«, sagte sie. »Daß ich einen Brief bekommen werde, in dem er mir mitteilt, daß sie und die Kinder ihn brauchen und daß er sich dazu entschlossen hat, den Rest seines Lebens in seiner Heimat zu verbringen.«

»Sieh mich einmal an, Katie«, sagte Theresa beinahe heftig, und als Katie sich umwandte, fuhr sie fort: »Du kennst Andree doch besser als ich, um vieles besser sogar. Und doch kannst du an ihm zweifeln! Ich glaube nicht einen Moment lang, daß ihn irgend etwas oder irgend jemand von dir fernhalten kann ... Weißt du« – sie lächelte traurig –, »du bist dir deines Wertes überhaupt nicht bewußt, Katie, das war schon immer so; du hast keine Ahnung, wie du auf die Menschen wirkst.« Sie ließ es bei dieser Verallgemeinerung, wobei sie hinzufügte: »Denk doch nur einmal an Betty oder Kenny oder Mr. Hewitt. Oder von mir aus auch bloß an Albert Weir, der dir mit seiner Kutsche zu jeder Tages- und Nachtzeit zur Verfügung steht, was für seine anderen Kunden zweifellos mehr als unbequem sein muß. Menschen, die dich erst einmal kennengelernt haben, verlassen dich nicht – außer sie müssen ... Weißt du das nicht?«

»Es ist nett von Ihnen, daß Sie das sagen, Theresa. Aber daran liegt es ja: an diesem ›außer sie müssen‹. Sie ist nun mal seine Frau, und wenn sie ihn bittet, bei ihr zu bleiben, wo sie doch jetzt krank ist, selbst wenn es sich nur um eine gewisse Zeit handeln sollte, dann spüre ich, daß er es tun wird. Und wenn er erst wieder an seinem gewohnten Leben im Familienkreis Gefallen gefunden hat, nun, dann wird der Einfluß so stark sein und ... und die Chance, wieder Kapitän eines großen Schiffes werden zu können, wird so verlockend für ihn sein, daß ... Diese kleinen Kohlendampfer haßt er doch, das merke ich schon allein an der Art, in der er sich über sie lustig macht. Aber vor allem werden seine Kinder ihn zurückhalten, wenn schon sonst nichts. Es wird zuviel auf ihn einstürmen.«

»Andree ist doch kein Schwächling, Katie. Und seine Kinder sind längst keine Kinder mehr! Jetzt hör mir einmal zu, Katie!« Theresa beugte sich vor und wollte gerade die Hand auf Katies Schoß legen, als Bettys schwerer Schritt auf der Treppe zu hören war.

Im nächsten Moment klopfte es, und Betty trat mit einem Brief in der Hand ein. »Der Briefträger war gerade da«, sagte sie.

Katie war sofort aufgesprungen und hatte Betty den Brief entrissen, noch ehe sie den Satz zu Ende sprechen konnte.

Aber als sie das Kuvert sah, schwand ihre Freude blitzartig dahin, und sie sagte nur: »Danke, Betty« und betrachtete ziemlich uninteressiert die ihr unbekannte Handschrift.
»Nicht von Andree?«
Katie schüttelte den Kopf. »Nein.«
Beinahe gleichgültig öffnete sie das Kuvert, entfaltete das einzelne Blatt Papier und fing an zu lesen. Kaum hatte sie die Hälfte des Briefes überflogen, schlug sie sich unbewußt mit der Hand auf den Mund.
Theresa erhob sich beunruhigt und sagte: »Katie! Katie, was ist denn?«
Katie antwortete nicht eher, als bis sie den Brief zu Ende gelesen hatte, dann schien sie den Blick gewaltsam von den Zeilen losreißen zu müssen, um Theresa anzusehen. Sie starrte sie blicklos an, bis Theresa auf sie zukam und sagte: »Was ist denn nur? Ist der Brief bestimmt nicht von Andree?«
»Ja . . . nein, nicht von Andree.«
»Von wem denn? Komm, setz dich doch.«
»Nein, nein, Theresa, ich bin schon in Ordnung.«
»Warum siehst du mich dann so an, Katie?« Theresa kniff die Augenbrauen zusammen, und Katie hätte am liebsten geantwortet: Weil du eine Rosier bist . . . Aber sie tat es nicht.
»Handelt es sich um eine schlechte Nachricht?«
»Nein, nein«, sagte Katie mit einem Kopfschütteln. »Es ist einer von jenen Schmähbriefen, die ich vor Jahren bekommen habe – Sie erinnern sich doch? Worin man mich beschuldigt, auf üble Weise Geld zu machen.«
»Also, Katie, dann solltest du damit zur Polizei gehen. Laß einmal sehen.«
»Nein, nein, Theresa.« Katie preßte den Brief an ihre Brust. »Ich werde ihn einfach ignorieren, wie die andern. Das ist das beste.« Dann fuhr sie, ohne Atem zu holen, fort: »Oder nein, ich werde ihn Mr. Hewitt geben. Aber erwähnen Sie Andree gegenüber nichts davon, wenn er zurückkommt, Theresa. Es würde ihn nur zornig machen.«
»Nein, natürlich werde ich ihm nichts sagen.«

»Ich werde jetzt gleich . . . zu Mr. Hewitt fahren. Zum Essen bin ich wieder hier. Wiedersehen, Theresa.«
»Auf Wiedersehen, Katie.«
Katie eilte die Treppe hinunter, über den Flur, in das kleine Zimmer neben dem Frühstückszimmer, das sie nun als Büro benützte, und dort breitete sie den Brief auf ihrem Schreibtisch aus und überflog nochmals jedes einzelne der in kindlichen Schriftzügen geschriebenen Worte. Der Brief begann: »Liebe Mrs. Fraenkel, ich bin Joes Frau und finde, daß Sie dies hier wissen sollten. Ich habe versucht, ihn dazu zu kriegen, Sie aufzusuchen, aber er will nicht. Also glaube ich, daß ich es Ihnen sagen sollte. Wissen Sie, meine Tochter Lucy arbeitet für die Charltons in Biddle Hall und kennt natürlich alle im Haus verkehrenden Leute. Letztens hat sie uns von zwei älteren Damen, Ann und Rose Chapman, erzählt, die mit einer jungen Dame namens Sarah zu Besuch kamen. Joe hat erst nicht besonders darauf geachtet, erst als sie berichtete, daß der junge Mr. Rosier ihr den Hof macht, das ist der, der in der Werft seinen Beruf von der Pike auf erlernt, hat Joe gestutzt, sich die Sache zusammengereimt und mir unter vier Augen gesagt, wenn das dieselben Chapmans sind, die Ihr Baby adoptiert haben, dann sei der junge Rosier ja der Halbbruder Ihrer Tochter, und so was dürfe nicht sein. Ich sagte ihm gleich, daß er zu Ihnen gehen solle, aber Sie wissen ja, wie halsstarrig er ist. Da so was aber eine Sünde vor Gott ist, dachte ich mir, es sei nötig, daß Sie Bescheid wüßten. Niemand außer Joe und mir hat eine Ahnung von der ganzen Sache, aber ich bin überzeugt davon, Sie sollten im Bilde sein. Und ich glaube, daß Joe derselben Ansicht ist, nur daß er es nicht ausgesprochen hat. Es tut mir leid, Ihnen dies mitteilen zu müssen. Ihre ganz ergebene Mary Mulholland.«
Immer und immer wieder las Katie diesen Brief und sagte sich, daß es nicht möglich sei. Es war doch nicht möglich, daß die Rosiers abermals in ihr Leben eindrangen und ihr Kummer und Sorge bereiteten. Ihre Tochter mußte jetzt neunzehneinhalb sein. Wie alt mochte sein Sohn sein? Sie war drei Monate schwanger gewesen, als Rosier gehei-

ratet hatte. Sein Junge mußte gerade erst neunzehn geworden sein . . . Wie waren die beiden einander nur begegnet? Wie – um alles in der Welt?!
Sie schlug sich mit der geballten Faust auf den Mund. Was für eine dumme Frage. Warum hatte sie nie vorher daran gedacht, daß dies eines Tages geschehen könne?
Einfach deshalb, weil sie nicht gewußt hatte, daß er einen Sohn besaß.
So etwas passierte sicher oft. Wie viele Halbbrüder und -schwestern mochten einander das Jawort geben, ohne die geringste Ahnung davon zu haben, daß sie miteinander verwandt waren? Aber nicht ihre Tochter. Und auf keinen Fall ein Rosier, nein, nein! Sie hatte dies Wort herausgeschrien, und nun schlug sie sich auf den Mund und warf einen ängstlichen Blick zur Tür, ob sie damit am Ende Bettys Aufmerksamkeit erregt hatte. Aber nichts rührte sich. Was sollte sie nur tun? Wenn Andy doch dagewesen wäre. Aber nein – sie schüttelte den Kopf. Gottlob war er nicht da, denn er wußte ja noch immer nicht, wer der Vater ihres Kindes war, wer an ihrer lebenslänglichen Melancholie schuld war. Und soweit es an ihr lag, würde er es auch nie erfahren, denn sein Zorn würde noch viel gewaltiger sein als der ihres Vaters. Nein, sie mußte dankbar dafür sein, daß er auswärts war . . . Und noch jemanden gab es, der nichts davon erfahren durfte, und das war Theresa. Jedesmal, wenn Bernard in ihr Leben eingedrungen war, hatte Theresa ihre Partei ergriffen, und das Ergebnis war jedesmal unheilvoll genug gewesen. Außerdem war Theresa nicht in der gesundheitlichen Verfassung, daß man ihr Kummer hätte bereiten dürfen; das hätte ihr einen solchen Schock versetzt, daß ihr Herz hätte aussetzen und sie daran hätte sterben können.
Was sollte sie nur tun? Es lag auf der Hand, daß Joe nichts mehr mit ihr zu tun haben wollte. Joe war unbeugsam.
Mr. Hewitt? Ja, sie wollte, wie sie zu Theresa vorhin gesagt hatte, tatsächlich zu ihm gehen. Er würde sie am besten beraten, wie er es immer getan hatte.

Mr. Hewitt sah Katie über den Schreibtisch hinweg an, nachdem er den Brief gelesen hatte. Die Worte schienen ihm zu fehlen. Die ganze Situation betraf ihn, als ginge es um sein eigenes Geschick. Er empfand für Miß Mulholland tiefste Ergebenheit, die durch nichts mehr getrübt war; denn die Vertretung der Familie Rosier bestand längst nicht mehr. Bernard Rosier hatte nach dem Tod seines Vaters die Geschäftsverbindungen mit der Kanzlei abgebrochen.

Mr. Hewitt war heilfroh, daß er sich nicht mehr mit der Familie Rosier zu befassen hatte. Aber jetzt hatte es ganz den Anschein, als müsse er mit diesem Mann abermals in Verbindung treten, noch dazu in einer so überaus heiklen Angelegenheit. Das gefiel ihm nicht. Das gefiel ihm ganz und gar nicht.

»Was soll ich tun?« fragte Katie.

»Nun«, sagte Hewitt, strich sich mit der Hand über den kahlen Schädel, zwinkerte, setzte seine Brille wieder auf und fuhr fort: »Wir haben es hier mit einer sehr heiklen Angelegenheit zu tun, Mrs. Fraenkel, um es gelinde auszudrücken.«

Er hielt inne und nickte ihr leise zu, als wolle er das eben Gesagte damit bekräftigen. »Ach ja, Mrs. Fraenkel, eine ausgesprochen heikle Angelegenheit ist das, die reiflich überlegt werden muß. Ich werde jedoch noch heute Mr. Rosier einen Brief schreiben, wobei ich allerdings sehr sorgfältig bei der Wahl meiner Worte werde sein müssen.« Er lächelte ihr jetzt zu. »Sie können sich aber ganz darauf verlassen, daß ich alles tun werde, was in meiner Macht steht, um diese krasse Sache so gut wie möglich zu mildern.«

»Das weiß ich, Mr. Hewitt, das weiß ich nur zu gut«, sagte Katie, sah ihn einen Moment lang schweigend an und meinte dann: »Als ich heute zu Ihnen fuhr, habe ich mich gefragt, was ich all die Jahre über wohl ohne Sie angestellt hätte. Der Captain« – sie sprach mit Hewitt immer in dieser Form über Andree –, »der Captain hat es mir ermöglicht, mein Geschäft ins Leben zu rufen, aber ich zweifle daran, daß es jemals erfolgreich verlaufen wäre ohne Sie. Ja, ich bin sogar überzeugt davon, daß das nicht der Fall gewesen wäre; ich hätte drei Häuser gehabt und weiter nichts.«

»Ach was, ach was!« Mr. Hewitt stand auf und kam um den Schreibtisch herum, wobei er die Brille abnahm und die Gläser eifrig putzte. »Nichts dergleichen, Mrs. Fraenkel. Sie verfügen über einen ausgeprägten Geschäftssinn, Sie besitzen sozusagen einen sechsten Sinn, wenn es um Hausbesitz geht.«

»Das ist sehr nett von Ihnen, Mr. Hewitt, daß Sie das sagen.«

Katie streckte ihm die Hand entgegen, und er nahm sie in seine beiden Hände und schüttelte sie sanft. Dann fragte er: »Wird der Captain zu Weihnachten daheim sein?«

Ihre Lider flatterten ein wenig, als sie sagte: »Ich hoffe es.« Sie klärte ihn nicht darüber auf, daß Andree sich nicht auf einer seiner üblichen Reisen befand, sondern nach Norwegen gefahren war. Dazu blieb immer noch Zeit, falls Andy nicht zurückkam. In dem Bestreben, alles völlig normal erscheinen zu lassen, sagte Katie: »Werden wir Sie zu den Feiertagen zu sehen bekommen, Mr. Hewitt?«

»Sicher, Mrs. Fraenkel. Es wird mir ein Vergnügen sein, Ihnen einen Besuch abstatten zu dürfen.«

»Vielleicht einmal zum Abendessen, Mr. Hewitt?«

»Danke, ja. Sehr, sehr gerne.«

»Können wir den Tag etwas später festsetzen?«

»Selbstverständlich, selbstverständlich.«

»Also dann auf Wiedersehen, Mr. Hewitt, und vielen Dank. Und Sie lassen es mich wissen, wenn eine Antwort kommt?«

»Sowie ich eine in Händen habe, verständige ich Sie. Ich schicke Ihnen dann sofort Kenny hinaus.«

»Sehr freundlich von Ihnen. Leben Sie wohl, Mr. Hewitt.« Er machte ihr die Tür auf. »Auf Wiedersehen, Mrs. Fraenkel.«

Im angrenzenden Bürozimmer wartete bereits Kenny auf sie.

Kenny war nun ein alter Mann, wirkte aber noch dazu älter, als er tatsächlich war.
»Sie sehen heute ganz wunderbar aus, Mrs. Fraenkel. Wenn ich mir diese Bemerkung gestatten darf«, sagte er und geleitete sie zum Ausgang.
Wenn Mr. Kenny Katie viermal täglich zu sehen bekam, so pflegte er diese Bemerkung viermal zu machen. Heute war es das zweitemal.
An der Tür blieb er lächelnd stehen und machte eine Verbeugung vor der Frau, die ihn stets mit *Mister* Kenny anzusprechen pflegte, die ihn zu Weihnachten niemals vergaß und ihm zu diesem Anlaß nicht nur den üblichen halben Sovereign, sondern stets eine ansehnliche Summe gab, die für einen bescheidenen Mann wie ihn viel ausmachte. Aber auch ohne diese großzügige Geste hätte er sich Katie Mulholland, die er von der ersten Minute an ins Herz geschlossen hatte, stets gerne dienstbar erwiesen.

4

Am Tag vor dem Weihnachtsfest breitete sich um Katies Haus eine weiße, lautlose Welt voll frischgefallenem Schnee und eisig gefrorenem Boden aus. Der Wind rüttelte an Tür und Fensterläden, und auf der Straße war kein Mensch zu sehen. Im Hausinnern aber war es warm und behaglich, und es duftete köstlich nach Weihnachtsplätzchen und Kuchen.
Katie saß an ihrem Schreibtisch, öffnete das kleine Geheimfach, nahm einen Brief heraus und las ihn gut zum hundertstenmal, seit sie ihn vor zehn Tagen erhalten hatte. Er fing mit »Liebste Kaa-tee« an, und dann hieß es: »Gestern bin ich angekommen. Kristin ist sehr krank. Ich bin über alles, was ich hier sehe, bestürzt. Meine Kinder sind erwachsen und außer meinem Sohn allesamt verheiratet. Alles ist sehr, sehr fremd, obwohl sie freundlich zu mir sind und mir es unter den gegebenen Umständen so leicht wie möglich machen. Ich habe dir so viel zu sagen,

Kaa-tee, daß ich es nicht niederschreiben kann; aber du weißt, wie es in meinem Herzen aussieht.
Heute abend geht ein Schiff, da werde ich diese Zeilen dem Kapitän mitgeben; er wird bestimmt dafür sorgen, daß du sie baldmöglichst erhältst. Sorg dich nicht, liebste Kaa-tee. Ich habe meinen Kurs längst bestimmt, kein Wind der Welt kann daran etwas ändern!
Ich liebe dich,

Andree.«

»Ich habe meinen Kurs bestimmt, kein Wind der Welt kann daran etwas ändern.« Was für einen Kurs? Einen neuen etwa, der ihn im Schoß der Familie zurückhalten würde? Seit sie diese Worte zum erstenmal gelesen hatte, wollten sie ihr nicht mehr aus dem Kopf gehen. »Ich habe meinen Kurs bestimmt.« Katie fühlte sich krank vor Einsamkeit, Angst und Verlassenheit, und das wurde mit jedem Tag ärger.
Die zweite Angelegenheit, die ihr nicht aus dem Kopf ging, war die Sache mit Mr. Hewitts Brief an Bernard Rosier; er hatte keine Antwort darauf bekommen, nicht einmal auf den zweiten, in dem er ihn um eine Unterredung gebeten hatte.
Und so wartete Katie noch immer ab. Auf ein neuerliches Wort von Andy, auf eine Nachricht von Mr. Hewitt und schließlich auch noch auf etwas anderes. Sie wollte es sich nicht einmal selbst eingestehen, weil es eine langgehegte, tiefe Sehnsucht war, die noch weiter zurückging als ihre Bekanntschaft mit Andy: Es war der Wunsch, ihr einziges Kind wiederzusehen. Irgendwie hegte sie die Hoffnung, Sarah durch diese Angelegenheit von Angesicht zu Angesicht wiedersehen zu können. Die Vorstellung allein sagte ihr, daß es dann in ihrem Innern keine Bitterkeit mehr geben würde, auch nicht im letzten Winkel ihres Herzens. Dann würde ihr nicht einmal mehr die Geschichte mit Joe etwas ausmachen.
Katie faltete Andys Brief zusammen, legte ihn in das Fach zurück, schloß es ab, stand auf, verließ ihr Büro und ging langsam nach oben.

Theresa saß wie gewöhnlich aufrecht auf ihrer Couch. Ihr Gesicht war an diesem Vormittag besonders blaß und durchsichtig, die Augen ungewöhnlich dunkel und von fiebrigem Glanz erfüllt. Auch sie wartete und fragte sogleich: »Hast du Nachricht bekommen?«
Katie schüttelte den Kopf. »Nein, aber es sind heute zwei Schiffe aus Norwegen fällig. Vielleicht bringt eines davon einen Brief für mich mit.«
»Sicher«, sagte Theresa und nickte. »Sorg dich nicht, Katie. Du weißt, ich habe ein ganz komisches Gefühl. So als ob du heute etwas von ihm hören würdest.«
»Hoffentlich haben Sie recht, Theresa.« Katie zwang sich zu einem Lächeln. Dann setzte sie sich und sagte: »Sollen wir lesen?«
»Ach Katie«, sagte Theresa und berührte sanft ihre Hand. »Du willst doch heute gar nicht lesen, stimmts?«
»Es macht mir nichts aus, wirklich. Unten ist bereits alles fertig. Es wird mich ablenken.«
Theresa beugte sich vor und sagte in begütigendem Ton: »Zerbrich dir nicht den Kopf, meine Liebe.« Dann senkte sie die Lider und fügte hinzu: »Glaubst du mir, wenn ich dir sage, daß du nicht die einzige bist, die ihn vermißt?«
Katies Augen wurden feucht. Sie sah die zerbrechlich wirkende Frau beinahe zärtlich an.
Niemals hatte sie mit Theresa offen über Andree gesprochen. Aber jetzt sagte sie: »Sie mögen ihn, nicht wahr?«
»Mehr als ich sagen kann, Katie. Du hast einmal gesagt, daß er ein guter, braver Mensch sei. Und er ist ein guter, braver Mensch. Wenn ich einen Mann für dich hätte aussuchen sollen, dann wäre es Andree gewesen.«
»Danke, Theresa, danke.«
Schon wollte ihre Hand Theresas Hand berühren, als sie zur Salzsäule erstarrte: Eine mächtige Stimme füllte auf einmal das ganze Haus und ließ die beiden Frauen eine Sekunde lang mit offenem Mund dasitzen; dann war Katie auch schon aufgesprungen und aus dem Zimmer gestürzt. Laut dröhnte es durchs Haus: »Wo ist diese Frau? Wo ist meine Kaa-tee?«

Sie sprang ihm – immer zwei Stufen auf einmal nehmend – direkt in die Arme und schluchzte. »O Andy, Andy!« Ihr Kuß war lang und leidenschaftlich, und als er zu Ende war, sahen sie einander strahlend und ungläubig an, bis Katie sich endlich umwandte und die danebenstehende Betty betrachtete, die übers ganze Gesicht lachte und ausrief: »Ach Captain, bin ich froh, daß Sie wieder da sind. Hoffentlich haben Sie einen tüchtigen Hunger mitgebracht!«
»Einen wahren Bärenhunger, beste aller Köchinnen. Was gibt es denn?«
»Alles, Captain, alles, was Sie gern haben, und zwar in Windeseile, passen Sie nur auf!« Sie grinste den beiden zu, drehte sich auf dem Absatz um und stürmte in die Küche.
»Ach Andy«, sagte Katie noch immer ganz fassungslos, während er den Arm um sie legte und zum Wohnzimmer führte; an der Treppe blieb er jedoch stehen, warf den Kopf in den Nacken und brüllte nach oben: »Hallo, Theresa! Komm' gleich rauf!«
Als sie einander hinter der geschlossenen Tür endlich allein gegenüberstanden, sagte Katie: »Komm, gib mir deine Sachen.«
Aber er schleuderte den Mantel nur beiseite und sagte: »Mach dir damit keine Mühe, komm her, laß dich ansehen.« Und abermals umschlangen sie einander.
Als sie bald danach nebeneinander auf der Couch saßen, strich Katie Andree über die buschigen Augenbrauen und sagte, indem sie in seine tiefblauen Augen blickte, die ebenso strahlten, wie sie es an jenem Abend getan hatten, an dem sie ihn zum erstenmal gesehen hatte: »Ich kann es immer noch nicht glauben. Weißt du, ich dachte . . . ich dachte, ich würde dich nie mehr wiedersehen.«
»Was?!« Er schob sie ein bißchen von sich weg und senkte das Kinn. »Du hast im Ernst geglaubt, ich käme nie mehr zurück? Also Kaa-tee!«
»Ja.« Sie schloß die Augen und nickte langsam. »Ja, das hab' ich getan. Ich dachte, wenn du erst wieder daheim bist und . . . und . . .«

Ihre Augen wurden noch größer und dunkler als gewöhnlich, und als sie nicht imstande war, weiterzusprechen, sagte er ruhig: »Du kennst mich noch immer nicht, Kaatee – nach all den Jahren kennst du mich immer noch nicht.«
»Doch, Andy, das schon. Aber der Einfluß deiner Familie . . .« Sie lehnte nun den Kopf an seine Schulter, so daß sie ihm nicht ins Gesicht zu sehen brauchte, als sie fragte: »Wie hast du alles vorgefunden?«
Es dauerte eine Weile, bis er antwortete, und als er es tat, hob er ihre Hand hoch und streichelte jeden einzelnen ihrer Finger bis zum Nagel. »Sie ist ein paar Stunden, nachdem ich dir geschrieben hatte, gestorben.«
Katie saß völlig reglos da, aber in ihrem Innern erhob sich ein wahrer Wirbelsturm der Gefühle; langgehegte, heimliche Wünsche schienen sich auf einmal Bahn zu brechen: Erwartung, Hoffnung und ein wundervolles Wissen, was das für sie zu bedeuten haben könnte.
Sie beherrschte sich jedoch mit aller Macht und sagte: »Das tut mir leid.«
Als er nichts darauf antwortete, sondern fortfuhr, sie zu streicheln, fragte sie: »War sie verbittert?«
»Nein, nein«, sagte er rasch. »Und das hat es noch schlimmer gemacht. Keine Anschuldigungen, weißt du? Nichts dergleichen. Wenn ihr etwas zu schaffen gemacht hat, dann waren es Gewissensbisse. Dabei hätte ich es aber sein müssen, der davon erfüllt gewesen wäre. Ach ja, Kaatee, im Grunde genommen hätte ich sie schon haben müssen, denn es war alles andere als gut, was ich ihr und den Kindern angetan habe. Aber ich habe nichts dergleichen empfunden. Unmöglich. Wie hätte ich das tun können?«
Es war eine einfache Feststellung und keine Bitte um Hilfe für seine Schwachheit.
Sein Gesicht war von tiefem Ernst erfüllt, als er fortfuhr: »Wir haben an dem Tag, an dem sie dahinschied, noch miteinander gesprochen; sie wollte es so. Sie . . . sie wollte mir sagen, daß es ihr leid täte. Es war merkwürdig, sie das sagen zu hören. Sie . . .« Er schluckte heftig, dann fuhr er

fort: »Sie sagte, daß sie mich nie hätte heiraten sollen, daß sie nicht für die Ehe geschaffen gewesen sei. Manche Menschen sind eben so, weißt du, Kaa-tee. Manche Frauen sollten tatsächlich niemals heiraten.« Er berührte sanft ihre Wange und sagte nun hastig: »Ach, weine nicht, weine nicht; es war überhaupt nicht traurig, nicht in Wirklichkeit. Sie hat ihr Leben so gelebt, wie sie es zu leben wünschte; sie hatte ihre Kinder ... Weißt du, manche Frauen wollen einfach Kinder, aber keinen Mann. Kristin war so. Einc unbefleckte Empfängnis hätte sie erst richtig glücklich gemacht.«

Er verzog nun den Mund zu einem Lächeln, aber Katie erwiderte es nicht. Sie ließ einfach den Kopf an seine Schulter sinken und fragte dann: »Und die Kinder?«

»Ach ja, die Kinder ... Weißt du, ich habe auch immer in der Form an sie gedacht: an die ›Kinder‹, und ganz vergessen, daß sie ja längst Männer und Frauen sind ... Weißt du, daß ich bereits mehrfacher Großvater bin?«

»Wirklich!« Ein dumpfer Schmerz machte sich in Katies Brust breit. »Waren sie froh, dich wiederzusehen?«

»Nein.«

Sie richtete sich unvermittelt auf und starrte ihn an, ihre Miene drückte echte Teilnahme aus. »Aber Andy!«

»Meine Töchter taten genau das, was man von ihrer Mutter erwartet haben würde: Sie machten mir Vorwürfe. Oh – sie waren sehr höflich, das schon. ›Wie geht es dir, Vater?‹ sagten sie und blickten diesen herumzigeunernden Kapitän neugierig an, der seine Familie verlassen hatte, um in einem fremden Land zu leben, und aus all ihren Bemerkungen sprach eine derartige Selbstgerechtigkeit, daß es sie bestimmt mit Befriedigung erfüllt hätte, wenn sie hätten sagen können, ich habe Weib und Kinder hungernd und darbend zurückgelassen. Das komische daran ist nur, daß ich sie in einem solchen Fall nie verlassen hätte, ich meine, hungernd und darbend, ganz egal, wie sie sich mir gegenüber verhalten hätten.«

»Und dein Sohn? Hast du ihn gesehen?«

»Ach, mein Sohn ... Ja, ich habe ihn gesehen. Auch er war

anfangs sehr, sehr steif. Aber weißt du, Kaa-tee, kurz bevor ich mich wieder einschiffte, kam er zum Hafen und fragte mich – was glaubst du wohl, was er mich gefragt hat? Ob er, wenn er in England wäre, mich besuchen dürfe – was sagst du nun!«
»Ach, Andy, da bin ich aber froh. Sieht er dir ähnlich?«
»Ja, ja, ein bißchen. Aber er ist hübscher.«
»Niemals!« Sie tätschelte ihm lächelnd die Wange. Dann fragte sie ihn: »Hast du ihn gern?«
Er wandte den Kopf ab, und es dauerte eine Weile, ehe er antwortete; dann sagte er: »Weißt du, Kaa-tee, es ist merkwürdig, daß du mich das erst fragen mußt, aber ich bin gar nicht sicher. Ist es nicht sonderbar, so etwas zu sagen, daß ich nicht sicher bin? Wir waren wie Fremde. Wenn ich ihn so ansah, kam es mir überhaupt nicht so vor, als ob er mein Sohn wäre, dieser Nils; eher schien er mir der Sohn seiner Großeltern zu sein.«
»Das ist verständlich, Andy«, sagte sie jetzt. »Kinder geraten sehr häufig ihren Großeltern nach. Sind sie noch am Leben?«
»O ja. Die beiden werden niemals sterben. Aber sie sind nicht mehr so glücklich, wie sie es waren. Weißt du, sie haben eine Menge von dem Geld verloren, das sie in Schweden angelegt hatten. Selbst bei Kristins Begräbnis . . .« Nun wurde sein Gesicht ernst, als er fortfuhr: »Selbst bei ihrem Begräbnis beklagte ihr Vater seine geschäftlichen Verluste . . . Nun ja, das alles ist ja jetzt vorbei, und ich bin gottlob wieder bei meiner Kaa-tee.« Er sah sie einen Moment mit ernster Miene an, dann sagte er: »Weißt du, was das zu bedeuten hat, Kaa-tee?«
Sie sah ihn an, ohne darauf etwas zu sagen, er wiegte leise den Kopf und sagte: »Weißt du's?«
Sie brachte es nicht fertig, zu sagen: ›Wir werden heiraten‹ – das mußte von ihm ausgehen. Und so verharrte sie schweigend.
Abermals streichelte er ihre Hände. »Du hast niemals einen Ring getragen, Kaa-tee. Gab es dafür einen bestimmten Grund?«

Ihre Augen waren tränenumflort, so daß sie ihn kaum mehr wahrnehmen konnte.
»Willst du meine Frau werden, Kaa-tee?«
»O Liebster . . . Liebster.«
Sie mußte weinen, als sie das Gesicht an seiner Brust barg und er über ihr Haar strich und sagte: »Deshalb wird sich zwischen uns auch nichts ändern, denn kein Gesetz der Welt könnte uns enger verbinden, als wir bereits verbunden sind, aber es ist ein Schutz, den ich dir immer schon gewähren wollte .... Der letzte, noch ausstehende Schutz.«

Andrees unerwartete Rückkehr und der erfreuliche Umstand, daß sie nun bald ein gesetzliches Anrecht darauf haben würde, sich Mrs. Fraenkel zu nennen, rückte die andere »schmerzliche Angelegenheit«, wie Mr. Hewitt die Sache nannte, in den Hintergrund. Am Tag von Andrees Ankunft und auch noch einen Großteil des darauffolgenden Tages, des Weihnachtsabends, war all dies unter der neuen Freude, die Katie ganz erfüllte, vergessen und begraben. Aber zwei Besucherinnen am späten Nachmittag rückten ihr die Angelegenheit auf bestürzende Weise wieder vor Augen. Sie wurden von Betty im Flüsterton angemeldet, nachdem sie das Wohnzimmer betreten und rasch die Tür hinter sich geschlossen hatte. Katie stand gerade unter dem Kronleuchter und reichte dem Captain, der auf der Leiter stand, Mispelzweige, als Betty aufgeregt wisperte: »Zwei Damen sind draußen, Madam, und möchten Sie sprechen.«
»Zwei Damen?« fragte Katie erstaunt. »Hast du sie ins Haus geführt? Wie heißen sie denn?«
»Hab' ich nicht. Sie sagten, sie hießen Chapman. Jedenfalls sind es Damen.«
Bei Erwähnung dieses Namens warf Katie Andree rasch einen Blick zu. Er kletterte von der Leiter herunter, stellte sich neben Katie und sagte zu Betty: »Nun, dann bitten Sie die Damen doch, einzutreten, Betty.«
»Nein, nein«, sagte Katie und befeuchtete sich aufgeregt

die Lippen. »Ich meine, ich werde sie lieber im Frühstückszimmer empfangen.«
»Das ist doch voller Pakete und Reisesachen, da kann man jetzt niemanden hineinführen ... Du kennst diese Damen, Kaa-tee?«
Als sie ihn ansah, wußte sie nicht recht, ob er damit eine Behauptung aufgestellt oder eine Frage an sie gerichtet hatte. Sie hatte diesen Namen ihm gegenüber ein einziges Mal erwähnt, und zwar vor langer, langer Zeit. Er wandte sich an Betty und sagte: »Führen Sie die beiden Damen nur herein und entschuldigen Sie sich bei ihnen, daß Sie sie warten ließen, Betty.« Und danach flüsterte er Katie zu: »Du hast sie nicht erwartet, wie?«
»Nein, nein, natürlich nicht.«
»Nun, es macht nichts, Liebling, du siehst blendend aus.«
»Ach Andy ...« Sie trat neben ihn an den Kamin. »Die Chapmans sind ...«
Er ergriff ihre Hand, drückte sie und sagte: »Ja, ja, ich weiß. Und wenn ich es nicht ohnehin gewußt hätte, wäre ich im Handumdrehen draufgekommen ... dein Gesicht verrät all deine Gedanken, Kaa-tee ... Pssst! Da kommen sie.«
Die Tür wurde geöffnet, Betty trat zur Seite und sagte: »Die Damen Chapman, Madam.«
Katie ging den beiden Frauen entgegen. Erst schaute sie die größere an, Miß Ann, und sah eine alte Frau vor sich. Aber Miß Rose schien sich nicht besonders verändert zu haben, seit sie sie zum letztenmal gesehen hatte; aber aus dem Gesichtsausdruck der beiden konnte sie leicht schließen, wie verändert sie *sie* fanden. Einen Moment schienen sie die Fassung verloren zu haben.
»Miß Chapman«, sagte Katie und nickte erst der einen, dann der andern zu, dann wandte sie sich halb um, streckte die Hand nach Andree aus und sagte: »Mein Mann, Captain Fraenkel.«
Als Andree eine leichte Verbeugung machte, neigten die beiden Damen den Kopf, und Katie sagte: »Bitte, nehmen Sie doch Platz.«
Sogleich setzten sie sich nieder, und sofort begann Miß

Ann zu sprechen. Sie wandte sich an Katie und sagte: »Sie wissen, weshalb wir hier sind, Mrs. Bun ... Fraenkel.« Danach schluckte sie und fügte schließlich hinzu: »Wir mußten kommen.«
Als Katie nichts darauf antwortete, sagte Miß Rose mit nur schwach unterdrückter Entrüstung: »Es ist einfach schrecklich.« Sie warf ihrer Schwester einen Blick zu, und Miß Ann nickte zustimmend und wiederholte: »Schrecklich.« Dann wandte sich Miß Rose wieder Katie zu und fuhr mit wachsender Bitterkeit im Tonfall fort: »Wenn Sie von Anfang an aufrichtig zu uns gewesen wären, wäre es nie dazu gekommen. Niemals. Das kommt eben bei halben Wahrheiten heraus.«
Katie blinzelte, wandte einen Augenblick Andree ihr Gesicht zu; dann sah sie wieder Miß Rose an und sagte: »Ich weiß nicht, was Sie mit halben Wahrheiten meinen.«
»Ach, das glaube ich nicht, Mrs. Bun ... Fraenkel. Sie haben uns doch zu verstehen gegeben, daß das Baby das Kind Ihres Gatten sei.«
«O nein, nein.« Katie stand unvermittelt auf. »Das habe ich nie getan.«
»Doch, doch, das haben Sie getan, Mrs. Fraenkel.«
Nun war es Miß Ann, die zwar gleichfalls etwas steif, jedoch freundlicher als ihre Schwester sprach. »Wir haben den Taufschein. Sarah wurde auf Sarah Bunting getauft.«
Abermals blickte Katie Andree an. Er saß da und blickte die beiden Damen fest an, dann wandte sich Katie wieder an sie und sagte: »Nun ja, das stimmt; ich hielt es nicht für nötig, weitere Erklärungen abzugeben ... Sie haben sie haben wollen ...« Sie beugte sich nun zu Miß Rose vor, und jetzt klang ihre Stimme bitter, als sie sagte: »Sie waren ganz verrückt nach ihr. Sie haben mir keine Ruhe gelassen, bis Sie sie hatten und mich von dort wegkriegten. Und dann sind Sie übersiedelt, damit ich Sie nur ja nie wieder aufsuchen könne. Hätte es etwas an Ihren Entschlüssen geändert, wenn Sie gewußt hätten, wer der Vater war?«
Die beiden Damen sahen einander an; dann sagte Miß Ann in einem Ton, der ebenso affektiert klang, wie ihre Miene

wirkte: »Doch, ich glaube, es hätte etwas an unseren Entschlüssen geändert. Wir hätten es uns jedenfalls überlegt; wir kannten die Rosiers. Wenn wir gewußt hätten, daß der Vater ein Rosier war, dann hätten wir uns unsere Handlungsweise gewiß sehr genau überlegt. Und selbst wenn wir die Sache trotz allem in Angriff genommen hätten, wären wir auf derartige Möglichkeiten immerhin vorbereitet gewesen, und die in Frage stehende Angelegenheit hätte sich niemals ereignet – dafür hätten wir schon gesorgt.«
Bei dem Namen Rosier erstarrte Katie augenblicklich. Sie sah immer noch die beiden Damen an, spürte aber dabei genau, wie Andree sie anstarrte. All die Jahre über hatte sie diesen Namen vor ihm geheimgehalten. Und nun hatte die bloße Erwähnung dieses Namens in seiner Gegenwart sie mit der alten, krankhaften Furcht erfüllt.
»Die Lage ist wirklich schrecklich. Wir haben unser Bestes getan, aber anscheinend ohne daß es etwas genützt hat. Nun finden wir, daß es an Ihnen liegt.«
»An mir!« Katies Stimme war sehr leise, aber es lag ein heftiges Verlangen in ihr, als sie fragte: »Sie wollen, daß ich meine Tochter sehe und es ihr erkläre?«
»Nein, nein!« Miß Rose war aufgesprungen, ihr zarter Körper bebte geradezu vor Zorn. »Das niemals.«
»Warum nicht?« sagte Katie kurz angebunden.
Und Miß Rose erwiderte auf dieselbe Weise: »Weil das zu nichts führen würde. Sie haben seinerzeit der Adoption zugestimmt; lassen wir es dabei.« Abermals wechselte sie Blicke mit ihrer Schwester, ihre Aufmerksamkeit wurde jedoch von dem, was Katie nun sagte, in Anspruch genommen.
»Und was ist, wenn ich es nicht tue?« sagte Katie jetzt nämlich.
Diese Frage schien die beiden in die Enge zu treiben; zögernd erhob sich Ann und sagte: »Das . . . das können Sie nicht machen. Sie wollen ihr doch nicht weh tun, nicht wahr? Eine derartige Erfahrung würde ihr ganz bestimmt Kummer bereiten, denn . . . denn sie hat keine Ahnung, daß sie von Außenstehenden adoptiert wurde.«

»Von Außenstehenden?«
»Ich will damit sagen, daß ...« Wieder zögerte Miß Ann. »Nun, wissen Sie, wir wollten natürlich, daß sie sich absolut ruhig und sicher fühle, und so haben wir ihr gesagt, als sie alt genug war, daß wir mit ihr darüber sprechen konnten, daß ihre Mutter unsere jüngste Schwester gewesen war, die gestorben sei.«
Oft hatte Katie sich gefragt, ob ihr Kind jemals hatte wissen wollen, wer seine Mutter wäre, und ob und wie es sich diese Mutter vorgestellt hätte. Aber offensichtlich war ihrem Kind niemals ein solcher Gedanke gekommen; es hatte sich seine Mutter als tot vorgestellt und diese beiden Tanten als Blutsverwandte betrachtet.
Katie hatte gar nicht gemerkt, daß Andree nun an ihre Seite getreten war. Aber plötzlich hörte sie ihn sagen: »Und was erwarten Sie jetzt von meiner Frau?«
»Nun ja, ich ...« Es war Miß Ann, die immer noch mit affektiert gespitzten Lippen und nach Worten suchend weitersprach: »Wir ... wir dachten, daß sie zu Mr. Rosier – Mr. Rosier senior – gehen könnte, um mit ihm ... die Lage zu klären, und der würde dann sicherlich ...«
»Nein, nein, niemals! Das mache ich nicht!« Katie stand hochaufgerichtet und mit grimmiger Miene vor den beiden. Ihre nun rauh und ungestüm klingende Stimme war alles andere als damenhaft und verblüffte ihre beiden Besucherinnen. »Egal, was geschieht, ich will ihn nicht sehen. Schlagen Sie sich das lieber gleich aus dem Kopf. Nie ...«
Andree legte die Hand auf ihren Arm, sie rang schaudernd nach Luft und hörte, wie er sagte: »Sie haben gehört, was meine Frau gesagt hat.«
»Aber ... aber man *muß* diese Sache irgendwie unterbinden!« sagte Miß Rose und wandte sich nun aufgebracht an Andree: »Sie müssen doch einsehen, daß eine solche Geschichte zwischen Halbbruder und Halbschwester nicht weitergehen kann, nicht? Das ist eine schwere Sünde.«
»Halbbruder und Halbschwester ...?« sagte Andree nun, ließ den Blick fragend einen Moment lang auf Katie ruhen,

bis er seine Aufmerksamkeit wieder Miß Rose zuwandte und ruhig fragte: »Sie trifft sich mit dem Sohn dieses Mannes, dieses Rosier?«

»Ja, ja, das ist ja das Fürchterliche, und wir haben die größte Angst, daß es ohne unser Wissen so weitergehen könnte. Wir haben auf Sarah stets achtgegeben, sehr streng sogar, aber wir hatten natürlich keine Ahnung, daß unter den Besuchern unserer Freunde, den Charltons, bei denen sie sich manchmal auch ohne uns aufhielt, auch ein Mr. Rosier war. Sie hat uns darüber nie etwas erzählt, bis vor wenigen Monaten.«

»Haben Sie mit ihr über den Verwandtschaftsgrad zwischen ihr und dem jungen Mann gesprochen?« fragte Andree.

»Nein, wo denken Sie hin!« Die Schwestern riefen es fast zur gleichen Zeit. Dann sagte Miß Ann: »Wir können ihr doch keinen solchen Schrecken einjagen. Aber sogar als wir noch nichts von dieser Verwandtschaft wußten, haben wir die Verbindung mit diesem jungen Mann alles andere als gutgeheißen. Die Rosiers sind keine Familie, die wir ... die wir ausgesprochen schätzen.«

»Haben Sie daran gedacht, selbst an den jungen Mann heranzutreten?«

Einen Augenblick sahen die beiden Damen etwas kleinlaut drein; dann sagte Miß Ann: »Nun, ich muß gestehen, daß wir ... Mr. Rosier gestern aufgesucht haben. Aber wir konnten nicht mit ihm sprechen, nur mit seinem Vater. Und das war eine sehr ... sehr unerquickliche Begegnung.«

»So.«

Andree nickte langsam, die Damen wichen seinem Blick verlegen aus, und Miß Anns Stimme war kaum mehr als ein Flüstern, als sie sagte: »Er will nichts unternehmen, um die Verbindung der beiden zu verhindern. Er ist ein schrecklicher Mann ... ganz, ganz schrecklich.«

Andree sah nun Katie an. Sie hielt die Lider derart gesenkt, daß es aussah, als hätte sie die Augen überhaupt geschlossen. Er drückte sanft ihren Arm, als er zu den Damen sagte:

»Und Sie wollen, daß meine Frau zu diesem schrecklichen Mann hingeht?«

Es entstand eine lange Pause, ehe Miß Rose sagte – und ihre Stimme klang wieder steif und förmlich dabei –: »Wir halten es für richtig, daß sie es tut. Es ist ihre Pflicht.«

»Was Sie nicht sagen! Ihre Pflicht?!« Er schüttelte nun mehrmals heftig den Kopf, und seine Barthaare schienen sich dabei zu sträuben. »Seit wie vielen Jahren haben Sie diese Tochter?« Er richtete den Blick zur Decke, als wolle er nachrechnen. Dann sagte er: »Achtzehn Jahre. Und da finden Sie, daß meine Frau ihr und Ihnen gegenüber irgendwelche Pflichten hat?«

»Es handelt sich um keinen alltäglichen Fall, Mr. Fraenkel«, sagte Miß Ann gereizt.

»*Captain* Fraenkel.«

»Captain Fraenkel.«

»In dem Punkt stimme ich mit Ihnen überein. Es handelt sich tatsächlich um keinen alltäglichen Fall.«

»Es wäre mein Tod, wenn ihr irgend etwas zustoßen würde«, sagte Miß Rose mit bebender Stimme und fügte noch hinzu: »Ich meine, wenn sie mit diesem jungen Mann tatsächlich eine Verbindung einginge . . .«

»Nun, dann wird es eben Ihr Tod sein, Madam.«

Die beiden Damen sahen diesen bärtigen Riesen, der derart gefühllos mit ihnen sprach, schockiert an.

»Es gibt verschiedene Todesarten, meine Damen. Meine Frau zum Beispiel ist im Verlauf der vergangenen Jahre viele, viele Male aus Kummer über den Verlust ihrer Tochter beinahe gestorben. Wenn Sie meine Meinung über diese Abmachung hören wollen, aufgrund derer Sie das Kind meiner Frau in Ihre Obhut gebracht haben, dann will ich sie Ihnen sagen: Ich finde, daß Sie bedeutend mehr als bloße Überredungskunst angewandt haben, daß Sie ein armes, hilfloses, in Not geratenes junges Ding, dem durch die kranke Mutter und die schwachsinnige Schwester beide Hände gebunden waren, einfach schamlos erpreßt haben.«

»Sir!« riefen die beiden Schwestern beinahe gleichzeitig

empört aus, und hierauf sagte Andree: »Ja?«, als handle es sich um eine Aussage vor dem Untersuchungsrichter.
»Wir . . . wir haben sie zu einer wirklichen Lady gemacht. Sie hat alles gelernt und gehabt, was sie sich nur wünschen konnte.«
»Außer einer Mutter.«
Die beiden Damen starrten Andree fassungslos an. Dann wandte sich Miß Ann an Katie. »Sie können doch nicht einfach zusehen, ohne etwas zu unternehmen?«
»Was soll ich unternehmen?« sagte Katie in niedergeschlagenem Ton. »Wenn Sie mir nicht gestatten wollen, es meiner Tochter zu sagen, wüßte ich nicht, was ich sonst noch unternehmen könnte. Außer dem, wozu Sie mich vorhin aufgefordert haben. Und das kann ich nicht.«
»Sie könnten doch mit dem jungen Mann sprechen«, warf Miß Rose ein.
Katie blickte auf die blasse, kleine Frau nieder und sagte immer noch mit ruhiger Stimme: »Warum gehen Sie nicht zu ihm?«
»Wir haben ihn ja nicht erreicht. Außerdem bin ich überzeugt, daß es von Ihrer Seite aus viel glaubwürdiger wirken würde. Auf diese Weise könnte man Sarah ersparen, mit hineingezogen zu werden. Ich meine, Sie . . . Sie könnten ihn einfach dazu auffordern, den Umgang mit ihr abzubrechen. Wenn Sie ihm die Lage den Tatsachen entsprechend schildern würden, würde er dieser Aufforderung nachkommen. Schließlich ist er ein Gentleman.«
Ein merkwürdiges Geräusch von seiten Andrees veranlaßte die Damen, sich umzudrehen. Es hatte beinahe wie ein Lachen geklungen, seine Miene war jedoch ernst, ja beinahe bedrohlich, als er mit ausgestrecktem Arm zur Tür wies und sagte: »Ich bedaure, Sie zum Gehen auffordern zu müssen, meine Damen. Sollte meine Frau in dieser Angelegenheit irgendeine Entscheidung treffen, so wird sie Sie zweifellos darüber informieren.«
Die Worte waren förmlich, der Tonfall bestimmt. Miß Ann machte protestierend: »Aber, aber . . .« Dann warf sie einen Blick auf Katie, drehte sich um und ging zur Tür.

Nicht so Miß Rose. Sie trat vor Katie hin und rief: »Sie können es nicht so weitergehen lassen! Es ist schlecht! Sie sind ja beinahe Bruder und Schwester!«

Katie starrte die aufgebrachte Frau eine Sekunde lang an, ehe sie sagte: »Weshalb sagen Sie es ihr dann nicht? Das ist der beste Ausweg: es ihr einfach zu sagen.«

»Ich kann nicht, ich kann es nicht.« Katie sah, wie Miß Roses Gesicht zusammenschrumpfte, und ihre Lippen bebten, als sie wimmerte: »Sie ist alles, was ich habe. Sie glaubt, daß sie zu uns gehört, blutsverwandt mit uns ist. Sie ist stolz darauf, das weiß ich. Sie hat einen so ausgeprägten Familiensinn. Ständig stöbert sie die Familienchronik durch. Wenn sie die Wahrheit erfahren würde, wäre das ein entsetzlicher Schlag für sie, es würde sie gänzlich verändern. Sie hätte dann das Gefühl, nicht zu uns zu gehören. Und dann« – nun sank Miß Roses Kopf tief auf die Brust – »könnten wir es nicht ertragen, sie zu verlieren. Ich . . . ich habe mein Leben für sie hingegeben. Wenn ich so zurückdenke, kann ich mich an keine einzige Minute erinnern, wo ich sie nicht gehabt habe.«

»Ich habe sie keine achtzehn Jahre gehabt!«

Nach Katies Worten senkte sich Schweigen über sie, bis Andree ruhig sagte: »Madam . . .« und sich nun auch Miß Rose umdrehte, auf ihre Schwester zuging und, von Andree zur Tür begleitet, mit ihr das Zimmer verließ.

Kaum hatte sich die Tür hinter den beiden geschlossen, ging Andree auf Katie zu, nahm ihre Hände in die seinen und fragte: »Seit wann weißt du davon?«

»Seit . . . gleich nachdem du nach Norwegen gefahren bist.« Ihr Gesicht sah ganz aufgelöst aus.

»Und du hättest mir wirklich kein Wort davon gesagt?«

»Ich wollte nicht, daß du seinen . . . seinen Namen erfährst. Ich habe mich immer davor gefürchtet, daß du ihn eines Tages erfahren könntest.«

Er fragte nicht, weshalb sie sich davor gefürchtet hatte; er wußte es. Er legte den Arm um sie, zog sie zur Couch, drückte ihren zitternden Körper an sich und wartete ab, bis sie fragte: »Was soll ich tun, Andy?«

»Im Moment gar nichts«, gab er zur Antwort. »Wart ein paar Tage ab, und die Dinge werden sich höchstwahrscheinlich von selbst erledigen. Jedenfalls kannst du vor Beendigung der Weihnachtsfeiertage ohnehin nicht viel tun. Sorg dich nicht.« Er schob sein Gesicht an das ihre heran. »Nichts und niemand kann dir je wieder etwas antun. Denk daran. Du bist nicht mehr Kaa-tee Mulholland. Für mich bist du das nie gewesen. Für mich warst du immer Mrs. Fraenkel, und heute in einer Woche steht dir dieser Name auch ganz offiziell zu. Dann wirst du für jedermann Mrs. Fraenkel sein. Du hast also nichts zu befürchten.«

5

Es war in der zweiten Januarwoche. Tauwetter hatte eingesetzt. Sonst hätte die Kutsche die Fahrt von Shields über Jarrow hinaus aufs Land sicher nicht bewältigt.

Katie war in einen braunen Pelzmantel mit dazupassender Pelzkappe eingemummt, beides Weihnachtsgeschenke von Andree. Darunter trug sie ein kirschrotes Kostüm aus geripptem Stoff, dessen Rock bis zum Rand ihrer weichen Lederstiefel reichte, die gerade noch ihre Knöchel bedeckten. Trotz dieser warmen Bekleidung zitterte sie jedoch wie Espenlaub. Nicht einmal die Anwesenheit Andrees und Mr. Hewitts, die beide darauf bestanden hatten, sie zu begleiten, konnten ihr ein Gefühl der Sicherheit vermitteln, denn es kam ihr so vor – und war ihr übrigens seit Tagen bereits so vorgekommen –, als habe sich alles dazu verschworen, sie wieder ins alte Herrenhaus zurückzubringen.

Als Mr. Hewitt ihr am Boxing Day den geplanten Privatbesuch abgestattet hatte, da hatte Katie ihm erzählt, was geschehen war, und er hatte ihr vorgeschlagen, daß sie diesmal dem jungen Mr. Rosier nicht einfach nur schreiben, sondern den Brief durch einen Kurier abgeben lassen solle. Hierauf hatte Katie, nicht Mr. Hewitt, einen Antwortbrief erhalten, in dem sie gebeten wurde, ins Haus hinauszukommen, denn Mr. Rosier würde sich freuen, sie empfangen zu können.

Andree war in die Kanzlei mitgekommen, als Katie diesen Brief Mr. Hewitt vorlegte. Der Anwalt zeigte sich verblüfft darüber, sagte ihr aber dann nach einigem Hin und Her: »Wenn Sie sich dazu entschließen sollten, hinauszufahren, Mrs. Fraenkel, dann werde ich Sie selbstverständlich begleiten. Wir werden ausdrücklich darauf bestehen, daß unser Besuch dem jungen Mr. Rosier gilt und niemandem andern.«

Zum hundertstenmal hörte Katie Andree nun sagen, daß sie sich nicht zu fürchten brauche. »Denk einfach daran, daß du dieses Haus nicht als Katie Mulholland, sondern als Mrs. Fraenkel betrittst«, sagte er.

Als die Kutsche leicht zu schlingern begann, wußte Katie, daß sie nun an der Wegbiegung angelangt waren, an der sie einst an Sonntagnachmittagen aus dem Gesichtskreis ihres Großvaters entschwunden war.

Während sie weiterfuhren, sagte sie sich, daß sie stolz darauf sein sollte, in einer Kutsche vorfahren zu können, die ebensogut ihre eigene hätte sein können. Denn sie besaß nun genügend Geld, um sich nicht eine, sondern auch drei Kutschen leisten zu können, wenn ihr der Sinn danach gestanden hätte. Aber sie empfand keinerlei Stolz, nur Angst. Innerlich war sie all die Jahre über dieselbe geblieben: Katie Mulholland, die allerletzte Arbeitskraft des großen Herrenhauses, von deren Existenz nur diejenigen etwas wußten, die mit ihr arbeiteten.

Als die Kutsche die Auffahrt entlangfuhr, bemerkte Katie eine Veränderung. Die Hecken waren nicht mehr zurechtgeschnitten, die Eiben nicht gestutzt, ihre einst phantastisch anmutenden Umrisse hatten sich ins Groteske verwandelt.

Sie spürte, wie Andrees Hand die ihre suchte und festhielt, wandte sich um und sagte: »Bitte, komm nicht mit hinein, Andy. Warte draußen . . . Bitte!«

Mr. Hewitt nickte Andree eifrig zu und pflichtete Katie

bei: »Auch ich würde das für das Klügste halten, Captain.« Und dann hielt die Kutsche an.
Bevor der Kutscher noch Zeit hatte, den Wagenschlag zu öffnen, war Andy schon ausgestiegen. Er half Katie herunter, sah ihr einen Moment lang fest in die Augen; dann blieb er stehen und blickte ihr nach, wie sie an der Seite Mr. Hewitts die Treppe hinaufstieg.
Als die Glocke anschlug, die Mr. Hewitt berührt hatte, fing Katies Herz derart zu rasen an, daß sie dachte, sie würde im nächsten Moment zusammenbrechen. Dann wurde die Haustür geöffnet, und sie stand Mr. Kennard gegenüber. Zwanzig Jahre hatten eine große Veränderung an ihm bewirkt; er war nicht mehr der schmucke, imponierende Mann, den sie in Erinnerung hatte, sondern ein weißhaariges, gebücktes, alt wirkendes Wesen.
Kennard warf der Besucherin einen neugierigen Blick zu. Offensichtlich erkannte er sie. O ja, das war Katie Mulholland. Sie hatte sich keineswegs sehr verändert.
»Wenn ich bitten darf, Madam«, sagte er mit unbeweglicher Miene, die kaum verriet, daß er sie wiedererkannt hatte. »Bitte hier, Sir.«
Zum erstenmal in ihrem Leben betrat Katie dieses Haus durch den Haupteingang. Obwohl sie geradeaus blickte, entging ihr nichts. Die Veränderungen im Innern des Hauses waren ebenso kraß, wenn nicht sogar noch krasser als die, die sie außerhalb desselben bemerkt hatte. Alles sah ungemein verblichen, staubig und schäbig aus. Wann war der Boden der Halle wohl zum letztenmal gebürstet worden? Dieser Boden war der ganze Stolz von Mrs. Davis und der Kummer all der Mädchen gewesen, die gemeinsam die schwierige Aufgabe zu bewältigen hatten, ihn spiegelgleich erglänzen zu lassen.
Als sie auf die Bibliothek zugingen, fragte Mr. Hewitt: »Erwartet uns Mr. Daniel Rosier?«
Mr. Kennard reagierte darauf nur mit einer winzigen Kopfbewegung. Sein Gesicht war von den Besuchern abgewandt, und dabei blieb es, bis er ihnen die Tür öffnete, beiseite trat und leise sagte: »Miß Mulholland, Sir.«

Rasch drehte sich Katie zu ihm herum und sagte mit merkwürdig ruhiger, fremd klingender Stimme: »Ich bin Mrs. Fraenkel.«
Kennard sah sie zum erstenmal an, neigte den Kopf, ließ Mr. Hewitt eintreten, wandte sich um und schloß die Tür hinter ihnen.
Katie ging langsam in das riesige Zimmer hinein, dessen Wände bis an die Decke mit Büchern bedeckt waren und das an diesem Winternachmittag so düster wirkte, daß sie die gegenüberliegende Seite nicht erkennen konnte. Sie drehte sich zu Mr. Hewitt um, als eine heisere Stimme, die irgendwo von rechts kam, sie mit einem »Mrs. Fraenkel?« aufschrecken ließ.
Katie konnte es nicht verhindern, daß sie ganz automatisch die Hand vor den Mund schlug, als sie in der gegenüberliegenden Zimmerecke den Mann vor einer der Bücherwände erblickte. Er stand mit gekreuzten Armen davor und erinnerte überhaupt nicht an das Schreckgespenst all ihrer Träume. Und doch hätte sie ihn an jedem Ort und zu jeder Zeit wiedererkannt.
Der Mann, der einst neugierig auf die verschlafene Küchenmagd hinterm Galerievorhang hinuntergespäht hatte, war ein junger, gut-, wenn auch etwas düster aussehender Mann gewesen; derjenige, der ihr später dann stumm mit dem Finger gedroht hatte und sie zum Schweigen aufforderte, hatte sie im flackernden Licht der Kerze zwar zu Tode erschreckt, war aber immerhin hübsch gewesen; der Mann, der sie schweigend angestarrt hatte, als sie im Nachtgewand mit hocherhobenem Leuchter vor ihm stand, hatte immer noch ansehnlich gewirkt. Aber der Mann, den sie nun vor sich sah, hatte ein häßliches, rotangelaufenes, schlaffes Gesicht, mit zwar immer noch kohlrabenschwarzen, jedoch nun klein zusammengekniffenen Augen, die sie hämisch anstarrten.
Katie entwand sich mit einem jähen Ruck dem durchbohrenden Blick und flüsterte Mr. Hewitt hastig zu: »Gehen wir. Gehen wir.«
Mr. Hewitt, der ihren Arm fürsorglich ergriffen hatte,

wollte ihrer Bitte sofort nachkommen, als die Gestalt von der gegenüberliegenden Seite des Raumes sich rasch vorwärtsbewegte und sich mit dem Rücken vor die Tür stellte.
Der Anwalt richtete sich würdevoll auf und sagte mit einer seiner Position angemessenen Stimme: »Würden Sie uns freundlicherweise gestatten, zu gehen, Sir! Wir sind hierhergekommen, um ausschließlich mit Ihrem Sohn zu sprechen und ...«
»Sie sind nicht gekommen, um mit meinem Sohn zu sprechen, Hewitt, Sie sind gekommen, um mit mir zu sprechen. Ich habe nach Ihnen geschickt, und Sie sind gekommen ... zu mir! Ich habe Ihre Briefe erhalten, Hewitt. Sie waren sehr interessant, sehr in-ter-es-sant.« Er schwenkte den Kopf dabei von einer Seite zur andern ...
Mr. Hewitt sagte würdevoll: »Sie sind betrunken, Sir. Diese Dame wünscht zu gehen. Wollen Sie ihr dies bitte gestatten?«
»Dame? Du lieber Gott!« Abermals bewegte sich sein Kopf ungestüm hin und her. Dann schien er auf einmal zu erstarren, zog, immer noch den Rücken gegen die Tür stemmend, die Schultern hoch und murmelte heiser: »Fangen Sie nicht an, in diesem Ton mit mir zu reden, Herr Rechtsanwalt! Ich weiß alles über Sie. Sie haben jahrelang aus Ihrem Bordell Gewinn rausgezogen, es macht sich bezahlt, so was eine Dame zu nennen, wie? Aber mir können Sie nichts vormachen.«
Während Katie die Augen schloß und alles daransetzte, sich nicht anmerken zu lassen, wie sehr sie zitterte, betete sie insgeheim, daß dieser Mann seine Stimme nur ja nicht erheben möge, so daß am Ende Andy etwas davon hören könnte. Tore und Mauern dieses Hauses waren zwar so gut wie undurchdringlich, aber die Fenster der Bibliothek gingen auf die Auffahrt hinaus. Als sie merkte, daß Mr. Hewitt sich einen Schritt von ihr entfernte, drehte sie sich beinahe ungestüm zu ihm um. Dann sah sie jedoch, daß er bloß zum Klingelzug am Kamin ging und zweimal heftig daran zog.

Bernard Rosier rief sofort: »Was, zum Teufel, bilden Sie sich ein? Wo, glauben Sie, daß Sie sich befinden?«

Es war, als hätte Kennard nur auf dieses Klingeln gewartet, denn kaum hatte sich Mr. Hewitt wieder neben Katie gestellt, klopfte es an die Tür, und Bernard machte selbst auf. Ohne sich umzudrehen, schrie er: »Ich habe nicht nach Ihnen geklingelt. Verschwinden Sie, verstanden?«

»Sir, Ihre Ausdrucksweise . . .«

»Ausdrucksweise! Seien Sie nicht komisch. Das ist die reinste Sonntagsschule gegen das, was sie gewöhnt war.«

Damit ging er auf Katie zu, die jedoch sofort ans Fenster zurückwich. Als das Tageslicht voll auf sie fiel, sah Rosier sie so, wie er sie sich all die Jahre über vorgestellt hatte. Wie er sie zuletzt gesehen hatte, als sie im Nachthemd mit hocherhobenem Leuchter vor ihm gestanden hatte. Er fuhr sich mit der Hand an die Stirne, wo noch immer deutlich die Narbe sichtbar war, die sie ihm beigebracht hatte. Einst, als sie ein ungepflegtes, schmutziges Küchenmädchen gewesen war, hatte er sie genommen; weshalb hatte er nicht geahnt, daß sie sich so verwandeln würde? Er hätte sie haben können, sein Leben lang neben sich haben können. Statt dessen war sie ihm zum Fluch geworden. Dieses Geschöpf hatte Unheil über Unheil über ihn gebracht, seine Existenz gefährdet, ihn verarmen lassen, all seine großartigen Möglichkeiten ruiniert, vor allem die Chance, jemals bei Palmer Fuß zu fassen. Überdies hatte sie ihn zum Gespött der ganzen Grafschaft gemacht. Sie war schuld daran, daß er heute kaum besser als irgendein hergelaufener kleiner Gewerbetreibender lebte; drei Bedienstete gab es in einem Haus, das einst kaum mit zwanzig ausgekommen war; zwei Männer arbeiteten da draußen, wo früher zehn geschuftet hatten. Und im Stall stand nur noch ein einziges Pferd.

Er überlegte, welches Vergnügen es ihm bereiten würde, die Hände um ihren Hals zu legen und sie ganz, ganz langsam zu erwürgen, so wie sie ihn in den vergangenen Jahren abgewürgt hatte. Aber er wußte, daß er für dieses Vergnügen würde bezahlen müssen. Und schließlich gab es mehrere Arten, eine Katze umzubringen, als sie bloß zu ertränken. Die Rache, die er nun an ihr auszuüben im Begriff war, konnte es damit nicht aufnehmen, aber sie bereitete ihm dennoch eine gewisse Befriedigung.

Während Katie immer weiter ans Fenster zurückwich, sagte er: »Sie sind gekommen, um meinen Sohn zu sprechen, nicht wahr? Weil er, um sich der Ausdrucksweise Ihrer Kreise zu bedienen, sich mit Ihrem Bastard eingelassen hat.«

»Mr. Rosier!«

»Sie ist bei ihrem Beruf eine deutliche Sprache gewöhnt. Das ist nun mal so.« Bernard Rosier warf Mr. Hewitt einen raschen Blick zu, ehe er sich wieder an Katie wandte und fortfuhr: »Es wäre doch Sünde, wenn zwischen den beiden etwas passieren würde, nicht wahr? O du meine Güte, du meine Güte! Wie lautet die Phrase der beiden teuren Chapman-Damen doch? ›Eine Sünde vor Gott und den Menschen.‹ Wie ich von den beiden Schreckschrauben gehört habe, wünschen sie nicht, daß ihr goldiges Adoptivkind etwas über seine schmachvolle Geburt erfahre, also sind sie hierhergepilgert, um mich anzuflehen, meinen Sohn doch so weit als möglich fortzuschicken, damit ihr teures Kind nur ja nicht besudelt werde ... Wissen Sie was?« Rosier schwankte nun leicht, ehe er sich wieder an Katie wandte: »Das war das erstemal, daß ich etwas von der Verbindung meines Sohnes mit Miß Sarah Chapman hörte. Und was, meinen Sie, habe ich getan? Etwa meinem Sohn verboten, sich mit seiner Halbschwester einzulassen? Keineswegs, keineswegs! Im Gegenteil, ich habe ihn dazu ermutigt. Ich habe in meinem ganzen Leben keine Menschenseele derart ermutigt, wie ich es in der vergangenen Woche getan habe.«

»Sir, Sie benehmen sich unmöglich und haben kein Recht ...«

»Hab' ich Ihnen nicht gesagt, Sie sollen den Mund halten?« Bernard Rosier starrte nun Mr. Hewitt an. »Kein Mensch hat Sie hier eingeladen. Wenn Sie also nicht hinausgeworfen werden wollen, dann halten Sie gefälligst den Mund.«

Langsam kehrten seine Blicke zu Katies totenblassem Gesicht zurück, und er sagte mit leiser Stimme: »Ich habe auch noch etwas anderes erfahren, erst vor wenigen Tagen, als die beiden besagten Damen hier aufkreuzten, nämlich daß Sie Ihre Tochter seit Jahren nicht mehr gesehen haben. Seit sie ein Jahr alt war. Himmel, was für eine Schande! Aber» – er machte eine großzügige Geste – »dem kann abgeholfen werden, das kann ich ohne weiteres in Ordnung bringen. Ich habe eine Überraschung für Sie. Wissen Sie, Miß Mulholland, daß Ihre Tochter, Ihre teure Tochter, in diesem Moment da droben ist?« Er wies zur Decke.

Das konnte nicht so weitergehen. Es konnte einfach nicht so weitergehen. Sie würde etwas unternehmen müssen, genauso wie sie es bereits früher getan hatte. Wenn Katie irgendeinen Gegenstand in greifbarer Nähe hätte entdekken können, der dafür geeignet gewesen wäre, dann hätte sie ihn gepackt und ihm damit eins versetzt, ja ihn damit erschlagen. Sie sah sich bereits nach einem derartigen Gegenstand um, als ihr dämmerte, was er gesagt hatte. Eben. In diesem Augenblick. Sarah . . . Sarah war da oben? Ihre Sarah?? Sie preßte die Hand auf den Mund, während er sich umwandte und »Kennard!« brüllte.

Als die Tür beinahe im gleichen Moment geöffnet wurde, sagte Rosier, ohne sich umzuwenden: »Sagen Sie Mr. Daniel, daß er sofort in die Bibliothek kommen soll. Und daß er seine . . . seine Frau mitbringen soll. Aber sofort!«

Kennard schloß, wie immer, mit durch nichts zu erschütternder Miene die Tür, und Katie war, als würde sie im nächsten Moment umfallen. Rasch schob Mr. Hewitt ihr einen Stuhl zurecht, und sie sank darauf nieder.

Katies Blicke waren wie in Hypnose auf die Bibliothekstür gerichtet, und als diese sich öffnete, schlug ihr das Herz bis zum Hals. Aber sie regte sich nicht. Ihre Augen hefteten sich auf das große, schlanke Mädchen, das den Raum betrat, und es war ihr, als erblicke sie ihr eigenes Spiegelbild, wie sie Andy zum erstenmal begegnet war. Nur verfügte dieses junge Mädchen über eine Gelassenheit und eine Haltung, die sie selbst niemals besessen hatte. Sie ver-

folgte sie mit ihren Blicken, wie sie langsam eintrat, gefolgt von einem jungen Mann.
Er war es, der erst seinen Vater, dann die auf der Stuhlkante sitzende bleiche Fremde ansah und schließlich seinen Vater leicht verwirrt fragte: »Du wünschst mich zu sprechen?«
Bernard Rosier sagte: »So ist es, jawohl. Aber nicht nur ich. Siehst du nicht, daß wir Besuch haben?« Und dann sagte er zu dem jungen Mädchen: »Ich möchte, daß du dir diese als Dame verkleidete Frau genau ansiehst.« Er deutete mit einer verächtlichen Handbewegung auf Katie. »Erinnert sie dich nicht an jemanden?«
Katie und ihre Tochter sahen einander an. Katie klammerte sich nun am Ausschnitt ihres Kleides an, zwang sich, ruhig sitzen zu bleiben und nicht auf dieses Stück Fleisch von ihrem Fleisch loszustürzen, das zu berühren sie sich so sehnte.
»Nein«, kam es in sehr bestimmtem Ton zurück, was Bernard Rosier dazu veranlaßte, in schallendes Gelächter auszubrechen.
»Du mußt besser in den Spiegel sehen, meine Liebe. Stellt euch am besten alle beide vor den Spiegel, Seite an Seite ... dann weißt du vielleicht, was ich meine. Diese Frau hier ist nämlich deine Mutter.«
Abermals hielt Katies Blick den ihrer Tochter fest, deren Augen sich weiteten. Sie sahen einander lange an, und dann geschah etwas, was Katie weher tat, als irgend etwas in ihrem Leben ihr je wehgetan hatte. »Nein!« rief das Mädchen entsetzt. Es klang, als würde sie etwas Widerliches von sich stoßen.
»Doch«, sagte Bernard Rosier in triumphierendem Ton. »Sieh dir nur mal ihre Augen an. Sind die vielleicht kein ausreichender Beweis? Diese Person hat dich im Alter von einem Jahr von den Chapmans adoptieren lassen. Ich habe gehört, daß du mit der Vorstellung aufgewachsen bist, die Tochter einer ihrer Schwestern zu sein. Das bist du nicht. Hier ist deine Mutter.« Er deutete nochmals auf Katie hin und schloß: »Sie ist eine Dirne.«

»Das bin ich nicht. Wie können Sie es wagen! Wie können Sie es nur wagen!« Katie war aufgesprungen. Ihr Zorn hatte jegliche Furcht überwunden. Mit zitternden Gliedern und bebenden Lippen wandte sie sich nun flehend an dieses Mädchen, diese völlig, völlig Fremde, und sagte: »Ich bin deine Mutter. Ich bin es. Aber . . . aber ich bin nicht, was er sagt. Ich bin eine anständige Frau.«

»Hach!« Alle sahen nun Bernard Rosier an, der mit ausgebreiteten Armen dastand und rief: »Eine anständige Frau! Dabei besitzt sie mehr als die Hälfte der Bordelle in Shields. Eine anständige Frau, die mit einem Schweden lebt, *unter anderem!*«

»Vater!«

Dieser Aufschrei veranlaßte Bernard Rosier, die Arme fallen zu lassen, sich langsam umzudrehen, seinen Sohn anzusehen und mit ruhiger Stimme, die noch schrecklicher klang als das Gebrüll zuvor, zu fragen: »Ja?«

»Hör auf damit! Ich weiß nicht, welche Teufelei du jetzt wieder im Sinn hast, aber ich sage dir, hör auf damit! Schön, diese . . . diese Dame ist Sarahs Mutter. Was tut das schon? Was erhoffst du dir von diesem Theater?«

»Theater nennst du das?« Die Stimme klang noch immer ruhig. »Du nennst diese rührende Wiedervereinigung von Mutter und Tochter Theater? Dieses Wort kommt zu früh, mein Lieber. Wenn du es nach dem, was ich jetzt zu sagen vorhabe, gebrauchen würdest, würde es den wahren Zusammenhängen schon eher entsprechen.« Er ging langsam an seinem Sohn vorbei auf das Mädchen zu, das mit dem Rücken zur Couch dastand.

Aber als er die Hand nach ihr ausstreckte, sagte sie drohend, wenn auch leise: »Rühr mich nicht an.«

Seine Hand blieb mitten in der Luft hängen, er sah prüfend darauf nieder, ehe er ihre Worte gleichfalls leise wiederholte: »Rühr mich nicht an, sagst du? Aber ich habe ein Recht, dich anzurühren, meine Liebe. Ich bin nämlich dein Vater. Ich zeugte dich, als deine liebe Mutter in diesem Haus noch eine ganz gewöhnliche Küchenmagd war, die bis zum Hals im Spülwasser schwamm.«

Schweigen und Erstarrung senkten sich über sie alle. Kein Lid flatterte, kein Atemzug entfloh den offenen Mündern. Selbst der Schweiß stockte ihnen in den Poren. Sie standen da wie eine zu Stein erstarrte Figurengruppe. Bis nach einer endlos scheinenden Weile sich endlich jemand regte, tief Atem holte und auch die andern wie von einem Bann erlöst aufatmeten. Aber kaum war dies geschehen, war Daniel Rosier auch schon auf seinen Vater losgesprungen und hatte ihn niedergeschlagen.
Es war nicht Katie, die aufschrie, sondern ihre Tochter. Sie hatte die Hände vors Gesicht geschlagen und schrie.
Da wurde die Bibliothekstür aufgestoßen, und Kennard blieb wie angewurzelt auf der Schwelle stehen. Er starrte auf seinen Herrn und Gebieter, ohne jedoch den geringsten Versuch zu unternehmen, sich ins Mittel zu legen. Dann wurde Kennard jedoch beiseite gestoßen, und Andree trat ins Zimmer. Nachdem er die Situation innerhalb weniger Sekunden überblickt hatte, packte er den Mann, der ihm am nächsten stand, am Rockkragen und riß ihn hoch. Und dann blickte er auf den am Boden liegenden Mann nieder, den er rein instinktiv als denjenigen erkannte, den er seit langer, langer Zeit schon hatte sehen wollen.
»Du Schwein, du dreckiges Schwein!« schrie der junge Mann auf die am Boden liegende Gestalt los und versuchte mit aller Macht, sich aus Andrees eisernem Griff zu befreien, wobei sein Körper sich schüttelte, als weinte er. Und er weinte tatsächlich, wenn auch tränenlos ... »Ich bring dich noch um! Das schwör ich dir! Dafür bring ich dich um. Ich ... ich hätte es mir ja denken können, daß du mit deinem Rat, nur weiterzumachen, nun ja die ganze Sache so rasch wie möglich hinter mich zu bringen, etwas Böses im Schilde führtest. Aber ich tu's, da kannst du Gift drauf nehmen. Ich bring dich um!«
Bernard Rosier, dem es gelungen war, ohne Hilfe wieder auf die Beine zu kommen, stand etwas schwankend da, fuhr sich mit der Hand übers Gesicht und dann zum Hals, auf dem die Hand seines Sohnes Spuren hinterlassen hatte. Dann sah er seinen Sohn kühl an und keuchte: »Diese

Chance kannst du von mir aus haben, wann immer du willst. Aber vergiß nicht, daß sie dich dafür hängen werden. Und was soll dann aus deiner Witwe werden, dem armen Ding?«
Abermals schlug der junge Mann wild um sich, aber Andree hielt ihn fest, blickte den alten Rosier fest an und sagte etwas auf norwegisch, das aus seinem Innersten aufgestiegen zu sein schien. Obwohl keiner der Anwesenden es verstand, waren Verachtung und Haß so deutlich herauszuhören, daß Rosier abermals zu einem Wutausbruch hingerissen wurde.
»Hinaus, hinaus mit euch allen, Gesindel! Hinaus aus meinem Haus!« Dann starrte er Katie an und schrie ihr zu: »Du vor allem. Verschwinde aus meinen Augen und dein Zuhälter mit dir!«
Katie, Mr. Hewitt, Kennard und sogar Daniel Rosier mußten sich mit aller Macht an den bärtigen Riesen anhängen, um weiteres Unheil zu vermeiden. Die einzige Person, die sich überhaupt nicht gerührt hatte, war das Mädchen, das noch immer mit dem Rücken zur Couch dastand. Alle miteinander zerrten, drängten und stießen Andree zur Tür hinaus in die Halle und keiner nahm in dem Getümmel Notiz von der bleichgesichtigen, nachlässig gekleideten Frau, die rasch beiseite trat und an die Wand gelehnt stehenblieb. Und als der große, bärtige Mann alle, die sich an ihn gehängt hatten, abgeschüttelt hatte, sich sein Gewand glattstrich und zur Bibliothekstür hin schrie: »Ich komme wieder. Denken Sie daran, ich komme wieder!«, drehte sie sich um, betrat langsam die Bibliothek und ging, ohne ihrem Gatten auch nur einen einzigen Blick zuzuwerfen, zur Couch, wo das Mädchen immer noch stand, als wäre sie festgewurzelt. Die bleiche, alte Frau nahm das junge Ding sanft am Arm, führte sie zur Bibliothek hinaus und über die Treppe nach oben.

Mr. Hewitt, der in taktvoller Entfernung von Katies Bett Platz genommen hatte, ließ den Blick über das schmerzlich angespannte, traurige Gesicht seines Gegenübers gleiten. »Es tut mir leid, aber ich habe keinerlei Nachrichten erhalten.«
Katie schluckte. Die Wunde, die das »Nein!« ihrer Tochter ihr zugefügt hatte, klaffte noch immer. In diesem Nein war eine derartige Ablehnung, ja Widerwille zum Ausdruck gekommen, daß Katie sich fragte, wie sie mit diesem Schmerz in der Brust weiterleben sollte.
»Sie hat zu diesen Leuten . . . den Charltons, nichts über mich gesagt?«
»Kein Wort. Die Chapmans haben sie natürlich unterrichtet. Und so merkwürdig es Ihnen erscheinen mag, Madam, sie waren über die ganze Angelegenheit überhaupt nicht schockiert. Keiner von ihnen. Es sind modern denkende Menschen. Offensichtlich haben sie alles getan, um die beiden jungen Leute zusammenzubringen, ja sie waren sogar Trauzeuge bei ihrer Vermählung . . . Natürlich kannten sie damals die näheren Umstände nicht. Aber jetzt halten sie es für richtig, ja sogar korrekt, diese nun einmal geschlossene Ehe aufrechtzuerhalten. Allem Anschein nach war keiner von ihnen für eine Annullierung. Die beiden jungen Menschen hängen leidenschaftlich aneinander, soviel ich gehört habe, und sind völlig damit einverstanden, die Konsequenzen, die sich aus dieser Verbindung ergeben, auf sich zu nehmen.« Er hob nun den Kopf, sah sie wieder an und sagte: »Ich habe gehört, daß Mr. Charlton die beiden auf das Schiff gebracht hat, das den Kanal überquert.«
»Wohin . . . wohin fahren sie denn?«
»Das wüßten sie noch nicht, behaupteten die Charltons. Und ich glaube ihnen. Der junge Mr. Rosier hat ihnen versprochen, ihnen zu schreiben, wenn sie sich irgendwo niedergelassen haben, aber ich nehme an, daß sie vorhaben, erst einmal zu reisen. Wissen Sie« – abermals senkte er den Blick –,« obwohl er noch minderjährig ist, war sein . . . sein

Vater mit der Heirat einverstanden. Ich glaube, auch seine Mutter, obwohl sie natürlich die Umstände nicht kannte. Das verschafft ihm in gewisser Hinsicht freie Hand. Anscheinend gibt es eine Testamentsklausel, aufgrund derer er bis zu seinem dreißigsten Lebensjahr jährlich eine begrenzte Summe ausbezahlt erhält. Danach bekommt er dann den Gesamtbetrag. Die Charltons scheinen diese Lösung, daß die beiden nämlich England verließen, für das beste zu halten. Ihre Ehe würde hierzulande nicht toleriert werden. Nicht in dieser Gesellschaft. Im Ausland braucht keiner davon zu wissen. Außerdem fürchteten sich alle davor, wozu sich der junge Mann am Ende hätte hinreißen lassen können, wenn er hier geblieben wäre. Anscheinend hat er seinen Vater nie gemocht.«
Katie zupfte an ihrer Daunendecke und dachte: Es könnte noch jemand andern geben, der sich zu weiß Gott was hinreißen lassen könnte; der – wie sie ahnte – nur eine Gelegenheit abwartete, etwas zu unternehmen. Sie war zwei Tage gelegen und hatte Andree nicht aus den Augen gelassen. Aber so konnte es nicht weitergehen. Wenn er nur fort wäre und Zeit hätte, sich zu besinnen. Sie hatte ihn niemals fortgewünscht, seit sie ihm zum erstenmal begegnet war, aber von nun an würde sie gewiß nicht eher Ruhe finden, als bis sie ihn wieder auf dem offenen Meer draußen wußte.
Nachdem Mr. Hewitt sich verabschiedet hatte, stand Katie auf und fing an, sich anzukleiden. Sie war noch nicht fertig damit, als Andree ins Zimmer kam und sagte: »Nein, so etwas! Was hast du denn vor, Kaa-tee?«
»Ich kann nicht immerzu im Bett bleiben, Andy, das bring ich einfach nicht fertig.«
»Du weißt, was der Arzt gesagt hat: Daß du zumindest ein paar Tage Ruhe benötigst.«
»Ich bin nicht krank, Andy, nicht auf diese Weise. Besser, ich steh' auf und beschäftige mich mit irgend etwas. Vielleicht lenkt es mich ab, wenn ich es auch bezweifle. Hast du mit Mr. Hewitt gesprochen?«
Er nickte. Dann sagte er, wobei er den Arm um sie legte:

»Es ist das beste, daß sie ins Ausland gegangen sind. Versuch es so zu sehen.«
Sie hatte überhaupt nichts dagegen, daß sie ins Ausland gegangen waren, ja es störte sie nicht einmal, daß sie beisammenblieben, obwohl es nicht in Ordnung war, wie die Menschen sagten, die es als ein Vergehen wider die Natur bezeichneten. Wogegen sie einzig und allein etwas hatte, war, daß ihre Tochter sie ebenso zurückwies, wie Joe es getan hatte, nur daß das noch schlimmer war. Kein Wort ... Nur dieses »Nein!«.
»Kaa-tee.«
»Ja, Andy?«
»Ich glaube, wir müssen es Theresa sagen.«
Rasch machte sie sich von ihm los und rief: »Nein, das darfst du nicht tun, Andy.«
»Sie weiß, daß etwas los ist, Kaa-tee«, meinte er in geduldigem Tonfall. »Sie macht sich Sorgen. Erst gestern abend hat sie mich gefragt, was wir vor ihr verheimlichen. Sie fühlt sich ausgeschlossen.
»Das ist immer noch besser, als wenn sie die Wahrheit wüßte. Jedesmal, wenn ... wenn dieser Teufel seine Hand gegen mich erhoben hat, hat sie etwas unternommen. Und seien wir doch ehrlich, Andy: damit wurde es jedesmal nur schlimmer statt besser.«
Andree richtete sich auf und sagte mit fester Stimme: »Meiner Meinung nach sollte sie es wissen. Sie ist krank, Kaa-tee. Dr. Leonhard hat mir gestern gesagt, daß sie nicht mehr lange zu leben hat, es kann jeden Moment mit ihr aus sein. Im besten Fall dürfte es sich um ein paar Wochen handeln, meint er, aber es können ebensogut nur noch ein paar Tage oder gar Stunden sein.«
»Siehst du! Wenn du es ihr sagen würdest, könnte das doch glatt ihr Leben verkürzen, Andy.«
»Nein, nein, so sehe ich es nicht. Für mich ist das so: Sie liegt im Sterben und fühlt sich ausgeschlossen von etwas, was dich angeht, dich beunruhigt, dich krank macht. Sie hat gesehen, in welcher Verfassung du warst, als du neulich heimkamst. Die Geschichte mit dem Pferd, das mit

dir durchgegangen sein soll, hat sie uns nicht abgenommen. Sie ist eine gescheite Frau, weißt du, Kaa-tee. Und abgesehen von allem, was sie aus übergroßer Liebe zu dir angestellt haben mag, darfst du nicht vergessen, daß sie immer gut zu dir gewesen ist . . . Du bist ihr ein und alles.«
Katie senkte den Kopf, und er sagte: »Ich werde es ihr sagen, Liebling.« Und darauf erwiderte sie nichts mehr.

Als sie mit dem Essen fertig waren, sagte Andree ganz nebenbei: »Ich gehe zum Hafen«, was Katie dazu veranlaßte, aufzuspringen und zu rufen: »Wozu denn?«
»Wozu ich zum Hafen gehe? Du meine Güte!« Er schüttelte mit einem schwachen Lächeln den Kopf. »Was glaubst du wohl! Um diverse Aufträge zu erteilen, wie immer.«
»Du hast erst unlängst gesagt, daß dein Schiff nicht vor dem Wochenende hier sein wird.«
»Stimmt, aber dennoch gibt es einige Dinge zu erledigen.«
»Nein, nein, geh nicht, Andy. Geh nicht.«
»Kaa-tee!« Er wandte sich rasch von ihr ab. »Ich habe dort zu tun!«
Damit betrat er den Flur, aber sie lief ihm nach und rief laut: »Du gehst nicht, Andy, bitte!«
»O doch, Kaa-tee.«
Sie standen am Fuß der Treppe und sahen einander an.
»Dann komme ich mit.«
»Sei nicht kindisch. Was sollen denn die Leute dort denken?«
»Ich komme mit. Ich kann ja draußen warten, wenn du im Büro zu tun hast oder so. Ich war schon lange nicht mehr in Jarrow und möchte mir endlich einmal den neuen Stadtteil ansehen.«
»An einem Tag wie heute? Wo es friert und graupelt und der Wind ums Haus bläst?«
»Ich möchte mitkommen, Andy, bitte.«
»Kaa-tee, das muß aufhören.«
»Bitte, Andy . . .!«
Er senkte den Kopf, drehte sich langsam um und sagte:

»Also gut, dann komm mit.« Fügte jedoch rasch hinzu: »Eins darfst du dabei nicht vergessen, Kaa-tee. Du kannst mich nicht immerzu überwachen. Meistens weißt du zwar, wann ich fortgehe, aber nicht, wann ich heimkomme; das geschieht zu den verschiedensten Zeiten. Laß mich lieber allein gehen, Kaa-tee.«

»Nein, nein.« Sie warf sich ihm in die Arme. »Ach, Andy, habe ich nicht schon genug durchgemacht? Ich wußte ja, daß das geschehen wird. Seit Jahren habe ich es kommen sehen und nichts so sehr befürchtet, als daß sich das Geschick meines Vaters wiederholen könnte. Andy, ich kann es nicht ertragen. Laß ihn sein. Es ist egal, was er zu mir gesagt oder wie er mich behandelt hat. Jedenfalls hat Mr. Hewitt übertrieben, wirklich. Er hätte mit dir nicht darüber sprechen sollen. Er hatte kein Recht dazu, dich aufzustacheln. Das hat mich überrascht, muß ich gestehen. Nichts macht mir jetzt noch etwas aus; was vergangen ist, ist vergangen, Andy. Und darum will ich nicht, daß du dort hingehst.«

»Wer hat denn gesagt, daß ich dort hingehe? Beruhige dich, Kaa-tee. Und wenn dir wirklich so sehr daran gelegen ist, dann hol deine Sachen und komm. Aber zieh dich warm an, hörst du? Ein Spaziergang durch Jarrow wird bei dem Wetter garantiert eine kalte Angelegenheit sein . . .«

Es wurde unheimlich still im Haus, als zehn Minuten später die Tür ins Schloß fiel. Theresa trat von der Tür, hinter der sie gelauscht hatte, zurück, setzte sich auf den Rand der Couch und starrte ins lodernde Kaminfeuer. Nach einiger Zeit wandte sie sich um und ließ den Blick durchs Zimmer wandern, über jedes einzelne Möbelstück, über jede Kleinigkeit. Dann richtete sie sich entschlossen auf und drückte auf die Klingel.

Da sie dies höchst selten tat, kam Betty im Nu diensteifrig nach oben gelaufen, stürzte, ohne anzuklopfen, ins Zimmer und sagte ganz atemlos: »Ja, Miß Theresa? Ist Ihnen etwas?«

»Nein, nein, Betty, gar nichts. Kommen Sie herein, kommen Sie her.«

Als Betty vor ihr stand, blickte Theresa zu ihr auf und sagte: »Würden Sie mir wohl einen Gefallen erweisen, Betty?«

»Jeden, das wissen Sie doch, Miß. Möchten Sie vielleicht eine Eiercreme oder ein Gläschen Rotwein?«

»Nein, nein, nichts dergleichen«, sagte Theresa lächelnd und schüttelte den Kopf. Dann ergriff sie Bettys Hand und sagte eindringlich: »Alles, was ich möchte, ist, daß Sie für mich zum Mietstall gehen und mir eine Kutsche holen, Betty.«

»Wie bitte, Miß Theresa?«

»Eine Kutsche, Betty. Ich möchte ausfahren.«

»Bei dem Wetter? Es ist eisig draußen. O nein, Miß Theresa. Madam wäre fuchsteufelswild, wenn ich so was täte. Sie wollen allein ausfahren? Wo sie die ganze Woche über doch so schlecht beisammen waren.«

»Betty, Betty, nun hören Sie mir einmal gut zu. Sie möchten doch sicher nicht, daß etwas geschieht, was unsere Katie« – das sagte sie mit voller Absicht – »vom Captain trennen könnte, oder?«

»Da sei Gott vor! Das wäre ja eine Tragödie.«

»Nun, dann müssen Sie auch tun, was ich Ihnen sage. Gehen Sie zu den Stallungen und verlangen Sie, daß man sofort eine Kutsche herschickt. Am liebsten wäre mir Mr. Weir, aber darauf kommt es auch nicht mehr an. Wenn er nicht frei ist, soll ruhig ein anderer fahren. Hauptsache, Sie beeilen sich.«

»Aber wie wollen Sie allein eine Ausfahrt durchstehen? Sie sind so schwach, daß Sie kaum ohne Hilfe von der Couch hochkommen. Wohin wollen Sie denn?«

»Das sage ich Ihnen alles später, Betty. Aber jetzt verlaß ich mich ganz darauf, daß Sie mir helfen. Vergessen Sie nicht: es ist zu Katies und des Captains Bestem.«

»Ich glaube nicht, daß Sie das tun sollten, Miß.«

»Betty!« sagte Theresa mit ungewöhnlich strenger Stimme. »Wenn Sie nicht tun, was ich Ihnen sage, dann gehe ich zu Fuß zu den Stallungen. Gehen Sie jetzt. Wenn Sie zurückkommen, bin ich fertig angezogen.«

»Ja, Miß, gut, Miß, wie Sie wollen. Aber ... aber Sie werden Katie sagen, daß Sie darauf bestanden haben, nicht wahr?«
»Machen Sie sich deshalb keine Sorgen, Betty. Und lassen Sie sich eines gesagt sein: Katie wird Ihnen dafür bis an ihr Lebensende danken.«
»Hoffentlich, Miß!« sagte Betty mit einem tiefen Seufzer und verließ das Zimmer.

7

Es war um acht Uhr abends am selben Tag, als Katie an der einen und Andree an der anderen Seite von Theresas Bett saßen. Andrees Barthaar war naß, und das sonst stets strahlende Blau seiner Augen trübe. Er konnte Theresa nur wie durch eine Art Schleier wahrnehmen, hielt aber ihre magere Hand fest in der seinen. Kurz vor ihrem Tod hatte sie noch ihr Leben für sie hingegeben: für ihre Freundin Kaatee. Und für ihn, vor allem für ihn. Denn wenn sie es nicht getan hätte, dann hätte sicher er es getan. Vielleicht wäre er dabei nicht so weit gegangen, wie sie gegangen war. Vielleicht hätte er nur seine beiden Fäuste benützt. Aber Spuren hätte er an diesem Ungeheuer garantiert hinterlassen. Er hätte sich den Teufel um die Folgen geschert!
Katie, die die andere Hand Theresas festhielt, konnte einfach nicht fassen, was geschehen war. Sie wußte, daß sie, wenn sie erst einmal zu weinen anfangen würde, nicht mehr damit würde aufhören können.
Als sich etwas hinter ihr regte, wandte Katie den Kopf und war abermals von der Anwesenheit des Polizisten betroffen, der an der Tür saß. Warum konnten sie sie nicht in Frieden sterben lassen? Aber Theresa starb in Frieden. Die Liebe in ihrem verlöschenden Blick sprach von völligem Frieden, als sie darauf wartete, daß die sich verlangsamenden Herzschläge ganz aussetzten ...
Unten in der Küche saß ein zweiter Polizist. Er hatte Betty gegenüber Platz genommen, die mit der Faust auf den Kü-

chentisch schlug und zum hundertstenmal sagte: »Wenn ich doch nur nicht die Kutsche geholt hätte!«

»Aber Sie haben sie eben geholt«, sagte der Polizist stumpf. »Ich an Ihrer Stelle würd's ruhig vergessen.«

»Natürlich, Sie betrifft es auch nicht. Aber ich bin hingegangen und habe sie bestellt.«

»Aber Sie haben auch gesagt, daß sie allein zu den Stallungen gegangen wäre, wenn Sie's nicht getan hätten.«

»In der Verfassung hätte sie sie nie erreicht. Das hätte ich wissen müssen.«

»Sie ist spielend nach ›Greenwall Manor‹ gekommen«, sagte der Polizist und stieß das Kinn in die Höhe. »Du meine Güte, ich hab's während meiner Dienstzeit wirklich mit merkwürdigen Fällen zu tun gehabt, aber der da schlägt sie alle. Weshalb wollte sie denn ihren Bruder erschießen? Sie hat ihn seit über vierzehn Jahren nicht mehr gesehen. Vom Krankenlager, auf dem sie monatelang gelegen hat, aufzustehen, dort hinauszufahren und den Menschen glatt über den Haufen zu schießen – das ergibt doch überhaupt keinen Sinn.«

Er schüttelte den Kopf. »Sie hätten es sehen sollen: Wie sie kühl bis ans Herz hinan dasaß und er, nur ein paar Meter von ihr entfernt, in seinem Blut lag. Und seine Frau und der Butler und der Gärtnerjunge standen in der Tür wie Wachsfiguren. Ich glaube, keiner hat auch nur nachgesehen, ob er tot war oder nicht. Und als wir ihn dort liegen sahen, schien kein Zweifel darüber zu bestehen: So wie der aussah, mit einer völlig verstümmelten Gesichtshälfte und der zerschmetterten Hand. War das eine Schweinerei! Sie hat direkt auf sein Gesicht gezielt, das war klar. Und wissen Sie, die Köchin dort hat etwas höchst Merkwürdiges gesagt, als wir beisammenstanden und warteten, bis man ihn fortbrachte. Sie sagte, sie hätte gerade die Halle überquert, als sie sie eintreten sah.« Er machte eine Kopfbewegung zur Decke. »Und da sei sie wie ein Kleiderständer stehengeblieben, weil es vierzehn Jahre lang her war, daß sie sie zum letztenmal gesehen hatte, das war, als es diese Riesenveranstaltung mit Feuerwerk und so gegeben hat. Und sie hat mir erzählt, daß sie sie mit dem Butler sprechen und danach in die Waffenkammer gehen sah. Und als sie wieder herauskam, habe sie die eine Hand im Mantel versteckt und sei an dem Butler vorbeigegangen, und der hätte nichts getan, um sie aufzuhalten ... Das Merkwürdigste aber kommt erst. Die Köchin sagte, ihre Herrin sei gerade auf der Treppe aufgetaucht und hätte alles mitangesehen, auch wie sie auf den Salon losmarschiert sei. Und auch sie hätte nichts unternommen; sie sei weder heruntergekommen, noch hätte sie sie gefragt, was sie wolle. Sie sei einfach auf der Treppe stehengeblieben. Und gleich darauf hätte sie den Knall gehört, sagte die Köchin. Keinen Wortwechsel, nichts, nur den Knall. Wahrscheinlich hat sie ihm gar nicht die Chance gegeben, den Mund aufzumachen.«

Betty stützte sich auf den Tisch auf und sagte: »Sie hätten ihr die Pistole wegnehmen können, nicht? Sie müssen doch gewußt haben, weshalb sie in die Waffenkammer ging, nicht wahr? Der Butler zumindest.«

»Nun, falls sie's wollten, hätte das auch nicht mehr viel geändert«, meinte der Polizist. »Denn sie war fest entschlossen, ihn so oder so zu erledigen. Weshalb hätte sie sonst den messerscharfen Degen von hier mitgenommen? Irgendein Reisemitbringsel vom Captain, habe ich gehört. Den hatte sie unter dem Mantel versteckt. Oh, die wußte genau, was sie vorhatte.«

Ja, Theresa hatte gewußt, was sie vorhatte. Und nun lag sie da und blickte zum letztenmal die Frau an, die sie ihr Leben lang geliebt hatte. Liebe ist etwas Mächtiges und zugleich etwas Schreckliches; sie hatte ihren geschwächten Körper zu diesem Kraftakt veranlaßt; sie hatte sie die Bande des Blutes ignorieren und töten lassen, um die, die sie liebte, zu retten. Ihr Leben war schließlich doch nicht sinnlos gewesen.

8

Bernard Rosier starb nicht. Theresas Hand, die auf seine Brust gerichtet war, hatte gezittert, und so traf der erste Schuß seine rechte Gesichtshälfte und riß ihm das rechte Ohr ab. Ihr zweiter Schuß zerschmetterte ihm die linke Hand, die er abwehrend vors Gesicht heben wollte, und es blieben davon nur Daumen und Zeigefinger übrig. Die Zeitungen berichteten, daß Mrs. Noble diese Gewalttat nur deshalb begangen habe, weil sie geistesgestört gewesen sei. Obwohl Andree aus tiefster Seele gewünscht hätte, daß Theresa ihre Tat hätte vollenden können, erkannte er, daß das Ziel, das sie sich gesetzt hatte, erreicht worden war, weil er sich nun nicht mehr dazu getrieben fühlte, mit Rosier zusammenzutreffen. Außerdem war die Sache damit erledigt, daß er so schwer verstümmelt worden war. Deshalb brachte er den Umstand, daß er drei Monate später erstmals angegriffen wurde, in keinerlei Verbindung mit Bernard Rosier.

Eines Abends hatte er sein Schiff nach Anbruch der Dunkelheit verlassen. Er hatte seinen Ledersack über die Schulter geworfen und ein Nebengeleise überschritten, um zum Schleusentor zu gelangen, als hinter einem der dort abgestellten Güterwagen plötzlich zwei Gestalten auftauchten, über ihn herfielen und wie verrückt auf ihn losschlugen. Er hatte diesen Vorfall der Hafenpolizei gemeldet, wo er angab, er glaube, die beiden Angreifer hätten es auf seine Brieftasche abgesehen, hätten jedoch mit leeren Händen abziehen müssen.

Allerdings hatte er Katie nichts davon erzählt, weil er vermeiden wollte, daß sie in ihrer gegenwärtigen Gemütsverfassung abermals damit begänne, sich Sorgen zu machen. Als Erklärung für seine blaugeschlagene Schulter und die Platzwunde auf dem Hinterkopf gab er an, daß er auf der eisernen Schiffstreppe ausgeglitten und in den Laderaum gestürzt sei. Er fügte noch hinzu, er hätte Glück gehabt, daß er sich nicht selbst dabei umgebracht hätte, und er war froh, daß sie ihm glaubte.

Es war ungefähr einen Monat darauf und das erstemal, daß Andree sein Schiff nach Einbruch der Dunkelheit verlassen hatte seit jener Nacht, in der er überfallen worden war. In der Annahme, daß der Blitz nie zweimal am selben Ort einschlägt, schlug er den Weg zum Schleusentor ein, und beinahe an der gleichen Stelle geschah es abermals, nur daß es diesmal mehr als zwei Angreifer waren.
Im ersten Moment schien es ihm, als kämpfe er gegen ein ganzes Bataillon an, und als er zu fluchen anfangen wollte, wurde ihm eine Faust voll Dreck in den Mund gestopft. Diese gewalttätige Handlung drehte ihm richtiggehend den Magen um, er spie und spuckte wie ein zorniger Riese um sich, stieß die Angreifer mit aller Macht zurück und packte dabei eine Hand, die ein Eisenrohr umklammert hielt. Das entwand er dem Kerl und schlug damit, pausenlos speiend, um sich.
Und dann war er allein und lehnte sich schwer atmend an einen der abgestellten Waggons an. Zumindest dachte er, daß er allein sei, bis er das Stöhnen zu seinen Füßen hörte. Er beugte sich nieder, packte den Kerl am Mantelkragen, zerrte ihn hoch und schob und drängte ihn – unentwegt spuckend – den ganzen Weg zurück aufs Schiff.
Als er nicht mehr weit vom Kai entfernt war, brüllte er: »Naylor! Ahoi, Mr. Naylor!« Und dann: »Cullen, Cullen! Ahoi!«
»Zu Befehl, Captain!« ertönte die Stimme des wachhabenden Maats. »Sind Sie's, Captain? Was ist los?«
»Kommt hierher!« rief er den beiden Männern zu.
Als sie bei Andree angelangt waren, übergab er ihnen die schlaffe Gestalt und sagte: »Bringt ihn an Bord.«
»Allmächtiger!« sagte der Maat und starrte Andree an. »Was ist denn mit Ihnen passiert, Captain?«
Hierauf gab Andree keine Antwort; er sagte nur, während er sich an der Laufplanke hochzog: »Passen Sie gut auf ihn auf, Cullen.«
»Zu Befehl, Captain«, sagte Cullen und fügte dann hinzu: »Soll ich ihn verbleuen?«
»Nein«, sagte Andree. »Wenn er verbleut werden soll,

dann von mir. Sorgen Sie bloß dafür, daß er nicht entkommt.«

»Zu Befehl, Captain.«

Als sie in Andrees Kabine angelangt waren, schloß Mr. Naylor die Tür, sah Andree genauer an und sagte: »Das Auge, Sir! Müßte genäht werden.«

»Ich werde später dafür sorgen.« Andree spuckte kräftig in den Ausguß. Dann sagte er: »Wollen Sie mir ein paar saubere Sachen herauslegen, Mr. Naylor? Ich kann nichts anfassen, bin von Kopf bis Fuß voll Dreck.«

Nachdem Andree sich bis auf die Haut entkleidet hatte, unterzog er seinen Körper einer gründlichen Prüfung. Sein Schienbein war aufgerissen und blutete, in der Rippengegend begann sich eine Schwellung zu bilden, da hatte ihn ein schwerer Stiefel bearbeitet, und die Schulter, die er sich anscheinend geprellt hatte, schmerzte heftig.

»Soll ich die Polizei verständigen, Sir?« fragte Mr. Naylor.

»Nein, noch nicht, vielleicht später.« Andree besah sich nun die Schnittwunde über seinem Auge.

»Wie viele sind es denn gewesen, Sir?«

»Nun . . .« Andree dachte nach. »Erst hatte es den Anschein, als ob es ein ganzes Regiment gewesen wäre. Lauter Stumme noch dazu, keiner von ihnen hat auch nur einen Laut von sich gegeben. Aber ich würde sagen, so vier, fünf.«

»Aber weshalb? Haben Sie eine Ahnung, Sir?«

Es dauerte einige Zeit, ehe Andree antwortete. Er zog sich ein sauberes Hemd über und sagte: »Ja, Mr. Naylor, ich glaube, ich habe so eine Ahnung, aber in ein paar Minuten werde ich mehr wissen.«

»Nun, wer es auch gewesen sein mag, auf alle Fälle handelt es sich um ein ganz mieses Pack«, sagte der Maat im Brustton der Überzeugung. »Zu viert oder fünft über einen einzelnen herzufallen und ihm dann noch dazu den Mund mit Dreck vollzustopfen, das ist ja wohl das letzte! Den Kerl würd' ich mir gern mal vorknöpfen, bei Gott!«

»Ich auch, darauf können Sie sich verlassen, Mr. Naylor«, sagte Andree.

Ein paar Minuten später waren sie unten im Maschinenraum und besahen sich die mit dem Rücken an die Eisenträger gepreßte, zitternde Gestalt näher, deren Blicke ängstlich von dem bärtigen Riesen in der Uniform eines Kapitäns zu dessen aggressiv dreinsehender Begleitung huschten. Der Kerl begann mit dem Kopf hin und her zu wackeln, öffnete den Mund, schloß ihn dann jedoch wieder, ohne daß der geringste Laut hervorgedrungen wäre.
»Was wolltest du?«
Als Andree zu reden anfing, hörte der Mann einen Moment lang auf zu zittern; dann schnappte er nach Luft und murmelte: »Nichts, nichts.«
»Geld?«
Er schüttelte den Kopf.
»Antworte gefälligst, wenn der Captain zu dir spricht!«
Der Maat riß das Bein hoch und wollte schon mit dem Stiefel zustoßen, als der Mann hastig beiseitesprang und drauflosplapperte: »Es ging nicht um Geld, das nicht. Es war nichts. Nichts.«
»Wie viele wart ihr?«
Der Mann sah Andree von unten her rasch an und winselte: »Vier. Wir waren zu viert.«
»Die Namen, los.«
Abermals wackelte der Mann mit dem Kopf, und wieder hob der Maat das Bein; diesmal versetzte er ihm jedoch einen Tritt. Der Mann kreischte laut auf, duckte sich und sprudelte hervor: »Ich habe nur einen von ihnen gekannt, ehrlich. Den, den ich in der Schenke getroffen habe. Er heißt Harry.«
»Wie noch?«
»Ich weiß es nicht, Captain, wirklich und wahrhaftig.«
»Und was war mit den andern beiden?«
»Den einen kannte ich vom Sehen aus Wallsend. Und den andern aus Shields. Der Junge war anscheinend der Boß.«
»Welchen Grund hattet ihr, auf mich loszugehen?«
»Ich weiß es nicht. Ich schwöre es bei Gott, Mister . . .«
»Captain!« brüllte ihn der Maat an.
»Genügt schon, Cullen«, sagte Andree mit einer abweh-

renden Handbewegung. Dann nickte er dem Mann zu und sagte: »Es wird gut sein, wenn du mir alles sagst. Alles. Wenn dir deine Haut lieb ist, redest du, Bürschchen. Und zwar schnell.«

Der Mann redete eine Weile unzusammenhängendes Zeug, aber schließlich entschloß er sich doch, Farbe zu bekennen. »Es kam uns allen spanisch vor. Diese beiden Jungs, die haben Harry und mich einfach angesprochen und uns auf ein Bier eingeladen. Und dann auf noch eins. Und dann haben sie uns gefragt, ob wir uns einen Zwanziger verdienen wollen. Da ich in diesem Jahr noch keine drei Monate gearbeitet habe, sagte ich . . .« Er ließ den Kopf sinken und murmelte: »Ich hab's natürlich nur scherzhaft gemeint. Also ich sagte, für einen Zwanziger würde ich auch einen Mord begehen. So hat es angefangen. Ich hatte keine Ahnung, daß das dabei herauskommen würde. Sie behaupteten, sie wollten nur einen Seemann verprügeln, der sich über die Schwester von einem der Jungs hergemacht hätte. Und es solle unser Schaden nicht sein, wenn wir diesen Kerl« – abermals schüttelte er den Kopf – »zusammenschlagen würden.«

»Sagten Sie euch, wer der Kerl sei, der euch gut bezahlen werde? Und von wo er stammt?«

»Nein, nur daß es sich um einen Adeligen handle, der auf dem Lande lebt. Das ist alles, was ich weiß. Ehrlich, Captain! Die beiden andern haben alles geplant. Sie sagten, sie hätten diesen Burschen schon einmal in die Enge getrieben, vor ein paar Wochen, glaube ich.« Wieder senkte er den Kopf. »Und ich sitz jetzt in der Falle, während sich die andern davongemacht haben.«

»Diese Bastarde!« Erneut wollte der Maat auf den Mann losgehen.

Andree hielt ihn jedoch davon ab und sagte nur: »Sperren Sie ihn bis morgen ein, Mr. Naylor. Vielleicht fällt ihm bis dahin noch mehr ein.«

»Zu Befehl, Sir.«

Auf der Schiffstreppe blieb Andree stehen und sagte: »Ich werde heute an Bord schlafen.«

»Zu Befehl, Sir.«
Andree wollte es nicht riskieren, in dem Zustand heimzugehen. Katie würde diesen Überfall sofort mit seinem angeblichen Sturz in Zusammenhang bringen und ihm ohne Bedenken den Namen des Anstifters nennen; und es würde der richtige Name sein.
Er mußte sich die Sache erst einmal durch den Kopf gehen lassen und überlegen, welchen Weg er nun einschlagen sollte.

Bei Tagesanbruch hatte Andree den Gedanken, zur Polizei zu gehen, fallenlassen. Er besaß keinerlei Beweise gegen Rosier! Sein einziger Zeuge war der Mann da unten, der ihm keine anderen Informationen geben konnte als am Abend zuvor. Selbst der geschickteste Anwalt der Welt konnte Rosier aufgrund dieser Informationen nichts anhängen.
Nein, das beste war, so dachte Andree, diesem Teufel entschlossen entgegenzutreten, ihm auf den Kopf zuzusagen, daß er der Anstifter sei, und ihn mit allem Nachdruck davor zu warnen, jemals wieder etwas Derartiges zu unternehmen. Sicher würde es ihm schwerfallen, Rosier nicht anzurühren! Aber das mußte er schon allein im Hinblick auf Katie unterlassen. Denn Rosier würde nur wieder zurückschlagen und, was er sich auch ausdenken mochte, *Katie* treffen. Er mußte also mit Rosier sprechen, bevor er Katie wiedersah.
Die Folgen des Überfalls schienen an diesem Morgen schlimmer zu sein. Sein Gesicht schmerzte ihn, das Auge war verschwollen und rundum verfärbt, seine Rippen taten ihm ebenso weh wie sein Schienbein, so daß Andree am liebsten einfach in seiner Kajüte geblieben wäre. Aber die Sache mußte bereinigt werden, und zwar sofort.
Unter normalen Umständen hätte er die vier Meilen bis zum Herrenhaus zu Fuß zurückgelegt und dazu keine Stunde gebraucht, aber an diesem Morgen war er zu einem derartigen Fußmarsch nicht imstande, also nahm Andree im nächstbesten Mietstall eine Kutsche.

Es war ein klarer Frühlingstag, der warm zu werden versprach, und als die Kutsche die Außenbezirke von Jarrow verließ, rief Andree sich die letzte Fahrt zu demselben Ziel ins Gedächtnis zurück – und er dachte daran, wie sie geendet hatte. In gewisser Hinsicht war sein Vorhaben eine Folge des damaligen Besuches.

Als die Kutsche nach einer Andree schier endlos scheinenden Fahrt vor den Stufen des Herrenhauses hielt, stieg er aus und sagte zum Kutscher: »Warten Sie hier auf mich.« Dann läutete er.

Es dauerte einige Minuten, bis die Haustür geöffnet wurde, und als Kennard den frühen Besucher erkannte, war er offensichtlich doch etwas aus der Fassung gebracht.

»Ich möchte den gnädigen Herrn sprechen«, sagte Andree.

»Es . . . es tut mir leid, aber er ist nicht hier, Sir.« Kennard hatte den Blick auf Andrees blaugeschlagenes Auge geheftet.

»Sagen Sie ihm, daß Captain Fraenkel ihn zu sprechen wünscht«, sagte Andree leise, aber eindringlich.

»Er ist ausgegangen, Sir. Oder besser gesagt: ausgeritten.«

Es entstand eine Pause, ehe Andree fragte: »Wie lange wird er vermutlich ausbleiben?«

»Das kann ich nicht sagen, Sir.«

»Sie müssen es doch ungefähr wissen.«

»Nicht heute morgen, Sir.«

»Nun, dann werde ich warten; ich habe keine Eile.«

Damit drehte sich Andree, ohne Kennards Antwort abzuwarten, um, ging die Stufen hinunter, zahlte den Kutscher aus und sagte ihm, daß er nicht mehr zu warten brauche.

Kennard hielt Andree die Tür auf, trat beiseite und sagte leise: »Der gnädige Herr ist heute morgen besonders schlechter Laune, Sir.«

»Ich danke Ihnen für diese Warnung. Dann gibt es wenigstens zwei von der Sorte. Auch ich bin ausgesprochen schlechter Laune . . .« Doch ehe er das Haus betrat, blieb Andree zögernd stehen und fragte: »Welche Richtung hat Ihr Herr denn eingeschlagen?«

»Ich glaube, daß er zur aufgelassenen Zeche geritten ist«,

sagte Kennard und zeigte auf den übers Moor führenden Reitweg. »Aber ich muß Sie ernstlich warnen, Sir. Er ist zu Pferd und hat seine Peitsche bei sich. Und er versteht, mit beidem umzugehen. Selbst jetzt noch.«
Andree blickte dem alten Mann fest in die Augen und sagte ruhig: »Danke, ich werde es nicht vergessen.« Damit drehte er sich auf dem Absatz um, ging die Stufen wieder hinunter und die Auffahrt entlang bis zur Hauptstraße. Und bald entdeckte er die Abzweigung und frische Hufspuren.
Kaum hatte er den Hohlweg eingeschlagen, erblickte er etwas Merkwürdiges. Nicht weit von ihm bewegte sich ein Mann auf höchst sonderbare Weise vorwärts, langsam, verstohlen und geduckt. Als er schließlich den Damm erreicht hatte, zog er sich vorsichtig hoch, spähte darüber und legte sich dann flach auf den Boden, mitten in den Schmutz.
Andrees Aufmerksamkeit wurde durch Hufgetrappel von diesem seltsamen Menschen abgelenkt, aber so sehr er sich auch umblickte, konnte er doch weit und breit kein Pferd entdecken. Deshalb versteckte er sich erst einmal im Gebüsch und wartete ab. Er wollte Rosier unbedingt sehen, bevor Rosier ihn erblickte. Wie der Butler sehr richtig angedeutet hatte, war ein Mann zu Pferd und mit einer Reitpeitsche, noch dazu einer vom Kaliber eines Rosier, einem Fußgänger gegenüber erheblich im Vorteil, da konnte alles mögliche passieren.
Nun waren die Pferdehufe bereits ganz deutlich zu hören, und als Andree vorsichtig die Zweige auseinanderbog, sah er auch schon Mann und Reiter auf sich zukommen. Rosiers Haupt hob sich scharf gegen den Damm ab. Sein Gesicht war entstellt und sah schrecklich aus. Andree konnte die Stelle, an der sich das rechte Ohr befunden hatte, nicht wahrnehmen, aber die dicken, dunkelroten Narben, die die eine Gesichtshälfte bedeckten, waren deutlich zu sehen. Auch der dünne Streifen Fleisch, der alles war, was von seiner linken Hand übriggeblieben war, abgesehen von Daumen und Zeigefinger. Etwas wie Bewunderung

flammte rasch in Andree darüber auf, daß und wie dieser Krüppel sein Pferd praktisch mit einer Hand zu lenken verstand. Dieses Gefühl machte jedoch schlagartig der Verblüffung Platz, als er sah, wie der Mann von vorhin sich mit einem tierähnlichen Wutschrei von der höchsten Stelle des Damms auf Roß und Reiter stürzte, so daß das Tier sich heftig aufbäumte. Im nächsten Moment stürzten die beiden Männer zu Boden, und das Pferd stob in panischer Angst davon.

Was war das? Was hatte das zu bedeuten? Vorsichtig richtete Andree sich auf und sah durch die schmale Öffnung zwischen dem Gezweig die beiden keuchenden, heftig miteinander ringenden Gestalten, erst die eine, dann die andere zuoberst. Die einzige Ähnlichkeit, die zwischen den beiden bestand, waren die entstellenden Gesichtsnarben. Der Angreifer wies dunkelblaue Striemen auf, die direkt über sein rechtes Auge gingen, so daß das Lid geschlossen war, während eine feuerrote, offensichtlich neue Strieme über seine große, schlaff herabhängende Unterlippe führte.

Andree beobachtete, wie dieser Mann auf Bernard Rosiers verblüfft wirkendes Gesicht einschlug, schließlich aufstand, einen Moment schwankte, das Bein hob und mit dem Stiefel auf Rosiers Gesichts zielte. Aber er verfehlte es, denn Rosier war mit der Behendigkeit einer Katze aufgesprungen, hatte den Angreifer am Bein gepackt und ihn mit einem Schwung zu Boden geworfen, wo er reglos und völlig verrenkt, mit angezogenem Knie und schützend vor den Kopf gehaltenem Arm, liegenblieb.

Was nun folgte, ereignete sich derart rasch, daß Andree es nicht hätte verhindern können, selbst wenn er sich sofort eingemischt hätte. Denn schon hatte Rosier einen riesigen Steinbrocken hochgestemmt, mit dem er mit aller ihm innewohnenden Kraft auf den Kopf des Mannes einschlug. Dieser Schlag war so entsetzlich, daß Andree sich abwenden und sich die Nägel ins Fleisch graben mußte, um nicht aufzuschreien. Es bedurfte keines zweiten Blicks, um zu wissen, daß dem Mann da drüben nicht mehr zu helfen

war. Rein instinktiv wäre Andree am liebsten auf diesen Teufel in Menschengestalt losgesprungen und hätte ihn mit den Fäusten bearbeitet. Aber er rührte sich nicht.
Als er sah, wie Rosier sein Opfer an den Beinen zum Tümpel zerrte, wußte er genau, was er vorhatte. Er wußte auch genau, was er selbst tun würde. Diesmal würde Rosier sich nicht der Gerechtigkeit entziehen können.
Es plumpste rascher da drüben auf, als Andree es erwartet hatte. Er konnte von seinem Versteck aus nicht sehen, wie Rosier den Leichnam ins Wasser stieß, aber als dieses Ungeheuer ein paar Minuten darauf wieder in sein Blickfeld gestolpert kam, war ihm klar, daß nicht einmal der Gottseibeiuns persönlich eine ärgere Fratze würde zur Schau stellen können. Andree beobachtete nun, wie Rosier sich einen Moment lang gegen einen Baum stützte. Dann legte er die Hand an den Mund und rief. Beim zweitenmal kam das Pferd behutsam den Heckenweg heruntergetrabt und blieb kurz vor ihm stehen.
Andree sah, wie Rosier sich bemühte, aufzusitzen. Er mußte es mehrmals versuchen, ehe es ihm schließlich gelang. Dann wendete er, murmelte irgend etwas zwischen den Zähnen und ritt davon.
Andree nahm seinen Hut ab und wischte sich den Schweiß von der Stirn. Dann drehte er sich langsam um und ging auf den Tümpel zu. Auf dem Weg dahin sah er die Spuren, die der dahinschleifende Körper des Leichnams hinterlassen hatte.
Das aufgewirbelte Wasser war nicht klar genug, daß er bis auf den Grund hätte sehen können. Aber dennoch gewahrte Andree, wie sich gegen das Hellbraun eines in den Tümpel hineinragenden Steinmassivs ein dunkler Schatten abhob. Es sah nicht wie ein Mensch aus, es hätte ein Sack oder Erde oder eben ein Schatten sein können; aber es war nichts von alledem. Es war ein Mensch. Ein Mensch, der vor wenigen Minuten umgebracht worden war.
Andree ging schwankenden Schritts den Hohlweg hinauf und folgte den Pferdespuren, ohne einen klaren Gedanken fassen zu können.

Er wußte, daß er zur Polizei gehen mußte. Doch zuerst würde er nach Hause gehen und Katie vorbereiten. Zwar war er nicht persönlich in diese Angelegenheit verwickelt, aber er war der einzige Zeuge, folglich würde man auch ihn vorladen. Also mußte Katie unbedingt über die näheren Umstände unterrichtet sein . . .
Aber es kam anders, wie Andree es geplant hatte, denn als er vom Hohlweg auf die Fahrstraße überwechselte, trat eine Frau in einem komischen Aufzug auf ihn zu. Sie trug einen lächerlich kurzen Rock, der ihr kaum übers Knie ging, und kletterte wie eine Gemse hügelaufwärts. Schließlich blieb sie keuchend vor Andree stehen und sagte: »Ach, Sir, ich brauche Ihre Hilfe. Wir . . . mein Freund und ich . . . sind eben auf einen Mann gestoßen, der vom Pferd gestürzt ist; er muß überfallen worden sein, denn er ist verletzt und bewußtlos. Kommen Sie. Kommen Sie rasch!«
Andree blickte in das magere, kecke Gesicht der kleinen Vogelscheuche nieder und sagte: »Sie gehen in der falschen Richtung, gute Frau. Sein Haus liegt auf der anderen Seite.«
»Aber . . . aber« – die Frau riß die Augen auf, »Sie kennen ihn??« Und schon schlug sie die Hand vor den Mund, starrte ihn entsetzt an und stammelte: »Sie also! Sie sind es! Sie . . . haben diesen Gentleman überfallen!«
Sie trat einen Schritt zurück, als fürchte sie sich vor ihm, und Andree erwiderte rasch: »Ich habe diesen Mann nicht überfallen, Madam; ich weiß einfach, wen Sie meinen, und sage Ihnen, daß Sie in die entgegengesetzte Richtung laufen müssen. Guten Tag.« Damit wandte er sich unvermittelt um und ließ sie stehen. Er spürte, daß sie ihm nachsah, und hörte kurz darauf, wie sie weiterlief.

»Kaa-tee«, sagte Andree und schloß die Augen. »Jedes Wort, das ich dir gesagt habe, ist wahr, das schwöre ich bei Gott.« Nun sah er ihr fest ins Gesicht. »Dies hier« – er tippte auf sein Augen, dann auf das Schienbein und schließlich auf die Rippen – »ist gestern abend passiert, nicht heute vormittag. Ich habe nicht mit Rosier gerungen; das haben mir seine gedungenen Strolche beigebracht.«

»Ach Andy!« Ihre Lippen bebten, sie zitterte am ganzen Leib. Das war es doch, wovor sie sich jahrelang gefürchtet hatte, daß er und Rosier zusammentreffen könnten. Und er war in einem so erbärmlichen Zustand heimgekommen, mit blaugrün geschlagenem Auge, blutverkrustetem Schienbein und ganz verschwollenen Rippen, er hinkte sogar. Und da glaubte er noch, daß sie ihm die Geschichte mit dem Überfall abnehmen würde . . .

»Du glaubst mir ja immer noch nicht! Und was ist mit dem Mann, von dem ich dir erzählt habe? Den er umgebracht hat?«

Ja richtig, da war ja noch diese entsetzliche Mordsache, bei der er zugesehen hatte. Es bestand nicht die geringste Notwendigkeit, so etwas zu erfinden. Sie streckte beide Hände nach ihm aus und sagte gepreßt: »Wo soll das noch enden, Andy?«

»Hier bei diesem Fall. Und zwar endgültig.« Er nickte ihr kurz zu. »Diesmal hat er sich selbst die Schlinge um den Hals gelegt. Ich gehe jetzt zur Polizei. Das hätte ich schon auf dem Rückweg getan, wenn ich dich nicht darauf hätte vorbereiten wollen, damit du nicht in Angst und Schrecken versetzt wirst, wenn sie herkommen.«

Nicht in Angst und Schrecken versetzt? Sie war jetzt schon derart von Angst erfüllt, daß sie glaubte, sich jeden Augenblick übergeben zu müssen. Theresas übermenschliche Anstrengung war umsonst gewesen; sie hatte Andy doch nicht vor diesem Unglück bewahren können, und Rosier, der verkrüppelte Rosier, schien jetzt schrecklicher als je zuvor zu sein, noch mächtiger, noch böser, noch teuflischer.

Im selben Moment ging die Tür auf, Betty trat ohne anzuklopfen hastig ein, sah von einem zum andern, ließ dann ihren Blick auf dem Captain haften und sagte: »Da sind . . . da sind zwei Männer draußen, die Sie sprechen möchten, Captain.«

»Was für Männer?« sagte Katie und ging rasch auf sie zu. Aber Betty blieb mit dem Rücken zur Tür stehen und wiederholte: »Sie wollen den Captain sprechen.«
Auf dem Weg zur Tür wandte Andree den Kopf und sagte mit fester Stimme zu Katie: »Bleib hier.« Dann fügte er mit einem Blick auf Betty hinzu: »Und Sie auch.«
Betty nickte ihm zu, als habe er gesagt: Passen Sie auf, daß sie das Zimmer nicht verläßt.
Nachdem Andree die Tür hinter sich geschlossen hatte, blieb er sogleich stehen, denn in der Mitte des Flurs standen zwei Polizisten. Als Betty »Männer« gesagt hatte, da hatte Andree an den Kerl gedacht, den er am frühen Morgen hatte laufen lassen, und daran, daß er mit einem seiner Kumpel gekommen sei, um ihm den Namen ihres Auftraggebers zu nennen. Andree ging auf die beiden Polizisten zu, einen von ihnen kannte er, es war derselbe, der bis zu ihrem Tod in Theresas Zimmer gesessen hatte. Er war es auch, der nun in zögerndem Ton sagte: »Es ... es tut mir leid, Captain. Diese Sache, meine ich.«
»Welche Sache?« Andrees Stimme klang völlig ruhig.
»Wir müssen Sie bitten, mit uns aufs Kommissariat zu kommen, Sir.«
»Weshalb?« Die kurz angebundene Frage veranlaßte den Polizisten, seinem Blick auszuweichen, ehe er in pedantischem Ton sagte: »Ich muß Sie festnehmen, Sir, weil Sie Mr. Bernard Rosier schwere körperliche Verletzungen beigebracht haben. Ich muß Sie warnen, daß alles, was Sie von nun an sagen, vermerkt wird und als Beweismittel gegen Sie angewandt werden kann.«
»Gut, gut!«
Der Ausruf brachte den Polizisten etwas aus der Fassung. Die beiden Polizisten sahen, wie der riesige Schwede den Kopf zu jener Tür umwandte, aus der er in den Flur getreten war, ehe er sagte: »Ich werde mitkommen; lassen Sie mir nur eine Minute Zeit.«
»Sehr wohl, Sir.«
Andree kehrte in den Salon zurück und schickte Betty hinaus; dann ergriff er Katie bei den Schultern und sagte:

»Jetzt hör mir gut zu, Liebling. Wie du noch nie zugehört hast! Denn es ist sehr, sehr wichtig. Da draußen stehen zwei Polizisten. Man beschuldigt mich, Rosier schwere körperliche Verletzungen beigebracht zu haben – genau das, was du immer noch zu glauben scheinst. Wenigstens in dem Punkt seid ihr euch also einig.«
Als sie die bebenden Lippen öffnete, um etwas zu sagen, schüttelte er sie sanft und sagte leise: »Hör zu: Was ich dir vorhin erzählt habe, daß Rosier diesen Mann umgebracht hat und so . . . Ich wünsche nicht, daß du ein Wort davon sagst . . . kein Wort darüber, hörst du?«
»Aber Andy!«
Abermals schüttelte er sie eindringlich. »Kaa-tee! Ich möchte die Sache auf meine eigene Weise erledigen. Ich will, daß dieses Schwein die Schlinge, die er sich selbst um den Hals gelegt hat, so fest zuzieht, daß er sie nicht mehr lockern kann. Wenn du jetzt deinen Mund aufmachst, dann verdirbst du alles. Und was noch schlimmer wäre: du könntest damit den Spieß umdrehen und es ihm ermöglichen, zu beweisen, daß ich diesen Mann getötet habe.«
»Nein, nein!«
»Ja, ja, Kaa-tee! Du mußt also unbedingt tun, was ich sage. Kein Wort, ehe ich es dir erlaube. Versprich es mir. Schwöre bei Gott, daß du nichts sagen wirst.«
Sie starrte ihn an. Jedesmal, wenn irgendein Unheil durch Rosier über sie gekommen war, hatte sie den Mund gehalten und so unendlich viel durchgemacht. Und nun sollte sie es abermals tun. Nur daß es hier um vieles ärger sein würde als je zuvor. Sie merkte, daß sie automatisch nickte, denn es war ihr unmöglich, auch nur ein einziges Wort hervorzubringen. Und dann lag sie in seinen Armen, und er küßte sie heftig. Und als er sie losließ, lächelte er und sagte: »Wir werden zur gewohnten Stunde Tee trinken, Liebste; ich werde da sein, verlaß dich drauf.«

Und sie tranken zur gewohnten Stunde Tee. Andree war gegen eine Kaution von hundert Pfund freigelassen worden. Danach war er bei Mr. Hewitt gewesen. Er hatte ihm

von den beiden Überfällen auf ihn erzählt, von seinem Besuch in »Greenwall Manor«, davon, wie er Rosier gesucht hatte, und schließlich von der komischen Vogelscheuche, die ihm begegnet war. Aber er erwähnte kein Wort von den Vorkommnissen am Tümpel, weil er ganz genau wußte, daß Hewitt als sein Anwalt verpflichtet gewesen wäre, diese Information zumindest bei, wenn nicht schon vor der Verhandlung zur Sprache zu bringen.
Bei alledem behauptete Andree steif und fest, daß er niemals mit Rosier zusammengetroffen sei oder ihn gar gesprochen habe. Und das stimmte ja auch.

9

Der Gerichtssaal in Durham war derart überfüllt, daß die Türen noch lange vor der Eröffnung der Verhandlung geschlossen werden mußten. Der Vertreter der Anklage hatte den Fall innerhalb einer Woche zur Verhandlung gebracht.
Die Blicke aller waren auf den Verteidiger gerichtet, der bis jetzt nichts hatte vorbringen können, was zur Verteidigung seines Klienten gedient hätte.
Die letzten beiden Zeugen – der eine war eifrig bestrebt, auszusagen, während es dem andern offensichtlich mehr als gegen den Strich ging – waren ihm auch keine große Hilfe gewesen. Kennard hatte seine Aussage nur so vor sich hingemurmelt, so daß Richter Gordon ihn auffordern mußte, vernehmlicher zu sprechen. Danach hatte er lauter wiederholt, daß Captain Fraenkel am fraglichen Morgen am Herrenhaus vorgefahren sei und seinen Herrn habe sprechen wollen.
Was er sonst noch gesagt habe, fragte ihn der Verteidiger. Es entstand eine Pause, ehe Kennard antwortete, daß Captain Fraenkel gesagt habe, er würde auf den gnädigen Herrn warten.
»War sein Benehmen irgendwie ungestüm?« fragte der Richter.

Hierauf antwortete Kennard kurz: »Nein, Sir.«
Aber die »Vogelscheuche« war von anderer Art. Sie schien immer noch über die Gefühllosigkeit des Mannes außer sich zu sein, der sich geweigert hatte, mit ihr umzukehren, um dem armen Wesen, das vom Pferd gestürzt war, zu helfen.
Viele Blicke richteten sich jetzt auf das »arme Wesen«. Bernard Rosier trug an diesem Tag einen schnupftabakbraunen Anzug mit breiten Rockaufschlägen, der tadellos saß. Sein Gesicht war mitleiderregend. Jeder konnte das Loch sehen, wo sich früher ein Ohr befunden hatte, ebenso seine verkrüppelte Hand, deren armselige Fragmente immer wieder die Armlehne des Stuhls zu umklammern suchten, aber nur um sogleich wieder zurückgezogen zu werden, als wünsche Rosier nicht, sein Gebrechen zur Schau zu stellen. Er berichtete, wie er an jenem Morgen ausgeritten sei. Nachdem er in den Heckenweg eingebogen wäre, sei ihm jemand vom Damm her auf den Rücken gesprungen, und in dem sich hierauf entspinnenden Kampf habe er einen mächtigen Bart zu fassen bekommen. Auch erinnerte er sich, dem Mann mit der Faust ins Gesicht geschlagen zu haben. Was dann folgte, war nebelhaft verschwommen; er konnte sich nicht einmal mehr daran erinnern, daß er wieder aufs Pferd gestiegen sei. Auch nicht an die Frau, die ihn auf der Straße aufgelesen hatte. Sein Bewußtsein habe erst wieder eingesetzt, als er in der Halle seines Hauses die Augen aufgeschlagen und seinen Butler vor sich gesehen habe.
Andree hielt gelassen dem kalten und durchdringenden Blick des Staatsanwalts stand, der sein Kreuzverhör mit den Worten beendete: »Nach Ihrer Aussage fällt es mir schwer, mir vorzustellen, wie Sie zu Ihrer gegenwärtigen Position gekommen sind. Von einem Kapitän, der ein ganzes Schiff zu befehligen hat, nimmt man mit gutem Grund an, daß er so etwas wie Verantwortungsbewußtsein an den Tag legt. Aber Ihre Ammenmärchen, die Sie dem Gericht und der Jury hier aufgetischt haben, würde selbst ein Dummkopf kaum vorzubringen wagen.«

»Ich erhebe Einspruch, Mylord!« rief Mr. Hewitt.
»Sie geben zu, am Herrenhaus vorgefahren zu sein und daß Sie Mr. Bernard Rosier zu sprechen verlangten«, fuhr der Staatsanwalt ungerührt fort. »Der Butler hat vorhin ausgesagt, daß Sie entschlossen waren, auf seinen Herrn zu warten. Und da wollen Sie uns einreden, daß Sie kurzerhand einen Spaziergang übers Moor unternommen haben und daß der erste Mensch, mit dem Sie sprachen, Miß Richards gewesen sei, die Sie bat, einem Verunglückten zu helfen, den sie mit ihrem Freund bewußtlos aufgefunden hatte. Sie geben zu, sich geweigert zu haben, ihr zu Hilfe zu kommen. Sie geben ebenso zu, ihr gesagt zu haben, in welcher Richtung sich das Haus des Bewußtlosen befinde. Zwar sind Sie angeblich nicht mit ihm zusammengetroffen, aber Sie wußten, daß er der Mann war, der bewußtlos auf der Straße lag und wo er zu Hause sei. Erwarten Sie allen Ernstes, daß wir Ihnen glauben, Sie seien Mr. Rosier an jenem Morgen nicht begegnet und hätten ihm nicht Verletzungen beigebracht, an denen er hätte sterben können?! Sie werden hier wegen schwerer Körperverletzung zur Rechenschaft gezogen, aber nach Aussage der guten Frau, die sich um Hilfe an Sie gewandt hatte, könnte die Anklage ebensogut auf Mord lauten.« Die Stimme des Staatsanwalts, die eine dramatische Lautstärke erreicht hatte, sank nun zu einem Flüstern herab, als er wiederholte: »Es ist mir unerklärlich, Sir, wie man einem Mann wie Ihnen einen so verantwortungsvollen Posten anvertrauen konnte.«
Ein schwaches Kichern klang im Saal auf, und Andree hätte dem Staatsanwalt am liebsten ins Gesicht geschlagen. Er schluckte nur heftig, und dann sagte er: »Es gibt etwas, Sir, was ich mir bis zuletzt aufgehoben habe. Wenn Sie es gehört haben, ändern Sie vielleicht Ihre Meinung hinsichtlich meiner Denkungsart.«
Diese Worte schienen den Gerichtshof aufzuschrecken, denn Andrees Ton war messerscharf gewesen; es war der Tonfall eines an Autorität gewöhnten Mannes, der gleichsam sagen wollte: Lassen wir endlich das Theater. Konzentrieren wir uns auf die Wahrheit!

»Ich ging mit der Absicht zu Mr. Rosier«, begann Andree mit fester Stimme, »ihm auf den Kopf zuzusagen, daß ich wüßte, er sei der Anstifter des Überfalls, den die von ihm gedungenen Strolche am Vorabend auf mich verübt hatten.« Er wies auf sein immer noch verfärbtes Auge und die darüber befindliche Narbe. »Nachdem ich mein Schiff verlassen hatte, waren vier Kerle über mich hergefallen und haben nicht nur auf mich eingeschlagen, sondern mir auch noch Dreck in den Mund gestopft und meine Kleider mit Kot besudelt. Es gelang mir, einen dieser Männer festzuhalten, und die Informationen, die ich von ihm bekam, reichten mir völlig aus, zu erkennen, wer sie bezahlt hatte. Das war der Grund für meinen Besuch.«
Andree machte eine Pause. Sämtliche Anwesenden hörten ihm nun aufmerksam zu. Er fuhr fort: »Wie Sie gehört haben, war Mr. Rosier nicht daheim. Sein Diener gab mir die Richtung an, in der er kurz zuvor davongeritten war, und ich folgte ihm, bis ich in die Nähe eines Tümpels gelangte. Als ich Hufgetrappel hörte, nahm ich an, daß dies der Mann sei, auf den ich wartete. Da ich nicht wollte, daß er mich zuerst sah, versteckte ich mich im Gebüsch. Von dort aus sah ich, wie ein Mann von der Höhe des Damms aus sich geradewegs auf Rosier herunterstürzte und ihn zu Boden schlug.«
Andree ließ seinen Zeigefinger ruckartig zu Rosier hin hochschnellen, und die verblüfften Blicke der Anwesenden folgten ihm. »Ich beobachtete, wie die beiden miteinander rangen. Nachdem es seinem Angreifer gelungen war, wieder auf die Beine zu kommen, und er schon auf Rosier losschlagen wollte, packte ihn dieser am Bein und riß ihn nieder. Der Mann schlug mit voller Wucht auf den Hinterkopf auf und regte sich nicht mehr. Das hätte jedem andern genügt – aber nein, dieser Mann da« – abermals bohrte sich Andrees Finger in die Luft –, »dieser Mann ergriff einen riesigen Stein und zertrümmert ihn auf dem Kopf des bereits Bewußtlosen. Das ging derart rasch, daß ich nicht imstande war, einzugreifen.«
Es war, als ginge ein aufgeregtes Keuchen durch den Ge-

richtssaal; alle wandten sich zu Bernard Rosier um, und Andree fuhr fort: »Aber das war noch nicht alles. Der da nahm den Mann an den Beinen hoch, schleppte ihn zum Tümpel und stieß ihn hinein. Der Name des Opfers, Euer Ehren . . .« – nun wandte sich Andree an Richter Gordon, und zu ihm allein sagte er: ». . . lautet: William Dennison.«
Ein heftiger Tumult setzte ein, der Richter rief zur Ordnung auf, und als sie wiederhergestellt war, sagte er ruhig: »Fahren Sie fort, Captain Fraenkel.«
Und Andree fuhr fort, und seine Stimme klang nun ganz ruhig: »Ich habe in Erfahrung gebracht, Euer Ehren, daß William Dennison von Jugend an im Herrenhaus gearbeitet hat. Er fing als Gärtnerjunge an und wurde gewissermaßen Mädchen für alles, wobei er ständig unter den Wutausbrüchen seines Brotgebers zu leiden hatte. Einige Jahre früher ging der sogar so weit, ihm mit einem Peitschenhieb ein Auge auszuschlagen, und am Abend bevor der Ärmste ermordet wurde, wurde er abermals mit der Peitsche traktiert. Was ich an jenem fraglichen Morgen zu sehen bekam, war, wie William Dennison Rache verübte. Aber statt daß er sich hätte rächen können, wurde er das Opfer dieses Mannes, der ihn seit Jahren schlecht und grausam behandelt hatte. Die Polizei wurde zwar davon in Kenntnis gesetzt, daß William Dennison vermißt sei, aber außer seiner Witwe machte sich keine Menschenseele Sorgen um ihn. Sie befindet sich übrigens im Gerichtssaal.« Mit nach oben gebogenen Handflächen sagte Andree nun: »Wenn man seine Leiche unter dem Felsspalt hervorgeholt haben wird, wird die Frau ohne Zweifel ihren Mann identifizieren können.«
Bevor der Richter noch verkünden konnte, daß der Fall vertagt werde, verharrten im allgemeinen Lärm drei Menschen völlig regungslos, als hätten Haß und Furcht sie versteinert. Bernard Rosier war auf einmal nicht mehr der verkrüppelte Gentleman, der überall Mitleid ausgelöst hatte. Nachdem er Andree für den Bruchteil einer Sekunde angestarrt hatte, stieß er einen unverständlichen Schrei

aus, wonach er sich wie vom Teufel besessen gebärdete; als man ihn abführte, wandte er den Kopf und blickte Andree durchbohrend an. Dann ließ er den Blick rasch zu Katie gleiten, die die Hand auf die Kehle gepreßt hielt. Abermals stieß er diesen fürchterlichen Schrei aus, nur daß er diesmal noch lauter klang. Und Katie ließ den Kopf hilflos auf die Brust sinken.

10

Nachdem die Verhandlung gegen Bernard Rosier eröffnet worden war, wurde er des Mordes an William Dennison angeklagt, worauf er von einem der führenden Rechtsanwälte Londons verteidigt wurde.
Dieser forderte die Mitglieder der Jury höchst redegewandt auf, sich den Gefangenen doch anzusehen, sein auf immer so grausam entstelltes Gesicht, seine verkrüppelte Hand ... und er beschwor die Anwesenden, sich an die Stelle dieses Mannes zu versetzen; sich ins Gedächtnis zu rufen, daß diese Wunden ihm erst ein paar Wochen vor jenem Tag zugefügt worden waren, an dem er vom Pferd gestoßen und bewußtlos geschlagen worden war. Wenn die Mitglieder der Jury sich in einer derart schlechten körperlichen Verfassung befunden hätten und angegriffen worden wären, wie hätten sie da wohl reagiert! Würden sie sich denn daran erinnern können, ob sie einen Stein aufgehoben und damit auf den Angreifer losgeschlagen hätten? Wohlweislich erinnerte der Verteidiger die Anwesenden nicht daran, wie Rosier sein Opfer zum Tümpel geschleift und hineingeworfen hatte. Vielmehr schloß er mit der Feststellung, daß sie doch allesamt Menschen von hoher Intelligenz seien, und deshalb wäre er sicher, daß sie den Mann nicht schuldig sprechen würden.
Dann nahm der Staatsanwalt den Faden dort auf, wo der Verteidiger ihn hatte fallenlassen. »Meine Herren Geschworenen«, fing er an. »Der Herr Verteidiger möchte uns einreden, daß der Angeklagte quasi in Notwehr ein-

fach den nächstbesten Stein gepackt und seinem Opfer nachgeworfen hätte. Dem war aber nicht so. Wie der einzige Zeuge des Vorfalls ausgesagt hat, zermalmte Rosier den Kopf seines Opfers mit einem riesigen Steinbrocken. Wäre der Mann noch bei Bewußtsein gewesen, hätte er den auf sich zusausenden Stein bemerkt und rein instinktiv das Gesicht abgewandt; der Verstorbene war dazu aber nicht mehr imstande. Wir werden nie erfahren, ob er bereits tot war, als der Steinbrocken ihn traf, aber es ist höchst unwahrscheinlich. Der Leichenbeschauer hat bestätigt, daß der Tote auf dem Rücken gelegen und völlig reglos gewesen sein muß, als der Felsbrocken seinen Kopf traf. Ob er nun aufgrund dieser ungeheuerlichen Tat gestorben ist oder nicht – das herauszubekommen, hat der Angeklagte sich jedoch gar nicht erst bemüht! Der Verteidiger wollte uns glauben machen, daß der Angeklagte sein Opfer zum Tümpel hinzog, hineinstieß, aufs Pferd stieg und davonritt. Und das alles, ohne zu wissen, was er tat!« Hier machte der Staatsanwalt eine Pause, und das Gericht wartete. Kein Murmeln, kein Husten, kein Rascheln war zu hören. Dann fuhr er fort: »Der Tote war im Haus des Angeklagten seit seiner Jugendzeit angestellt gewesen. Er kam aus dem Waisenhaus dorthin, und nach dem, was wir zu hören bekamen, scheint er während seines ganzen Lebens nichts anderes als harte Arbeit, niedrigen Lohn und bittere Schläge erhalten zu haben. Sie haben ja gehört, wie die Witwe des Toten erzählte, in welcher Verfassung ihr Mann gewesen sei, wenn sein Brotgeber sich wieder einmal an ihm ausgetobt hatte. Daß er sich frühmorgens schon fürchtete, seine Unterkunft zu verlassen, um das Pferd seines Herrn zu satteln . . . Wovor fürchtete er sich? Vor der Peitsche. Der Peitsche, meine Herren! Der Peitsche, mit dem ihm vor vierzehn Jahren ein Auge ausgeschlagen worden war. Sie fragen sich vielleicht, warum ein Mensch, der derart schlecht behandelt worden war, nicht längst gekündigt hatte. Ich selbst habe seiner Witwe diese Frage gestellt und zur Antwort erhalten: ›Der Herr hätte ihm ja niemals ein Zeugnis ausgestellt.‹ Möglich, daß Sie zu fragen fortfahren, wieso sich die beiden – die Frau des Verstorbenen arbeitete bekanntlich als Küchenmagd in demselben Haus – im Lauf der Jahre denn nicht genügend Geld zusammengespart hätten, um es sich leisten zu können, dieser schrecklichen Sklaverei zu entrinnen. Auch mir ist dieser Gedanke gekommen, bis ich heute erfuhr, daß der Lohn William Dennisons zu der Zeit, als er als Gärtnerbursche begann, einen Shilling pro Woche betragen hat. Als er starb, war er vierzig, aber es wurden ihm niemals mehr als vier Shilling die Woche ausbezahlt. Ich glaube, da haben Sie die Antwort auf unsere Frage, meine Herren: Weshalb William Dennison weiterhin im Dienst jenes Mannes blieb, der ihn so gewalttätig und unmenschlich behandelte, daß er sich dazu getrieben fühlte, Rache zu nehmen. Es muß uns allen klar sein, daß der Verstorbene sich der Folgen eines solchen Racheaktes genau bewußt war, daß er zumindest mit einer Gefängnisstrafe rechnete. Aber wer so behandelt wird, wie er behandelt wurde, meine Herren Geschworenen, der läßt jede Vorsicht fahren.«

Der Staatsanwalt schloß in düsterem Ton: »Und jetzt bitte ich Sie nur um eines, meine Herren: sich die letzte Handlung des Angeklagten seinem Untergebenen gegenüber ins Gedächtnis zurückzurufen. Es ist gar nicht nötig, an die vielen Grausamkeiten zu denken, die der Tote von der Hand seines Brotgebers zu erleiden hatte. Es genügt völlig, wenn Sie ihre Aufmerksamkeit auf diese letzte Untat richten. Denn wenn Sie das tun, dann wird Ihr Urteilsspruch ›schuldig‹ lauten!«

Die Jury zog sich auf eine Stunde zur Beratung zurück. Danach erklärte ihr Sprecher, daß sie ihr Urteil gefällt hätten. »Wir sprechen den Angeklagten nicht des Mordes, jedoch des Totschlags schuldig.«

Zum erstenmal seit Tagen hellte sich Bernard Rosiers düstere Miene auf. Er blinzelte und sah um sich, als wolle er sagen: »Na also, was hab ich euch gesagt? Ich wußte, daß sie es nicht fertigbringen würden!«

Die Blicke der meisten Anwesenden ruhten nun auf ihm.

Manche lächelten, andere steckten die Köpfe zusammen und flüsterten: »Was habt ihr erwartet? Er ist schließlich ein Adeliger, nicht?« Aber es gab auch andere, darunter die Adeligen selbst, die ihr Augenmerk dem Richter zugewandt hatten; und Katie und Andree, deren Hände einander fest umklammert hielten.
Als der Richter in den Saal blickte und auf absolute Stille wartete, heftete Bernard Rosier seine Blicke fest auf ihn. Er fühlte sich bereits so sicher, daß er am liebsten ausgerufen hätte: ›Beeil dich, Quatschkopf, mach schon.‹ Er bewegte leise den Kopf, als der Richter mit monotoner, von jeder Erregung freien Stimme zu sprechen begann: »Es konnte gar nicht anders kommen. Es ist ein gerechtes Urteil, denn es besteht kein Zweifel daran, daß der Angeklagte überfallen wurde.«
Hier machte der Richter eine sekundenlange Pause, als wäge er vorsichtig ab, was er als nächstes zu sagen vorhatte. Dann änderte sich sein Verhalten, er neigte sich vor, deutete mit kerzengerade ausgestrecktem Arm anklagend auf Rosier, und seine Stimme donnerte nur so durch den Saal, als er sagte: »Die Jury hat Gnade für Recht ergehen lassen und Sie nur des Totschlags für schuldig erkannt. Aber ich kann meine Augen vor dem Umstand nicht verschließen, daß Sie den Verstorbenen all die Jahre hindurch ärger behandelt haben, als wäre er ein toller Hund gewesen. Und nicht ein Mensch, den Sie samt seiner Frau zu unterbezahlter Zwangsarbeit verdammt haben. Und durch Ihre letzte Tat, als Sie den Schädel des Bewußtlosen mit einem Felsbrocken zerschmetterten, um ihn schließlich in den Tümpel zu werfen, haben Sie unter Beweis gestellt, was für ein niederträchtiger, böser Mensch Sie sind, ja ein Geschöpf, das die Bezeichnung Mensch gar nicht verdient! Deshalb verurteile ich Sie bei aller Gerechtigkeit zur Höchststrafe, die auszusprechen ich in diesem Fall in der Lage bin: nämlich zu sieben Jahren Zuchthaus.«
»Nein, verdammt noch mal, nein!!«
Zwei Polizisten mußten den Angeklagten, der sich auf den Richter stürzen wollte, in Schach halten.

Unter allgemeinem Getöse verließ der Richter mit fest zusammengepreßten Lippen den Saal. Abermals brüllte der Angeklagte los. Dann wurde er plötzlich still, wandte den Kopf zur Seite, und sein irrer Blick blieb auf den beiden Gestalten in der ersten Reihe haften: auf dem großen, bärtigen Mann und der bleichen Frau. Sein Mund öffnete sich, Schaum troff hervor, und er schrie mit schauerlicher Stimme: »Zur Hölle mit euch!« Immer wieder schrie er diese Worte, bis sie ihn hinausbrachten.
Andree legte den Arm um die wie erstarrt dastehende Katie und führte sie aus dem Saal. Dabei drang die Bemerkung eines Zuschauers an ihr Ohr, der sagte: »Das ist schon ein bißchen stark. Sieben Jahre. Die steht er doch bei seinem Gesundheitszustand nie im Leben durch.«
Und Katie betete insgeheim, daß der Mann recht haben möge.

CATHERINE
1909

I

Bernard Rosier starb nicht im Gefängnis, wie Katie gehofft hatte. Nachdem er sechs Jahre von seiner Strafe abgesessen hatte, wurde er entlassen, und als wolle er die verlorene Zeit nachholen, schwelgte er von da ab in Trinkgelagen, Reitveranstaltungen und Ausschweifungen, bis er einen Schlaganfall erlitt, wonach lange Zeit nichts mehr über ihn gehört wurde.

Zwischen den Jahren 1881 und 1909 verlief Katies Leben ruhig. Ihr Name hatte nun einen guten Klang in Shields, wo man Katie Mulholland, oder besser gesagt: Mrs. Fraenkel, wie man sie jetzt anzusprechen pflegte, als angesehene Frau betrachtete.

Zwei Menschen waren während dieser Jahre in Katies Leben getreten, die sie tief beeindruckten; einer davon bereitete ihr Freude, der andere jagte ihr Angst ein.

Dieses Gefühl der Angst entstand an einem Frühlingstag des Jahres 1888, an dem Andrees Sohn, Captain Nils Fraenkel, seinem Vater den versprochenen Besuch abstattete. Nils Fraenkel war zu jener Zeit sechsunddreißig Jahre alt und sah genauso aus wie sein Vater zu der Zeit, als Katie Andree zum erstenmal begegnet war. An eben diesem Frühlingstag schwand jedoch der Friede aus Katies Leben, denn Andrees Sohn begehrte sie ebenso, wie Andree es tat. Er wollte sie ebenso berühren, wie Andree sie immer hatte berühren wollen, dieselben Dinge von ihr, die sie Andree gab, es war wie eine Wiederkehr des Vergangenen. Anfangs versuchte Katie diesen Eindruck zu zerstreuen, indem sie sich sagte, daß alles doch nur Einbildung oder Eitelkeit sei. Denn war sie nicht gut neun Jahre älter als Nils? Aber schließlich kam der Tag, an dem er sie bat, seinen Vater zu verlassen und mit ihm zu gehen. Und von da an hatte das Gefühl der Angst wiederum einen festen Platz in Katies Leben.

Andree selbst hieß seinen Sohn natürlich herzlich in seinem Haus willkommen. Insgeheim beruhigte diese Begegnung quasi sein Gewissen; er war überzeugt davon, daß Nils nun, da er Katie gesehen hatte, verstehen würde, warum er seine Familie verlassen hatte, als die Kinder noch klein waren. Aber es dämmerte ihm niemals, wie sehr sein Sohn ihn verstand. Wäre dies der Fall gewesen, so wäre er seinem Sohn mit noch bedeutend größerer Wut begegnet als seinerzeit Rosier – dessen war sich Katie wohl bewußt . . .

Die Freude, die ihr Leben in diesen Jahren erhellte, erschien in Gestalt von Joes Enkelin Catherine.

Catherine war Lucys ältestes Kind, und Katie hatte die beiden 1892 kennengelernt, als Lucy mit dem zwei Monate alten Baby auf dem Arm in ihr Haus in Westoe gekommen war, um die Tante – diese reiche Tante! – um Hilfe zu bitten.

Erst sieben Monate zuvor hatte Lucy Patrick Conolly, den Vater des Kindes, geheiratet. Der Grund für diese Verbindung hatte Joe wütend gemacht und ihn dazu veranlaßt, seiner Tochter die Tür vor der Nase zuzuschlagen. Nicht eher jedoch als bis er ihr gesagt hatte, daß sie kopfüber in der Hölle landen würde, genauso wie seine Schwester in Shields.

Zu ihrer größten Enttäuschung spürte Katie sofort, daß sie ihre Nichte nicht mochte. Und deren zänkischen Mann schon gar nicht. Aber vom ersten flüchtigen Blick auf das Kind an hatte sie es geliebt, weil sie in ihr Sarah wiedererblickte, Sarah, das Baby – nicht Sarah, die junge Dame. Mit den Jahren war diese Liebe gewachsen, bis schließlich das Band zwischen ihr und Catherine ebenso fest und innig war, wie es das normalerweise zwischen Mutter und Tochter ist.

Die vom Leben enttäuschte und verbitterte Lucy erkannte

das sofort und hätte dieses Band bestimmt längst durchschnitten, wenn sie in ihrer Tochter Catherine nicht eine Möglichkeit gesehen hätte, an Katies Wohlstand teilzuhaben.
Catherine war nun achtzehn Jahre alt und seit sieben Jahren tagsüber in der Klosterschule. Katie hatte sich Lucy gegenüber dazu verpflichtet, ihr dafür, daß sie ihre Tochter etwas lernen ließ, wöchentlich ein Pfund zu geben. Lucy wußte genau, daß sie Katie in der Hand hatte, und nützte ihre Macht häufig dadurch aus, daß sie Catherine zu ihr schickte, um sich etwas »auszuleihen«. Genau wie an diesem Tag.
Katie ruhte auf der Couch, und Catherine saß an ihrer Seite. Während sie ruhelos mit ihren Fingern spielte, fragte Katie sie freundlich, wobei sie ihr liebevoll auf die Hand klopfte: »Wieviel will sie haben, Liebling?«
Catherine murmelte mit niedergeschlagenen Augen: »Ein Pfund. Sie sagt, sie müsse die Miete für vier Wochen bezahlen, aber sie wird es nicht tun; sie wird bloß für zwei Wochen zahlen und den Rest für . . .«
Ihre Stimme versagte, und Katie sagte: »Hat sie wieder damit angefangen?«
Catherine nickte, ehe sie den Kopf rasch hob und nun mit leiser Stimme hastig sagte: »Ach, Tante Katie, ich fühl' mich gräßlich, gräßlich! Ich komme mir richtig schlecht vor, weil ich mir immer wünsche . . .« Sie schloß fest die Augen und schüttelte heftig den Kopf, ehe sie fortfuhr: ». . . daß sie tot wäre.«
»Aber Kind, so etwas darfst du nicht sagen. Sie kann nichts dafür.«
»O doch, Tante Katie. Aber . . . aber weil sie weiß, daß . . .«
Sie schluckte und sprach nicht weiter, und so beendete Katie den Satz an ihrer Stelle und sagte: »Ja, ja, ich weiß. Weil sie weiß, daß ich dir alles geben würde, worum du mich bittest, soweit es in meiner Macht steht, nützt sie dich deshalb aus.«
Catherine, die nun Katies Hand zwischen ihren Händen festhielt, streichelte sie und sagte: »Gestern hat es wieder

einen schrecklichen Auftritt gegeben. Dabei war sie gar nicht betrunken. Sie drohte mir damit, mich aus der Klosterschule fortzunehmen. Da hab' ich die Geduld verloren und ihr ins Gesicht geschrien – weil sie immerzu davon redet, mich aus der Schule zu nehmen und mich auf die schiefe Bahn zu bringen –, also da hab' ich ihr gesagt, daß sie mich ohnehin nur zur Schule gehen ließe, weil sie bloß deshalb Geld von dir bekäme. Und nur so lange, als ich hingehe. Aber jetzt habe ich eine Heidenangst davor, daß sie mich daran hindern könnte, aufs College zu gehen. Dazu wäre sie glatt imstande, weißt du; sie ist schrecklich verbittert und so.«
»Das wird sie nicht tun, keine Sorge. Ich werde mich schon darum kümmern. Ich werde dir heute nur zehn Shilling mitgeben. Wenn sie die Miete davon bezahlt, und das muß sie schließlich tun, wird sie mit dem Wechselgeld nicht viel anstellen können.«
Katie berührte Catherines weiche Wange, deren Haut genauso zart war wie ihre eigene. Damit hörte die Ähnlichkeit zwischen Joes Enkelin und ihr aber auch schon auf, denn Lucy Mulhollands Tochter ähnelte äußerlich ganz ihrem irischen Vater. Sie hatte seine dunklen Augen, sein üppiges, schwarzes Haar, seine betonten Backenknochen und seinen großen Mund, diesen sensiblen Mund, der die Schwäche ihres Vaters zum Ausdruck gebracht hatte, bei der Tochter jedoch auf Empfindungsfähigkeit hinwies. Aber weder in Catherines Gesicht noch in ihrem Charakter war irgendeine Ähnlichkeit mit Lucy zu finden.
Impulsiv beugte sich Catherine jetzt vor, ließ den Kopf auf Katies Schulter sinken und flüsterte bedrückt: »Ach Tante Katie, wenn ich nur hier bei dir bleiben könnte. Weißt du« – sie rieb ihre Wange an Katies lavendelduftendem Kleid –, »wenn die Nonnen über den Himmel sprechen, dann sehe ich weder goldene Säle noch Engel vor mir, sondern dieses Haus und dich.«
»Ach Liebling«, sagte Katie lachend, wenn auch etwas bestürzt. »Es wird ja nicht immer so bleiben. Nächstes Jahr gehst du aufs College, und wenn du erst einmal Lehrerin

und dein eigener Herr bist, dann kannst du wohnen, wo du willst.« Sie hob Catherines Kopf hoch, blickte ihr in die Augen und flüsterte: »Wo du willst, mein Herz ... Aber jetzt komm.« Sie tätschelte ihr aufmunternd die Wange. »Kopf hoch. Jetzt bleibst du erst mal zum Tee. Weißt du was? Nimm vorher ein schönes, heißes Bad.«
Als Catherine aus dem Zimmer ging, stieß sie mit der doppelt so dick gewordenen Betty zusammen, die ihr zuflüsterte: »Wie finden Sie denn ihr Kleid, hm?«
»Ach, süß, Betty, süß!«
»Das will ich meinen. Sie wird die bestangezogene Frau von ...«
»Komm herein, Betty, und hör auf zu schwatzen«, sagte Katie ungeduldig, und Betty schloß lachend die Tür und kam auf die Couch zu.
Dann aber nahm sie einen affektierten Gesichtsausdruck an, blieb einen Moment schweigend davor stehen und sagte schließlich: »Er ist zurückgekommen. Er sitzt mit dem Captain im Rauchsalon.«
Katie starrte Betty an; dann blickte sie zum Fenster hinaus und sagte: »Nun, er war ja nicht sicher, ob sie heute segeln können. Das hat er jedenfalls gesagt.«
»Das bedeutet, daß ich für einen mehr decken muß. So war es nicht geplant. Das verdirbt die ganze Sitzordnung.«
Sie hatte noch nicht ausgesprochen, als es heftig an die Tür klopfte. Betty öffnete nach einem raschen Blick auf Katie, Andrees Sohn trat ein, und Betty verließ Katies Zimmer mit zusammengekniffenen Lippen.
»Ach, du ruhst dich aus?« Nils' Englisch war im Gegensatz zu Andrees Englisch das eines Fremden.
Katie wandte den Blick ab und sagte, indem sie den Kopf an die Couch lehnte, gelassen: »Ja, Nils, ich ruhe mich aus.«
»Bist du tatsächlich müde?«
»Sonst würde ich mich doch nicht ausruhen.«
Ein Lächeln – Andrees Lächeln – umspielte Nils Mund. »Dann wirst du langsam aufpassen müssen. So was ist eine Alterserscheinung. Es wird dich überkommen, noch ehe du dich versiehst.«

»Das weiß ich.«
»Mach dich nicht lächerlich.« Das Lächeln schwand aus seiner nun beinahe aggressiv wirkenden Miene. »Komm mir nur ja nicht damit. Du siehst keinen Tag älter als vierzig aus. Und das weißt du auch. Das habe ich dir immer und immer wieder gesagt.«
»Ich spüre nichts davon, Nils. Was ich spüre ist, daß ich nicht mehr jung bin.«
»Hör auf damit!« Er beugte sich über den Fußteil der Couch und sagte leise: »Du bist jung, und ich bin es auch. Du fühlst dich auch jung, gib es doch zu. Man fühlt sich so alt, wie man nur will, wenn . . .«
»Schweig, Nils.« Katie setzte sich gerade, reckte das Kinn hoch und flüsterte: »Ich schwöre dir bei Gott, Nils: Wenn du wieder damit anfängst, sage ich es deinem Vater. Ehrenwort.«
Er hielt ihren Blick fest, während sein Gesichtsausdruck spöttisch wurde. Dann sagte er: »Ach Katie, sei nicht albern. Du weißt genau, daß du mir mit solchen Drohungen nicht imponieren kannst. Wenn du es ihm hättest sagen wollen, dann hättest du es vor Jahren schon getan . . . Aber gut, gut!« Er richtete sich wieder auf. »Werde ja nicht böse auf mich. Ich hasse es, wenn du mich so ansiehst.« Er entfernte sich einige Schritte von der Couch und blickte auf das auf dem Bett ausgebreitete Abendkleid nieder. »Ich habe doch gewußt, daß ihr ausgehen würdet. Deshalb bin ich ja zurückgekommen. Um mich mit eigenen Augen davon überzeugen zu können, wie dich die Hocharistokratie von Westoe in rosa Taft und Spitzen mit den Augen verschlingt; die crème de la crème!«
»Sei nicht albern, Nils.«
»Ich und albern! Ich bin nicht albern. Ich weiß, daß du dir das seit Jahren gewünscht hast.«
»Das stimmt nicht!« sagte sie ungestüm.
»Schön, dann sagen wir lieber, daß er es war, der sich das jahrelang für dich gewünscht hat. Und mit gutem Grund. Ich an seiner Stelle hätte das auch getan.«
Sie starrten einander an, und abermals sah Katie Andree

als jungen Mann vor sich. Oder wie er in mittleren Jahren gewesen war. Aber dieser Mann da war nicht Andy; er verfügte weder über seinen Charakter noch über seine Anziehungskraft. Denn selbst mit seinen achtzig Jahren verkörperte Andree für sie den vitalsten, faszinierendsten Mann, dem sie je begegnet war. Den Mann, der ihr beigebracht hatte, wie man lebt und liebt.

Abermals kam Nils näher, blieb vor ihr stehen, berührte ihr Haar sanft mit zwei Fingern seiner Hand und murmelte etwas in seiner Muttersprache. Wie Andy es zu tun pflegte, wenn die Wogen der Zärtlichkeit, die er ihr gegenüber empfand, über ihm zusammenschlugen. Dann verließ Nils rasch das Zimmer.

Als sie ihren Tee eingenommen hatten und Catherine sich verabschieden wollte, rief Andree, der in der Nähe des Salonfensters saß, quer durch den Raum: »Ich wette, du kommst nie darauf, wer da draußen auf dich wartet, hm?«

»Du lieber Himmel – doch nicht er!« Catherine kam näher und wurde rot bis über beide Ohren.

Und schon äffte Andree sie liebevoll nach: »Doch nicht er, doch nicht er! Natürlich er, mein Kind. Wer sonst?« Andree streckte die Hand nach ihr aus, zog sie an sich, und Catherine lächelte selbstbewußt, als sie in den Vorgarten hinausblickte und zwischen den Bäumen auf der gegenüberliegenden Straßenseite eine schlanke Gestalt erblickte, die die Hände tief in die Rocktaschen geschoben hatte.

»Wieso weiß er denn, daß ich hier bin?«

Katie sagte lachend: »Wahrscheinlich ist er bei euch gewesen, und sie haben es ihm gesagt.«

Catherine schüttelte den Kopf, sagte jedoch nicht: Nein, er würde niemals zu ihr nach Hause kommen.

»Ist das dein Cousin?« fragte Nils, der sich nun an die andere Fensterseite gestellt hatte.

Und Catherine sagte: »Ja, Onkel Nils. Er weiß nichts Rechtes mit sich anzufangen, seit sie die Werft stillgelegt haben. Wahrscheinlich will er die Zeit totschlagen, deshalb macht er den langen Weg hier heraus . . .«

Andree schnitt ihr mit einem schallenden Lachen das Wort ab, preßte sie an sich und rief aus: »Du bist genau wie deine Tante Katie. Du kennst deinen eigenen Wert nicht. Die Zeit totschlagen, so was! Fort mit dir, sonst friert uns der arme Junge da draußen noch an.« Er versetzte ihr einen leichten Stoß. »Und richt ihm gefälligst von mir aus, wenn er das nächstemal nicht hereinkommt, bearbeite ich ihn höchstpersönlich mit dem Stiefel!«
»Werd's ihm sagen, Onkel Andree, werd's ihm sagen. Lebt wohl!«
Catherine sah nun leicht verwirrt aus, und Andree lächelte ihr freundlich zu und sagte: »Leb wohl, meine Liebe.«
»Wiedersehen, Onkel Nils.«
»Wiedersehen, Catherine.« Nils' Blick verfolgte sie und Katie, wie sie gemeinsam aus dem Zimmer gingen; dann drehte er sich zu seinem Vater um und fragte: »Warum will der Junge denn nicht hereinkommen?«
»Ach ...« Andree schüttelte seinen großen, zottigen weißen Kopf. »Er ist eben Joes Enkel. Du weißt doch, der, von dem ich dir erzählt habe. Wie der Vater, so der Sohn ... und genauso ist's beim Großvater.« Damit stieß er Nils vor die Brust und fügte ruhig hinzu: »Es war 1865, als Katie ihren Bruder Joe zum letztenmal gesehen hat. In all den Jahren sind die beiden sich nicht über den Weg gelaufen, dabei waren sie höchstens vier Meilen voneinander entfernt. Kaum zu glauben, nicht? ... Und alles meinetwegen, ja, alles meinetwegen.« Er schüttelte den Kopf, als wäre dies alles einfach nicht zu fassen. »Er muß sie sehr gern gehabt haben. Aber er wäre auch ein komischer Mann gewesen, wenn er es nicht getan hätte, was, Nils?« Andree sah zu seinem Sohn auf, und Nils erwiderte einsilbig: »Stimmt.« Diese Antwort veranlaßte Andree dazu, die Hand nach ihm auszustrecken und in einem Ton, aus dem echte Zärtlichkeit klang, zu sagen: »Du verstehst mich. Das hat mir immer schon an dir gefallen, immer.«
Nils starrte seinen Vater an. Er konnte es nicht glauben, daß er ihn tatsächlich nicht durchschaute ...

2

Der junge Tom Mulholland war groß und mager und hatte riesige Augen, die allein schon lebhaft an seine Großtante Katie erinnerten. Sein Gesicht war hager, seine Nase gerade; er hatte einen hellen Teint und einen schmalen Mund, der nie lächelte; mit seinen neunzehn Jahren wußte er ganz genau, welche zwei Dinge er sich am meisten im Leben wünschte: Erstens wollte er fort von Palmers Werft; er hatte keine Ahnung, welche Arbeit er sonst hätte ausführen können, er wollte einfach weg von Lärm, Schmutz und dieser übermäßigen Geschäftigkeit. Und zweitens wünschte er sich seine Cousine Catherine zur Frau.

Der erste Wunsch war, obwohl es um seinen Unterhalt ging, verhältnismäßig einfach. Der zweite hingegen war mit derartigen Komplikationen verbunden, daß er wußte, er hätte ihn eigentlich von allem Anfang an unterdrücken müssen. Wenn er sich an eine der Palmers- oder Redhead-Töchter aus dem Villenviertel Westoe herangemacht hätte, wäre sein Ziel leichter zu erreichen gewesen, als für ihn, einen Prostestanten, die Katholikin Catherine zu erringen war. Eher konnte man flüssiges Blei mit Wasser vermengen als in Jarrow Katholiken mit Protestanten.

Als er Catherine daherkommen sah, eilte er über die Straße, bis er mit ihr auf gleicher Höhe war, paßte sich ihren Schritten an und sagte nach einer Weile: »Hallo.«

»Hallo!« Sie wandte den Kopf, sah ihn voll an und fügte hinzu: »Du hättest nicht so weit herauskommen sollen; du wirst dir noch die Absätze schieftreten.«

»Kann sie mir ja frisch besohlen lassen.«

»Ich fahre ohnehin mit der Straßenbahn.«

»Schön, dann werd' ich dich eben begleiten.«

»Das wirst du nicht, Tom Mulholland. Auf keinen Fall.«

Sie blieben stehen und sahen einander an, bis ihre Miene sanfter wurde, sie die Achseln zuckte und resigniert sagte: »Von mir aus, tu, was du willst. Dann geh ich eben zu Fuß. Aber wenn ich wegen deines Dickschädels zu spät heimkomme, krieg' ich es.«

Er lächelte sie an, und sie lächelte zurück, ehe sie weitergingen. Er sieht gut aus, dachte sie. Und überdies war er nett. Sie mochte Tom. An diesem Punkt gebot sie ihren Gedanken Einhalt. Tom war zwar ihr Cousin, aber ihr kam er eher wie ein Bruder vor. Ja, sie mochte ihn; nach Tante Katie mochte sie ihn von allen Menschen am liebsten. Aber nun drehte sie sich wieder um und sagte mit aggressiver Stimme: »Mein Onkel Andree hat gesagt, wenn du das nächstemal nicht ins Haus kommst, bearbeitet er dich höchstpersönlich mit seinem Stiefel.«
»Ach, wirklich?« Er nahm diese Mitteilung mit ernster Miene zur Kenntnis.
»Und dazu wäre der glatt imstande, weißt du – auch wenn er achtzig ist, hat er noch immer Temperament für zwei.«
Er mußte über den Eifer, mit dem sie dies sagte, nun doch lachen, und sie stimmte fröhlich ein. Dabei stießen ihre Körper aneinander. Sofort stoben sie auseinander, als hätten sie sich verbrannt, und den ganzen Weg bis nach Shields hinein hielten sie Abstand voneinander.
Als sie an der Quay Corner angelangt waren, blieben sie unschlüssig stehen, bis sie einen passenden Baumstumpf erblickten, auf dem sie sich niederließen.
»Ich hasse Jarrow«, sagte Catherine, während sie auf die schwarzgraue Silhouette der Stadt blickte.
Er wandte unvermittelt den Kopf, starrte sie einen Moment an und sagte dann in verteidigendem Ton: »Es gibt schlimmere Orte.«
»Wo?«
Rasch ließ er seinen Blick über sie hinweggleiten. »Es ist ganz komisch, weißt du. Ich kann es selbst nur schlecht ertragen, weil ich den Schmutz und Lärm genauso hasse wie du. Dennoch mag ich Jarrow. Ich möchte nirgends anders leben. Komisch, nicht?«
Sie nickte ihm verständnisvoll zu, sagte aber: »Also mir ist es in der Seele zuwider, in Jarrow wohnen zu müssen.«
»In Shields hättest du nichts dagegen, wie?«
»Nein. In Shields würde ich gern leben, das ist etwas anderes.«

»Oder in Westoe, nicht wahr?« Er stand mit einem Ruck auf.
Als er auf sie niedersah, erhob auch sie sich, sah ihn an und sagte angriffslustig: »Und was ist schlecht daran? Was ist so schlecht daran, wenn einer gern in Westoe leben würde?«
»Nichts, nichts. Ich möchte dir nur zu bedenken geben, daß nicht jedes Haus in Shields fließendes kaltes und warmes Wasser oder Bäder und Parkettböden hat. Der Umstand, daß deine Tante Katie zufällig so ein Prachthaus hat, macht Shields noch lange zu keiner Musterstadt.«
»Wer behauptet denn das? Und du brauchst gar nicht so zu betonen, daß es sich um meine Tante handelt, denn Tante Katie ist genauso deine wie meine Tante. Und wenn du erst einmal mit ihr gesprochen hättest, dann . . .«
»Komm. Fang nicht wieder damit an.« Er ergriff ihren Arm, ließ ihn jedoch gleich wieder los, stopfte die Hände in die Taschen, und so gingen sie weiter. Am Ende der Hope Street blieben sie stehen und sahen einander gespielt gleichgültig an, ehe er fragte: »Gehst du morgen auch wieder hinüber?«
»Ich weiß nicht, vielleicht.«
»Solltest du aber. Oder gehst du woanders hin?«
»Nein.«
»Dann gehst du also hinüber?«
»Vielleicht.«
»Um die gleiche Zeit?«
»Wahrscheinlich.« Sie nickte, sie sahen einander abermals an, länger diesmal, ehe sie sich abwandte und sagte: »Ta-ta, Tom.«
Und er antwortete leise: »Ta-ta, Catherine.«
Lucy saß in einem alten, abgenutzten Lehnstuhl vor dem Herd. Sie sah ihre Tochter fest an und sagte: »Nun?«
»Sie hat nur zehn Shilling herausgerückt.« Catherine sah ihre Mutter nicht an, als sie dies sagte.
»Teufel noch mal! Hast du sie denn nicht um mehr gebeten?«
»Doch, natürlich, was glaubst du denn!« Catherine schrie

das geradezu heraus, dann biß sie sich jedoch auf die Lippen und legte die Hand auf den Mund.
Lucy nickte ihr zu und sagte: »Ja, ja, schäm dich nur. Deine eigene Mutter anzuschreien! Wenn du daheim bist, vergißt du deine guten Manieren, was? Die sparst du dir für Tante Katie auf! Ich sage dir, wenn du sie um ein Pfund gebeten hättest, dann hätte sie es dir auch gegeben.«
»Wollte sie aber nicht, weil sie genau weiß, was damit passiert.«
Lucy blickte in das angespannte Gesicht ihrer Tochter, sah sie eine Weile an und sagte dann in drohendem Ton: »Eines Tages, meine liebe junge Dame, wirst du die Überraschung deines Lebens erleben. Und damit wirst du nur bekommen, was dir zusteht. Du wirst aus der Klosterschule rausfliegen, als würde man deinen Arsch mit einem Schürhaken behandeln, jawohl!«
Catherine wandte sich mit gesenktem Kopf ab. Die Ausdrucksweise ihrer Mutter machte sie ganz krank, wirklich. »Wovon redet ihr beiden denn, wenn ihr so beisammenhockt?« fuhr die Mutter fort. »Setz dich und red zur Abwechslung gefälligst einmal mit mir!« Sie deutete auf den Stuhl neben ihr.
Catherine setzte sich und schwieg.
»Nun, ich warte.«
Catherine schwieg weiter.
»Über irgendwas müßte ihr doch reden. Erzähl mir nicht, daß sie dir beibringt, wie man auf ihre Weise Geld macht, o nein!« Sie wackelte mit dem Zeigefinger vor Catherines Gesicht hin und her. »Du wirst mir nicht damit anfangen, dir ein Hurengeschäft einzurichten.«
»Mutter, ach Mutter, wie kannst du nur! Du bist schlecht. Tante Katie hat nie so was getan, das weißt du.«
»Erzähl mir nicht, was deine Tante getan oder nicht getan hat. Meinetwegen brauchst du mir kein Wort zu glauben; geh einfach zur Polizei und frag nach. Frag sie nur, ob sie nicht eingesperrt worden ist, weil sie eine Kupplerin war.«
Catherine war aufgesprungen. Sie schrie: »Warum nimmst du dann ihr dreckiges Geld überhaupt? Warum

schickst du mich dann immer zu ihr Geld ausleihen? Weshalb läßt du zu, daß sie uns alle miteinander seit Jahren unterstützt? Ich werde dir sagen, weshalb: weil du durch und durch schlecht bist. Du schiebst Papa alle Schuld in die Schuhe, dabei wäre er schon in Ordnung, wenn jemand hinter ihm stünde, jemand anderer als du mit deinem ewigen Trinken und deiner Gefräßigkeit und Habgier und Eifersucht und mit diesen dreckigen Redensarten und . . .«
Catherines Geschrei wurde durch einen heftigen Schlag auf den Mund ein Ende gesetzt. Daraufhin folgten zwei gräßliche Kopfstüber,und schließlich stieß Lucy ihr den Fuß mit einer derartigen Heftigkeit ins Kreuz, daß sie bis zur Schlafzimmertür flog. Der Länge nach lag Catherine da und barg ihr tränenüberströmtes Gesicht im Arm. Lucy beugte sich über sie und flüsterte ihr mit wütender Stimme zu: »Ich werde dir noch etwas sagen, wenn wir schon dabei sind! Du hörst sofort auf, dich mit diesem Tom Mulholland zu treffen, sonst zieht dir dein Vater noch bei lebendigem Leib die Haut ab, hast du verstanden? Cousin und Cousine! Ihr beiden seid schon vertrauter miteinander, als gut für euch ist. Das hat dein Vater selbst gesagt. Vergiß das nicht.«
Abermals stieß sie mit dem Fuß nach der Tochter, und ehe sie die Küche verließ, sagte sie noch in der Tür: »Ich werde schon dafür sorgen, daß er dich richtig behandelt, mein Kind. Bei Gott, das werd' ich!« Und damit schlug sie die Tür hinter sich zu.

3

Jeden Tag, ganz egal ob es schön war, regnete oder schneite, machte Andree seinen Verdauungsspaziergang.
Wenn sie am Hafen anlangten, wurde er stets ein wenig ruhelos. Katie beobachtete ihn, wie er um den Leuchtturm herumspazierte, wie er den aufflatternden Möwen nachsah, und sie hatte dann immer das Gefühl, daß er sich wie auf der Kommandobrücke eines Schiffes vorkam.

Auf dem Heinweg zeigte er ihr die »kleinen Kerle«, wie er die Schlepper nannte, die die großen Schiffe aufs offene Meer hinausbrachten, und dann sagte er zu Katie: »Wie viele Male bin ich wohl da hinausgefahren, Kaa-tee?«
Und sie erwiderte: »Unzählige Male, Andy.«
Und er nickte, tätschelte ihre Hand, die auf seinem Arm ruhte, und sagte, den Blick immer noch aufs Wasser geheftet: »Es war ein gutes Leben, Kaa-tee, ein gutes Leben.« Dann wanderte sein Blick zu ihr, ruhte auf ihr, und er wiederholte, nun in liebevollem Ton: »Ein gutes Leben, Kaa-tee; und den besten Teil davon habe ich mit dir verbracht.«
»Ach Andy.«
Sie drückte seinen Arm, und als er Tränen in ihren Augen sah, sagte er: »Na bitte. Na so was! Aber es ist wahr!« Dann fügte er nach einem Moment hinzu: »Wir sind heute direkt melancholisch, nicht wahr? Ich glaube, der Grund dafür ist, daß wir Catherine morgen verlieren . . . Weißt du, Kaa-tee, sie ist nicht nur für dich wie eine Tochter, sondern auch für mich.«
»Das weiß ich, mein Lieber. Aber sie wird uns oft schreiben, hat sie versprochen. Zweimal die Woche. Und dann« – sie umschlang seinen Arm –, »weißt du, wenn sie mit dem College fertig ist, dann kommt sie zu uns.«
»Das sind noch zwei volle Jahre, Kaa-tee. Wüßte gern, ob ich bis dahin nicht mit der Flut hinausgegangen bin.«
»Andy, Andy!« Katie blieb stehen.
»Tut mir leid, Liebste. Aber schließlich bin ich ein alter Mann. In letzter Zeit ist es mir erst so richtig bewußt geworden, wie alt ich bin. Ich finde, wir sollten den Tatsachen ins Auge sehen, weil ich mir Sorgen mache. Deinetwegen.«
»Nun, das ist absolut nicht nötig. Also tu's nicht.«
»Wie könnte ich anders, wo ich doch weiß, daß du innerlich immer noch das junge Mädchen mit der Angst im Blick bist.«
Katie wandte den Kopf ab, als sie sagte: »Das ist Unsinn. Ich fürchte mich jetzt vor nichts mehr.« Sie versuchte, fest und überzeugend zu sprechen.

Aber er war nicht überzeugt, denn er antwortete: »Es hat keinen Zweck, mir einreden zu wollen, daß du dich nicht mehr fürchtest. Denn immer wieder habe ich Furcht in deinen Augen entdeckt und mir gesagt, daß die Vergangenheit wohl nie tot sein wird für dich.«
Was hätte sie darauf antworten sollen?
Eine Weile gingen sie schweigend dahin, bis seine Worte sie nach Luft schnappen ließen. »Hat Nils dir gegenüber jemals eine Frau erwähnt, Kaa-tee?« fragte er sie.
Sie schluckte, nahm die Hand von seinem Arm und sagte: »Nein. Welche Frau? Was meinst du damit?«
»Er beschäftigt sich in Gedanken mit irgendeinem weiblichen Wesen.«
»Wie kommst du darauf?«
»Er hat es mir gesagt.«
Abermals wandte sie den Kopf ab, blickte übers Wasser zur Sandbank hinaus und fragte dann schließlich: »Was hat er denn gesagt?«
»Oh, nichts Besonderes. Nur daß er an eine bestimmte Frau denke. Die aus Hartlepool kann es nicht sein.«
»Hartlepool? Hat . . . hatte er denn dort jemanden?«
»Mhm. Er meint, ich wüßte nicht Bescheid darüber. Ist die Witwe eines Schiffsingenieurs. Anderson, mein letzter Maat, hat mir davon erzählt; er kennt sie. Eine gutsituierte Frau, hat er gesagt, mit einem netten Häuschen und etwas erspartem Geld. Ich dachte schon, Nils hätte vielleicht vor, sie zu heiraten. Aber nein, aus der Sache ist nichts geworden. Er ist wählerisch, dieser Kerl! Bestimmt hat er jemand andern im Auge.«
Andree lachte leise. »Er denkt daran, abzurüsten. Die Pausen zwischen den Fahrten machen vielen Männern Angst, Kaa-tee. Ich hab', das nie gekannt, denn ich wußte ja immer, wo ich zu Hause bin.« Er zog ihren Arm fest an sich, und abermals gingen sie schweigend dahin, bis Andree sagte: »Ich glaube nicht, daß ich heute abend zu diesem Treffen gehen werde.«
»Warum nicht? Du hast es doch in keinem Jahr ausgelassen?«

»Och, man kriegt langsam genug davon, weißt du. Immer wieder dieselben alten Geschichten vorgesetzt zu bekommen, stets über dieselben Sachen lachen zu müssen, das behagt mir gar nicht. Nicht einmal der Whisky schmeckt mir noch so gut wie früher.«
»Du gehst!« sagte Katie in bestimmtem Ton. »Ich bin alt genug, um einen Abend allein bleiben zu können. Und ich habe keine Lust, dich auf und ab marschieren zu hören, weil du dir dann ja doch den Kopf darüber zerbrichst, was du versäumt haben könntest.«
Beide lachten; Andree warf in gewohnter Weise den Kopf in den Nacken und sagte: »Also weißt du, Kaa-tee, du bist wirklich unbezahlbar!«

Katie betrat den Salon, ging zum Kamin und hielt die Hände über die Flammen. Es war ihr so kalt gewesen, daß sie bereits am späten Nachmittag eingeheizt hatte. Sie hoffte, sich am Hafen keine Erkältung zugezogen zu haben; es war alles andere als warm draußen gewesen.
Eben war sie von Betty heruntergekommen, die sie zu Bett gebracht hatte. Sie mußte darauf bestehen, daß sie sich niederlege, denn ihre Beine waren derart angeschwollen, daß sie aussahen, als würden sie jeden Augenblick platzen. Katie warf einen Blick auf den beinahe leeren Kohlenkübel, der ihr verriet, daß Nellie ihren freien Abend hatte. Jessie würde nie im Leben daran denken, ihn nachzufüllen, ehe sie das Haus verließ. Sie streckte die Hand nach dem Klingelzug aus. Vielleicht war sie noch da. Eigentlich hatte sie nicht vor acht frei, und es war noch nicht ganz acht. Als sie nach dem Klingelzug greifen wollte, läutete es an der Haustür, und Katie hielt inne, um zu lauschen. Sie hörte die Küchentür aufgehen, dann jemanden beinahe lautlos den Flur überqueren und schließlich Jessie mit dem für sie üblichen Gekicher »Ach, Captain Nils!« ausrufen.
Katie starrte die Tür an. Vielleicht würde er direkt nach oben gehen, und sie konnte ihr Zimmer vorher noch erreichen und einfach zu Bett gehen; aber diese Hoffnung war mehr als vage, das wußte sie.

»Wo sind denn alle?«
»Madam ist im Salon, Captain. Und der gnädige Herr ist ausgegangen.«
Katie saß auf der Couch und las, als Nils eintrat, und als sie langsam aufblickte, erkannte sie sofort, daß er getrunken hatte.
»Hallo, hallo.« Er ließ sich schwer in den neben der Couch stehenden Fauteuil fallen.
»Hallo, Nils.«
»Wo ist Vater denn hingegangen?«
»Zum Jahrestreffen.«
»Aha. Der alljährliche Fraß. Und du bist ganz, ganz allein.«
Sie ignorierte diese Bemerkung und sagte: »Ich wußte nicht, daß dein Schiff heute fällig ist. Seid ihr eben erst angekommen?«
»Nein. Wir sind vor dem Mittagessen eingelaufen.«
Katie war überrascht, was sich in ihrer Miene widerspiegeln mußte, denn er sagte in spöttischem Ton: »Vor dem Mittagessen. Und jetzt ist es acht Uhr. Wo bist du gewesen, Nils?«
Sie wandte den Blick von ihm ab, schloß das Buch, legte es neben sich und sagte dann: »Möchtest du etwas essen?«
»Nein, besten Dank, Katie. Ich bin bis oben voll. Hab' reichlich gegessen. Und getrunken. In meinem Kopf geht's richtig um. Schon allein von all den Neuigkeiten ... Du wirst nie draufkommen, mit wem ich den Nachmittag verbracht habe, Katie. Mit einem deiner alten Freunde.«
Sie setzte sich kerzengerade auf und sah ihn mit weitaufgerissenen Augen an.
»Zumindest war sein Vater einer deiner Freunde.«
Ihre Gedanken eilten zu Bernard Rosier, sprangen zu seinem Sohn über, zu dessen Frau ... Sarah! Waren sie in England?
»Henry Collard. Erinnerst du dich an Henry Collard?«
»Collard?« Es klang beinahe enttäuscht. »Ich kenne niemanden mit diesem Namen.«
»Ach komm, Katie. Denk nur zurück an die alten Tage. Henry Collard ... war doch ein Kunde von dir.«

Ihr Körper erstarrte. Sie wurde bleich. Nicht nur die Worte, auch sein ganzes Gehabe wirkten beleidigend.
»Also, der junge Collard, sein Sohn – ist übrigens auch nicht mehr gar so jung, ungefähr in meinem Alter –, also der erzählte mir von jenem Abend, an dem sein Vater mit Rosier ... Also sag jetzt ja nicht, daß du Rosier auch nicht kennst! Also, die beiden haben dich damals aufgesucht, und es kam zu einer Schlägerei, und dann hast du dem alten Rosier mit einem Kerzenleuchter eins über den Schädel gegeben ... Jetzt erinnerst du dich doch, nicht wahr?«
Sie grub die Nägel in die Innenfläche ihrer Hände und zischte zwischen den Zähnen hervor: »Ich werde diesen Abend nicht so leicht vergessen.«
Einen Moment lang schien er verblüfft zu sein, dann sagte er: »Nun, aufrichtig bist du wenigstens! Ich hätte nicht gedacht, daß du es so rasch zugeben würdest.«
»Was meinst du damit? Ich habe gar nichts zugegeben! Diese beiden Männer haben sich den Zugang zu meiner Wohnung erzwun ...«
»Ach, hör auf. Hör auf damit. Jetzt verdirbst du wieder alles. Eine deiner kleinen Huren hat sie mitgebracht, damit sie ordentlich bedient werden.«
»Wie kannst du es wagen!« Katie funkelte Nils zornig an.
»Ich wag' es nun mal, Katie ... Nein, bleib, steh nicht auf.« Er stieß sie unsanft auf die Couch zurück und fügte in einem Ton hinzu, aus dem jede Neckerei verschwunden war: »Ich wage es, weil ich auf mich selbst fuchsteufelswild bin, daß ich ein so hirnverbrannter Narr war. All die Jahre über hast du es verstanden, mir Sand in die Augen zu streuen, die Unnahbare zu spielen, das getreue Eheweib – du, die Kupplerin! ... Und mein teurer Papa erst! Was hat er mir für eine romantisch klingende Geschichte über eure erste Begegnung aufgetischt: ein junges Mädchen, das lieber vor Hunger gestorben wäre als seine Unschuld verkauft hätte. Außer ihm natürlich! Später hat er mir dann erzählt, daß er dir dein erstes Haus gekauft hat. Sehr komisch, wenn man es sich so überlegt, nicht wahr? Du hattest es gar nicht nötig, ein Haus geschenkt zu bekommen,

nicht wahr, Katie? ... Madam Katie ... Sag mir einmal, wie viele Männer hast du so insgesamt gehabt, hm? Da waren einmal Rosier. Dann Bunting. Der hat dich sogar geheiratet ... Dann mein teurer Vater und ... ach, richtig, Mr. Hewitt. Natürlich, der alte Hewitt, natürlich. Gott allein weiß, wie viele Sovereigns er dir eingetragen hat.«

»Wenn dein ... dein Vater heimkommt, werde ich ...«

Das Wort blieb Katie im Hals stecken.

»Was wirst du, wenn mein Vater heimkommt? Es ihm sagen? Schön, sag's ihm nur.«

Seine Hand tastete nach ihrem Knie, was sie derart wütend machte, daß einen Moment lang jedes Gefühl der Angst sich in nichts auflöste. Sie packte seinen Arm und schrie: »Rühr mich nicht an!«

Ruckartig sprang sie auf. Aber er auch. Und jetzt unterzog er sich nicht mehr der Mühe, weitere Worte zu verschwenden, sondern riß sie an sich, bog ihr mit seinem Kopf das Haupt zurück und biß sie in den Hals.

Ihr Körper krümmte sich, sie stieß ihn vors Schienbein, und als sich sein Mund dem ihren näherte und sich seine Zähne in ihre Oberlippe bohrten, bog sie sich derart heftig zurück, daß sie das Gleichgewicht verlor. Gemeinsam fielen sie auf die Couch.

Im selben Moment öffnete sich die Tür. In der hierauf einsetzenden tödlichen Stille riß sich Katie mit aller Gewalt von Nils los, erhob sich und sah Jessie in der Tür stehen und sie beide mit weit aufgerissenem Mund anstarren.

»Der ... Kohleneimer, Madam. Ich wollte ... nachfüllen gehen.«

»Hinaus jetzt, egal, was Sie denken. Aber ... Jessie.« Katie versuchte die rasenden Schläge ihres Herzens zu beruhigen und legte die Hand auf die Brust, während sie mit der andern dem Mädchen abwinkte und zu ihr sagte: »Ich werde Ihnen ... alles erklären. Morgen ... morgen früh.«

»Ja, Madam.« Das Mädchen blickte von Katie zu Nils, der nun zum Kamin ging und sich die Weste zurechtzog. Abermals sagte sie: »Ja, Madam«, aber ohne die mindeste Ehrerbietung in der Stimme.

Als sich die Tür hinter Jessie geschlossen hatte, drehte sich Katie steif um und starrte Nils' Rücken an. Vor ihren Augen tauchte das Bild Theresas auf, wie sie ausgesehen haben mußte, als sie die Pistole in der Hand gehalten und auf Rosier abgedrückt hatte. Und Katie wünschte sehnlichst, auch eine Waffe zu besitzen. Die Stimme, die nun durch die langsam anschwellenden Lippen drang, war kaum als die ihre erkennbar. Sie zitterte, aber es lag keinerlei Angst in ihr, als sie sagte: »Ich werde Andy nichts davon sagen, weil ich will, daß seine Tage friedlich enden. Aber ich schwöre vor Gott, daß ich dich, solltest du jemals wieder Hand an mich legen, umbringen und die Konsequenzen gerne auf mich nehmen werde. Was man dir heute erzählt hat, waren Lügen. *Lügen*, hörst du! Ein Vorkommnis wurde falsch ausgelegt, die Wahrheit verdreht, genauso wie die Wahrheit über den heutigen Abend verdreht werden wird, wenn dieses Mädchen die Geschichte herumerzählt.« Sie deutete mit ausgestrecktem Arm zur Tür, während ihr Körper sich zur Seite neigte, als würde sie jeden Moment hinfallen.
Nils drehte sich langsam um und sah sie mit einem Gemisch von Haß und Verlangen an, aber er sagte kein Wort. Er folgte ihr nur mit den Blicken, wie sie schwankend zur Tür ging, und als diese sich hinter ihr geschlossen hatte, fing er in seiner Muttersprache fürchterlich zu fluchen an.

4

Es war acht Tage vor Weihnachten, und Andree fühlte sich nicht wohl. Seit einigen Wochen schon war er nicht mehr richtig er selbst gewesen, und Katie machte sich seinetwegen Sorgen. Zu den sonderbarsten Zeiten wurde sie gewahr, daß er sie auf ganz merkwürdige Weise anstarrte, und dann fragte sich Katie, ob er wohl über Nils Bescheid wisse. Dann verwarf sie diesen Gedanken jedoch wieder. Denn hätte er den geringsten Argwohn gehegt, daß sein Sohn den Versuch unternommen habe, ihr den Hof zu machen, dann hätte er sie gewiß klipp und klar gefragt, warum sie ihm, falls ihr diese Gunstbezeigung nicht lieb gewesen sei, nichts darüber gesagt habe. Ob er ihr glauben würde, daß es sein Glück war, an das sie dachte? Es war gut möglich, daß es schwierig gewesen wäre, ihn davon zu überzeugen, wo er doch wußte, daß sein Sohn so aussah, wie er selbst vor dreißig Jahren ausgesehen hatte.

Am Tag nach dem Vorfall im Salon hatte Katie Jessie erklärt, daß Captain Nils am vorhergehenden Abend nicht mehr ganz nüchtern gewesen sei und sich vergessen habe. Und das Mädchen hatte gesagt: »Ja, Madam. Ich verstehe, Madam.« Aber ihre Blicke waren dabei dreist gewesen.

Es wurde Katie ganz übel bei der Vorstellung, was das Mädchen herumerzählen könnte. Und nachdem sie die Sache mit Betty besprochen hatte, hielt sie es für klüger, Jessie, der sie längst hatte kündigen wollen, zu behalten.

Noch etwas machte Katie Sorgen. Catherine war nun bereits vierzehn Tage auf dem College , und es war erst ein einziger kurzer Brief von ihr gekommen. Und der war enttäuschend gewesen. Und nun gingen die Semesterferien beinahe zu Ende, und sie war übers Wochenende nicht zu ihnen gekommen.

Andree hatte zu ihr gesagt: »Warte bis morgen früh, wenn die Kinder kommen, dann wirst du alles erfahren.«

Und nun war Samstagvormittag, und zum erstenmal waren Catherines Geschwister nicht gekommen. Katie war ernstlich beunruhigt.

»Warum gehst du nicht einfach hin zu ihnen?« sagte Andree.

»Nein, Andy, das kann ich nicht. Sie haben mich noch nie eingeladen. Ich glaube nicht, daß Lucy möchte, daß ich sehe, wie's dort aussieht.«

»Aber du kannst nicht länger in diesem Zustand der Ungewißheit bleiben, Kaa-tee. Es muß etwas nicht in Ordnung sein, sonst wäre die Kleine längst wie ein geölter Blitz bei uns aufgetaucht.«

»Weißt du, Andy«, sagte Katie und hielt die Hände über die Flammen, »ich frage mich, ob sie sich verändert hat, da sie nun aufs College geht. Ich sage mir zwar immerzu, daß ... daß das lächerlich ist, aber ...«

»Und ob das lächerlich ist! Das College und Catherine ändern? Unsinn! Das College wird Catherine ebensowenig ändern, wie es dich geändert haben würde. In dem Punkt seid ihr einander gleich. Catherine hat Charakter. Paß auf, ich glaube, es wäre das Gescheiteste, du würdest nach Jarrow fahren und Lucy aufsuchen. Du kannst ja sagen, daß du dir wegen Catherine Sorgen gemacht hättest und bloß mal nachsehen wolltest.«

»Es ist schwierig, weißt du. Sie wird glauben, weil ich ihr jede Woche Geld gebe, erhebe ich irgendwelche Ansprüche. Es ist seit Jahren schon eine ziemlich schwierige Situation.«

»Nun, ich an deiner Stelle würde bis zum Nachmittag warten. Wenn Catherine bis dahin nicht hier aufkreuzt, dann befolge ruhig meinen Rat und fahr hin.«

Und Katie fuhr hin. Aber nicht, weil Andree es ihr geraten hatte, sondern wegen Tom Mulholland.

Sie waren gerade mit dem Essen fertig, und Andree hatte es sich mit seiner Pfeife im Rauchzimmer gemütlich gemacht. Bald, das wußte Katie, würde er sein Nickerchen machen und ungefähr bis halb vier schlafen, wonach sie ihm seine Tasse Tee zu bringen pflegte.

Sie selbst war eben in ihr Schlafzimmer gegangen in der Absicht, die Beine hochzulegen, als sie es an der Haustür klingeln hörte. Ein paar Minuten später kam Betty in ihr Zimmer, schloß die Tür hinter sich zu und sagte leise: »Es ist ... es ist der junge Bursche, der immer auf Catherine gewartet hat, dieser Tom Mulholland. Er möchte dich sprechen, Katie.« Wenn sie unter sich waren, ließen sie es immer beim altvertrauten Du.

Tom Mulholland? Langsam ging Katie auf Betty zu. »Ist Catherine etwas zugestoßen?«

»Ich weiß es nicht, Katie. Aber ich glaube, du solltest gewissermaßen vorbereitet sein. Nach seinem Aussehen zu schließen, wurde der arme Kerl niedergeschlagen. Er sieht aus, als wäre er zu allem entschlossen.«

»Wo hast du ihn hingeführt?«
»Ins Frühstückszimmer.«
Katie lief zur Tür, die Treppe hinunter, durch den Flur und betrat das Zimmer, wo sie wie angewurzelt stehenblieb, als sie den großen, jungen, steif dastehenden Mann erblickte. Sie hatte ihn nie vorher aus der Nähe gesehen, und wenn sie es getan hätte, dann hätte sie ihn in dieser Verfassung sicher nicht wiedererkannt. Sein eines Auge war beinahe vollständig geschlossen, Wange und Stirn wiesen eine dunkelbläuliche Färbung auf. Seine Oberlippe war ganz verschwollen und auf einer Seite gespalten. Das Gesicht sah aus, als wäre erbarmungslos darauf losgedroschen worden. Katie schlug die Hände zusammen und ging auf ihn zu. Als sie keinen halben Meter mehr von ihm entfernt war, schüttelte sie fassungslos den Kopf und murmelte: »Lieber Gott, wer hat Ihnen das angetan?«
Er bewegte die unförmigen Lippen, und als sie sich teilten, sah sie eine klaffende Zahnlücke. »Catherines Vater«, sagte er mühsam und voller Bitterkeit.
Abermals schüttelte Katie den Kopf, legte die Hand an die Wange und fragte leise: »Aber weshalb?«
Sie sah, wie das völlig deformierte Gesicht ihres Gegenübers zitterte, wie sich seine Lippen mehrmals bewegten, ehe der Junge hervorstoßen konnte: »Weil Catherine ein Kind bekommt und er mich dafür verantwortlich macht.«
Katie preßte nun die geballten Fäuste gegen ihre Wangen und schrie auf: »Nein, o nein!«
»Ja, o ja!« rief auch er ungestüm aus, beugte sich zu ihr vor und murmelte dann gebrochen und kaum hörbar: »Ich weiß nichts von der Sache, nichts, hören Sie! Aber er hat mir nicht die geringste Chance gegeben, etwas zu sagen. Er kam zu uns ins Haus, riß mich aus dem Bett, und noch ehe ich wußte, wo ich war, trommelte er mit Fäusten und Stiefeln auf mich los. Wenn der Nachbar nicht dazwischengefahren wäre, hätte er mich glatt umgebracht. Ich ... ich wußte ja überhaupt nicht, worum es ging, weshalb er es tat. Wenn mein Vater daheimgewesen wäre, hätte er ihn an meiner Stelle zusammengeschlagen. Ich ... ich konnte

nichts tun. Ich verlor das Bewußtsein ... Und alle glauben, daß ich es war.«
Katie war auf den nächsten Stuhl gesunken und bedeutete Tom mit einer Handbewegung, sich gleichfalls zu setzen, aber er sagte nur höchst unsanft: »Nein, nein, ich bin nicht gekommen, um mich hinzusetzen und mit Ihnen zu plaudern. Ich bin gekommen, um Ihnen zu sagen, wer Catherine das angetan hat.«
»Mir sagen, wer ...?« Sie sah ihn verblüfft an, und er nickte ihr heftig zu. Dann legte er die Hand an den Hals, als durchzucke ihn ein heftiger Schmerz. »Am Abend, bevor sie wegfahren sollte, war sie hier.« Er zeigte auf den Fußboden. »Ich war leider spät dran, aber ich dachte mir, vielleicht treffe ich sie doch noch. Als ich am Salzbergwerk vorbeikam, sah ich, wie sie mit einem Mann in Uniform, diesem Kerl, den sie Onkel Nils nennt, in die Straßenbahn einstieg. Zwei Tage später treffe ich meinen Onkel Pat, und er erzählt mir, daß Catherine an dem Abend, bevor sie aufs College fuhr, in einem fürchterlichen Zustand heimgekommen sei und erzählt habe, von einem Mann verfolgt worden zu sein. Angeblich hat er sie dann beim aufgelassenen Salzbergwerk eingeholt und gepackt und ... Mein Onkel sagte mir, daß sie die ganze Nacht geweint habe. Verstehen Sie? Catherine wurde von keinem fremden Kerl verfolgt, Ihr Sohn oder Stiefsohn oder was immer er ist, hat sie heimbegleitet, zumindest bis zum Salzbergwerk hinunter. Es ist ziemlich finster dort und sehr abgelegen, und wenn einer vorbeikommt, achtet er bestimmt nicht darauf, ob ein Mädchen schreit oder nicht, weil sich dort ständig Liebespärchen herumtreiben und sich die Leute lieber um ihre eigenen Angelegenheiten kümmern. Aber dort ist es passiert. Er war es ... Deshalb bin ich hergekommen, um mit Ihnen zu reden.«
Als er das letzte Wort ausgesprochen hatte, richtete er sich auf, und Katie schloß die Augen und lehnte sich fest an den Stuhl an. Allmächtiger, o Allmächtiger! Arme, arme Catherine. Bernard Rosier und die Ballnacht; das aufgelassene Salzbergwerk und die Liebespärchen .... Sie würde

ihn umbringen. Sie würde ein Messer nehmen und es ihm mitten in den Leib rennen. Dieses dreckige Schwein!! »Wenn ich will, kann ich dir weh tun, Katie. Es gibt viele Möglichkeiten, dich zu verletzen, ohne daß ich dich anzurühren brauche.« Das hatte er ihr am Morgen nach dem Vorfall im Salon gesagt. Und am Abend desselben Tages hatte er Catherine zur Straßenbahn gebracht. Er hatte gesagt, das läge ohnehin auf seinem Weg zum Hafen. Er hatte es vorsätzlich getan. O dieser Lump, dieser gemeine Lump! Und Andy . . . Was würde geschehen, wenn Andy es erfuhr? Und er würde es erfahren müssen. Sie sah den Jungen verwirrt an und sagte: »Was hat denn Catherine gesagt?«
»Sie hat ihnen gesagt, daß ich es nicht gewesen sei, aber sie wollen es ihr einfach nicht glauben, weil sie keinen andern genannt hat. Und sie wird Ihretwegen auch keinen andern nennen. Weil sie alles andere eher tun würde als Sie verletzen. Deshalb bin ich hier. Ich möchte, daß Sie mit mir kommen und es ihnen sagen.«
Katie stand langsam auf und sagte, immer noch mit zusammengepreßten Händen, indem sie ihn ansah: »Ich werde mitkommen und mit Catherine sprechen. Aber sagen kann ich ihnen auch nichts. Weder Sie noch ich können behaupten, zu wissen, wer es getan hat. Weil wir nicht dabei waren. Es liegt einzig und allein bei Catherine, zu sagen, wer der Mann war.« Aber noch während sie dies sagte, sah Katie, wie sich die alte Geschichte wiederholte: denn Catherine würde ebensowenig wie sie einst den Namen des Mannes nennen; aus Angst, jenen, die sie liebte, Schwierigkeiten zu bereiten.
»Wo ist er?«
»Ich weiß es nicht.«
»Sie würden es mir nicht sagen, wenn er hierherkäme, nicht wahr?«
»Doch, das würde ich.«
Er blinzelte schmerzlich, und sein eingeschlagenes Auge begann zu tröpfeln.
Sie sagte bitter: »Ich würde ihn gern genauso behandeln, wie Catherines Vater Sie behandelt hat.« Ihre Blicke glit-

ten einen Moment über sein verletztes Gesicht, dann fügte sie hinzu: »Aber ich sage Ihnen gleich, daß Sie nicht imstande sein würden, es ihm heimzuzahlen. Er ist ein großer, starker Mann. Überlassen Sie es lieber mir, ich werde die Sache schon regeln.«

Sie hörte ihn mit den Zähnen knirschen, ehe er sagte: »Und wenn er noch so groß und stark ist. Ich habe im Moment so viel Haß gegen ihn in mir aufgespeichert, daß ich bestimmt die Kraft hätte, ihn zusammenzuschlagen ... Sie wissen nicht, daß ich Catherine liebe, daß ich sie schon immer liebte und immer lieben werde. Und ich sage Ihnen noch etwas, wenn wir schon dabei sind – und von mir aus können Sie tun, was Sie wollen: sie liebt mich auch.«

Sie sah ihn offen an, Mitleid und Verständnis lagen in ihrem Blick, als sie ruhig sagte: »Ich bin froh darüber, Tom. Und ich bin ganz auf Ihrer Seite.«

Einen Augenblick lang schien ihre Haltung ihn zu verblüffen; dann jedoch sagte er in aggressivem Ton: »Ich weiß schon, Sie wollten jemand Besonderen für sie, jemand Großartigen. Ich weiß ...«

»Seien Sie ruhig!« sagte Katie heftig. »Wenn Catherine Sie haben will, dann will auch ich Sie haben. Aber darüber reden wir später. Jetzt warten Sie hier, bis ich mich umgezogen habe, und dann komme ich mit.«

Sie verließ den Raum, ging ins Rauchzimmer, wo Andree tatsächlich sein Nickerchen machte, rüttelte ihn sanft an der Schulter und sagte, nachdem er »Ja, Kaa-tee?« gebrummt hatte: »Wach auf, Andy. Ich muß dir etwas sagen.«

Er setzte sich auf, lächelte sie an, sagte nochmals: »Ja?«, und dann fragte er, nachdem er ihren Gesichtsausdruck bemerkt hatte: »Was ist denn?«

»Catherines Cousin, der immer da draußen auf sie gewartet hat, ist da und hat mir erzählt, weshalb Catherine nicht hier war.« Sie ergriff seine Hand, hielt einen Moment inne, dann fuhr sie fort: »Sie bekommt ein Kind, Andy.«

»Catherine?« Langsam hob er den Kopf und schwenkte ihn ungläubig hin und her.

»Ja – Catherine.«
»Ist es der Junge?« fragte er grimmig.
»Nein. Der liebt sie von Herzen. Dabei hat Catherines Vater ihn entsetzlich verprügelt, und der Ärmste hatte keine Ahnung von der Geschichte. Er sieht gräßlich aus. Ich glaube, es hat . . . es hat sie jemand überfallen, als sie am Salzbergwerk vorbeiging. Ich gehe jetzt zu ihr, Andy.«
»Ja, natürlich.« Er stand auf und schüttelte abermals den Kopf. »Bring sie mit, bring sie hierher. Wir werden uns um sie kümmern.«
»Das werde ich versuchen, Andy.« Als sie im Begriff war, das Zimmer zu verlassen, sagte er, als spräche er mit sich selbst: »Catherine . . . Kann es nicht glauben. Überfallen . . . Warum passiert so was ausgerechnet immer den nettesten Mädchen!«
Während Katie nach oben ging, wiederholte sie seine Frage: »Ja, warum?«

Katie hatte Lucy jahrelang nicht gesehen und konnte es erst gar nicht glauben, daß die Frau, die ihr die Tür öffnete, Lucy sein sollte. Von Catherine wußte sie, daß es mit ihrer Mutter abwärts ging, aber die Frau da, die erst Anfang Vierzig war, sah alt aus, älter, als sie selbst war. Außerdem hatte es nicht den Anschein, als wäre sie in den letzten Tagen auch nur flüchtig mit Wasser, Kamm oder Bürste in Berührung gekommen.
Lucy sprach zuerst. Sie legte den Kopf schräg und sagte: »Oh, du bist es. Schlechte Neuigkeiten machen schnell die Runde, was?«
»Kann ich eintreten, Lucy?«
Lucy riß sofort die Tür auf, und Katie betrat eine Art Vorraum zu der drei Räume umfassenden Parterrewohnung. Der Boden des Raums bestand aus nackten Brettern, die völlig verdreckt waren. Als sie die Küche betraten, kam Catherine eben aus der Spülküche. Sie sahen sich einen Moment lang an, dann senkte Catherine den Kopf, wandte sich um und wollte schon im Schlafzimmer verschwinden, woran Lucys Gekläffe sie hinderte.

»Versuch nicht, dich da drinnen zu verstecken, meine Gnädigste! Für dich gibt es auf der ganzen weiten Welt keinen Platz mehr, an dem du dich verstecken könntest. Du hättest es dir vorher überlegen müssen, wo du dich verstecken kannst, bevor du dich auf so was eingelassen hast! Setz dich gefälligst. Deine Tante ist gekommen, um mit dir zu reden.«

Als sich Catherine, immer noch den Kopf gesenkt, auf den nächsten Stuhl niederließ, sagte Lucy zu Katie: »Das war die reinste Geldverschwendung, was du all die Jahre für sie getan hast. Du siehst ja, welchen Dank man von ihr hat. Sie spuckt einem einfach ins Gesicht.«

Lucy ergriff einen an der Wand stehenden Stuhl, schob ihn Katie hin und murmelte: »Setz dich. Du mußt die Unordnung hier entschuldigen. Ich war nicht mehr imstande, einen Finger zu rühren, seit mich dieses Unheil getroffen hat. Es hat mich völlig um den Verstand gebracht. Ich habe sie gewarnt, Tante Katie, ich habe sie gewarnt! Immer wieder hab' ich ihr gesagt: Dein Vater will diesen Tommy Mulholland nicht sehen. Erst haben wir überhaupt nichts davon gewußt, daß die beiden miteinander gingen, denn der Kerl kommt mir ja nicht über die Schwelle. Aber der kleine Mika hat sie beobachtet, wie sie Abend für Abend am Salzbergwerk vorbeischlichen, wenn sie bei dir zu Besuch war. Abend für Abend hat er sie dort getroffen. Es war alles abgemacht.«

Katie sah Lucy an, während sie sprach, aber aus den Augenwinkeln beobachtete sie Catherine, die den Kopf hob. Wie blaß sie ist! dachte Katie von Mitleid erfüllt. Am liebsten hätte sie sie in die Arme genommen, wandte sich jedoch mit einem unterdrückten Seufzer wieder Lucy zu, die fortfuhr: »Am Abend, bevor sie aufs College fuhr, ist sie in einem Zustand zur Tür hereingekommen, sag ich dir – nicht zu schildern! Uns wollte sie weismachen, daß ein Mann sie verfolgt hat. Aber sie muß das längst gewußt haben. Das haben sich die beiden nur ausgedacht. Und er hat sie dazu angestiftet ...«

Noch ehe Lucy ausgesprochen hatte, war Catherine mit

einem Ruck in die Höhe gesprungen und hatte ihren Stuhl an die Wand gestoßen. Und dann schrie sie: »Er war es nicht! Wie oft muß ich es dir noch sagen, daß er es nicht gewesen ist. Ich schwöre bei Gott, dem Allmächtigen, daß er es nicht war ... Ich hab' es dir doch gesagt, daß er es nicht war!«

»Meinetwegen kannst du bei den Erzengeln und sämtlichen Heiligen schwören, mein Kind. Kein Mensch in diesem Haus wird es glauben.«

Mutter und Tochter starrten einander von gleichem Haß erfüllt an. Dann schien Catherine ganz plötzlich aller Kampfgeist zu verlassen, ihr Körper sank zusammen, sie drehte sich um, lehnte sich an den Küchentisch an und umklammerte mit beiden Händen die Tischkante.

Und nun blickte Lucy Katie an, während sie sich schwerfällig wieder niedersetzte, die Hände über dem schmutzigen Kittel faltete und sich langsam hin und her wiegte. Und dann wimmerte sie beinahe: »Was sollen wir machen, wenn es zur Welt kommt und kein Vater da ist und wir noch einen Mund mehr zu füttern haben? Wir können es uns nicht leisten, wo wir doch ohnehin schon sieben sind, es geht nicht. Und daß du uns nach allem, was geschehen ist, weiterhelfen wirst, ist auch nicht sehr wahrscheinlich, das kann kein Mensch erwarten. Fair ist fair, wie ich zu Pat gesagt habe. Und es wäre dir gegenüber nicht fair, dich um weitere Hilfe anzugehen, jetzt, wo sie sich als so undankbar erwiesen hat.«

»Sei nicht albern, Lucy.« Katies Stimme klang rauh. Es war das erstemal, daß sie, seit sie dieses Haus betreten hatte, etwas sagte, und der Klang ihrer Stimme schien Lucys krumme Schultern noch mehr zu krümmen. Katie sah, wie sie den Kopf senkte, bis von ihrem Gesicht beinahe nichts mehr zu sehen war.

»Dazu kommt noch, Tante Katie, daß sie nichts davon wissen will, was du auch tun würdest. Ich hab' ihr gestern schon gesagt, daß sie zu dir gehen soll, aber nein, nein! Sie wollte nicht zu ihrer Tante Katie gehen, nach allem, was du für sie getan hast. Nicht mal, wenn du ihre eigene Mut-

ter gewesen wärst, hättest du mehr für sie tun können, das hab' ich immer gesagt, Tante Katie. Da kannst du Pat fragen. Und jetzt will die feine Dame nicht mal mehr zu ihrer Tante Katie gehen.«
Katie stand langsam auf, ging zu Catherine hinüber, berührte sanft ihren Arm und sagte ebenso sanft: »Komm für einen Moment hinaus mit mir, Catherine; nur einen Moment, damit wir miteinander reden können.«
Catherine drehte den Kopf weg und murmelte: »Nein, Tante Katie, ich kann nicht.«
Nun trat Katie auf Lucy zu, beugte sich über sie und flüsterte ihr ins Ohr: »Könntest du uns für ein paar Minuten allein lassen?«
Lucy nickte ihr verschwörerisch zu, legte den Zeigefinger auf die Nase und ging in die Spülküche. Eine Minute später sah Katie sie am Fenster vorbei in den Hof zum Klosett gehen.
»Catherine.« Katie hielt mit einer Hand Catherines Arm fest, mit der anderen drehte sie ihr Gesicht zu sich herum, aber nur ihr Scheitel war zu sehen. Nichtsdestoweniger sprach sie weiter, leise und rasch: »Hör zu, Catherine. Ich weiß alles. Ich weiß, wer dir das angetan hat. Du mußt zu uns kommen und bei uns bleiben. Du wirst ihn nicht zu Gesicht bekommen, das verspreche ich dir, bestimmt nicht. Aber ich muß mit dir sprechen; hier können wir das nicht.«
Langsam hob Catherine den Kopf. Ihr Mund stand offen; mit tränenlosen Augen starrte sie Katie an und flüsterte: »Wieso . . .?«
»Ich kann es dir jetzt nicht sagen. Nur soviel, daß ich weiß, daß du nur deshalb den Mund gehalten hast, um deinen Onkel und mich nicht zu kränken. Stimmt es vielleicht nicht?«
Katie sah, wie Catherine abermals den Kopf sinken ließ. Und nun sagte sie in lebhaftem Ton: »Geh und hol dir deinen Mantel. Und nimm mit, was du willst, denn wenn es nach mir geht, dann kommst du nie mehr hierher.«
»O Tante Katie.«

Catherines Gesicht verzerrte sich, sie zitterte am ganzen Körper, und Katie packte sie am Arm und rief: »Nicht jetzt! Geh und hol deine Sachen. Rasch.«

Catherine war im Schlafzimmer, als Lucy wieder in die Küche kam. Sie zog fragend die Augenbrauen hoch, und Katie sagte leise: »Sie kommt mit.« Dann fügte sie hinzu: »Aber ich weiß nicht, für wie lange.« Damit drehte sie sich um, nahm ihre Handtasche, blickte darauf nieder und sagte: »Solange sie bei mir bleibt, kannst du die Kinder jeden Samstag zu mir hinüberschicken.«

»Oh, danke, Tante. Weißt du, ich wüßte wirklich nicht, was ich ohne dich anfangen würde. Das hab' ich früher schon gesagt und sag' es jetzt wieder. Aber ich sag' dir lieber gleich: Erwarte keinen Dank von ihr für das, was du tust. Sie ist das undankbarste Luder geworden, das es weit und breit gibt. Sie ist mein eigenes Fleisch und Blut, und ich sollte sowas nicht sagen, aber so ist sie. Und was geschehen wird, wenn das Kind erst einmal da ist, weiß Gott allein. Ein Kind, das keinen anständigen Namen hat! Und wenn sie auf einmal doch zugeben würde, daß es der junge Stutzer war, würde Pat niemals seine Einwilligung geben. Nicht nur, weil er ihr Cousin ist, sondern auch wegen der Religion. Lieber würde er sie einen Araber aus Costerfine Town heiraten lassen als diesen Schwätzer. Jedenfalls ist es nicht in Ordnung, wenn Cousin und Cousine heiraten, das steht fest.« Sie hatte Katie angesehen, während sie dies sagte, aber nun glitt ihr Blick rasch ab, als sie sich daran erinnerte, daß die Tochter dieser Frau ihren Halbbruder geheiratet hatte. Sie war bei den Charltons gewesen, als es geschah und hatte die ganze Geschichte mitgemacht, ohne damals zu verstehen, worum es eigentlich ging. Das tat sie erst Jahre später. Da sie aber in diesem Augenblick nichts tun wollte, was Katie ärgern und damit ihre Einnahmequelle gefährden könnte, fügte sie rasch hinzu: »Natürlich passiert so was immer wieder. Man kann ja nie wissen, nicht wahr? Es ist eben die Religion, verstehst du? Pat kennt in dem Punkt keinen Spaß?«

Lucy hörte mit dem Geplapper auf, als Catherine aus der

Schlafzimmertür trat. Sie trug einen marineblauen Hut und Mantel und einen braunen Koffer in der Hand, und Katie tat das Herz weh, als sie sie ansah. Catherine war erst achtzehn, aber der Schmelz der Jugend war dahin, genauso wie er bei ihr dahin gewesen war an dem Tag, als sie Bunting geheiratet hatte. Aber so Gott wollte, würde Catherine kein derartiges Schicksal erwarten wie sie. Ihr Weg würde so ruhig und glatt verlaufen, wie Geld und Liebe nur imstande waren, den Weg eines Menschen verlaufen zu lassen.
Catherine verabschiedete sich nicht von ihrer Mutter. Als Lucy den beiden durch den Vorraum vorausging, sagte sie: »Du solltest heute abend auf die Knie fallen, mein Kind, und Gott für deine Tante Katie danken.« Und an der Tür lächelte sie Katie an und sagte: »Leb wohl, Tante Katie. Und danke! Pat wird ein Stein vom Herzen fallen.«
Katie sagte nichts; sie nickte bloß. Dann ging sie mit Catherine die Straße hinunter, vorbei an den Weibern, die in ihren Haustüren standen, die Münder weit aufsperrten und Catherine kein einziges Abschiedswort zuriefen. Sie gingen mitten durch Scharen von Kindern, die ihnen nachliefen und schrien: »Ham' Se vielleicht 'n Penny für mich, Madam?«
Als Catherine an der Straßenbahnhaltestelle Tom erblickte, verlangsamte sie ihren Schritt, doch drängte Katies Hand sie vorwärts. Dann stand sie zwischen den beiden, bis die Straßenbahn kam, und darin saß sie zwischen ihnen, und alle drei schwiegen.
Nachdem Katie das Haustor aufgesperrt hatte, ging sie direkt ins Frühstückszimmer, und nachdem sie sich vergewissert hatte, daß niemand darin war, winkte sie Catherine zu sich. Dann bedeutete sie Tom, zu Catherine hineinzugehen, und danach schloß sie die Tür hinter den beiden.
Sie hatte noch den Mantel an und stand im Flur, um den Hut aufzuhängen, als sie Andrees polternde Stimme von oben hörte, die rief: »Ach, Unsinn. Verschwinden Sie schon, Betty.« Katie warf ihren Mantel rasch über einen

Stuhl und eilte zum Fuß der Treppe, da ging die Salontür auf, und als sie den Kopf wendete, sah sie Nils dort stehen. Sie wußte nicht, wie sie von der Treppe in den Salon gelangt war, aber innerhalb von Sekunden stand sie mit dem Rücken zur Tür da, sah ihn an und zischte: »Du Teufel, du!«

Er stand vor ihr, groß, gut aussehend und arrogant, und indem er die Lippen spöttisch kräuselte, sagte er: »Aaah, das ist es also! Deshalb das ganze Getue und Gerenne. Ich hab euch vom Fenster aus gesehen, wie du wie die reinste Glucke die beiden ins Haus getrieben hast. Hab' ich deinem kleinen Entchen also den Bauch vollgemacht, tststs, stell dir nur vor! Nun, wie behagt dir das?«

»Du verdammtes Schwein, du!«

Er schwenkte den Zeigefinger vor ihrem Gesicht hin und her. »Ich hab' dich nicht nach deiner Meinung über mich gefragt, meine liebe Katie, ich hab' dich bloß gefragt, wie dir das behagt.«

»Soll ich dir etwas sagen?« Ihr Körper bog sich vor. »Wenn es nicht um Andy ginge, würde ich dich umbringen; ich schwöre vor Gott, daß ich dich in dieser Minute noch umbringen würde.«

»Hach!« Sein spöttischer Gesichtsausdruck änderte sich etwas, und er verzog die Lippen, als er sagte: »Ich erinnere mich dunkel daran, daß du das schon einmal gesagt hast.«

»Du bist ein dreckiges, stinkendes, widerliches Tier. Das bist du schon immer gewesen . . .«

»Halt den Mund! Wage ja nicht, mich dreckig oder stinkend zu nennen. Du! Du traust dich, jemanden dreckig und stinkend zu nennen? Der letzte Abschaum vom Kai?! Ich hätte wissen müssen, daß er dich in einem Bordell aufgelesen hat. Ihr seid mir ein feines Paar, ihr beiden. Willst du etwa wissen, weshalb meine Mutter nicht mit ihm leben wollte? Wegen seiner Weiber, egal welcher Typ und welche Farbe. Die Straßen unserer Stadt sind mit kleinen, strohblonden Fraenkels nur so übersät. Jetzt bin ich an der Reihe. Deine teure Catherine wird ihm ein Enkelkind schenken – das wird ihn freuen . . .«

Er hatte noch nicht ausgesprochen, als Katie beiseitegestoßen wurde. Sie drehte sich um und erblickte Andree, der über sie hinweg seinen Sohn ansah. Als die beiden Männer einander erregt anstarrten, bedeckte Katie ihr Gesicht mit beiden Händen und winselte: »Andy, Andy, nicht!«

Aber sie hatte nicht die Kraft, ihm in den Arm zu fallen, denn schon sprang er mit einem raubtierhaften Gebrüll auf Nils los. Wie zwei Riesen umklammerten die beiden einander, ihr Keuchen und Fluchen ging in Katies Geschrei unter, und als sie die Arme um Andrees Rücken schlang, um ihn mit aller Macht fortzuziehen, sah sie Nils' hocherhobene, zum Schlag bereite Faust, die den Vater jedoch nicht mehr erreichte, denn mit einem Geräusch, als ließe man die Luft aus einem Ballon heraus, sank Andree Katie in die Arme. Er war so schwer, daß sie unter seinem Gewicht mit ihm zu Boden fiel. Dort rappelte sie sich laut aufstöhnend auf, wiegte Andrees Kopf an ihrer Brust und achtete nicht auf die Umstehenden. Nicht auf Nils, der den Salon langsam verließ, nicht auf Catherine, die sich, ihm das Gesicht zuwendend, an Tom preßte und nicht auf Catherines flehentliches: »Bitte, bitte, nicht hier. Nicht jetzt. Nicht, nicht jetzt!«

Andree starb schwer. Seine gesunde Konstitution und der zutiefst verankerte Wunsch, sich nicht von seiner Frau zu trennen, die für so lange Zeit sein Leben bedeutet hatte, ließen ihn einen harten Todeskampf ausfechten, über dessen Heftigkeit selbst die Ärzte überrascht waren.

Vier Tage lang hatte Katie pausenlos an seinem Bett gewacht. Wieder saß sie daran und hielt Andrees schlaff herabhängende Hand liebevoll in der ihren. Betty kam und ging wieder, Catherine desgleichen, und das Ticken der Standuhr auf dem Treppengeländer wurde lauter und lauter, bis das Pendel gewissermaßen in Katies Kopf hin- und herschwang. Und mit jedem Schwenken sagte es: Andy, Andy, Andy!

Fünfundvierzig Jahre lang hatte sie in Wahrheit keinen anderen Gedanken gehegt, keinen andern Mann gekannt noch angesehen. Und fünfundvierzig Jahre lang war sie seine Kaa-tee gewesen, seine über alles geliebte Kaa-tee. Sie bezweifelte, daß es jemals eine Liebe wie die ihre gegeben hatte. Und nun endete sie.

Das Pendel in ihrem Kopf hörte unvermittelt zu schwingen auf, als sich die Hand, die sie umklammert hielt, bewegte; dann sah sie, wie Andree den Mund öffnete und mit einer Stimme, die klang, als käme sie bereits von einem anderen Planeten, wieder einmal flüsterte: »Kaa-tee.«

»Ja, Liebling, hier bin ich. Ich bin da.«

»Kaa-tee.« Die dick geäderten Lider hoben sich und die Augen, die immer noch von einem verblüffend leuchtenden Blau waren, ruhten in jähem Erkennen auf ihr. Einen Moment war Katie so überwältigt davon, daß sein Gesicht durch ihre Tränen ganz verschwommen wirkte.

»Kaa-tee.«

»Ja, Liebling, was ist denn?«

»Es tut mir leid, Kaa-tee. Es tut mir leid.«

»Ach, Andy!«

»Mein Sohn . . . schlecht . . . Hab' es nicht gewußt. Nur manchmal hab' ich mir den Kopf . . . zerbrochen. Der Ausdruck in seinen . . . Augen.«

»Sorg dich nicht, Liebling, streng dich nicht an. Ruh dich aus, komm.«

»Keine Zeit, Kaa-tee; lange Ruhe . . . lange Ruhe.«

Er schwieg eine Weile und lag mit geschlossenen Augen da; dann hob er abermals die Lider und flüsterte: »Lügen . . . alles Lügen, Kaa-tee.«

»Schon gut, Liebling. Ich weiß ja, daß es Lügen waren, ich verstehe dich schon. Alles waren Lügen.«

»Liebe dich, Kaa-tee.«

»Und ich liebe dich, mein Herz. Immer. Immer.«

Er riß die Augen auf, und wie in vergangenen Tagen tasteten seine Blicke ihr Gesicht Zug um Zug ab, und seine Stimme klang mit einemmal eigenartig kräftig, als er sagte: »Es kommt heran, Kaa-tee, alle Segel sind gesetzt. Es kommt.«

Und sein Schiff kam auch, und alle Segel waren gesetzt. Seine Hand erschlaffte in der ihren; seine Augen starrten sie immer noch an, nur daß sie sich nun nicht mehr regten. Da schlang Katie die Arme um ihn und zog ihn an sich ...

DANIEL
1936

1

Der große, schlanke, dunkelhaarige Mann stieg in Jarrow aus dem Zug, ging zum Ausgang, stellte seinen braunen Lederkoffer nieder, gab dem Kontrolleur seine Fahrkarte und sagte: »Kennen Sie zufällig einen Landsitz mit dem Namen ›Greenwall Manor‹?«
Der Kontrolleur schob seine Kappe aus der Stirn, sah sich den Mann – offensichtlich ein Amerikaner – einen Moment lang an und erwiderte: »›Greenwall Manor‹? Tjaja, natürlich kenne ich ›Greenwall Manor‹. Aber das ist noch ein ganz schöner Spaziergang von hier aus; es liegt direkt hinter dem neuen Bauplatz. Ein Bus fährt zwar bis zur Hauptstraße hinaus, aber dann müssen Sie immer noch gute eineinhalb Meilen zu Fuß laufen. Es ist ein riesiges altes Haus. Als Kind hab' ich mich immer davor gefürchtet, wenn ich in der Gegend Brombeeren suchen ging. Das ist eine richtiggehende Wildnis dort.«
»Ist es immer noch bewohnt?«
»Nun ja, soweit mir bekannt ist, schon. Wenn Sie wollen, kann Fred Bateman sie mit einem Taxi hinausbringen. Er steht vor dem Bahnhof.«
Das Taxi war ein schäbiges Vehikel mit zerbeulter Karosserie. Der junge Mann stellte sein Gepäck in den Kofferraum und kletterte auf den Rücksitz.
Als der Wagen gewaltig zu schlingern begann, überschrie Fred Bateman das Getöse, indem er ausrief: »Komisch, daß Sie nach ›Greenwall Manor‹ wollen; ein Ehepaar, Freunde von mir, kümmert sich nämlich drum.«
»Oh, das ist ja interessant.«
»Wollen Sie den alten Herrn besuchen?«

Es folgte eine beträchtliche Pause, bevor der Amerikaner sagte: »Ja . . ja.«
»Er ist jetzt über hundert, wissen Sie. Unglaublich, wenn man seine körperliche Verfassung bedenkt. Und alles, was er durchgemacht hat . . . Weiß man über Ihr Kommen Bescheid?«
»Nein, ich . . . ich habe niemanden verständigt. Ich habe mich ganz plötzlich zu dieser Reise entschieden.«
»Aha, verstehe. Sind Sie ein Verwandter, Sir?«
»Ja, ja, ich nehme schon an, daß man mich als einen Verwandten bezeichnen könnte.«
»Von dem alten Herrn oder von der alten Dame?«
Wieder entstand eine Pause, ehe der Amerikaner sagte: »Nun, von beiden, nehme ich an.«
Nun bog das Taxi in einen Seitenweg ein, der aufs offene Land hinausführte.
»Hübsche Gegend hier.« Fred deutete zum Fenster hinaus.
»Sehr hübsch, an einem Tag wie heute. Da kann man richtig durchatmen.«
Der Amerikaner, der spürte, daß nun auch von seiner Seite eine passende Höflichkeitsfloskel erwartet wurde, sagte: »Ja, ja. Man sieht ziemlich weit.«
»Hier sind wir schon, Sir.« Fred deutete auf eine Art Wäldchen linker Hand. »Gleich dahinter kommt das Haus. Soll einmal ein wunderschöner, gepflegter Garten gewesen sein. Aber jetzt ist es der reinste Urwald. Es hat auch ein Gutshaus und Stallungen gegeben, früher einmal. Jetzt ist alles vollkommen verfallen.«
Der Amerikaner setzte sich aufrecht, als das Taxi durch eine weit offenstehende Toreinfahrt in einen wahren Tunnel von Bäumen einfuhr, um schließlich auf einem grasverwachsenen Platz zu landen, auf dem sich ein großes, grauverwittertes Haus befand. Nachdem der Wagen angehalten hatte und er ausgestiegen war, blieb er einen Moment stehen und starrte die kahle Front an, dann folgte er Fred in einen Hof, in dem das Gras fußhoch zwischen zerbrochenen Steinplatten stand.
Es war ein sehr großer Hof, der von mehreren Gebäuden

umgeben war. Aus dem Bogengang hinten kam eine Frau, die einen Eimer in der Hand trug und sekundenlang stehenblieb. Dann kam sie rasch näher und sagte zu dem Fahrer: »Ja, Fred?« Als sie den Besucher erblickte, blieb ihr der Mund offen.

»Hallo, Maggie«, sagte Fred. »Ich habe diesen Herrn herausgebracht . . . Er kommt zu Besuch.«

Maggie, eine rundliche Frau mittleren Alters, sah den Taxifahrer fest an; dann richtete sie den Blick auf den Besucher und fragte ruhig: »Wen wünschen Sic zu sprechen, Sir?«

»Nun« – er lächelte auf sie nieder –, »um die Wahrheit zu sagen, ich weiß es nicht genau; offen gesagt, habe ich nicht erwartet, überhaupt jemanden sprechen zu können. Ich bin bloß gekommen, um mir das Haus anzusehen. Ich weiß, daß meine Urgroßmutter hier vor zwei Jahren gestorben ist; aber ich habe nicht erwartet, daß noch jemand am Leben ist.«

Maggie Robson reckte den Kopf neugierig vor, ehe sie sagte: »Sie sind ihr Urenkel?«

»Nun, ich bin Daniel Rosier, der Dritte.« Er grinste übers ganze Gesicht.

»So was, so was!« Maggie richtete sich auf. »Wie schade, daß sie diesen Tag nicht erlebt hat. Wollen . . . wollen Sie weiterkommen, Sir? Mein Mann ist oben; ich werde ihn holen.«

Sie führte ihn ins Haus, in einen riesigen, mit Steinplatten ausgelegten Raum. Dort ließ sie ihn stehen, kam jedoch kurz darauf zurück, gefolgt von ihrem Mann, der nicht viel größer als sie, jedoch mager und sehnig war.

»Das ist mein Mann Willie, Sir.«

»Guten Tag.«

»Guten Tag, Sir.« Der Mann starrte Daniel ins Gesicht, sah verblüfft drein und lachte nervös auf, als er sagte: »Das ist eine Überraschung, Sir. Meine Frau hat mir schon erzählt, daß Sie der Urenkel des Alten . . . ich meine, des gnädigen Herrn sind.«

»Ja, das bin ich.«

»Sind Sie Amerikaner?«
»Ja, ich bin Amerikaner.«
»Und Sie haben die ganze, lange Reise bis hierher gemacht?«
»Das schon, aber nicht erst vor kurzem. Ich bin in Cambridge. Montag bin ich dorthin zurückgekommen, und da ich eine Woche frei habe, dachte ich mir, ich fahre einmal heraus.«
»Cambridge?« mengte sich nun der Taxifahrer munter ein. »Gehen Sie auf die Uni? Oh, das wird Ihnen gefallen. Ich war einmal in Cambridge. Das ist wirklich ein hübscher Ort.«
»Sind Sie zum erstenmal herüben, Sir?«
Daniel blickte von Willie zu Maggie, als er antwortete: »Nein, ich bin bereits das dritte Jahr in Cambridge, aber . . . aber wissen Sie, ich hatte bis vor kurzem keine Ahnung, daß ich überhaupt Verwandte in England hatte. Das weiß ich erst, seit mein Großvater gestorben ist. Da fand mein Vater im Nachlaß Briefe vor, die von hier aus an ihn geschrieben worden waren.«
»Ach so.« Maggie nickte, dann legte sie den Kopf schräg und sagte: »Sie war eine reizende Dame, Ihre Urgroßmutter, eine ganz, ganz reizende Dame.«
»Davon bin ich überzeugt.«
Maggie machte sich nun ans Tischdecken, brachte einen frisch und knusprig aussehenden Brotlaib, Butter, Käse, Teegebäck und schließlich eine große Kanne Tee herbei und forderte den jungen Mann auf, tüchtig zuzugreifen.
Als Daniel den starken, süßen Tee trank und sich, nachdem er drei herzhafte Butterbrote verschlungen hatte, das Teegebäck schmecken ließ, spürte er, wie er langsam vor Aufregung ganz unruhig wurde. Das Gefühl war nicht neu für ihn; zum erstenmal war er davon ergriffen worden, als vor sechs Wochen sein Großvater gestorben war und seine Großmutter bereit zu sein schien, ihm im Handumdrehen zu folgen. Als sie in diesem bedenklichen Dämmerzustand lag, aus dem sie, wie die ganze Familie annahm, wohl kaum mehr würde hochkommen können, begann sein Va-

ter Briefe auszusortieren, die er im Schreibtisch der Großeltern gefunden hatte. Es waren Briefe, die nichts mit der Schiffswerft oder anderen Geschäftszweigen, an denen sie beteiligt gewesen waren, zu tun hatten; Privatbriefe also, die eine verblüffende Geschichte enthüllten, die Daniel Rosier den Zweiten sehr verstört hatten. Er war äußerst erstaunt darüber, auf diese Weise zu erfahren, daß er Großeltern in England besessen hatte, die anscheinend bis vor zwei Jahren noch am Leben gewesen waren. Aber nachdem seine Mutter sich wieder von ihrem Schwächeanfall erholt hatte, weigerte sie sich, über diese Sache zu sprechen; und nur die Angst, durch die leiseste Aufregung einen Rückfall bei ihr zu verursachen, hielt ihn davon ab, auf einer Diskussion über dieses Thema zu bestehen.
Daniel der Zweite war an dem Umstand, Vorfahren in England zu besitzen, sehr interessiert, denn er hatte immer geglaubt, daß seine Eltern Waisenkinder gewesen seien. Die Weigerung seiner Mutter, über die Vergangenheit zu sprechen, deutete auf etwas Geheimnisvolles hin, das er unbedingt aufklären wollte. Und so hatte er Daniel dem Dritten vorgeschlagen, diesmal ein paar Tage früher nach England zu fahren und zu versuchen, so viel wie möglich über diese Sache herauszubekommen. Deshalb war er also hier. Und nun befand sich da oben sein Urgroßvater, und er ängstigte sich davor, ihn zu sehen. Aber das Paar, das ihm gegenübersaß, traf keinerlei Anstalten, ihn zu seinem Urgroßvater zu bringen. Wenn er es sich recht überlegte, war es doch merkwürdig, daß sie ihm nicht vorgeschlagen hatten, erst einmal nach oben zu gehen. Er wandte sich nun an Maggie und sagte: »Das war ausgezeichnet. Ich habe noch nie ein so schmackhaftes Brot und so herrliches Gebäck gegessen.«
»Ich backe selbst.« Sie lächelte ihn an. »Wir liegen zu sehr weitab, als daß man uns mit frischem Gebäck versorgen könnte.«
Er zog sein Taschentuch hervor, wischte sich Mund und Hände ab, sah Willie an und fragte geradeheraus: »Kann ich jetzt hinaufgehen?«

»O ja, Sir, natürlich.«
Sie standen auf, Willie machte ihm die Tür auf, trat zur Seite, damit Daniel vorbeigehen konnte, und führte ihn dann einen dunklen Gang entlang, bis sie durch eine zweite Tür in die Halle kamen.
Daniel blieb unvermittelt stehen und sah sich äußerst verblüfft um.
Willie Robson lenkte Daniels Blick auf sich, als er sagte: »Es ist ein gräßlicher Anblick, Sir, aber wir werden nicht mehr damit fertig. Der alte Herr beansprucht all meine Zeit. Die Räume hier kann ich eben nur hie und da durchgehen.«
»Aber ich bitte Sie, es ist schon in Ordnung, wirklich. Ich bin bloß überrascht. Mein Gott, ich verstehe gar nicht, wie Sie beide hier leben und ganz allein alles saubermachen können.«
Willie senkte mit einem leichten Lächeln den Kopf und sagte: »Dabei haben Sie noch gar nichts gesehen, Sir. Wenn es sich nur ums Haus allein handeln würde, würden wir es schon irgendwie schaffen; aber er . . . ich meine, der gnädige Herr . . . Ich will Sie lieber rechtzeitig darauf vorbereiten, daß er, abgesehen davon, daß er hochbetagt ist – er ist über hundert –, kein angenehmer Anblick ist. Er hatte vor Jahren einen Unfall, das hat ihn die eine Gesichtshälfte gekostet. Und dann ist auch sein Geist angegriffen. Er ist oft nicht mehr klar bei Verstand und außerdem teilweise gelähmt. Ich dachte mir bloß, daß ich Sie warnen sollte. Die letzten paar Tage war es nicht allzu schlimm, aber das kann sich bei ihm blitzartig ändern, wissen Sie.«
Sie gelangten nun zu einer Galerie, deren hohe, schmale Fenster von Regen und Staub so verschmiert waren, daß die Sonne sich vergeblich bemühte, durchzudringen. Dann bogen sie in einen Gang ein, und schließlich blieb Willie vor der letzten Tür stehen, sah kurz zu Daniel auf, öffnete sie und trat ein. Auf einen Wink folgte ihm Daniel langsam.
Als erstes nahm er wahr, daß die Sonne hell durch zwei große Fenster in den Raum schien und daß die schweren,

altmodischen Möbel, mit denen er angefüllt war, wenn schon nicht gerade glänzten, so doch so aussahen, als würden sie gepflegt werden. Als er sich umwandte, erblickte er linker Hand im äußersten Winkel ein riesiges Himmelbett, in dem eine unförmig wirkende Gestalt saß.
Daniel erblickte einen völlig kahlen Schädel von krankhafter Blässe, abgesehen von jenen Stellen, die braungesprenkelt waren. Die Brauen wirkten wie Löcher, und die Augen darunter erinnerten an kleine, schwarze Punkte. Eine Gesichtshälfte, jene, an der noch das Ohr dran war, war wie eine runzlige Masse schwabbernder Haut; die andere, ohrlose, war gerafft, als wäre sie mit einem roten Faden zusammengenäht; und dann war da noch die schlohweiße Hand, die wie ein lebloses Ding auf der Steppdecke lag. Sie war jedoch nicht furchteinflößender als die andere, die nur das Fragment einer Hand war und um deren Gelenk ein Lederriemen geschlungen und dann an einem der starken Bettpfosten befestigt war.
Daniel sah, wie Willie auf das Bett zuging und, ohne sich zu dem Mann herabzubeugen, laut rief: »Es ist jemand da, der Sie sprechen möchte!« Wonach er sofort wieder beiseite trat, den Kopf wandte und leise zu Daniel sagte: »Kommen Sie ihm nicht zu nahe.«
Daniel mußte sich dazu zwingen, sich dem Bett überhaupt zu nähern. Am Fußende blieb er stehen, befeuchtete sich die Lippen und sagte in förmlichem Ton: »Guten Tag, Sir.«
»Wa ...! Wa ...! Verdammter Doktor ... Sie kriegen mich nicht 'raus ... Wer zum Teufel ... sind Sie? Wer, hm? Stehen Sie nicht da herum! Ich bin nicht tot, ich bin noch lange nicht tot.«
»Das hier ist Ihr Urenkel aus Amerika, Sir; er ist gekommen, um Sie zu besuchen.« Abermals schrie Willie.
Die Gestalt im Bett verstummte einen Moment lang; dann verzog sich sein Gesicht. »Enkel?«
»Urenkel«, sagte Daniel und versuchte, zu lächeln.
»Ha-ha! ... Ha-ha-ha! ... Oh, ha-ha-ha!«
Als das knatternde Gelächter immer lauter und lauter wurde, spürte Daniel Willies Hand auf seinem Arm, trat

einen Schritt zurück und hörte Willie flüstern: »Es hat keinen Zweck, Sir. Er fängt doch schon wieder an. So ist er anfangs immer. Ich an Ihrer Stelle würde lieber wieder gehen, Sir.«

Daniel hätte man gar nicht erst dazu auffordern müssen, so schnell war er an der Tür, aber als er sich dort umwandte, schrie ihm die Gestalt aus dem Himmelbett mit einer ruckartigen Kopfbewegung nach: »Bastard! Hure! Mulhollands Hure! Gefängnis. Der Schwede. Die Mulholland-Hure. Gefängnis. Keine Pferde. Keine Pferde.«

»Kommen Sie, Sir.«

Nachdem Willie die Tür hinter ihnen beiden geschlossen hatte und sie längst am Ende des Ganges angelangt waren, hörte Daniel noch immer das Gebrüll: »Mulholland, Mulholland!«

»Es tut mit leid, Sir, sehr leid, daß Ihr Besuch so ausgefallen ist.«

Daniel stand an der Treppe, umfaßte mit beiden Händen das Geländer, blickte in die Halle hinunter und sagte dann, indem er sich nach dem kleinen Mann umdrehte: »Mich wundert nur eines: Wie halten Sie es aus, ihn zu pflegen?«

»Gewohnheit, Sir. Ein Job wie jeder andere, nehme ich an. Jahrelang waren wir beide froh darüber, und so lange die alte Dame am Leben war, war es auch nicht so schlimm.«

»Wie lange sind Sie denn hier?«

»Wir sind 1920 hergekommen, Sir.«

Daniel schüttelte den Kopf. »Warum haben Sie denn niemanden, der Ihnen hilft?«

»Nun ja, Sir, ich nehme an, daß Sie es nicht wissen, aber mit dem Geld ging es zu Ende, als die alte Dame starb. Sie selbst hat seit Jahren von einer Schenkung gelebt, die, wie ich hörte, ganz beträchtlich gewesen sein soll. Aber als sie starb, war es aus damit . . . Wissen Sie, der Arzt versteht gar nicht, daß er es so lange durchhält. Er sagt, das sei der Teufel in ihm. Und in dem Punkt stimme ich völlig mit ihm überein. Niemand weiß besser über diesen Teufel in ihm Bescheid als ich.«

»Das klingt alles so phantastisch«, sagte Daniel kopfschüttelnd und verzog das Gesicht. Dann fragte er: »Wie kam er denn zu diesen Verletzungen?«

»Nun ja, Sir, das ist eine lange Geschichte. Soviel ich mir zusammenreimen kann, war es seine Schwester, die ihn angeschossen hat.«

»Nein!«

»Tjaja, Sir. Es heißt, sie wollte ihn umbringen. Ein Jammer, daß sie es nicht getan hat, sage ich immer. Denn kurz danach wurde er für sieben Jahre eingesperrt.«

»Weshalb?«

»Er hat seinen Diener umgebracht, Sir.«

Daniel starrte Willie eine ganze Minute an, ehe er wiederholte: »Seinen Diener umgebracht?«

»Tja, die Leute erzählen, daß er ihn wie einen Hund behandelt, ihm ein Auge ausgeschlagen und ihn fast täglich mit der Reitpeitsche verprügelt hat. Da ist der arme Kerl eines Tages über ihn hergefallen. Aber er war ihm nicht gewachsen, und so hat der Alte ihn umgebracht und in den Tümpel drüben gestoßen.«

»Allmächtiger!«

Daniel ließ das Kinn auf die Brust sinken, und Willie sagte sofort: »Ach, grämen Sie sich deshalb nicht, Sir.«

»Aber mein Großvater« – Daniel schüttelte ungläubig den Kopf –, »mein Großvater war ein so freundlicher Mann, sanft, gütig, beinahe wie eine Frau so sanft. Und mein Vater ist genauso.«

»Merkwürdig, nicht wahr, Sir? Aber wahrscheinlich sind Sie der alten Dame nachgeraten, denn die war, wie ich bereits sagte, wirklich reizend. Maggie hat tagelang geweint, als sie starb. Oft hat es in den letzten Jahren Zeiten gegeben, wo ich sagte, daß ich es hier nicht mehr länger ertragen könne, aber Maggie hat darauf bestanden, daß wir hierbleiben, weil sie die alte Dame nicht im Stich lassen wollte. Möchten Sie vielleicht ihr Zimmer sehen, Sir?«

»Ja, gerne«, sagte Daniel noch ganz betäubt, und dann folgte er Willie den ganzen Gang wieder zurück bis zu einem linker Hand gelegenen Zimmer. Auch in diesem stand ein Himmelbett, aber es war ein völlig anderer

Raum. Die Holztäfelung war weiß gestrichen, Teppich und Vorhänge waren von einem verblichenen Grün, es duftete nach Lavendel und Veilchenwurzeln: es war das Zimmer einer Frau, einer sanften Frau.
Zwischen den beiden hohen Fenstern stand ein zierlicher Schreibtisch, und Willie sagte, darauf hindeutend: »Hier ist sie stundenlang gesessen, nicht, um zu schreiben – höchstens hie und da mal einen kurzen Brief. Nein, einfach dagesessen. Wissen Sie, sie hat die letzten zehn Jahre ihres Lebens nie mehr ihr Zimmer verlassen und die meiste Zeit im Bett zugebracht.«
Daniels Blick fiel auf ein Bild über dem Kamin, und als er nähertrat, sagte Willie: »Das war sie, als sie ungefähr dreißig war, heißt es. War sie nicht hübsch?«
»Ja, sehr hübsch.«
»Und dabei hatte sie ein so schweres Leben.«
Daniel wandte den Kopf, sah Willie an und fragte ruhig: »Hat sie es Ihnen gesagt?«
»O nein, Sir, nein. Sie hat niemals über den gnädigen Herrn gesprochen, kein Wort. All die Jahre über, in denen Maggie sie bediente, hat sie seinen Namen kein einziges Mal erwähnt. Die Köchin hat uns erzählt, daß sie einander dreißig Jahre nicht mehr gesehen hatten. Kaum zu glauben, nicht wahr? Oder können Sie sich das vorstellen, Sir, wenn man in demselben Haus wohnt? Natürlich, er hat ihr viel, viel angetan. Hat seinen einzigen Sohn mit dessen Halbschwester verheiratet, jawohl. Das Mädchen war die Tochter von Katie Mulholland, dieser Mulholland, auf die er immerzu flucht. Er hat sie geschwängert, als sie hier im Dienst stand. Sie hat ihr Kind dann adoptieren lassen, aber das Schicksal hat ihr übel mitgespielt und ausgerechnet ihre Tochter und seinen Sohn zusammengeführt. Nun, als der Alte herausbekam, wer das Mädchen war, hat er richtiggehend auf die Hochzeit gedrängt und . . . O Gott, Sir!« Willie schlug sich mit der Hand auf den Mund und sah Daniel entschuldigend an.
Daniel zwang sich dazu, zu sagen: »Ist schon in Ordnung. Ich habe davon gewußt.«

»Wirklich, Sir?«
»Ja, ja.«
»Oh, da fällt mir aber ein Stein vom Herzen, Sir, wirklich, wo mir das einfach so herausgeschlüpft ist.« Er drehte sich um und deutete auf die gegenüberliegende Galeriewand, auf eines der vier dort hängenden Bilder. »Das da wird Sie interessieren, Sir.«
Langsam ging Daniel darauf zu und blieb davor stehen. Es war, als würde er in den Spiegel sehen, denn das Gesicht war beinahe sein Ebenbild, nur daß seine Augen dunkler waren als die auf dem Gemälde.
»Soviel ich gehört habe, wurde es gemalt, kurz bevor die beiden geheiratet haben, Sir.«
»Praktisch sehen wir uns vollkommen ähnlich.«
»Tjaja, Sir, es ist wirklich verblüffend.«
»Nun, ein Kompliment ist das gerade nicht – wo er doch ein so schrecklicher Mensch war.«
»Ja, Sir, das war er. Aber ich glaube, jede Familie bringt so etwas hervor. Als würde alle Schlechtigkeit von den andern abgezogen und in diesen einen hineingesteckt werden. Verstehen Sie, was ich damit sagen will?«
»Natürlich. Und ich kann nur hoffen, daß Sie damit recht haben, Willie.« Daniels Miene war ernst, als er wieder nach unten ging. Und sie blieb es auch, als er Willie durch das übrige Haus folgte.
In der Küche sagte Maggie: »In ungefähr einer Stunde habe ich eine richtige Mahlzeit für Sie bereit, Sir. Paßt Ihnen das?«
»Ausgezeichnet«, sagte Daniel. »In der Zwischenzeit werde ich mich ein bißchen umsehen, falls Sie nichts dagegen haben. Machen Sie sich nicht die Mühe, mitzukommen, Willie. Ich finde mich schon zurecht.«
»Sehr wohl, Sir. Aber es gibt nicht viel zu sehen. Es ist ein richtiger Dschungel.«
Als Daniel über den Hof ging, holte er tief Atem und dachte: Dieses Haus ist schrecklich . . . aber dennoch faszinierend.
Es fiel ihm schwer, zu glauben, daß sein Großvater hier

aufgewachsen und herumgelaufen war und im Garten gespielt hatte. Weshalb war er nie zurückgekommen, um seine Mutter zu besuchen? Daß er seinen Vater nicht wiedersehen wollte, war verständlich, aber nicht, soweit es seine Mutter anging, dieses hübsche, sanft aussehende Geschöpf aus dem nach Lavendel und Veilchen duftenden Zimmer da droben. Und weshalb hatte er es für nötig erachtet, ihre Existenz vor ihnen allen geheimzuhalten? Es war höchst unwahrscheinlich, daß sie etwas über die Verwandtschaft zwischen ihm und seiner Frau verraten hätte. Aus den Briefen, die sein Vater gefunden hatte, war nichts anderes hervorgegangen, als daß seine Großmutter bis vor zwei Jahren am Leben gewesen war. Es hatte sich um höfliche Briefe gehandelt, in denen sie sich nach dem Gesundheitszustand ihres Sohnes erkundigte und berichtete, daß es ihr gut gehe – so in der Art.
Bevor Daniel von daheim abgereist war, hatte sein Vater ihn beiseite genommen und zu ihm gesagt: »Was du auch herausfinden magst, schreib nicht darüber. Heb' es auf, bis du wieder zurückkommst, verstehst du?« Er verstand.
Nun verstand er auch die Unnahbarkeit seiner Großmutter und die ständige, beinahe übertrieben wirkende Fürsorge seines Großvaters, was sie betraf. Er behandelte sie immer, wie man ein kostbares Stück Porzellan behandelt, äußerst sanft und behutsam. Wieder sah er seine Großeltern bei Familienzusammenkünften – Seite an Seite, etwas abseits von den andern. Sein Bruder hatte gesagt: »Wie königliche Hoheiten, die ihren Untertanen beim Spielen zusehen.« Und die ganze Zeit über, all die Jahre hindurch, hatten sie ihr Geheimnis über dieses Haus und diesen Mann, der ihr Vater war, für sich behalten.
Seine Mutter war eine Mason-Crawford und entstammte einer Familie von tadellosem Ruf. Niemals war sie auch nur mit der Spur eines Skandals in Berührung gekommen, abgesehen von dem Tag, als seine Schwester Victoria das Licht der Welt erblickte. Aber man konnte Victoria schließlich nicht gut als »Skandal« bezeichnen, eher als eine Prüfung des Himmels. Obwohl es für ihn immer ein

Geheimnis bleiben würde, weshalb Gott eine Familie wie die ihre mit einem Kind, dessen Geist nicht normal war, gestraft hatte. Und er wußte, daß das nicht nur für ihn, sondern auch für seine Mutter, ja, die ganze Familie ein Geheimnis war. Aber die Mason-Crawfords hatten einen Trost: Sie wußten, daß Victoria nicht von ihrer Linie abstammte. Da sowohl die Eltern Daniels des Ersten als auch Sarahs Eltern angeblich bei einem Zugunglück umgekommen waren, als sie gemeinsam eine Reise unternommen hatten, konnte man, wie sich die Mason-Crawfords sagten, diesbezüglich keine großen Nachforschungen anstellen, ohne deren Gefühle zu verletzen. Aber man dachte um so mehr darüber nach . . .

Nachdem Daniel das Grundstück ausgiebig durchstreift hatte, kehrte er wieder zum Haus zurück. Maggie hatte das Essen fertig, und als er am Küchentisch Platz nahm, sagte sie: »Das ist nicht der richtige Platz für Sie, Sir.«

Und er antwortete darauf: »Bitte, machen Sie nur keine Umstände. Ich bin sehr dankbar, daß ich überhaupt etwas zu essen bekomme. Und was das Essen in der Küche anlangt, so bin ich von daheim durchaus daran gewöhnt.«

Daniel hatte nie im Leben in der Küche gegessen, ausgenommen als Baby. Seine Mutter wäre schon über die bloße Vorstellung entsetzt gewesen, und auch die Dienerschaft hätte seine Anwesenheit in der Küche mit mehr als gemischten Gefühlen aufgenommen. Es sprach für seine Liebenswürdigkeit und seine guten Manieren, daß sowohl Maggie als auch Willie ihm glaubten.

Er trank gerade seinen Kaffee aus, als er mitten in Maggies Erzählungen über Fanny Croft und deren Berichte seinerzeit diesen Schrei hörte. Er klang zwar gedämpft, ließ ihn aber sogleich auffahren, bis Maggie beruhigend sagte: »Ach, das ist nichts, Sir. Achten Sie gar nicht darauf. Er hat wieder einen seiner Anfälle und ist wütend, daß er sich nicht freimachen und mit allem herumwerfen kann, was ihm so in die Hände kommt. Er ist schrecklich boshaft. Er hat wieder mal seine Mulholland-Phase, wissen Sie.«

»Die Mulholland-Phase?«

Daniel zog fragend die Augenbrauen hoch, und Maggie sagte: »Hie und da bildet er sich ein, auf sie loszugehen, da streitet er mit ihr oder so. Ein Wunder, sage ich immer zu Willie, daß sie ihn nicht hört, wo er doch anscheinend in alle Ewigkeit nicht von ihr abläßt. Aber vielleicht tut sie es. Derartige Haßgefühle finden schon ihr Ziel.«
»Nun, ich glaube kaum, daß ihr das heute noch weh tut, dort, wo sie jetzt ist«, sagte Daniel lächelnd.
»Oh, sie ist nicht tot, Sir.«
»Nein??« Daniel riß die Augen auf, stellte seine Tasse nieder und sagte abermals: »Nein? Diese Mulholland lebt noch?«
»Nun, bis vor kurzem jedenfalls. Ich habe wenigstens nichts über ihr Ableben gelesen, und sie ist so bekannt hier herum, daß in einem solchen Fall ganz bestimmt was in der *Gazette* gestanden hätte. Aber ich kann mir vorstellen, daß ihr Leben sich dem Ende nähert, denn sie muß ja gleichfalls hochbetagt sein.«
»Lebt sie in der Nähe?«
»In Shields, Sir. In Westoe. Alle Leute, die Geld haben, wohnen dort.«
Als nun ein noch lauterer Schrei an ihr Ohr drang, stand Maggie auf und sagte: »Würden Sie mich entschuldigen, Sir, vielleicht braucht mein Mann beim Umbetten Hilfe.«
Nachdem Maggie die Küche verlassen hatte, stand Daniel auf, blieb in der Tür stehen und blickte ihr nach. Die Mulholland-Phase. Das war die andere Seite des Bildes, diese Katie Mulholland. Und er war mit ihr verwandt . . . Sie war seine Urgroßmutter.
Langsam drehte er sich um und blickte ins Feuer. Ob sie wohl für ihn zu sprechen war?

2

Am nächsten Morgen saß Daniel abermals in dem schäbigen Taxi und erfuhr von dem redseligen Fred Bateman eine ganze Menge über die Karriere der Katie Mulholland oder –

wie sie ja längst schon hieß – der Mrs. Fraenkel, wie Fred sagte.
Schließlich hielten sie vor einem weißgestrichenen Zaun, hinter dem sich ein geräumiges Haus befand. Daniel zahlte, kletterte aus dem vorsintflutlichen Fahrzeug, ging die Auffahrt hinauf und drückte auf die Klingel. Er hörte aus dem Hausinnern Gelächter, und eine Stimme rief: »Ist gut, ich geh schon.«
Dann war Getrappel zu hören, die Haustür wurde aufgerissen, und vor ihm stand ein junges Mädchen. Sie war mittelgroß, hatte leuchtendblaue Augen, die von dichten Wimpern eingerahmt waren, einen schön geschwungenen, großen Mund und eine im Vergleich dazu klein wirkende Nase. Was Daniel jedoch sofort faszinierte, war das Silberblond ihres Haares. Er hatte daheim auch schon Silberblond gesehen. Seine Cousine Renée hatte ihr Haar auf silberblond gebleicht, aber das Haar dieses Mädchens war naturfarben, das sah man sofort, außerdem war es nicht kurzgeschnitten, wie es jetzt modern war, sondern am Hinterkopf ganz altmodisch in Flechten aufgesteckt. Als sie zu sprechen begann, merkte er, daß sie nur mit Mühe ein Lachen unterdrückte.
»Hören Sie«, sagte sie mit schräggelegtem Kopf, »es hat überhaupt keinen Sinn. Sie verschwenden nur Ihre Zeit. Ich habe sämtliche Bücher, die ich brauche, vom Konversationslexikon angefangen bis . . .« Die letzten Worte waren langsamer hervorgedrungen, bis sie innerhalb von Sekunden völlig versickerten und sie schließlich erschrokken murmelte: »O Gott, ich fürchte, Sie wollen gar nichts verkaufen?«
»Nein.« Er schüttelte den Kopf und verkniff sich mit Mühe ein Lachen.
»Du meine Güte, das tut mir leid. Sicher wollten Sie jemanden besuchen. Meinen Vater?«
»Nein. Ich« – noch immer versuchte er, nicht herauszulachen –, »ich wollte nur nachfragen, ob Mrs. Fraenkel hier wohnt.«
»Ja, ja, natürlich, die wohnt hier.«

»Wirklich! Glauben Sie, daß es möglich wäre, sie zu sprechen?«
»O ja. Kommen Sie herein.«
Als er ihrer Aufforderung Folge geleistet hatte, tauchte eine zweite Frau im Flur auf, die ihn genau ansah, ehe sie mit sanfter Stimme fragte: »Sie möchten Mrs. Fraenkel sprechen?«
»Ja, wenn es möglich ist.«
»Darf ich fragen, in welcher Angelegenheit?«
»Nun . . .« Daniel sah auf den Hut nieder, den er in der Hand hielt, zupfte an der Krempe und sagte: »Es ist eine lange, lange Geschichte. Aber ich glaube, sie ist meine Urgroßmutter.«
»Ihre Ur . . .!« Die Frau und das Mädchen sahen einander rasch an. Dann fragte die Frau: »Wie ist Ihr Name?«
»Daniel Rosier.«
»Rosier?«
»Ja, Rosier. Ich bin Daniel der Dritte.«
Abermals wechselten die beiden einen Blick, und die Ältere sagte nun mit ernster Miene: »Wollen Sie, bitte, weiterkommen.« Sie ging ihm durch den Flur voraus in den Salon und bot ihm Platz an.
Dankend ließ sich Daniel auf einem Fauteuil nieder, während die beiden Frauen sich auf eine Couch ihm gegenüber setzten und ihn schweigend ansahen, bis ihn ihre prüfenden Blicke zu verwirren begannen.
Es lag nicht die Spur eines Lächelns in dem Gesichtsausdruck der älteren Frau, als sie ihm schließlich sagte: »Ich bin Mrs. Mulholland, Mrs. Fraenkels Großnichte. Und das hier ist meine Tochter Bridget.«
Er lächelte beiden zu, und die Jüngere zwinkerte, als sie sich zu ihrer Mutter wandte und sagte: »Ich dachte schon, er sei wieder ein Vertreter, und habe ihn abgewimmelt.«
»Du meine Güte!« Zum erstenmal huschte so etwas wie ein Lächeln über Catherines Gesicht; dann wurde sie jedoch wieder ernst und fragte: »Weshalb kommen Sie zu uns, Mr. Rosier? Haben Sie erst jetzt etwas über unsere verwandtschaftlichen Beziehungen erfahren?«

»Ja, so könnte man es ausdrücken. Eigentlich erst vor wenigen Stunden. Und ein paar Wochen ist es erst her, daß wir – das heißt, mein Vater – herausbekamen, daß wir in England überhaupt Verwandte besitzen. Nach dem Tod meines Großvaters fand Vater ein paar Briefe, die von seiner Großmutter, Mrs. Rosier aus ›Greenwall Manor‹, an ihn gerichtet waren.«
»Sie lebt noch?«
»Nein, sie starb vor ungefähr zwei Jahren. Aber wie ich bereits sagte, wir wußten bis vor kurzem nichts davon.«
»Und . . . und Mr. Rosier?«
Daniel senkte einen Moment lang die Lider, aber als er fühlte, daß die Frau ihm gegenüber ihn ansah, sagte er: »Er lebt noch. Am liebsten würde ich hinzufügen: unglückseligerweise. Denn er ist ein schreckliches Wrack, sowohl in körperlicher als auch in geistiger Beziehung.«
»Oh!« Eine Weile herrschte Schweigen zwischen ihnen. Dann stand Catherine auf, schlang die Hände ineinander, ging zum Kamin, drehte sich um, sah Daniel abermals an und sagte: »Ich weiß nicht, wie ich es Ihnen sagen soll, Mr. Rosier. Aber Ihr Urgroßvater hat Kummer und Schande über meine Tante Katie gebracht, und zwar auf mehrfache Weise. Ich kann also nicht sagen, ob und wie sie Sie empfangen wird.«
»Ich verstehe. Ich verstehe völlig, was Sie meinen.« Er dachte an das Baby, das aufgewachsen und seine Großmutter geworden war. »Aber . . . aber das ändert nichts daran, daß sie meine Urgroßmutter ist.«
»Wie haben Sie das erfahren?«
»Das Ehepaar, das sich um meinen Urgroßvater kümmert, hat mir erzählt, was sie wußten.«
»Das wird höchstwahrscheinlich eine sehr einseitige Version sein«, erwiderte Catherine steif. Dann fuhr sie fort: »Sie ist zweiundneunzig, Mr. Rosier; und obwohl sie ihre fünf Sinne noch bewundernswert gut beisammen hat, macht sich die Vergangenheit heute oft schon breiter in ihr, als es die Gegenwart tut. Wenn Sie ihre ganze Geschichte kennen würden, wüßten Sie, daß sie in ihrem Le-

ben viel Kummer zu erleiden hatte und immer wieder falsch verstanden wurde – immer.« Sie hielt inne, dann fügte sie kopfschüttelnd hinzu: »Ich weiß offen gesagt nicht, was ich jetzt machen soll, Mr. Rosier. Wirklich nicht. Am liebsten wäre mir, Sie würden die Heimkehr meines Mannes abwarten. Dann könnten wir alles mit ihm besprechen. Ich meine, ob Sie ihr nun einen Besuch abstatten sollen oder nicht.«

»Natürlich warte ich gern.«

»Wissen Sie . . . es ist mir schrecklich, Ihnen das sagen zu müssen. Aber wenn sie den Namen Rosier hört, gerät sie vielleicht völlig aus dem Häuschen. Wenn es sie aller Wahrscheinlichkeit nach auch freuen dürfte zu erfahren, daß sie einen Urenkel besitzt.«

»Hoffen wir es.«

»Möchten Sie eine Tasse Kaffee?«

»Bitte, gern. Das wäre sehr nett.«

»Bridget, vielleicht zeigst du Mr. Rosier inzwischen den Garten, während ich Nellie Bescheid sage.«

Daniel bemerkte sofort, daß Bridget bei dem Gedanken, ihn begleiten zu müssen, nicht begeistert war. Aber als sie die Flügeltüren zur Terrasse öffnete, folgte er ihr.

»Was für ein hübscher Garten«, sagte er.

Sie gab keine Antwort darauf, sondern setzte ihren Weg zu den Rosenbeeten fort. Er blieb stehen, hob eine Blüte mit zwei Fingern hoch und sagte: »Ich bin immer wieder verblüfft darüber, wie prachtvoll Rosen in England gedeihen. Vergangenes Jahr verbrachte ich die Weihnachtsferien bei Freunden in Sussex, und da blühten zu dieser Jahreszeit tatsächlich noch Rosen vor dem Haus.«

Während sie ihn aus ihren strahlendblauen Augen, die nun beinahe schwarz wirkten, ausdruckslos ansah, sagte sie in gleichgültigem Ton: »Wie schön für Ihre Freunde.«

Es war eine Zurückweisung, eine ungezogene Zurückweisung. Daniel spürte, wie er rot wurde, was ihn ärgerte, er sah ihr jedoch offen in die Augen und sagte: »In Amerika würde man nie jemanden auf den elektrischen Stuhl bringen, ehe sich herausgestellt hat, daß er schuldig ist.«

Im selben Augenblick rief Catherine von der Terrasse her: »Sollen wir draußen decken?«
Bridget drehte sich hastig um und erwiderte: »Nein, lieber drinnen. Es ist ziemlich windig.«
Als sie abermals im Salon saßen und die Kaffeekanne herumgereicht worden war, sagte Catherine: »Mein Mann wird jeden Moment hier sein. Ich . . . ich hoffe, daß Sie mein Verhalten verstehen.«
Daniel nickte ihr ernst zu und sagte: »Ja, natürlich verstehe ich es.« Er betrachtete die dunkelhaarige, schlanke Frau, die ihm gegenübersaß und seiner Schätzung nach um die vierzig sein mußte. Und irgendwie kam ihm der Gedanke, daß er sie gern haben könnte.
Nicht nur um Konversation zu machen, sondern auch weil er sich ein klares Bild verschaffen wollte, sagte er: »Sind Sie die Tochter von Mrs. Fraenkels Bruder oder Schwester?«
»Oh, das ist bedeutend komplizierter«, sagte Catherine und lächelte nun. »Tante Katie – das ist Mrs. Fraenkel – ist meine Großtante. Ihr Bruder war mein Großvater, falls Sie imstande sind, zu folgen.«
Er legte den Kopf schräg und wiederholte: »Mrs. Fraenkels Bruder – das heißt, der Bruder meiner Urgroßmutter – war Ihr Großvater . . .« Sein Lächeln wurde breiter, und er fügte hinzu: »Langsam kapier' ich's.«
Catherine erwiderte sein Lächeln und sagte: »Und Tante Katie ist Bridgets« – sie deutete auf ihre Tochter – »Urgroßtante, aber wir sagen der Einfachheit halber alle nur Tante Katie zu ihr. Wissen Sie, sie sieht nicht annähernd so alt aus, wie sie ist; sie ist bemerkenswert.« Hier brach sie ab, wandte den Kopf zur Tür, dann stand sie auf und sagte: »Entschuldigen Sie mich. Ich glaube, das ist mein Mann«, und eilte aus dem Zimmer.
Abermals waren sie allein, und wiederum senkte sich Schweigen auf sie herab. Daniel war fest entschlossen, nicht als erster den Mund aufzumachen. Er hätte jede Wette abschließen können, daß er bedeutend länger imstande sei, den Mund zu halten, als sie.

Und dann sagte Bridget einfach: »Es tut mir leid.«
Er befeuchtete sich die Lippen und erwiderte: »Oh, ist schon in Ordnung.«
»Nein, das war es nicht . . . ist es nicht, meine ich. Es war kindisch von mir. Ich kann es mir selbst nicht erklären, außer daß ich Tante Katie sehr gerne habe und daß der Name Rosier . . . Nun, ich habe so viel darüber gehört und . . .«
»Und nichts Gutes.«
»Also« – sie schüttelte den Kopf –, »es ist so schwer . . .«
»Ich verstehe.«
»Nicht wirklich. Das können Sie gar nicht.«
»Lassen Sie mir Zeit.«
Er bemerkte, daß sie sehr sanft lächeln konnte. »Es ist jammerschade, daß ich nichts zu verkaufen hatte vorhin«, sagte er nun. »Ich bin überzeugt, daß ich bei Ihnen Mitleid schinden und Ihnen schon etwas hätte anhängen können.«
»Nein, hätten Sie nicht«, sagte sie energisch wie eh und je. »Wenn Sie unsere Dachstube sehen würden! Vollgestopft bis zur Decke. Wir mußten einfach Schluß damit machen. Wissen Sie, so was spricht sich wahnsinnig rasch herum, wenn man Leute zu solchen Dingen überreden kann, alleinstehende Frauen oder so. Mutter ist in der Beziehung hoffnungslos.«
»Aber Sie, Sie sind standhaft, oder?«
»Und wie!«
Beide lachten, als die Tür aufging und Catherine, gefolgt von ihrem Mann, eintrat.
»Das ist mein Mann, Mr. Rosier.«
»Guten Tag.« Daniel streckte spontan die Hand aus, die von Tom Mulholland jedoch erst nach einem winzigen Zögern ergriffen wurde.
»Guten Tag.«
Abermals entstand eine kurze Pause, und dann sagte Tom: »Setzen Sie sich doch.«
Als alle Platz genommen hatten, sagte Catherine: »Der Kaffee ist noch warm. Möchtest du eine Tasse?«
»Nein, danke, Liebes, ich habe eben erst Tee getrunken.«

Dann drehte sich Tom zu Daniel um, starrte ihn sekundenlang an und fing dann erst zu reden an. »Nun, das ist schon eine merkwürdige Angelegenheit, die mir meine Frau da erzählt hat, nicht wahr? Sie sagen, Sie seien Tante Katies Urenkel?«
»Nun, ich bin Daniel der Dritte, und wie ich Ihrer Frau vorhin gesagt habe, ist nach dem, was ich selbst erst gestern erfahren habe, Miß Mulholland – das heißt Mrs. Fraenkel – die Mutter meiner Großmutter und ...« – er hielt inne – »... mein Urgroßvater war in beiden Fällen Bernard Rosier.«
»Sie wissen also, daß die beiden Halbbruder und -schwester waren?«
»Ja, auch das habe ich gestern erfahren.«
Sie blickten einander fest an, dann sagte Tom: »Wissen Sie, daß das auf Tante Katie wie eine Art Schock wirken wird?«
»Ja, natürlich, das kann ich verstehen. Denn das war es sogar für mich ... ich meine, alles miteinander.«
»Was ... was mir Sorge macht, ist, daß ich nicht weiß, ob es ein erfreulicher Schock oder das Gegenteil davon sein wird, nicht nur des Namens wegen, wie Catherine Ihnen ja gesagt hat. Wissen Sie, Tante Katie hat ihre Tochter zwischen deren erstem und deren zwanzigstem Lebensjahr nicht zu Gesicht bekommen, und als es dann soweit war, muß es, soweit ich mir das ausmalen kann, alles andere als eine erfreuliche Begegnung gewesen sein. Ihre Tochter hat sie nämlich schroff zurückgewiesen. Natürlich, sie war mit der Vorstellung aufgewachsen, jemand zu sein, und mochte die Tatsache, daß sie niemand war, absolut nicht.«

»Oh, das wußte ich nicht. Wissen Sie, wir wußten überhaupt nichts davon, daß wir in England Verwandte haben. Bis mein Großvater starb und Briefe gefunden wurden, die zwischen ihm und seiner Mutter – meiner Urgroßmutter – gewechselt worden waren.«
»Lebt Katies Tochter, ich meine, Ihre Großmutter, noch?«
»Ja.«

»Und hat sie in all den Jahren niemals erwähnt, daß sie eine Mutter hatte?«
»Nein. Man hat uns gesagt, daß ihre Eltern mit jenen meines Großvaters bei einem Zugunglück ums Leben gekommen wären.«
»Nun ...«, Tom rieb sich nachdenklich das Kinn, dann sah er Catherine an und sagte: »Ich denke, er sollte sie besuchen. Wenn wir es verhindern, werden wir uns bis ans Ende unserer Tage mit der Frage herumschlagen, ob wir das Richtige oder das Falsche getan haben.«
»Ja, Tom, ich glaube, du hast recht.«
»Was glaubst du, Brid?«
Tom blickte Bridget liebevoll an, und sie sagte nach kurzer Pause: »Du weißt es am besten, Paps.«
»Dann ist es also abgemacht.« Tom nickte Daniel zu. »Jetzt fragt sich nur, wie wir es am besten anstellen. Sie können nicht einfach zu ihr hinaufgehen. Ich ... ich finde, man müßte sie schon darauf vorbereiten, nicht?«
»Ja, ja, da stimme ich völlig mit dir überein.«
»Catherine?«
Tom sah seine Frau an, und sie sagte, während sie aufstand: »Ja, Tom. Ich gehe nach oben.«
Als Catherine das Treppengeländer erreicht hatte, blieb sie stehen, legte die Hand auf den Mund und fragte sich, warum dies zu einem so späten Zeitpunkt noch hatte geschehen müssen. Vor zehn Jahren hätte Katie einem derartigen Schock möglicherweise noch standhalten können, selbst wenn es ein angenehmer Schock war, falls er sich als solcher erweisen würde. Aber jetzt war sie zweiundneunzig. Es hatte wahrhaftig den Anschein, als sollte sie noch auf dem Weg ins Grab von den Rosiers belästigt werden. Dabei war Daniel ein besonders netter junger Mann, wirklich! Es war schwer, sich ihn in Verbindung mit dem Namen Rosier vorzustellen. Und es würde noch schwieriger sein, ihn bloß aufgrund dieses Namens nicht zu mögen.
Sie überquerte den Korridor und öffnete die Tür zu Katies Zimmer. Bei ihrem Eintritt drehte sich die in einem Fauteuil am Fenster sitzende Gestalt um und fragte freund-

lich: »Wer war denn das im Garten mit Bridget, Catherine? Den hab' ich noch nie gesehen. Höchste Zeit, daß Peter zurückkommt; das ist jetzt der dritte, den ich innerhalb dieser Woche zu sehen kriegte.«
»Tante Katie!« Catherine zog sich einen Stuhl heran, setzte sich, nahm die Hand der Greisin in die ihre und sagte: »Der junge Mann da unten ist gar nicht gekommen, um Bridget einen Besuch abzustatten, sondern dir.«
»Mir?« sagte Katie erstaunt, und die vielen feinen Fältchen ihres Gesichts schienen ein einziges Fragezeichen zu bilden.
»Ja, Liebes.« Catherine schob ihr mit der andern Hand eine Strähne weißen Haars aus der Stirn und fuhr fort: »Wir wußten nicht, ob wir ihm erlauben sollten, dich zu besuchen oder nicht.«
»Ich versteh dich nicht!« sagte Katie und schob ungeduldig Catherines Hand aus dem Gesicht. »Ein junger Mann will mich besuchen, und du weißt nicht, ob du's zulassen sollst oder nicht? Was soll denn das heißen?«
Catherine öffnete zweimal den Mund, blickte zum Fenster hinaus, dann auf die Hand nieder, die sie hielt, ehe sie leise sagte: »Was würdest du dazu sagen, wenn du einen Urenkel hättest, Tante Katie?«
Als Katie sich langsam in den Fauteuil zurücksinken ließ und ihre Wangen schlaff herabhingen, rief Catherine: »O Tante Katie, ich hätte es dir nicht so rasch beibringen dürfen; aber weißt du, ich . . .«
»Ist schon in Ordnung, ist schon in Ordnung. Du meinst . . . er stammt von Sarah ab?«
»Ja, Tante Katie. Ja, er ist Sarahs Enkel. Er kommt aus Amerika.«
»O Catherine, Catherine!« Katie richtete sich auf, ergriff Catherines Hand mit überraschender Kraft und sagte: »Und sie hat ihn hergeschickt, um mich zu besuchen? O Catherine!«
Catherine lächelte. Es handelte sich offensichtlich um einen glücklichen Schock; er würde ihr nicht schaden. Sie stand auf und sagte eifrig: »Dann hole ich ihn also herauf.

Aber du darfst dich nicht aufregen, verstanden?« Sie tätschelte Katies Wange. »Schön ruhig bleiben, einverstanden?«
»Einverstanden, Catherine.«
Katie drückte sanft Catherines Arm, dann entließ sie sie mit einem liebevollen Klaps, setzte sich abwartend zurecht und heftete den Blick auf die Tür. Als ihr Herz gar zu heftig zu schlagen begann, sagte sie sich: Ruhig bleiben, nicht aufregen.
Als die Tür sich öffnete und der junge Mann hinter Catherine eintrat, verwandelte sich das Schlagen des Herzens in einen verrückten Galopp, es war, als kehrte die alte Angst wieder, und aufgeregt preßte Katie die Hand auf den Mund. Und dann blickte sie zu Daniel Rosier auf, der bis aufs Haar Bernard Rosier zu gleichen schien, jenem Bernard Rosier, der sich vor einer Ewigkeit zu ihr heruntergebeugt hatte, als sie hinter den Galerievorhängen eingeschlafen war. Sein Gesicht war genauso geformt, er hatte die gleichen Augen, den gleichen Mund; alles, alles war genauso. Doch nein. Nein. Er redete. Und Bernard Rosier hatte nie ein Wort an sie gerichtet. Nicht in jener Nacht damals, nicht als er sie so angesehen hatte.
»Es tut mir leid, daß ich dich offensichtlich erschreckt habe. Vielleicht sollte ich ein andermal wiederkommen?«
Die Stimme strafte das Aussehen, die Gestalt, den ganzen Mann Lügen. Sie war sanft und freundlich.
Katie streckte die Hand aus und deutete auf einen Stuhl. Dann sah sie zu Catherine auf und sagte: »Mir geht's gut, Catherine. Sorg dich nicht.«
»Soll ich bleiben, Tante Katie?«
»Nein, nicht nötig, Liebe. Es geht mir ausgezeichnet.«
Catherine drehte sich um, nachdem sie Daniel einen flüchtigen Blick zugeworfen hatte, der mit einer Deutlichkeit, als hätte sie es ausgesprochen, besagte: Regen Sie sie nicht auf.
Nachdem die Tür sich hinter Catherine geschlossen hatte, sagte Katie: »Es tut . . . es tut mir leid. Aber es war doch irgendwie ein Schock für mich, dich zu sehen. Ich . . . ich

habe nicht erwartet . . . Und dann – du . . . du erinnerst mich an jemanden.«
»Ich weiß. Und ich bedaure es selbst sehr. Es macht mich nicht direkt glücklich, zu wissen, daß ich aussehe, wie er in meinem Alter ausgesehen hat.«
»Du . . . du weißt, daß du ihm ähnlich siehst?«
»Ich habe erst gestern ein Bild gesehen. Draußen. Es . . . es hat auch mir einen Schock versetzt, ob du's glaubst oder nicht.«
Katie nickte nur. Schließlich sagte sie: »Und du bist noch nie hiergewesen . . .«
»Ich wußte überhaupt nichts davon, daß ich eine Urgroßmutter habe! Davon hat man mich erst gestern nachmittag informiert.«
Katies Verblüffung nahm sichtlich zu. Er lächelte sie an und begann, ihr vom Tod seines Großvaters und von Willie und Maggie sowie vom Herrenhaus zu erzählen.
Und dann stellte sie die Frage, die er im Grunde genommen von Anfang an erwartet hatte: »Meine Tochter . . . hat sie oder hat dein Vater dir denn nie etwas über mich erzählt?«
Das einfachste wäre jetzt gewesen, nein zu sagen. Einfach, aber nicht leicht. Leichter war es, zu der alten Dame zu sagen: »O ja, natürlich hat sie von dir gesprochen – ja, wirklich. Aber nur sehr selten. Sie ist eine äußerst zurückhaltende Dame, meine Großmutter. Aber wenn sie dich erwähnte, dann hatten wir – das heißt, mein Vater und die ganze Familie – den Eindruck, daß du längst gestorben seist. Genauso«, warf er rasch ein, »wie die Großeltern meines Vaters. Von denen wußten wir auch nicht, daß sie noch lebten.«
Als er dies sagte, hörte er, wie die Tür hinter ihm geöffnet wurde, aber Daniel ließ sich nicht ablenken, es war unmöglich, diesen großen, traurigen, flehentlich auf ihn gerichteten Augen auszuweichen, den alten, tiefen Schmerz, der so deutlich in ihnen lag, nicht irgendwie zu lindern. Er merkte, wie ihre blassen Lippen zitterten und ihre runzligen Wangen bebten, als sie sagte: »Wenn meine Tochter

wollte, daß du glaubst, ich sei tot, weshalb bist du dann heute gekommen?«

»Weil ich meine Urgroßmutter kennenlernen wollte! Und weißt du was? Ich hatte das deutliche Gefühl, sie wollte, daß ich zu dir komme; meine Großmutter, meine ich.«

»Wie kommst du darauf?«

Er sah, daß es ihm gelungen war, ihren Schmerz zu lindern. Er schluckte heftig, bevor er sagte: »Einfach ... einfach, weil sie vor nicht allzu langer Zeit eines Tages etwas zu mir sagte, was ... dich betraf. Und ... und das war für mich ein Beweis dafür, daß sie sehr oft an dich gedacht haben muß.« Als er in die großen, tief eingesunkenen Augen blickte, fiel es ihm leichter, zu lügen. »Sie sagte, sie wünsche, ich hätte ihre Mutter sehen können. Sie sagte, daß ihr euch nur ganz kurz begegnet seid, aber daß sie sich gut daran erinnere, daß du schön, wunderschön warst.« Als Daniel sah, wie ihre Augen feucht wurden, streckte er die Hand aus und berührte Katies Hand. »Oh, bitte, bitte, reg dich nicht auf! Ich hätte nichts darüber sagen sollen.«

»Wo denkst du hin. Wenn du wüßtest, wie lange ich darauf gewartet habe, daß ... Aber bist du auch sicher, daß sie das gesagt hat?«

»Vollkommen sicher.«

Seine Schwester Amy hatte ihn mehr als einmal wegen seiner ewigen Flunkerei aufgezogen. Für diese Flunkerei jedoch, das spürte er, hätte er jede Höllenpein auf sich genommen, so nahe ging ihm ihr einfach unbeschreiblicher Blick. Und diese Augen ...

»Diese Ähnlichkeit ist unglaublich«, sagte Daniel ganz erstaunt. Und das wenigstens stimmte.

»Wie viele Kinder hatte Sarah?«

»Nur eines: meinen Vater. Aber er hat sechs. Ich habe drei Brüder und zwei Schwestern.«

»Oh, wie nett. Dann habe ich also insgesamt sechs Urenkelkinder?«

»Ja, genau.« Sie lächelten einander an, die Atmosphäre hatte sich entspannt. Daniel wandte den Kopf, um zu sehen, wer vorhin ins Zimmer gekommen war, und erblickte

den unaufdringlich in einer Ecke lehnenden Tom. Auch Katie warf Tom einen Blick zu und fragte: »Hast du das gehört, Tom? Ich habe sechs Urenkel. Ist das nicht wunderbar?«
»Das will ich meinen, Tante Katie.«
Er kam näher, stellte sich neben ihren Fauteuil, und sogleich deutete sie auf seinen bandagierten Zeigefinger und fragte: »Was hast du denn um alles in der Welt mit deiner Hand angestellt, Tom?«
»Och!« Er hob sie hoch, schwenkte sie hin und her, seufzte und sagte: »Ich habe sie dort hingehalten, wo eigentlich der Nagel hingehört hätte, als ich das Schloß am Hintereingang anmachte. Catherine sagt immer, meinetwegen müsse man noch eines Tages einen Flanellhammer erfinden. Aber wie ich dir schon einmal gesagt habe, Tante Katie: Jedesmal, wenn ich mir selbst draufschlage, passiert was Nettes.«
»Ach Tom!« Sie legte die Hand an die Wange, wiegte sich hin und her und lachte. Und Daniel stimmte mit ein.
Nur Toms Gesicht wies kaum die Spur eines Lächelns auf, als er beteuerte: »Es ist wahr, Daniel. Ich kann mit dem Hammer genauso geschickt umgehen, wie ein Elefant mit einem Zahnstocher. Dabei habe ich früher einmal in der Werft gearbeitet, müssen Sie wissen. Ich wundere mich heute noch, wie ich da lebend herausgekommen bin, wo die Hämmer dort oft einen Durchmesser von einem halben Meter haben.«
Katie ergriff Toms Hand und sagte zu Daniel: »Tom war mir ein guter Freund, seit mein Mann tot ist. Ich weiß wirklich nicht, was ohne ihn und Catherine aus mir geworden wäre. Eines steht fest: Ich käme überhaupt nicht mehr mit meinen Geschäften zurecht, wenn er sich nicht so darum kümmern würde.«
Sie sah liebevoll zu Tom auf, aber der sah Daniel an und sagte nur: »Ich plündere sie nach Leibeskräften aus, aber das will sie mir nicht glauben. Auf diese Weise habe ich mein Schäfchen ins trockene gebracht. Aber sie behält mich trotzdem.« Er blickte lächelnd auf Katie nieder, um-

klammerte ihre Hand und sagte mit einem kurzen Naserümpfen: »So ist es eben.« Dann blickte er wieder Daniel an und sagte: »Sie bleiben zum Essen. Die fliegende Brigade da unten rennt schon wie verrückt hin und her; es hat keinen Sinn, nein zu sagen.«
»Großartig«, sagte Daniel. »Wenn man mich zum Bleiben zwingt, bin ich ja machtlos. Ich hoffte insgeheim, daß man mich einladen würde.«
»Sehr gut«, grinste Tom. »Aber ich glaube, es wird gut sein, wir genehmigen uns vor dem Essen einen Aperitif. Was meinst du, Tante Katie?«
»Natürlich, geht hinunter und macht euch einen Drink.«
»Und du? Hast du nicht Lust mitzukommen?« Tom beugte sich über sie.
Sie lächelte zu ihm auf und sagte: »Nein, ich komme erst hinunter, wenn das Essen fertig ist. Laß mich noch ein Weilchen faulenzen. Mir geht's prächtig, sorg dich nicht.« Sie tätschelte seine Hand. »Wirklich, mir geht's prächtig.«
Als Daniel aufstand, sah sie zu ihm auf und murmelte leise: »Ich bin froh, daß ich diesen Tag noch erlebt habe.«
Er wußte nicht, was er darauf sagen sollte; also schenkte er ihr ein kleines Lächeln, ehe er sich umwandte und, gefolgt von Tom, langsam aus dem Zimmer ging.
Am Fuß der Treppe drehte Tom sich um und sagte: »Kommen Sie für einen Augenblick hier hinein.« Damit führte er ihn in Andrees ehemaliges Rauchzimmer, das nun ein Büro war, in dem ein Schreibtisch, eine Ablage und zwei Lederstühle standen. »Setzen Sie sich. Ich hole uns was zu trinken. Was möchten Sie übrigens? Sherry, Whisky, Kognak?«
»Einen Whisky, bitte.«
»Mit Wasser oder Soda?«
»Pur.«
»Sieh mal an.«
Ein paar Minuten später kehrte Tom mit einem Tablett zurück, auf dem zwei Glas Whisky standen, gab Daniel eines davon, erhob das seine und sagte nach einer Pause: »Das ist schon eine merkwürdige Begegnung.«

»Was mich anlangt – ich bin froh darüber.« Daniel hob sein Glas an den Mund, schlürfte seinen Whisky, und Tom tat das gleiche.
Nachdem sie sich gesetzt hatten, sagte Tom mit einer für ihn typischen nervösen Geste: »War das vorhin die Wahrheit, was Sie da erzählt haben? Daß ihre Tochter Sarah über sie gesprochen hat?«
Daniel war einen Moment lang richtig verlegen. Er hob das Glas halb zum Mund, dann verharrten seine Hände ruhig, er blickte in die bernsteinfarbene Flüssigkeit. Danach sah er Tom in die erwartungsvoll auf ihn gerichteten Augen und sagte ruhig: »Nein.«
»Sie hat Tante Katie niemals erwähnt, nicht wahr?«
»Nein ... Aber wie haben Sie das erraten? Wenn Sie entdeckt haben, daß ich log, dann muß sie es auch erraten haben. Und das tut mir leid.«
»O nein, nein. Sie hat überhaupt nichts bemerkt. Sie hat Ihnen geglaubt ... *dir* geglaubt. Das Du ist besser, nicht wahr? Weil sie dir glauben wollte. All die Jahre über hat diese kurze Begegnung mit ihrer Tochter damals eine klaffende Lücke in ihr hinterlassen. Und weißt du, auch wenn sie deine Großmutter ist, diese Sarah, so muß ich schon sagen, sehr fair war das nicht. Wenn ich es mir recht zusammenrechne, war es 1880, als sie erfuhr, daß sie eine Mutter hatte, und von da an bis heute sind das – wieviel? Sechsundfünfzig Jahre ist das jetzt her. Und nicht mal eine Postkarte um einen lausigen Penny hat Katie von ihr bekommen. Nein, ich kann wirklich nicht finden, daß sie sehr fair gehandelt hat.«
»Sie dürfen nicht vergessen ...«, begann Daniel.
»Du«, unterbrach ihn Tom mit erhobenem Zeigefinger.
»Richtig! Du darfst nicht vergessen, daß man es von zwei Seiten betrachten kann.« Daniel nickte Tom zu. »Unter den gegebenen Umständen, als sich urplötzlich die verwandtschaftlichen Beziehungen herausstellten, wird der Schock meine Großmutter verständlicherweise daran gehindert haben, so auf Anhieb töchterliche Gefühle an den Tag zu legen.«

»Schön. Aber ein Schock, der über fünfzig Jahre dauert, das ist schon eine recht sonderbare Sache.« Tom schüttelte den Kopf und erhob abermals sein Glas. Dann kniff er die Augen zusammen und fragte Daniel: »Sag mal, wie ist sie wirklich?«

Und Daniel erwiderte: »Einfach eine jüngere Ausgabe von ihr.« Er deutete mit dem Kopf zur Decke. »Aber keine besonders jünger aussehende, mußt du wissen. Wenn meine Urgroßmutter tatsächlich zweiundneunzig ist, dann finde ich ihre Verfassung einfach wundervoll.«

»Ich meinte nicht das Äußere, sondern den Charakter.«

»Ach so.« Daniel biß sich auf die Lippen, legte den Kopf schräg, als wolle er überlegen, und sagte schließlich: »Nun, jedermann hat sie stets als äußerst unnahbar bezeichnet. Und mein Großvater hat sie immer angebetet und vor allem beschützt. Ich erinnere mich, daß niemand Lärm machen durfte, wenn Großmutter Kopfschmerzen hatte. Und was sie anlangt: Sie vergötterte ihn geradezu. Sie konnten es niemals ertragen, voneinander getrennt zu sein, keinen einzigen Tag. Vater hat mir erzählt, daß sie, wenn er zu einer seiner Aufsichtsratssitzungen oder Besichtigungstouren bei anderen Werften zu reisen hatte, immer mitgefahren ist.«

»Ihr arbeitet im Schiffsbau?« fragte Tom.

»Ja. Es ist keine große Werft, die wir haben, aber es langt. Mein Großvater war Partner von Simon Quarry, dann stieß mein Vater dazu, und jetzt sind auch meine drei Brüder dabei. Ich bin der Außenseiter. Mich hat es überhaupt nicht interessiert, also ging ich, nachdem ich mit Yale fertig war, nach Cambridge.«

»Was studierst du denn?«

»Mathematik.«

»Du meine Güte! Das ist Bridgets größtes Problem, eigentlich ihre einzige Schwäche. Alles andere hat sie spielend geschafft: Englisch, Latein, Französisch, Geschichte und so fort. Nur nicht Mathematik.«

»Oh, das ist oft so. Ich glaube – und das ist meine ehrliche Überzeugung –, daß man als Mathematiker geboren wird.

So was kann man nicht ›machen‹. Es muß eine Art Gehirndeformation sein, weißt du.«
Er lächelte, und Tom erwiderte: »Nun, dann ist es zumindest eine Deformation, die sich eine Menge Leute wünschen würden. Bridget sagt immerzu: ›Ach, wär' ich doch nur gut in Mathematik.‹ Sie ist Lehrerin, weißt du.«
»Wirklich?« sagte Daniel höflich.
»Ja, und zwar eine ausgezeichnete. Obwohl ich das nicht sagen sollte. Aber es wird schade drum sein, wenn sie heiratet.«
Draußen erklang eine Stimme: »Paps, Paps, wo bist du?« und als die Tür aufging, sagte Bridget: »Ach, hier seid ihr! Das Essen ist fertig.«
»Moment.« Tom streckte die Hand nach ihr aus, ging auf sie zu, legte den Arm um ihre Schulter, drückte sie an sich und sagte: »Ich habe unserem Freund hier gerade erzählt, was du für eine glänzende Mathematikerin bist.«
»Hättest du ihm nicht gleich unter die Nase zu reiben brauchen, Paps. Übrigens gibt es schlechtere.«
»Nicht viele, meine Liebe, das hast du selbst gesagt.«
Er grinste sie an, sie boxte ihm scherzhaft an die Brust und sagte: »Ich hab' dir schon einmal gesagt, daß das was mit der psychologischen Verfassung zu tun hat. Wenn du diese Typen – egal ob männlich oder weiblich – sehen könntest, die sich Mathematik ausgesucht haben, dann würdest . . .«
»Schschsch – spring nicht gleich mit allen beiden Beinen ins Fettnäpfchen. Er ist . . .« Tom neigte sein Gesicht ihr zu und deutete mit dem Daumen nach hinten, worauf er ihr zuflüsterte: »Er ist in Cambridge und studiert dort Mathematik.«
Bridget blickte über Toms Schulter in das dunkelgetönte Gesicht Daniels. Seine wie polierte Kohlestückchen funkelnden Augen beobachteten sie belustigt. Sie biß sich auf die Lippen, schwenkte den Kopf und sagte: »Schon wieder . . . Tut mir leid.«
»Soll es auch«, sagte er.
Tom blickte von einem zum andern, dann lachten sie alle

drei. Und als sie ins Eßzimmer gingen, dachte Daniel: Sie ist riesig nett. Angehimmelt von ihrem Vater, offensichtlich verzogen von ihrer Mutter und höchstwahrscheinlich vergöttert von ihrer Tante Katie ... Aber sie ist trotzdem nett.

3

Als Catherine und Tom hörten, daß Daniel nicht vor Samstag in Cambridge sein mußte, hatten sie ihn herzlich eingeladen, doch bei ihnen zu bleiben. Aber merkwürdigerweise hatte sich seine Urgroßmutter dieser Einladung nicht angeschlossen. Und das schien ihm etwas sonderbar. Als Catherine gesagt hatte: »Wir wollen Daniel natürlich nicht zum Bleiben überreden, Tante Katie, aber ...«, hatte Katie nicht gesagt: »Du mußt einfach bleiben, Daniel.« Sie hatte Catherine nur angesehen und gemeint: »Nun, er muß am besten wissen, was er will.« Und doch schien sie sich aufrichtig darüber zu freuen, ihn zu sehen, und forderte ihn unentwegt zum Erzählen auf.

Mittwoch nach dem Tee schlug Catherine vor, Bridget solle Daniel die Stadt zeigen. Er genoß diesen Spaziergang sehr. Sie lachten viel miteinander. Bridget hat einen Sinn für Humor, der dem ihres Vaters nicht unähnlich ist, dachte er.

Als er seiner Urgroßmutter gute Nacht wünschte, bat sie ihn, am darauffolgenden Tag nur ja zum Essen zu kommen.

Das war Donnerstag. Katie belegte ihn den größten Teil des Nachmittags mit Beschlag, und er erfuhr alles über Peter Conway, den Verlobten von Bridget. Mr. Conway war zehn Jahre älter als Bridget, aber das hatte gar nichts zu bedeuten. Er war ein tüchtiger junger Mann, ernsthaft und gesetzt, und er würde, wenn der Betrieb erst einmal wieder in Gang war, sicherlich eine sehr gute Stellung im Büro von Palmer haben, hörte er.

Daniel war mehr als erleichtert, als er nach dem Tee aber-

mals von Bridget zu einem kleinen Spaziergang mitgenommen wurde.
»Ich werde dir Jarrow zeigen«, sagte sie. »Es wird dir nicht gefallen, aber ich finde, du solltest es kennenlernen.«
Und es gefiel ihm wirklich nicht. Ja, er war sogar entsetzt darüber. Die Stadt wirkte so tot. Selbst ihr Geruch war seiner Meinung nach der einer Toten.
Als sie die Hauptstraße entlang in Richtung zur aufgelassenen Werft gingen, die einst der Stolz von Palmer gewesen war, sagte Bridget: »Hat Tante Katie dir gesagt, daß Peter mithilft, den Marsch auf London zu organisieren?«
»Ja, sie hat so etwas angedeutet.«
»Ich komme nie nach Jarrow«, fuhr Bridget fort, »aber irgendwie zieht es mich her, als müsse ich mir dies ganz genau ansehen. Wahrscheinlich weil das Schließen der Werft mich persönlich betroffen hat.« Sie warf ihm einen flüchtigen, schüchternen Blick zu, als sie sagte: »Weißt du, es hat meine Hochzeit verschoben. Peter hat seine Ersparnisse verloren, zwölfhundert Pfund – alles, was er hatte. Und da er für seine Mutter und das Haus aufkommen muß, seit sein Vater gestorben ist . . . Dazu kommt noch, daß ich meine Stelle verliere, wenn ich heirate.«
»Wieso?«
»Ach, die gestatten einem nicht, weiter zu unterrichten, wenn man einmal verheiratet ist. Nicht den Frauen. Weil es nicht einmal genügend Stellen für männliche Lehrer gibt. Wir haben einen Freund, der wurde sogar in den Süden hinunter versetzt; er ist Mathematiklehrer. Weißt du, wie viele Bewerber es für diese Stelle gegeben hat? Zweihundertfünfzig.«
»Nein!« Daniel kniff die Brauen zusammen. Dann sagte er: »Hat dein Verlobter denn nichts von seinem Geld von der Firma zurückbekommen?«
»Nein. Aber so ist es Hunderten von andern in der Stadt auch gegangen. Es gab Familien, die haben jahrelang gespart und gespart und alles in Palmer investiert; vielleicht waren es oft nur hundert Pfund oder so. Aber für sie war es ein Vermögen, und sie haben jeden Penny verloren. Und

nun beziehen sie Arbeitslosenunterstützung und sind völlig hoffnungslos.«

»Komm«, sagte er plötzlich mit barscher Stimme. »Sehen wir zu, daß wir hier wegkommen.«

»Was?« Sie drehte sich um und sah zu ihm auf. Dann legte sie den Kopf schräg und rief aus: »Ach, tut mir leid.« Und sie fügte lachend hinzu: »Schon wieder! Ich hör' überhaupt nicht mehr auf, zu dir ›Tut mir leid‹ zu sagen, was? Aber ich hätte dich nicht hierherbringen sollen. Es ist so traurig. Ich dachte nur ...«

»Ich weiß, was du dachtest. Amerikaner sollten diese Dinge besichtigen. Das erweitert ihren Horizont. Das Leben, wie es wirklich ist. Nun, jetzt hab ich's gesehen, das reicht. Und jetzt, meine Gnädigste, sehen wir uns das Leben einmal auf andere Weise an ... Welches ist euer bestes Theater?«

»Oh, aber das geht nicht. Es ist zu spät dafür.«

»So. Wie wär's dann mit morgen abend?«

Sie zögerte, sah ihn an und sagte dann leise lachend: »Gut, gern.«

»Wunderbar. Dann komm jetzt.« Er packte sie am Arm und schob sie die Straße hinunter, und eine Zeitlang sprachen sie gar nichts. Bis sie auf einmal wieder zu reden anfing – schwatzte, wäre der passendere Ausdruck dafür gewesen – und er ihr mit aufmerksamer Miene zuhörte. Bald stimmte sie wieder ihr fröhliches Lachen an und sagte einen Moment darauf: »Weißt du, es ist komisch, welche Gefühle ich in bezug auf Jarrow habe. Ich mag es, obwohl es so aussieht. Vielleicht sollte ich sagen: Ich mag die Menschen – nun, zumindest die meisten von ihnen. Ich bin in Westoe zur Welt gekommen. Und ob Sie es nun wissen oder nicht, Sir«, sagte sie und zog ganz ernsthaft den Hut, »Westoe ist die Gegend, in der man in Shields zu wohnen hat. Aber Jarrow habe ich immer lieber gemocht. Meine Mutter ist genau das Gegenteil. Sie kann Jarrow nicht ausstehen. Weißt du, sie wurde hier geboren ... Oh, da kommt ein Bus. Mit dem können wir bis zum Tyne Dock fahren.«

Als sie im Bus saßen, sagte sie: »Es ist schade, daß ich den Wagen nicht habe. Aber Peter braucht ihn jetzt dringender.«
»Ich wußte gar nicht, daß du einen Wagen hast.«
Sie wandte sich nach ihm um und flüsterte ihm zu: »Die Amerikaner sind nicht die einzigen Autobesitzer der Welt.«
Er legte den Mund an ihr Ohr und flüsterte gleichfalls: »Jetzt müßtest du wieder mal sagen ›Tut mir leid‹.« Sie lächelten einander aus den Augenwinkeln zu. Dann fragte er: »Kannst du fahren?«
»Natürlich. Ist doch mein Auto. Tante Katie hat es mir zu meinem einundzwanzigsten Geburtstag geschenkt. Jetzt ist es schon ein bißchen abgenutzt, aber ich hab' viel Spaß damit.«
»Bißchen abgenutzt? Das klingt ja geradeso, als läge dein einundzwanzigster Geburtstag zwanzig Jahre zurück. Wie alt bist du, wenn ich fragen darf? Warte, ich will raten ... Dreiundzwanzig?«
»Sechsundzwanzig.«
»Ach.« Er preßte die Lippen zusammen. »Gut erhalten.«
»Besten Dank.«
»Weißt du, wie ich gestern schon sagte: Du gleichst deinen Eltern überhaupt nicht. Sie sind dunkel, und du bist, nun ja, ziemlich blond, oder?« Als sie das Gesicht von ihm abwandte und zum Fenster hinaussah, außerdem keinerlei Bemerkung zu seiner Feststellung machte, fragte er ruhig: »Was ist denn? Habe ich was Falsches gesagt?«
»Hier müssen wir aussteigen.«
»Oh!« Er stand rasch auf und ging ihr zum Ausstieg voran. Als sie wieder Seite an Seite weitermarschierten, nahm er das Gespräch dort wieder auf, wo er es fallengelassen hatte. Er blieb stehen und sagte: »Ich habe das Gefühl, bereits zum zweitenmal ein Thema berührt zu haben, das tabu ist. Ich ... ich erinnere mich jetzt, daß dein Vater gestern abend, als ich über den Unterschied zwischen euch beiden sprach, plötzlich still wurde. Es tut mir leid; ich habe nicht mit Absicht einen anscheinend wunden Punkt berührt,

glaub mir. Einen Moment hatte ich einfach vergessen, daß ich bereits einmal darauf zu sprechen kam. Du glaubst mir doch, nicht wahr?«
»Ist schon in Ordnung, keine Sorge. Du konntest es ja nicht wissen.«
Sie sah geradeaus, als sie hinzufügte: »Ich bin nicht die Tochter von Paps, mein Vater war Tante Katies Stiefsohn. Er war Norweger.«
»Tut mir leid, wirklich. Ich wollte nicht eine Minute . . .«
»Schon gut. Macht ja nichts.« Sie schüttelte den Kopf und lächelte ihn an. »Auch mir ist dieser Unterschied aufgefallen, und es muß sie in arge Verlegenheit gebracht haben, als ich darauf zu sprechen kam. Deshalb hat mir meine Mutter alles erzählt, als ich sechzehn war.«
Zögernd wiederholte sie nun die Geschichte, die für sie ganz selbstverständlich geworden war: die Geschichte von Nils und ihrer Mutter und Tom Mulholland. Zum Schluß wandte sie ihm ihr Gesicht voll zu. »Jetzt weißt du es. Das ist das Familiengeheimnis.«
Er sah sie an. Seine Blicke glitten über ihr Gesicht. Sie besaß eine wunderschöne Haut, wie dicker Rahm. »Find' ich gar nicht so mysteriös«, sagte er nachlässig.
Sie lächelte ihm zu. »Hast du ein Besseres?«
»Das will ich meinen! Immerhin hat mein Urgroßvater es geschafft, daß ich statt über zwei nur über einen einzigen Urgroßvater väterlicherseits verfüge.« Er warf den Kopf in den Nacken und kicherte. »Wenn meine Mutter oder ihre ganze stinkfeine Familie jemals erfährt, daß . . . Junge, Junge!«
Sie lachten laut, als sie das Haus betraten, und Katie, die im Salon saß, wandte bei diesem Geräusch heftig den Kopf und blickte dann Catherine an, die nähend am Fenster saß. Auch Catherine blickte zur Tür, und als die Schritte, statt sich zu nähern, rasch im Flur verhallten, sah sie Katie an und sagte: »Sie gehen ins Büro.«
»Catherine!«
»Ja, Tante Katie?«
»Komm her.«

»Was ist denn?« Catherine war aufgestanden und beugte sich nun über Katie.
»Ich dachte, du hättest gesagt, daß sie ihn nicht leiden könne?«
»Also das habe ich nicht gesagt, Tante Katie. Ich habe nur gesagt, sie sei der Ansicht, daß er ein bißchen hochnäsig sei, eingebildet eben, wie die meisten Amerikaner.«
»Aber sie scheinen sich sehr gut miteinander zu unterhalten.«
»Ja, das stimmt.« Catherine richtete abermals den Blick zur Tür. »Sie haben immer was zu lachen. Aber weißt du, sie lacht eben gerne, und er ist wirklich sehr amüsant. Das hast du selbst gesagt.«
»Geh und sieh nach, was sie treiben.«
»Ach Tante Katie, zerbrich dir doch darüber nicht den Kopf! Du meine Güte.« Sie strich ihr über das dichte, weiße Haar. »Du solltest dir wirklich nicht solche Gedanken in den Kopf setzen. Das ist das letzte, was passieren könnte.«
»Catherine.« Katie schloß jetzt die Augen und neigte den Kopf. »Ich kann nicht vergessen, daß er ein Rosier ist.«
»Aber du hast gesagt, daß du ihn magst.«
»Tu ich auch, tu ich auch.« Sie blickte Catherine an. »Ich würde ihn am liebsten noch mehr in mein Herz schließen. Aber ich fürchte mich. Es ist wiederum die alte Angst, so als wäre ich siebzig Jahre zurückgegangen. Ich habe es dir gesagt, ich habe es dir gestern schon gesagt, ich fürchte mich für sie genauso, wie ich mich damals selbst gefürchtet habe. Er ist und bleibt ein Rosier, Catherine.«
»Gut, gut, reg dich nicht auf.« Catherine hielt Katies Hand fest. »Morgen reist er ab, Peter wird in kürzester Zeit zurück sein, und alles wird wieder so sein, wie es war. Du weißt doch, wieviel sie von Peter hält, Tante Katie. Sie liebt ihn nicht nur, sie bewundert und respektiert ihn auch enorm.«
»Ich weiß, ich weiß, Catherine. Wenn er nur nicht so eigensinnig wäre, könnten die beiden seit Monaten verheiratet und hier eingezogen sein.«

Catherine seufzte leicht, schloß einen Moment die Augen und sagte dann: »Da ist eben die Sache mit seiner Mutter. Er hat uns das alles genau erklärt, und ich bewundere ihn wegen seiner Aufrichtigkeit. Er hat eben nicht die Absicht, auf Bridgets oder auf deine Kosten zu leben. Er wird bald wieder eine Stelle haben, davon bin ich überzeugt ... Schsch! Da kommen sie. Also sorg dich nicht, Liebe, sorg dich nicht. Du wirst sehen, das ist alles nur Einbildung.«
Die Tür ging auf, und Bridget trat ein. Ihr Gesicht strahlte, ihre Augen glänzten. Sie sah sehr jung aus und schöner, als Katie sie je zuvor gesehen hatte. Aber Katie entdeckte noch etwas in Bridgets Gesicht: dieses Glühen. Ja, es glühte vor Freude. Und auch der Mann, der hinter ihr eintrat, dieser große, schlanke, dunkle, gut aussehende junge Mann, sah anders aus. Auch seine Augen glänzten, und seine roten Lippen waren feucht. Alle beide strahlten gewissermaßen um die Wette. Und als Bridget auf ihre Mutter zueilen wollte, jedoch über den Hocker stolperte, streckte Daniel sofort die Hand aus, um sie aufzufangen. Und dann hielt er sie einen Moment lang fest, und das Lachen der beiden vermengte sich. Katie stieß einen unterdrückten Schrei aus und sank in ihren Stuhl zurück.

4

»Also Mutter, das ist doch wirklich ein Zeichen, daß sie langsam kindisch wird. Ich hasse es, so etwas von Tante Katie zu sagen, weil ich sie liebe. Das weißt du. Aber jetzt frage ich dich: Er und ich! Das ist doch absurd! Er ist doch erst Dienstag bei uns aufgetaucht, und heute haben wir Samstag. Wie kommt sie nur auf so was?«
Catherine holte tief Atem. »Es ist die Vergangenheit, die sie nicht losläßt. Sie hat mir gesagt, daß Daniel das vollkommene Ebenbild seines Urgroßvaters sei. Und der Name auch noch dazu. Das alles regt sie eben auf.«
»Für seinen Namen kann er doch nichts. Und was die Ähnlichkeit anlangt, so glaube ich keinen Moment daran.«

Catherine fuhr mit dem Tischdecken fort. Sie legte das Besteck auf, dann die Servietten, und nach einer kurzen Pause fragte sie ruhig: »Hast du fest zugesagt, ihn in der Nähe des Hauses zu treffen?«

»Ja, wir haben alles fix ausgemacht, das habe ich dir schon gesagt. Er will mir alles zeigen. Auch . . .«

»Was?« Catherine richtete sich auf und starrte Bridget an.

»Auch daß es nicht nur die Armen sind, die leiden, glaube ich. Wir haben neulich über Jarrow gesprochen, weißt du. Er möchte wohl, daß ich das Zimmer meiner Urgroßmutter sehe, in dem sie sich in den vergangenen dreißig Jahren meist aufgehalten hat. Und ihn. Den alten Rosier, meine ich. Und ich komme mir abscheulich vor, daß ich diese Verabredung nun nicht einhalten soll, Mutter. Ihn einfach dort herumstehen zu lassen . . . Also!«

»Er wird sich schon denken, daß etwas nicht in Ordnung ist, und bei uns vorbeikommen.«

»Er fährt doch heute nachmittag nach Cambridge zurück; es wird keine Zeit für den weiten Weg zu uns bleiben.«

Catherine sah ihre Tochter aus leicht zusammengekniffenen Augen an. Tante Katie war eine äußerst scharfsinnige Frau. Sie mochte zweiundneunzig sein, aber ihr Geist war frisch wie eh und je. Manchmal war ihr, als ob sie hellsichtig sei . . .

Als es an der Haustür klingelte, fuhr sie in die Höhe, und Bridget wirbelte herum und sagte: »Du meine Güte, das wird er jetzt sein! Was soll ich ihm nur sagen?«

»Am besten die Wahrheit. Oder überlaß das lieber mir, ich werde es ihm sagen. Ich werde ihm sagen, Tante Katie sei in einer derartigen Verfassung gewesen, daß man sie nicht allein lassen konnte; zumindest wollte sie nicht, daß du fortgehst.«

Bridget eilte in den Flur und sagte zu Nellie, die gleichzeitig aus der Küche kam: »Ich mach schon auf, Nellie.« Sie ging zur Haustür, öffnete und rief überrascht aus: »Ja, Peter!« Im nächsten Moment hatte sie die Arme um den Hals des großen Mannes geschlungen, der sie fest an sich drückte und leidenschaftlich küßte.

»Peter!« Catherines Stimme klang ebenfalls überrascht und sehr erleichtert, als sie mit ausgestreckten Armen auf ihn zuging. »Wir haben dich vor Montag nicht erwartet.«
»Ich konnte es einfach nicht länger aushalten.« Er sah Bridget liebevoll an, drückte sie abermals an sich und lachte.
»Ich bin froh, dich wiederzusehen, Peter«, sagte Catherine.
Er legte den Arm um ihre Schulter und sagte: »Nicht mehr als ich, dich wiederzusehen.«
»Wie steht's mit euren Vorbereitungen und so?«
Untergehakt gingen die drei zum Salon, und auf Bridget niedersehend sagte Peter: »Ausgezeichnet, wunderbar, wirklich!«
»Du siehst müde aus.« Bridget blickte zu dem ziemlich breitgebauten Gesicht des Mannes auf, den sie heiraten würde. Es war ein zuverlässig aussehendes Gesicht: mit grauen, freundlich blickenden Augen, kurzer Nase, ernstem, breitem Mund und einem ausgeprägt breiten Kinn, das seinen Charakter erraten ließ: ehrlich, rücksichtsvoll, loyal, aber ziemlich phantasielos.
Sanft berührte er nun ihre Wange und sagte: »Das kommt nur daher, weil ich so wenig geschlafen habe. Ich habe die letzten beiden Nächte durchgearbeitet, nur um heute heimfahren zu können. Noch ein Wochenende in Doncaster, das hätte ich sicher nicht ausgehalten! Wie geht es Tante Katie?« wandte er sich nun an Catherine.
»Nicht besonders gut, leider. Ich werde nach oben gehen und ihr sagen, daß du da bist. Das wird sie freuen.« Während der letzten Worte warf sie Bridget über die Schulter einen raschen Blick zu.
Dann ließ sie die beiden allein und ging hinauf zu Katie. Noch in der Tür sagte sie zu ihr: »Unsere Sorgen haben ein Ende, Liebes. Rate, wer da ist!«
»Peter? Nein!«
»Ja, er ist eben gekommen und wird in einer Minute bei dir sein.«
Katie saß auf Kissen gestützt im Bett und streckte

Catherine die Hand entgegen, die diese ergriff, während sie sagte: »Na also. Und sie ist außer sich, wie ein vierzehnjähriges Schulmädchen.«
»Wirklich?«
»Wenn ich es dir sage.« Catherine ließ die Hand los und tätschelte Katies Wange.
»Gott sei Dank, Gott sei Lob und Dank . . . Hör zu, Catherine. Die beiden müssen so bald wie möglich heiraten.«
»Aber, aber, fang nicht schon wieder damit an. Mach dir diesbezüglich keine Sorgen. Du weißt, was das große Hindernis ist: seine Mutter. Und was würdest du von ihm halten, wenn er sie einfach im Stich ließe, wo sie doch über siebzig ist?«
»Bridget wird sich eben damit abfinden müssen, bei ihr zu wohnen.«
»Ach Tante Katie, du weißt genau, daß sie das nie tun würde. Du weißt doch, daß sie Mrs. Conway nicht besonders mag. Überdies warst du selbst auch immer dagegen.«
»Nun, man kann seine Meinung schließlich ändern, nicht? Ich bin noch nicht zu alt dazu.« Katie lächelte Catherine an.
Im selben Moment hörten sie, wie es an der Haustür klingelte. Catherine stand auf und sagte: »Peter wird gleich heraufkommen. Also reg dich nicht auf. Ich geh jetzt den Tisch decken. Sei schön brav.«
Sie klopfte Katie zärtlich auf die Hand, dann eilte sie aus dem Zimmer. Als sie am unteren Ende der Treppe angelangt war, ließ Nellie gerade Daniel zur Haustür herein. Er stellte seinen Koffer im Flur nieder, blickte auf und kam direkt auf sie zu, indem er sagte: »Ist . . . ist etwas geschehen?«
»Nein, nein, Daniel, es war nur wegen Tante Katie. Nach der Übelkeit gestern abend haben wir sie ins Bett gesteckt, und . . . und sie wollte Bridget nicht aus den Augen lassen. Sie hat es gern, wenn sie sich um sie kümmert.« Catherine nickte Daniel zu und lächelte. »Es tut mir leid, daß Bridget nicht kommen konnte.«
»Ach, das macht nichts. Ich dachte mir nur, ich müsse

doch noch auf einen Sprung vorbeikommen und mich verabschieden, ehe ich abreise.«
»Natürlich, Daniel. Wir wären sehr beunruhigt gewesen, wenn du es nicht getan hättest.« Sie ging ihm nun zum Salon voran, blieb jedoch unvermittelt stehen und sagte: »Wir haben eben erst eine angenehme Überraschung erlebt. Peter ist wieder da. Wir haben ihn erst am Montag zurückerwartet.« Damit wandte sie sich abermals rasch von ihm ab und rief, als sie die Salontür öffnete, laut: »Bridget! Daniel ist da.«
Daniel trat hinter Catherine ein und blickte auf die beiden in der Nähe des Fensters stehenden Gestalten. Sie standen nun nebeneinander, aber er erriet, daß sie noch eine Sekunde davor eng beisammengestanden hatten. Er sah zuerst den Mann an, diesen großen, ziemlich breit gebauten, nicht unangenehm aussehenden Mann, der jedoch bedeutend älter war als er selbst. Und als Bridget.
»Hallo Daniel. Es tut mir leid wegen heute vormittag.« Sie kam auf ihn zu.
»Ach, das macht nichts.« Er lächelte sie an. Sie drehte sich um, wies mit dem Arm nach hinten und sagte: »Das ist Peter.«
Der Mann trat einen Schritt vor und streckte Daniel die Hand entgegen.
»Es freut mich sehr, Sie kennenzulernen.« Peter schüttelte heftig Daniels Hand. »Bridget hat mir eben von Ihnen erzählt. Oh, ich wollte, ich wäre hier gewesen, als Sie zum erstenmal herkamen, wirklich. Ich hätte Ihnen alles gezeigt.«
»Du bleibst doch zum Essen, Daniel, nicht wahr?« sagte Catherine.
»Nein, nein, Catherine. Ich habe eine ziemlich lange Fahrt vor mir und nehme von Newcastle den Zug um halb zwei.«
»Ja, aber dann hast du ja so gut wie überhaupt keine Zeit mehr.«
»Nun, gerade genug, um mich von Urgroßmutter zu verabschieden und rechtzeitig den Bahnhof zu erreichen.«

»Das kommt nicht in Frage«, sagte Peter. »Ich bring Sie natürlich hin. Direkt bis nach Newcastle.«
»Danke, aber ich habe das Taxi bereits bestellt.« Daniel blickte auf die Uhr. »In zwanzig Minuten wird es da sein.«
»Oh, wie schade!« sagte Catherine. Dann fügte sie hinzu: »Nun, wenn du wirklich so knapp dran bist, Daniel, dann wird es am besten sein, du gehst gleich nach oben, nicht?«
»Ja, Catherine, natürlich.«
Er nickte erst ihr, dann den beiden anderen zu, und Peter sagte freundlich: »Jammerschade, tatsächlich. Bleibt wirklich nur Zeit zum Verabschieden.«
Bridget sagte weder etwas noch lächelte sie; sie sah Daniel in die Augen, und er erwiderte diesen Blick eine Sekunde lang, ehe er sich umdrehte, das Zimmer verließ und nach oben ging.
Catherine war ihm vorangegangen, und abermals kündigte sie ihn laut an: »Daniel ist da, Tante Katie! Er hat nur ein paar Minuten Zeit, dann muß er fort. Ist das nicht schade?«
Katie drückte den Kopf in die Kissen und blickte zu Daniel auf, und in diesem Augenblick erlebte sie einen wahren Zwiespalt der Gefühle, den sie selbst nicht begriff. Sie wußte, daß sie nicht eher Ruhe finden würde, bis dieser junge Mann das Haus, ja die Stadt verlassen hatte. Bis er, wie sie hoffte, schließlich auch das Land verlassen würde. Und dennoch, obwohl er das völlige Ebenbild des andern war – dennoch war etwas an ihm, das sie mochte. Wenn sie nicht an Bridget hätte denken müssen, dann hätte sie ihn jetzt bei der Hand gepackt und gesagt: »Komm bald wieder, Daniel . . .« Er war in einem weitaus höheren Maße ein Teil von ihr als die andern. Obwohl der einzige Gedanke in ihrem Innern im Moment lautete: Er muß fort und darf nie wiederkommen. Und dieser Gedanke erfüllte sie mit einem merkwürdigen, heftigen Schmerz.
Er sprach auf sie ein, aber seine Worte flatterten über ihren Kopf hinweg, weil sie alle Kraft darauf verwandte, dem Wunsch Widerstand zu leisten, die Arme auszustrecken und ihn an sich zu drücken.
»Über Weihnachten fahre ich nicht heim. Für gewöhnlich

bleibe ich die Feiertage über bei Freunden in Kent. Aber diesmal käme ich gerne auf einen Sprung vorbei, um dich zu besuchen.«
Die letzte Bemerkung nahm sie zur Kenntnis. Nun, wenn es nach ihr ging, würde Bridget bis dahin in Sicherheit sein. Sie lächelte, streckte die Hand aus und sagte: »Komm nur zu Weihnachten, Daniel. Ich würde dich gerne wiedersehen.«
Er beugte sich über sie, und als seine festen, warmen Lippen ihre Stirn berührten, spürte Katie, wie sich ihre Magenmuskeln zusammenzogen. Sie wurde von einem Rosier geküßt. Zum erstenmal wurde sie von einem Rosier geküßt. »Leb wohl, Daniel«, sagte sie.
»Leb wohl, Urgroßmama.« Seine Hand streichelte sanft ihre Schulter. Dann ging er.
Ein paar Minuten später stand er an der Haustür, und Peter stellte seinen Koffer in den Kofferraum des Taxis.
»Es wird Tom leid tun, dich verpaßt zu haben, Daniel«, sagte Catherine.
»Richte ihm bitte Grüße von mir aus, Catherine. Ich komme zu den Weihnachtsfeiertagen vorbei, das habe ich Urgroßmama versprochen.«
»Zu Weihnachten?« sagte Catherine. »Oh, das ist nett.«
»Leb wohl, Catherine. Danke, daß du so freundlich zu mir warst.«
»Leb wohl, Daniel. Ich hab' mich wirklich über deinen Besuch gefreut.«
Sie schüttelten sich die Hände.
»Leb wohl, Bridget.«
»Leb wohl, Daniel.«
Förmlich gaben sie sich die Hände. Er blickte ihr ins Gesicht. Ihre sonst so strahlendblauen Augen glänzten überhaupt nicht, kein Lächeln spielte um ihren Mund. Sie sah müde und im Moment ganz und gar nicht hübsch aus.
»Ich werde nie mehr eine solche Fremdenführerin wie dich haben.«
Er lächelte ihr zu, und sie sagte, ohne zu lächeln: »Ich glaube nicht, daß du je eine brauchen wirst.«

»Ich habe jede einzelne Minute genossen: Jarrow, Palmer und alles. Leb wohl, Bridget.«
»Leb wohl, Daniel.«
Peter schüttelte ihm durchs Taxifenster die Hand, dann fuhr der Wagen los und bog auf die Hauptstraße ein, und als Daniel über die Schulter zurückblickte und winkte, war das letzte, was er sah, Bridget. Sie stand zwischen Catherine und Peter, jeder von ihnen hatte einen Arm um sie gelegt, und alle drei winkten ihm nach.
Als Daniel sich im Taxi zurechtsetzte, überkam ihn ein Gefühl tiefster Einsamkeit. In Gedanken sah er das düstere Herrenhaus seines Urgroßvaters vor sich – und dann das helle, freundliche, schöne Haus, das er eben verlassen hatte. Ein richtiges Heim. Und darin vier eng miteinander verbundene Menschen, zu denen Peter nun auch bald gehören würde. Als Peters Name das erstemal erwähnt wurde, hatte Daniel gedacht, daß er ihn nicht würde leiden können. Aber nun spürte er, daß es unmöglich war, ihn nicht zu mögen. Dennoch hätte er irgendwie gewünscht, daß er es zuwege gebracht hätte. Aber was machte es schon aus? Er hatte nicht die Absicht, zu Weihnachten wiederzukommen. Es war ein erfreuliches Zwischenspiel gewesen, seine Urgroßmutter und diesen Teil seiner Verwandten kennenzulernen. So mußte er es betrachten: als Zwischenspiel. Und nun war es vorüber.

5

»Ostern? Da ist noch lange hin«, sagte Katie. »Warum konnten sie nicht vor Weihnachten heiraten?«
»Erstens einmal möchte sie in der Osterwoche heiraten«, sagte Catherine. »Und dann wird sich Peter wohler in seiner Haut fühlen, wenn er ein bißchen was auf die Seite gelegt hat, und wenn er seinen Posten behalten kann, dann wird er bis Ostern eine ganz hübsche Summe zusammengespart haben. Außerdem geht es auch um seine Mutter; sie ist nicht gut genug beisammen.«

»Es fällt mir auf«, sagte Katie ziemlich schroff, »daß es Mrs. Conway nie gutgeht, wenn die Hochzeit in Sicht ist.« Sie warfen einander einen kurzen Blick zu, und dann sagte Catherine lachend: »Ach, Tante Katie! Du hast aber wirklich eine besonders schlechte Meinung von ihr.«
»Das weiß ich. Und ich behaupte sogar, daß Peter, wenn es nach ihr ginge, niemals heiraten würde.«
»Nun, es ist alles fix abgemacht. Zu Ostern findet die Hochzeit statt, egal, ob es ihr dann gut oder weniger gut geht.«
Catherine nickte Katie rasch zu, und Katie machte ein Gesicht und meinte: »Wetten, daß sie, wenn alles nichts nützt, einen Tag vorher stirbt?«
Nun lachten sie alle beide, so daß Katie sich die Seiten halten mußte und herausprustete: »Nicht, nicht! Es tut mir weh, wenn ich so viel lache!« Sie trocknete sich die Tränen; dann blickte sie zum Fenster und sagte: »Ein gräßlicher Tag. Bridget hätte den Wagen nehmen sollen, sie wird durch und durch naß werden.«
»Du weißt ja, was sie davon hält, mit dem Wagen zur Schule zu fahren. Sie meint, es sähe so anmaßend aus.«
»Ach, Unsinn!«
Catherine wandte sich lächelnd ihrem Buch zu; aber bald blickte sie über dessen Rand hinweg verstohlen zu Katie hinüber, die vor dem prasselnden Kaminfeuer saß. Sie war zur Zeit gut in Form. Obwohl sie sich im dreiundneunzigsten Jahr befand, brauchte sie weder eine Brille noch ein Hörgerät, und auch das Treppensteigen ging noch ganz gut, zwar langsamer, aber sie brauchte immerhin keine Hilfe. Sie war schon wirklich ein Wunder. Und in jeder Beziehung wunderbar. Catherine wünschte von Herzen, daß sie so großartig beisammenbleiben und nichts ihre letzten Tage trüben möge. Das war der Hauptgrund, warum sie seit drei Tagen betete, daß er nicht kommen möge. Als sie den Todesanzeigen der Samstagzeitung Bernard Rosiers Ableben entnommen hatten, da hatte sie zu Tom gesagt: »Das zeigen wir ihr gar nicht. Wozu auch? Es würde sie nur wieder an die Vergangenheit erinnern.« Aber sie fürchtete

sich viel weniger davor, daß Tante Katie an die Vergangenheit erinnert werden als an die Zukunft denken könnte. Daniels Erscheinen würde ihr nur abermals Sorgen bereiten.
Als es ungefähr zehn Minuten später an der Haustür klingelte, blickte Catherine von ihrem Buch auf und sagte: »Ob sie ihren Schlüssel vergessen hat? Aber da hätte sie ja den Hintereingang benützt, ich werde einmal ...«
Sie hatte noch nicht ausgesprochen, als die Tür aufging und Nellie meldete: »Mr. Rosier, Madam.«
Daniel trat ein. Er hatte Hut und Mantel bereits abgelegt und strich sich das schwarze Haar aus der Stirn. Mit strahlendem Lächeln streckte er den beiden Frauen je eine Hand entgegen, beide ergriffen sie, und Catherines Schweigen blieb unbemerkt, denn er sprach rasch drauflos, um seinen unerwarteten Besuch zu erklären: »Er ist vor vier Tagen gestorben. Ich nehme an, daß du es in der Zeitung gelesen hast. Das Begräbnis findet morgen statt. Ich bin gestern vormittag angekommen. Ich hatte das Gefühl, herkommen und euch alle sehen zu müssen.«
Catherine entzog ihm ihre Hand und sagte: »Das ist eine Überraschung, Daniel.«
Er beugte sich zu Katie nieder, und zum zweitenmal, seit sie sich kennengelernt hatten, preßte er die Lippen auf ihre Wange. Dann trat er einen Schritt zurück und sagte: »Ich erkläre hiermit feierlich, daß du noch jünger aussiehst. Zehn Jahre jünger als das letztemal.«
Katie sah zu ihm auf. Er hatte gesagt, Bernard Rosier sei tot. Endlich, endlich war er tot. Sie hatte lange darauf gewartet ... »Ach ja, Daniel, es geht mir auch gut. Und dir?« Zärtlich glitten ihre Blicke über sein Gesicht. Dann sah sie auf die Hände nieder, die sie fest umklammerten. Es waren braune, magere, kräftige Hände. Wenn sie sich nur nicht so davor fürchten würde, daß sie Bridgets Hände umklammern könnten, wie sie die ihren umklammerten. »Setz dich, setz dich doch«, sagte sie nun zu ihm, und als er neben ihr Platz genommen hatte, fragte sie: »Wie lange bleibst du denn?«

»Ich kann bis Mitte Januar völlig über meine Zeit verfügen. Ich habe meinen Freunden versprochen, eine Woche bei ihnen in Kent zu verbringen. Aber in der übrigen Zeit möchte ich alles mit dem Haus regeln. Die Renovierung, meine ich. Weißt du überhaupt, daß ich es gekauft habe?«
»Nein, nein, das hast du nicht getan!« Katie schüttelte langsam den Kopf, ihre Augen wurden riesengroß . . . Bernard Rosier war zwar tot, aber dieser andere Rosier da hatte das Haus gekauft. Es würde weitergehen.
»Du hast ›Greenwall Manor‹ gekauft?« fragte Catherine.
»So ist es, Catherine. Frag mich nicht, weshalb, ich kann es dir nicht sagen.« Er lachte fröhlich, glücklich. »Aber ich bin froh, daß ich es getan habe. Und Vater auch. Er scheint von der Idee, ein englisches Herrenhaus zu besitzen, entzückt zu sein. Und Mutter . . .« Er klopfte ihr rasch auf die Hand. »Also die ist ein schrecklicher Snob.« Er wandte sich nun wieder zu Katie herum und sah, daß ihre Blicke fest auf ihn geheftet waren. »Weißt du, Urgroßmama«, fuhr er fort, »eben deshalb hätte sie nicht begeisterter sein können, und wenn ich ihr die englischen Kronjuwelen geschenkt hätte. Sie war schon über die paar Möbel ganz aus dem Häuschen.«
»Du hast die Möbel aus dem Herrenhaus nach Amerika hinübergeschickt?« sagte Catherine fassungslos.
»Nur ein paar. Die hübschesten.«
Es entstand eine winzige Pause. Dann fragte Katie: »Tut es dir leid, daß er tot ist?« Die Frage überraschte sie selbst mehr als ihn.
»Leid, daß er tot ist? Mein Urgroßvater Rosier? Nein, nein! Nicht im mindesten. Ich habe auch nicht die leiseste Absicht, so zu tun, als ob es mir leid täte. Für viele Menschen wäre es besser gewesen, er wäre schon vor Jahren gestorben. Findest du nicht?«
»Ja, ja.« Sie nickte nur.
»Es ist eine reine Formsache, daß ich zum Begräbnis gehe. Es werden nur Maggie und Willie Robson dabeisein – das ist das Ehepaar, das seit Jahren das Haus und ihn betreut hat, weißt du – und der Anwalt. Und das nur, weil er sich

darum zu kümmern hat, daß alles seinen gesetzlichen Weg geht.«

Katie lehnte sich zurück. Nur vier Leute würden also dabeisein. Und auch das nur gezwungenermaßen ...

Sie fragte sich gerade, in welcher Abteilung der Hölle er wohl untergebracht würde, als ihre Gedanken dadurch in die Gegenwart und zu ihrem Urenkel zurückkehrten, daß die Tür aufging und Bridget auf der Schwelle stand. Daniel ging mit ausgestreckten Händen auf sie zu. Und als Katie sah, wie Bridgets Miene sich aufhellte, ihre Augen glänzten, ihre Lippen sich öffneten und Daniel sich über sie beugte, gebot sie ihrem Herzen mit aller Strenge, aufzuhören, so rasch zu schlagen. Es durfte keine weiteren Ohnmachtsanfälle geben. Sie mußte ruhig bleiben und überlegen und handeln. Oder was wichtiger war: Peter dazu veranlassen, zu handeln, selbst wenn dies bedeutete, ihm zu sagen, was auf dem Spiel stand. Manche Männer brauchten ewig einen Anstoß, sonst entschlossen sie sich nie, etwas zu unternehmen ... Manche Männer. Aber nicht solche wie ihr Urenkel, der Nachkomme von Bernard Rosier; diese Männer brauchten keinen Anstoß. Sie nahmen sich, was sie wollten.

6

Daniel machte während der Weihnachtsfeiertage die Entdeckung, daß Peter Conway ihn langweilte. Er war ein guter, braver, anständiger Mann, das stand fest; aber es fehlte ihm der gewisse Funke, um es mit Bridget aufnehmen zu können. Daniel, der mit Peter darauf wartete, Bridget auf eine Party zu begleiten, fragte sich nicht zum erstenmal, wie sie das schwerfällige Gerede dieses Langweilers ertragen konnte.

Als das Telefon klingelte, erhob sich Catherine von der Couch, auf der sie gesessen und Peter still zugehört hatte, und es kam Daniel so vor, als wäre auch sie für diese Unterbrechung dankbar. Er sah ihr nach, wie sie in den Flur ging, und für ungefähr eine Minute entzog er Peter seine Aufmerksamkeit. Bis sie wieder zurückkam und sagte: »Es ist für dich, Peter.«

»Für mich?« Peter stand auf.

»Es ist wegen deiner Mutter.«

»Ach du meine Güte!« Peter verzog das Gesicht und eilte in den Flur.

Catherine ging zum Kamin und sagte: »Es geht ihr nicht gut. Ihre Nachbarin hat angerufen.«

»Nein!« sagte Tom, der die ganze Zeit über geschwiegen hatte. Die meisten Menschen schwiegen, wenn Peter sprach.

»Es ist wie immer, nicht?« Catherine machte eine ungeduldige Kopfbewegung.

»Ich gehe jede Wette ein, daß sie es absichtlich tut.« Tom nickte Daniel zu. »Sie läßt ihn nicht aus den Augen, wenn es irgendwie zu machen ist. Ach, manche Mütter haben vieles auf dem Gewissen, Daniel.«

Ehe Daniel noch antworten konnte, kam Bridget ins Zimmer. Sie blickte über die Schulter in den Flur, während sie eintrat, und sagte dann zu Catherine: »Was gibt's denn?«

»Es ist wegen seiner Mutter, Liebling. Es geht ihr wieder schlechter.«

»Nein!«

»Doch.«

Bridget klopfte sich mit den Knöcheln ihrer Hand auf die geschlossenen Lippen und blickte von Catherine zu Tom – dann zu Daniel.

Daniel hatte sie bereits in Augenschein genommen, denn so hatte er sie noch nie zu sehen bekommen. Sie trug ein blaßblaues, dreiviertellanges Chiffonkleid, dessen Rockschöße bei jeder ihrer Bewegungen um ihre schlanken Beine flatterten. Und er hatte noch nie so viel Haut von ihr zu sehen bekommen: Hals, Arme, Dekolleté – warm und rosig überhaucht, wie ein Pfirsich. Auch ihr Haar war ganz anders: nicht glatt gebürstet und am Hinterkopf hochgesteckt wie gewöhnlich, sondern in weichen Wellen auf die

Schultern niederfallend wie pures Silber. Nur ihre Augen waren nicht so, wie er sie am liebsten hatte: lachend und funkelnd. Sie sah nicht glücklich drein.
Als Peter eintrat, wandten sich alle zur Tür. Vorher hatte er praktisch eine Stunde lang ohne Unterbrechung gesprochen, aber nun schien er nach den passenden Worten zu suchen. Er sah Bridget an und sagte zu ihr: »Ich ... ich muß heim. Sie braucht mich. Mrs. Clay sagt, sie hat nach dem Arzt geschickt. Also ... also muß es ihr wirklich schlecht gehen.«
Keiner sagte ein Wort, als er sich mit gesenktem Kopf umständlich den Rock zuknöpfte. Bis Bridget auf ihn zuging und in ruhigem Ton sagte: »Ich bring dich hin.«
»O nein, nein, das tust du nicht.« Er schüttelte heftig den Kopf. »Es hat keinen Sinn, alle um ihr Vergnügen zu bringen. Nein, Bridget. Fahr ruhig mit Daniel hin. Wahrscheinlich wird es nichts Besonderes sein. Ich werde hören, was der Doktor sagt, und wenn ich sie in Mrs. Clays Obhut lassen kann, dann komme ich nach.«
»Aber ich könnte dich doch hinüberbringen.«
»Unsinn. Es liegt auf der entgegengesetzten Seite, und du brauchst den Wagen, um zu Ivy zu kommen.«
»Ich fahre nicht«, sagte Bridget mit fester Stimme. »Zu Ivy ist es gar nicht weit. Weißt du was? Du nimmst den Wagen, dann bist du, wenn du nachkommen kannst, um so schneller wieder zurück.«
»Sie hat recht, Peter«, sagte Tom ruhig. »Nimm nur den Wagen. Es sind keine fünfzehn Minuten zu gehen zu Ivy. Und es ist trocken draußen. Fahr nur.«
»Es tut mir leid.« Abermals wandte sich Peter einzig und allein an Bridget.
Sie sah ihn an und sagte leise, wobei ihre Miene sanft war und Zärtlichkeit in ihrem Blick lag: »Ist schon in Ordnung, Peter, zerbrich dir nicht den Kopf.«
Dann verließen sie gemeinsam das Zimmer, aber Bridget blieb nur ein paar Minuten weg. Und als sie zurückkehrte, ging Catherine zum Kamin und sagte: »Weshalb wartest du nicht? Vielleicht ruft er bald an.«

Bridget heftete den Blick auf den Rücken ihrer Mutter und erwiderte ruhig: »Er kommt nicht zur Party, Mutter. Das weißt du genausogut wie ich. Mrs. Conway hat das beste Zeitgefühl der Welt und bereits eine Menge Praxis darin.«
Als Catherine sich aufrichtete und Bridget überrascht ansah, sagte Tom: »Ich weiß, man soll so was nicht sagen, aber ich sag's doch: Hoffentlich ist endlich Schluß mit der Komödie, und sie beißt tatsächlich ins Gras.«
»Aber Tom!« sagte Catherine vorwurfsvoll. »Wie kannst du nur so etwas sagen!«
»Weil ich es meine. Jedes einzelne Wort. Weißt du, Daniel« – er nickte Daniel zu –, »manche Frauen sollten keine Söhne haben. Man sollte sie ihnen gleich nach der Geburt wegnehmen, jawohl. Dieser arme Kerl. Er tut mir aufrichtig leid, hat es schon immer getan.«
»Wir gehen also«, warf Bridget kurz ein.
Tom antwortete: »Ja, geht nur, Liebling. Und viel Spaß! Zeig Daniel, was eine richtige englische Party ist. Schade, daß du nicht über Neujahr hier bist, Daniel. Da würdest du erst Augen machen, was, Mädchen? Also fort mit euch, es ist höchste Zeit. Aber«, sagte er und machte eine drohende Handbewegung, »falls ihr betrunken heimkommt, zieht gefälligst eure Schuhe aus und weckt nicht das ganze Haus auf.«
»Werd' mir's merken«, sagte Daniel lachend, drehte sich um und folgte Bridget in den Flur.

Alles in allem fand Daniel die ganze vielgerühmte Party in höchstem Maße kindisch. Wäre er sechzehn gewesen, hätte er sie wahrscheinlich »toll« gefunden, aber da er erst vor wenigen Tagen seinen fünfundzwanzigsten Geburtstag gefeiert hatte, fühlte er sich dem ganzen naiven Treiben gegenüber hocherhaben, was er jedoch geschickt zu verbergen wußte.
Es waren etwa zwanzig Gäste anwesend, aber nach dem Lärm und Getue zu schließen, hätte man annehmen können, daß sich mindestens hundert Leute eingefunden hatten. Und als Daniel die Riesentafel sah, die die Hausfrau

vorbereitet hatte, nahm er an, daß auch so an die hundert Gäste erwartet worden waren.
Nachdem eine Reihe der bekanntesten und so beliebten Gesellschaftsspiele absolviert waren, ging es natürlich auch ans Versteckenspielen. Bridget wurde als erste ausgelost. Es wurde im ganzen Haus das Licht ausgemacht, bis dreißig gezählt, und dann schwärmte die übermütige Schar aus, als ginge es zu einer Fuchsjagd.
Alles drängte zur Treppe, und auch Daniel tastete sich im Dunkeln in diese Richtung, als er plötzlich von einer Hand ergriffen wurde, deren Besitzerin er an dem riesigen Modeschmuckring erkannte. Es handelte sich um eine freche junge Dame, die schon den ganzen Abend lang hinter ihm hergewesen war. Er machte sich taktvoll los und tappte zum Korridor. Linker Hand befand sich ein großer Garderoberaum, in dem die Herren ihre Mäntel abgelegt hatten. Und gegenüber war in die Wandtäfelung, genau unter der Treppe, eine Tür eingelassen. Daniel erinnerte sich deshalb genau daran, weil bei seinem Kommen diese Tür offengestanden und aus dem Raum dahinter Licht geschienen hatte. Auch seine Gastgeberin hatte den Lichtschein bemerkt, war hineingegangen, hatte das Licht ausgeknipst und die Tür hinter sich zugemacht.
Vielleicht versteckte Bridget sich hier? Lautlos näherte er sich auf dem dicken Teppich der fraglichen Stelle, legte dann den Kopf an die Vertäfelung und lauschte. Aber es war nichts zu hören, weder Geraschel noch Gekicher. Nur der Geruch, der ihm in die Nase drang, kam ihm bekannt vor. Er hatte Bridget zu Weihnachten eine Flasche Parfüm geschenkt, das Lieblingsparfüm seiner Mutter. Es war eine besondere Marke, und er hatte sich gefreut, vorhin im Salon zu bemerken, daß sie es benützt hatte. Er hätte es unter Hunderten herausgerochen.
Daniel tastete nach der eingelassenen Tür, öffnete sie vorsichtig und beschrieb mit der Hand einen weiten Bogen. Es dauerte einige Zeit, bis er ganz rechts hinten etwas berührte, ein Gesicht. Nun erst zog er die Tür mit der anderen Hand hinter sich zu und bewegte sich weiter. Ja, es war das

weiche Gesicht eines Mädchens, langes, loses Haar. Um ganz sicherzugehen, flüsterte er »Bridget«.
Sie sagte nichts, sie lachte auch nicht, wie sie es sonst so gerne tat, aber er spürte, daß sie am ganzen Körper zitterte. Er legte ihr beide Hände auf die Schultern und flüsterte abermals: »Bridget.« Und wieder lief ein Beben durch ihren Leib, das sich bis in seine Fingerspitzen fortsetzte. Als er die Arme um sie schlang und sie an sich drückte, so daß dieses Beben auf seinen Körper überging, sagte er leise: »Du weißt es, nicht wahr?«
Die Antwort bestand darin, daß sich ihre Wange an ihn drängte, und als seine Lippen die ihren fanden, erwiderte sie seine Küsse ungestüm, sie klammerten sich aneinander und wiegten sich in der Schwärze hin und her.
Erst als das gedämpfte Geräusch trippelnder Füße über ihren Köpfen erklang, lösten sich ihre Lippen voneinander. Bridget rang nach Atem, als hätte sie einen Wettlauf absolviert, vergrub ihren Mund an seinem Hals und er den seinen in ihrem Haar, und so blieben sie für den Bruchteil einer Sekunde beisammen stehen.
»Ach, Bridget, Bridget!« Sein Mund, der ihren Namen vor sich hinmurmelte, tastete sich bis zu ihrem Ohr. Dann ließ er sie plötzlich, gerade noch rechtzeitig, los. Als die Tür aufgestoßen wurde und sich eine Hand unter Geschrei und Gelächter nach innen ausstreckte, standen sie höchst artig nebeneinander. Nur als ein Gewirr von nachdrängenden Leibern sie in die Ecke drückte, hielt er sie abermals sekundenlang an sich gepreßt.
Dann war das Spiel beendet, die Lichter gingen an, und jeder beschrieb genau, wo er Bridget gesucht hatte; die meisten waren sicher gewesen, daß sie ins Dachstübchen geflüchtet sei. Das Geplapper ging pausenlos weiter, während Bridget in der einen und Daniel in der anderen Ecke des Wohnzimmers saßen. Wenn ihre suchenden Blicke einander trafen, war es, als wären sie neu geboren, als hätten sie bis zu diesem Abend gar nicht gelebt, als wären sie erst im verborgensten Winkel dieses Hauses, in völliger Finsternis, zum Leben erwacht.

7

Eine gute Stunde lang hatte er an der verabredeten Ecke gestanden, und der Wind drang durch den wollgefütterten Überzieher, den Kammgarnanzug, ja selbst durch das Unterhemd. Drei Tage war er an derselben Stelle gestanden und hatte auf sie gewartet, und wenn sie heute wieder nicht kam, würde er anrufen und ihr sagen, daß er zu ihr kommen werde. Das würde sie schon auf die Beine bringen.

Er war verzweifelt und zu allem bereit. Den ganzen Tag über hatte er mit dem Gedanken gespielt, einfach zu Peter zu gehen und mit ihm zu reden. Ihm zu sagen, daß er Bridget liebe und daß sie ihn liebe. Aber liebte sie ihn denn? Gesagt hatte sie es nie. Aber war es denn nötig, es auszusprechen? Hatte sie ihm bei der Party im Schrankraum nicht alles verraten, was er wissen wollte? Doch seither war es ihm unmöglich gewesen, in ihre Nähe zu gelangen. Peter war in der letzten Minute auf der Party aufgetaucht, und sie waren miteinander heimgefahren. Schweigsam. Bridgets und sein Schweigen entstammte ihrem Schuldgefühl und der Sorge um die Zukunft, während Peters Schweigen wahrscheinlich davon herrührte, daß seine Mutter ihm wieder einmal einen Abend verdorben hatte. Die drei Tage nach der Party hatte er nicht eine einzige Minute allein mit ihr sein können. Immer waren Catherine oder Tante Katie in der Nähe gewesen. Und an den Abenden beherrschte Peter die Szene. Er hatte es nicht mehr ausgehalten. Deshalb hatte er sich auf den Besuch bei seinen Freunden in Kent herausgeredet und sich verabschiedet. Aber er war gar nicht weggefahren – er war nicht imstande, eine derartige Entfernung zwischen sie beide zu legen.

Am darauffolgenden Tag hatte er bei ihr angerufen, und glücklicherweise war Bridget am Telefon gewesen. Er sagte ihr, daß er immer noch im Herrenhaus sei und daß er sie unbedingt allein sehen müsse. Er sagte ihr, daß er täglich um zwei an der Auffahrt zum Herrenhaus warten würde. Bis sie käme. Und darauf hatte sie leise gesagt: »Tu's nicht, Daniel. Es hat keinen Sinn.« Und dann hatte sie rasch hinzugefügt: »Und auch dir ein glückliches neues Jahr.« Daraus hatte er geschlossen, daß jemand in den Flur gekommen war. Dann hatte sie auf Wiedersehen gesagt und aufgehängt. Und heute war der dritte Tag, an dem er wartete.

Er blickte auf die Uhr. Es fehlten noch fünfzehn Minuten bis drei. Die wollte er noch zugeben. Dann würde er anrufen. Sie konnten nicht wissen, von wo er anrief. Er konnte sich ja nach seiner Urgroßmutter erkundigen und ihnen sagen, daß er im Haus zu tun habe und bei ihnen vorbeikommen würde.

Als ihr Wagen in Sicht kam, konnte er es einen Moment lang gar nicht glauben, und er blieb wie angewurzelt stehen, bis sie neben ihm vorfuhr. Dann sprang er über die Straße, riß den Wagenschlag auf und setzte sich neben sie. Sie sah ihn nicht an, sondern blickte unverwandt auf ihre Hände nieder, die auf dem Lenkrad lagen, bis er seine Hand darauf legte und sie ihm endlich ihr Gesicht zuwandte.

Ihre Augen, die von tiefer Trauer erfüllt waren, kamen ihm ganz fremd vor, und sie sagte leise: »Ach Daniel, wir dürfen das nicht, es ist nicht recht.«

»Bridget, hör doch, das kann nicht sein. Weißt du was? Fahr erst mal zum Haus hinauf.«

»Ich kann nicht bleiben. Sie erwarten mich daheim zum Tee.«

»Der ist erst gegen fünf. Ich möchte, daß du das Haus siehst. Wirklich. Komm.«

Sie fuhr los, und als sie fünf Minuten später vor dem Haus anhielt, beugte sie sich vor und starrte das steinerne Gebäude an; ihr Blick ruhte noch immer darauf, als Daniel den Wagenschlag öffnete, um ihr herauszuhelfen.

»Wie groß es ist«, sagte sie. »Ich habe es mir ganz anders vorgestellt.«

»Komm zum Hintereingang, zu den Robsons.«

»O nein, nein, Daniel, ich möchte sie nicht kennenlernen.«

»Sie sind aber riesig nett. Sie werden dir gefallen. Komm. Ich habe ihnen gesagt, daß ich vielleicht eine Freundin mitbringe.«
In der Küche stellte er ihr dann Willie und Maggie vor, die schüttelten ihr die Hände und sagten wie aus einem Munde: »Wir freuen uns sehr, Sie kennenzulernen, Miß.« Und so klang es auch.
Bridget lächelte die beiden an und sagte dann zögernd: »Ich weiß alles über dieses Haus. Meine . . . meine Großtante Katie hat hier gearbeitet. In dieser Küche, nehme ich an.«
»Stimmt«, sagte Maggie und nickte ihr zu. »Nur muß es da noch bedeutend unbequemer gewesen sein, Miß. Aber da hatten sie auch zwanzig oder noch mehr Leute, hat man mir erzählt.«
»Und Tante Katie war die allerletzte von allen«, sagte Bridget. »Sie war die Küchenmagd.«
»Nun, jeder muß mal anfangen, Miß. Und sie ist nicht lange eine Küchenmagd geblieben, nicht wahr?«
Willie machte diese Feststellung, und darauf folgte verlegenes Schweigen, bis Maggie sagte: »Nun, Sir, ich nehme an, daß Sie der jungen Dame das Haus zeigen wollen. Und danach gibt es Tee und einen kleinen Imbiß für Sie beide, wenn es Ihnen paßt.«
»Sehr sogar. Danke, Maggie.«
Als Daniel Bridget den dunklen Gang entlangführte, flüsterte sie ihm zu: »Ich werde nicht so lange bleiben können. Ich darf nicht zu spät heimkommen.«
Und er flüsterte zurück: »Du brauchst bloß eine Tasse Tee zu trinken, nur um ihnen eine Freude zu machen.« Dann öffnete er die zweite Tür, und sie standen in der Halle.
Und genau, wie er selbst es das erstemal getan hatte, blieb Bridget verblüfft stehen und blickte sich um. Dann sagte sie leise: »Ich hab' sie mir immer ungemein großartig vorgestellt, selbst als mir Tante Katie erzählt hatte, daß sie jetzt schon recht schäbig sei. Sogar schmutzig, als sie sie zum letztenmal gesehen hat. Immer hatte ich so eine Vorstellung von dunklem Holz und blitzendem Glas und funkelndem Silber.«

»So könnte es auch wieder werden«, sagte Daniel. »Man muß nur alles von Grund auf saubermachen und renovieren.«
Er führte sie in den Salon, dann ins Eßzimmer und in die Bibliothek; dann zeigte er ihr das kleine Empfangszimmer, das Waffenzimmer und all die kleinen Nebenräume, die für ein Haus dieses Ausmaßes nötig schienen; danach gingen sie Seite an Seite langsam nach oben, und erst als sie die Galerie erreicht hatten, blieben sie stehen.
Abermals sah Bridget sich um. Dies mußte der Platz sein, von dem aus Tante Katie in jener Ballnacht die Tänzer beobachtet hatte. Hinter diesen verblichenen Vorhängen mußte sie sich versteckt haben und eingeschlafen sein. Und da mußte er sie entdeckt haben. Ihre Blicke schweiften von den Fenstern auf die gegenüberliegende Seite der Galerie, an der eine Reihe Bilder in schweren Rahmen hingen. Langsam ging sie auf das letzte zu und starrte es an, ehe sie sich zu Daniel umwandte und in höchst überraschtem Ton sagte: »Das bist ja du!«
»Hoffentlich nicht! Aber man kann nicht leugnen, daß ich ihm bemerkenswert ähnlich bin. Was ich aber keineswegs als Kompliment auffasse.«
»Also ich finde diese Ähnlichkeit einfach umwerfend! Jetzt verstehe ich erst, weshalb Tante Katie so besorgt war, als sie dich zum erstenmal sah. Weil sie fürch . . .« Sie hielt inne und wandte sich abermals dem Bild zu.
Er ergriff ihren Arm und sagte: »Was? Was hat sie gefürchtet?«
»Nichts, nichts.«
»Doch. Du hast etwas sagen wollen. Weil sie fürchtete . . . nicht wahr?«
»Nein, Daniel.«
»Aber ja. Und das habe ich auch gefühlt.«
»Daniel, sprich nicht davon, bitte. Komm, zeig mir das übrige. Ich kann nicht lange bleiben, das habe ich dir schon gesagt.«
Er sah sie fest an, bevor er sich abwandte und sagte: »Alle Zimmer in diesem Stockwerk sind einander sehr ähnlich,

mit Ausnahme von zweien. Ich werde dir zuerst seines zeigen. Ich wollte ihn dir damals selbst zeigen, als wir an dem Vormittag verabredet waren und du nicht kommen konntest, erinnerst du dich? Aber jetzt bin ich direkt froh, daß du ihn nicht gesehen hast.«

Er stieß die Tür auf und trat als erster ein. Dann drehte er sich um und sah sich das Himmelbett an, auf dem die Bettdecke lag, die ebenso fein säuberlich glattgestrichen war wie die Kissen. Nichts erinnerte an die unheimliche Gestalt, die dort jahrelang gelegen hatte, außer der Lederleine, die immer noch mit einem Ende am Bettpfosten befestigt war, während das andere Ende nun herunterbaumelte. Er ging darauf zu, hob die Leine hoch, sah darauf nieder und sagte: »Zwanzig Jahre lang war er bettlägerig und einseitig völlig gelähmt. Und während dieser Zeit war der Arm, der intakt war, angebunden, man wollte verhindern, daß er am Ende jemanden verletzte. Er hat schrecklicher ausgesehen als irgend jemand, den ich je zuvor gesehen habe und wahrscheinlich jemals sehen werde. Er war ein schlechter Mensch. Aber seit seinem Begräbnis habe ich darüber nachgedacht, ob seine Strafe seine Missetaten nicht bei weitem übertroffen hat. Ich konnte keine Spur von Sympathie für ihn aufbringen, nicht einmal als sie ihn in die Grube senkten, aber seither war ich nicht mehr imstande, ihn mir aus dem Sinn zu schlagen. Jeden Tag sehe ich ihn klar und deutlich vor mir. Nicht wie ich ihn hier liegen gesehen habe, sondern als jungen Mann, als er noch aussah, wie ich aussehe. Und ich frage mich mehr und mehr, wie alles angefangen hat, wie es zu dieser Wendung, zu dieser Abweichung vom Normalen gekommen ist. Es ist merkwürdig, Bridget« – er blickte sie an –, »aber in den letzten paar Tagen, als ich so durchs Haus geschlendert bin, um die Zeit totzuschlagen, habe ich ihn ganz nahe gefühlt. Jedesmal wenn ich nach oben ging und in die Galerie kam, hatte ich das Gefühl, als spräche sein Bild zu mir. Und dennoch brauche ich nur in das Zimmer meiner Urgroßmutter zu gehen und sehe ihn als abgrundschlechten Menschen vor mir; denn er hat schlecht gehandelt – ihr

und Tante Katie gegenüber. Wenn ich ihn mit den Augen dieser beiden Frauen betrachte, sehe ich ihn als vollkommen böse vor mir. Aber selbst dann frage ich mich: Hat er dieses unendlich lange Ende verdient?« Er wog die Leine in der Hand, dann ließ er sie sinken. Und als Bridget schauderte, sagte er: »Dir ist kalt. Nimm meinen Mantel.«
»Nein, nein, mir ist nicht äußerlich kalt«, sagte sie und hob abwehrend die Hände. »Zieh ihn nicht aus, ich nehme ihn nicht um.«
Er drängte ihn ihr nicht auf, sondern führte sie über den Korridor in das andere Zimmer. »Das hier«, sagte er, »war ihr Zimmer. Ist das nicht gleich ganz anders?«
»Und ob!« sagte Bridget. »Das typische Zimmer einer Frau. Es muß einmal sehr hübsch gewesen sein.«
»Sie hat es so gestaltet: hübsch und behaglich. Auch sie hat hier jahrelang ganz allein gelebt. Angeblich war das früher einmal sein Zimmer, als er noch ein lediger junger Mann war. Und als sie heirateten, benützten sie es dann gemeinsam.«
Bridget ging auf das Himmelbett zu, beugte sich darüber und berührte behutsam die ausgeblichene Seidensteppdecke. Und er sagte währenddessen: »Kannst du dir vorstellen, daß die beiden Jahr um Jahr in diesem Haus, in diesen beiden Räumen gelebt und einander niemals gesehen haben? Dreißig Jahre hindurch. Er hatte sie so sehr verletzt, daß sie wahrscheinlich tagtäglich um seinen Tod gebetet hat. Weißt du, das habe ich damit gemeint, als ich dir einmal sagte, daß es nicht nur die Menschen aus der Arbeiterklasse sind, die zu leiden haben.«
Sie sah ihm einen Moment in die Augen und murmelte: »Darüber brauchen wir nicht erst lange zu diskutieren, Daniel. In diesem Punkt stimme ich ganz und gar mit dir überein.«
»Bridget!« Mit einer jähen Bewegung hatte er die Arme um sie geschlungen, und als sie versuchte, ihn von sich zu drängen, zog er sie nur noch enger an sich. Während sein Gesicht über dem ihren schwankte, sagte er: »Wann hast du es gewußt?«

Sie schloß fest die Augen und schüttelte den Kopf, ohne etwas zu antworten.
»Sag es mir, Bridget. Ich möchte es wissen. Vom ersten Moment an? Bei mir war es so! Bridget, du liebst mich. Sag, daß du mich liebst.«
Als sie immer noch nichts sagte, suchten seine Lippen die ihren, aber ihre Hand drängte sich dazwischen, und mit weitaufgerissenen Augen flehte sie: »Bitte nicht, Daniel. Es kann zu nichts führen.«
»Was soll das heißen, es kann zu nichts führen! Es muß einfach – es muß, es muß! Du weißt nicht, was ich für dich empfinde, Bridget – mir ist, als brenne ich, als verbrenne ich. Nie zuvor habe ich ähnliches empfunden, aber ich weiß, daß es das ist, worauf ich gewartet habe. Es ist die Antwort auf alles, es gibt meinem Leben erst einen richtigen Sinn. Ach, wie kann ich es dir nur erklären. Ich möchte dir so vieles sagen ...«
»Daniel! Daniel!« Abermals schloß sie die Augen. »Bitte, sprich nicht weiter. Hör zu, laß mich niedersetzen.« Sie wandte den Kopf von ihm ab und blickte auf die Bettkante, und während er sie weiter in seinen Armen hielt, setzten sie sich. Sie versuchte, sich von ihm loszumachen und sagte: »Halt meine Hand, Daniel. Nur meine Hand. Und laß mich reden.«
Sie schlangen ihre Hände ineinander, und während Bridget darauf niederblickte, fing sie zögernd zu sprechen an: »Es ... es kommt nicht darauf an, was ich empfinde, Daniel. Ich werde Peter heiraten. Hör zu!« Sie zwang ihn mit einer Handbewegung, ruhig zu bleiben. »Hör doch zu ... Dieser Abend vor ein paar Tagen war etwas ganz Ausgefallenes, Verrücktes. Es ... es war die Party; alle waren ein bißchen verrückt. Und dann der Wein ... und die Dunkelheit.«
»Das war es nicht, Bridget. Das weißt du genau. Und ich weiß es auch.« Seine Stimme klang ruhig und merkwürdig unbewegt.
Sie hob ihr Gesicht zu ihm empor, blickte ihm tief in die Augen, öffnete und schloß den Mund, als schnappe sie

nach Luft, dann schluckte sie fest und fuhr fort: »Wir sind eine glückliche Familie, Daniel. Zumindest waren wir es. Wir sind sehr eng miteinander verbunden, so eng, daß alles, was einem von uns passiert, auch die andern beeinflußt. So war es immer. Tante Katie vergöttert Mutter, und Mutter vergöttert Tante Katie; und Papa vergöttert Mutter; und sie alle vergöttern mich.« Ihr Kinn sank auf die Brust, als sie endete: »Das ist ja die Schwierigkeit, glaube ich. Wie und was sie für mich empfinden. Darum könnte ich nie etwas tun, was sie verletzen würde. Nicht einmal wenn es bedeuten würde, daß ich mein Leben lang unglücklich sein müßte . . .«

»Vergöttern! Vergöttern! Vergöttern!« Daniels Stimme war nun alles andere als ruhig. »Das ist die Empfindung, die Gott vorbehalten bleiben muß. Was uns zugestoßen ist, ist Liebe, Bridget . . . Liebe. Darüber müssen wir jetzt sprechen. Du liebst mich, ich weiß, daß du es tust. Und wenn du es bis zum letzten Atemzug leugnen würdest, könntest du auch nichts mehr daran ändern; ich spüre es hier.« Er zog ihre Hände an seine Brust. »Du kannst Peter nicht heiraten mit dieser Empfindung im Herzen!«

»Doch, das könnte ich, Daniel. Überdies muß ich Peter heiraten.«

»Du mußt?« Er kniff die Augen zusammen.

»Ja, ich muß, auch wenn du es nicht verstehst. Es ist zu schwierig für dich, weil du Peter nicht kennst. Er hat in seinem ganzen Leben kein wahres Glücksgefühl kennengelernt. Von seiner Mutter wurde er drangsaliert; sein Vater war Invalide, er hat jahrelang für ihn gearbeitet. Und nach seinem Tod hat er seine Mutter als Bürde aufgeladen bekommen. Und das Haus. Und die Schulden. Und als sie abgezahlt waren, und er sogar etwas gespart hatte, hat er alles verloren. Auch seinen Job. Er versteht es, sehr gescheit über Politik und andere Dinge zu sprechen. Aber im Grunde genommen ist er traurig, verletzlich und ängstlich und fürchtet sich vor dem Leben. Wenn ich Peter das antäte, würde ich niemals wirklich glücklich sein können. Abgesehen von den Gewissensbissen, die ich wegen Paps und Mutter und Tante Katie hätte. Das sind immerhin vier Menschen, Daniel. Vier gegen zwei.«

Er sah sie unverwandt an. Sie kam ihm im Moment überhaupt nicht schön vor. Es war eine merkwürdige Sache mit ihrem Gesicht; manchmal sah es wunderschön aus und dann wieder ganz unscheinbar. Aber nie zuvor hatte er sie derart geliebt oder begehrt wie jetzt. Er sagte nun wieder mit ruhiger Stimme: »Willst du mir eine einzige Frage wahrheitsgetreu beantworten? Das ist alles, worum ich dich bitte. Eine wahrheitsgetreue Antwort. Die Frage lautet: Liebst du mich?«

Er ließ nicht zu, daß sie seinem Blick auswich, und als sie es dann doch tat und nichts sagte, flüsterte er: »Eine wahrheitsgetreue Antwort, Bridget.« Er sah, wie ihr Mund bebte und sie sich in die Lippen biß; dann schloß sie fest die Augen, und Tränen drängten sich zwischen ihren Lidern hervor.

Und dann lag sie in seinen Armen. Als sein Mund den ihren fand, erwiderte sie seine Küsse, wie sie es am Abend der Party getan hatte, aber als sie es tat, überschwemmten ihre Tränen sein Gesicht. Und nun küßte er ihre Augen, bis sein Mund salzig wurde. Da machte sich das Stöhnen, das ihre Kehle zu sprengen gedroht hatte, endlich Luft, sie schrie leise auf und barg den Kopf an seiner Schulter.

»Bridget, Liebling, nicht. Es kommt schon alles in Ordnung, du wirst sehen. Überlaß es einfach mir. Ich werde es ihnen schonend mitteilen.«

Er preßte den Mund auf ihr Haar, sprach auf sie ein, beruhigte sie. Und wenn seine Worte auch erstickt klangen, so verstand sie sie doch gut, als er schloß: »Eines weiß ich ganz genau: Du bist mein, und sie werden erfahren, daß du mir gehörst. Du wirst dein Leben für keinen von ihnen aufopfern. Schließlich wird Urgroßmama in absehbarer Zeit von uns gehen; mit dreiundneunzig kann man nicht mehr mit allzu vielen Jahren rechnen. Und wozu wäre dann eine derartige Aufopferung gut gewesen? Was deine Eltern betrifft, Bridget. Die haben doch einander, und, wie du gesagt hast, sie vergöttern einander. Für sie bedeutest

du nicht den Inhalt ihres Lebens. Bleibt also nur Peter. Und der gehört ebensowenig zu dem Kreis wie ich. Also laß den besten Mann gewinnen . . .«
Sie machte sich mit Gewalt von ihm los, stand auf, warf den Kopf zurück, wischte sich mit den Fingern die Tränen aus den Augen, dann suchte sie in ihrer Jackentasche nach einem Taschentuch, wischte sich damit fest das Gesicht ab und sagte mit gebrochener, doch gefaßter Stimme: »Es hat keinen Zweck, Daniel, ich werde es ja doch nicht tun, selbst wenn du hingingst und es ihnen sagtest. Du hast keine Ahnung von unserem Familienleben.«
»Zum Teufel mit dem Familienleben und der ganzen verdammten Sentimentalität!«
Ihre Tränen hörten zu fließen auf. Sie blinzelte, um ihn besser sehen zu können. Und sie sah nicht den Daniel, den sie kannte, vor sich, jenen Daniel, in den sie sich über alle Maßen verliebt hatte, sondern das Bild in der Galerie, diesen andern Mann, der über Tante Katie hergefallen war und sich genommen hatte, wonach ihm der Sinn stand, ohne Rücksicht auf Verluste. Sein von Zorn gerötetes Gesicht war entschlossen und herrisch, seine kohlrabenschwarzen Augen funkelten.
Aber als er sie ansah, erlosch die Ähnlichkeit mit jenem Bild. Sie sah, wie er den Kopf senkte und die Stirn in die Hand stützte. Und dann sagte er: »Es tut mir leid, ich hab' es nicht so gemeint. Ich . . . ich wollte bloß damit sagen, daß die Familie nach uns kommt. Es ist unser Leben, Bridget. Sie haben das ihre gelebt. Man muß jedem einzelnen die Chance einräumen, glücklich zu sein, und ich weiß jetzt, daß ich ohne dich niemals glücklich sein werde.«
Sein flehender Blick zwang sie, den Kopf zu senken, und es lag echter Schmerz in ihrer Stimme, als sie flüsterte: »Und ich könnte es niemals mit dir sein, Daniel, weil sie immer zwischen uns stehen würden. Ich bin aus anderem Holz geschnitzt als du – ich würde es einfach nicht fertigbringen, so grausam zu sein.«
Er starrte sie schweigend an. Den Mann, um den es ging, hätte er ohne weiteres ausschalten können, das spürte er.

Es war ihre Familie, die das unüberbrückbare Hindernis bildete; ihre Mutter, ihr Vater vielleicht weniger, vor allem aber Tante Katie.
Tante Katie, seine Urgroßmutter ... Als er bei ihr gewesen war und in ihre Augen gesehen hatte, hatte er gespürt, daß er sie liebte, daß er in gewisser Hinsicht zu ihr gehörte. Aber jetzt wußte er, daß sie mehr als alle anderen zwischen ihm und Bridget stand, und er haßte sie deswegen. Er würde sie immer hassen, das heißt, falls es ihm nicht gelang, sie auf seine Seite zu ziehen. Er hatte vor, es zu versuchen. Er war mit seiner Weisheit noch nicht am Ende.
Als sie immer noch mit gesenktem Kopf sagte: »Ich muß gehen«, nahm er sie fest an der Hand und führte sie nach unten. Wenn es galt zu kämpfen, ob nun gegen alle oder gegen einen einzigen, dann würde er eben kämpfen, mit erlaubten oder unerlaubten Mitteln, aber Bridget mußte ihm gehören ...
Als er eine halbe Stunde später an der Wegkreuzung aus dem Wagen stieg, dort, wo man bereits die Stadt am Horizont auftauchen sah, sagte er zu ihr: »Egal, was du sagst, Bridget, ich werde zurückkommen. Paß auf und vergiß nicht, was ich dir jetzt sage: Ich werde dir eine Ansichtskarte schicken, oder noch besser, ich werde sie Urgroßmama schicken und sie fragen, wie es ihr gesundheitlich geht. Auf diese Weise wird kein Mensch Verdacht schöpfen, nicht wahr? Wenn sie sie erhält, dann weißt du, daß ich am darauffolgenden Wochenende im Haus bin. Ich werde dann von Freitag bis Sonntagabend zur Auffahrt herunterkommen und auf dich warten, und wenn du bis dann nicht gekommen sein solltest, bin ich am nächsten Tag bei euch. Hast du gehört?«
»Daniel. Daniel!« sagte sie mit flehender Stimme
Als Antwort darauf schob er die Hände durchs Wagenfenster, zog ihr Gesicht heftig an sich und küßte sie kurz, aber stürmisch. Dann sah er ihr in die Augen und sagte: »Ich sollte gar nicht auf das hören, was du sagst. Ich sollte jetzt gleich mitkommen und ihnen sagen, wie die Dinge liegen. Das sollte ich.«

Stumm blickte sie zu ihm auf, dann trat er zurück und stand unbeweglich da, als sie anfuhr. Und er sah ihr noch lange nach.

Bevor Bridget die Garage abschloß, öffnete sie ihre Handtasche, zog die Puderdose hervor und frischte ihr Make-up auf. Sie befeuchtete mit der Zunge die Fingerspitzen, betupfte sich damit die Wimpern und kniff sich danach fest in Lippen und Wangen, um ein wenig Farbe herbeizuzaubern. Dann lehnte sie sich plötzlich an die Garagenwand an, schlug die Hände vors Gesicht und murmelte: »O mein Gott, mein Gott! Was soll ich nur tun?«
Die Antwort hierauf erhielt sie in dem Moment, als sie den Flur betrat. Denn Catherine kam die Treppe herunter, lief ihr mit ausgebreiteten Armen entgegen und sagte mit strahlendem Gesicht: »Ich weiß, daß es jetzt wirklich nicht der richtige Zeitpunkt ist, um zu frohlocken, aber ich kann nicht anders. Peter hat eben angerufen und berichtet, daß seine Mutter vor einer halben Stunde gestorben ist.«

8

Eine Woche darauf kam die Ansichtskarte für Katie. Sie traf am Mittwoch ein und trug den Poststempel von Kent. Es hieß da nur ganz kurz: »Liebe Urgroßmama, hoffentlich geht es Dir gesundheitlich gut. Ich fahre Freitag in einer Woche nach Cambridge zurück. Wenn es irgendwie geht, komme ich vorher noch auf einen Sprung bei Euch vorbei. Wenn nicht, kann ich vielleicht während des Schuljahres einmal zu Besuch kommen. Laß mir alle schön grüßen, Daniel.«
Nachdem Katie die Karte gelesen hatte, sah sie Catherine an und sagte: »Er kommt. Das ist nur seine Art, uns mitzuteilen, daß er kommt.«
»Wer weiß, Tante Katie. Vielleicht ist es völlig harmlos ...«

»Ach Catherine, sei nicht kindisch. Du weißt genau, daß sich da was angebahnt hat, du hast es selbst gesagt.«
»Ja, ich weiß.« Catherine bedeckte einen Moment lang die Augen. »Ich will es einfach nicht glauben, das ist alles.«
»Sie war nicht mehr die alte, seit er zu Weihnachten hier war. Sie lacht überhaupt nicht mehr. Irgend etwas spielt sich zwischen ihnen ab, das spüre ich, Catherine.«
»Nein, das glaube ich nicht, Tante Katie. Bridget würde nie etwas hinter meinem Rücken tun; sie ist vollkommen aufrichtig. Sie würde mir sagen, wenn etwas los wäre, sie sagt mir alles. Du weißt doch, daß sie das immer getan hat.«
»Ja, ja, sie hat es immer getan. Bis sie einen Rosier kennengelernt hat ...«
»Ach Tante Katie! Es ist nur der Name, der dich auf alle möglichen Gedanken bringt. Ich verstehe es ja, ich verstehe dich sehr gut.«
Katie lehnte sich zurück und sagte mehr zu sich selbst: »Es ist nicht nur der Name. Es ist etwas in ihm, was ich nicht erklären kann. Es ist bloß ein Gefühl. Er verfügt über eine beängstigende Entschlossenheit; hinter seinem freundlichen Gehaben ist er eisern, genau wie der andere es war. Ach!« Sie schüttelte den Kopf. »Ich will damit natürlich nicht sagen, daß er genauso ist wie er, da sei Gott vor. Aber es ist etwas an ihm, was mich beunruhigt. Und dennoch mag ich ihn, weißt du, ja ich könnte beinahe sagen, ich liebe ihn. Und nicht nur, weil er Sarahs Enkel ist; allein seinetwegen ... Aber für Bridget ist er nicht der Richtige, nicht wahr?«
Catherine blickte zärtlich auf Katie nieder und sagte in beruhigendem Ton: »Nein, Tante Katie, für Bridget ist er nicht der Richtige. Peter ist der Richtige für sie. War es immer. Sie bewundert und liebt ihn, seit sie fünfzehn ist. Und er versteht sie. Außerdem sprechen sie die gleiche Sprache. Wogegen man Daniel alles in allem für einen Ausländer halten könnte. Er ist so ganz anders als die übrigen jungen Leute hier, äußerlich und innerlich. Du hast recht, Tante Katie, er ist nicht für Bridget bestimmt.«
Sie seufzte, wandte sich um, und als sie das Zimmer ver-

lassen wollte, blickte Katie ihr nach und rief dann: »Catherine!« Und als Catherine sich umdrehte, sagte sie: »Ich werde mit Peter sprechen.«
»Ach nein, Tante Katie. Noch nicht! Laß den Dingen ihren Lauf. Wir könnten am Ende einen Fehler begehen, einen schrecklichen Fehler. Und wenn Peter mit Daniel spräche, was dann? Bridget würde uns das nie verzeihen. Nein, laß die Sache vorläufig ruhen. Bitte, Tante Katie.«

Sonntag vormittag um elf klingelte es an der Haustür, und als Catherine öffnete, stand Daniel draußen und lächelte freundlich auf sie nieder. Sie fuhr sich mit der Hand an die Kehle und sagte sich, bevor sie zu ihm sprach: Sie hat recht gehabt. Sie hat tatsächlich recht gehabt.
»Hallo, Catherine.«
»Hallo, Daniel. Komm herein, komm doch herein.«
»Du bist zweifellos überrascht, mich zu sehen.«
»Nein, o nein.«
»Ich habe mich ein bißchen gelangweilt und bin gestern zum Haus hinausgefahren, um zu sehen, wie die Arbeit vorangeht. Ich habe jetzt Handwerker dort, weißt du. Und da mußte ich doch wenigstens auf einen Sprung bei euch vorbeikommen.«
Als Catherine zu Daniel aufsah, merkte sie, daß sich hinter seinem Lächeln Aufregung, ja Verwirrung verbarg. Normalerweise wäre keinerlei Entschuldigung für seinen Besuch nötig gewesen. Er kam eben, um seine Urgroßmutter zu besuchen.
»Gib mir deinen Mantel«, sagte sie. »Ich werde ihn aufhängen.«
»Laß nur, ich komme schon allein zurecht. Ich weiß ja, wo die Garderobe ist.« Alles, was er sagte, klang forciert munter. Er zog rasch den Mantel aus, durchquerte den Flur und verschwand im Garderobenraum.
Catherine stand da und knabberte nervös an ihren Nägeln, bis er wieder auftauchte, und dann sagte sie: »Tante Katie ist im Salon.« Sie ging vor und fügte hinzu: »Tom mußte ausgehen, aber er wird bald wieder da sein.«

Sie betrat den Salon, ohne Bridget zu erwähnen, und sagte nun selbst mit forcierter Munterkeit: »Ich habe eine Überraschung für dich, Tante Katie. Daniel ist da.«
Katie saß rechter Hand vom Kamin und hätte den Kopf wenden müssen, um sehen zu können, wer ins Zimmer kam. Aber sie drehte sich nicht um, sie wartete darauf, daß er näher kam. Er trat neben sie, beugte sich zu ihr, drückte seine Lippen auf ihre Wangen und sagte: »Hallo. Überrascht, mich zu sehen?«
Sie blickte zu den dunklen, lebhaft glänzenden Augen auf und sagte: »Nein, Daniel, ich habe dich erwartet. Ich habe erst vor kurzem etwas in der Art zu Catherine gesagt. Catherine, habe ich gesagt, es würde mich gar nicht überraschen, wenn Daniel vorbeikäme.«
»Oh, dann ist es ja gut.«
Er sah lächelnd von ihr zu Catherine, und Catherine befeuchtete sich die Lippen und sagte: »Möchtest du was Warmes trinken, Daniel? Kaffee oder sonstwas?«
»Danke, gern, Catherine. Es war kalt auf dem Weg hierher ... Wo ist übrigens Bridget?«
»Bridget? Ach, die ist mit Peter einen Freund in Hexham drüben besuchen gegangen. Er ist Antiquitätenhändler. Ich meine, Peters Freund. Sie sehen sich nach Möbeln um.«
Sie sah, wie das Lächeln aus seinem Gesicht schwand und sich seine Haut wieder dunkelrot färbte. Sie merkte, wie seine Augen funkelten, als müßte er mit aller Gewalt eine zornige Aufwallung unterdrücken. Sie sah, wie er sich umdrehte und einen Moment auf Tante Katie niedersah. Aber Tante Katie blickte ins Feuer, und so sagte sie: »Setz dich, Daniel. Setz dich doch.«
»Werden sie den ganzen Tag weg sein?«
Abermals sah er Catherine an, und sie erwiderte ruhig: »Ja, das befürchte ich, Daniel.«
»Sie ... sie wird also bis abends nicht zurück sein?«
Er sagte es in möglichst gleichgültig klingendem Ton, und sie antwortete: »Man weiß nie, wann sie aus Hexham zurückkommen. Das wird meistens ein Tagesausflug.«

Daniel setzte sich, Catherine verließ das Zimmer, und Katie sagte, immer noch ins Feuer blickend: »Peter hat neuen Lebensmut gefaßt, seit seine Mutter gestorben ist. Und das ist um keine Minute zu früh gewesen. Denn wenn ein Mann eine ruckartige Veränderung seines Schicksals verdient, dann ist er es mit all seiner Langmut.«
Es entstand eine Pause, ehe Daniel sagte: »Seine Mutter ist also endlich gestorben?«
»Ja, sie ist endlich gestorben.« Katie sah Daniel nun an. »Sie wurde erst vor ein paar Tagen begraben. Und jetzt kann er daran denken, sein eigenes Leben zu führen. Sie haben das Haus – also da gibt es keine Schwierigkeiten; ich hätte den beiden schon vor Jahren zu einer Wohnung verhelfen können, aber er wollte nichts davon hören. Er gehört eben zu jener Sorte von Männern. Aber die Möbel, die seine Mutter im Lauf der Zeit angesammelt hat, also die würde ich nicht einmal meiner Waschfrau geben, wenn du weißt, was ich damit sagen will. Und Bridget hätte es nie mit ihnen ausgehalten. Also räumen sie alles aus und fangen neu an. Hältst du das nicht auch für sehr vernünftig, Daniel?«
Daniel starrte in das runzlige Gesicht, in die in tiefen Höhlen liegenden großen braunen Augen, und er fragte sich, wieviel sie wohl wußte. Und bis zu welchem Punkt sie ihre Stärke gegen ihn einsetzen würde. Diese Stärke, die in ihrem Alter lag und die in der Dankbarkeit sämtlicher Familienmitglieder ihre Nahrung fand. Als er fortfuhr, sie anzustarren, hatte er das Gefühl, daß sie nicht wirklich sei, ein Schatten der Vergangenheit; selbst ihre Kleidung verstärkte diesen Eindruck, denn sie war angezogen, wie eine modebewußte Dame vor dreißig Jahren angezogen sein mochte ... Aber sie *war* wirklich und furchteinflößend; denn sie war ganz offensichtlich dazu entschlossen, daß er Bridget um keinen Preis bekommen sollte. Dessen war er jetzt sicher. Er konnte sich vorstellen, Catherine und Tom zu überreden. Aber nicht diese alte Frau. Die ließ sich nicht überreden. Mit der mußte man kämpfen, das hatte er schon die ganze Zeit über gewußt.

Als die Tür aufging und Tom mit raschen Schritten ins Zimmer kam, empfand Daniel ein Gefühl der Erleichterung. Und während sie einander begrüßten, dachte er: Tom hat damit nichts zu tun. Er weiß nichts davon und hegt keinerlei Argwohn. Das trat auch sofort zutage, als er sagte: »Also Bridget wird sich schrecklich ärgern, daß sie dich verpaßt hat ... Was sagst du zu der Neuigkeit, daß seine Mutter das Zeitliche gesegnet hat? Haben sie dir's erzählt?«
»Ja, sehr traurig.«
»Oder was!« Tom machte eine seiner typischen ruckartigen Kopfbewegungen und ging zum Kamin. »Sie hat so lange blinden Alarm geschlagen, daß – und da gehe ich jede Wette ein – keiner überraschter als sie war, als es dann schließlich wirklich passierte.«
Er lachte, beugte sich liebevoll über Katie, versetzte ihr einen leichten Stups, und sie lachte zurück, ergriff seine Hand, schwenkte sie und sagte: »Du bist ein schlechter Mensch, Tom, ein durch und durch schlechter Mensch.«
Tom wandte sich zu Daniel um und sagte: »Erst gestern hab' ich mir so gedacht, daß deine Tage in Cambridge gezählt sein dürften. Wird es dir leid tun, wenn du damit fertig bist?«
»In gewisser Hinsicht, Tom. Deshalb habe ich mich ernstlich dazu entschlossen, mich dort im Lehrfach zu etablieren. Ich glaube, das würde mir gefallen.«
»Wirst du deine Leute denn nicht vermissen?«
»Ich glaube kaum, daß mir dazu Zeit bleiben wird, denn wenn das Herrenhaus erst einmal richtig bewohnbar sein wird, werden sie in Scharen herübergeströmt kommen, bloß um sagen zu können, sie hätten mal in einem waschechten englischen Herrenhaus geschlafen.« Er lachte, als er schloß: »In dem Punkt sind wir fürchterliche Snobs, wir Amerikaner.«
»Das habe ich schon mehrfach gehört.« Tom schüttelt ungläubig den Kopf, dann grinste er und sagte: »Aber das ist ja herrlich, Daniel, daß du ganz in der Nähe bleibst, das finde ich einfach großartig!«

Als Catherine mit einem Tablett eintrat, nahm Tom es ihr ab und sagte: »Hast du schon das Neueste gehört? Daniel will in Cambridge unterrichten und im Herrenhaus wohnen. Was sagst du dazu?«
»Oh, es steht noch nicht fest«, warf Daniel rasch ein. »Es ist vorläufig nur so eine Idee. Es hängt alles davon ab . . .«
Als er innehielt, fragte Katie ruhig: »Wovon hängt es ab, Daniel?«
Sie sah ihn groß an, und er starrte in ihre Augen, als er erwiderte: »Von vielen Dingen, Urgroßmama. Zum Beispiel davon, daß meine Verwandten möchten, daß ich bleiben soll; und Tom hat mir eben versichert, daß sie es tun.« Er sah Tom an. »Und dann davon, wo ich mich niederlassen, ob ich heiraten werde und so weiter.«
»Ach, du denkst daran, zu heiraten, Daniel?«
»Das ist doch nur natürlich, Tom.«
»Das will ich meinen. Ist es jemand von drüben?«
»Nein, niemand von drüben, Tom.«
»Ach, dann hat's dir also eine von uns angetan, wie?«
»Ja, so könnte man sagen, Tom.«
»Also so etwas! Hält man das für möglich, Catherine! Und all die Mädchen auf Ivys Party haben sich schon Hoffnungen auf dich gemacht. Ich habe gehört, daß du wie der Blitz eingeschlagen haben sollst. Ivy hat seither von nichts anderem mehr geredet . . .«

Während Tom drauflosschwätzte, tauschten Katie und Catherine Blicke miteinander aus, und Katies Blicke sagten: Was hab' ich dir gesagt? Während Catherine dachte: Männer sind schon fürchterlich begriffsstutzig, selbst Tom. Sie sehen nicht einmal, was sich vor ihrer eigenen Nase abspielt. Aber hätte sie selbst es gesehen, wenn Tante Katie nicht gewesen wäre? Nein, es wäre ihr nicht im Traum eingefallen. Sie mußte es Tom sagen. Dann würde es noch einen Menschen geben, der unglücklich war. Wäre Daniel doch nie in ihr Leben getreten! Oder wenn schon, unter irgendeinem anderen Namen. Nur nicht Rosier.

Es war halb elf Uhr an diesem Abend, und Catherine und Tom waren endlich allein im Salon. Sie standen einander vor der Couch gegenüber, und Tom, der den ganzen Tag über gescherzt hatte, sagte nun mit ernster Miene: »Ich glaub' es einfach nicht. Ich kann es nicht glauben.«
»Was glaubst du wohl, warum er den ganzen Tag lang dageblieben ist? Nicht unsertwegen oder wegen Tante Katie; er hat auf ihre Rückkehr gewartet. Er ist dagesessen und hat Konversation gemacht und hat nur gewartet und gewartet.«
»Und was ist mit Bridget? Weiß sie es?«
»Ja, sie weiß es. Hast du nicht bemerkt, wie sie sich seit Weihnachten verändert hat? Ja, schon davor war sie in einer so aufgedrehten, angespannten Stimmung, hat immerfort gelacht und laut gesungen. So war sie doch sonst nie. Jedenfalls nicht mit Peter. Mit dem war sie immer ernsthaft.«
»Verdammt noch mal!« Tom rieb sich die Wange. Dann rief er geradezu erleichtert aus, nachdem er einen Augenblick überlegt hatte: »Aber er hat doch gesagt, daß er herüben irgendwo ein Mädchen hat, oder?«
»Sei nicht so albern, Tom. Sie ist das Mädchen, das er gemeint hat. Ich habe erwartet, daß er dir jeden Moment ihren Namen nennen wird. Ich habe direkt gespürt, daß er nur auf eine passende Gelegenheit gewartet hat. Du weißt doch, daß Tante Katie immer gesagt hat, daß der alte Rosier ein äußerst rücksichtsloser Mann war. Nun, jetzt schwant mir langsam, daß er etwas davon weitervererbt hat. Wie er so stundenlang dasaß und die Zeit überhaupt nicht vergehen wollte, hatte ich das Gefühl: Der macht vor nichts halt, um sie zu bekommen.«
Tom ließ sich schwer auf die Couch fallen, klemmte die Ellbogen zwischen die Knie und starrte ins Feuer. Nach kurzem Schweigen fragte er: »Hättest du etwas gegen ihn einzuwenden, wenn Peter nicht wäre?«
»Ich weiß es nicht, Tom. Diese Frage habe ich mir selbst bereits gestellt. Eines steht fest: Ich könnte den Gedanken, daß sie vielleicht nach Amerika geht, nicht ertragen.«

»Aber hättest du was dagegen, daß er sie bekommt?«
Catherine schloß die Augen. »Ich habe nichts gegen ihn, Tom. Man kann einfach nichts gegen ihn haben, er sieht so gut aus und ist riesig nett. Aber unter der Oberfläche sehe ich ihn die ganze Zeit so, wie Tante Katie ihn sieht: »Als Neuausgabe des Alten. Auf alle Fälle ist Peter da, und er hat, weiß Gott, schon genug mitgemacht, als daß ihn das auch noch treffen dürfte ... Und sie liebt Peter, ich weiß, daß sie es tut, Tom. Ich glaube, was sie für Daniel empfindet, ist so eine Art ... Faszination. Kein Mädchen könnte etwas anderes empfinden, wenn es länger mit ihm beisammen wäre, weil so vieles für ihn spricht: sein Aussehen, seine Manieren, seine Stimme, alles. Aber sie liebt Peter.«
»Nun, wenn sie Peter liebt, dann wird sie ihn auch heiraten.« Toms Stimme klang nun wieder ruhig.
»Vielleicht läßt er ihr gar keine Chance, es zu tun.«
»Was meinst du damit?« Er wandte sich ruckartig nach ihr um, als sie an der Couch vorbei zur Tür ging.
»Ich weiß es nicht, Tom.« Sie blieb stehen und sah über die Schulter zurück. »Nur daß ich das gleiche Gefühl habe, das Tante Katie sehr bald nach seinem Aufkreuzen bei uns hatte: Wenn nicht bald etwas geschieht, wird es Unannehmlichkeiten geben. Ich glaube, du solltest Peter einen Wink geben.«
»Was?« Tom stand auf. »Ich soll Peter sagen, daß Daniel hinter ihr her ist? Ach Kind, sei doch vernünftig. Willst du unbedingt solchen Wirbel machen?«
»Es wird noch viel mehr Wirbel geben, wenn er nichts unternimmt, und zwar bald, ich warne dich. Und wenn ich bald sage, dann meine ich auch bald.«
»Du meinst, daß die beiden sofort heiraten sollen?«
»So bald wie möglich.«
»Aber ... aber seine Mutter ist noch nicht lange unter der Erde.«
»Das ist nichts als altmodisches Geschwätz. Sprich mit ihm, sag ihm klipp und klar, was geschehen ist. Du könntest ihm ja sagen, daß sie sich dessen gar nicht richtig be-

wußt ist. Das ist zwar eine Lüge, wird ihn aber beruhigen. Und rate ihm, die Sache umgehend in die Hand zu nehmen und um eine Sondergenehmigung einzukommen ...« Sie drehte sich um und ging abermals auf ihn zu. »Hör mal, Tom«, sagte sie in eindringlichem Ton. »Wenn du nicht willst, daß Peter Schiffbruch erleidet und zusammenklappt, denn das wird er; und wenn du nicht willst, daß wir sie gänzlich verlieren – denn all sein Gerede von Hierbleiben und Hierunterrichten ist meiner Meinung nach nichts als Augenauswischerei; und wenn du nicht willst, daß Tante Katie vor ihrer Zeit stirbt, dann tust du, was ich sage. Auf diese Weise wird nur einer verletzt, und das ist er. Kommt es aber andersrum, dann geht es uns allen so, und unser ganzes Familienleben ist kaputt, mein Lieber ...« Ihre Stimme versagte.

Sie schluckte und fuhr schließlich fort: »Stell dir doch nur vor, was wir ohne sie und Tante Katie wären; denn Tante Katie würde eine solche Aufregung nicht überleben, das ist dir doch klar. Die beiden gehören so sehr zu uns, daß nichts mehr so sein würde, wie es ist.«

9

Der Brief kam am Mittwochvormittag. Nellie hatte die Post wie gewöhnlich ins Frühstückszimmer gebracht und aufs Buffet gelegt. Als Catherine sie durchging, hielt sie auf einmal den gewissen Brief in Händen. Er war an »Miß Bridget Mulholland, Loreto 18, Tree Drive, Westoe, South Shields« adressiert. Sie erkannte die Schrift sofort.

Sie hielt den Brief noch in der Hand, als Bridgets Stimme aus dem Flur ertönte: »Mutter, hast du vielleicht irgendwo ein blaues Heft gesehen?«

Catherine hielt eine Sekunde inne, dann ließ sie den Brief in die Tasche ihres geblümten Hauskleides gleiten und ging zur Tür. »Was für ein Heft, meine Liebe?« Ihre Stimme schlug um, sie mußte sich räuspern.

»Ein Schulheft, weißt du.«

»War es ein besonderes?«
»Ja, das, das ich gestern abend ausgebessert habe, als Peter kam. Ich weiß nicht, wo ich es hingelegt habe.«
»Sieh doch mal im Büro nach, Kind. Ich habe eine Menge Zeitschriften und dergleichen hinübergelegt.«
Als Bridget ins Büro ging, steckte Catherine abermals die Hand in die Tasche ihres Kleides. Was hatte sie getan? Ach, was hatte sie nur getan? Gut, sie konnte ihn ihr auch am Abend geben und sagen, daß er mit der zweiten Post gekommen sei. Aber vorher mußte sie mit Tante Katie darüber sprechen. Du lieber Gott, war ihr gräßlich zumute!
Ein paar Minuten, nachdem Bridget losgefahren war, ging Catherine nach oben, nahm den Brief aus der Tasche und hielt ihn Katie hin, die aufrecht im Bett saß und eben ihr Frühstück beendet hatte. »Da ist ein Brief von ihm«, sagte Catherine. »Ich habe . . . ich habe ihn zurückgehalten. Ich fühl' mich schrecklich, wirklich.«
Katie nahm ihr den Brief aus der Hand und blickte auf ihn nieder. Sie tat es lange Zeit, ehe sie ruhig sagte: »Halt ihn über den Dunst, dann werden wir wissen, ob wir uns geirrt haben oder nicht.«
»Aber Tante Katie!«
»Das ist die einzige Möglichkeit, Catherine. Sei vorsichtig, damit wir ihn, falls wir uns getäuscht haben sollten, wieder zukleben können. Sollten wir jedoch recht haben, dann mußt du ihn verbrennen.«
Catherine ließ den Kopf tief auf die Brust sinken: »Ich hab' ein gräßliches Gefühl. Richtige Gewissensbisse.«
»Ich weiß, Liebes, ich weiß. Auch ich fühle mich nicht wohl in meiner Haut . . . Glaubst du, daß Peter gestern abend mit ihr gesprochen hat?«
»Ja, ich bin sicher, daß er es getan hat. Aber sie hat bisher nichts gesagt. In der Frühe war auch keine Zeit dazu, sie war spät dran. Ich . . . ich glaube« – abermals senkte sie den Kopf –, »ich glaube, sie hat nachts geweint; ihre Augenlider kamen mir verschwollen vor.«
»Nun, bedeutend besser, sie weint jetzt, Catherine, als sie weint ihr ganzes Leben lang.«

»Ja, ja, das glaube ich auch. Aber weißt du, ich kann ihr nicht in die Augen sehen. Seit Sonntag habe ich das Gefühl, daß ich sie hintergehe, weil ich ihr nicht gesagt habe, daß er hier war.«

»Mach den Brief auf, Catherine«, sagte Katie nun ganz ruhig. »Dann wirst du sehen, wer wen hintergangen hat.«

Catherine hielt den Brief über den Dampf, während Nellie oben aufräumte. Und als Catherine das einzelne Blatt Papier herausnahm, kniff sie die Augen zusammen, schloß sie jedoch sofort, nachdem sie die erste Zeile gelesen hatte. »Liebste Bridget, Herz meines Herzens.« Dann blickte sie abermals darauf nieder und las: »Du wirst inzwischen erfahren haben, daß ich Sonntag stundenlang auf Dich gewartet habe. Ich war fest entschlossen, Dich zu sehen, und wenn es nur für einen Moment gewesen wäre. Das war ein höllischer Tag für mich. Da saßen sie alle um mich herum und wünschten mich meilenweit fort. Das spürte ich ununterbrochen. Aber ich habe durchgehalten. Und Du bist nicht gekommen. Kannst Du Dir vorstellen, wie mir zumute war? Auf dem Heimweg habe ich mir vorgenommen, am Montag wiederzukommen und ihnen die Wahrheit zu sagen. Die Wahrheit, daß ich ohne Dich nicht leben kann und auch gar nicht die Absicht habe, es zu tun; aber im kalten Licht des Montagmorgens hat dann die Vorstellung, daß eine derartige Handlungsweise Urgroßmutter den Rest geben könnte, mich davon abgehalten. Denn ich weiß, daß Du mir, falls ihr meinetwegen etwas zustieße, nie vergeben würdest.

Immerfort mit denselben Gedanken in meinem Herzen, Liebling, bin ich völlig bereit zu warten, bis sie die Augen geschlossen hat, wenn Du nur mit Peter offen sprechen würdest. Glaub nicht, daß er mir nicht leid tut. Er tut mir leid, denn er ist ein netter Junge. Aber ich liebe Dich so sehr, Bridget, daß ich, und wenn er noch tausendmal netter wäre, Dich lieber tot als in seinen Armen sehen wollte.«

Catherine drehte das Blatt um und fuhr fort zu lesen.

»Ich hätte Dir so vieles zu sagen und bin voller Pläne. Weißt Du, was ich denke? Das Herrenhaus müßte eine

prächtige Privatschule abgeben. Wie findest Du das? Ist das nicht eine großartige Idee? Du und ich als Schulleiter ... Ja, Frau Lehrerin, nein, Frau Lehrerin ... Ich wäre auf alle Fälle Dein ergebenster Schüler, liebste Bridget.
Bridget, ach, Bridget, komm zu mir. Ich flehe Dich an, bring mich nicht dazu, eine Dummheit anzustellen. Ich möchte niemanden verletzen, glaube mir. Ich denke über sie ebenso nach wie Du es tust, und ich kann alles ertragen, so lange ich Dich zu sehen bekomme. Wie Du weißt, muß ich Freitag wieder in Cambridge sein. Ich werde Donnerstag im Haus auf Dich warten. Ich weiß, daß Du erst nach Schulschluß hinkommen kannst, aber dann komm auch, bitte, bitte.
Du erinnerst Dich doch an meine Rede über das Vergöttertwerden. Nun, ich bin zu dem Schluß gekommen, daß ich mich den übrigen anschließe. Ich vergöttere Dich, Bridget, vergöttere Dich, vergöttere Dich. Dein Daniel.«
»Du lieber Gott ...«, stöhnte Catherine.
Nachdem sie den Brief nach oben getragen und Tante Katie ihn gelesen hatte, sahen sie einander wortlos an. Wie hätten sie Bridget auch verdammen können? Natürlich konnten sie ihre Handlungsweise nicht gutheißen; aber in Catherines Innerem klang es immerzu: Ich wünschte, es wäre möglich. Und ein schwaches Echo davon klang auch in Katies Herzen. Aber nur ganz leise. Denn sie erinnerte sich des Ausspruchs, daß ein wurmstichiger Apfel imstande war, ein ganzes Faß zum Faulen zu bringen. Und es war nicht vorstellbar, daß Daniel der Dritte der Ansteckkung durch die Rosiers entkommen war.

Noch weitere drei Briefe mußten über dem Dunst geöffnet werden. Der erste kam in der darauffolgenden Woche und begann nicht mehr mit: »Liebste Bridget, Herz meines Herzens«, sondern unvermittelt mit: »Wie kannst Du nur so etwas tun, Bridget? Nie hätte ich mir Dich als hart oder gefühllos vorstellen können, aber Du bist beides. Ich leide Höllenqualen. Tu uns beiden doch so etwas nicht an! Ich habe bis um zehn Uhr an unserer Ecke gewartet. Am näch-

sten Morgen wäre ich am liebsten zu Dir gekommen, um Dich fest durchzuschütteln. Aber wo hätte ich es tun sollen? In Deiner Schule oder auf der Straße? Wenn ich Freitag nicht zurückfahren müßte, wäre ich bestimmt zu Euch gekommen und hätte alles hochgehen lassen. Ich bin immer noch böse auf Dich, weil Du so halsstarrig bist. Schließlich habe ich Dich doch nur gebeten, mit mir zusammenzukommen, damit wir alles miteinander besprechen können; das war alles. Ich habe Dir doch versprochen, daß ich nichts Unbesonnenes tun würde, ich habe Dich bloß gebeten, zu kommen.
Ich widerrufe meine Bitte aus dem letzten Brief, daß Du Peter die Situation erklären sollst. Mach es, wie Du willst, aber ich muß Dich sehen oder zumindest etwas von Dir hören. Ich bin riesig enttäuscht, weil ich jetzt zweimal am Wochenende nicht weg kann. Schreib mir, Bridget, ich flehe Dich an, schreib mir doch . . .«
Catherine war nicht imstande, weiterzulesen. Sie zerknüllte den Brief und warf ihn ins Feuer.

In der darauffolgenden Woche kam kein Brief aus Cambridge, aber eine Woche später langten zwei weitere ein; und dann, an einem Samstagvormittag, kam Daniel selbst. Nellie ging mit breitem Lächeln zur Haustür, aber als sie sah, wer draußen stand, stieß sie nur ein langgedehntes »O-oh!« aus und blieb mit offenem Mund reglos stehen.
»Hallo, Nellie.«
»Tag, Mr. Rosier.«
»Was ist, wollen Sie mich nicht einlassen?«
»Aber ja, Sir, natürlich.« Sie riß die Tür auf und trat beiseite.
Als Daniel den Flur betreten hatte und es mucksmäuschenstill im ganzen Haus war, drehte er sich um und fragte: »Wo sind denn alle?«
»Ach . . . ausgegangen, Sir«, sagte sie zögernd. »Das heißt, außer Mrs. Fraenkel.«
»Also schön. Sie werden ja sicher nicht lange fortbleiben, nehme ich an. Ist Mrs. Fraenkel oben?«

»Ja, sie ist oben.«

Als er vor Katies Tür angelangt war, blieb er einen Moment stehen, bevor er anklopfte. Und es dauerte ziemlich lange, bis sie »herein« sagte.

Kaum hatte er die Tür geöffnet, sah er ihre schreckgeweiteten Augen auf sich gerichtet, und als er rasch zum Fenster ging, an dem sie saß, wuchs ihre Aufregung sichtlich.

»Fühlst du dich nicht gut, Urgroßmama?«

Sie machte einen kläglichen Versuch, zu antworten, es gelang ihr jedoch nur mühsam. »Nein, nein . . . es geht mir gut, Daniel. Ich . . . ich war nur in letzter Zeit gar nicht besonders auf der Höhe. Aber . . . aber jetzt geht es wieder.«

Er zog sich einen Stuhl heran, setzte sich, sah sie fest an und sagte: »Du siehst heute besonders hübsch aus. Das ist ein reizendes Kleid, das du da anhast.«

Katie blickte auf ihre im Schoß ruhenden Hände nieder, die unruhig mit den Falten des hellblauen Wollkleides spielten, das sie schon so lange nicht mehr angehabt hatte und das, wie sie wußte, viel zu jugendlich für sie war.

»Früher habe ich hineingepaßt«, sagte sie, ohne aufzusehen. »Aber jetzt hängt es wie ein Sack an mir herunter.«

»Unsinn!«

Es war, als würden sie ein heimliches Gefecht miteinander austragen, aber er wußte nicht genau, wogegen er anzukämpfen hatte.

»Sie sind alle ausgegangen«, sagte er nun. »Das Haus ist ja wie ausgestorben.«

»Ja, ja, sie sind alle ausgegangen.« Sie holte tief Atem, lehnte sich zurück, sah ihn nun an und sagte schließlich mit fester Stimme: »Ich wollte, du wärst heute nicht gekommen, Daniel.«

Eine Zeitlang sagte er nichts darauf, dann fragte er leise: »Weshalb denn?«

»Wie spät ist es?« Sie drehte sich halb nach dem Kamin um, während er auf die Uhr schaute und sagte: »Zwei Minuten nach halb zwölf.« Als er aufsah, starrte sie wieder auf ihre Hände nieder. Dann sagte sie: »Sie werden bald zurück sein. Bridget hat um elf Uhr geheiratet, Daniel.«

Katie sah ihn nicht an, und er gab keinen Laut von sich. Sie spürte, wie ihr das Herz bis zum Hals klopfte. Als die Stille unerträglich wurde, hob sie langsam den Kopf und sah, daß er sie genauso anstarrte, wie sein Urgroßvater sie an jenem Abend angestarrt hatte, als sie ihm den Kerzenleuchter an den Kopf geworfen hatte. Das Schweigen, das zwischen ihnen lag, war so, wie es nur ein Rosier auszuhalten imstande war. Sie legte beide Hände unter die Brust, als wolle sie das rasende Klopfen des Herzens gegen die Rippen beruhigen. Wenn ... wenn er nicht bald zu reden anfing, würde sie sterben. Sie würde einen Herzanfall bekommen! Und sie wollte in diesem Moment nicht sterben, nicht ehe sie Bridget wiedergesehen hatte ... die verheiratete Bridget.

Als er endlich den Mund aufmachte, sagte er kein einziges Wort über Bridget, aber seine nun metallen klingende Stimme ging ihr durch und durch, als er sagte: »Du haßt mich, nicht wahr?«

»O nein, Daniel, nein, nein! Ich hasse dich nicht.«

»Doch, du haßt mich. Du hast das alles nur in die Wege geleitet, weil du mich haßt.«

»Das tue ich nicht. Nein, das tue ich nicht, Daniel.« Sie atmete hastig.

»Du hast dies alles geplant.« Seine Stimme war von peinigender Gleichförmigkeit. »Du hast gewußt, daß ich sie liebe, und du hast es getan, um dich an ihm zu rächen. Du hast mich für das, was er dir angetan hat, bezahlen lassen.«

»Nein, nein, Daniel!«

»O ja! Und du hast auch sie dafür bezahlen lassen, denn sie liebt mich – mit jeder Faser ihres Herzens. Das weiß ich. Aber sie wollte weder dir noch Catherine und Tom weh tun. Auch ich wollte dir nicht weh tun, vor allem deshalb nicht, weil du alt bist. Aber innerlich bist du nicht alt, nicht wahr, Urgroßmama? Da bist du immer noch jung und leidest unter den Händen meines Urgroßvaters. So ist es doch, nicht? Deshalb hast du es getan. Um es ihm heimzuzahlen.«

»Nein, Daniel! Nein, so war es nicht!«

»Nur du kannst sie da hineinmanövriert haben. Du mußt immer und immer wieder auf sie eingeredet haben. Sie hat sich ja sogar davor gefürchtet, mir auf meine Briefe zu antworten, weil sie genau gewußt hat, daß sie, wenn wir uns noch ein einziges Mal wiedergesehen hätten, dir hätte weh tun müssen.«

Er war aufgestanden, und sie konnte sein Gesicht vor lauter Tränen, die in ihr aufgestiegen waren, nicht mehr erkennen. Aber auch so wußte sie, daß dieses Gesicht da nicht das von Bernard Rosier, sondern das eines lieben, jungen, rechtschaffenen Menschen war, das Gesicht ihres Urenkels, den sie liebte. Sie streckte die Hand nach ihm aus und wimmerte: »Ach, Daniel. Daniel.« Aber er war nicht mehr da. Sie neigte den Kopf, und die Tränen flossen über ihre Hände. Als sie hörte, wie die Haustür ins Schloß fiel, spähte sie durchs Fenster und sah ihn den Gartenweg hinuntergehen. Als er die Straße erreicht hatte, erschien er ihr abermals verschwommen, und wieder wischte sie sich die Augen, um verfolgen zu können, wie er mit langsamen Schritten die Straße überquerte und unter den Bäumen stehenblieb. Beinahe auf demselben Platz, auf dem Tom vor vielen Jahren auf Catherine gewartet hatte.

Als ein paar Minuten später die Wagen vorfuhren, winkte sie Bridget und Peter nicht zu. Sie hatten ihr den Fauteuil deshalb zum Fenster gerückt, damit sie ihnen bei ihrer Rückkehr zuwinken konnte, aber sie warf ihnen nicht einmal einen Blick zu, sondern starrte wie gebannt auf die Gestalt, die auf der anderen Straßenseite stand, unter den Bäumen.

Zum erstenmal in ihrem Leben fühlte sich Katie schuldig. So vieles war ihr geschehen, sie hatte so viel Ungerechtigkeit erdulden müssen, aber nichts davon hatte ihr auch nur annähernd so viel Schmerz bereitet wie dieses Schuldgefühl. Er hatte recht gehabt, ja, Daniel hatte recht gehabt. Sie ließ ihn für etwas bezahlen, was vor vielen, vielen Jahren geschehen war, für etwas, das der andere getan hatte. Nun, sie hatte gewonnen, das stimmte. Aber der Sieg bestand aus Galle, die ihren ganzen Körper durchdrang.

Von unten drangen Stimmen und Gelächter an ihr Ohr, Schritte kamen näher, aber Katie konnte den Blick nicht vom Fenster wenden. Unten fuhren die beiden Wagen fort, und als sie in der breiten Straße wendeten, bemerkte sie, wie der Mann unter den Bäumen da drüben ihnen nachsah; kurz darauf verschwand er.

Als Bridget und Peter, von Catherine und Tom gefolgt, ihr Zimmer betraten, wandte Katie ihnen ein tränenüberströmtes Gesicht zu. Sofort hielten sie in ihrem forciert munteren Geplapper inne und machten besorgte Mienen, weil Tante Katie nicht aufhören konnte zu weinen.

BRIDGET
1944

1

»Weißt du, meine Liebe, ich bin riesig gerne ins Theatre Royal gegangen. Andy hat mich dorthin geführt.« Die Worte klangen langsam und müde. »Ich habe Vesta Tilley und Little Tich dort gesehen. Und sogar Charlie Chaplin, was sagst du dazu, Bridget?«

»So etwas, Tante Katie!«

»Und dann waren wir auch im Queens Theatre. Das haben sie jetzt bombardiert. Ist der Alarm schon vorüber, Bridget?«

»Ja, Tante Katie, es ist vorbei.« Bridget erhob sich von dem Stuhl, den sie sich an das vor dem Kamin aufgeschlagene Bett geschoben hatte, richtete Katie die Kissen und sagte: »So. Schlaf jetzt. Sei schön brav.«

»Werden sie heute nacht wiederkommen, Bridget?«

»Das glaube ich nicht, Tante Katie. Schlaf schön, komm.«

»Wenn ja, dann mußt du mit Catherine in den Keller gehen.«

»Ja, Tante Katie, dann gehen wir in den Keller. Sorg dich nicht.«

Bridget setzte sich an den Eßtisch, griff zur Feder und begann Hefte auszubessern. Nach einiger Zeit hob sie den Blick, um Tante Katie zu betrachten. Sie war eingeschlafen. Bridgets Gedanken wanderten in diesen Tagen weit zurück. Das Queens Theatre war bei einem Luftangriff im April 1941 zerstört worden, und jetzt war Juni 1944. Sie blickte das tief in die Kissen gedrückte, eingefallene Gesicht an. Wenn Tante Katie den Oktober erlebte, würde sie hundert sein.

Bridget stützte den Kopf in die Hand und bewegte ihn hin

und her. Am liebsten hätte sie diesen hundertsten Geburtstag selbst nicht mehr erlebt. Sie fühlte sich müde, erschöpft, ja sogar alt. Und dabei war sie erst vierunddreißig. Die Jahre waren vergangen, und was hatten sie ihr gebracht? Sie wandte den Blick vom Bett zum Fenster. Die lange anhaltende Dämmerung hatte bereits alles eingehüllt. Bald würde sie die Verdunkelungen herunterziehen müssen; sie haßte das. Schwerfällig erhob sie sich, trat ans Fenster und blickte in den Garten. Nun hatten sie weder Rosen noch Blumenbeete noch Ziersträucher mehr. Die eine Gartenseite war entlang der Ligusterhecke für Kartoffeln und Kohl bestimmt. Die andere für Salat, Radieschen, Möhren und Wurzelgemüse. In den Gewächshäusern hinter der Hecke reiften die Tomaten heran. Aber Bridget sah den Garten gar nicht. Ihr Blick war ins Innere gerichtet, und da sah sie Peter vor sich, wie er, fest gegen die nächtliche Kälte eingehüllt, Gewehr bei Fuß dastand. Dies war der vierte Geleitzug, den er anführte, ohne auch nur einen einzigen Kratzer abbekommen zu haben. Viele andere Schiffe waren gesunken, aber seines war bisher immer davongekommen. Anscheinend, so hatte er zu ihr gesagt, war Gott mit ihm.
Ihre Mutter hatte am Vortag zu ihr gesagt: »Wie gut, daß du keine Kinder hast, siehst du? Jetzt würdest du doch nur Todesängste ausstehen. Du sorgst dich schon genug um deine Schulkinder.« Da ihre Mutter sehr selten alberne Sachen sagte, hatte sie nichts darauf erwidert, aber am liebsten wäre sie mit einem »Sei nicht so albern!« auf sie losgefahren. Die schmerzliche Sehnsucht nach einem Kind nagte wie ein Krebsgeschwür an ihr und wuchs von Jahr zu Jahr an. Statt daß ihr Leib angeschwollen wäre, schien ihr ganzer Körper anzuschwellen. Manchmal schrie alles in ihr auf: Warum nur, warum? Ach, wenn doch nur . . .! – Und wenn dies geschah, dann haßte sie ihre Eltern. Und Tante Katie. Und Peter. Den vor allem. Dabei war er ein so herzensguter Mensch. Niemand sollte Peter hassen. Sie war schlecht, ja, sie war schlecht. Sie ging wegen dieser Gedanken nicht einmal mehr zur Beichte. Manchmal war

ihr, als wäre sie gar nicht verheiratet, als sei sie immer noch unberührt. Nein, sie war sich nie, niemals verheiratet vorgekommen.
Sie wandte sich vom Fenster ab. Der arme Peter da draußen auf dem offenen Meer. Sie hoffte, daß er wieder unversehrt heimkommen werde. Sie blieb unschlüssig vor dem Eßtisch stehen und sah auf die Hefte nieder. Sie hätte sie zu Ende korrigieren sollen, aber sie wollte nur ihre Ruhe haben. Sie warf einen flüchtigen Blick in den Spiegel über dem Kamin. Sie sah müde aus. Sie strich sich das Haar zurück und fuhr mit den Fingerspitzen durch die kurzen Locken. Sie mußte an einem der nächsten Tage unbedingt zum Friseur gehen. Sie sah gräßlich aus. Aber was machte es schon aus?
Sie hatten jetzt kein Mädchen mehr. Nellie war mit einem Soldaten verheiratet und arbeitete mit ihren fünfundfünfzig Jahren in der Munitionsfabrik. Also würde sie sich ihre Tasse Kakao selbst zubereiten müssen. Müde schleppte sie sich zur Küche, setzte die Milch auf, gab zwei Löffel Kakao hinein und einen schwachen Löffel Zucker und wartete, bis es aufkochte.
Als sie mit der dampfenden Tasse in der Hand den Flur durchquerte, klingelte es an der Haustür. Sie stellte die Tasse nieder, ging zur Tür und öffnete. Draußen stand ein Soldat. Ein Flieger. Ein amerikanischer Flieger. Er stützte sich auf einen Stock. Sein Gesicht war dunkelgetönt, seine Augen kohlrabenschwarz, und als er sein Käppi abnahm, sah sie, daß auch die Haarsträhne, die ihm ins Gesicht fiel, schwarz war. »Hallo, Bridget«, sagte er.
Sie stand da und starrte ihn bloß an.
»Sieh mich nicht an wie einen Geist. Du bist doch Bridget, oder?«
Sie machte eine leichte Kopfbewegung, ein Lächeln glitt über ihr Gesicht und sie sagte: »Daniel!« Aber lautlos. Und dann abermals: »Daniel!« Lauter diesmal. Dann riß sie die Tür weit auf, und er hob sein steifes Bein über die Stufe und humpelte mit Hilfe des Stocks in den Flur.
»Wie geht es dir, Bridget?«

»Oh ... Oh, mir geht's gut, Daniel.« Sie blickte zu ihm auf. »Ich ... ich kann es nur nicht fassen. Diese Überraschung! Du bist der letzte Mensch, den ich zu sehen erwartet habe.«
Sie standen da und starrten einander an. Und dann lachten sie, und er sah sich nach einem Platz um, wo er sein Käppi aufhängen konnte.
»Komm, gib her.« Sie nahm es ihm ab und legte es auf den Abstelltisch. Dann sagte sie: »Komm doch weiter. Nein, nicht hier hinein.« Sie führte ihn am Salon vorbei zum Eßzimmer. »Wir haben das ganze Haus auf den Kopf gestellt und Tante Katie in den Salon einquartiert. Da ist es sicherer.«
»Sie lebt noch?« Er war stehengeblieben und hatte sich zu ihr umgedreht.
»Ja, aber sie ist sehr zerbrechlich geworden und lebt fast nur mehr in der Vergangenheit.«
Bridget sah auf sein steifes Bein nieder, dann zog sie sich einen Stuhl herbei, setzte sich auf die Kante und verschlang die Hände ineinander, ganz wie ein nervöses Kind.
»Du bist verwundet worden?« sagte sie. Dann hob sie ruckartig den Kopf, schloß eine Sekunde die Augen und murmelte: »Entschuldige, das ist eine dumme Frage. Ich meine, wo ist es passiert?«
»Ach, irgendwo in der Nordsee.«
Sie wartete, daß er weitersprach, aber er tat es nicht, und wieder sahen sie einander an. Er war älter geworden, bedeutend älter als nur acht Jahre, dachte sie. Er war nicht mehr so mager wie einst. Er hatte zugenommen, war breiter geworden, besonders in den Schultern. Und in seinem Gesicht gab es zwei tiefe Falten von der Nase zum Mundwinkel, die vorher nicht dagewesen waren. Das einzige, was unverändert an ihm war, waren seine Augen. Immer noch waren sie kohlrabenschwarz und glänzend, genauso wie sie sie in Erinnerung hatte.
Daniel sah sie an, und auch er dachte: Sie ist älter geworden. Und dann: Natürlich, ich habe ja gewußt, daß das der Fall sein würde. Aber sie ist anders. Und dann entdeckte er,

wo der Unterschied lag, und er war verblüfft, daß er es nicht im ersten Moment schon erkannt hatte: Denn von allen Dingen, an die er sich im Zusammenhang mit ihr erinnert hatte, galt seine klarste Erinnerung ihrem langen, silberblonden Haar, das sie am Hinterkopf aufgesteckt getragen hatte. Er sagte rasch: »Du hast dir die Haare abschneiden lassen?«

»Ach ja.« Sie fuhr sich mit den Fingern vom Nacken bis zum Scheitel. »Es machte zu viele Mühe, ich hatte nicht genügend Zeit mehr, mich damit zu befassen. Als die Angriffe immer schlimmer wurden, waren wir ständig auf dem Sprung in den Keller, und ich mußte mir meist noch im Laufen das Haar aufstecken.«

»Es steht dir.« Er verstand es immer noch, überzeugend zu lügen.

Abermals schob sie die Hand zum Scheitel hinauf und sagte, als wäre sie ein junges Mädchen: »Ach, es sieht gräßlich aus, ich weiß. Ich habe mich überhaupt nicht mehr darum gekümmert. Dafür scheint keine Zeit mehr übrigzubleiben.«

»Unterrichtest du noch immer?«

»Ja, als der Krieg ausbrach, bin ich zur Schule zurückgekehrt.«

»Wie . . . wie geht es Peter?«

»Oh, er ist bei der Handelsmarine und zur Zeit mit einem Geleitzug unterwegs.« Sie nickte und lächelte, während sie sprach.

»Handelsmarine«, sagte er und spitzte leicht spöttisch die Lippen, als wolle er so was wie Anerkennung damit andeuten. »Wie geht es deinen Eltern?«

»Nun, den Umständen nach gar nicht so schlecht. Mutter haben sie für drei Abende pro Woche dienstverpflichtet . . . Heute nacht ist sie zum Beispiel dran. Sie wird nicht vor neun daheim sein. Und Paps ist Luftschutzwart . . . Aber jetzt erzähl von dir. Wie bist du hergekommen? Bist du in der Nähe stationiert?«

»Ich bin seit einiger Zeit im Lazarett in Newcastle.«

»Seit einiger Zeit?« Sie sah ihn an.

»Warte mal« – er sah an ihr vorbei –, »so an die drei Monate.«
»Drei Monate? Und da hast du uns nicht wissen lassen, daß du hier bist?«
Er starrte sie wortlos an. Schließlich sagte er: »Nun, du weißt ja, wie das ist.«
Das Schweigen zwischen ihnen war beredter, als wenn sie einander lauthals angeschrien hätten.
Sie stand auf und sagte: »Kann ich dir etwas zu trinken anbieten? Wir müssen noch irgendwo etwas Whisky haben.«
»Nein, nein, danke.«
»Vielleicht etwas Warmes, Daniel? Eine Tasse Tee oder Kaffee?«
»Gegen eine Tasse Tee hätte ich nichts einzuwenden.«
»Gut, dauert keine Minute.«
Sie brauchte fünf Minuten, und er saß da und starrte vor sich hin, bis sie zurückkam. Er bemerkte, daß sie sich das Haar gebürstet und die Lippen angemalt hatte, und er lächelte nicht einmal insgeheim darüber, daß sie es getan hatte.
Als sie ihm die Tasse reichte, sagte sie: »Immer noch zwei Stück Zucker?«
Und er erwiderte lachend: »Nein, nein, nur noch eins. Kriegssparmaßnahmen, weißt du?«
Als sie wieder auf der Stuhlkante Platz genommen und heftig in ihrer Tasse umgerührt hatte, sagte sie: »Erzähl doch, was du all die lange Zeit über gemacht hast.«
»Ach, weißt du . . .« Er streckte das Kinn in die Luft, ließ den Kopf in den Nacken sinken und schien nachzudenken. Dann sagte er: »Nun, ich bin zur Luftwaffe gegangen.«
»Das sieht man«, sagte sie und nickte.
Er richtete den Kopf wieder auf, schlürfte seinen Tee und fuhr fort: »Und ich habe geheiratet.«
Sie sah ihn an, ohne mit der Wimper zu zucken. Aber er blickte auf seine Tasse nieder. »Seit . . . seit langem?« Die Frage klang höflich und ganz gewöhnlich.
»Ach, seit Anfang siebenunddreißig.«
Nun sahen sie einander wieder an.

»Hast du Kinder?«
»Du?«
»Nein.«
»Nun, dann sitzen wir im gleichen Boot.« Er schnitt eine Fratze.
»Deine . . . deine Frau«, fing sie wieder an. »Ist sie auch im Einsatz?«
Er zog die Brauen hoch, sah abermals auf die Tasse nieder und sagte dann in ruhigem Ton: »Ich weiß nicht, was sie macht, Bridget. Ich habe mich neununddreißig scheiden lassen.«
»Scheiden!« stieß sie hervor.
»Sei nicht so schockiert.« Er lächelte.
»Nein, nein, ich bin nicht schockiert. Es tut mir nur leid, Daniel.«
»Kein Grund, an uns Mitleid oder so was Ähnliches zu verschwenden. Wir sind in vollstem Einverständnis auseinandergegangen.«
Abermals senkte sich Schweigen auf sie herab, und sie sahen einander an. Sie suchte krampfhaft nach einem unverfänglichen Thema, um dieses ungemütliche Schweigen zu brechen. »Das Haus«, sagte sie. »Warst . . . warst du in letzter Zeit mal dort?«
»Im Haus? Doch, doch. Ich komme eben von dort.«
»Wirklich? Ich dachte, es sei beschlagnahmt.«
»Ist es auch. Aber die eine Truppe ist aus- und die andere noch nicht eingezogen, und ich habe keine Ahnung, wann es wieder soweit ist. Auf alle Fälle habe ich eine Abmachung mit der Armee getroffen, derzufolge drei der Räume nicht mit Beschlag belegt werden. Da kann ich meine Möbel eingelagert lassen und habe jederzeit Zutritt. Hast du gehört, daß vorigen Monat ganz in der Nähe eine Bombe niedergegangen ist?«
»Nein, davon habe ich nichts gewußt.«
»Sämtliche Fensterscheiben sind draufgegangen, und die Nebengebäude kann man praktisch abschreiben. Zwei oder drei Soldaten sollen dabei ums Leben gekommen sein, habe ich gehört. Da habe ich mir gesagt, daß es

schließlich doch gut war, daß ich keine Schule daraus gemacht habe. Obwohl man viele Kinder aus der Umgebung evakuiert hat, die vielleicht dadurch zu einer Unterkunft gekommen wären. Einige zumindest. Man weiß ja nie.«
»Ach, du hast daran gedacht, eine Schule daraus zu machen?« Sie legte den Kopf schief.
Er starrte sie mit leicht zusammengekniffenen Augen an und sagte nach einer beträchtlichen Pause: »Vielleicht hast du es vergessen, Bridget. Ich habe es dir gegenüber jedenfalls erwähnt.«
»Daß . . . daß du aus dem Herrenhaus eine Schule machen willst? Nein, Daniel. Nie. Das hätte ich mir ganz bestimmt gemerkt, weil ich mir immer gedacht habe, wie wunderbar es sein würde, eine eigene Schule zu besitzen.«
Er starrte sie verblüfft an. Es war doch einfach unmöglich, daß sie seine Briefe nicht bekommen hatte, oder?
Er rückte unruhig auf seinem Stuhl hin und her und sagte: »Ich habe dir wirklich davon erzählt, daß ich aus dem Haus eine Schule machen will, Bridget.« Seine Stimme war leise. »Ich erinnere mich ganz besonders daran, es in meinem letzten Brief an dich erwähnt zu haben.«
Er sah, wie sie die Augen zusammenkniff und sich ihr Mund leicht öffnete. Wie sie schließlich ganz automatisch die Tasse auf den Tisch stellte, wo sie beinahe umkippte, und wie sie abermals die Hände ineinanderschlang und ihn anstarrte, ohne jedoch etwas zu sagen.
Er beugte sich mit angespannter Miene vor und sagte leise: »Ich habe dir mehrere Briefe geschrieben, Bridget.«
Sie sagte noch immer kein Wort; sie war im Augenblick nicht imstande, auch nur einen Ton hervorzubringen. Sie starrte in seine dunklen, glänzenden Augen, sog jedes seiner Worte ein und hielt es fest, während ihr Herz aufschrie: O Daniel, Daniel!
»Ich habe die vereinbarte Karte an Tante Katie geschickt. Du erinnerst dich, ich habe dir gesagt, daß ich es tun würde. Damit wollte ich dir zu verstehen geben, daß ich am darauffolgenden Wochenende im Haus sein würde. Du bist nicht gekommen, also habe ich mein Wort gehalten und

kam am Sonntag zu euch. Ich habe stundenlang auf dich gewartet.« Er lächelte jetzt leise. »Ich erinnere mich noch gut daran, wie meine Anwesenheit sie geradezu verrückt machte und wie mir der Gesprächsstoff ausgegangen ist. Haben sie dir nicht gesagt, daß ich den ganzen Tag auf dich gewartet habe, Bridget?« Da sie nichts erwiderte, fuhr er fort: »Und dann habe ich dir geschrieben. Viermal. Und als auch das nichts nützte, bin ich eines Samstags gegen elf hergekommen. Fest entschlossen, ihnen zu sagen, wie die Dinge standen, um dich dieser schmerzlichen Pflicht zu entheben. Das Haus war leer, nur Nellie und Tante Katie waren da. Ich ging etwas verdutzt nach oben – ich erinnere mich so genau daran, als ob es gestern gewesen wäre –, und da sagte mir Tante Katie auf ihre unnachahmliche Art, daß du um elf geheiratet hättest und sie euch alle in Kürze zurückerwarte. Ich habe dich gesehen, wie du zurückgekommen bist, Bridget. Ich stand auf der anderen Straßenseite, unter den Bäumen, und habe dich beobachtet ...«

Etwas schwoll in ihrem Innern an. Nicht Schmerz, sondern Zorn. Und nicht nur Zorn, sondern auch Haß. Und fassungsloses Staunen darüber, daß sie ihr das hatten antun können. Sie mußten alle eingeweiht gewesen sein: ihre Mutter, Paps und Tante Katie, ja sogar Nellie ... Und was war mit Peter? Hatten sie Peter auch einbezogen? Sie erinnerte sich genau, wie er plötzlich mit der Idee daherkam, um eine Sondergenehmigung anzusuchen, damit sie sofort heiraten konnten ... Und sie war lieber bereit gewesen, Peter zu heiraten als ihn zu verletzen. Selbst wenn sie die Briefe erhalten und gewußt hätte, daß Daniel dagewesen war, hätte sie höchstwahrscheinlich Peter geheiratet ... Aber hätte sie das wirklich? Hatte sie dieser Blitzheirat nicht hauptsächlich deshalb zugestimmt, weil sie gedacht hatte, Daniel habe nicht Wort gehalten? Hatte sie nicht auf irgendein Zeichen von seiner Seite gewartet, und war es nicht ausgeblieben? Und dabei waren immerzu Briefe von ihm gekommen. Wer? Wer hatte sie unterschlagen? Ihre Mutter. Ja, es konnte nur ihre Mutter gewesen sein. Außer, Nellie hatte sie Tante Katie zugesteckt.

Als er aufstand und die drei Schritte auf sie zuhumpelte, saß sie immer noch reglos da und starrte ihn an. Dann griff sie sich mit der Hand an die Kehle. Sie sah wieder dasselbe Gesicht vor sich, das sie damals im Zimmer ihrer Urgroßmutter im Herrenhaus vor sich gesehen hatte: es war liebevoll und zärtlich. Nach anderen Gefühlen forschte sie erst gar nicht. Es waren schließlich acht Jahre vergangen.
»O Bridget! Du hast sie niemals bekommen, nicht wahr?«
Sie schüttelte den Kopf, dann schlug sie sich mit der Hand auf den Mund.
Er nahm ihre andere Hand, die noch immer in ihrem Schoß lag, löste sanft die verkrampften Finger, hob sie zu seinem Gesicht empor und legte die Innenfläche ihrer Hand an seine Wange.
Er drückte ihre Hand an sich und zog sie zu sich empor. Und sie lag an seiner Brust und weinte und weinte, wie sie seit Jahren nicht mehr hatte weinen können, und der Schmerz in ihrem Innern linderte sich.
Während er sie mit einem Arm umschlang, trocknete er ihr mit der andern Hand die Tränen, und als sie endlich sprechen konnte, sagte sie nur leise: »Es war grausam, grausam.«
»Ja, Bridget, das war grausam. Es ist erstaunlich, wie weit Menschen gehen können, die sich einbilden, das Recht auf ihrer Seite zu haben. Die Entschuldigung lautet dann meistens, daß es zu unserem Besten war oder weil sie einen so sehr lieben.«
Sie machte sich von ihm los, aber als er schwankte, streckte sie rasch die Hand hin, um ihn aufzufangen. »Setz dich . . .«, sagte sie. Beinahe hätte sie »Liebling« hinzugefügt.
Er griff nach seinem Stock und sagte: »Ich würde . . . ich würde lieber auf und ab gehen. Ich bin im Moment ganz durcheinander.« Er stützte sich mit der einen Hand auf seinen Stock und streckte ihr die andere entgegen. Sie zögerte einen Moment, ehe sie ihre Hand in die seine legte. Nachdem er sie ergriffen hatte, sagte er: »Es wird verdammt peinlich sein, ihnen gegenüberzutreten.«

Sie nickte und sagte: »Ja, auch für mich, Daniel. Ich ... ich kann einfach nicht glauben, daß sie mir das angetan haben. Aber ... aber sie haben es getan, nicht wahr?«
Er sah ihr tief in die Augen, als er antwortete: »Ja, sie haben es getan, Bridget. Aber für mich hat die Geschichte noch eine zweite Seite. Mir ist es lieber zu erfahren, daß sie das untereinander abgemacht haben, als weiterhin unter dem Eindruck zu stehen, daß du die Briefe bekommen hast und dir nicht die Mühe nahmst, darauf zu antworten ... Sie haben dir nichts davon gesagt, daß ich damals beinahe den ganzen Sonntag über bei euch war?«
»Nein, Daniel.«
»Noch davon, daß ich an deinem Hochzeitstag bei Tante Katie war?«
»Nein. Aber mir fällt jetzt ein, daß Tante Katie bei unserer Heimkehr ziemlich aufgeregt war.«
»Mit gutem Grund.«
Es klingelte. Bridget machte sich von Daniel los und sagte: »Das ist sie. Sie muß aufgewacht sein. Ich glaube, du solltest sie jetzt nicht gleich sehen.«
»Ich habe nicht den Wunsch, sie überhaupt zu sehen, Bridget.«
»Das kann ich verstehen. Aber ... aber sie ist sehr alt. Sie wird im Oktober hundert, und man kann direkt zusehen, wie es mit ihr abwärtsgeht.«
»Sie war auch vor acht Jahren schon sehr alt, aber zum Intrigieren hat es immer noch gereicht.«
»Ja, das stimmt.« Bridget schlug die Augen nieder, dann sagte sie: »Ich komme gleich wieder. Setz dich doch.«
»Ich möchte lieber in Bewegung bleiben, wenn du nichts dagegen hast.«
»Wenn sie sich gut fühlt, würdest du dann zu ihr hineingehen?«
»Das überlasse ich ganz dir, Bridget. Ruf mich, wenn du glaubst, daß ich es tun sollte. Mir ist es völlig egal.«
Sie sah ihn noch einen Moment an, dann drehte sie sich langsam um und verließ das Zimmer.
Als sie den Salon betrat, wandte ihr Katie das Gesicht zu

und sagte: »Ich hatte einen komischen Traum, Liebe. Stell dir vor, ich dachte, Betty sei da. Aber Betty ist doch seit Jahren tot, nicht?«
»Ja, Tante Katie, Betty ist seit Jahren tot.« Bridget stand an ihrem Bett und blickte in die in tiefen Höhlen liegenden Augen. Der Haß, den sie dieser alten Frau gegenüber noch kurz zuvor empfunden hatte, war verschwunden, nur Trauer blieb zurück. Es war, wie Daniel gesagt hatte: daß Menschen erstaunlich weit gehen können aus Liebe.
»Was ist los, Liebling? Du siehst müde aus.«
»Ich bin auch müde, Tante Katie.«
»Das sind die ewigen Alarme. Wenn nur heute keine Sirene mehr ertönen würde.«
»Ja, hoffentlich.« Bridget bückte sich und strich ihr die Decke glatt. »Es wär' doch viel anständiger, wenn sie's so einrichten könnten, nur untertags zu kommen.«
»Ach Bridget, das hat jetzt genauso geklungen, als hätte dein Vater es gesagt.«
»Tante Katie . . . erinnerst du dich an Daniel?«
»Daniel?«
»Ja, Daniel. Daniel, der aus Amerika herübergekommen ist. Dein Urenkel.«
Es war viele Jahre her, seit Katie diesen Namen laut aussprechen gehört hatte. Von Zeit zu Zeit klang er in ihrem Innern auf. Und nun hatte Bridget ihn erwähnt. »Ja, Liebes, ich erinnere mich an Daniel.«
»Nun, er ist jetzt bei den Fliegern, wurde verwundet und ist im Lazarett in Newcastle stationiert. Er ist« – sie hielt inne – »hergekommen, um dich zu besuchen.«
Tiefes Schweigen senkte sich auf den Salon, als Katie zu Bridgets Gesicht emporstarrte.
»Möchtest du ihn sehen? Du brauchst es nur zu sagen.«
»Er ist verwundet?«
»Ja, Tante Katie, am Bein. Möchtest du ihn sehen?«
»Ist . . . ist er anders – hat er sich verändert?«
»Nun, er sieht bedeutend älter aus. Aber es sind ja auch schließlich acht Jahre vergangen, seit er hier war. Wir sind alle älter geworden.«

»Ist er wirklich gekommen, um mich zu sehen?«
Es entstand eine Pause, bevor Bridget sagte: »Ja, Liebe, er ist gekommen, um dich zu sehen.«
»Ich bin sehr müde, Bridget.«
»Gut, wir können es ja auf ein andermal verschieben.«
»Ja, vielleicht morgen oder übermorgen. Ist Catherine daheim?«
»Noch nicht, Tante Katie.«
»Wird sie lange ausbleiben?«
»Sie wird nicht vor neun Uhr daheim sein.«
»Ich wünschte, sie wäre zurück.«
»Bleib schön ruhig. Möchtest du was zu trinken?«
»Nein, danke, Bridget.«
Als Katie die Augen schloß, trat Bridget ans Fenster und zog die Verdunkelungsjalousien herunter. Dann verließ sie den Salon, überquerte den Flur und betrat wieder das Eßzimmer. Daniel stand vor dem ungeheizten Kamin und stützte die Ellenbogen aufs Kaminsims. Sie sagte zu ihm: »Sie ist heute abend zu müde. Vielleicht . . . vielleicht ein andermal. Entschuldigst du mich eine Minute? Ich muß die Verdunklungen herunterlassen.«
Er erwiderte nichts auf ihre Bemerkung über Katie, sondern sagte: »Kann ich dir helfen?« und humpelte auf sie zu.
»Nein, danke, das dauert nur zwei, drei Minuten. Für gewöhnlich mache ich es zeitig, falls ich schnell mal Licht mache und es vergesse, weißt du.«
Als sie sich von ihm abwandte, sagte er: »Bridget!« Und sie drehte sich wieder um. »Ich muß bald gehen. Ein Kamerad holt mich zirka zwanzig vor neun ab.« Er sah auf die Uhr. »Jetzt ist es beinahe halb neun. Er hat einen Jeep bekommen, um Freunde in der Nähe zu besuchen. Wir müssen um halb zehn zurück sein . . . Lazarettverordnung, weißt du.«
Sie kam auf ihn zu. »In diesem Fall können die Verdunklungen natürlich warten.«
Als sie einander wieder gegenüberstanden, sah er sie eine Zeitlang an, dann fragte er ruhig: »Warst du glücklich, Bridget?«

Um alles beim alten lassen zu können, hätte sie hierauf einfach antworten sollen: Ja, ich war glücklich. Aber statt dessen sagte sie: »Nein, Daniel.«
»Ach Bridget.«
»Er ist gut«, sagte sie, »ein ausgesprochen guter, freundlicher, rücksichtsvoller Mensch. Aber ... aber es war nicht genug. Niemals.« Und nun holte sie Luft, als sie zu diesen noch nie ausgesprochenen Gedanken hinzufügte: »Mein Gott, es ist schrecklich, daß ich so was sage und so rasch. Es ist noch keine Stunde her, daß wir uns wiedergesehen haben, und schon rede ich so daher. Es tut mir leid, Daniel, es tut mir leid ...«
»Leid!« Er ergriff ihre Hand und zog sie an sich. »Was gibt es da leid zu tun? Den andern sollte es leid tun ... den Alten. Sogar er ist bedeutend älter als du, beinahe wie ein zweiter Vater. So hat er auch geredet, ich erinnere mich. Monate später habe ich ihn noch so daherreden hören, pausenlos. Und mir vorgestellt, wie du ihm zuhören mußt, diesem braven, schwerfälligen Redner. Brave, schwerfällige Leute können einen verrückt machen, einfach dadurch, daß sie brav und schwerfällig sind. Und rechtschaffen. Aber Peter war nicht rechtschaffen, als er dich genommen hat, Bridget. Er hat mit ihnen unter einer Decke gesteckt.«
Er zog sie näher und wollte die Arme um sie legen, aber sie hinderte ihn daran und sagte: »Warte, Daniel. Laß. Ich bin völlig aus dem Häuschen.« Diese Redewendung erinnerte sie an Peter. Aber es war leichter, an ihn zu denken, wenn er tatsächlich, wie Daniel sagte, mit ihnen unter einer Decke gesteckt hatte. Sie sah nun zu ihm auf und fragte einfach: »Wirst du wiederkommen, Daniel?«
»Ob ich wiederkommen werde, Bridget? Was glaubst du denn? Morgen bin ich wieder da.«
»Aber wie ... wie willst du hergelangen? Kannst du denn mit dem Bus fahren?«
»Zerbrich dir darüber nicht den Kopf, ich komme schon her. Wann bist du mit der Schule fertig?«
»Um vier. Aber vor fünf kann ich nicht daheim sein.«

»Dann werde ich kurz danach da sein.«
Abermals blickte er auf die Uhr, ging einen Schritt weiter, hielt ihre Hand aber immer noch umklammert und sagte: »Wir müssen eine Menge besprechen, Bridget. Und Pläne machen.«
Sie sah ihn weder an noch antwortete sie etwas darauf, sondern nahm sein Käppi vom Abstelltisch und reichte es ihm. Und dann standen sie an der Haustür. Ehe er sie öffnete, sah er sie prüfend an, beugte sein Gesicht zu ihr nieder, bis es beinahe das ihre erreicht hatte, und wartete. Als sie die Augen schloß, preßte sich sein Mund auf den ihren, und sie klammerten sich aneinander und wiegten sich wie trunken hin und her. Als er einen Moment das Gleichgewicht verlor, fielen sie gegen die Tür, und dort blieben sie mit hungrigen Leibern und Mündern angelehnt stehen.
Als sich ihre Lippen von einander gelöst hatten, lag sie eine Weile schweigend an seiner Brust, dann machte sie sich sanft von ihm los, hob sein Käppi auf, das ihm entglitten war, und reichte es ihm. Er setzte es auf, berührte liebevoll ihre Wange und flüsterte: »Bis morgen, Bridget, und alle darauffolgenden Tage.«
Sie wechselten einen langen Blick, ehe sie die Tür öffnete. Dann sah sie ihm nach, wie er den Gartenpfad zum Tor hinunterhumpelte, und nachdem er es hinter sich geschlossen hatte, blickte er zurück und lächelte. Auch sie lächelte und hob grüßend die Hand. Als er ihrem Gesichtskreis entschwunden war, schloß sie die Haustür, lehnte sich daran an und biß sich fest in die Innenseite des Daumens.

Als Bridget Catherine heimkommen hörte, stellte sie sich mit dem Rücken zum Kamin, kreuzte die Arme über die Brust, heftete den Blick auf die Tür und wartete. Sie hörte Catherine in den Salon gehen, aber gleich wieder herauskommen, was bedeutete, daß Tante Katie noch immer schlief. Oder zumindest so tat. Sie verstand sich vorzüglich darauf, so zu tun, als ob. Dann hörte sie ihre Mutter in die Küche gehen und ungefähr eine Minute später wieder

herauskommen. Nun überquerte sie den Flur, um ins Eßzimmer zu gehen.
Als Catherine eintrat und Bridget in steifer Haltung vor dem Kamin stehen sah, noch dazu mit über der Brust verschlungenen Armen, was bei ihr immer eine Gemütsbewegung andeutete, fragte sie ruhig: »Was ist denn, Liebling? Ist etwas geschehen? Ich war ... ich war gerade bei ihr ... Sie schläft.«
Sie kam ein paar Schritte näher, strich sich das graue Haar hinters Ohr und blieb stehen, als sie die Rückseite der Couch erreicht hatte. Sie blickte Bridget an und fragte abermals: »Was ist los?«
Bridget stieß das Kinn in die Höhe, dann sagte sie betont ruhig: »Daniel war hier.«
»Dan ... Daniel?«
»Ja, Daniel Rosier. Vielleicht erinnerst du dich an ihn.«
Catherine starrte ihre geliebte Tochter an. Sie hatte sich in den vergangenen Jahren oft gefragt, was sein würde, wenn Bridget und Daniel einander wiedersehen würden; aber sie hatte sich immer mit dem Gedanken getröstet, daß ein solches Zusammentreffen sehr unwahrscheinlich war.
Sie umklammerte die Couchlehne, als Bridget sagte: »Warum hast du das getan, Mutter?«
»Was ... getan?«
»Tu nicht so. Du weißt genau, was ich meine. Die Briefe.«
O mein Gott. Gleich würde sie sterben. Das war unerträglich. Sie würde vor Scham darüber, zugeben zu müssen, daß sie so etwas Niederträchtiges getan hatte, gleich zu Boden sinken.
»Du bist mir vier Briefe schuldig. Hast du sie alle gelesen?«
Catherine schüttelte langsam, mit einer um Verständnis flehenden Bewegung den Kopf.
»Es muß dir schwergefallen sein, nicht zu verraten, daß er damals den ganzen Sonntag hier gewesen ist, als du mich nach Hexham geschickt hast. Erinnerst du dich?«
»Ach, Bridget, Bridget!«
»Er ... er war sogar an meinem Hochzeitstag hier. Genau an dem Vormittag. Er kam bloß zu spät. Dafür mußt du

sehr dankbar gewesen sein, denn wenn er gekommen wäre, bevor ich das Haus verlassen hatte, hätte ich es möglicherweise überhaupt nicht verlassen, zumindest nicht mit Peter. Denn damals wußte ich bereits seit Wochen, daß ich Peter nie geliebt hatte. Ich empfand Zärtlichkeit für ihn und Mitleid, aber nicht Liebe ... Aber vielleicht täusche ich mich in diesem Punkt. Vielleicht hätte ich ihn trotzdem geheiratet. Weil ich Daniel bereits gesagt hatte, daß ich es tun würde, weil ich euch allen nicht weh tun wollte. Das war meine Hauptsorge: niemandem weh zu tun, besonders nicht Tante Katie. Ach, Tante Katie durfte man nicht weh tun. Ihr hingegen habt eure Köpfe zusammengesteckt, um mir weh zu tun, indem ihr mich so rasch wie möglich verheiratet habt ... Sag mir nur eines: Hat Peter dabei mitgemacht?«

Bridget sah, wie Catherine die Couch losließ und nach einem Stuhl tastete. Sie sah, wie sie die Ellbogen auf einen kleinen Tisch aufstützte und das Gesicht in den Händen barg. Aber in diesem Augenblick empfand sie kein Mitleid mit ihr, und sie wiederholte die Frage: »Ja oder nein? Ich frage dich, war Peter eingeweiht? Das will ich wissen.«

»Teil – – – weise.« Die Worte kamen erstickt hervor. »Dein Vater hat ihm gesagt, wie ... wie die Dinge lagen.«

»Paps! Paps hat es ihm gesagt? Nein, nein!« Bridgets Stimme klang bitter. »Nie hätte ich geglaubt, daß er das tun könnte, nicht er.«

Catherine hob das Gesicht. Ihre Augen waren tränenleer, und ihre Stimme klang monoton und hoffnungslos, als sie sagte: »Er ... er war dagegen. Er wußte nicht, daß etwas zwischen ... zwischen dir und Daniel war, bevor ich es ihm nicht sagte. Er war überhaupt nicht dafür, für nichts davon. Glaub mir das.«

Sie hörten beide die Haustür gehen, und beide wandten den Blick zur Tür. Dann stützte Catherine abermals die Ellbogen auf das Tischchen auf und barg das Gesicht in den Händen. Und so saß sie da, als Tom eintrat.

Er blieb in der Tür stehen und fragte: »Was ist denn? Tante Katie ...?«

Catherine schüttelte schwach den Kopf, ohne ihn zu heben, und Tom trat an ihre Seite, sah einen Moment auf sie nieder, dann sah er Bridget an, deren Miene unbeweglich und deren Blick hart war, und er fragte: »Was soll das? Ihr habt doch nicht miteinander . . .?«
Er beendete den Satz nicht, so absurd wäre ihm das vorgekommen. Solange er zurückdenken konnte, hatten die beiden niemals einen Wortwechsel miteinander gehabt. Also ließ er den Gedanken daran fallen und fragte lauter: »Nun? Was ist los?«
»Daniel war hier.«
»Daniel!!« Langsam ließ Tom den Blick von Catherines gesenktem Kopf zu Bridget gleiten, und nach einer nicht enden wollenden Pause sagte er: »Ich wußte, daß das eines Tages geschehen würde. Es tut mir leid, Kind. Ich bin an vielen Dingen schuld. Ich hätte nicht auf deine Mutter hören, sondern dir sagen sollen, daß er hier auf dich gewartet hat.«
»Ach das! Das ist nichts, gar nichts!« Catherine war aufgesprungen, stand Tom nun gegenüber und sagte mit hysterisch klingender Stimme: »Wenn es nur das wäre, würde es nichts ausmachen. Du mußt es jetzt ohnehin erfahren, ich wollte es mir jahrelang von der Seele reden. Ich . . . ich habe seine an sie adressierten Briefe aufgemacht und . . . und sie zurückbehalten.« Sie stieß das Kinn trotzig in die Luft, aber ihr Gesicht sah keineswegs trotzig, nur schmerzverzerrt aus.
Tom blickte wieder von ihr zu Bridget, ehe er sagte: »Was hast du? Du . . . du hast seine Briefe geöffnet?«
»Ja, ja, du hast es gehört. Nach jenem Sonntag hat er ihr vier Briefe geschrieben, und ich habe sie aufgemacht und verbrannt.«
»Nein, nein, Kind.« Es klang traurig. Mitleidig und traurig.
»Ich fing an, mich genauso vor ihm zu fürchten, wie Tante Katie es tat.« Catherine preßte die Hände an die Ohren, als könne sie nicht einmal die eigene Stimme ertragen. »Und die Vorstellung, daß sie weggehen würde, vielleicht sogar nach Amerika, und . . . und daß wir dann nicht wissen

würden, wie es ihr ginge ... und dieser ... dieser Name und seine Abstammung. Ich weiß natürlich, daß das alles kein Grund ist, höchstens eine Entschuldigung. Ich hätte es nicht tun sollen. Ich weiß es. O Gott, und wie ich es weiß! ... Und nicht daß ihr meint, ich schiebe es am Ende Tante Katie in die Schuhe. Nein. Ich hätte es ihr ausreden sollen, energischer sein müssen. Aber wie ich bereits sagte: Ich fürchtete mich genauso vor ihm, wie sie es tat ... So, das ist alles. Jetzt weißt du es.«

2

»Ist in Ordnung, Tante Katie. Du brauchst ihn nicht zu empfangen, wenn du nicht willst.«
»Ich will nicht.«
»Nun gut, keiner wird dich dazu zwingen.«
»Wird er es nicht merkwürdig finden, daß ich ihn nicht sehen will?«
»Nein, nein, natürlich nicht. Er weiß, daß du nicht wohl und sehr müde bist.«
»Bist du sicher, daß er nichts davon weiß, Catherine?«
Catherine drehte sich zum Abstelltisch um, hob die Medizinflasche hoch und tropfte vorsichtig etwas auf einen Löffel, bevor sie sagte: »Also Tante Katie, ich habe dir schon hundertmal gesagt, daß er nichts davon weiß. Alles ist in Ordnung.«
»Und was ist, wenn Bridget es herausbekommt?«
»Sie wird schon nicht.«
»Sie war gestern abend nicht bei mir und hat mir keinen Gutenachtkuß gegeben, Catherine.«
»Sie war sehr müde, Tante Katie. Aber heute früh ist sie doch zu dir gekommen, nicht wahr?«
»Ja, ja, sie ist hereingekommen. Catherine?«
»Ja, Liebes?«
»Wenn ... wenn ich ihn wiedersehen würde, müßte ich es ihm sagen. Denn es liegt mir seit langem auf der Seele.«
»Zerbrich dir darüber nicht den Kopf, Tante Katie.«

»Aber das tu ich, Catherine, das tu ich. Und behandle mich nicht« – sie klatschte Catherine auf die Hand –, »als wäre ich altersschwach. Ich weiß, daß ich alt bin und daß ich manchmal ein bißchen durcheinander bin, aber dann bin ich wieder völlig bei klarem Verstand.«

»Das weiß ich doch, Tante Katie.«

»Catherine.«

»Ja, Tante Katie?«

»Sieh mich an, Catherine.«

Catherine drehte sich um, nahm die knöcherne Hand in die ihre und sagte: »Was ist denn?«

»Weißt du, daß Bridget nie glücklich gewesen ist?«

»Ach, Tante Katie ...« Tränen klangen aus Catherines Stimme, sie senkte das Kinn auf die Brust. »Sag das nicht, bitte, nicht, so lange du in diesem Stadium bist.«

»Es ist das einzige Stadium, das für mich noch übrig ist, Catherine, das einzige. Und ich muß es aussprechen. Ich könnte dir und allen andern auch sagen, daß ich mich ängstige, weil er zurückgekommen ist, und daß ich mich vor dem, was nun geschehen könnte, fürchte, aber das werde ich nicht tun; es liegt alles in Gottes Hand. Aber sie ist nicht glücklich, das zählt, sonst nichts. Sie war es nie. Ich habe ihr großes Unrecht angetan, Catherine.«

»Nein, nein, nicht du, Tante Katie. Ich bin es gewesen.«

»Du ...!« Abermals gab sie Catherine einen Klaps auf die Hand. »Du hättest nicht im Traum daran gedacht, wenn ich dir nicht mit meiner ewigen Angst vor den Rosiers zugesetzt hätte. Es ist merkwürdig, aber jetzt fürchte ich mich nicht mehr vor ihm. Ich habe ihn heute nacht ganz klar und deutlich vor mir gesehen. Er überquerte den Hof, der zu den Stallungen führt, und ich bin mit zwei randvollen Eimern Spülwasser hingefallen und hab' ihn über und über angespritzt. Und er hat mir aufgeholfen und gesagt, es sei schon in Ordnung. Und dann habe ich ihm nachgesehen, wie er zu den Stallungen ging. Das ist lange her, und er hat mir damals nicht aufgeholfen, das war nicht er. Aber vergangene Nacht hat er es getan. Und ich habe mich überhaupt nicht mehr vor ihm gefürchtet.«

»Lieg schön ruhig, Liebe, und sprich nicht mehr.«
»Behandle mich nicht wie ein Kind, Catherine.«
Catherine seufzte lang und tief auf; dann nahm sie das schmutzige Glas und den Löffel vom Tischchen und ging auf die Tür zu.
Als sie dies tat, rief ihr Katie nach: »Würdest du, bitte, die Tür schließen, Catherine?«
Die Tür stand fast immer offen, damit Katie in den Flur sehen konnte. Aber nun schloß Catherine sie, lehnte sich mit dem Rücken dagegen und biß sich auf die Lippen, ehe sie in die Küche ging . . .
Um halb fünf kam Daniel. Catherine öffnete ihm die Haustür, er sah ihr gerade ins Gesicht und sagte ruhig: »Hallo, Catherine.«
Und sie sah ihn ebenso an, und auch ihre Stimme klang ruhig, als sie sagte: »Hallo, Daniel.«
Als er sein steifes Bein über die Türschwelle schwang, sah sie darauf nieder. Bridget hatte ihr nicht gesagt, daß es sein Bein getroffen hatte. Tatsache war, daß sie seit dem vergangenen Abend kaum ein Wort mit ihr gesprochen hatte. Sie mochte ihr vergeben haben, aber die Barriere, die zwischen ihnen entstanden war, konnte niemals niedergerissen werden, das spürte sie. Und nun mußte sie diesem Mann die Stirn bieten; denn Daniel war kein Junge mehr. Und immer hatte sie ihn als Junge betrachtet, obwohl er bereits fünfundzwanzig gewesen war, als sie ihn zum erstenmal sah. Nun, der Daniel, der jetzt vor ihr stand, war jedenfalls ein Mann, sogar ein sehr männlicher. Sie nahm ihm das Käppi ab, ging ihm zum Salon vor, und er folgte ihr. Dann setzten sie sich, ohne etwas zu sagen.
Als er endlich den Mund aufmachte, tat er es, um die förmliche Frage zu stellen: »Wie geht es dir, Catherine?«
Aber ihre Antwort war keineswegs förmlich, denn sie sagte: »Ich fühle mich gräßlich, Daniel, so gemein, daß ich mich am liebsten weiß Gott wo verstecken würde.«
Er beruhigte sie nicht mit einer Bemerkung in der Art wie: Ach, sag doch so was nicht, es ist alles aus und vorbei. Es gibt zur Zeit ernstere Fragen, über die man sich Sorgen ma-

chen muß. Wir haben Krieg, vergiß das nicht. Was er wirklich sagte, war: »Es fällt mir schwer, mir dich in dieser Rolle vorzustellen, Catherine. Weißt du, was ich glaube? Ich glaube, daß Tante Katie dich dazu gebracht hat.«

»O nein, Daniel, nein!«

»Doch, Catherine. Du hast die Rosiers nie so gehaßt, wie Urgroßmutter es getan hat. Du hattest keinen Grund, sie derart zu hassen. Du hast dich gefürchtet, ja, das gebe ich zu, daß ich so werden könnte wie mein Urgroßvater. Aber ich glaube, wenn man die Angelegenheit dir überlassen hätte, dann hättest du im Zweifelsfalle doch einkalkuliert, daß es anders kommen könnte. Urgroßmutter hat das keine Sekunde lang getan; sie ist, was die Rosiers betrifft, durch eine harte Schule gegangen, also gab es für sie keine anständigen Rosiers. Ich liebte Bridget damals aus ganzem Herzen, Catherine. Ich hatte noch nie vorher jemanden geliebt und habe seither niemanden mehr geliebt. Ich war verheiratet und bin jetzt geschieden, aber ich habe nie eine andere geliebt als Bridget. Eine Zeitlang haßte ich sie, weil ich dachte, daß sie meine sämtlichen Gefühle für sie kaltherzig ignoriere. Aber Haß ist Liebe so ähnlich, daß ich nicht weiß, wo eines angefangen und das andere aufgehört hat. Weißt du, all die Jahre über habe ich jede Frau, der ich begegnet bin, mit Bridget verglichen; und das ist merkwürdig, weil wir in Wirklichkeit doch noch so wenig voneinander wußten. Aber tief da drinnen wußte ich eben ganz genau, daß sie die einzige ist, die ich jemals haben wollte.«

»Ach Daniel, Daniel! Es tut mir so leid.«

»Ich glaube dir, Catherine, also zerbrich dir nicht mehr den Kopf darüber.«

»Aber nun ist sie mal verheiratet, Daniel, es ist geschehen. Es gibt keine Scheidung für sie.«

Seine Augen verdunkelten sich einen Moment lang, er zog die Brauen hoch, aber seine Stimme klang ruhig, als er sagte: »Wir werden sehen, Catherine.«

Sie hob die Hand langsam an die Kehle, und als sie klagend ausrief: »Ach Daniel«, kam Tom ins Zimmer.

Er trat rasch ein, blieb aber dann unvermittelt an der Schwelle stehen; dann schlug er die Tür hinter sich zu, ohne sich umzuwenden, und als Daniel sich langsam erhob, ging er ohne Eile auf ihn zu und sagte: »Hallo, Daniel. Nicht ... bleib doch sitzen.«
Aber Daniel war bereits aufgestanden. Während er sich mit einer Hand auf die Stuhllehne stützte, streckte er die andere Tom entgegen, und der ergriff sie. Ernst schüttelten sie einander die Hand.
»Wie geht es dir, Daniel?«
»Ach, ganz gut.«
Tom zog sich nun einen Stuhl heran, und als sie sich beide wieder gesetzt hatten, stand Catherine auf und verließ schweigend das Zimmer. Nachdem Tom einen Augenblick zur Tür gesehen hatte, drehte er sich um, blickte auf Daniels Bein nieder und sagte: »Wie ist das passiert, Daniel?«
»Ach, das Flugzeug stürzte ins Meer, und ich war drinnen.«
»Dann hast du Glück gehabt, daß du es überlebt hast.«
Tom stand auf, trat an den Kamin und sagte nach einem Moment: »Ich möchte es lieber gleich loswerden, Daniel, denn es liegt mir wie eine Zentnerlast auf der Seele. Wir alle haben dich schändlich behandelt und sind darüber nicht ausgesprochen glücklich. Ich kann dir ebensogut gleich sagen, daß ich darüber nie glücklich gewesen bin. Aber es ging. Den Umständen gemäß. Denn weißt du, Daniel, es waren die Begleitumstände.« Er drehte sich um und sah auf Daniel nieder. »Peter ist ein braver Junge, ehrlich wie der helle Tag, zuverlässig und gut. Und er hielt – und tut es noch immer – riesig viel von ihr. Nun, ich muß dir jetzt trotzdem eingestehen, daß ich meine Zweifel hegte. Wenn ich auch« – er schwenkte den Zeigefinger vor Daniels Gesicht hin und her – »noch immer glaube, daß Peter ein grundanständiger Kerl ist, er hat sich keine Spur geändert. Er würde sich die Hand für sie abhacken lassen. Aber Bridget braucht keinen, der sich die Hand für sie abhacken läßt, du verstehst, was ich meine, nicht?«

»Ja, ich verstehe, Tom. Und es ist schon in Ordnung, sorg dich nicht. Der Fall ist abgeschlossen, und dabei wollen wir es belassen.«

»Ach! So leicht wird das nicht sein, Daniel. So wie ich es sehe, hat ... hat alles erst angefangen.«

»Nun, es kommt ganz darauf an, wie du es betrachtest, Tom.«

»Tja, Daniel, darauf kommt es natürlich an.« Tom legte den Kopf schräg und spitzte die Ohren. »Das ist sie«, sagte er. »Ich verlasse dich für einige Zeit. Bleibst du zum Tee?«

»Wenn es euch paßt, Tom ...«

»Ach, Daniel, natürlich tut es das. Jederzeit.«

Damit ging er aus dem Zimmer. Daniel hörte Stimmengemurmel auf dem Flur, und eine Minute später trat Bridget ein. Sie trug ein blaßgraues Kleid mit einem kleinen Blumenmuster. Ihre Augen leuchteten, ihr Mund war weich, und ihr Haar flatterte bei jedem ihrer Schritte wie das eines Kindes, dem man es eben gewaschen hat. Sie ging langsam und mit zögernden Schritten auf ihn zu, und als sie einander genügend nahe waren, um sich berühren zu können, umklammerten sich ihre Hände.

»Geht's dir gut?« Seine Stimme war nur ein Flüstern.

»Ja, ja, mir geht's gut.« Auch sie sprach leise.

Sie starrten einander an, ehe er sagte: »War es sehr schlimm gestern abend?«

»Ja, sehr schlimm.«

»Vorhin war es auch gräßlich, weißt du. Erst Catherine und dann Tom. Am liebsten hätte ich zu ihr gesagt: Sprich nicht mehr darüber. Vergiß es. Aber ich glaube, im Grunde fühlten wir uns beide erleichtert, daß wir es einmal aussprechen konnten.«

»Paps hat nichts von den Briefen gewußt, Daniel. Ich finde, daß du das wissen solltest.«

»Glaubst du wirklich, daß er nichts gewußt hat?«

»Ja. Er hätte es niemals durchgestanden. Die ganze Sache war zwischen Mutter und Tante Katie abgesprochen, und wenn ich es mir so recht überlege, glaube ich, daß Tante Katie die treibende Kraft dabei war.«

»Das glaube ich nicht nur, Bridget, das weiß ich.«
»Aber ich habe sie trotzdem gern.«
»Das sollst du auch.«
Sie senkte den Kopf und sagte mit gebrochener Stimme:
»Ach Daniel! Du bist so gut . . .«
»Du kennst mich nicht.« Auch seine Stimme klang bewegt. »Ich bin alles andere als gut. Ich bin egoistisch und unbarmherzig und habe nicht die Absicht, mich zu ändern. Ich bin fest entschlossen, diesmal zu bekommen, was ich will, Bridget. Also könntest du mit gutem Grund sagen, daß ich . . . daß ich in dieser Beziehung genauso bin wie er. Diesmal wird Tante Katies Angst gerechtfertigt sein.
Sie sah zu ihm auf und sagte: »Ach, Daniel!« Dann befeuchtete sie sich die Lippen, schüttelte den Kopf und fügte hinzu: »Ich weiß nicht, wo ich den ganzen Tag war. Ich hatte keine Ahnung, was ich unterrichtete.« Sie ergriff impulsiv seine Hand und preßte ihre Lippen darauf; und er vergrub sein Gesicht einen Moment lang in ihrem Haar und murmelte zärtlich ein Kosewort. Dann flüsterte er: »Willst du mit mir ins Haus hinaus fahren? Wir können den Bus nehmen, da haben wir von der Endstation nur noch fünfzehn Minuten zu gehen. Mein Ausgangsschein gilt bis zehn Uhr.«
»Ja, Daniel«, sagte sie ohne zu zögern. Dann senkte sie den Kopf und wisperte rasch: »Sie kommen.«
Daniel war eben dabei, sich niederzusetzen, als Catherine und Tom ins Zimmer traten, aber Bridget rührte sich nicht. Sie stand keine Armeslänge von Daniels Stuhl entfernt da, und ihre ganze Haltung sprach eine so deutliche Sprache, als hätte sie ihre Absichten laut hinausgeschrien.

Als sie auf der obersten Spitze des Hügels aus dem Bus kletterten, sagte sie: »Ach, das wird für dich zu weit sein. Zu Fuß!«
»Nein, nein, es ist höchstens eine Meile, und sie haben mir gesagt, daß ich gehen soll.« Er streckte die Hand aus, zog ihren Arm unter den seinen und preßte ihn an sich. So gingen sie miteinander die holprige Straße hinunter und

schwiegen eine Zeitlang. Beide wußten, weshalb sie zum Haus wollten. Sie mußten endlich allein miteinander sein. Nach acht Jahren sehnten sie sich danach, endlich allein zu sein. In Loreto konnten sie das nie; noch konnten sie wie ein gewöhnliches Paar miteinander durch die Straßen gehen. Dazu war Mrs. Conway, die Lehrerin, in Shields viel zu gut bekannt.

Als er sie fragte: »Haben sie versucht, dich zurückzuhalten?«, schüttelte sie erst den Kopf, dann sagte sie: »Nein.«

»Wissen sie, daß du herausgefahren bist?«

»Ich habe nicht gesagt, wohin ich gehe; ich habe bloß gesagt, daß ich ausgehe.«

Abermals schritten sie schweigend dahin. Nach einiger Zeit sagte er: »Ich kann einfach nicht glauben, daß es wahr ist.«

»Genau wie ich«, sagte sie.

Als sie auf die breite Auffahrt vor dem Haus gelangten, sah Bridget, wie die Erde ringsum durch schwere Fahrzeuge völlig aufgewühlt war. Das dahinterliegende Gebäude war grau und finster. Die Fensterscheiben waren größtenteils zerbrochen, und alles, was von den Nebengebäuden geblieben war, war, wie Daniel ihr bereits gesagt hatte, ein einziger Schutthaufen.

Sie sagte leise: »Wie schade!«

»Man kann es wieder aufbauen. Aber mich hat es auch ziemlich verdrossen, als ich sah, was hier geschehen war«, sagte er.

»Warst du schon vor Kriegsbeginn wieder einmal hier?« sagte sie und sah zu ihm auf.

»Ja, nach meiner Scheidung. Im Juni neununddreißig.«

»Warum ...«, sie hielt inne. »Warum bist du damals nicht gekommen?«

»Das ist wieder mal eine Frage, Bridget! Warum ich damals nicht gekommen bin? Nun, die Wahrheit klingt nicht gerade erfreulich, nicht einmal, was mich selbst betrifft. Ich ... ich habe damals ziemlich viel getrunken. Ich war eben erst geschieden worden, nachdem ich mich und einen völlig unschuldigen Menschen zwei Jahre lang unglücklich gemacht hatte. Jedenfalls bin ich damals nur vier Tage hiergeblieben – das war alles, vier Tage –, und den größten Teil davon war ich betrunken. Komm jetzt.« Er schloß unvermittelt: »Wir müssen durch die Küche gehen. Ich besitze keinen Schlüssel für den Haupteingang.«

In der Küche rief Bridget aus: »Der alte Herd ist weg!« Sie deutete entgeistert hin. »Und du hast ja Strom legen lassen. Ach, Daniel!«

Er führte sie den Korridor entlang, und als sie die Halle betraten, blieb sie genauso stehen, wie sie es vorhin getan hatte, sah sich um und sagte leise: »Selbst kahl und nackt, wie es jetzt ist, sieht es anders aus als früher – lichter.«

»Es könnte wunderbar aussehen, weißt du. Es hat bereits angefangen, wunderbar auszusehen, und die Robsons haben sich so gefreut darüber.«

»Wo sind sie jetzt?«

»Ach, sie haben ein kleines Haus in Low Fell. Beide arbeiten zur Zeit in der Munitionsfabrik. Aber wenn alles vorbei ist, dann kommen sie wieder hierher, haben sie gesagt. Wir müssen sie einmal besuchen.«

Alle Galeriewände waren kahl; und als sie zu dem Platz hinübersahen, an dem einst das Bild von Bernard Rosier gehangen hatte, sagte er: »Sie sind alle verpackt.«

Er ging ihr voran, steckte den Schlüssel ins Schlüsselloch der letzten Tür und sperrte auf. Das Zimmer war bis zur Decke mit Möbeln vollgeräumt, nur der Weg von der Tür zum Fenster war frei. Daniel bahnte sich seinen Weg an aufgestapelten Stühlen, Garderobeschränken, Toilettetischchen und dem Schreibtisch vorbei, und als er ans Fenster gelangt war, warf er ihr über die Schulter einen Blick zu und sagte: »Erinnerst du dich an dieses Zimmer?«

Sie sah sich die Pfosten des Himmelbettes an und nickte. Das Bett war vollgeräumt mit Kissen, Vorhängen und Bettwäsche. Er schob die Bettdecke beiseite und errichtete aus den übrigen Dingen einen Stoß, den er so zurechtschob, daß sie beide Platz zum Niedersetzen hatten. Sie lehnten sich scheu aneinander, weil sie wußten, daß sie ihr Ziel erreicht hatten ... für den Moment.

Indem er seine Wange sanft an der ihren rieb, sagte er: »Weißt du, was ich erwartet habe, als ich bei euch anläutete?«

»Nein.«

»Nun, ich dachte, ich würde eine ältere Ausgabe der einstigen Lehrerin mit einer Riege eigener Schulsprößlinge zu sehen bekommen – mindestens sechs Stück.«

»Ach Daniel!« Sie machte sich los und sah ihm in die Augen.

»Ehrlich, das habe ich erwartet. Zumindest hoffte ich, dich so vorzufinden, aber ... es wäre mir nie, nie, nie im Schlaf eingefallen, daß ich dich bereits eine Stunde nach unserem Wiedersehen in meinen Armen halten würde. Kannst du mir das glauben?«

Sie nickte langsam. »Ja, ja, das kann ich glauben. Aber daß es dann geschehen ist, das kann ich nicht glauben. In so kurzer Zeit! Ich habe immer noch das Gefühl, zu träumen. Wie oft habe ich mir vorgestellt, dir wieder zu begegnen. Und dann habe ich mich immer gefragt, wie ich wohl reagieren würde. Aber ich hätte nie gedacht, daß ich dir sofort in die Arme sinken würde, ich hab' mich dir ja direkt an den Hals geworfen. Ach, Daniel!« Sie streckte die Hand aus und berührte sein Haar. »Ich bin völlig durcheinander. Ich kann überhaupt nicht klar denken, und dennoch lauert da drinnen ein riesiges Fragezeichen: Wie wird das enden?«

»Das weißt du nicht?« Er zog die Brauen hoch. »Nun, ich kann es dir sagen. Wir werden auf keinen Fall wieder getrennt werden, das ist alles. Wir wissen, daß wir für immer zusammengehören. Du wirst dich scheiden lassen, und wir werden heiraten ...«

»Nein, Daniel, nein! Das meine ich ja.« Sie schüttelte verzweifelt den Kopf.

»*Was!* Also Bridget, fang nicht wieder so an, *ich bitte dich!*« Er faßte sie energisch unterm Kinn, so daß sie aufhören mußte, den Kopf zu schütteln, und gezwungen war, ihn anzusehen. »Du wirst dich scheiden lassen, und wir werden heiraten!« Seine Stimme klang stahlhart.

»Ja, Daniel, das würde ich sofort sagen, wenn ich für mich allein zu entscheiden hätte. Aber ich weiß, daß Peter niemals auf eine Scheidung eingehen würde.«
Er starrte sie nur an. Zweimal öffnete und schloß er die Lippen, ehe er sie mit heiserer Stimme fragte: »Was also dann, Bridget? Du kannst doch nicht ernstlich wollen, daß . . .«
»Nein, nein, Daniel«, unterbrach sie ihn rasch. »Ich will und werde nicht bei ihm bleiben. Ich werde mit dir gehen, wohin immer du willst.« Sie sah ihm tief in die Augen. »So lange ich bei dir sein kann, ist es mir ganz egal, ob wir nun verheiratet sind oder nicht.«
»Ach, Bridget, Bridget!« Ihr Name erklang ganz erstickt, als sein Mund kosend über ihr Gesicht strich und seine Lippen Zärtlichkeiten stammelten. »Ach, Liebling, Liebling, Bridget. Ich liebe dich. Hörst du mich? Ich vergöttere dich. Erinnerst du dich an dieses Wort? Nun, auch ich vergöttere dich, jetzt weißt du es. Wir werden zusammen leben und zusammen arbeiten. Wir werden gemeinsam hier eine Schule aufbauen. Das war doch eine großartige Idee, nicht wahr? Hier in diesem Haus werden wir sie errichten . . .«
Sie unterbrach ihn nicht, um zu sagen: Nein, nicht hier, Daniel. Das wäre zu nahe bei Peter, zu nahe bei ihnen allen. Wir dürfen ihnen nicht mehr weh tun, als nötig ist. Außerdem schien er sich nicht darüber im klaren zu sein, daß nur wenige Eltern ihre Kinder in eine Schule schicken würden, deren Leiter mit der Frau eines andern lebte. Aber jetzt kam es nicht darauf an. Das alles lag in einer fernen Zukunft. Die Hauptsache war im gegenwärtigen Augenblick, daß er wußte, sie würde mit ihm gehen, wohin immer ihr Weg sie führen mochte. Sie spürte, wie einer seiner Arme sie losließ, wie er das Bett aufschlug und Platz schaffte, damit sie dort liegen konnten. Sie konnten nicht einfach aufs Bett zurücksinken, weil sein steifes Bein das nicht zuließ, aber während er sie halb losließ, ohne eine Sekunde den Blick von ihr zu wenden, erhob er sich und drückte sie sanft nieder. Dann schwang er sich mit einer

geschickten Bewegung selbst aufs Bett und lag neben ihr. Seine Blicke hielten immer noch die ihren fest, seine Hände liebkosten sie. Und so fanden sie in jenem Bett zusammen, in dem sein Urgroßvater seine Kindheit verbracht, in dem er als junger Mann geschlafen und in dem er Katie Mulholland in jener Ballnacht genommen und ihr den Samen eingepflanzt hatte, aus dem schließlich er selbst entstanden war: Daniel Rosier der Dritte.

3

»Ich habe in letzter Zeit oft Joe gesehen, Catherine.«

»Wirklich, Tante Katie.«

»Vergangene Nacht hat er sogar mit mir gesprochen; er hat gesagt, daß er in der Nacht, bevor er starb, über mich nachgedacht und daß es ihm leid getan hätte, so starrsinnig gewesen zu sein . . . Hörst du mir zu, Catherine?«

»Ja, Tante Katie, natürlich.«

»Nicht daß du glaubst, ich phantasiere. Ich bin hellwach.«

»Das weiß ich doch, Tante Katie.«

»Und ich habe auch heute nacht nicht phantasiert, als Joe mit mir sprach. Es war auch kein Traum; er war vollkommen deutlich zu sehen und ist dort gestanden, wo du jetzt stehst. Er sagte, wir warten mit allem so lange, bis es zu spät ist. Denn er ist bei dem Luftangriff damals umgekommen. Erinnerst du dich, Catherine?«

»Ja, ja, ich erinnere mich, Tante Katie, als die Zeppelinbombe die Firma von Palmer zerstörte.«

»Nicht nur Palmer, die ganze Häuserzeile. Er hat hart gearbeitet, um dieses Haus kaufen zu können, Catherine.«

»Ja, ja, ich weiß, Tante Katie.«

»Heute ist es schön draußen, nicht wahr? Die Sonne scheint.«

»Ja, und es ist sehr warm für Oktober.«

»Ich bin wirklich und wahrhaftig hundert, Catherine.«

»Sogar schon ein bißchen mehr als hundert, Tante Katie. Jetzt mußt du zusehen, daß du hunderteins wirst.«

»Catherine!«
»Ja, Tante Katie?«
»Findest du es nicht merkwürdig, daß ich Andy niemals sehe?«
Catherine antwortete nicht, sondern fuhr fort, abzustauben.
»Weißt du, alle andern habe ich wiedergesehen, mit einigen von ihnen sogar gesprochen, so lange ich zurückdenken kann. Ist es da nicht sonderbar, daß ich ausgerechnet Andy, der der einzige war, an dem mir etwas lag, nie gesehen habe? Andy ist mir kein einziges Mal erschienen.«
»Wahrscheinlich deshalb, weil ihr beide euch so nahegestanden seid, Tante Katie. Er ist so sehr in dir verwurzelt, näher kann er gar nicht gelangen.«
»Daran habe ich nie gedacht, Catherine. Das ist ein schöner Gedanke. Dennoch würde ich ihn gerne wiedersehen. Andy war ein wunderbarer Mann, Catherine.«
»Das weiß ich, Tante Katie. Sprich nicht mehr, ruh dich aus.«
»Ach, sag das nicht, Catherine; ich möchte reden.« Die Stimme klang nun etwas kräftiger, ja sogar eine Spur gereizt. »Ich habe immer viel geredet. Ich war eine richtige Schwätzerin, als ich noch jung war. Also verbiete mir nicht das Reden, Catherine.«
»Wo denkst du hin, Tante Katie!« Catherine beugte sich über das Bett und strich Katie das Haar aus der Stirn. »Um nichts in der Welt würde ich dich vom Reden abhalten, ich dachte nur, es könnte dich ermüden.«
»Was tu ich schon, das mich müde machen könnte? Lieg den ganzen Tag hier herum und laß mich bedienen. So wie du für mich sorgst, könnte ich gut und gern hundertzehn alt werden.«
»Das könntest du wirklich, Tante Katie.«
Katie ergriff nun Catherines Hand. »Wann kommt Peter nach Hause, Catherine?«
»Ach, Tante Katie, das wissen wir nicht, wahrscheinlich bald. Es sind jetzt beinahe vierzehn Wochen her. So lange war er noch nie fort. Möglich, daß er im nächsten Moment

einfach zur Tür hereinkommt, oder vielleicht ruft er an, wenn er woanders einlaufen sollte. Wir müssen eben Geduld haben und warten.«

»Catherine.«

»Ja, Tante Katie.«

»Hat . . . hat er gefragt, weshalb ich ihn nicht sehen will?«

Catherine senkte den Kopf. »Du meinst, Daniel?«

»Du weißt genau, wen ich meine, Catherine.«

»Nein, nein, er hat nicht gefragt, Tante Katie. Er weiß, daß du nicht beunruhigt werden möchtest.«

»Komisch ist es doch, daß er mich, wenn er schon im Haus ist, nicht besucht, nicht wahr, Catherine?«

»Aber er kommt so selten hierher.«

»Gestern war er aber da.«

»Nein, nein, Liebes. Er ist seit Wochen nicht mehr hiergewesen. Seit ungefähr fünf Wochen, wenn mich nicht alles täuscht.«

»Ich habe mir eingebildet, gestern seine Pfeife gerochen zu haben.«

»Er raucht gar nicht Pfeife, Liebes. Er raucht Zigaretten.«

»Und er war doch hier. Ich bin ganz sicher.«

»Du täuschst dich, Tante Katie.«

»Was wird aus Bridget, Catherine?«

»Also mach dir jetzt keine Sorgen. Alles wird in Ordnung kommen.«

»Das stimmt nicht, Catherine; nicht, was Peter anlangt, das weiß ich. Es ist egal, so lange es mich oder dich oder Tom anlangt, Hauptsache ist und bleibt Peter. Wenn er heimkommt, wird ihm nichts bleiben. Ich sehe es Bridget an, daß sie glücklich ist.«

Catherine wandte sich um und sagte leise: »Ich dachte, daß es das sei, was du ihr gewünscht hast: glücklich zu sein.«

»Ja, ja, das tue ich.«

»Also.«

Catherine nahm eine Vase mit verwelkten Blumen und ging damit aus dem Zimmer. Als sie den Flur überquerte, um in die Küche zu gehen, kam Bridget die Treppe herab-

gelaufen. Bridget, wie sie einst als junges Mädchen gewesen war, genauso. Lieber Gott!
Bridget blieb am Fuß der Treppe stehen und sagte: »Mutter, kann ich mit dir sprechen?«
Catherine drehte sich mit der Vase in der Hand um, blickte sie über die Blumen hinweg an und sagte: »Wann hast du jemals gefragt, ob du mich sprechen kannst?«
Bridget senkte die Lider, dann gingen sie langsam weiter. Als sie in der Küche angelangt waren, blieb Bridget in der Nähe des Tisches stehen, verschränkte die Hände im Nakken und sagte ruhig: »Ich weiß nicht, wie du es aufnehmen wirst, aber . . . aber ich bekomme ein Kind.«
»Das weiß ich.«
Sie starrten einander über den Küchentisch hinweg an.
»Wieso? Ich habe es bis gestern selbst nicht gewußt.«
»Dein Gesicht hat es mir verraten, Kind. Es ist seit Wochen von Hoffnung erfüllt.«
»Ach Mutter!«
»Es ist sein Kind, nicht wahr?«
»Wenn du Daniel meinst, ja.«
»Mein Gott!«
Catherine drehte sich um, und Bridget sagte in heftigem Ton: »Weshalb bist du so schockiert? Ich war dir gegenüber von allem Anfang an aufrichtig. Ich bin nur hiergeblieben, weil du mich Tante Katies wegen darum gebeten hast. Aber wenn Peter zurückkommt, dann gehe ich. Ich habe es dir gesagt, Mutter, daß ich dann gehen muß. Wir können nicht im selben Haus miteinander wohnen, nicht? Und er hat jetzt kein anderes Heim.«
»Es ist ihm gegenüber nicht fair, nicht fair!« Catherine sah Bridget an.
»War er fair zu mir? War einer von euch fair zu mir?«
»Das haben wir alles längst durchgesprochen. Ich dachte, es wäre vorbei.«
»Ja, es ist auch vorbei. Aber wenn du anfängst, über Fairneß, was Peter anlangt, zu sprechen, kann ich nicht dastehen und mich schuldig fühlen. Ich fühle mich nicht schuldig. Noch tut mir irgend etwas leid, was Daniel und ich ge-

tan haben. Was wir jetzt getan haben, hätten wir schon vor acht Jahren tun sollen.«

»Hast . . . hast du daran gedacht, was es heißen wird, wenn Peter heimkommt und du es ihm wirst sagen müssen?«

»Ja, ja, ich habe daran gedacht. Jeden einzelnen Tag der vergangenen drei Monate habe ich daran gedacht, aber das wird mich auch nicht davon abhalten, es ihm zu sagen.«

Abermals starrten sie einander an, schweigend nun. Feindseligkeit erwachte zwischen ihnen.

»Was ist, wenn ihm etwas zustößt . . . Daniel, meine ich. Und du stehst mit einem Kind da? Du scheinst ganz vergessen zu haben, daß wir uns immer noch mitten im Krieg befinden. Eure himmelstürmenden Gefühle betreffen nur euch beide. Wenn ihm was zustößt, was wird dann aus dem Kind, wenn du darauf beharrst, auf eigenen Füßen zu stehen?«

Bridgets Augen wurden groß, und sie zog die Brauen hoch. »Du meine Güte, wofür hältst du mich? Ich kann doch arbeiten, Mutter. Eins steht fest: Ich werde niemandem die Verantwortung dafür zuschieben. Schon gar nicht Peter. Das Kind wird Daniels Kind und meines sein, wir brauchen weder Vormund noch Gericht, gar nichts, davon kannst du überzeugt sein. Es wird ein Rosier sein und so oder so als Rosier aufgezogen werden, ob es nun ein Junge oder ein Mädchen ist. Es ist genug Haß in Verbindung mit diesem Namen entstanden, höchste Zeit, daß Schluß gemacht wird damit. Nur weil ich niemandem mehr weh tun will, als unbedingt nötig ist, wird das Kind nicht in dem Haus aufwachsen, das von Rechts wegen das seine wäre . . . Aber man kann ja nie wissen; vielleicht wird es eines Tages doch gehen – alles ist möglich.«

Catherine sah ihre Tochter lange und fest an, und dann sagte sie: »Ja, das stimmt. Alles ist möglich. Du bist zur Welt gekommen, Kind, aber du bist noch nicht begraben. Dazwischen kann eine Menge geschehen.«

Bridget stand am Fenster ihres Schlafzimmers und sah auf die Bäume nieder. Heute gingen mehr Leute vorbei als gewöhnlich, wahrscheinlich weil es warm war Samstagnachmittag. Sie sah zumindest zum zwanzigstenmal innerhalb der letzten Stunde auf die Uhr. Es war Viertel nach drei. Daniel hatte gesagt, daß er gegen halb drei anrufen werde. Er mußte aufgehalten worden sein. Sie hörte jemanden die Treppe heraufkommen. Dann erklang die Stimme ihrer Mutter vor ihrer Tür: »Bridget?«

Nachdem sie aufgemacht hatte, sagte Catherine, die müde und traurig aussah: »Eben hat Mrs. Pope angerufen und gefragt, ob ich abends ein paar Stunden Dienst machen könnte, weil zwei von ihnen krank geworden sind. Könntest du daheimbleiben? Es handelt sich bloß um die Zeit von sechs bis acht, halb neun.«

Bridget antwortete nicht sogleich, sondern starrte Catherine nur an. Am Mittwoch hatten Daniel und sie ausgemacht, heute wie üblich ins Haus hinauszufahren, aber am Vorabend hatte er angerufen und gesagt, daß es ein wenig unsicher wäre, weil er möglicherweise nicht rechtzeitig herunterkommen könne. Aber er würde sie auf alle Fälle anrufen. Sie solle doch daheimbleiben, bis sie etwas von ihm höre. Was war, wenn er in der nächsten Minute anrief, um ihr zu sagen, daß er dort auf sie warte? Aber hier stand ihre Mutter und bat sie, ihr diesen kleinen Gefallen zu erweisen . . . »Schön«, sagte sie. »Geh nur. Aber . . . aber ich werde Daniel bitten, herzukommen, falls er anruft.«

Catherine erwiderte nichts, sondern drehte sich mit ausdruckslosem Gesicht um. Und als Bridget eben die Tür schließen wollte, klingelte das Telefon. Sie mußte an sich halten, um nicht mit drei Sätzen nach unten zu stürzen. Aber als sie abhob, rang sie ein bißchen nach Luft, als wäre sie gelaufen. »Hallo?« sagte sie.

»Bridget?«

»Ja.«

Sie faßte sich immer kurz.

»Paß auf, Liebling. Ich warte an unserer Ecke gegen sieben auf dich. Früher kann ich nicht. Geht das in Ordnung?«

»Daniel, ich muß heute bis halb neun daheimbleiben, Mutter muß Dienst machen. Kannst du herkommen?«

Es entstand eine Pause, ehe er sagte: »Ja, ja, natürlich. Aber hör zu, Bridget. Ich ... ich möchte, daß du dann mit ins Haus hinauskommst und dort übernachtest.«
»Im Haus?« Sie verzog das Gesicht.
»Ja. Ich kann es dir jetzt nicht erklären, verstehst du? Aber weißt du, ich werde versetzt. Montag, glaube ich. Ich dachte, wir könnten das Wochenende draußen verbringen. Ich kann eine Menge zu essen mitbringen.«
»Ja, ja, Daniel.«
»Tust du's?«
»Ja, natürlich!« Ihre Stimme klang förmlich, wie immer, aber sie überlegte bereits fieberhaft, wie sie ihrer Mutter beibringen sollte, daß sie das Wochenende mit Daniel im leeren Haus draußen zubringen wolle.
»Daniel.«
»Ja, Liebling?«
»Du weißt nicht etwa bereits, wo ... wohin du versetzt wirst?«
»Das erkläre ich dir, wenn wir uns sehen. Aber keine Sorge: Es ist nicht gar so weit entfernt. Kein Wasser dazwischen, verstehst du?«
Sie holte tief Atem, bevor sie sagte: »Ja, Daniel. Ja, ich verstehe.«
Und nun lächelte sie ein bißchen.
»Daniel.«
»Ja, Liebste?«
Ihre Stimme sank zu einem Flüstern herab. »Auch ich habe eine Neuigkeit für dich. Was wir am Mittwoch besprochen haben, erinnerst du dich ...?«
Es entstand ein langes Schweigen, und dann sagte sie: »Daniel, bist du noch da?«
»Ja, ich bin da. Ach, Bridget, meine Bridget!«
»Ich muß jetzt Schluß machen ...«
»Liebling, Liebling, ich kann es gar nicht mehr erwarten, dich zu sehen. Ich werde gleich nach sieben bei dir sein, sobald ich kann. Bis dann ... meine Bridget.«
»Leb wohl, Daniel.«
Sie wandte sich vom Telefon ab und legte die Hand auf den

Mund. Sie würde die Nacht mit Daniel verbringen, die ganze Nacht. Sie konnten einander in den Armen liegen, ohne sagen zu müssen: »Besser, wir gehen jetzt.«
Sie rannte nun doch nach oben. Sie hatte die kindische Vorstellung, einiges zusammenpacken zu müssen; aber es war nicht nötig, etwas einzupacken, überhaupt nichts.

Catherine verließ das Haus um sechs. Sie sagte bloß: »Ich gehe jetzt.« Und Bridget antwortete: »Gut, Mutter.« Sie hatte ihr nicht gesagt, daß sie die ganze Nacht außer Haus verbringen würde; es war besser, ihr das erst in allerletzter Minute mitzuteilen, dann blieb wenigstens keine Zeit für Argumente, Überredungsversuche und gegenseitige Anschuldigungen. Aber die Anschuldigungen würden zweifellos später erfolgen.
Sie ging in den Salon und setzte sich nahe ans Fenster. Katie hatte die Augen geschlossen, und Bridget wußte nicht, ob sie schlief oder nur so tat, bis sie nach einiger Zeit mit ruhiger Stimme sagte: »Catherine.«
»Ich bin es, Tante Katie.«
»Ach, Bridget!« Katie öffnete die Augen. »Wo ist denn Catherine? Ich hätte sie gerne eine Minute gesprochen.«
»Sie mußte für einige Zeit fort. Zur Post, weißt du. Sie haben heute zu wenig Leute. Sie hat es dir vorhin gesagt.«
»Wirklich? Möglich, ja. Ich hab's vergessen. Den ganzen Nachmittag habe ich heute verschlafen. Ich wollte, ich würde nicht so viel schlafen. Weißt du, ich hatte einen sehr hübschen Traum, Bridget.«
»Wirklich, Tante Katie.«
»Es drehte sich um ein Segelschiff. Ich war drauf und wieder nicht drauf. Aber ich konnte seinen Namen ganz deutlich sehen. Es hieß ›Merkur‹. Erinnerst du dich an die ›Merkur‹, Bridget?«
»Nein, Tante Katie.«
»Ach, du mußt einmal ein Bild von ihr in der *Gazette* gesehen haben. Du erinnerst dich doch, wie ich es ausgeschnitten habe. Ich sagte noch, es segle mit Koks nach Norwegen. Erinnerst du dich nicht? Es ist noch gar nicht so

lange her. Andy sprach immer von der ›Merkur‹; deshalb kenne ich sie so gut. Es war ein dänisches Schiff, weißt du, Bridget.«

»Tatsächlich, Tante Katie.«

»Ich träume gerne von Schiffen. Andy hat immerzu von Schiffen geträumt.«

Katie redete weiter, größtenteils mit sich selbst, ihre Worte klangen undeutlich, und Bridget achtete nicht weiter darauf. Sie saß da und blickte zum Fenster hinaus und zählte die Minuten, bis Daniel kommen würde.

Gegen sieben ging sie leise in die Küche, machte ein bißchen Milch warm, stellte das Glas und ein Schälchen Kekse auf ein Tablett, ging damit in den Salon zurück und sagte leise: »Bist du wach, Tante Katie? Möchtest du jetzt deine Milch?«

»Ja, ja, ich bin wach, Bridget. Ja, Liebe, danke, ich möchte gerne etwas Warmes trinken . . . Glaubst du, daß wir heute nacht Alarm haben werden?«

»O nein, das glaube ich nicht. Wir haben doch schon längere Zeit keinen mehr gehabt. Heute nacht wird schon keiner sein.«

»Ich hatte vorhin ein komisches Gefühl. Mir war, als hätte ich die Sirene gehört. Aber ich muß geträumt haben, nicht wahr, Bridget?«

»Ja, Tante Katie. Es war keine Warnung, und es ist so ein schöner Abend, daß es heute sicher keine geben wird.«

»Hoffentlich nicht, hoffentlich nicht. Ich ängstige mich ein bißchen, wenn die Sirene losheult; und das ist dumm, denn es macht nichts, nicht wahr?«

»Trink schön deine Milch aus, Tante Katie.«

»Ja, meine Liebe, ja.« Mit bemerkenswert ruhiger Hand hielt sie ihr Glas und trank ihre Milch mit langsamen, bedächtigen Schlucken. Nach einiger Zeit, als Bridget wieder beim Fenster saß, sagte sie plötzlich: »Peter müßte eigentlich bald daheim sein, nicht wahr, Bridget?«

Es entstand eine kurze Pause. Dann antwortete Bridget: »Es ist sehr ungewiß, wann er dasein wird, Tante Katie.«

Weiter wurde nichts gesagt. Nach einer Weile stand Brid-

get auf, nahm das Tablett vom Abstelltischchen neben Katies Bett und ging aus dem Zimmer. Im selben Moment klingelte es an der Haustür, sie stellte das Tablett nieder und eilte hinaus – und da stand Daniel.
Kaum hatte sie die Tür hinter ihm geschlossen, umarmten sie einander leidenschaftlich. Sie blieben ein paar Sekunden so stehen, dann, als sie sich voneinander gelöst hatten, sah er auf sie nieder und sagte: »Es ist also wahr?«
»Ja, Liebling. Ja . . . Schsch!« Sie bedeutete ihm, leiser zu sein, nahm ihn an der Hand und führte ihn ins Eßzimmer. Aber als sie eingetreten waren, umarmten sie sich abermals, und er sagte: »Ach Bridget, Bridget! Das ist der glücklichste Augenblick meines Lebens . . . Bist du auch glücklich?«
»So glücklich, daß ich ganz berauscht bin, wirklich, wirklich! Ach Daniel . . . Wenn du wüßtest, wie ich mich all die Jahre über danach gesehnt habe.«
»Du hast auf mich gewartet. Oh, meine Liebe, meine Liebste.« Er drückte ihren Kopf an seine Brust und strich sanft durch ihr Haar.
Doch plötzlich bog sie sich mit einer ruckartigen Bewegung zurück und sagte: »Was ist das mit der Versetzung? Ich habe es einen Moment lang völlig vergessen.« Ihre Miene war nun angespannt und besorgt.
»Ach, es ist nicht so schlimm, wie es sein könnte. Man hat mich nach Creydon Hill in Herefordshire versetzt.«
»Herefordshire? Das ist ja meilenweit entfernt.«
»Ja, das stimmt. Aber es ist wenigstens England. Mir ist das Herz in die Hosen gerutscht, als ich mich melden mußte, das kann ich dir verraten. Ich dachte schon, die würden mich heimschicken.«
»Ach nein, Daniel! Das wäre ja schrecklich gewesen.«
»Das will ich meinen. Aber dort, dort kannst du hinkommen. Ich habe von Kameraden gehört, daß es ganz ländlich dort ist, mit kleinen Bauernhäusern und Gehöften, wo du unterkommen könntest. Einer hat mir heute sogar erzählt, daß seine Frau zwei Jahre ganz in seiner Nähe gewohnt hat.«

»Ach Daniel!« Sie machte sich los, trat zurück und sagte: »Ich ... ich könnte nicht gleich mitkommen.«
»Warum nicht?«
»Nun, erstens die Schule. Wenn ich mich einfach davonmache, können die mich wer weiß wohin stecken. Ich kann natürlich um Versetzung ersuchen, aber so was dauert. Und zweitens, Daniel ... ich muß mit Peter reden, ehe ich mitkomme. Es muß ein sauberer Schnitt sein, das bin ich ihm schuldig.«
»Ja, ja, ich weiß, mein Herz. Ich weiß.« Er ließ den Kopf langsam sinken. »Aber ... aber sowie er heimkommt, wirst du es ihm sagen; du wirst es nicht hinausschieben, nicht wahr?«
»Sowie er bei der Tür hereinkommt, sage ich es ihm. Das verspreche ich dir, Daniel.«
Er zog die Innenseite ihrer Hand an seinen Mund und flüsterte: »Du wirst dich nicht von ihnen überreden lassen? Ich meine, wegen ... wegen Tante Katie. Ich höre Catherine direkt sagen: Warte, bis sie die Augen schließt.«
»Das hat sie bereits getan, Lieber, und sie hat ihre Antwort darauf erhalten. Der einzige, auf den ich warte, ist Peter. Wenn das einmal vorüber ist, bin ich bereit, das Haus zu verlassen. Und auch die Stadt, wenn alles mit der Schule geregelt ist. Genau wie ich gesagt habe.«
»Wir wollen es auf alle Fälle irgendwie fixieren.« Er machte eine ruckartige Kopfbewegung, als ob das eine weniger wichtige Frage wäre, zog sie zur Couch, und als sie sich gesetzt hatten, entnahm er seiner Brieftasche ein längliches Kuvert. Er reichte es ihr, legte seine Hand auf die ihre und sagte: »Das ist für dich. Ich wollte es bereits vor acht Jahren tun. Es kommt spät, aber hier ist es, besiegelt und unterschrieben. Was gäbe es für einen passenderen Tag dafür, als jenen, an dem Daniel der Vierte angekündigt wurde; denn daß es ein Daniel sein wird, spüre ich hier.« Er zeigte mit dem Daumen auf seine Brust. Dann sagte er, indem er sie zärtlich anlächelte: »Nun, willst du es nicht aufmachen oder wenigstens fragen, was es ist?«
Bridget öffnete das Kuvert, zog ein umfangreiches Schrift-

stück hervor, entfaltete es, überflog die ersten, vorgedruckten Zeilen, bis ihre Blicke auf dem mit Schreibmaschine eingesetzten Text haften blieben. Dann las sie halblaut: »Der Name des Besitzes lautet ›Greenwall Manor‹. Das Grundstück befindet sich im Randbezirk von Jarrow, in der Grafschaft Durham, und umfaßt dreißig Morgen Land. Das Hauptgebäude weist zwanzig Zimmer sowie folgende Nebenräume auf . . .« Bridget hob die Augen und sah, wie Daniels Blick erfreut, vor allem aber belustigt auf ihr ruhte. »Dreh nur um«, sagte er. »Oder noch besser, sieh dir gleich die letzte Seite an.«
Langsam wandte sie das Schriftstück um und las: »Hiermit mache ich ›Greenwall Manor‹ inklusive Mobiliar und allem, was dazugehört . . .«
Abermals blickte sie zu ihm auf. Ihre Augen hatten sich geweitet, als sie auf das Wort »Geschenk« gestoßen war, ihr Mund stand offen, sie schien nach Luft zu ringen, bis sie schließlich flüsternd hervorbrachte: »Aber warum? Warum, Daniel?«
»Warum? Weil ich wollte, daß es dir gehört. Dir. Eigentlich wollte ich schon immer, daß es dein sei. Es ist vielleicht merkwürdig, aber so ist es nun einmal. An jenem Tag, an dem du das Haus zum erstenmal betreten hattest – erinnerst du dich? –, sagte ich mir: ›Eines Tages schenke ich es ihr.‹«
»Ach Daniel! Das kann ich doch nicht annehmen!«
»Was kannst du nicht annehmen?«
»Das Herrenhaus. Ich meine, ein Herrenhaus annehmen.«
Er blickte sie nun ernst an und sagte: »Wenn du meine Frau wärst, Bridget, würdest du sicherlich jedes Geschenk von mir annehmen. Und in meinen Augen bist du meine Frau. Seit jenem Abend damals im Haus. Und das wirst du immer sein. Es ist das Geschenk eines Mannes an seine Frau. Was sollte dich daran überraschen?«
Sie ließ den Kopf sinken, hielt sich einen Moment die Stirn und sagte dann: »Es ist so riesig, Daniel . . .« Dann fiel sie ihm jedoch mit einem Schrei um den Hals, wiegte ihn hin und her und flüsterte: »Ach Daniel, Daniel.«

Als er sie wieder ansehen konnte, liefen ihr die Tränen über die Wangen, und sie sagte halb weinend, halb lachend: »Und was ist, wenn ich dich eines Tages an die Luft setze?«
»Versuchen Sie das nur, Madam!«
Abermals umarmten sie sich, und nach einiger Zeit sagte sie: »Ich . . . ich kann es einfach nicht glauben.«
»Nun, dann wird's gut sein, wenn du's so rasch wie möglich versuchst. Denn dort wird unser Junge aufwachsen. Höchstwahrscheinlich inmitten von Dutzenden schreiender Gören . . . Oh, nicht ausschließlich den Ihren, Madam!« Wieder umarmten sie sich und lachten übermütig, bis Bridget sich mit der Hand auf den Mund schlug und zur Tür blickte. Dann sah sie zu Daniel auf und sagte leise: »Ich hätte nichts dagegen, Dutzende von Kindern von Ihnen zu haben, Mr. Rosier.«
»Danke, Bridget Mulholland . . . Wenn ich an dich denke, nenne ich dich immer so.« Es entstand eine Pause, während der sie einander liebevoll in die Augen sahen, dann konstatierte er mit gespieltem Ernst: »Elf, mehr kriegst du nicht. Nicht ein einziges darüber.« Abermals lehnten sie sich zitternd aneinander, und schließlich sagte er: »Geht das mit heute abend in Ordnung?«
Sie nickte ihm zu, er nahm sie fest am Kinn und sagte: »Ich habe in dem kleinen Laden knapp vor der Auffahrt ein Lebensmittelpaket hinterlassen. Du weißt schon, an der Abzweigung. Ich sagte, ich würde es später abholen. Ich wollte es nicht die ganze Zeit mit mir herumschleppen.«
»Und wie werden wir Feuer machen?« fragte sie.
»Es gibt genügend Holz; wir werden eben Pfadfinder spielen.«
»Ach Daniel!« Sie rieb ihre Wange an der seinen, dann sagte sie: »Es wird schon finster. Ich werde lieber die Verdunkclungen herunterlassen.« Als sie aufstand, legte er den Arm um sie, schmiegte sein Gesicht an ihre Brust und sagte: »Bleib nicht zu lang.«
Im Salon empfing Katie sie mit erstauntem Blick: »Wer ist denn gekommen, Bridget?«

»Jemand aus der Schule, Tante Katie.« Sie machte die Lampe neben dem Bett an, ehe sie zum Fenster ging, die Verdunkelung herunterließ und die Vorhänge zuzog.
»Sind sie jetzt weg?«
»Nein, noch nicht, Tante Katie.«
»Ist es Ivy, Bridget?«
»Nein, du kennst sie nicht, Tante Katie.« Bridget verließ das Zimmer, ohne sich nochmals nach dem Bett umzudrehen.
Sie war eben mit dem Herablassen der Verdunkelungen fertig, als die Sirene aufheulte. Sie warf den Kopf zurück und rief halblaut: »Nein, nicht heute abend!«
Als sie die Eßzimmertür erreicht hatte, stand Daniel bereits dort, sie sahen einander an, und dann sagte er: »Vielleicht dauert es nicht lange. Möglich, daß es nur ein einzelner ist.«
Sie nickte ihm zu, dann sagte sie: »Tante Katie macht der Alarm immer sehr nervös. Ich glaube, es ist besser, ich sehe zu ihr hinein.«
»Ja, gut . . . Paß auf, verwahr das lieber an einem sicheren Platz.« Er überreichte ihr das Kuvert. »Ich muß dich jetzt einmal zu Barretts nach Newcastle mitnehmen und dich ihnen vorstellen. Das hätte ich längst tun sollen. Die erledigen meine sämtlichen Angelegenheiten.«
»Ja, Liebling, machen wir. Und das hier werde ich an einem sicheren Platz verwahren, genau wie du gesagt hast.« Sie hob sich auf die Zehenspitzen und küßte ihn. Im selben Moment ertönte die dünne Stimme aus dem Salon. »Catherine! Catherine!« Bridget machte sich auf den Weg dorthin und sagte: »Ich muß zu ihr hineingehen, sonst regt sie sich auf.«
Sie sah auf das Kuvert in ihrer Hand nieder, dann zur Treppe, dann wieder zu Daniel, schließlich schob sie es ihm in die Hand und sagte: »Behalt es eine Minute lang für mich.« Und sie drehte sich um und eilte in den Salon.
Als sie die Tür öffnete, rief Katie abermals: »Catherine! Catherine!« Und Bridget sagte in beruhigendem Ton: »Ist schon gut, Tante Katie. Sorg dich nicht.«

»Wo ist deine Mutter?«

»Sie ist noch auf der Post, Tante Katie. Aber sie wird nicht lange ausbleiben. Sie muß jede Minute zurück sein.«

»Es hat Alarm gegeben, Bridget.«

»Ja, ich weiß, Tante Katie, aber vielleicht ist es gar nichts. Wahrscheinlich sind sie irgendwo überm Meer, meilenweit entfernt.«

»Ich wollte, Catherine wäre daheim.«

»Also mach dir jetzt keine Sorgen.«

Bridget beugte sich über das Bett.

»Ich kann nichts dafür, daß ich mir Sorgen mache. Sie sollte längst im Luftschutzraum sein. Und du geht auch hinunter.«

»Das werde ich nicht tun.«

»Tu's mir zuliebe, Bridget. Geh hinunter, bitte. Es macht mir überhaupt nichts aus, allein hierzubleiben.«

»Flunkere nicht, Tante Katie.«

»Ich will nicht, daß dir was passiert, Bridget.«

»Niemanden wird was passieren, Tante Katie. Also sorg dich nicht, ich werde mich hierhersetzen.« Sie wurde durch das Klingeln des Telefons unterbrochen und sagte: »Ich geh nur rasch zum Telefon, ängstige dich nicht.«

Als sie durch den Flur ging, blickte sie zur Eßzimmertür, in der Daniel noch immer stand, dann hob sie ab und sagte: »Hallo?«

»Sind Sie's, Mrs. Conway?«

»Ja. Wer spricht?«

»Hier ist Mrs. Faulks von der Post. Ihrer Mutter ist nicht gut. Sie ist vorhin ohnmächtig geworden, aber sie ist schon wieder bei sich. Ich mache mir nur Sorgen, weil wir niemanden hier haben, der sie heimbringen könnte. Nur Mrs. Bailey und ich sind hier, und wir können nicht fort. Ihre Mutter behauptet, es wird bestimmt gehen, aber ich finde nicht, daß sie allein heimgehen sollte. Ihren Vater kann man zur Zeit sicher nicht auftreiben; er hat am Hafen zu tun und muß dort bleiben, bis Entwarnung gegeben wird. Glauben Sie, daß Sie auf einen Sprung herüberkommen könnten?«

Bridget blickte über die Schulter und winkte Daniel zu sich, dann sagte sie: »Ja, Mrs. Faulks, ich bin so rasch wie möglich drüben, ungefähr in zehn Minuten, gut? Halten Sie sie bis dahin auf alle Fälle fest.«
»Mach' ich, Mrs. Conway. Wiedersehen.«
»Wiedersehen.«
Bridget drehte sich um, sah zu Daniel auf und sagte ruhig: »Das Schicksal scheint heute gegen uns zu sein. Mutter ist nicht gut. Sie haben mich angerufen, damit ich sie nach Hause bringe.«
»Wo ist sie?«
»Auf dem Postamt in der Nähe von Chichester. Ich kann in zehn Minuten drüben sein, wenn ich mich beeile. Ich werde versuchen, jemanden aufzutreiben, der uns mit heimnimmt.« Sie hielt inne, legte die Hand an seine Wange und sagte: »Sollte es ihr jedoch nicht gutgehen, kann ich sie nicht allein lassen, bis Vater zurückkommt, und kein Mensch kann sagen, wann das der Fall sein wird, wenn Alarm ist. Es tut mir leid, Daniel.«
Er lächelte ihr zu. »Zerbrich dir deshalb nicht den Kopf, Bridget. Wir haben ja morgen und alle übrigen Tage. Los, hol deinen Mantel. Mach rasch.«
Nachdem er ihr in den Mantel geholfen hatte, legte er ihr die Hände auf die Schultern und sagte: »Ich sollte mich um dich sorgen, weil du bei Alarm fortgehst, aber ich tu's nicht. Weißt du, ich habe heute abend das Gefühl, daß wir ewig leben werden, du und ich und Daniel der Vierte.« Er ließ die Hände behutsam auf ihren Leib herabgleiten, und sie legte einen Moment lang ihre Hände auf die seinen, dann schlang sie die Arme um seinen Hals und küßte ihn ungestüm.
An der Haustür blieb sie stehen, deutete auf die Salontür und sagte leise: »Wenn sie sich aufregt und ruft, glaubst du ... daß du zu ihr hineingehen kannst?«
»Überlaß sie ruhig mir«, sagte er. »Geh jetzt, damit du ja recht schnell wieder zurück bist, denn ich kann es nicht ertragen, wenn du nicht bei mir bist.«
Er sah ihr nach, wie sie zum Gartentor hinunterlief. Dort

drehte sie sich um und winkte ihm zu. Er folgte ihr mit den Blicken, bis ihre Gestalt in der Dämmerung zwischen den Bäumen verschwand. Dann schloß er die Haustür und ging wieder ins Eßzimmer.

Kaum war er jedoch eingetreten, hörte er die dünne Stimme abermals aus dem Salon rufen: »Bridget! Bridget!«

Er legte den Kopf schräg, lauschte einen Moment, als überlege er; dann humpelte er langsam über den Flur, und nachdem er angeklopft hatte, betrat er den Salon.

Katie wollte eben klingeln und rief erleichtert: »Ach Bridget, ich bin aber froh ...« Ihre dünne Stimme erstarb, sie spähte zur Tür und sagte: »Wer ist da?«

»Ich bin's, Urgroßmama. Daniel.«

Als er an ihrem Bett angelangt war, sah sie ihn mit weit aufgerissenen Augen unverwandt an.

»Wie geht es dir?«

Als sie nicht antwortete, zog er sich einen Stuhl an ihr Bett, sah sie an und merkte, daß sie sehr aufgeregt war. Ihr altes Gesicht zitterte, sie kaute an der Unterlippe und rückte unruhig hin und her. Da streckte er die Hand aus, nahm die ihre, tätschelte sie beruhigend und sagte: »Sorg dich nicht. Alles wird bald wieder vorbei sein. Jeden Moment wird Entwarnung sein, du wirst sehen.«

Katie schüttelte nur den Kopf, und dann sagte sie leise: »Daniel ...«

»Ja, Urgroßmama?« Er wartete ab, bis ihre hörbar kauenden Lippen innehielten, klopfte ihr begütigend auf die Hand und lächelte ihr zu.

Dann fragte sie flüsternd: »Wo ist Bridget, Daniel?«

»Sie ist ... sie mußte einen Moment fortgehen.«

»Wohin?«

»Catherine wollte was von ihr. Sie hat sie von der Post aus angerufen.«

»Ist Catherine etwas zugestoßen?«

»Nein, nichts ist Catherine zugestoßen. Sie hat nur von der Post angerufen.«

»Tom ...?«

»Nein, auch Tom ist nichts passiert. Alle sind wohlauf.«

»Weshalb mußte Bridget hingehen?«
Er tätschelte abermals ihre Hand und sagte: »Ich glaube, Catherine hatte was heimzutragen, und es war zu schwer für sie.«
Diese Erklärung schien Katie zufriedenzustellen. Sie sank tiefer in die Kissen zurück und lag einen Moment still. Dann sagte sie, ohne ihn anzusehen: »Daniel . . .«
Und abermals sagte er: »Ja, Urgroßmama?«
»Ich bin schlecht, Daniel.«
»Du und schlecht, Urgroßmama! Wie kommst du darauf?«
»Ich bin eine schlechte Frau, Daniel. Weißt du, warum ich eine schlechte Frau bin, Daniel?«
»Sprich nicht mehr.«
»Ich muß reden, Daniel. Bridget hat sich von mir gewendet, Daniel.«
»Ach, Unsinn!« Er schüttelte den Kopf.
»Doch. Weil ich dich fortgeschickt habe. Ich bin es gewesen, die dich fortgeschickt hat. Ich war es, Daniel.«
Er erwiderte nichts darauf, und sie schwieg einen Moment. Dann sagte sie: »Du hast mir gefehlt, Daniel.«
»Wirklich, Urgroßmama?«
»Ja, sehr sogar. Ich habe es Catherine nicht gesagt wegen dem, was ich Bridget angetan habe, weißt du. Aber du hast mir gefehlt. Ich . . . ich wollte dich wiedersehen. Selbst . . . selbst wenn du ihm nachgeraten wärst, wollte ich dich wiedersehen.«
Im selben Moment erklang von weitem ein merkwürdig dumpfes, knirschendes Geräusch. Katies dünne, trockene Stimme brach ab. Sie packte Daniels Hand und sagte: »Sie werfen Bomben.«
»Nein, das war nur die Abwehr. Sorg dich nicht.«
»Es war eine Bombe.«
»Nein, nein.«
»Ich . . . ich habe immer Angst, wenn sie draußen sind, daß sie umgebracht werden.«
»Sorg dich nicht, Liebe.« Er sah auf die Uhr. Bridget müßte jetzt beinahe dort sein. Zehn Minuten, hatte sie gesagt. Beeil dich, Bridget, Liebste. Beeil dich. Beeil dich . . .

»Du liebst Bridget, Daniel?«
Er sah ihr in die Augen und sagte heiser: »Ja, Urgroßmama, sehr sogar.«
»Du wirst sie von hier fortnehmen, nicht wahr, Daniel?«
»Ja, ich werde sie mit mir nehmen. Aber nicht weit weg. Wir werden nach dem Krieg im Haus draußen wohnen.«
Ihre Hand zitterte in der seinen, und sie flüsterte: »Im Haus?«
»Ja. Sieh her.« Er schob die Hand in seine Rocktasche und zog das längliche Kuvert hervor. »Das habe ich heute Bridget gegeben. Die Schenkungsurkunde. Ich habe ihr das Haus geschenkt.«
Katie warf sich herum. Ihre Ellbogen bohrten sich in die Matratze, sie versuchte, sich aufzusetzen. Ihr Kopf fiel nach hinten, ihr Mund öffnete sich, und so verharrte sie eine Zeitlang. Auf ihrem Gesicht lag ein Leuchten, ihre Augen glänzten. Sie hob und senkte das Kinn, ehe sie mit einer Stimme, die nach mühsam unterdrücktem Gelächter klang, sagte: »Andy hat mir einmal ein Haus geschenkt. Die Schenkungsurkunde war in genauso einem Kuvert wie dem da. Mr. Kenny hat es mir gegeben. Und als ich es aufmachte, sah ich, daß ich ein Haus hatte . . . Nein, drei Häuser. Das hat Andy für mich getan.«
»Ist das nicht merkwürdig, Urgroßmama? Ist das nicht wirklich merkwürdig?« Er lächelte sie an. »Dein Andy hat dir ein Haus gekauft, und ich habe meiner Bridget eins gekauft. Findest du nicht, daß das ein gutes Vorzeichen ist? Wann hat dein Andy dir das Haus gekauft, Urgroßmama?«
»Was?« Sie hatte nicht zugehört. Erst langsam kehrten ihre Gedanken wieder in die Gegenwart zurück, und sie sagte: »Was hast du gesagt, Daniel?«
»Wann hat dein Andy dir denn das Haus gekauft?«
»Ach, das ist lange her, lange her. Ich war sehr jung, gerade erst zwanzig oder so. Also das muß . . .«
Sie kniff angestrengt die Augen zusammen, um die Jahreszahl herauszufinden, und Daniel half ihr, indem er, nachdem er rasch nachgerechnet hatte, sagte: »Es muß zwischen 1865 und 66 gewesen sein.«

»Ja, Daniel. Du hast recht. So ist es, 1866.« Ihre Stimme zitterte. »Mein Andy war ein wunderbarer Mann, Daniel.«
»Davon bin ich überzeugt, Urgroßmama.«
»Weißt du, ich habe unlängst zu Catherine gesagt, daß ich Andy niemals sehe. Alle anderen habe ich gesehen, nur nicht Andy. Ist das nicht sonderbar, Daniel?«
»Du wirst ihn sicher eines Tages sehen, Ur . . .« Ein zweites knirschendes Geräusch unterbrach ihn. Diesmal bebte das ganze Haus, und als es vorbei war, stand er auf, hielt aber Katies Hände fest und sagte: »So, so, ist schon vorbei. Keine Angst. Es ist vorbei.«
Sie ließ seine Hand los, lehnte sich zurück, lächelte schwach und sagte: »So was Dummes. Auf meine alten Tage werde ich ängstlich. Nie war ich ängstlich. Und jetzt bin ich's. Aber weißt du, Daniel, ich fühle, daß ich genau wissen werde, wenn's ans Sterben geht. Denn in der letzten Minute werde ich Andy sehen. Ich weiß, daß er kommen und mich holen wird.«
»Nun, heute abend wirst du ihn nicht sehen, Liebes.«
»Ich habe mich gefragt, Daniel, wie ich Andy die Sache mit dir beibringen werde. Daß du ein Rosier bist und so. Denn er wußte, daß ein Rosier mein Leben lang mein Todfeind war. Glaubst du, daß er verstehen wird, daß ich imstande bin, einen Rosier zu lieben, Daniel?«
»Ja, Urgroßmama.« Daniels Stimme klang sanft und leise. »Ich glaube, daß er das sehr gut verstehen wird.«
Er ließ ihre Hände los und wollte sich wieder niedersetzen, als die Erde sich unter seinen Füßen auftat und der Himmel sich über ihren Köpfen teilte. Als sie die Arme nach ihm ausbreitete, warf er sich an ihre Brust, um sie zu dekken. Gemeinsam stürzten sie nieder, und Katie starb in den Armen eines Rosier.

Als es am nächsten Morgen zu dämmern begann und die ärgsten Trümmer beiseite geräumt waren, legten sie den Kopfteil des Bettes frei. Der Anführer des Räumungstrupps hob die Hand, lauschte, nickte und winkte die übrigen Männer herbei.

Am Rande der Schutthalde stand Catherine, hielt Bridget an beiden Händen fest, und ihre Stimme klang rauh und gebrochen, als sie sagte: »Bleib hier. Sie haben doch gesagt, wir richten sonst nur noch mehr Schaden an.«

Tom stolperte über die Trümmer auf sie zu; er war von Kopf bis Fuß in eine Wolke von Staub gehüllt, so daß er kaum wiederzuerkennen war. Er sah Bridget an und sagte zu ihr: »Geh zum Ruheraum, Kind, bitte. Ich komm' sofort zu dir, wenn sie durch sind.«

Bridget schüttelte jedoch nur den Kopf. Tom wechselte einen Blick mit Catherine, dann fragte er sie leise: »Bist du in Ordnung?«

Catherine nickte nur. In Ordnung, hatte er gefragt. Sie würde nie mehr in Ordnung sein, nie mehr im Leben. Nicht nach dieser Nacht; und was diese Nacht ihrer Tochter antun würde, das wußte Gott allein.

Plötzlich war ein aufgeregtes Hin und Her aus dem Krater zu hören, der einst der Keller des Hauses gewesen war, und Bridget drehte sich rasch um, riß sich von Catherine los und kletterte innerhalb von Sekunden über die Schutthalden.

Tom lief ihr nach und hielt sie am Rand des Kraters fest, und seine Blicke folgten den ihren, als unter Balken- und Lattengewirr Kopf und Schultern eines Mannes sichtbar wurden.

»Daniel, Daniel.«

»Ruhig, Kind, ruhig. Horch.«

»Kommst du durch, Fred?« Die Stimme des Mannes drüben klang leise, als fürchte er sich davor, zu schreien.

»Tjaja.« Die Antwort erfolgte genauso leise.

»Ruhig jetzt. Der da sieht aus, wie wenn er nur mehr an einem Faden hinge.«

»Daniel, Daniel.«

Einer der Männer blickte nach oben.

»Was meinst du, Fred. Kann der Arzt hier herunter? Meinst du, daß es einen Zweck hat, daß er's versucht?«

»Halt einen Moment den Mund!« klang die Stimme aus dem Krater empor. Nach kurzem Schweigen ertönte sie

abermals: »Ich kann's nicht sagen. Liegen aneinandergeklammert da. Laß das Seil herunter, dann versuch ich's am Balken festzumachen . . .«
Daniel. Daniel.
Bridget weinte lautlos. Die Welt öffnete sich zu ihren Füßen. Daniel, ach Daniel, sei nicht tot, außer du nimmst mich mit dir . . . Die Erde schwankte, sie warf sich an den Kraterrand und schrie dem mit Mörtel bedeckten Kopf da unten zu: »Ich bin es, Daniel. Ich bin's, Bridget. Wach auf, Liebling. Wach auf . . .«
»Komm, Liebes. Wach auf, wach auf. Trink das. Du bist in Ordnung. Hörst du mich, Bridget? Er lebt. Daniel lebt.«
»Daniel . . .?« Sie blinzelte zu Tom auf.
»Ja, Liebes.«
»Er ist am Leben?«
»Ja, Liebes. Sein Bein ist zermalmt, aber ich glaube, es ist sein verwundetes. Und . . . und ein Arm.«
Daniel war am Leben. Daniel lebte!
»So, so, sei schön ruhig. Gleich werden sie sie oben haben.«
Sie! Sie hatte Tante Katie vergessen. »Ist . . . ist sie tot?«
»Ja«, sagte Tom leise. »Das war zu erwarten.«
Als ein gebrochenes Schluchzen erklang, wandte Bridget den Kopf und sah Catherine an, die mitten in den Trümmern saß. Sie griff nach ihrer Hand und hielt sie einen Moment fest.
Als Tom ihr auf die Beine half, zogen sie Daniel eben über den Kraterrand herauf und legten ihn auf eine Bahre. Kaum war Bridget an seiner Seite angelangt, rief sie abermals seinen Namen. Seine schweren, graugepuderten Lider flatterten, dann schlug er die Augen auf, und ein klares Erkennen lag in seinem Blick, als er mit belegter Stimme murmelte: »Hab's dir gesagt, Bridget. Hab's dir ja gesagt. Leben ewig, Bridget.«
Nachdem die Tür des Ambulanzwagens sich hinter der Bahre und Bridget geschlossen hatte, glitt Catherines Blick zu der wie eingeschrumpft wirkenden Gestalt nieder, die sie aus dem Krater heraushoben. Weinend sagte sie sich,

daß das nicht recht sei. Es war nicht recht, daß Tante Katie so sterben hatte müssen. Es lag keine Würde in diesem Tod. Und sie war immer würdevoll gewesen, ihre Tante Katie. Sie kniete an ihrer Seite nieder und blickte ihr ins Gesicht. Es war überhaupt nicht gezeichnet. Es sah weder tot noch alt aus. Sondern vollkommen friedlich. Eigentlich ließ ihr Gesichtsausdruck eher darauf schließen, daß sie im nächsten Moment in Lachen ausbrechen werde. Irgend jemand sagte: »Das ist also das Ende des alten Mädchens. Zu ihrer Zeit war sie eine Legende, diese Katie Mulholland.«